原草二十骑

阿霞 主编

天津出版传媒集团

百花文艺出版社

图书在版编目（CIP）数据

草原十二骑手 / 阿霞主编. -- 天津：百花文艺出
版社, 2025. 4. -- ISBN 978-7-5306-8893-9

Ⅰ. I247.5

中国国家版本馆 CIP 数据核字第 2025RX0601 号

草原十二骑手
CAOYUAN SHIER QISHOU
阿霞　主编

出 版 人：薛印胜　选题策划：徐福伟
编辑统筹：齐红霞　责任编辑：王亚爽
封面设计：高　阳　版式设计：任　彦
出版发行：百花文艺出版社
地址：天津市和平区西康路 35 号　　邮编：300051
电话传真：+86-22-23332651（发行部）
　　　　　+86-22-23332656（总编室）
　　　　　+86-22-27862135（邮购部）

网址：http://www.baihuawenyi.com
印刷：天津新华印务有限公司
开本：787 毫米×1092 毫米　　1/16
字数：477 千字
印张：31.25
版次：2025 年 4 月第 1 版
印次：2025 年 4 月第 1 次印刷
定价：78.00 元

编委会名单

编委会

（按姓氏拼音排序）

序言：草原的底色与未来的光谱

——为《草原十二骑手》而作

○邱华栋

在中国广袤的文学版图中，内蒙古的文学创作一直以其独特的地域文化和深厚的历史底蕴而备受瞩目。从古代的游牧民族壮阔的史诗，到近现代的作家在新文学史上所树立的标杆性作品，这片土地上的文学始终与中华民族的交往、交流、交融以及生存、发展和现代性追求紧密相连。

在中国当代文学的进程中，内蒙古的作家们更是以多元的风格面貌和丰富的题材书写，展现了草原文化的独特性和时代精神。在老一辈作家的笔下，我们看到了北方草原的辽阔与壮美，感受到了民族的坚韧与豪迈；而新一代作家则在继承传统的基础上，以更加开放的视野和敏锐的感知，书写着时代的变迁与个体的命运，并呈现出别样的风采。

《草原》杂志编选的《草原十二骑手》，汇集了内蒙古十二位中青年作家的中短篇小说佳作，可谓是珠玉满盘。这些作家涵盖了七〇后、八〇后、九〇后和〇〇后四个以十年代差为代际时间的写作群体。他们的作品风格各异、题材多样，从不同角度展现了内蒙古这片土地的风土人情、历史文化以及社会发展之下的人性丰富性的样貌。

七〇后的作家们，作为当代文学创作群体的中坚力量，他们的作品具有深厚的文化底蕴和人生阅历。比如，海勒根那的《请喝一碗哈图布其的酒》和《巴桑的大海》，兼具现实主义与浪漫主义特质，描绘草原生活的质朴与温暖，不仅呈现了大草原的自然之美，更通过人物的命运与精神追求，传递出对生命意义的深刻思考。赵卡的《杀县简史》通过拼贴式写作和荒诞性情节，构建了一个超现实的"杀县"世界,模糊了小说与诗歌的边界,展现了人性的执着与荒诞。拖雷的《厄尔尼诺》和《叛徒》都很精彩,前者切近现实,后者着眼历史,从不同的视角揭开遮蔽或湮没于其间的生命细节,揭示了人性的挣扎和对历史的思索。

八〇后作家,正处于创作的黄金期,娜仁高娃的《门》和《裸露的山体》,以细腻笔触记述了在草原上生活的女性的情感世界,表现了现代社会中女性的困惑与希望。肖睿的《筋疲力尽》和《暖阳》则以奇异的故事和情节,展现了当代青年的独特生存状态,反映了社会转型期青年一代的迷茫与求索。此外,还有阿尼苏的《铁布鲁》《阿扎的江湖》、陈萨日娜的《一朵芍药一片海》《云中的呼唤》,都不同程度地展现了在现代化进程中,有着几千年生态与生活方式所维系的伦理关系的大草原,所面对的新矛盾、短阵痛与大变化,还有作家对故乡的深沉而复杂的情感。

九〇后作家,作为文学创作的新生力量,他们以创新的思维和独特视角,为内蒙古文学注入了新的活力。渡澜的《傻子乌尼戈消失了》和《在大车店里》以魔幻现实主义的叙事手法,建构起了属于自己的"B612星球",显示了年轻一代对世界的认识和思考。还有苏热的《金骆驼》和《黄塘记》,以简洁而冷峻的文字,构建起了一个苦涩、孤寂的西北小镇,并在叙事中不断确立和强化这个地理空间的意义,带给我们形式感和新鲜感。

〇〇后作家是文学的未来和希望,他们的作品不仅充满了活力,更有一种无所畏惧的创新精神。田逸凡的《珍爱的你们》《乃玉的暗色滩地》、艾嘉辰的《腹鸣》

《新年快乐》以迥异的风格切近社会问题，彰显了更年轻一代作家对现实的观照。晓角的出现给内蒙古文坛带来了惊喜，她的经历和她的写作都值得我们关注，在《清冷之人》和《淡绿色的马》中，她面对自己所经验的现实与对生活的冷色观察和剥离，让人惊讶。她小说的语言诗意中透着孤冷，令人印象深刻。

总之，这种代际传承不仅体现在作家的创作中，也体现在内蒙古文学的整体发展脉络中。从老一辈作家一直到现在的新一代作家，内蒙古文学始终在传承与创新中不断前行，展现出强大的生命力和创造力。

《草原》是中国独具特色的文学杂志，几代作家在这本杂志的呵护下成长起来。《草原十二骑手》最初是《草原》开设的一个主要栏目，在推介年轻作家新锐之作方面非常有创意。我一直关注，并读了其中一些作家的作品，而这些作家的作品能够结集出版，确实是非常有意义的事情。它不仅是对内蒙古中青年作家创作成果的一次集中展示，更是对内蒙古文学多样性和时代价值的一次深刻总结；同时，也体现了在新时代的引领和推动下，内蒙古文学开始走向复兴与繁荣的崭新气象。

对内蒙古文学来说，文学不仅仅是艺术与情感的表达，更是传承多民族文化、书写民族团结的重要载体。《草原十二骑手》中的作品在一定程度上承担这种责任，它们以文学的形式，展现了内蒙古各族人民的生活、情感和精神世界，反映了内蒙古在多元文化交融中的和谐共生与进步发展。

中青年作家是中国文学的未来和希望，《草原十二骑手》的出版，就像是十二个骑手骑着骏马向我们跑来，姿态矫健、英武而又潇洒，让我看到了内蒙古中青年作家群体的创作实力和潜力，也让我对内蒙古文学的未来充满了信心。

最后，我衷心希望《草原十二骑手》能够受到文坛和广大读者的特别关注与喜爱，也祝愿这十二位作家，骑着骏马，奔赴更加辽阔的文学天地，为铸牢中华民族共同体意识、助力中华民族的伟大复兴贡献独特的文学力量。

目录

七〇后

请喝一碗哈图布其的酒

○海勒根那

　　没有人知道那个高大的家伙是什么时候冒出来的，他出现在哈图布其嘎查（村）的人群里就像一头骆驼站在了羊群中间，人们仰视才见他时不由得一阵骚动。"这应该是个异乡人。"人们一边惊叹一边做出判断，因为在科右中旗草原，十里八村的牧人彼此都认识个大概。可是朗朗晴空怎么会忽然多出这么一个人来？而且他泰然自若，见谁都咧咧那张乐呵呵的大嘴，好像相识已久的样子。那满口牙齿颗粒饱满，雪白坚硬，在阳光下像白玛瑙一样闪闪发光，一看就是蒙古族男人钙质充盈的牙齿，是专吃牛羊肉喝马奶子铸就的。再衬上一张典型的蒙古族人的脸——塌鼻子、又高又红的颧骨、一双细细的小眼睛，这五官要是组合到西亚或东欧人脸上就没得看了，但在这里它们相得益彰，彼此都找到了合适的位置，搭配起来显得那么舒服、得劲，充满别样的神采。除了这些，人们还注意到他的穿着，那身略显古旧的藏青色长袍仿佛中世纪的布料，一柄精致的蒙古刀悬在右腿前。而他脚下那双雕花讲究的靴子更非同一般，至少该是博物馆玻璃罩里的物件，尺码之大像两艘小船。在科右中旗草原，即便像今天这样隆重的敖包盛会，也只有年长者注重蒙古族长袍和马靴的穿着了，年轻人大多不再守旧，西装、夹克、短袖什么的，任性地追赶城里人的潮流。所以，人们越发对这个人感到好奇。高个子倒是漫不经心，迈着大步左摇右晃地走路，所到之处人们自然散开，不时让他那一堵墙似的身影从人群的头顶跌落在草地上。

　　牧民们是刚刚从敖包山上下来的，近两年哈图布其嘎查风调雨顺，村民脱贫，人心振奋，村委会决定筹措资金，让牧民们好好热闹一把。这不，初夏一大早，人们开着大小车辆就围聚到敖包山下，手提草原老白干、面馃子、奶干、大白兔糖块，登上高高的山顶，为敖包堆子添枝加石，撒下祭祀品，许下吉祥的祝福和心愿……但这个高个子显然不是祈愿来的，他的来头还要细究，人们开始围住他问东问西。起先当然要问这位朋友是哪里人，要到哪个地方去。高个子微笑不语，或者傻呵呵地乐一乐，避而不答。莫非这个人是个哑巴不成？人们越发问得急切，以证明他到底会不会说话。高个子不得已抿了下嘴唇，用他那只熊掌一般的大手指了指远方，说："从那边来的。"这一开口不要紧，邻近的人不得不捂紧了耳朵，这哪里是人发出的动静，瓮声瓮气的像极了一头发情期的公牛，震得蜜蜂嗡嗡乱飞，远山微微颤抖。"那边是哪里？是阿鲁科尔沁，还是乌珠穆沁？还是二连浩特？"高个子晃了晃大脑袋，伸出舌头调皮地打了一阵嘟噜。"你叫什么名字？这个总可以告诉我们吧？"他挑了挑眉毛，抖动起朝天的鼻孔，猛地一声"啊恰——"打了一个震天动地的喷嚏，一时间飞沫四溅，气流冲开了刨根问底的人群，好家伙，这一下可再没人靠前问询了。既然高个子不愿透露他的底细，就干脆叫他"远方朋友"好了，这个名字既好记，又能彰显哈图布其的热情好客。

透过人群的间隙，高个子把目光转移到不远处，那里十几个男人正忙着杀猪宰羊，他的细眼睛晶莹地亮了，随之而下的是嘴角的涎水，他拍了拍肚皮，对人们说："我的肚子饿了……"人们马上听到了发自他肚皮的咕咕叫声，像揣了一窝青蛙那样。今天是嘎查村委会请客，杀的是村集体养的猪和羊，吃的是村集体种的菜，村集体还养了几十头西门塔尔牛，掂来想去，书记和嘎查达（村主任）还是一头也没舍得杀，这油光铮亮的黑牛可是值好多银子的。此时几百号村民一起动手，架起炉灶，搭起彩条布、军用帆布帐篷，劈柴的劈柴，收拾下水的收拾下水，煮肉的煮肉。一时间，山脚下的草地炊烟袅袅，热闹不已。

等待吃食是一种煎熬，那渐渐飘散开来的肉香最先钻进饥饿者和孩子们的鼻子，让人忍无可忍。高个子一边抓耳挠腮一边吞咽着口水。几个十六七岁的少年赛摩托车回来，一路尘土飞扬，电光闪闪，携带的高音喇叭播放着草原流行歌曲——"套马的汉子你威武雄壮，飞驰的骏马像疾风一样……"来到近前，摩托车戛然停在高个子脚下，一个瘦小的少年拍了拍车把，说："咳，大个，敢不敢和我们赛摩托？"高个子龇龇牙，说："不，不，我只会骑马。"旁边矮胖的少年说:"什么年头了还不会骑摩托? 来,我教你骑。"高个子不好推辞,一手搬起拴马桩似的长腿,跨到摩托上,仿佛大象骑在小羊身上那样,只轻轻一落屁股,摩托车身立马沉下一大截去,两个轮子像受了委屈的长鼠子,吱吱叫了好半天,直到瘪成了一层皮。几个少年傻眼了,面面相觑,车主人蹲下察看车胎,不由得哭丧了脸。

那边,小伙伴推着摩托去镇上补胎,这边,村民们已分席落座。猪羊肉已然煮好,热气腾腾用大盆端上桌来。蒙古族人一向有盛情款待过路人的习俗,辈分最高的族人对高个子做了个请的手势,说:"咳,远方朋友,请你喝上一碗哈图布其的酒!"本来是用二两半的玻璃杯倒的酒,高个子听老人说喝上一碗,索性把酒倒在木制奶茶碗里,倒酒的见了,忙给斟满,高个子举碗一饮而尽,顺手掂起随身携带的刀来,刀鞘用鹿角精雕而成,刀把应该是一块犴腿骨,这样别致的蒙古刀人们还是第一次见。他伸手割肉了,在胸口上割了三块肥瘦相间的羊肉,不过他没有放进自己的嘴里,而是抛向了远处的草地,那是蒙古族人餐前敬天敬地的规矩。族人们晓得这是懂礼节的人,并非一个莽汉。再看他的吃相,刀法娴熟,波澜壮阔,左手拿肉,右手内握刀柄,大拇指按着刀背,行云流水一般,将剔下的条条雪白抑或黑腴抿到唇边,随着"咻"的一声,那片肉就像条虫子一样被吸吮到嘴巴里,然后舒舒服服地在舌间伸伸懒腰,打上几个滚,便被喉头迎接了去,没来得及咕噜一声就消失不见了。整个过程好似马头琴师正拨弄他悠扬的琴弦。族人不再动刀动筷了,目不转睛地看着他吃肉,这种吃相仿佛只有蒙古族的祖先才有,不由得唤起了人们的怜悯之心。人们想,这个人肯定是个流浪汉,他没家没业,四处讨吃,所以不肯说出自己的来历和姓名,害怕给他的家乡丢脸,这次他像匹饿狼那样空着肚子跋山涉水,一路仓皇走到这里,终于遇到了哈图布其这些好心的人。于是人们想当然地认为,这个孩子应该是饿瘦了,你看他的胳膊,只和树桩一般粗了。可是这个年月怎么还会有流浪的人,党和政府正在搞精准扶贫,像他这样的人明天就该到巴彦茫哈苏木去,政府肯定会把他记录在案,很快就会在哈图布其嘎查给他盖上两间瓦房,到时人们还会替他申请,基于身高,瓦房也要比整个村庄高出一截,那要多补贴五百块砖、二十袋水泥和一整车沙子,另外还要给他加盖一间牛舍,从村集体赊给他三五头膘肥体壮的西门塔尔牛,分上两百亩锦鸡儿草地……高个子一直没有注意人们的关切和窃窃私语，等他终于抬起头时，桌上已风卷残云，整整一大盘肉只剩下一堆堆干净如洗的骨头，连骨缝中间都筋头无存，令旁边蹲守的几只四眼黑狗悻悻地哼叫，极为不满地瞥了瞥他。此时高个子如梦方醒，看看周围鸦雀无声的族人，一时羞红了脸。

人们安慰他："吃吧吃吧，远方朋友，嘎查今儿个杀了三头猪四只羊款待大家，肉管够吃！"妇女们忙不迭地又去捞肉添菜。须臾，又端上大盘肉来，兼以刚出锅的血肠心肝腰肚，毛菜也一盘一盘端上来——羊汤土豆片、小白菜炒花脸蘑、尖椒炒茄丝、清烧黄花菜……酒宴仿佛才刚刚开始。有人又给高个子倒酒，这是六十五度的草原老白干，进一点火星就会点着，那蓝幽幽的火苗蹿动两下就消失不见了，你以为酒火灭了，可碗口却热汪汪的，眯眼仔细瞧，才知那火是透明的，就在酒面上静静地漂着，忽忽悠悠，无声无息。此时手离酒碗半尺高都会被它灼伤。这么烈的酒小酌一口就会割痛嗓子，高个子却又咕咚咕咚把它干掉了，最后一大口下咽之前，像漱口那样在嘴巴里咕嘟了一阵，似要用酒把牙齿涮洗干净。这个喝法又把族人惊到了，平日里，嘎查的男人们都爱吹牛皮，都说自己的酒量如何大，一顿能喝几斤酒，谁也不服谁，如今可遇到对手了。不过，男人们有着自己的小九九，心里盘算着怎么试试客人的酒量。

说话间，嘎查第一书记端着酒杯过来了，这是嘎查唯一的汉族人，三十出头，个子不高，别看其貌不扬，来头却不小，他可是浙大毕业的高才生，上边派来的帮扶干部，操着一口略带南方口音的普通话，领着村委会一行人挨桌给村民敬酒。有人给第一书记介绍远方朋友，书记把杯中的矿泉水倒掉了，说自己本来不会喝酒，但家里来了客人怎么也要尽下地主之谊。一旁的小伙子忙给书记倒酒，书记说："多、多了……"一杯酒已倒得满满当当，小伙子："不早说，我以为是'多倒'呢。"书记吃了哑巴亏，也不好说啥，村民们起哄："书记干了！书记干了！"书记架不住怂恿，双手举杯："远方朋友，欢迎你来哈图布其！"闭起眼睛屏住呼吸，先饮下半杯，说："吃口菜，吃口菜不算赖。"说着夹了一口黄瓜拉皮，强把下半杯酒咽进肚子里，这边，高个子早将一碗酒饮下。村民们又起哄："草原三杯！家里来客人了，书记一定要来个草原三杯！"书记忙摇头，这时一位年长者站起身，亲手给书记倒上一杯酒，说："书记，这杯酒我是替村民们给你倒的，哈图布其的好光景都是你给带来的！"年轻书记摆手："大叔，您知道这不是我一个人的功劳，要感谢就感谢党和政府……"一个酒嗝打上来，话说到这个份儿上，酒是不能不喝了，书记虽是文质彬彬的南方人，但也是条汉子，关键时刻不能掉链子，满满两杯酒说干就干掉了。高个子倒是来者不拒，仍然用奶茶碗喝，说话间就饮下了四碗酒。书记抹了一把嘴巴，脸顷刻间红灿灿的，眼神也迷离起来，说："远方朋友，我们的'男儿三技'竞赛马上开始了，还有刺绣表演，一会儿邀请你观看节目啊。"有人来搀扶书记，被书记推搡开："我还没多，我还没多……"一边的嘎查达说："不行就扶书记去村委会休息，他这些天忙里忙外累得够呛。"书记摆手："不，不，我才不要睡觉，我还要等着看比赛呢。"他走路有些摇晃，没墙可扶却不倒去，就像蒙古族汉子骑马一样，看着晃晃悠悠，但并不会从马背上摔下来。

紧接着，人们开始轮番为高个子敬酒，都说："远方朋友，请你喝上一碗哈图布其的酒！"高个子也不含糊，谁来敬酒都干上一碗，一会儿的工夫，二十几碗酒就灌进了肚子里。女人们都是绵羊心肠，不忍心这么多男人灌醉一个异乡人，纷纷去拉扯自己家里的，不要他们把客人喝倒喝坏。可远方朋友看上去一点事都没有，除了高高的颧骨处泛起红晕，眼睛也没见小，眼神也没见直，舌头也没见大，脸上始终挂着那副憨态可掬的笑容。

竞技场那边锣鼓喧天起来，大喇叭的声音飘荡过来——先是雄壮的国歌，接着传来一个男主持的标准蒙古语，人们知道是赛会要开始了，大人孩子纷纷离席，往一个方向跑去，参加刺绣表演的女人们则去彩条布的帐篷里换绣娘服。一个年轻绣娘扒开门帘偷窥着高个子，里边传出嬉笑打闹的声音："去你的，不要胡说嘛……"随后，十几个女人被年轻绣娘追打出来，与麻雀一起叽叽喳喳地拥向会场，年轻绣娘落在后面，一步三回头地向这边观望。嘎查达来邀请高个子，不料一个男人拎着酒瓶从灶台边走过来拦住去路，他是嘎查有名的屠夫，刚才一直忙着杀猪宰羊，烧火煮肉，这会儿就和嘎查达说："客人还没喝好呢，我想陪他再喝几杯。"嘎查达用目光征询了一下远方朋友，嘱咐道："适可而止，不要把客人喝多了。"

这是个敦敦实实的车轴汉子，头大如斗，脖子和身体一般粗细，毫发如狗熊般黑重，一看就是个"心狠手辣"的角色。几个爱喝酒的闲人围过来看热闹。屠夫有一个绰号叫"狼赫尔"（酒罐子），这谁都知道，干他这个行当的，给谁家宰牲畜都会供一顿酒喝,特别是近几年,每家一年冬夏两季都要杀上两头猪,肥猪滚滚,酒肉不断,久而久之,屠夫练就了一副千杯不醉的好肠胃。隔着桌子,狼赫尔并不坐下,举起酒瓶,瓶嘴对人嘴,"吨""吨"一阵水流声音,几串大气泡在酒瓶里由下而上,顷刻间一瓶酒灌进了嗓眼里,狼赫尔用手掌抹了一下瓶口,随后开了腔:"高个子,我来陪你喝酒,喝得过我,我请你去乌兰浩特最大的饭馆。"

好家伙,一瓶白酒就这么对瓶吹掉了。人们再瞧远方朋友,有人递酒给他,头一秒他还在笑呵呵的,下一秒仰仰脖,整瓶酒水就进了肚,没谁看清他是怎么喝掉的。棋逢对手,有好戏看了。狼赫尔这才坐下来,说:"兄弟,我今儿个高兴,所以才想和你多喝几杯,他们这些人都喝不过我,我和他们喝酒没意思。几年前,我还是个贫困户,我上有老下有小,老人有病孩子上学,自己又爱喝酒,说实话,日子过得真不咋地。自从嘎查第一书记,就是那个高才生书记来了以后,他帮了我不少忙,帮我给老人办了大病医疗保险,给我争取政府各种补贴补助,孩子考大学又是他帮我跑的贷款,我媳妇腿残疾,过去没啥手艺,天天喂鸡打狗的,两年前去了村里的刺绣培训班,旗里来的白老师手把手教,她自己学会了又教我。"屠夫伸出他的一双又粗又硬的大手,上面还沾染着猪血羊血,他说:"就我这双手,不是吹牛,刺绣个花呀朵呀的,我比嘎查里的老娘们强,她们都绣不过我,你信不?"说着话,从随身的兜子里掏出一幅作品,展开给远方朋友看,只见皮画上一双蝴蝶飞舞在马兰花间,针脚细腻,栩栩如生,屠夫小心翼翼,动静大了怕蝴蝶飞走似的。"这刺绣讲究绣、贴、堆、挑,技术精着呢。"这回狼赫尔不再对嘴吹了,像远方朋友那样,他把酒倒在奶茶碗里,"我们两口子就是这么脱贫致富的,为了刺绣我最近把喝了半辈子的酒都戒了,可今儿个我一定要喝点,高兴啊!过去嘎查里像我这样的贫困户多了,现在可都脱贫了,日子都过得一天比一天好,老百姓还求啥?"说着两个眼泪疙瘩就在眼圈里打起转,用手一抹,说了句:"喝酒!"兀自一饮而尽了。

喝酒也有大小酒场之分,小酒即小酌,大酒需要有酒量的人拼着喝,说干就干谁都不落后。而且喝大酒的酒场要喝得默契,既有能吹牛的也有能听吹牛的,远方朋友确实是个好听众,一言不发,说喝就喝,狼赫尔说啥他都支棱着耳朵听,兴致满满,所以今天这个酒场两人喝得比较合拍。狼赫尔就给他讲哈图布其嘎查这几年的变化，说现如今村村通了水泥板路，家家红砖蓝瓦窗明儿净，最牛的是每家的牛圈里都有几头油光铮亮的西门塔尔牛，至于为啥在牛圈里而不在草地上，那是因为生态禁牧，为了青山绿水。接着又吹——满村翘着翅膀的大雁其实是路灯杆，路边又种了哪些稀奇的树木和花花草草。狼赫尔说："就连阿里巴巴还在我们这里种了沙棘树呢，叫什么'蚂蚁森林'，知道那个叫马云的不，他和我们书记都是浙江人，个头比书记还矮呢……"说到最后，狼赫尔想起给远方朋友安排住处，说啥也要他晚上到自己家住去，他醉眼蒙眬地瞄了瞄远方朋友的身高，一时犯了难，说个头高些倒是可以弯腰进门，宽度就难办了，实在不行就把窗子卸掉，从窗户进屋。

眼见着桌前的空酒瓶子摆了一溜。狼赫尔像口慢慢烧热的锅，脸色红如猪肝，他裸着上身，浑身粗毛孔筛出豆大的水珠，后来就淋漓下来，那是热气腾腾的汗水，足以蒸熟一锅馒头。远方朋友也出汗，但是那种细细密密的，像清晨草原上看不见的温凉露水，只有浸湿了靴子或马蹄才让人知晓。再喝，狼赫尔起酒的手有点不听使唤了，脱手两回也没拧开瓶盖，他稳了稳身子，深吸一口气压进丹田，一个大酒嗝打将上来，浓烈的酒气直呛人脑门。这当儿，有人瞧见他的腋下水流如注，禁不住叫了嗓，喝酒的人都明白这是酒漏，狼赫尔的酒漏开了，这也是喝酒人的暗道，没有暗道酒只会在人的肠胃里、血管里燃烧，直到把人烧焦烧化。再看狼赫尔，糊满眼屎的两眼重新有了光亮，脸色似晚霞中的沙滩退潮了，他不再使手去拧瓶盖，而是直接用牙咬开，这次他起开了两瓶酒，一瓶留给自己，一瓶递给对方，用发直的眼神望着高个子，说："兄弟，酒逢知己千杯少，咱俩再吹一瓶……"

围观的人虽然都是些不怕事大的汉子，但也忍不住劝阻："咳，还是一碗一碗喝吧，这么喝会喝坏了身体……"狼赫尔却不管这些了，酒喝到这个程度他只想表达感情，他举起白酒瓶，先是把它当作麦克风，扯着嗓门唱起一首广场舞歌曲，一会儿有词没调一会儿有调没词，最后终于唱累了，不得不趴在桌上，脑袋一歪嘴一斜，便到梦中烀他的猪头肉去了……

围观的人都乐了，说让他这么睡吧，现在就是把他抬到集上称了卖肉他都不会醒了。远方朋友这会儿有了些许醉意，他摩挲了一把红彤彤的脸，弯腰脱下两只靴子，只见裤腿湿得像蹚了河，脚趾也被泡得发白，靴筒向下倾倒，两股清泉便一泻而下了,酒香立马弥漫开来……男人们随之惊呼了:"酒道!魁中的酒道!"民间俗语讲,一道后脑勺开窍,二道汗下眉梢……八道腋下尿尿,九道清泉灌脚……前几个酒道人们倒是多少见识过,可这"清泉灌脚"还真第一次见,男人们不禁啧啧称奇,算是开了大眼界。

不远处的赛场一片喧闹。远方朋友穿上靴子,晃晃荡荡向着赛场走去,嘎查的人们都聚集在那里,大喇叭里的草原歌曲盖住了百灵鸟的啁啾,却压不住徐徐尘土,几个少年正在跑圈赛马,马鞭挥动,马蹄飞驰,叫好声连成波浪。高个子认出马上少年就是要与他赛摩托的几位,便张开大手为他们鼓起掌来,又使劲打了一个尖如鞭梢的口哨,赛马扬鬃翘尾,雷声隆隆掠过眼前。赛场中央,搏克手们已决出最后的胜负,高个子挥动双臂,以搏克鹰舞向他们致意。没见过棕熊跳舞,这回见识了。魁梧雄壮的冠亚季军还之以礼,高喊:"高个子,过来和我们比试比试!"被旁边的搏克手拽了拽衣角,低语:"咳,瞧瞧他的体格,估计咱三个一起都不是他的对手。"远方朋友并没有一试身手的意思,耳边夏风习习,羊羔皮一样毛茸茸的阳光披在身上,他昂首阔步,路过射箭场。一位眉宇英俊的青年已斩获头魁,箭靶上遍布箭痕,十环兼有,但都没中靶心。高个子拿过弓箭,轻轻一拉就拽个满弓,距离百米远,"嗖"一声箭镞响,正中圆点,箭手们震惊了,上前察看,却见那支箭竟射穿了靶子,想取出来非双手双脚蹬拔不可。远方朋友哈哈一笑,交弓箭于英俊小生,继续前行。百余名绣娘正埋首刺绣穿针走线,一袭红艳衣袍铺展开来,如点缀青草地的朵朵萨日朗花。那位年轻的绣娘瞥到了远方朋友,提裙站立起来,腰身袅袅娜娜,眼神犹如波光荡漾般地向他招手,女人们这时纷纷抬起头来,目光像蜜蜂嗡嗡叮咬着高个子,一时竟忘了女人该有的矜持和羞怯。

"哦,他好高大呀!""嗯,比咱嘎查任何一个男人都壮……""听人说,他刚刚吃掉了大半只羯羊哎。""还喝光了嘎查所有的酒。""瞧瞧他的胳膊比我的腰还粗呢,好像不费力气就能搬动敖包上最大的石头。""不知哪个有福的女人嫁给了他……"女人们窃笑起来。

年轻绣娘挥动起衣袖,喊他:"咳,你要去哪儿?"

高个子冲着女人们拍了拍肚皮,说:"我的肚子饱了,要赶路去了……"声音洪亮如高音喇叭,所有乡亲都听到了,他们或放下手中的活计,或回过神来,目送远方朋友。人们望着异乡人的背影,议论纷纷:"我们还不知道他的真实名字呢。""是啊,不过看他的体魄,他的名字该叫都仁扎那(锡林郭勒传说中的著名摔跤手)。""可他的吃相……好似蒙古族那位最能吃能喝的祖先——大巴鲁刺。""不,他的箭法更像圣主的四獒之一'者勒蔑'。""这么说,他还是蒙古族人传说中的'酒神'呢……"

无论他是谁,无论高个子矮个子,都是个过路人,都是科右中旗草原最尊贵的客人。人们最后得出结论,于是一起高呼起来:"咦,欢迎你再来哈图布其!"

彼时高个子已经走远,他转过身向乡亲们挥手致意。他蹚着一眼望不到边际的没膝深的锦鸡儿,这是牧民们人工播种的,过去这里曾经是寸草不生的流动沙丘,如今变成了万亩枝繁叶茂的饲草地。此时头顶之上,数不清的云雀和百灵鸟赛着歌喉,此起彼伏,仿佛一场以天为幕的盛大合唱;近处,清澈的乌力吉木仁河如同一条银带缓缓伸展,飘动;远处,群山如黛,白云像昂扬的雪峰一样高耸,又似一群天马奔腾踢踏。高个子就向着奔马似的云山走去了,顷刻间消失在大野深处。

人群中最失落的要数那个年轻的绣娘,她咬着嘴唇,还在向高个子走去的方向悄悄挥手,用温柔微小的任谁也听不见的声音说着:"再见了,远方朋友,你什么时候能再来喝哈图布其的酒……"

巴桑的大海

○海勒根那

一

　　我跑长途做运尸人那些年，大抵都是从城里的医院往乡下运送死去的病人，却从没想过会遇到一个溺水者。那是初冬季节，租车的是一位来自草地的中学教师——呼德尔，三十多岁，死者是他的同乡，叫巴桑，据说是在远洋捕鱼船上做船员，因台风遇险而死，他要拉死者回来，到故乡安葬。草地的牧人去大海里捕鱼，我还第一次听说。我开口要了个价钱，对方也没有还口，一单生意就算成交了。我们从巴镇出发，行程有一千五六百公里，到达渤海湾的一个码头。渔船公司委托船长接待我们。船长五十开外，是个山东大汉，满脸歉意，安排我们住宿，并请我俩在一家高档餐厅用餐，席间一再说：巴桑是个好人，他很能干，是我见过的最好的船员。又拿出一张汇款单据给呼德尔看，说：按出海人的规矩，每个船员都会留下遗嘱，遵照巴桑先生的遗愿，我们已经把他的抚恤金和保险金汇给了海参崴的杉蔻女士，至于他的所有安葬费都由我公司负责。谈到这些，我自觉地回避，到室外去吸烟。那天夜里，呼德尔和船长聊到很晚，直到餐厅打烊。

　　第二天一早，我们在殡仪馆的停尸间里见到死者，他身边摆满鲜花，身上覆盖着白色蒙布（上边银光闪闪，似乎沾有零星的鱼鳞）。几个殡仪人员把死者抬起，放进我面包车的冷冻箱里，令人诧异的是，这具尸体好像没有下肢。此时呼德尔已与船长握手道别，大个子船长一直目送我们离开，直到望不见为止。

说实话,那趟差我接单时就有点打怵。按我们那儿的民间说法,溺水而死的人阴魂不散,又湿又重,一般跑长途的司机不会拉运这样的尸体,它随时能压垮你的车子,或者拖拽你的车轮。瞧,麻烦事说来就来了,先是天公不作美,昨晚,辽东半岛突降十年一遇的大雪,高速封路。奔丧不能停留,我干脆走乡村公路,那会儿还没时兴导航,只能边问路边行车。厚厚的积雪被车辆蹚得泥泞不堪,车轮不时打滑,我把紧方向盘,这种路况只能以四十迈的速度行驶,又不宜播放音乐,无聊透顶,唯一能消磨时光的,就是和同行人闲聊。呼德尔看起来情绪不佳,他坐在副驾驶的位置,遥望窗外的远方,似乎还沉浸在失去亲友的哀恸之中,我和他搭了好几次话,他才肯开口说话。

你和这位朋友感情很深?我问。

呼德尔点点头,说:是的,他从小和我一起长大,是我最要好的朋友。

他怎么去的远海捕鱼?

说来话长,呼德尔凝神片刻,说:不记得是哪个萨满讲过,有时需要山上的云雾散去,才能看清山顶。巴桑也如此,他是个有很多故事的人……

我望了望讲述者,摆出一副愿意倾听的样子。

呼德尔就打开了话匣子:这样,我还是从他小时候说起吧。师傅,你听说过"阴兵过境"吗?

什么是"阴兵过境"?

那是民间的一种说法。离我们牧村几十里的山谷里,有一个很神奇的洞,经常能听见千军万马厮杀的声音,牧村的老人都说那是十三翼之战时,成吉思汗兵败躲避到这个山洞留下来的。

你亲耳听到过?

是的,亲耳听到过,我的伙伴就是巴桑,是我俩一起听到的……那会儿我和巴桑也就十来岁,一次小学组织夏令营,去的就是那个山谷。孩子王布仁的主意,趁老师不备,要偷偷带我们探秘那个赫赫有名的山洞。巴桑从小没有双腿,经过一段怪石嶙峋的石塘林时,他落到了后面。到了山洞,没有一个孩子敢进去。布仁提出来,谁敢进山洞,他愿意赏赐那个人一瓶汽水。那时来看诱惑足够巨大,但仍无人响应。等巴桑凭借两只胳膊走到我们面前时,布仁有了坏主意,他先让大家闭嘴,然后对巴桑说:刚刚我们都进了山洞,现在就差你了!巴桑满脸尘土,把目光落在我的脸上,我瞅瞅布仁,并不敢揭穿。布仁催促他:还不赶快爬进去! 几个小伙伴也起哄:爬进去! 爬进去! 巴桑两只手挂着鹅卵石,支撑着他黑瘦的身体,一耸一耸地向山洞里行去,直到隐没不见……

所有人都屏住呼吸,想听到那一声比野兽的叫声还尖厉的嘶吼,或是巴桑的一声惊恐的惨叫,可是没有,山洞里一点声音都没有。过了好一阵,布仁忍不住呼喊起巴桑的绰号——没腿青蛙! 却听不到任何回应。不知是谁说了一句:他是被怪物吃掉了吗? 话音刚落,一个家伙撒腿就跑,其他孩子随之一哄而散,布仁想唤住他们却为时已晚,他不得不快马加鞭追赶他们去了。我一个人留下来,忐忑极了,一步一步挪向洞口,直到走进偌大的阴森而漆黑的山洞里,我小心地呼唤:巴桑! 巴桑! 山洞空旷,除了我的回声,似乎还有水滴的叮咚声,再没有其他动静。我不得不再往里面探步,阴暗潮湿的地上影影绰绰能见到发着白光的碎骨,有什么东西向我扑面而来,我吓得躲避开去,原来是几只蝙蝠扑棱棱从头顶掠过,就在我差点放弃的时候,里面传出了巴桑的声音:我在这儿……我硬着头皮摸索到他身边,他在黑暗中睁着明亮而新奇的眼睛,对我耳语说:你听! 我沉下怦怦的心跳,侧耳谛听,只听得山洞里面隐约传来潮水汹涌之声,仿佛正有节奏地拍打着海岸……

我惊奇着,掏了烟递给讲述者。

那是大海的喘息,呼德尔语气肯定:我和巴桑听得真真切切,而且山洞里不时还传出海水的鱼腥气……我俩也曾举着火把往最里面探寻过,大约五百米之后,洞穴却朝着地下去了,像个无底的深渊,声音好像就是从那里传出来的。巴桑丢下去一块石子,似丢到一片云雾里,连个回响都没有。

你俩没听到阴兵过境的声音吗?

没有,我想那一定是大人们听错了,因为有暴风雨的时候,山洞里的波涛声会很大,时断时续,由远及近的,在山洞里听,有时甚至震耳欲聋,里面似乎有海鸥的鸣叫声、鲸鱼的喷瀑声,可能大人们把这些声音误听作人喊马嘶了……巴桑让我用绳子把他顺到谷底去,我没敢做,巴桑没有腿,万一绳子断掉,他想爬都爬不上来……

他怎么会没有双腿? 我问。

那还是巴桑六七岁的时候,和同村的一个稍大的少年去哈拉哈河边玩耍,他俩在河里摸到了一个锈迹斑斑的铁家伙,呈锥形,死沉死沉的,比十条大鱼还要重,两人费好大劲才把它拖到岸上,以为拾到了什么宝贝,研究半天也没找到打开的门道或缝隙,只好举了大石块猛砸一气,那个黑乎乎的铁家伙倒是打开了,却是在震耳欲聋的爆炸声中四分五裂的,火光和硝烟把两个孩子掀出好远。最后那一下是稍长的少年砸响的,他的肢体被炸得七零八落,巴桑离得稍远,结果也失去了两条腿……后来大人们说,那是一枚炮弹。

我哦了一声。

呼德尔说:我之所以从这个山洞讲起,是因为巴桑向往大海的情结似乎是从这里开始的。说起这些,就不能不提到巴桑的身世,他天生就是个苦命的孩子……巴桑从小没有母亲,他父亲达里,原本是最好的牧马人,也是牧业生产队的队长,巴桑三岁那年春天,整个牧业旗闹雪灾,刮白毛风,半米之内都看不到人和物,铺天盖地的大雪,像白色的绒毛一样大的雪花,但绒毛落下来没有声音,这样的雪花可不是噼里啪啦地响成一锅粥似的,被狂风吹着,满世界一片混沌……那雪是湿的,落在身上一边融化一边结冰。这样的大风雪,牲畜最容易迷路,因为会顺着风雪疯跑,不出所料,生产队的几百匹马不见了,达里是生产队队长,带着所有马倌儿去风雪里寻找,生产队书记曾劝阻他:孩子那么小,又没有母亲,你就不要去了吧。达里都没顾得上回答,拎着酒瓶子和雨衣就跨马而去了……几天之后,人们在几百公里之外的科尔沁沙地找到他时,他已冻死在了那里……

牧村里有几户人家要抱养巴桑,大队书记巴雅尔权衡再三,还是把小巴桑交到了孤寡老人斯琴额吉的手里。这位老人家一辈子吃斋念佛,整天拿着一大串菩提子佛珠数来数去,因为给菩萨磕头,膝盖和额头都跪磕出了茧子。斯琴老额吉的心地更是菩萨般的,这点我就可以做证,小时候,我亲眼看到老人家在夏营地的蒙古包里养过两条蛇,没人知道它俩是怎么进到毡包里来的,总之去她家的牧人都要小心翼翼,说话不可高声,以免惊扰到蛇,这是老额吉定下的规矩。那时出于好奇,我们几个小伙伴经常去巴桑家看两条大花蛇孵蛋。有一次,在半路我们遇到了其中的一条,它足有牛角那么粗,几个孩子恶作剧,捡了一根棍子挑逗它,结果被放羊回来的斯琴老额吉撞了个正着,老人家平时慈眉善目,看到我们从来都满脸笑意,从来没见她发过火,可那天老额吉却怒不可遏了,她抢起拐棍追打我们,不停地责骂我们,仿佛那是她生养下的孩子,伙伴们一哄而散了,她还骂个没完呢,直到太阳落山,直到晚风吹断了她喋喋不休的声音。

那次巴桑被炸飞双腿,若不是斯琴老额吉没日没夜地呵护,悉心地照料,不停地向佛祖为巴桑祈福,巴桑可能熬不过那场厄运。

二

从早上开到中午,车子刚到瓦房店。一个三岔路口,我停下解手,顺便问问路,一个开大货车的师傅给我们指了指大石桥方向。午后天气转暖,阳光将道路上的冰融化成雪水,我计划天黑之前怎么也要赶到辽阳,否则傍晚气温下降,道路结冰,将更难行驶。

小时候,巴桑家坐落在村子东边的草坡上,那是两间黄泥土屋,院落是用红柳枝编成的,被风雨侵蚀成干灰色。有两道长满蒿草和车前子的车辙通往他家。童年的巴桑就用那两团肉瘤在土路上蹦来蹦去,稍大些,知道廉耻后,就秘不示人了,只用两只手走路。

那时,除了我,没有一个孩子愿意和他做朋友,他们总是欺辱他,耻笑他,给他起各种绰号,什么没腿青蛙、老头鱼、螃蟹、半截人、怪物等等。那时,牧业生产队已经解体,每家都分到了马、牛、羊。牧村的孩子们基本上都会骑马,我们在草地上赛马,使劲吆喝,任意驰骋,十几匹马一溜烟儿射向草原深处,那感觉棒极了。每每这时,巴桑只有远远地仁在土墩上望着的份儿,他和斯琴老额吉虽然也分到了一匹枣红马,可他没有腿,夹不住马鞍,根本没法骑马。有时,伙伴们反身回来,会打马绕着他嗷嗷地叫嚷起哄,将他矮小的半截身体淹没在飞扬的尘土里。

一次,巴桑问我在马背上是什么感觉。我想了下,告诉他,应该像在大海里行舟,草原在马蹄下就像无边的海浪,马背上的人在它的上面起起伏伏,而风好似海潮一样灌满你的耳朵……巴桑听了,默默地转身用双手走开了。没想到,那天傍晚就出了事,十几岁的巴桑用一条绳子将自己绑在马鞍上,马没跑出多远,他就被甩下了马背,像一袋面粉那样重重摔在了地上……斯琴老额吉抱起浑身是土的巴桑,用她那双干瘪的布满蚯蚓般皱纹的手拍打着巴桑的脸蛋,呼唤了好半天才把他叫醒。巴桑满额头都是血,平静地看着斯琴老额吉,好像什么都没发生……巴桑的右臂脱臼了,斯琴老额吉带他去看赤脚医生时,他的右手掌朝外翻垂着,晃晃荡荡的,可他一声也没吭。

这件事发生后,巴桑一直在家休学,有很长一段时间没有伙伴见到过巴桑,我们还以为他安心在家养伤呢。令人没想到的是,他再次出现在我们面前竟是骑马飞奔的情景。那天黄昏,我们放学后正在河边玩闹,一个少年乘着枣红大马从牧村中蹿出来,速度极快地掠过我们身边,向远方落日处驰去。是布仁最先看到并认出的他,布仁目瞪口呆地望着马上的人:巴桑?是巴桑!我们纷纷转头去看,都有点不敢相信自己的眼睛。那是布仁第一次叫巴桑的名字。等巴桑跑了一大圈回来,我们都盯着他的身下瞧,可那里根本没有什么绳索,巴桑是端坐在马鞍上的。那两个肉瘤被他像鱼尾巴似的翘在前鞍桥上。接着,我们又为另一个发现所惊奇——他的马鞍上没有马镫,那下面空空荡荡!事实上,他要马镫也没有用处,马奔跑起来,马镫上下晃荡应该十分碍事。可要知道的是,我们这些十几岁的孩子攀上马背不仅依靠腿和马镫,有时甚至还需要套马杆来帮忙。

布仁冲他喊:咳,别告诉我是拄拐都站不稳的斯琴老额吉把你扶上马背的!

巴桑用眼角余光俯视了一眼布仁,然后大声告诉我们:是阿爸,我的阿爸!

他这么说可不得了,谁都知道巴桑的阿爸死了,那个好骑手死了,虽然我们牧村有如是传统,男孩第一次上马都要由自己的阿爸亲自扶上马背,可是一个死去的人怎么会做到这一点,很明显是巴桑在说谎。

你确定是你那个死去的阿爸? 布仁问。

巴桑使劲点点头,没容布仁再追问,他已掉转马头疾驰而去了。

三

我听呼德尔讲述这些时,怎么也与车后的溺水者联系不到一起,仿佛在听别人的故事。是啊,在呼德尔的口中,巴桑那么鲜活,而死者那么冰冷。车快没油了,好不容易找到一个乡村加油站,我赶忙将车加满油,顺便问了下女加油工,到辽阳还有多远。女加油工看了我一眼:大哥,你走错方向了,这条路去往丹东。我一惊,三岔口的路牌明明写着大石桥,怎么会拐到这条路上?这意味着我们从西海岸跑到东海岸去了。我朝着雪地呸了几口,感到晦气得很。上了车,我狠砸了下方向盘,不得不一边掉转车头,一边向呼德尔求证,呼德尔说,他也记得路牌上写的是大石桥……好吧,本来大雪封路,这又走出几十公里冤枉道。

情绪所致,我不再顾及冰雪路面,加快了行驶速度,心里赌气地默念:管它什么邪,我可不相信。

呼德尔显然有着很强的表述欲。

知道"达里"是什么意思吗?呼德尔说。加满油后,车厢内弥漫着汽油味,他将车窗摇下缝隙,透了透空气。

你说的是巴桑父亲的名字?

是的,没等我回答,他便公布了答案,是大海的意思。

这有什么含义吗? 我问。

没有,呼德尔说,但它对巴桑具有非凡的意义。他父亲死去时,巴桑太小了,他根本不记得父亲长什么样。在乡邻的描述中,达里少年时就曾获得过十个牧业生产队的赛马冠军,长大后更有着高高的个头,强壮得像牤牛似的体魄,而且能吃能喝,放牧、套马、摔跤样样在行。直到达里死去很久,牧村遇到什么棘手的事,还有人在说:要是达里活着就好了。相比之下,巴桑是那么弱小、残疾,人们都不敢相信他是达里的儿子。每当牧村人说起父亲,巴桑都会睁大憧憬的眼睛,听得心驰神往。

那天一大早,巴桑敲开了我家的门,紧张兮兮地附耳对我说昨晚达里来看望他了。这话让我一惊。为了证明这是真的,巴桑特意拿来了佐证:一枚海螺。这是达里给我留下的,他还摸了我的头,夸我骑马骑得好呢。他还说什么了吗?我接过那枚残破的海螺看了看,心惊肉跳之余,感觉好像在哪儿见过。他没说什么,就转身走去了。我问他,要去哪儿。你猜他怎么说?巴桑顿了一下说:我要去寻找大海……我噢了一声问:你为什么要去寻找大海?他说:我也不知道,大海是世界上最广阔的地方吗?应该是。我说。巴桑把那枚海螺放在耳边听了一会儿，然后迫不及待地递给我：你听，里边好像有人在喊：巴——桑——巴——桑——我接过来贴在耳旁，却什么也没有听见……

巴桑坚信父亲为他做的一切，第二天他就把海螺穿起来挂在了脖子上。不过，布仁可不会轻易被哄骗，那时他的父亲已经当上了牧村的村长，这使得他更加耀武扬威。一天傍晚，布仁与几个伙伴抓到了巴桑，让他交代到底是谁扶他上马背的……布仁手里拿着马粪球，让昂沁（村会计的儿子）和另一个帮凶按住巴桑的胳膊和脑袋，说：你要是再敢撒谎，我就把马粪塞你嘴里，说，到底是谁？巴桑眼里吐着火舌：是我阿爸！布仁给了他一个嘴巴：那是个死人，你骗不了我们！是我阿爸！就是我阿爸！你想让我们把达里从坟墓里挖出来给你看吗？不，我阿爸他没有死，他去寻找大海了！胡说，昨天我们都找到埋葬达里的那块草地了！不，达里没有死，我的阿爸没有死！巴桑拿出宁死不屈的劲头。

布仁命令帮凶掰开巴桑的嘴，并喊着：这是你自找的！我们要堵上你这张撒谎的嘴……

其实我是知道实情的，可懦弱的性格让我保持了沉默，我真不配做巴桑的好朋友。就在这时，小我一岁的妹妹阿丽玛冲到布仁他们身边：你们放过他吧，我知道他是怎么上的马背，是我哥哥亲眼看到的……所有孩子都转头看阿丽玛和我，巴桑的头此时已被昂沁踩在地上，布仁一副狞笑的样子：不用你们说我也能猜到，是不是像矮猪那样攀着墙头，或者是搬来他家最高的梯子和板凳，爬上去的？伙伴们捧着肚皮哈哈大笑了，在我们的乡俗里，这样的笑话是形容最没用的人。不，那不是事实，我终于站了出来，对他们说：恰恰相反，巴桑比我们都勇敢，他，他是拽着马尾巴上的马背……

布仁定定地望着我的眼睛：你也学会了撒谎！不，这是真的，我可以对着长生天发誓……我的手心里全是汗水。布仁这才丢掉了手里的马粪球，小帮凶们也放开了手。大家都知道，只有最厉害的骑手才会抓马尾巴上马的。走吧，有腿有脚的咱们踢足球去。布仁领着兵马悻悻然地走向不远处的足球场。

巴桑坐起身来，抓起那几颗马粪使劲向他们的背影抛去：不，是我的阿爸扶我上马的，就是达里……他怒骂着：你们这些浑蛋……

那次，所有小伙伴算是领教了巴桑的倔强，而阿丽玛似乎对巴桑有了特殊的好感……

巴桑是个极懂事的孩子,他很小就当起了家里的小劳力,里里外外的活计他总是和斯琴额吉抢着干,除此之外,他还要百倍细心地侍弄他的枣红马,与他的坐骑形影不离。与此同时,巴桑的马术可是越来越棒了,甚至超过了所有的伙伴。他只靠双手,就可以在马背上闪转腾挪,上下翻飞,像做体操鞍马那样,把整个牧村都惊讶到了。对此,布仁相当不服气,作为孩子王,他不仅有过硬的拳头,更有拔尖的性格。他给巴桑下了挑战书,并用一串精美的马铃铛当赌注,他输了即刻奉上,他赢了,巴桑将喝一碗马尿。我和阿丽玛劝巴桑不要应战,巴桑却握紧了拳头,说:我倒是想和他比试比试……

那次,他俩赛的是平地抓羊。我暗暗为巴桑捏着一把汗,阿丽玛表情更为焦虑,她跺着脚,双手合十,为巴桑不断做着祈祷。随着一声口哨响,两匹马扬尘而去。布仁先抵达目标,他一个鹞子翻身,单腿蹬着马镫,俯身下去,准确无误提走了地上的羊头。叫好声一片。再看没有双腿的巴桑,这个动作对他来讲本身就不公平,他像猿猴那样一手攀住马鞍,凭着一臂之力探身而下,眼见着接近地面,却失手跌落下来,阿丽玛不由得尖叫了一声,那一刻,我们这些旁观者都闭上了眼睛,然而悲剧并没有发生,巴桑紧握的马缰绳挽救了他,让他凭借臂力重抬起身子。此时,枣红马已飞身掠过目标……那一碗马尿是昂沁给接的,满满当当一大碗,浊黄色的液体还冒着热气。巴桑望了一眼人群中的阿丽玛,脸色通红,嘴唇颤抖着转过头去,阿丽玛捂住了眼睛蹲下身去……巴桑掐着鼻子,咕咚咕咚喝掉一半的时候,就呛出鼻涕眼泪,一股脑儿呕吐出来,直吐得昏天黑地……我看到妹妹挤出孩子群,一边哭泣一边跑掉了,两支辫子像燕子的翅膀那样飞来飞去。

不过,这不是最后的结局。我要说的是,就在两个月之后,巴桑终于赢了布仁,这回他是单手抓着马肚带拾走一小根羊骨棒,布仁看完巴桑完成的动作,他连马缰绳都没碰一下,直接放弃了。不过出人意料的是,巴桑并没有要布仁那串马铃铛,他只低头去看布仁身后那几条牧羊犬,其中一条正趴在地上舔舔后腿上的伤口。那条狗是在布仁领导的一次追击野猪群时受了重伤,后腿被一头公猪给咬断了,外皮的伤口还没愈合呢。

巴桑指了指那条残疾的狗:我不要你的马铃铛,我想要它。

布仁惊诧了,瞄了半天巴桑:你确定要的是这条,而不是那条?

巴桑点点头。

可别反悔。

巴桑摇了摇头。

布仁也晃了晃脑袋,重新把马铃铛戴在自家的马脖子上,踢了瘸腿狗一脚:真是物以类聚啊,去吧,去找你的新主人去吧。

那天,阿丽玛没有亲眼看到巴桑的胜利时刻,因了上次的阴影,她拒绝再目睹这一切。黄昏的时候,巴桑带着他的瘸腿狗来到我家门口,我母亲一向可怜这个没有父母的孤儿,这时便唤他进屋吃一口饭,巴桑执意不肯进来,问我母亲:阿姨,家里有没有涂抹伤口的药水和纱布?母亲说:是你受伤了吗?巴桑摇头,指指手里牵着的狗:是它的腿化脓了。阿丽玛立即放下碗筷,自告奋勇,说:我知道在哪儿放着。忙不迭地去翻找。

我和阿丽玛把住牧羊犬,巴桑悉心地为它消杀伤口,缠上纱布。我问巴桑,为什么偏偏选中了这条没用了的狗,它的伤即便好了,那条腿也会残疾。阿丽玛抢过话来:我懂巴桑为啥选了它,如果是我,我也会……

巴桑抬头望了一眼妹妹,好半天说了一句:谢谢你,阿丽玛。

从那以后,没腿的巴桑就和三条腿的牧羊犬形影不离地走在一起了,远远看他俩走路的样子,一个一耸一耸地前移,一个一蹦一蹦地随后,着实有几分滑稽。当然,巴桑的身旁还会有他最喜爱的枣红马。

四

夏日的傍晚比飞机在天上拉的白线还要长,从日落到天黑至少要两个小时。要不是巴桑来找,我和妹妹难得有这个清闲,要知道少年时的我们就开始帮助母亲做家务,喂猪打狗,饮羊归圈。我们仨一路蹦跳说笑来到村外的草原。此时的草原宁静极了,昆虫们不再躁动,纷纷躲到草丛里去,云雀刚刚还在天空迎着落日和最后一抹夕光炫舞,这会儿就像一块石头那样,直直地砸向地面,瞬息不见了踪影。太阳徐徐落到天边去,先是把一大片云霞的边缘熨红了,接着,暗淡的山冈也被它点燃起来,直到把我们三个少年的脸烧着了,烧得红彤彤的。

落日可真美！阿丽玛蹲坐在那里,用双手托着一副痴迷的表情。

巴桑抚摸着他的狗,也望向天边。说实话,在那天傍晚之前,我从未仔细端详过这位伙伴,人往往会对自己身边的事物熟视无睹,我对巴桑的印象多半出于怜悯和同情,所以总认为他是个弱者,弱者就不会有什么突出之处,多半与瘦小、孱弱、病态相关联。但那天傍晚,许是夕光的照耀形成的明暗影对比,许是他用残疾之躯赢得了一个强壮的对手让我刮目相看,总之在我无意间注视他的那一刻,忽然发现巴桑的脸庞那么明朗,他有着剑一般的眉毛,眼睛虽然细小但炯炯有神,黑珍珠般发着亮光。他的鼻子并不像我们蒙古族人的塌鼻子那样低矮,而是挺挺有力地直翘起来,衬在一张轮廓分明的乌红色的脸膛上,显得那么俊美,包括他的嘴,都仿佛为了衬托这张脸而长在恰到好处的位置,嘴唇有棱有角。此时他面朝残存的夕阳,神情肃穆的样子更显出一份少年不该有的刚毅。那一刻,一个神话中的少年英雄形象从我脑海里闪现出来,让我不由自主地喊出:海力布!

巴桑和阿丽玛被惊扰到,把头转向我,我摆了摆手说:没什么,我刚刚看到巴桑的模样,感觉有点像传说中的猎手海力布。

你说的是那个最后变成石头山的海力布？阿丽玛问。

我点点头,反问阿丽玛:你不觉得有点像吗？

巴桑觉得好生奇怪:你俩在说什么？

呼德尔在说一个英雄,你没听说过吗？阿丽玛说。

巴桑摇头。

阿丽玛来了兴致,一双燃烧着夕阳的眸子对着巴桑,用那种稚嫩的未成年少女的温婉动听的声音讲起了故事——

据说很久以前,在我们大草原上有一位少年猎手叫海力布,他有着英俊的面容、坚强的毅力和高超的射箭技艺。他每天出去打猎都会给整个乌力楞(氏族)带回好多猎物,人们都称赞他为最好的"莫日根"(打猎能手)。有一天,他又出去打猎,明明是白天可是天空却一下子黑下来,海力布抬头一看,一只大得不得了的老鹰扑扇着遮天蔽日的翅膀从远处飞来,两只鹰爪像铁锚一样粗,正抓着一条小白蛇,小白蛇不断扭动身躯呼喊着救命！海力布赶忙奔到山顶,拼尽力气搭弓射箭,那嗖嗖带响的箭正中鹰爪,老鹰啸叫一声,松开了爪子,小白蛇从空中跌落下来……

谢谢你救了我。小白蛇说:我是大海的女儿,东海龙王的公主,你能把我送回家去吗?我的父王会报答你的。

海力布把小白蛇缠在身上,一路将它送回大海。龙王在大海的深宫里接待女儿的救命恩人,问眼前这个英俊的少年:为了报答你,我要将女儿许配给你,但有一个条件,就是女儿必须留在我身边,你愿意留下来吗?这时,小白蛇已经变成了一位亭亭玉立的公主。海力布想了一想,说:我虽然喜欢你的女儿,可我还要打猎,我离不开我的草原,那里有我的亲人们,我更要和他们在一起。

小白蛇失望地哭泣起来。龙王手捻龙须说:你是个好样的"莫日根",既然这样,我就赐你一块宝石,你再打猎时含在嘴里,就会打到更多的猎物……

海力布回到家乡,回到草原,按龙王所言,把那颗宝石含在嘴里,神奇的事情发生了,他竟然能听懂所有动物的语言,于是,他每天能够打到更多的猎物了,天上的飞禽、地上的野兽……

阿丽玛正娓娓地讲着,巴桑却皱起了眉头,捂着胸口……

怎么了,你哪儿不舒服了吗?阿丽玛问他。

没有,我刚刚在想,为什么海力布能听懂动物的语言,还会去猎杀它们。他用一只手抱住牧羊犬的脖子,与它头与头相挨,说:如果是我,我会和飞禽走兽做朋友,绝不去伤害它们……

看到巴桑的样子,阿丽玛有点不知所措,她走过来,一边摸了摸牧羊犬的脊背,一边和他说:别傻了,巴桑,那只是个神话传说,你干吗当真呀!

为了缓和气氛,我一边假作放松地双手抱头躺在草地上,一边开起玩笑:海力布也真傻,龙王的公主都不娶,非得要回草原,要是我,我就当他的乘龙快婿。巴桑,你呢,你怎么想?

我想,我不会是海力布,更不配娶什么龙王的女儿,不过我倒是最向往大海,有一天我会去看看龙王……

巴桑的话让我们哈哈大笑,我们又相互追逐打闹起来。

太阳隐身后,余晖让它身后的晚霞火红了好一阵子。当头顶上泼墨般的流云渐渐消隐于黑暗,最后一条木炭似的晚霞也燃成了灰烬。那天我和巴桑、阿丽玛三个人在草原待到很晚,直到星星在天空登场,一小块月亮原来是在南面的天空悬着的，却一直被忽略，现在终于显露出来，晶莹剔透。而蹲守在草原一隅的三位少年正被命运的夜雾所笼罩，对于我们而言，一切皆是未知。

不久之后，不幸的巴桑又失去了他的一个重要伙伴，这使他刚刚生出的一点自信又被现实击了个粉碎。事情源自斯琴老额吉的忽然患病，一辈子吃斋念佛的她却再吃不下东西，腹痛难耐。巴桑求来村人，把老人送到医院诊治，原来老人是肚子里长了一个碗底大的东西，必须手术治疗，可这需要一大笔费用。依仗老人在牧村的名望和好人缘，村民各尽所能，纷纷掏了腰包，可仍凑不齐手术的花费。巴桑把眼神落到自家那匹枣红马身上，这是他和老额吉唯一值钱的"家当"了。

枣红马被牵走的前一天晚上，巴桑就像送别自己的兄弟姐妹那样，与它依依不舍。黄昏的时候，他最后一次骑乘了这个伙伴，他不让它迅跑，只是抱着它的脖子在马背上信马由缰，任它的心意游走。在村外，他遇到了布仁，布仁冷眼望着巴桑和他的马，问他：咳，小子，听说你把它卖掉了？可惜呀，我还想和你赢回我的瘸腿狗呢。巴桑趴在马背上，好像没听见他的话……曾给过他力量和希望的马儿，就这样离开了他，那一晚，他的泪水浸湿了枕头。

枣红马是被科尔沁南部农区的人买走的，他们要用它拉车耕地。巴桑和买马的人交换马缰绳那一瞬，倔强的巴桑却抱住马的前肢不肯撒手了，他泪流满面，不断呼唤马的名字，后来村人不得不将他与枣红马强行分开。人们劝说他：等老额吉的病好了，以后你还会再养马的。

老额吉的病好在不是恶疾，术后慢慢好转起来，待她知晓枣红马被卖掉的事情，好不懊恼，甚觉对不起孩子，有一段时间像得了魔怔，逢人便说，不该把巴桑的马卖掉，哪怕让她这把老骨头就这么去了……

入秋的一天，老人家拄着拐棍颤颤巍巍找到我家，问看到巴桑没有，巴桑失踪了。村人们以为巴桑这个孩子多愁善感，不免有些担心，大家分头去找，寻遍了远远近近的草地，却不见他的踪影。人们怀疑是不是布仁他们搞的鬼。布仁的父亲找到他那个到处惹祸的儿子，用了马鞭子让他说出巴桑的下落。布仁扭曲着脸说，这不是他干的，他根本不知道巴桑去哪儿了。挨了几马鞭之后，他还是矢口否认。后来我提醒大人们：巴桑没准去寻找大海了。大海？人们惊诧着。他曾经和我说过,他最向往大海,他要去找父亲……可是整个内蒙草原都在内陆,哪里有什么大海。牧村人只把我的话当作小孩子的胡言,说什么也不肯相信。就在这时,与巴桑一起失踪的三条腿牧羊犬独自回来了,浑身遢遢,肮脏不堪,主人却生死不明。几个骑手跨上马背,让牧羊犬领路,发现巴桑是沿着村旁那条哈拉哈河一路行去的。

骑手们从罕达盖出发,直奔哈拉哈河下游而去,但河水在中段时流入蒙古国去了,直到额布都格格附近才折返回来。几个男人从早到晚走了百余公里,来到河流的终点,那个叫作贝尔的浩大湖泊,芦苇摇曳,湖鸥在水面飞翔……人们在一处破烂的渔窝铺里找到了巴桑,他头敷毛巾浑身发烫,脸黑得像木炭一样。是这家打鱼人救起的他,当时他趴在湖岸边奄奄一息,打鱼人还以为那是一条搁浅在岸被晒干了的黑鱼呢。渔窝铺的主人后来跟牧村的骑手们说:这个小家伙别看残疾,可有毅力着呢,他就靠着双手一直走到这个湖边的。打鱼人发现晕倒的巴桑时,他的掌心和手中的石块已被血痂黏合在一起,分不开了。沿途虽然有河水解渴,可巴桑带的干粮和炒米很快吃光了,没有什么食物可吃,几天里,他只在浅滩里徒手捉到几条小鱼几只小虾,采一些可以食用的花果野菜,和牧羊犬一起充饥。秋日头顶炙热的太阳没有把他烤焦,铺天盖地的蚊虫也没把他吃掉,这对于一个十多岁的孩子而言,不能不说是个奇迹。

五

……晦气的事情接连不断。我和呼德尔从错路上返回,走了近一个小时,就要折回大石桥时,路面上毫无征兆地突显出一个大冰包,我躲闪不及,面包车猛地侧滑,直接扎到路基下面去了……我惊出一身冷汗,万幸车子没翻,呼德尔也无大碍,只是头撞到前挡风玻璃,擦破点皮……

天色阴沉,冷风呜呜咽咽。我下车查看车胎,呼德尔问:车子还能爬上去吗?我瞧了瞧路基的坡度,没有言语。事出蹊跷,已不是路途不顺了。重新发动汽车,加大马力,却总是在接近路面时卡顿在那里。我取了铁锹,去除了车轮前的障碍,还是没用。没辙,只好回到车内,等待拦截过路车救援。

因心里忐忑,我借机检查了下后面的冷冻箱,没有发现什么异样,回头问呼德尔:你相信人有灵魂吗?

当然,呼德尔肯定地说,按萨满的教义——万物有灵。

那么,巴桑也一定有灵魂……我们拉他回家,他应该是高兴的,不会为难我们,对不对?

是啊,没有谁比巴桑更善良了。呼德尔一副认真的表情。

我们两个上了车,呼德尔又接续前言——

那次,巴桑从湖边被骑手们带回来,没有人去问他出走的缘由,人们都心照不宣。而巴桑一直在高烧中昏睡,等他醒来,斯琴额吉老泪纵横,抱着他的头说:我的孩子,额吉知道你心疼枣红马,不成咱们把这两间土屋卖了,去把马儿换回来。

巴桑面容平静,用手指为老人擦去泪水,说:没有,额吉,我早忘记它了,我沿着河去,只想知道河是不是也通向大海……

我和阿丽玛去看望巴桑,他躺在床上,没有一点我们想象中的抑郁,相反,他黝黑的面孔似乎更为俊朗,眼睛像星星般晶亮。

阿丽玛见到巴桑忽然有了几分羞涩。为了安慰巴桑,阿丽玛和我与他说了很多的话,我们还谈到了理想。

我说,我长大了要当老师,站在讲台上,拿着一根粉笔在黑板上画来画去,然后随便叫起哪个学生,让他回答问题,多威风。

阿丽玛说,她要当一名医生,为所有的乡亲解除病痛。

轮到巴桑,他思量了一会儿,说:我要,我要走遍全世界。

这个想法让我和妹妹感到吃惊,一个没有腿的人要走遍全世界,无异于痴人说梦。可巴桑却一副斩钉截铁的样子,他说,他就要走遍全世界。

少年的时光无论多么苦涩也是欢乐的。特别是巴桑和阿丽玛朦朦胧胧、不可言说的爱情(如果这也算爱情的话),令我这个见证者至今回忆起来,也甚感美好。

十六岁那年暑假,我和巴桑都刚好初中毕业,我们俩彼此帮助,去草场收割秋草。那会儿还没有什么打草机,一切都得靠体力,那是牧业生产里最重的体力活儿。巴桑别看矮人一截,但他的臂力出众,挥舞起铡刀把我远远地甩在身后。那年因为雨水丰沛，留作秋季打草的草场一片榛莽，草深处接近腰际，那比麦地还要繁茂不知多少倍的草地，用"百花盛开"绝不夸张，那是怎样一片争奇斗艳的七色花海呢——铺天盖地的是粉色风毛菊、野火球、野麦花、红车轴草；摇曳如海的是枣红色的榆果；紫色的是石沙参、穗花，野苜蓿也使出浑身解数，盛开出繁星点点的小紫花来；密如繁星的还有小黄花北柴胡、小白花防风草和石头花；同样开出细碎白花的还有高过所有野草的"草中的骆驼"——叉分蓼（酸浆草）；而一枝独秀的野百合花，像花中的黄冠王后，傲然独立在万千花间；那些寂寞的车前子此时都不甘落后，纷纷抽出了绿色的长穗……那数不清的草种啊，那大野茫茫的草海、花海啊，无边无涯，一直连绵到天的尽头。巴桑和我挥一阵子锄刀就仰躺在厚厚的草毯上歇息一会儿，望着天空上的流云遐想联翩。下午太阳偏西的光景，阿丽玛骑着马儿从远处快速奔来，给我俩送来新熬的奶茶和大米肉粥，还有一口袋果子奶干，这都是她亲手做的，小我一岁的她已出落成亭亭玉立的大姑娘了。

　　见到阿丽玛，本来光着上身的巴桑赶忙穿上了衣服，乌黑的眼睛里满是那种少年才有的既单纯又热烈的光泽，那是因爱情而散发的渴望。那天下午的时光真是愉快极了，我们三个人吃得肚皮鼓鼓，在无遮无挡的太阳下边晒着秋阳。四野苍茫，堆满一捆捆的草，仿佛大地上散落的星盏。阿丽玛性格活泼，望着秋风瑟瑟的起伏跌宕的草原，禁不住唱起了歌：

　　　　老哈河水长又长，岸边的稻花起波浪
　　　　美丽的姑娘诺恩吉雅，出嫁到了遥远的地方
　　　　…………

　　那是一首忧伤的科尔沁民歌，不过因了年轻人在一起的欢愉和喜悦，我们并没有品觉出伤感。阿丽玛唱罢，巴桑背靠草垛也唱起了民歌《达娜巴拉》，然后是我唱……在草地长大的孩子，每个人的口袋里都装满了长调短歌。我们放弃了劳作，无意中给自己安排了一个轻松自在、无所事事的秋假，我们也不必给偷懒找什么理由，只是尽情地享用这份青春时光。歌子一首接着一首，你方唱罢我又唱，没有谦让，毫不停歇。直到夕阳西斜，直到落日沉沦，暮色清澈，长庚星在山冈上眨起眼睛……阿丽玛的歌声那么嘹亮、悠扬,像猎猎飞舞的缎子在晚风中飘荡,飘到远山,飘到天边,又折返回来,缠绕在我们的耳畔。有那么一瞬,巴桑无缘由地哭了,他的两只手因为握刀柄久了,已粗糙僵硬得合拢不来,他就用这叉开着的十指捂着脸,泪水却从指缝里泉涌而出。那会儿,我知趣地离开了。夜幕中,阿丽玛拥住巴桑,两个人久久地依偎在一起……

六

暑假后巴桑却辍学了,斯琴额吉年老体衰,他作为男孩要挺立门户,而我要继续求学,去镇上的高中读书。等我再见到巴桑时已是一年之后,经过劳动锻炼的他仿佛一下子长成了大人,不仅脸庞更为硬朗,而且具有了健硕的上肢、宽阔的胸脯。也就是在那个时候,还在读初中的妹妹情窦初开,真正爱上了这个残疾的小伙子。这件事遭到了我家人的反对,原因明摆着。同时追求妹妹的还有村会计的儿子昂沁,其时,他的父亲已调到苏木(乡)任财务主管。

可想而知,昂沁的家境在我们牧村无人可比,连布仁都自愧不如。那时的昂沁穿着时髦,城里年轻人最流行的燕尾头,西服外套、老板裤,三接头锃光瓦亮的皮鞋,俨然一副富家公子哥的打扮。他进了我们镇上的重点中学,这使他骄傲得不可一世。在镇子上时间久了,昂沁难免学来一些流里流气的毛病,吸烟喝酒打架斗殴更不在话下。不过,镇子里那些招蜂引蝶的女孩他倒没看上一个,只想着法对阿丽玛献殷勤。为了讨好妹妹,他每周末回来必给她带些城里的新鲜玩意儿作为礼物,什么毛毛熊、明星画等等,可阿丽玛从来都不肯接受,先头还好言相劝,后来不得不言辞激烈地斥责他,让他不要再送这些东西,否则他将是不受欢迎的客人。

巴桑与昂沁有一次在我家里遇到一起,后者压根没瞧得起他的对手,无论哪一方面,昂沁都优越感十足,与巴桑不可同日而语。昂沁带着蔑视的眼神,由上至下吐了一口烟圈,直喷到巴桑的脸上,带有明显的侮辱和挑衅。

是重点中学教会的你吐这玩意儿吗?巴桑挥开烟雾。

原来你也在这儿,抱歉,我还真没瞧见你。他装出一副无辜的样子,抽出一根香烟递给巴桑:咳,没抽过这个吧,来一根,嗅嗅味道。

阿丽玛见状,拉起巴桑的手,冲着昂沁气恼地说:读重点中学的人不仅眼睛近视,而且都是高射炮眼睛,只会向上看。走吧,巴桑,咱们出去。

巴桑却脱开了阿丽玛的手:对不起,我是来找呼德尔的……

对于阿丽玛,巴桑是自卑的,自卑到从始至终不敢接受这份感情,甚至于否定他对阿丽玛的爱慕。他当时内心的痛苦该有多么的巨大,我们不可想象,有时,他宁愿阿丽玛答应昂沁,那样他就脱离了苦海,可他又那么鄙夷昂沁的品行,就像鄙夷一摊烂泥。

昂沁却来找巴桑了,他万万想不到阿丽玛能喜欢一个"残废",这使他妒火中烧。两人约好在村旁的红柳茅子里见面。巴桑还以为昂沁要与他决斗,但是没有,昂沁只说了以下的话:你没有资格和我争阿丽玛,你能给阿丽玛什么?给她幸福吗?你连自己都照顾不了!阿丽玛还要上学,而现在你只是一个地道的牧民,你只能耽搁她的前程!

巴桑默默地听着他的话,这些话昂沁不说他也都在心里千百次地思量过,所以他不想反驳,只想让这条条皮鞭抽打自己,让自己头脑清醒。

昂沁自以为戳到了巴桑的痛处,语言更加恶毒:……再有,别崇拜你的阿爸了,他就是个酒鬼!整个牧村都知道他是怎么死的,他是因为喝醉了酒才被风雪冻死的,你也想像你阿爸那样做个酒鬼吗?

你胡说!

可以想见巴桑当时的震惊与愤怒,是的,作为他内心最后的骄傲和活下去的勇气,阿爸是不可亵渎更不可动摇的,那是他的守护神!彼时,他发了疯似的冲过去,用他健硕的臂膀拦腰将昂沁摔倒在地,随之是雨点般的拳头,要不是昂沁的呼救声引来了大人将他俩分开,昂沁肯定会被巴桑捶个半死……鼻青脸肿的昂沁一边哭泣,一边像个女人那样咒骂:好你个巴桑,你竟敢打我,咱们走着瞧……

巴桑怒气未消,挥拳追去,昂沁早已屁滚尿流地逃之夭夭了。

可无论如何,昂沁的那番话还是如箭中的,从此让巴桑彻底远离了阿丽玛,无论我妹妹怎样寻他,他只四处躲避,铁了心肠。伤心欲绝的阿丽玛独自乘马飞奔,泪水好似迎面的簌簌细雨。

就在那个秋天,与巴桑相依为命的斯琴老额吉去世了,只把那串磨得熠熠发光的菩提子佛珠留给了他。巴桑将老额吉埋在了夏营地的向阳坡上,再将事先挖下的草皮一点一点恢复原样,那是草地蒙古族人的丧葬方式,斯琴老额吉就了无痕迹地归于大地了。说来奇怪,斯琴老额吉去后,那两条蛇也相继不见了踪影,仿佛它俩只为陪伴这位菩萨般的老人,老人走了,它俩也无意驻留。

斯琴额吉去世后的几天,或许是为了消解内心的悲恸,巴桑又一次沿着哈拉哈河而去,不过这次他却是逆流而上,那里有我们小时候到过的山洞,那是他心中的大海所在。他没有带那条三腿牧羊犬,后者已老得迈不动步了。

当满身泥土的巴桑凭借记忆终于找到那片石塘林时,眼前的山洞已荡然无存,它变成了一片杂乱不堪的采石场,据说这里发现了玉石……巴桑雄狮一样蓬乱着头发,古铜色的身体泛着层层汗渍,他望着夕阳之下的这片乱石堆,感到自己受了莫大的欺骗,连长生天都在骗他。他发了疯似的驾着自制滑车在怪石塘里横冲直撞,直到遍体鳞伤,他冲着远方嘶吼,愤骂:达里你在哪儿?大海你在哪儿?妈的……

回到牧村的巴桑疲惫不堪,一蹶不振,正值叛逆年龄的他开始酗酒,每日喝得烂醉。一次,他酒后瘫在街头的烂泥里,瓢泼的大雨都淋不醒他。阿丽玛闻信跑来,却被巴桑使劲推搡开:你走!你走!

阿丽玛跌坐在地,雨水兜头,痛哭流涕:巴桑,没想到你会变成这样……

昂沁也没得逞,我的妹妹后来转学到了舅舅家所在的城市,离开了这个令她伤心的地方。

阿丽玛背着书包和行李坐大巴走的那天,巴桑托人给她捎来一张纸条,大意如下——

阿丽玛妹妹,原谅我吧,巴桑配不上你!知道吗,你是我心中最美的草原百合,很早就绽放了,在我心里开得满满的,有时都装不下了,压得我喘不了气,有时我都要疯掉了!可是我不能接受你,也不能和你说……你会找到真正的幸福,可那个人不该是我。原谅我吧,百合花会在我的心里一直开,开一辈子……

读过纸条,阿丽玛泪如泉涌。窗外秋雨蒙蒙,草原寂静而忧伤,仿佛在烘托一段少年懵懂爱情的结局。

就在阿丽玛走的那天,唯一陪伴巴桑的牧羊犬卧在荒草间再没醒来,巴桑把它埋在自家院子里,让它的头冲着黄泥土房,然后一个人向夏营地走去。在那里他住了好长一段时间,据见到他的人说,他天天对着草原和落日发呆,跟谁都不说一句话。

要不是一个马戏团路过我们村落,巴桑的命运或许会和他父亲一样,最终只能死在酒上。那个夏日,两辆大卡车尘土飞扬地来到了村外的草地,一班花花绿绿的异乡人从卡车上卸下好多大铁笼,里边装着老虎、蟒蛇、黑熊、猴子、鹦鹉,还有几匹高头大马。草地上破天荒地搭起偌大的帐篷,几十里地的牧村人都闻信赶来,异乡人守着门和长廊贩卖门票以及各种稀奇古怪的东西。巴桑的门票是我给买的,他一边提着酒瓶子,一边毫无顾忌地滑到人群最前面,与一群少年追捧着小丑,好像他也是个不知廉耻的孩子。几个少年捉弄他,他划着破烂平板车追撵他们,冲他们高声叫嚷。

……轮到那几匹白马上场,表演马术的人在两匹马之间跳来跳去,可他的骑技着实不怎么样,两匹马相错稍远,他像蛤蟆那样纵身一跃,一口啃到了马屁股上,受惊的马尥了两个蹶子,把他掀下了马背。牧民们开始嘀咕:这把式还不抵巴桑呢!是啊,巴桑可比他强着呢。于是,人们异口同声地呼喊起来:巴桑!巴桑……此时,人群前面的巴桑正提着酒瓶醉眼蒙眬呢。

马戏刚结束,那位穿西装的大腹便便的经理向巴桑走过来。观众大多散去,巴桑应邀走上舞台,几匹马被重新赶出来,巴桑把酒瓶子丢在一旁,拽着马尾巴上了马背……

对巴桑的骑术毋庸多虑,仅仅几个动作,大肚子经理已惊叹不已,等巴桑一下马,他便急不可耐了。巴桑那会儿还未醒酒,对这个陌生人的提问——譬如是否愿意加入他的团队、可不可以接受训练并按马戏团的要求做表演等等,他仿佛没有听懂,眼睛直愣愣如置梦中。后来是这些乡亲替他做了主,拿起他的手指在两张合同纸上按了手印。巴桑就这样决定跟马戏团走了,消息轰动了整个牧村。

那天晚上,布仁来找我,从车上卸下来一个崭新的轮椅,对我说:帮我把这个给巴桑吧,以你的名义……我接过这个亮闪闪的铁东西,布仁猛吸几口烟卷：说我送的他会拒绝，明白吗？我领会了，冲他点点头。让巴桑体面地走吧，我亏欠他的不止一个轮椅……布仁说。

七

我在路上拦截到一台越野车，终于将面包车拉出了泥沼。此时天色渐晚，这一天的行程还没走出三百公里，我心下焦急，加紧赶路。过了大石桥已是黄昏，异乡的旷野却有种说不出的阴森，令人惴惴不安……

一辆屁股冒着黑烟的大货车挡在了前面，车速缓慢，而这条乡村公路只够一辆车通过，无法错车。我不得不耐住性子，嗅着它放出的"臭屁"跟在后边。眼见着大货车钻进前方的桥洞，竟在一团浓烟中戛然而止了，正正好好把洞口堵个严实。司机慌忙跳下车来，抱歉地告诉我们，发动机抱瓦了……

我对呼德尔做了个无可奈何的表情：真是见鬼！呼德尔摇了摇头。这回无路可走了，只能后退到镇郊。此时天色已黑，我俩不得不找个旅店住下。呼德尔安慰我：事已至此，不如哥俩喝两盅去。

我心烦意乱，也想喝点什么。一路上的聊天，让两个萍水相逢的人拉近了距离。我们找了家小馆子坐下，不一会儿便有了酒意。呼德尔重拾话题：

……巴桑走之后，整个牧村里，他唯独和我联系。不久，我接到了他的来信，里边附着他在马背上的演出照片。巴桑虽然只读到中学，却很有文采，字迹也不潦草。因为是他第一次写给我的信，所以我记得清清楚楚：

呼德尔：

我的好朋友，见字如面。我来马戏团一切都好，现在我开始驾驭四匹马了，人们都叫我铁臂人巴桑。我们去周游各地，甚至还去了朝鲜，见到了很多过去没有见过的人和事。我已戒酒，每天和喜爱的马在一起，我很快乐。感谢你送给我的轮椅，它真漂亮，我从此不再矮人一截。在你收到这封信时，我们又要去南方演出了，所以不要给我回信，有空闲我会写给你的。

想念你的巴桑

1996 年某日

那张照片被整个牧村传了个遍。

我没记错的话,有三四年的时间,铁臂人巴桑一直待在那个马戏团里,那时,他很频繁地给我写信,都是介绍他在全国各地的所见所闻。每次来信,我都读给关心他的人们。可后来有一年多的时间,巴桑不再来信了,这让我好生奇怪。他的信件已成为我生活的一部分……很久以后巴桑才告诉我,那是因为他已辞去了马戏团的工作,

原因出自一匹叫作班克的老马,这匹马在马戏团服役了差不多十年,腿脚大不如前。那次他们在河北某地演出,巴桑驾马表演,在跳跃障碍时,班克犯了错误,前腿没有跨过路障,一个前倾被绊倒在地,折了一条前肢。

兽医查看了班克的伤势,对大肚子经理摇了摇头,意思是这匹马不顶用了。经理瞅了瞅巴桑的脸色,爱马如命的巴桑追上兽医,哀求:王兽医,这匹马没问题的,求你帮帮忙,把它的腿骨接上。王兽医低头瞥他一眼,一口河北腔:啥?你这是啥话来?我要是能接上还犯得上求?巴桑还想说些什么,兽医已被大肚子经理扶着肩膀走出了马厩。

马戏团这几匹马是巴桑对故乡和少年的感情寄托,更能唤起他对枣红马的记忆。为照顾受伤的班克,那一晚巴桑几乎没有合眼,他亲自为它消毒伤口,买来绑带缠裹骨折之处,喂它平时最爱吃的饲料,一遍又一遍地给它刮刷毛皮,尽可能地给班克以安慰。自从巴桑来到这个马戏团,这几匹马就成了他朝夕相处的伙伴,最忠诚的搭档。他与马儿情同手足,自己舍不得吃的都喂给马儿吃,照顾它们比照顾自己还要仔细,所以马儿就对他俯首帖耳,与他亲密无间。这在舞台上表演时就能看得出来,他和它们配合得是那么和谐流畅、天衣无缝。巴桑的马戏每次都是整个节目里最高潮的部分,每次都会赢得最多的掌声。可如今,班克要掉队了,如战友般的伙伴,巴桑哪里舍得。

临到清晨,巴桑小睡了一会儿,没等第一缕阳光探进窗子,他就一骨碌爬起来,赶忙提了清水去饮班克。等他来到马厩,却不见了班克的踪影,他四处寻找,大声吆喝,打扫圈舍的老师傅停下扫帚,和他说:你是在找班克吧?一早上就被带走啦,经理让人带到马市上去了。巴桑闻言大惊,忙不迭地跨马追去。

后来巴桑在信中对自己大加责备,早不睡晚不睡,悔不该就那个时辰睡了

觉……那个大肚子经理怕卖掉班克使巴桑难过，因而特意背着他，隐瞒他，这个"好意"连佛祖都不能原谅。等到巴桑来到马市为时已晚，班克已变成了一堆马肉，一堆头蹄下水……

我能想象到巴桑当时的悲痛，他蹲坐在街头大哭失声，差点呕吐出肠胃……巴桑后来从马贩子那里花大价钱买下了班克的马皮，马贩子看出他对这匹马有感情，便敲了他的竹杠，巴桑连价都没还。那带着班克气息和鲜血的马皮，被他一直带在身边，无论走到哪里……

巴桑就此离开了马戏团，任凭大肚子经理怎么挽留，他头也不回地走了。

那是一个秋日，巴桑的信件又来了，我迫不及待地打开信封，里面掉出一沓照片：巴桑站在巨大的远洋捕鱼船上，正置身大海之中。

呼德尔：

　　你读这封信的时候，我已经乘坐远洋捕鱼船去往太平洋捕鱼了。你一定会很惊讶，我何以做这个选择，那是因为我心中一直有一片大海。还记得小时候，我俩一起去山洞里听海的涛声吗……我在马戏团赚了些钱，找了一所海洋学校，现在已实习期满，我拿到了海员证……祝贺我吧，呼德尔，我就要出发了，未来七个月的时间，我会一直在这艘大船上……

你不知道读这封信时我有多么激动，巴桑的梦想实现了，他终于看到真正的大海了……我举着信札向牧村奔跑，想让每一个人知道：一个牧村长大的没有双脚的孩子，他的足迹能走多远……

八

说到这儿的时候，呼德尔热泪盈眶了……作为听众，我也为巴桑所感动。两个人一时无语。不知怎的，我忽然觉得巴桑对我不再是个陌生人，好像是我的老相识，我对他已肃然起敬。

那次远航作业，他们是去捕钓鱿鱼，光行程就需要五十多天，穿越整个南太平洋，最后到达秘鲁、智利和阿根廷的公海。后来巴桑的信总要间隔三两个月才来，那一般都是他来到了岸上。那些信件穿起了他在海上的生活，我这才知道，其实巴桑远洋捕鱼并没有我们想象的那么光鲜，包括他应聘这份工作都很不容易。因为没有双腿，很多渔船公司都把他拒之门外，后来就是那位山东籍船长慧眼识珠，发现了巴桑满是硬茧的双手，和超于常人的强壮的臂膀。大个子船长开的是一艘秋刀鱼捕捞兼鱿鱼钓船，最主要的作业就是放网和收网、投钩和收钩，渔船上除了甲板和冷冻舱的方寸之地，需要双脚的时候不多。巴桑这才有幸踏上渔轮。

第一次出海，渔船离开陆地向大海驶去时，巴桑的心情可想而知。随着海水越来越深邃、幽蓝，船身也随着海浪一刻不停地起伏，巴桑没想到自己会晕船晕得那么厉害，他呕吐不止，头痛欲裂，接连吐了两天，把胆汁都吐出来了。六月天气已十分炎热，在海上，明晃晃的太阳直射在无遮无挡的渔船上，加之噪声轰鸣的柴油发动机连续运转，整个船舱热气蒸腾，简直能把人烤熟。巴桑虽然初次下海，不过他很快就融入这大海的颠簸。他在信中说：还记得你说过的在马背上的感觉吗？你说骑马就像在大海里行舟……现在我真实体会到这种感觉了。

船员住宿舱狭窄而潮湿。住在巴桑对铺的是个精瘦的南方汉子，他可真是只老海鹰了，在渔船上蹲了二十几年，被海风吹成了肉干的黑红色，整天龟缩着脖子，驼着背，沉默寡言，一双鹰眼却滴溜溜地转。人们管他叫"大黑牙"，源于他的一口黑不溜秋的牙齿，它们都像炭棒那样支着，而且站立不稳四下晃动，缝隙大得可以塞进一条小鱼，令他吃什么都不香甜。老单身汉带着一堆色情片，一得闲就窝在被子里瞧录像，哎哎呀呀的叫声让巴桑好不烦恼。看到兴起，他便满脸窃笑用手势招呼其他船员一起看，大家都伸着脖子凑过去，巴桑索性用衣服蒙住头脸。

别的船员上船是为了谋生，巴桑却是因为热爱大海。他适应着渔船上的一切，包括漫长航线上的无聊和寂寞。而他也确是一名体力超凡、精力充沛的船员，能胜任渔船上的所有工种。

长期繁重的体力劳动过后，他们会获得短暂的假期，那是渔船在沿海港口修整或补给期间。那些寂寞过久的老船员会带着巴桑到岸上，教他怎样在各种肤色的女人身上花掉美元，可巴桑对此似乎没有一点兴趣，相反他总是游荡于街头巷尾,把他的钱大把大把地撒给那些身有残疾的乞讨者,向他们连比画带英语地说上一阵儿,为此,他还一知半解地学会了很多国家的语言。为什么只施舍给残障人?原因不言自明。

近七个月的钓猎鱿鱼过后,巴桑又会去往北太平洋上捕捞秋刀鱼。就这样循环往复……

还是说说四年前春季那次去白令海峡吧。那次,他们的渔船穿过日本海,航行至海参崴时,船上的制冷压缩机坏了,不得不耽搁几天,就近停靠港口修理。正是这个偶然的时机,让巴桑邂逅了那个来自图瓦的女孩——杉蔻。当时她正在街头售卖楚吾尔(乐器)和口弦琴。

后来,巴桑在给我的信中说:知道我第一次见到那个女孩的感觉吗?我的心就像被秋刀鱼咬到了那样疼。她用楚吾尔吹出各种奇妙的音乐,里边有马嘶、鹿鸣、鸟叫,甚至还有大海的声音。而且她还会弹拨口弦琴……杉蔻会说蒙古族语和俄语,也会点中国话。我求她帮我挑一只楚吾尔,让她教我吹奏……

我能读出巴桑那次出海的愉悦心情,连信中的大海都变得"清澈见底,无限碧蓝,成群的鱼儿在海中来往巡游,海狗在海面窜来窜去……"

那次捕鱼,巴桑意外地在渔网里拾到了一颗浅蓝色的、有小拇指指甲大小的珍珠,它掩藏在一只褶纹冠蚌里面,船工们都说他发财了。巴桑把它捧在手心里,却另有打算……等两个月后返航时,巴桑找到船长,请求渔船途经海参崴时歇一歇。船长明了其意,哈哈大笑着拍了拍巴桑的肩膀。

歇脚的那天,该是巴桑一生中最快乐的一天……

你见过那个女孩的照片吗?我举起酒杯和呼德尔共饮。

他俩一开始相恋,巴桑就给我寄过杉蔻的生活照:乌红色的高高的颧骨,细长的眼睛,其中一只被柔顺的长发遮住,鼻梁上长着雀斑,不过她笑起来的样子真好看,牙齿整整齐齐,雪白如玉,纯净的眼神像三个月大的小鹿一般……

巴桑在信中说:看她的照片,你肯定觉得眼熟,她不知哪儿长得很像阿丽玛……说实话,这一点我早看出来了,她俩不知哪儿有点神似。巴桑很少提杉蔻的身世,所以我对她所知甚少,只晓得她的年龄比巴桑小十几岁,如此而已。

后来,巴桑说他每当休假都会去往海参崴,在那里和图瓦女孩厮守一阵儿,直到签证结束。在远东的海滨港口,白天,两人一起去街头摆摊卖乐器,夜晚,巴桑躺在杉蔻的怀里,就像小时候躺在斯琴老额吉的怀里。巴桑说,杉蔻身上有种熟悉的无法言说的味道,那应该是他未曾谋面的母亲的味道。

还有更重要的事要说呢,接下来的几年里,杉蔻几乎一年给他生一个孩子,五年下来竟然生下了五个……

嚯,好家伙! 我感叹道。

是啊,没想到巴桑枪法这么棒,弹无虚发,简直百发百中啊。呼德尔咧嘴乐一乐,露出雪白的牙齿。

他没想留在俄罗斯吗? 我问。

嗯,他肯定想过,呼德尔说,只要杉蔻答应嫁给他,他就可以获得俄罗斯的永久居留权……可是,为了养活这一堆孩子,巴桑只能拼命工作,他恨不得天天待在海上。

所以巴桑只能来了又走,两个人只能聚了又散。不过,一个浪荡子终于有了牵挂,就像一只四处飘荡的风筝,终于有了一根线作为牵扯。巴桑在信中和我说:我爱他们,他们就是我的一切,我要赚更多的钱,让他们像公主和王子一样幸福……

是的,巴桑这几年出海更加频繁而漫长,把赚来的钱都汇给杉蔻。而他再寄给我的信中总是在不厌其烦地描述他休假时与杉蔻和孩子们相聚的情形,通过他的信件,我能想象到那种幸福时刻:杉蔻家灰色屋顶的木刻棱前,高大的秋千上,街巷里,鸽群中,大海边,到处是他们一大家子浪漫而温馨的嬉戏画面……特别是他最小的儿子,刚刚蹒跚学步,巴桑给他起了一个雄伟的名字,叫作扎那,是大象的意思,他把扎那举过头顶,置于七彩的光环中,那种开怀大笑的样子,令人为之欣喜,为之感动……这些都是我能想象到的,不过令我奇怪的是,巴桑从没有寄给过我他们的全家福,这一点不像他的性格,我写信提醒过他,却总是被他忘记。

九

那次,巴桑在海上出事,差点把他和杉蔻的幸福葬送了……

他们的渔船从西太平洋向南行进，路过菲律宾的达沃港，渔船修整的间隙，巴桑干了一件蠢事，他把一个七八岁的乞讨男童带到了船上。没人知道他是怎么避开大家的眼睛的。那是个天生的畸形儿，皮包骨头，只会爬行，可这会儿连爬行的气力都没有了，浑身滚烫，病得要死。巴桑把他像病猫一样藏起来，直到渔船离港。纸包不住火，率先发现男童的是船工宿舍里的人，他被裹卷在巴桑的被子里，露出两只臭球般惨白的眼睛，干裂的嘴巴里仿佛只剩下了一口气。船工"大黑牙"那会儿扭动着脖子，发现怪物一样嘎叫了一声。

事情败露了，高个子船长叫走了巴桑，表情严肃地问他到底是怎么回事。巴桑沉默了半天，说了一句话：我看他要活不成了，所以想救救他。胡闹！你这么做是帮他偷渡，是犯法的！船长在甲板上来回踱步，捏着下巴想了许久，对巴桑说：你给我出了个大难题，我总不能让人把他丢进大海里去！眼下只有一个方法，你让所有的船员帮你保密，我答应你在自己的床铺上养他，等返程回来，你想办法把他再送回去！

船长算网开一面。巴桑悉心地照顾着男童，给他喂淡水，敷退热的湿毛巾，擦洗身子，并找来各种退烧的药片，日夜守护在男童的身旁。直到第三天早上，男童睁开的眼睛里有了光亮，用蚊子那么大的声音告诉巴桑，他的名字叫奥古斯汀。

四十余天后，渔船终于返航至科罗尔，站在船舷上就可以望到菲律宾黛青色的马德雷山脉了。男童体力恢复了，被巴桑喂养得像条黑泥鳅，整天在床铺上爬上爬下。巴桑教给他蒙古族语，让他管自己叫阿爸，向人问好时说：善拜喏。那天傍晚一切如常，巴桑和船工一同在渔舱里作业，忽然，他似乎听到了什么声音，转头环顾工友，唯独不见了"大黑牙"。不知怎的，一种不祥的预感让他放下手里的活计，疾身奔向底舱。男童的呼喊声隐约如厉浪，床铺前，"大黑牙"正将他骑在胯下，用毛巾捂住他的嘴巴，而这个老淫棍晃动着黑光光的屁股……巴桑如同一头巨鲸那样冲撞过去，随后暴风骤雨般的拳头倾泻而下……

船长设法把男童送回到了达沃港的岸上。"大黑牙"的十几颗立棍似的牙齿只剩下右侧的两颗，鼻骨骨折，另外还断了两根肋条。他信誓旦旦要告发巴桑。结果渔船一进达沃湾，巴桑就被菲律宾海事局和一群警察带走了。

巴桑涉嫌绑架儿童，"大黑牙"还反咬一口，诬告他猥亵奥古斯汀。如果罪名成立，巴桑将面临在菲律宾终身监禁。船长和船员们无不为巴桑叫冤。奥古斯汀因为未满法定年龄，他的证言警察局不予采信。船长找到"大黑牙"，要他摆正良心，"大黑牙"鼻梁上绷着纱布，像极了小丑，他张大空洞洞的嘴巴，敲着他蜡黄的牙床，说：我的牙齿呢？他把我吃饭的家什打掉了！瞧着吧，让巴桑把我的牙齿找回来安上，再把下半辈子的养老钱准备好，对了，还要当着所有船员面给我赔礼道歉，为我恢复名誉，我就看在船长的面子上，饶他一回。

大个子船长听了，说：你到我身边来下，我有话和你说。

"大黑牙"凑到船长跟前，船长挥拳过去，"大黑牙"仅存的两颗牙也飞了出去。

那次多亏了大个子船长，他四处托关系，为巴桑找到了一位华人律师，加上所有船员为巴桑做证。警局没有足够的证据证明巴桑携走奥古斯汀是为了绑拐，涉嫌猥亵因为发生在中国渔船上，要由中方警局侦办，巴桑这才得以跟随渔船回国。整个案件，由于新闻媒体的介入，引起当地公众的关注。更多市民了解了案情，相信巴桑，站在巴桑一边。达沃市市长亲自到医院探望奥古斯汀，并在电视上发表演讲，要求慈善机构关注残障儿童的健康，并请孤儿院妥善安置奥古斯汀。

巴桑他们的渔船从港口起航的一刻，出人意料的，码头上不知什么时候围聚来许多市民，手捧鲜花，为渔船送行。一位白发苍苍的华裔老人向渔船喊着：巴桑先生好人！中国人好人！

"大黑牙"没有得逞，所有船员都鄙夷其所作所为，无人理睬他，避之唯恐不及。自讨无趣的"大黑牙"整天缩在床铺上，借骨折之名再不下地，要求船长指派船员轮流伺候他，每天哼哼唧唧，满肚子委屈。

巴桑最后以轻伤害罪，被中国法庭判处六个月监禁。"大黑牙"则由于被侵害人无法出庭做证而逍遥法外。他后来拿到了巴桑赔偿的钱，用其中的一小部分镶了一口金牙，再和别人说话时，就努力张大嘴巴，故意给人看他嘴里的金光闪闪。

法庭宣判那一刻，巴桑反应强烈，泪流满面，反复呼喊杉蔻和孩子们的名字。船友们知道，那是他在担心妻儿们，没有他的供给，一个母亲很难抚养那么多孩子的。

　　主审法官同情巴桑,庭下找到大个子船长,语重心长地建议渔船公司,等巴桑出狱与他续签劳动合同。船长说自己正有此意,不仅如此,他还要在巴桑服刑期间预支一部分薪水作为其妻儿的抚养费。

　　巴桑是我们的老船员了,我们要帮他渡过难关。船长说。

十

　　呼德尔已有了七分醉意:记得我说过的话吗? 有时需要山上的云雾散去,才能看清山顶……

　　大个子船长信守诺言。六个月后,巴桑出狱,又回到了渔船。巴桑想念杉蔻心切啊,他找到大个子船长,要去白令海峡捕鱼。可渔船刚刚才钓鱿鱼归来。船长当然知道巴桑的心思,权衡再三,终被他打动。这次,大个子船长干脆让巴桑担任渔船的轮机长,此前,巴桑已做过大副和大管轮。渔船就这样起航出发了……

　　临行前,巴桑就把这个消息写信告诉了杉蔻,并约定了见面的日期。那天上午,海参崴秋高气爽,港口安谧,大海风平浪静,阳光和暖又柔软,像徐徐落下的金色绸缎,铺洒在蔚蓝的海面。巴桑的渔船如约而至,他在甲板上远远地望到岸上的杉蔻,她一只手抱着儿子扎那,身边围绕着大大小小的孩子们,他们身着盛装,手捧鲜花,早已等候在那里,此时正向中国渔船挥手致意……那会儿,巴桑要有双腿肯定会蹦起来,他大声呼喊着他们的名字。船长微笑着看着这一切,向巴桑竖了竖拇指……

　　船一靠岸,巴桑就滑动轮椅冲向了杉蔻,轮椅前后左右系着的大包小裹都是他给他们精心挑选的礼物,那时,你若看到巴桑的样子,会以为是一辆运货车正无人驾驶……

　　呼德尔说到这儿,停顿了一下,又点燃了一根烟,才继续他的讲述。等大个子船长看清那些孩子,惊讶得嘴巴都合不拢了,那是些怎样的孩子,简直让人不敢相信! 他们有的没胳膊,有的没腿,有的眼盲,有的脑瘫……

　　我惊讶得差点把一口酒吐到碗里,瞪大眼睛瞅着呼德尔。

是的,没错,那都是些残障孩子,他们不都是巴桑和杉蔻所生,或者是从孤儿院领养的,或者是街头的弃儿……

这就是巴桑所说的——他的孩子们! 你能想象得到吗? 呼德尔说。

我摇了摇头,表示不可思议。

他俩情投意合,立下心愿,要救济抚养残障儿童。这就是巴桑做的,他拼命赚钱,杉蔻舍弃了一切,只为了这份本不该他们做的公益事业。

其实,在收养这些孩子之前,巴桑就已经开始他的义举了,大个子船长给我看了巴桑留下的一个日记本,那里面记着他多年以前的开支,那时,他就把所有赚到的钱,通过一个慈善机构,都汇给了负伤的老兵。这个有夹在日记本里的汇款凭据为证。

大个子船长和我探讨了巴桑做这些事情的动因。他还回忆起,有一次,他们的渔船在南澳大利亚领海遇到一艘日本捕鲨船,一条条深海刺鲨被捕钓上来,活生生地被割去鲨鱼翅,再抛入大海。鲨鱼因为没有了双臂,只能垂直沉入海底,在海面留下一大片一大片殷红的血浪……

他们船的船员都挤在甲板上看热闹,"大黑牙"更是目不转睛,嘴角露着坏笑。就在这时,人群里传来一声嘶喊,准确地说是一种惨叫,令人毛骨悚然的惨叫,声嘶力竭,把所有人都吓了一跳。声音是巴桑发出来的,他那一刻简直是疯掉了,浑身战栗,痉挛一处,用双手捂住眼睛,那种声音绝对不是人类能发出来的:暴勒嘱——暴勒嘱——暴勒嘱……

暴勒嘱是什么意思? 船长问我,我告诉他是不要!

船长的话把我拉回到遥远的过去,让我想起那个童年时被炮弹炸飞的巴桑。他当时没有昏厥,他眼睁睁看到自己下肢全无,而他的同伴成为七零八落的肉酱、残肢,甚至草丛里还沾着一摊白花花的脑子。他疯了,发出的就是这样的呼喊,暴勒嘱——暴勒嘱——不停地喊,直到大人们把他包扎起来送到镇上的医院,他也停歇不下来,谁也阻止不了他……那呼喊声甚至很长一段时间都回荡在我们牧村,那是巴桑从每晚的睡梦中发出的,每次都把整个村庄的人喊醒……

船长说那次巴桑好几天都无法工作,蹲在甲板上脸色苍白,止不住地发抖,痛苦的吁喘让他的胸脯像激荡的海浪。

为了一对久别重逢的人儿，大个子船长决定在海参崴多停留一个晚上。巴桑接过杉蔻怀里的男婴，那该就是叫作扎那的小儿子，巴桑用胡子扎他的脸蛋，张开大嘴轻咬他。回过头来，巴桑热情地邀请船长到自己家里做客，船长二话没说，欣然应允。巴桑又和其他孩子左拥右抱，小家伙们又蹦又跳，兴高采烈。这时，船长无意间注意到杉蔻身上的几个细节，她右边的衣袖里空空荡荡，而年轻的脸上，一只眼睛里面仿佛没有瞳孔。

城郊一处破落的木板房就是巴桑和杉蔻的家了。没有高大的秋千，也没有鸽群，院子里是一群肮脏不堪的流浪狗，见到陌生人便围过来吠叫，杉蔻向它们温柔地说了些什么，它们仿佛听懂了，热热闹闹地与几个孩子嬉戏去了。

屋子里光线祥和，把一种绒绒的温暖镀在俄罗斯式的简单陈设上。房间更多的空间则被玩具占据，那些玩具陈旧得褪了颜色，有的打了补丁，却都干净得像孩子们的衣着。白灰涂抹得一尘不染的墙面，偶有孩子们的涂鸦，墙角上方供奉的是圣母玛利亚的画像。令船长奇怪的是，神龛上竟然有一串佛珠。

船长和呼德尔说到这儿时，后者打断他，问：那是不是一串菩提子，摩挲得闪闪发亮的菩提子？

船长点点头。

没错，那该是斯琴老额吉的佛珠。呼德尔说。

杉蔻用图瓦的鹿奶茶招待客人。船长刚端起杯子，几个趔趔趄趄的孩子便闯进来，屋子里立马天下大乱，所有的整洁一去不返了。巴桑扯大嗓门儿吆喝这个，驱赶那个，也无济于事。看着这一切，杉蔻像个孩子那样咯咯咯乐得前仰后合，随后她注意到打扰了客人，向船长抱以歉意的微笑。

那天晚上，大个子船长破例喝了酒，与巴桑两个人推杯换盏。他为这样一个特殊组合的家庭而感动。与呼德尔说这些的时候，船长眼里不时涌动着晶莹的泪花。杉蔻一直忙着看管几个孩子。最大的女儿十岁左右，已经能帮助母亲了，她是个脑瘫儿，走起路来左摇右摆，却异常懂事，尽力地看护弟弟妹妹。就这样还"事故"频出，一会儿这边打翻了一碗苏伯汤，一会儿那边又抓伤了谁的脸。杉蔻并不懊恼，乐此不疲地忙来忙去，抽空还要过来喝上一杯酒。

船长问巴桑,为什么要这么做?

巴桑被伏特加酒烧红了脸,他低下头想了下,与船长说:这没有什么,我喜欢这些孩子,别看他们外表残缺,可他们的心和正常孩子一样,斯琴额吉说过,每个孩子的心都是一颗天上的星星……

那天晚上,满天都是豆大的星星,大个子船长说他这辈子没见过天上有那么多星星,全都挤压在杉蔻家的屋顶上,好像要将这个简陋的木板房压扁似的。

船长和巴桑都喝多了酒,最后像兄弟那样搂着彼此的脖子。巴桑会的蒙古族歌可真多,什么《达娜巴拉》《黑缎子坎肩》,唱了一首又一首。歌声像炉膛里的火,将整个夜晚都照亮了。说来奇怪,巴桑唱歌时,几个打闹不休的孩子都安静下来了,像一群立耳侦听的土拨鼠那样,围住巴桑阿爸,包括那个五六岁的聋哑女儿,也认认真真地望着巴桑翕动的嘴巴,自己的小嘴随之一张一合。

巴桑终于唱累了,唤过杉蔻来,然后拍着船长的肩膀说:您不知道,杉蔻还会唱蒙古族歌呢,是我教给她的。杉蔻,你给船长唱一首《诺恩吉雅》吧……

《诺恩吉雅》? 呼德尔问。

对,没错,是《诺恩吉雅》! 船长说,我还记得两句歌词呢——

老哈河水长又长,岸边的稻花起波浪。

美丽的姑娘诺恩吉雅,出嫁到了遥远的地方。

…………

呼德尔点点头,长出了一口气。

船长反问道:怎么了?

哦,那是我妹妹阿丽玛唱过的歌……

停顿片刻,呼德尔又问:这几个孩子没有一个是巴桑和杉蔻的吗?

你不知道吗?巴桑失去双腿的时候,也失去了生育能力。船长说,那次在达沃市,为了"奥古斯汀"案件,菲律宾警察验明过他的"正身",才排除了"大黑牙"的诬告。

讲到这儿,呼德尔的泪水夺眶而出……

十一

这天晚上,大个子船长与巴桑一起,在杉蔻家留宿了,他们和孩子们挨在一起,相互搭肩载腿的。这是船长主动要求留下来的,他要感受一下和星星挤在一起的感觉。巴桑更是睡得四仰八叉,鼾声如雷,仿佛他从来没睡过觉一样。直到第二天天光乍亮,船长被不停喧响的闹钟唤醒。

渔船要黎明起航,差点耽搁了航程。两人爬起来,胡乱穿了衣服,巴桑一一亲吻了睡梦中的妻儿,轻轻关上房门,一高一矮的两个男人迎着曙光向港口赶去。

那次航行一切如常,巴桑一直沉浸在与亲人久别重逢后的喜悦中。第一次当上轮机长的他尽职尽责,满心都在想着报答渔船公司和大个子船长。

半个月后他们的渔船到达了阿留申群岛北部,在那里他们遇到了台风。

一切都不稀奇,在北太平洋上,无风三尺浪,一旦有风,更会白浪滔天。渔民们都以三米、四米、五米浪来形容浪高,高浪达到十二米毫不新鲜。每天,所有渔船最关注的就是天气预报,如有大风,渔船必须就近躲到避风港。那次捕捞秋刀鱼的渔船特别多,不仅有中国的,还有俄罗斯、日本和韩国的各式渔船。为争抢资源,他们按先后顺序划分了自己的海域……

那天一早,气象预报有三米浪,按海上规则,所有的渔船都不能出海。大个子船长也要将船停去港口,巴桑却要冒一把险,这是一个机会,意味着大海上只会有他们这一艘渔船,收获可想而知。他要的是尽快完成捕捞任务,赚到更多的钱。

如果单是这三米浪,大个子船长和轮机长巴桑是可以对付的。他们的渔船在白浪翻腾中驶入目标海域,大海灰暗,一整天不见太阳。在夜幕降临前,巴桑他们已经探测到了庞大的刀鱼群,渔船缓慢行驶,待天色一黑,便稳稳停下,打开遍布船身的灯光,吸引鱼群自投罗网。此时,鱼群已被诱集到捕捞区,右舷集鱼灯开始熄灭,左侧依次亮起。

有那么一刻,大海像折腾累了似的,风浪稍静,仿佛一头猛兽蹲坐下来小憩。巴桑和船员们抓紧这个时机，大家一字排开，站在船舷的左侧，即将启动收网工序。所有白炽灯通通关闭后，围绕着渔船的海面呈现着一片红宝石般的光亮，而它的四周却是漆黑如深渊一般，只能听到海水的喘息。就在这时，毫无征兆地，大海猛然间躁动了，风向是一瞬间转变的，海面变成了万匹脱缰的野马，恶魔般的大浪好似一座座摩天大厦，向渔船倾塌而下……不仅如此，脚下也在隆隆开裂，无止境地下陷，再猛地掀翻，把渔船送到眩晕的高处，再跌落、跌落，紧接着又一座大厦崩塌，碎石乱飞，落在船员的头顶，漫卷着船上的一切……在结满冰的甲板上，船员被刺骨的海浪推过去再搡回来……

此时，只有巴桑是镇定的，与其他船员相比，没有双腿的他因阻力小而"站"得更牢，并且他面对着惊涛骇浪竟没有一点惧色。现在他必须迅速用卷场机收绞起网，鱼群遇到来自海底的鼓荡正在四处逃窜，他先收环纲，再提绞下缘纲，这样，刀鱼就被牢牢困在网中，再把网身整个吊起，固定在船舷上。渔船共有六台绞车，本来是十几个人干的活儿，此时只剩下了一半船员在坚守岗位……

渔船摇晃如过山车，恶浪劈头盖脸，疯狂地卷向甲板，像无数只巨手抽打着巴桑。来吧！达里！他冲着巨浪狂喊着，来吧！快来吧！他反复喊着这句，声音和嘴巴不断被海水灌堵，他吐掉腥咸的海水又去嘶吼：来吧，达里！对，就这样，真他妈痛快……

渔网终于被吊起来，却有些异样，一股说不出的力量使渔网左冲右突，似有烈马在挣脱着缰绳。嚯，等网提出水面，大家才看清是一条大个的深海鲨鱼，正随同刀鱼群卷在其中拼命挣扎。几个船工兴奋起来，呼喊着：大鲨鱼！大鲨鱼！快快收网！

暴勒嚯！暴勒嚯……大个子船长隐约听到了这个熟悉的呼喊声，那一定来自巴桑……瞬息，那呼喊声就被风浪吞没了，波涛更加凶猛，铺天盖地而来，几个船工连滚带爬，纷纷撤回底舱。巴桑却迎着巨浪而上，他要设法将鲨鱼放归大海……借着船体摇摇荡荡的灯光，所有的船员都看到了这一幕，有人在呼唤他，要他退回到舱里，但是整个世界只剩下大海咆哮的声音，巴桑或许压根没有听见，他执拗地做着要做的事，直到把渔网撕开一条长长的口子，鲨鱼逃脱而去……

就在这时，一座比山峰还要高耸的巨浪眼瞅着砸向巴桑，它的核里包藏着摧毁一切的力量,巴桑的身体瞬间被卷进了大海……

大个子船长在驾驶舱里目睹了整个过程,一时惊骇得目瞪口呆……

十二

第二天,风刹浪小时,俄罗斯的搜救船在海面上找到了巴桑。当时他正双臂伸展,倒扣在海里,舒舒服服的样子像是睡在家里一样,跌宕起伏的海水好似梦境飘摇……

呼德尔已醉意醺醺,此刻如释重负地靠在椅背上,眼神黯淡:巴桑就这样死去了……悲壮吗? 惋惜吗? 可是一切都结束了……

就这么结束了? 我喝光了杯里所有的酒,有点缓不过神来。

是啊,结束了。呼德尔抹了一把鼻涕,抬起头来朝向窗子,街上行人稀少,街灯熄灭。

唯一没结束的是巴桑和杉蔻领养的那些孩子, 他们的未来……呼德尔眼泪又止不住流下来:大个子船长临别前和我说,他们渔船公司要成立一个慈善基金会,以巴桑的名字命名,专门资助那些残疾孤儿,当然包括杉蔻的那些孩子……

我和呼德尔各开了一个房间。我要好好静一静,想一想,特别是返程时这一路上的遭遇,可大脑却仿佛停转了,只泊在了巴桑的一生。

一夜无眠。凌晨,我好像顿悟了什么,随即又模糊不清了。我轻轻敲开呼德尔的房门,把他摇醒。

我在想,为什么昨天我们的车事故频出……我对他说。

呼德尔睁着惺忪的眼睛看着我。

你觉得,与故乡相比,巴桑会不会更喜欢大海?

你的意思是?

我觉得我们无意间做了错事……

呼德尔比我更懂得巴桑,他思虑片刻后点点头,使劲握了握我的手。

高速开通,返回渤海湾的路畅通无阻。

天未破晓,沿途有朦胧的雪光为我们照亮,我和呼德尔神情肃穆,像在为一个平凡而又不平凡的人去完成一个神圣而庄严的使命。车到老虎山海岬正是清晨。此时冬日的海岬一片肃冷和静寂,朝阳从层层云霞和海面深沉的雾气中缓缓隐现。我将面包车开到一处陡峭的悬崖之上,它的下面就是铁灰色的波澜壮阔的大海。我和呼德尔打开车厢,将盛装巴桑的冷冻箱抬举出来,迎着玫瑰色的映射着七彩光环的阳光,慢慢走向崖顶……片刻之后,顺着峭壁的陡坡,冷冻箱就像一具棺椁,徐徐落去,直至溅起水花,沉入海中……

呼德尔的脸颊上映着金色的霞光,此时正眯着眼睛望着脚下那一片苍茫的无边无际的水域,对我说:我们做得对,只有大海能盛得下巴桑。

海风凛冽,我屏住呼吸,说:我怎么觉得巴桑没有死,他好像又要去远行一样。

会的,他会去更远的地方……最后一句,被淹没在大海的波涛声里。

【作者简介】海勒根那,男,蒙古族,1972 年生于内蒙古通辽市,内蒙古作家协会副主席。出版有中短篇小说集《骑马周游世界》《请喝一碗哈图布其的酒》《巴桑的大海》《白色罕达犴》等。曾获全国少数民族文学创作骏马奖、百花文学奖、诗探索·红高粱诗歌奖、"索龙嘎"文学奖、敖德斯尔文学奖等;作品多次入选中国小说学会年度排行榜、《北京文学》年度"中国当代文学最新作品排行榜"。

你会游泳吗

○赵卡

一

市第二监狱的砖瓦厂就挨着达赖庄,生意一直不错。河北人看到了商机,他们拎着钱踏进达赖庄老支书的家门,不久,两座崭新的老式砖窑像坟墓似的堆地而起。按国家的相关政策,老式砖窑费土费水费燃料,不环保,是不允许搞的,但老支书有硬后台撑腰,任何部门的规定他都不带怕的。有了悍横的老支书保驾护航,河北人的小眼睛里闪耀出金钱的光芒,放开手脚大干起来。那些年房地产的好时光有目共睹,砖头的需求也太旺盛,这边窑里的土坯还没点火烧呢,那边就排上队交钱了,一亩亩红胶泥被制砖机塞进砖窑,变成了一捆捆砖头厚的钱票子,河北人和老支书笑得连脖颈上都仿佛有鲜血渗出。

没过两年,老支书的硬后台倒台了,老支书也被抓了,在他被抓之前,事先得到风声的河北人早人间蒸发了。这时张顺来到达赖庄看地方,传说中的砖窑已被夷为平地,砖窑遗址附近有个几十亩大的平坑,里面积着深浅不一的污水,到了夜里,还能听到癞蛤蟆夸张的打呵欠声。

"那就这儿了。"张顺眨巴着蛤蟆眼问赵耀西,"多少钱,一年?"

赵耀西是镇里的扶贫干部,临时兼着达赖庄的书记,他没吭声,扭头看了看村主任徐强强。徐强强贼眉鼠眼地瞅了瞅赵耀西,把手里那杆笨重的猎枪挂在枪套里,像是在心里演算了一遍后说:"一次性三万,分期四万。"

徐强强三十来岁,玩心大,他用这把枪不知射杀了多少小动物,自赵耀西挂职村里的书记后,他才有所收敛。否则,按赵耀西的说法,哪怕射杀一只小麻雀,都会有坐班房的危险。

"那你一次性付还是分期付?"赵耀西扶了扶眼镜问张顺。

"还是分期吧?"张顺龇牙咧嘴地笑。

"就这么定了!"赵耀西指着徐强强对张顺说,"麻溜点,跟他把合同签了。"

离大水坑不远处的一条小泥路上,有爷孙两个玩得正醋,小孙子刚唱了一句"五星红旗迎风飘扬,胜利歌声多么响亮",爷爷马上就接了"歌唱我们亲爱的祖国,从今走向繁荣富强"。

二

养鱼是张顺的特长,要不,他来达赖庄干吗,他又不是扶贫干部。

在张顺的老家杀县薛家坡,村里废弃的水库以前是他承包的,没几年就砸出了名声,浪里白条张顺的鱼,就是比别人家的好吃,甚至,很多鱼贩子从张顺那里接了鱼,专门在黄河边上卖,逢人便称这就是黄河里打出来的鱼,价格翻了三倍不止。除了卖鱼,张顺还在他的鱼池边上盖了一大一小两个蒙古包状的雅间,城里人会玩,有的开着小车来钓鱼,张顺是按重量计费的,钓的鱼多了,就在他的蒙古包里吃喝,张顺老婆给炖,不收工费和料钱。

和村里人比,张顺算有钱的,有多少,举个例子就明白了,张顺是村里第一个买面包车的人。不过他的面包车里总有一股让人反胃的鱼腥味,除非有急事要用一下张顺的车,坐过的人没有不捂嘴捏鼻子的。但有的人不怕,比如村里的老赌棍臭三。

臭三在薛家坡算个传奇人物,他生长于农村,却从未干过一天农活。他老子又不是干部,臭三凭什么不下地春种秋收呢?这事说起来还真是一桩传奇。他老子臭杨春是杀县境内远近闻名的棋王,据说,臭杨春下象棋的功夫在杀县早已没了对手,反正没有人见过臭杨春输过一次。棋王怎么可能下地劳作呢,棋王的天地在棋盘上。自小臭三就跟着父亲拎着棋盘到处赌棋,从十里八乡一直杀到城里,逢赌必胜,所向披靡,直到一次被一个输急了的老头抢起棋盘重重地朝臭杨春脸上砸去,砸破了头。臭杨春可不是善茬,他夺过棋盘朝这老家伙的头上猛抡,打得老家伙晕头转向,棋盘碎裂,一根一寸长的铁钉扎进了老家伙的太阳穴,鲜血流进了老家伙的眼里。

臭三生平第一次闻到了血腥味,就是他父亲砸死那个输急了眼的老家伙的。警察来了,臭杨春被雁背翅戴上铐子,扔进了闪着警灯的面包车。本来,臭三还想继承父业,以二棋王的身份弈杀谋生,当他后来看到父亲手遮着满脸伤痕时,这个念头瞬间断了。

张顺的土蒙古包本来只在夏天经营,冬天封了鱼池,土蒙古包的生意静等来年开春。臭三来了,土蒙古包冬天也有生意了,臭三搓着手弯腰,蹲在小火炉旁边,问:"还睡觉哪?"张顺瞅着臭三油晃晃的脸,问:"啥事?"

阵阵冷风从土蒙古包的破门缝里灌进来,吹散了门边的煤灰,臭三从胸兜里摸出一包烟,给张顺甩了一支,自己从火炉里捅出几粒红炭,把烟点上去,着了。"没事,"臭三喷了一鼻子烟说,"来下盘棋。"

张顺的棋艺很臭,连输了五盘他就怒气冲冲地不下了。臭三捻着下巴上稀疏的小胡子,笑了笑,不一会儿,说:"我想在蒙古包里起壶?"张顺一听起壶,就坐不住了,他在土蒙古包里来回转了八遍,才扭过黝黑的脸问:"咋个起法?"

风从敞开的破门里吹进来,臭三打了一个寒战,站起身来说:"抽头和包天都行。"

赌徒们是臭三找的,有段时间,张顺的面包车成了臭三的专车。

壶是宝壶,画个斜十字,押一二三四那种的,见钱快。臭三和张顺的结算方式是包天,一天一百块,现结,张顺想都没想就答应了;反正冬天没生意,这钱挣得利索,连成本都没有。

三

"是不是睡死过去了?我×!"徐强强在一个看上去非常寒酸的小破板房边站住了,那杆猎枪像长在他身上一样,寸步不离。他拉开了屋门大声嚷嚷:"你铺上地砖嘛……嘿,这屋子小不过也漂亮……咦,人呢,去哪儿啦?"

人不在,塑料布粘着的窗子东抽西斜的,徐强强怕那个修缮过一点的破房子快倒塌了压住他,撤出脚后,急忙朝砖窑遗址走去。

张顺在塌陷了的砖窑遗址附近的平坑踱步,顺便像思考什么大事。几十亩大的地方,能改造成鱼池的面积最多一半,张顺是行家,他转了一圈后心里有数了。徐强强右手揪着衣领,脑袋像个夜壶栽在衣领里,顺着张顺刚踩出来的泥泞小路吆喝:"还以为死哪儿了……哎,张顺,二大嘴叫人吃饭呢,订在五里营老菜馆了,快点收拾。"

张顺右手撩着大风衣的下襟,没有抬头,眼前冰冷的烂稀泥让他的脚精疲力尽了,不过用不了多久,他的养鱼事业就要从这里重新起步。"妈的,聋了吗?"徐强强在离张顺二十步远的地方停下来,"二大嘴叫吃饭呢,订在五里营老菜馆了,快点快点!"张顺听见了,他抬头看着徐强强,脸涨得通红。

狭小的板房内,张顺脱掉又脏又破的风衣,慢腾腾地换衣服。"那你说,我该咋办?"张顺的脸上带着惶惑的笑容。

板房的接口处有中指那么宽,徐强强在原地踱着步。"既然已经干了,那就干到底,二大嘴又不吃人,投资嘛……这也是耀哥的意思。"徐强强给张顺递了一支烟,喂过火后才说,"再说你现在主要是缺钱,这鱼塘可不小,要不是你和赵书记那层关系,谁给你投啊。"

还真是,徐强强说的没错。张顺能到达赖庄承包这么大的地片搞鱼塘,没有赵耀西这层关系他想不敢想。说起来,多亏了张顺老婆,张顺老婆和赵耀西老婆中间隔着一个亲戚,亲戚连着亲戚,张顺和赵耀西就这么也没拐多远,算是咸不咸淡不淡的亲戚了。

走得急,屋外堆了各种杂物的烂木箱子磕了徐强强的膝盖,他疼得"哎哟"了一声,人和那小破板房一样摇摇欲坠。

吃饭的地方在五里营老菜馆,路倒是不远,就是有点绕,徐强强骑着摩托车驮着张顺跑了半个小时才到,二大嘴还有三四个人在饭馆的雅间里等。二大嘴在城南一带算是名人,早些年因为在舞厅里跟别人抢女人,把对方给捅成植物人了,赔了一笔钱,坐了八年牢,出来后,就朋伙了几个志趣相投的人围起了壶,生意还算不错;据说,他的壶里有赵耀西的干股。张顺明白,这年头能围壶的人可不是吃素的,手眼通天不说,还得能打能杀,否则,壶早被各路红皮黑鬼给踢烂了。

"二哥,"徐强强的嘴巴像一道木棒的裂缝,斜龇得挺喜色,"早到了啊,哎呀,这路呀,越修越烂,差点绕晕了。"

二大嘴正在打电话,冲徐强强和张顺点了点头,夹烟的手指磕了磕圆桌,意思是让他俩先坐下。张顺仔细打量了二大嘴一下,这人虽一脸傲慢但长得浓眉大眼,崭新的夹克衫闪着红光,圆领上冒出的一颗硕大脑袋,偶尔会摇晃几下。

"哦,哦……"二大嘴吐了口烟,话是从烟里出来的,"那钱不能拖,拖一天就是一天的利息,哦,哦……你告诉他,就说我说的,真的吗?跟龙爷有啥关系,就说我说的……好了,我这儿还有事,完了再打过来。"

二大嘴挂了电话,文着一只狼头的手臂凶神恶煞地搁在桌子上。

"哦,二哥,"徐强强给二大嘴介绍,"张顺,耀哥的杀县亲戚。"

"哦,杀县呀!"二大嘴扭头注视起张顺的面孔,仿佛早就认识似的,"我去过,以前那儿有几个朋友,后来……后来联系不上了。"

张顺脸上堆出一个蹩脚的笑,他给二大嘴递烟,二大嘴看也没看他递过来的烟,把手边的软中华一拨,和徐强强说:"抽这个,抽这个。"徐强强弓起身子,抓过烟盒,从里面捏出两支,一支含在自己嘴里,一支递给了张顺,说:"这个好,'3'字头的。"

上的菜是传统老八样,乡下人司空见惯的扒肉条、熘丸子、酥笨鸡、炖鲤鱼啥的,酒是老菜馆泡了枸杞人参的坛子散酒,丰盛有余价钱也厚道。二大嘴先夹了一片扒肉条,塞嘴里咂了咂,点头称赞还是旧城老菜馆的味道,肥而不腻,没走样。

吃了半天,张顺不像二大嘴他们那么自在,话也是别人问一句他答一句,直到一伙人吃完了。

"嗯,"二大嘴用手捂着半张嘴用牙签剔牙缝,话像是牙缝里挤出来的,"你那个鱼池,现在进展到啥地步了?"

"已经量盘好了,能先开出二十亩的样子,正准备筹点钱……"张顺盯着二大嘴的脸说。

"需要多少钱?"二大嘴剔完牙,把牙签咬在牙齿上。

"还没细算,平整池底,消毒,买种苗、饲料……"

"别细算了,大约估个数?"二大嘴截断了张顺的话。

"嗯嗯,"张顺涨红着脸,低头心算了十几秒后说,"二十多万吧,也就二十多万。"

张顺算完后，把自己也吓了一跳，二十多万对他来说和一挎包钱差不多，那得沾了唾沫的手一张一张数几个小时啊。在老家薛家坡的时候，张顺也不是没见过钱，在村里他就算是有钱人了，那也不过几千几万元而已，臭三也没有一次拿出过二十万元。还有，就算二十多万能启动他承包的这个鱼池项目，他也不知道后续还得再往里扔多少钱，他只知道，眼下手里真没钱了，这几天他一直琢磨着该向谁借贷，这年头，借贷和吃屎差不多，都难。

"二十多万？"二大嘴嗟了口烟，慢慢喷出来，"行，我给你拿十万，占你个对半股子，不参与经营，也不看账，有耀哥的关系，我信你。"

"啥？"张顺的脖子伸得老长，他唯恐自己没听清楚。

"有耀哥这层关系，二哥给你投十万，还不感谢？"徐强强用手背揩了揩嘴角的油污。

四

没几天，二大嘴答应给张顺的十万元投资款真下来了，真金白银，没什么抵押担保手续，就是让张顺给打了一个欠条。二大嘴特意给张顺捎了一句话，让他把破板房推了，搭一间略大点的房子，搞点形象，说每年鱼肥的时候，可以带朋友来钓鱼吃鱼。这就等于说，二大嘴除了给张顺投了资，还会带来客源，让张顺一时有点蒙，好事来得太突然，他激动异常，不相信还不行。

"咋样，耀哥和二哥够意思吧？"徐强强每次见到张顺，都要说这么一句。

张顺有时顾不上回徐强强的话，就像他啥也没听见似的。张顺在忙他的鱼池，清底、筑坝、消毒、打井，哪一样都得他自己动手，不说自己东借西贷那点钱，就是二大嘴投的那十万元，他就没理由掉以轻心，怕辜负了二哥的一番好意。

徐强强还是和他那杆笨猎枪寸步不离，张顺有时奇怪，但没多嘴去问，他搞不明白，达赖庄的这个村主任为啥爱持个枪，他不会真的对不听话的村民开枪吧？"那可不一定，"徐强强煞有介事地说，"我看谁不顺眼，就一枪崩了他。"这么说，是徐强强目前并没有崩过人，但说不好以后，达赖庄里要是有谁让徐强强看不顺眼，那就得小心了。

有钱就是好干活，没多久，四个鱼池挖出来了，每个占地五亩，共二十亩，池子四周拉了网围栏,张顺干这个久了心里明白,这要是一不小心掉进一个小孩,赔钱不说,搞不好还得坐牢。网围栏一人多高,别说小孩子没法攀爬,就是大人也难跨越,除非搬了梯子来;另外,张顺扬言要给网围栏接电,谁攀爬谁就会被电死。很明显他把附近村庄里的人当贼了嘛,这引来附近村民的不满。徐强强带着民意来找张顺,让他把网围栏拆了,张顺说把网围栏拆了简单,但鱼池里掉进小孩子淹死责任算谁的,徐强强一听有道理,说那就别拆网围栏了,但绝不能给网围栏挂上电,电死人可不是开玩笑。张顺明白,他是说说吓唬人的,没来真的。

得一点空闲时,徐强强就要和张顺喝两杯,张顺酒量不行,只能陪徐强强喝两杯,连三杯都喝不了,喝了就会一头栽倒呼呼睡去。徐强强开导张顺:"酒是饭的灵魂,你酒量不行得练。俗话说,男人不喝酒,不如一条狗。"张顺似懂非懂,他两杯过后就会落泪,向徐强强倾诉他的遭遇他的落魄他的倒霉。他不喜欢喝酒,他一辈子最大的幸福是累了饿了时,有个女人对他说:"你肚子饿不饿?我煮碗面给你吃,好不好?"就像电影里的那样。

"吃面是小民之为,喝酒的人才是英雄好汉。"徐强强即便喝多了也会继续开导张顺,"生活坏到底时,离好起来的日子就不远了。"

"但吃面能拯救灵魂。"张顺回了徐强强一句。

"啥魂……"徐强强没听清楚,但张顺没再回他。

五

在老家和臭三合伙起壶时,张顺主要负责场地和放风,偶尔也接送人,他那辆面包车鱼腥味太重,稍有点身份的人是不稀罕坐的。张顺很好奇,这些赌徒从哪儿来的,他们的钱从哪儿来的。啥口音的人都有,甚至还有从银川过来赌的,臭三就告诉了他一句:"这人呀,永远都是——出处不如聚处多。"

臭三见多识广,张顺认为,他说得永远有道理。

还没开春呢,张顺就从宝壶上挣了一万多,这钱挣得比打鱼还快,且没本钱,张顺就不想养鱼了。所以到了开春时,张顺老婆见张顺还没有张罗鱼池上的事,就问他咋回事,张顺说,起壶比养鱼挣得多,又不辛苦,让她别再废话了。

这话没错,养鱼是要下本钱的,还得昼夜把人贴进去,怕人偷、怕鱼病、怕红皮黑鬼来白拿,比侍候爹娘都要上心;起壶就不同了,放放风、接接人,轻轻松松就把钱挣了,多好啊。

然而好景不长,还没入夏呢,张顺就把自己挣下的一万多全输光了。这上壶耍的人都有个毛病,张顺也不例外,一旦输了钱眼就红,眼红了脑子就短路,开始向壶上的款车借高利贷,利息是一毛钱且不过夜的那种。可想而知,没几天张顺就落下一屁股债,债主们都不是善人,个个凶神恶煞似的逼得紧,甚至有个债主扬言要打断他的两条腿,他不得不给自己寻出路了。

"你出去躲一躲吧!"臭三把一万块钱放到张顺手里,痛心疾首地叮嘱他说,"躲出去后就不要再耍钱了,你六神不定,容易输个干净。"

当然臭三不会白给他这一万块钱,押下了他的鱼池和旧面包车,还写了字据。关键时候还是臭三仗义,张顺拿着钱的那一刹那,差点没憋住哭出声来,但他还是竭力控制住了自己;他小声嘟哝着想说点什么,臭三拍了拍他的后背说:"兄弟,啥也不要说啦!"

壶上的事和鱼池上的事,张顺是合并起来说给他老婆听的,他老婆没等埋怨就吓坏了,也让他赶快出去躲一躲。到哪里躲一阵子呢?一开始张顺想到南方打工,他老婆觉得南方太远了,又人生地不熟的,不妥;两口子商量了半夜,最后他老婆想起她在 H 市郊区有个姨亲,就让他投奔那个姨亲了。

"行不行呀?"张顺从没听说他老婆在 H 市有个姨亲。

"行不行……你去碰碰吧!"他老婆叹了口气说。

黎明时分,天空是灰的,最后几颗星子还在闪烁着;别家都睡得香,张顺却是村子里第一个醒来的人,洗了把脸就上路了。杀县离 H 市不到二百里的路程,张顺本想坐火车去,到了火车站才发现自己忘了带身份证,没有身份证是买不到火车票的,他只好走到旧国道上拦下了一辆长途大巴,半路上的长途大巴从不看身份证。

张顺老婆在 H 市的那个姨亲,虽说平时没走动过,但一说起来人家还挺认亲的。姨亲家的男人叫赵耀西,是镇里的一个干部,听说张顺会养鱼,就把他带到了一个叫达赖庄的村子,一个手里拎着一杆猎枪的人过来叫了赵耀西一声"赵书记"。赵耀西给张顺介绍说,这是达赖庄的村主任,叫徐强强。

"去砖窑看看。"赵耀西对徐强强说。

徐强强愣了一下,贼眉鼠眼地看了张顺两眼,就把赵耀西和张顺领到了一个叫砖窑的地方,其实是一个几十亩大的平坑。

"就这儿,你看咋样?"赵耀西指着大平坑,对张顺说。

"那就这儿了。"张顺眨巴着一对蛤蟆眼,畏葸地问赵耀西,"多少钱,一年?"

每当张顺回忆起这一幕时,他都很感激赵耀西,是赵耀西让他有了一个容身之地,也是翻身之地。他想过了,H市比杀县大了不止八倍,真要把鱼养好了,不愁赚钱,翻身也是指日可待。

六

鱼池里放了鱼苗后,徐强强用他的面子,给张顺赊了几车饲料,隔三岔五还要到附近的一个养鸡场买鸡粪,鱼吃了投喂的饲料和鸡粪后,就开始快速地长起来。鱼长得又肥又大,来钓鱼的人就多了,和老家的情形一样,张顺的鱼就是比别人家的好吃,没多久,城里的几个鱼贩子慕名而来从张顺这里接上鱼到生鲜市场卖,打着黄河鱼的招牌,价格比外地的污水鱼贵了三倍不止。

二大嘴的宝壶搬到鱼池后,生意比以前还好,鱼池这片地视野开阔,不管是哪个片区的警察,要想抓壶上的赌徒现行那是不可能的,所以赌徒越聚越多。赌徒一多,张顺的脑子就又活络了,他又想在鱼池边上盖一个蒙古包状的房子,和杀县薛家坡老家那样,人们吃他的炖鱼,又是一笔可观的收入。说干就干,张顺马上请徐强强帮他买材料找人手,这次,他主动提出要给徐强强三成的干股,徐强强一点也没客气,笑嘻嘻地笑纳了。

房子很快盖起来了,比张顺在老家盖的那个蒙古包还大,同时坐十几个人也不觉得逼仄;工料都是凭徐强强的村主任面子赊的,当然,施工的那几个人看到了张顺的大鱼池后,并不怕他欠钱。接下来就要搞个开业仪式了,怎么搞,徐强强认为张顺赤手空拳能在达赖庄站住脚,包了鱼池,还开了炖鱼店,完全是仰仗赵耀西、二大嘴和他这个村主任的关系,理所当然要先请这些人吃喝一顿,以表谢忱。

"好,好,"张顺对徐强强的主意非常赞同,"徐主任,叫人的事就拜托你了!"

炖鱼店开业那天，天气就不用说有多好了，蓝幽幽的天上一动不动地高悬着一片片鱼鳞似的云，张顺亲自下厨炖了一锅鱼。炖鱼这门手艺，重点不在鱼，在火候和调料上，在老家的鱼池上，人人都说张顺老婆的炖鱼好，他们哪里知道，张顺老婆的炖鱼手艺都是张顺手把手教出来的。赵耀西、二大嘴和徐强强来了，他们不仅来了，还带来了他们的朋友，有十几个人，吆吆喝喝坐了一大桌，还带着名酒。张顺原本是给他们备了酒的，但赵耀西和二大嘴是何等身份的人，根本看不上他买的杂牌酒。

张顺光着一双脚，忙得像一条鱼游来游去，徐强强对他说："来的不是领导就是人物，他们说什么你就去做什么，哪怕他们骂你几声打你几下，你也要点头哈腰谢谢他们，记住，只要把人伺候好了，对咱们以后的生意是大有好处的。"张顺仰起他那张闪闪发光的脸，连连点头称是，徐强强就给他点了一根中华烟，亲切地插进了他的嘴里。

一直吃喝到杯盘狼藉时，赵耀西才把张顺叫到桌上，挨个给他介绍今天来捧场的客人，这些客人都是镇里有名气的人物，包括附近几个村的书记和村主任，张顺一一给他们敬了酒。赵耀西津津有味地喝了一口鱼汤，然后站起身对在座的人说，张顺是他的一个亲戚，希望大家有空照顾一下，多到鱼池上来吃喝。这些人一看就都是吃喝出来的人物，赵耀西的意思他们都懂，一个个东倒西歪地站起来表示，一定会经常来捧场的。张顺为表感谢，又和他们喝了一圈，喝得他头昏脑涨，想掩饰自己的窘态，偏偏双腿乱晃个不停，人像只屎壳郎在地上爬来爬去。

太阳落下去了，天空还泛着粉红色的霞光，鱼池里散发出一股股鸡屎的臭味。镇里的那些人物都走了，张顺敞着怀，没戴帽子，坐在鱼池边，全神贯注地望着鱼池里的水，不时有大大小小的鱼张着嘴巴跃出水面，仿佛都想瞥他一眼似的。

七

张顺老婆是一个礼拜后来到鱼池的，她远远地就看见了张顺有点佝偻的身影。

自张顺从老家偷跑后，很多债主就逼问被他丢下的老婆，他老婆当然一问三不知了，反正见人就哭，加上臭三从中好言相劝了几回，那些债主也就不上他家的门了。张顺在老家没了鱼池，但地还在，他老婆就侍弄地，一个人忙不过来，地里收成也不好，债主们也没去要。入秋后没多久，有一天张顺老婆突然眼前一黑，晕倒在路上，浑身动弹不得，还是臭三开着他家的旧面包车把她送进了城里的医院，医生一检查，身体无大碍，就是血压太低了，让她休息几天，输点液就好了。但第二天张顺老婆就出了院，她是带着身份证的，一个人坐火车来到 H 市，又找到了她在 H 市郊区的那个姨亲，才知张顺又开起一个鱼池。

开在鱼池上的炖鱼店正好缺个炖鱼师傅，张顺觉得他老婆来得非常及时。现在和以前在老家时的经营方式不一样了，买了他鱼池上的鱼，在他家炖鱼店里吃喝，他老婆是既收工费又算料钱的。

张顺盘算了一下，到中秋节鱼池清塘时，他在鱼池上挣下的钱应该能把当年欠下的钱比如二大嘴的十万元投资款还清，到第二年，鱼池十拿九稳能挣到大钱了。但等他清了鱼池，把鱼全卖了后才发现，近在眼前的这个中秋节他们两口子是过不去了。且不说二大嘴给他的十万元投资款，单是那些赊给他鱼饲料的饲料贩子、那些给他挖鱼池和盖炖鱼店的工程队，他就欠了人家不少钱，人家都要过中秋节，都等着他还钱呢，可张顺手里却没钱。

"你怎么搞的，钱都哪儿去了？"徐强强一到鱼池上就怨声不绝地问张顺。

"没、没要回来账，"张顺愁眉苦脸地说，"他们都说给呀，可就是拖着不给。"

"你等着瞧吧，我这颗头快烂了！"徐强强抬手敲了敲自己的前额，响亮地咳嗽了一声。

四个鱼池被清了底后，还有一尺深的水，偶尔会有一两条半尺长的漏网之鱼"扑哧"一声翻扑出混浊的水花。徐强强站在最大的那个鱼池前，端起他那杆从不离身的猎枪，瞅准了池中的一条黑头鱼，"砰——"枪响了，溅起的水花像七八只鸟儿惊惶地飞起，但没打住鱼。

"这鱼太鬼了！"张顺似乎对他养的鱼十分了解。

徐强强收起枪，抬头望了望寒冷的天空，天上飘动的只有毛茸茸的灰云团，没有可打的猎物。"张顺，你得赶快弄钱哪，别人都是看我面子给你赊了东西……"徐强强边说边摸出一支烟叼在嘴上，"身上带火没？"

张顺从裤兜里掏出一个塑料壳子的打火机递给了徐强强。

"你抽不？"徐强强问。

"我不抽。"

"男人不抽烟，活得像太监。"徐强强点着烟后，一本正经地对张顺说。

徐强强的意思张顺心里明白，他那二十亩四个池子的挖掘费用、鱼的饲料和药品费用、盖炖鱼店的工费和材料费，以及杂七杂八的费用，一多半是靠徐强强这个村主任的面子赊下的，没有徐强强，谁认识他这个穷得快要饭的外来户啊？当然徐强强也是看赵耀西的面子，但面子不能当钱花，这个道理张顺懂。

目送徐强强走后，张顺用袖口抹了一把湿乎乎的脸，开始打电话低声下气地要账。要了半天，还是老样子，那些赊了他的鱼、吃了他炖鱼的人物，名气越大，脾气越不好，倒是有两个名气不大的人，答应不管多少都要给他结点。张顺不敢发作，这些赊账的人物，大多是徐强强和二大嘴的朋友，二大嘴宝壶上的人最多，赌徒们赢了要吃喝一顿，输了也要吃喝一顿，反正是记账，拿二大嘴的面子扛着。

割脸的风从田野落进了鱼池，鱼池里的水面泛起了波纹，但水是冲不出鱼池的。天越来越暗了，云层仿佛一百万只乌鸦挤成一团，就在这时，张顺透过鱼池四周拉起的网围栏，看见两个戴眼镜的人手里拿着家伙什儿一前一后来到鱼池上，他以为是暴力催账的，就想找个地藏身，但来不及了。

"师傅你好！"来人中的一个年轻人冲张顺笑了笑。

一分钟后，张顺才看明白，他们是市里的土地测量员。"你们这是……要干吗？"他傻乎乎地问道。

八

市里出于打造城市景观和环保的要求，已将市第二监狱的砖瓦厂和达赖庄合并规划，要斥巨资在城南建立一个湿地公园。这个消息三年前就吵得甚嚣尘上，后来不知什么原因偃旗息鼓了，如今旧事重提，看来达赖庄的整体拆迁已势在必行。

达赖庄的村民像煮沸的水喧闹起来了，谁都知道，拆迁就意味着要发放一大笔天文数字般的补偿款。那段时间，村主任徐强强忙得脚后跟朝前，从不离身的那杆猎枪也终于离身了，为了保险起见，他把枪寄存到了张顺的鱼池上。张顺问徐强强，这次拆迁，他的鱼池能分多少补偿款，他私下听人讲一亩能补偿到八千元。徐强强抽着烟，奇怪地瞅了瞅他，那眼神就像两条鱼鳞斑驳的死鲫鱼投掷到了他脸上。

来年四月份的时候，达赖庄的拆迁补偿方案已定，村子也开始分片拆迁了，但没有人来告诉张顺一声，他应该拿到多少补偿款。这不奇怪，张顺是一个外来户，不是这个村子的人，他只是个包了这个村子鱼池的人，他没有资格拿到补偿款。张顺就去找赵耀西，哪知赵耀西因严重的经济问题已被纪委带走了，他只好去找二大嘴，不管怎么说，二大嘴给他这个鱼池投过钱，眼下这么大的事，不可能不过问的。

二大嘴的生意现在是越做越大，除了继续立他的壶，还承包了一段达赖庄的拆迁业务，他的拆迁办就搭建在市第二监狱砖瓦厂的废墟上。

"哦，你说鱼池的补偿款啊，已经给了，我忘了跟你说。"二大嘴说着，递给张顺一支软中华。

张顺接住了烟。"那……给了多少？"他像在自言自语。

"给了……嗯……"二大嘴想了一下说，"不到二百个，因为我是鱼池的投资人之一，给我分了不到一百个。"

"这……二哥，这事谁说了算呀？"

"徐强强呀，他是村主任。"

"二哥，那、那、那我、我的那一份呢？"张顺激动得说话都结巴了。

"你那一份？"二大嘴笑了，挖苦地问道，"你哪儿来的那一份？"

张顺失魂落魄地回到鱼池上，除了他这里的景物依然如故，四面八方已经开始变样了。本来他准备在近几天内把四个鱼池的水补起来，但村里已经停了他这趟线路的电。鱼池里的水面很矮，也异常平静，鱼池旁的炖鱼店倒是显得格外打眼。对他来说，最担心的事情还是发生了，他不仅白忙活了，还欠了一屁股债。

"我该怎么办？"张顺站在闪着柔和波光的鱼池边，痛苦地自问道。

白昼突然昏暗下来了，翻翻滚滚的乌云里传来一阵轰鸣声，仿佛一条低沉的河流要从天上落下来。看来要下一场大雨了。张顺把身子一挺，站在原地，目光炯炯地望着远方，村子里已看不到人影，却见一个黑点慢慢地朝他走过来，他竭力要看清楚是谁，终于看清楚是谁的两条腿了。

"一个人东张西望啥呢？要下雨啦！"徐强强把汗淋淋的头往后一仰说。

两人站在鱼池边，张顺的一张脸抽搐着，看着叫人害怕。

"张顺，我的枪呢？赶快给我取出来。"徐强强似乎很着急，"他妈的，有人想造反，我还能惯他们毛病……哎，你快点！"

天上掉下两滴雨点子，一滴砸在了张顺的额头上。张顺闻到了徐强强嘴里喷出的一股酒臭味，他转身回屋里取出了那杆藏了三个多月的猎枪。"徐主任，你不是真的要去……拿枪打人吧？"

这时千千万万滴雨点子从头顶上砸下来了。徐强强伸手去拿枪，但张顺没给他，看上去是用嘴实际上在用愤怒的眼光问他："我鱼池的补偿款呢？"

雨太大了，以致徐强强差点认不出来他眼前的这个人，他费劲地咳嗽了两声，抬腿便是一脚，蹬在张顺的肚子上，张顺往后倒退了三四步，险些跌倒。

"徐主任，你会游泳吗？"张顺端正猎枪，对准了徐强强。

"游啥泳呀，长本事了你还……"

徐强强话还没说完，张顺就果断地扣动了扳机，"砰——"仿佛天上的一个炸雷落到鱼池上，枪响了。"哎哟！"徐强强不知所措地呻吟了一声，身子晃了一晃，仰面朝后掉进了鱼池里，两只手在水面上拍了两下，他感觉自己要睡着了，就用手死死地抓住了池底的淤泥。

大雨还下着。张顺把徐强强那杆猎枪也扔进了鱼池，然后步履蹒跚地回了屋，大声吆喝他老婆给他煮碗热面吃，他相信吃面能拯救灵魂。

杀县简史

○赵卡

沙漠蜥蜴

那是到达沙漠的第八天，因为很长时间没有做梦我感到很恐慌。父亲却说："肉体的行事方式有时就是这么奇怪。"

沙漠可能一年也不下一场雨，但一滴雨不下就不正常了，不下雨，说明老天爷一年没说一句话，哪怕他咳嗽一下，也会落下几个唾沫星子。对于沙漠，几个唾沫星子就能汇成一场暴雨。没有一滴雨，每天，我迎接一个新恐惧。

"我们朝沙里找水，没有井就没有村子。"父亲在到达沙漠的第九天说。

天上的浮云就算客人喽，可以剥光了当靶子。父亲自胸膛长长地吐气，而最大声的是我的老祖父，比玩得入迷的小孩还要耳聋，其实我看到的是老。触目可及，最多的不是蚂蚁的尸体，我不招引蝴蝶，也没有鸟儿鸣唱颂歌给我，和父亲一样，我不会向沙漠屈服。

祖孙三代要挖一口井，祖孙三代要在沙漠里挖一口井，我开始相信吗？即使一群人，到最后也是孤僻的，何况三个人。

沙漠里的风长着脚，嘎吱作响，像低声埋怨。

"不要让它引起灾难，"老祖父腰系一根宽皮带，额角上全是皱纹，爱嚷嚷，"以后怎么办，可真把我急死了！"

先把井架支起来，我背转过身子，仿佛在秘密埋藏白银。路过的年轻人以为我们祖孙三人要在沙里挖一口井，我告诉他们，我们祖孙三人就是要在沙里挖一口井。这四个戴着帽子的年轻人挡住我,三个毫无表情,一个在狂笑,我让他们拿走了我的黑色雨衣。我也觉得在沙漠里披着雨衣实在有些滑稽。

雨声铺天盖地而来,那么浩浩荡荡,雨水就是迟迟不来,小虫子越飞越低,我白等了一上午。这是一片许多路都通向死亡的土地。

第一天,父亲挖了一人深的坑,挖出了湿土。我和祖父把他拉上来的时候,父亲说:"有人哭泣,但不是我们。"四野无声,一片死寂,那一晚我们仨都在沉睡,为什么我独自醒来却听不见父亲所说的有人哭泣呢?

父亲在沙里挖井,我和老祖父往上提土。白天的太阳像爆炸中的男人,热到令人哽咽,活只能在晚上开干,木头辘轳井架吱吱呀呀,发出苦涩而尖厉的悲哀声。父亲在井底,像抽屉里装了一把刀子。

"呃,小崽子!"老祖父撒了一泡尿说,"抓牢绳子。"

井越挖越深,父亲说他就待井下算了,每次上来一次再下去一次浪费时间,让我在往下放空筐的时候把吃的喝的吊下去就行。父亲似乎尝到从未有过的巨大成功:"如果我被邀请,创建一种宗教,我将利用水。"他说的让人几乎无可辩驳,那一夜的月光普照世界,现实变得愈加真实、孤绝、疏离,它要承载生活的重负及人间梦幻。

我吊上来的土,有的像红色厨具,有的像一条蟒蛇在北极,颜色不同,说明父亲挖下去的深度不同。我斜着身子探出老远,能尝到这些土的悲哀,就好像它们真的知道自己的行踪。难道我所看到、所感受的一切,不过是一场梦中的梦?

挖到第二十九天,父亲在沙井里朝另一个方向拐弯。大声说着脏话的老祖父,小便之后摸索着回到沙子铺的床上,全然不理会父亲,而此时的月光,高悬而广阔。

秋天的时候,太阳像一块痊愈的伤疤悬在倒立的深渊上,晨光如此可哀,旋转,而后,停下来。总得停下来。但父亲不会停下来,辘轳井绳越接越长,每次从井里往上吊一筐土,从原来的一个小时延长到一天,有时我们在沉默中(估计父亲也在沉默中)彼此遗忘。

"蜥蜴皮都不够用了,"老祖父说,"只能把沙子拧成绳了。"

沙子柔软,通过绳子重获自身的形状,这样,它们才不被磨灭。

有一天月夜时分,我正等着父亲在井底摇绳子,老祖父应着风声打呼噜,一个喝醉了的游僧摇摇晃晃走到井边,嘴角冒着烟,在黑暗中往井里撒尿。我明白,他已经走了一半路,但他没有跟我说这事。他没有。空洞的时刻。沉默——这个词也在纸上沙沙响。他的头,撞向一堵永远不让路的墙。

"你们在弄啥嘛?"醉游僧的舌头都快掉下来了,"到此结束,先把他拉出来。"

我没理他。我还在等着父亲在井底摇绳子,感觉多么遥远啊,我知道这邪恶的点滴的时间,它是血液里的一种酸涩的移动。醉游僧自觉无趣,咕咕吞下一口酒,哼了起来:"嗬嗬咿,那儿,在城堡的守护下,你这国王般歌唱的猫头鹰,你月光般的目光……"

井到底挖了多深,我只能通过蜥蜴皮绳子和沙绳来计算,如同一个人进入梦境那么深,我估计我父亲也想不起他身在何处。在最后的秋日,我竟然浑然不觉度过了一个又一个儿时那种无知的夜晚,说我不快乐,等于说得太多或太少——这要看谁是听众。

老祖父像一个老笑话悬在那里,在我和他的目光相交的那一刻,仿佛已将世界的遗嘱传递出来,至于更深层的原因,解释了也没人能听懂。

"每样事物都有其局限,包括忧伤。"我自言自语。

"他们生出了你,你妈和你爹,他们也许并没打算,但是他们干了。"老祖父自言自语。

就在我们快绝望的时候,辘轳上的沙绳抖了七下,又抖了三下。抖动绳子是我和父亲定下的绳语,根据抖动的时间、幅度和次数确定双方的意思,这次漫长的先抖七后抖三的绳语有一种停滞的感觉……正如,我想象,父亲被流水阻隔。我哭了,我哭了!我仿佛站在岸边,看到波涛汹涌,我的手中,攥着金黄的沙粒……可是留不住啊!它们穿过我的手指而去。为什么我不能把它们抓得更紧?

"你好像巴不得从这地方去下地狱。"老祖父那双眼睛张得太大,像死人的眼睛。

井里若是飞出一只蝙蝠,那井里必定有一群蝙蝠。

老祖父的判断降临了。黑夜照出白光。他喜悦地快步走着。

我像一个衣衫褴褛的顽童，无目的又孤单，绕着那口静止不动的空井游荡。每一个晚上，所有的事物都散布在黑暗中，下一天，随着清新的日出，直到孤单的身体变得疲倦，我闭眼，仿佛疼痛……的确疼痛。

"如今故地重游，从你的脸来看，"老祖父说，"我想不是这地方的错。"

绝大多数人越老便了解得越多。老祖父看穿了我的心思，被距离简化的脸像悬浮的狮面，在一个人所见之物的可能的目的之中，最先到来的目的，那表面，就是要被看见的目的。他在竖起衣领后，又说了句："一个孩子立在地球上，他深知没什么欢乐，你去吧！"

我应该有半年没见到父亲了，他在我的印象里渐渐变成一团微弱而阴冷的模糊物。其实我常常在井口停手，每回都像这一次，感到挺困惑，想知道该寻求什么，也想弄清楚：当沙井沦落到全无用处的时刻，该把这转变成什么，一座小教堂吗？

"无事，正如某事，总会在任何地方发生。"老祖父倾斜着脸庞把声量调大。

我突然走向那棵古橡树：一头石化的巨鹿，它那宽如地平线的鹿角，守卫着秋天暗绿色的围墙。"到了！"我像一片药在黑暗的杯中升起又降落，然后溶解。

父亲看到我了。我赤裸的双脚踏在锋利的石头上，生疼。长久的压抑，我呵出了口气。我的父亲仿佛是已停泊多年的商船，闲置着假装用冷眼看世界。"父亲！"我喊他，他站在那里，蜥蜴皮绳盘在腰上，手里抓着的那段抖动了两下，我这样枉然的言辞如同梦境的泪滴，父亲已经不会说话了，他要说的话都裹进了蜥蜴皮绳和沙绳里。

"祖父他还在井上。"我的脚冻僵了，我的胃在咆哮。我回答父亲："他在地平线上寒冷地闪耀。"

这是一条地下河，河里鱼儿瞪着眼睛，它的悲欢、辛劳、热忱与痛楚，已无迹可寻，它的寂寞，让我看见梦一般的幽深。我仿佛站在一滴巨大的眼泪里。

"拉紧肌肉，继续前行，"父亲又摇了一下绳子，"找到源头，转身走开。"

当水流回退，我停下来摸了摸鼻子，花开到我头上，我会不会惊讶？这么多的美物归我所有，我手中的沙绳揉成一团，近似于谎言。

被切碎剁烂的风

沙漠上的风擦拭它宽大的刀刃。

我的老祖父仍在思考宇宙诞生的那个时期，父亲在亲手挖下的沙井里找到了一条暗河。"将来，一条公路建在昔日白色农舍的位置。"我和父亲说，父亲的表情好像得意扬扬的一窝蜂。是啊，有了河就有了井，有了井就有了水，水是用沙绳慢慢吊上来的，可以盖房子、浇地、饮牲口，没多久，沙漠上就会有一座崭新的村庄。有了村庄就会有雨，雨是天上的血溪流，血溪洞不开凿就会干枯腐朽，开凿就得有风，沙漠上的风擦拭它宽大的刀刃，快来了。

"假如在春天，我杀死一个人，把他变成叶子，让他挂在树上，风才会来。"披着蜥蜴皮的老祖父说。

冬天未过尽，春天要到了。

每个月我和父亲都要给变成蜥蜴的老祖父剥去死皮，一只野鬣狗就等在沙井阶的另一边，我看见它们从沙洞里出来，它们的食欲在增进，它们就以吃腐烂的灵魂为生。直到最后一刻，我和父亲都认为，老祖父就像每艘停下卸货的船，因为我们等候得如此虔诚、如此长久。

"你们要把挖井的土归拢一下，"我的蜥蜴祖父说，"我听见尘土谈论昨晚的风暴，黄昏歇落在童年幽暗的村庄里。"

那就是说，我们需要先盖一座房子了。

挖井的土一般辜负夜空的善意。天色将晓，原谅我，沙漠，原谅我从前没有带一匙水奔向你，现在，我们有一口井，我在水下呼吸，完全没问题。太阳是一只云雀，风是我的帽子，世界是一个洋葱，多年来，沙漠像一团云，不过，散发的味道还是太难闻了点。

"正是时候。"父亲平静地打量天空。

谢老三牵着一头母驴被东风刮到了沙井边，他渴，驴也渴。

"我看见了你。"谢老三把一袋豆子放在父亲的脑袋下方，"她死了，我不能死，给我水喝。"

父亲巨大的耳语与咳嗽传至我的耳鼓，他示意我从沙井里吊一斗水上来。

太阳太尖利,在上升与沉落之间,我带着一颗仁慈的心将水斗子放下井。次日清晨,喝了我们井水的谢老三宣告其名:"我叫谢老三,家中行二。"

"他和驴子必须留下来,"我的蜥蜴祖父说了,"凡是被风刮到了沙井边的人不能再被风刮走,在这里,幸存下来的是水和我们,因为水也没有过去。"从此,谢老三,不能再冒更多的风险去旅行,去看更多的落日,去爬更多的高山,不能不那么讲卫生,因为我们是邻居了,邻居是不能从一个村子分开的。

村子还没有名字,我会觉得这样有点闷。如果村子有了名字,我就能去更多地方——那些我没有去过的,我就能吃更多的冰奶酪和更少的酸橙豆,我就能和更多的孩子游戏,甚至,我还能在更多的河水中游泳。

"没有女人,有了名字也不算村子。"谢老三饮驴的时候说。

有了谢老三和他的驴,盖房子的进度就快了,蜥蜴祖父以他谨慎且丰富的经验告诉我们,有了房子才能叫村子,没有房子这地方就如同他那外套的颜色,如同这倒塌的天空。"主要是,"蜥蜴祖父随着时间的流逝已变得非常瘦弱和疲倦,他说,"主要是有了房子,女人才会来,没有女人,有了名字也不算村子。"

那一晚的房子,除了屋梁万籁俱寂,我步到屋外,不知自己为何在此,又将去往何处。举目回望,只见月露如雪,我的赤脚留下了黑色印记。这无可辩驳地说明了一点:此刻就好像天堂一样。

清晨的影子拉长在沙地上,风像敞开的大门下老人的幽灵,有着花瓣状的火焰脑袋不断地爆发。

"如果我能够重新活一次,"我的蜥蜴祖父的话像热气自茅厕里飘出,"我呀,将试着……犯更多的错误。"

我差点忘掉了父亲和谢老三像刚睡醒时的那种迷惘表情,对于我的蜥蜴祖父的遗言,他们迟钝而迷茫了一阵后,顿觉被弃。我们躺在一个僻静的角落,商量我的蜥蜴祖父的后事,日头从未在天空如此昂然阔步,日落时分,我站起身朝着日落的方向撒了一泡尿,一只飞蛾淹死在我的尿里,我眼光闪亮地看着那只飞蛾,它的尸体像瓷器闪着亮光。我又悲哀又得意,这很好,没有别人可指责,角落里两个影子一直在移动,火正熄灭,一如我能听见的。

"烧了吧?"谢老三说。

"嗯！"父亲点点头，眼睛变成了石头。

肿胀的肉体，被荒漠喂养着的感觉，哐当作响如退还的空瓶。哦，积压在我们身体里的爱火是多么猛烈！

还是没有女人，当我孤独地站在某个十字路口，放声歌唱犹如我已失去了喉咙。冷风袭击我的眼睛，两三个太阳在泪水的万花筒里舞蹈，我意识到我干的一切事情，都在掩盖着那正在消解的空虚感，一刹那把一切都抓住，那么恒久、真实，又空幻。

"风会吹来一个女人的，"谢老三计算着日子，张开他的嗉囊对我打嗝，"但不是你的。"

在凌晨两点或差不多这个时候，父亲摇了摇手里的半截沙绳，说："告诉你们，今天我跑上羊迹斑斑的沙丘顶，发现丘顶亮着三根标杆。"

他是个折磨人的家伙，一只忧郁的白鹭或苍鹭，说不出的话总是伴随着我们。

自井下归来，父亲一直用绳语说话，两只手是他内心生活的隐秘：两张打着呵欠的无牙的嘴，两块部分腐烂的人的皮，散发出老鼠窝的味道。他在我们可能想到的那么多世界之外，成为世界的边。

"哎哟，真是不可思议的怪事！"谢老三翻一翻身说。

"我很有才能，我像真正的圣徒那样听见一个会让你震惊的声音。"父亲朝天甩了七下绳子，五长两短，"几年前我看见两个太阳，我要到天上去，我不是非如此不可，但我是天空的醉汉。"

在女人没有到来之前，父亲昼夜不歇捻沙绳，直到沙绳的长度像逃亡了多少年代，他攀缘着沙绳走了。

此刻，月亮的怜悯有什么用处呢？想一想上帝，我感到寒冷。

我每天直挺挺地躺卧如拨火棒，带着花岗岩的笑容，我梦见我死去的祖父和遁去的父亲，父亲的下巴颏上还生着一两根白色的短胡楂。梦来得快，去得更快，我不逃避，我不期待，我仅仅像牲口一样忍受痛苦。谢老三则像一个疯子，牙齿咬着一根草秆呆望着云团："昨天我种下了大蒜和向日葵，从可有可无的东西开始。"

沙漠上一个屡见不鲜的奇迹：风变成柔风，又在风暴中变成暴风。

"船在海上,马在山中。我像个孩子那样犯困。"我说。

"但我种下它们,是为了表达我对这个村子的敬意。"谢老三只抛给我一个背影。

每一个早晨,我总是想找个地方表达自己。我来到沙砾闪烁的沙堆上,看见两只蜥蜴,一只扭头盯视着我,另一只四脚划动如飞翅,消失在沙棘丛中。我突然对自己充满同情,过了会儿又觉得我与它们不一样。

谷雨前后,日头如暴突出来的眼睛在天上醒目地抽动。风的胃口很大,刮起来像立方体、长菱体,呈不礼貌的几何状怪兽贪婪地吞食沙漠,刮在我脸上,疼得都滚不出一滴泪。一团乌云露出其昏黄的"蛋黄",或许它内部压根就不是黑暗,一切都突如其来,仿佛巨大的鲨鱼在海岸边游荡。

当闪电炸裂,雷声吱嘎作响如同咒骂,因为大雨刚从一团乌云中突然倾盆而下,谢老三不得不说:"外面的风招来了夜雨,却在白天下了。"

我走过雨水淋湿的沙地,拾起波浪与泡沫之球。更多的雨滴从屋顶上跌下来,轻盈地落到沙地上。我们颤抖着,跺着湿透了的脚,像隔桌呆坐的一对老年伴侣,谈论了好长一会儿。

"夏天来了,你显示吧,"谢老三用手掌掭量着从一条云的街衢上飘来的雨水,那话听起来像吃着烤昆虫,"你在那儿吗,好家伙?来,一匹马目不转睛地端详着我。"

我则饿极了,仿佛睡在证据确凿的三伏天。

风被切碎剁烂了,当风和鹰邂逅,还有什么残迹要保留?大蒜和向日葵,在它们的枝条之上结成叶绿色的天堂。蜜蜂在飞,蜂蜇大如绘画图钉。田野闪烁着亮光,而铅灰的天空仍在远方。消失的是日子的黄金。

人贩子起初绕着地面扭动,然后庄重地挺直身子,放了个屁,朝井栅啐了一口痰。人贩子有枪,人贩子带来的女人心绪愁苦,躯体像一棵十一月的桦树面对满月伸进那寒冷的天宇。

"从哪里来?"谢老三注意力在树上,像个疯子或傻子。

"无所事事,只能兜兜转转和回忆,可是,连记忆都开始愚弄我。"人贩子答非所问。

"女人咋卖呢?"谢老三的表演已经开始。

"不卖，"人贩子盯着谢老三的母驴说，"拿驴换，再给我加一斗子水。"

从听见到看见，我从两种角度去理解他俩巨大的耳语和咳嗽声，没人会在凌晨时有好心情，如果母驴在凌晨时心情好，那就为母驴干三杯。未曾料到，人贩子和谢老三终于在凌晨时谈妥了，他俩为母驴交换女人的生意干了三杯井水。

"年轻人，这交易一准成功。"人贩子和谢老三的话，成为我耳朵里的夜。

"有了女人，就应该给村子取个名字。"谢老三和我说。

那时村子已经有了一口井、一间土房，重要的是有了一个女人，是该有个名字了。但我对村子取个什么名字兴趣不大，我知道村子今后会有一条街，会有破碎的花盆、破碎的陶罐；这儿，死去的狗、虫子、绿色的苍蝇；那儿，铁匠撒尿的地方、屠夫；水、盐和阳光渐渐地毁坏着房屋，总有一天，人与窗子曾经伫立过的地方，只剩下湿透了的石头和一尊正面朝地的雕像。

我赤裸的双脚踏在滚烫的沙土上，生疼。"你随便取个吧，"我和谢老三说，"我能活多久？还要做多久的单身汉？"

真正让我恼火的，我本该说说我的祈望。温柔之必要，肯定之必要，正正经经看一名女子走过之必要。雨后，我学会了辨别忧伤，它是哪一种以及它的根源，我是很好描绘的。我活得像疯子。我热爱事物，没有一点感伤。

"那就叫沙河村吧。"谢老三把他的手绑在他背后说，"村子里的第一道白墙……果树林……二十个人过一座桥……绵羊正在坚硬的废墟间吃草。"

当男人和女人结合到一起时，他们得放弃多少东西？

观察一条河躺在冬日的河床中，它的条纹和蜂蛇的曲线相似。我恍然看见我的父亲正站在沼泽地的黑泥里，牙变得残缺不齐，眼也斜了，手里攥着绵长而轻柔的沙绳，像宝石一样闪烁着光芒。

谢老三在修最后一次胡子，他老婆在搽最后一次胭脂。"这条河是风吹过来的，"谢老三像一副窥望镜角落里的一个云帽，口舌自带旋涡向我解释，"这是我母亲。"

他就跟我说这么多。他们面容模糊，肩并肩，无法传递信息。

我站在原地，这个从此以后叫沙河村的地方，身体发僵、抽搐，大声地流着低沉嘶哑的眼泪，仿佛有个痴呆的哑巴小孩在我心里存活了下来，被好心人重新唤醒。

过一座桥进入一个村子

宣统那年的风吹着。颓丧的原野,苍凉的天空。倾覆的小船上没有凶恶的阴影。

"你最好回到你原来的地方,我不欠你什么。"

我到的时候,谢老三正在弯折的树干上熟睡,树干上有一个伤口,那里的树枝被折走。我绝望地绕着一棵柿子树移动,柿子有青有红。直到他醒来,和我说话时投来敌意的目光。

"我给你们送大蒜和向日葵来了,在这里,去年你种下的。"尽管村路上的灰尘是冷的,而我还能看到河边的烛火在熊熊燃烧。

"你怎么过来的?"谢老三像一个小孩开始微笑,一半苦一半甜。

什么是镜子?第二张脸,第三只眼睛。半年不见,谢老三在风刮来的那条河边搭了一个房子,房子的下面有远古的坟墓。一大片白茫茫的碱滩上堆积着草垛,草垛顶上公鸡啼唱着黎明;或者,他压根就没有房子,在一块令人吃惊的蔚蓝或纯白的天空下,孤单地和一座泥雕像在一起。我一个人,走在通往黑暗谷仓的路上,半路上,一只黑狗靠近我。

"过一座桥进入一个村子。"我和谢老三说。

天色似乎已经变得很暗了。谢老三轻轻地伸出手,斜靠在我的肩膀上。"你想要我开灯吗?我们一直在房间里点着老式的油灯,"他告诉我说,"你知道,我和你嫂子习惯了它们,依恋着它们,哎,自从咱们分开后,你还没见过你嫂子吧?"

我正努力忆起人贩子曾路过沙河村时的情景。寂静,然后更加寂静。这时,蟋蟀在踌躇。一个普通的女人,她只知道在什么时刻去泄露某个人的秘密。

"你这村子有名字吗?"我问。

"有,"谢老三的眼睛里充满慈悲,"沙海子。"

"过一座桥进入一个村子。"我觉得这才像一个村子的样,还要有坟墓,有更多的房子。那里,牧草肥美,林涛阵阵,小溪流过黄色的休耕地,牧羊人吹着口哨在羊圈前抽烟,渔夫们头顶着盛满了鱼儿的篓子经过,远远的低凹处妇女们正在河里浣洗;你能听到铁匠铺里锤子的敲击声,迷路的蜜蜂在追随着花粉,弦月如同号角悬挂,雪从各个方向吹来,像睡眠的碎片。

我开始在一条沙沟里搭桥,晚霞披覆,我面如土灰。

没有水,桥就会死去。我把水斗子放进水井,又再次提起,吊水的绳子是蜥蜴皮裹着沙子拧成的,没有了井,那绳子也没有任何意义。当沙沟里的水升起,膨胀,偶尔发出叫喊,我知道,此时我没有钱,但我胜过香料商。

香料商是第一个路过沙河村的商队。离老远我就听见了驼铃声的撞击,撞击声仿佛是在计数着什么东西。他们贩运的东西都漂亮得让人有点不好意思,话梅、金橘、红薯干,特定情境下,一半像药食,一半比干粮还要细。

"能住人吗?有什么吃的?"一个衣冠楚楚的头头声若洪钟。

"只有井,没有吃的,一斗子水一毛钱。"我沉思了一会儿,用嗡嗡响的齿音说。

一队队不幸的人,很快就经过我睡觉的地方,某种应该被计数的东西,或许在傍晚会被我写在门背面上。服苦役犯、盗墓者、游方僧、逃犯、残兵、采药人、工匠、传教者、和尚、屠夫、人贩子、马匪、戏班子、亡灵,最多的是商队。

人们的靴子踩在桥板上。

他们非常干渴。

他们非常饥饿。

他们经受了许多痛苦。

"陌生人,除非我用亲热的眼色示意你来建立手足之情,否则,小心不要粗鲁越界:我没枪,但我会啐。"

这一切都是过客。

他们一个接一个离开,像散开的孤岛。

不久,秘密的团体在角落里聚集。他们唠叨出一些消息。

"我真希望当时我也在场。"

"那一定会使您吃惊万分。"

我很快就赚钱了。

沙河村树木欣荣,都是我雇人种的。村子的第一道白墙,都是我雇人夯的。

就要被屠宰的牲畜们,都是我雇人拉回来的。过往客人坐在靠背椅上,咬起面包卷,如此美味,死者也会喊一声"确实棒",那都是我雇人烤的。房子又盖了几间,凉亭基本筑成,院子扩大到可以拴牢八十头牲口。

我从未有过不能满足的欲望,因为我从不趋于盲目。

这一切都是沙拉齐带给我的。

或许某天早晨凛冽的风向着一只醋坛子吹拂,沙拉齐从风里面钻出来,仿佛一个人走过桥,进入村子。他下马,把马系在一棵巨大的桑树下,马打量着他。他拍打马的脖子,马抽搐着它的耳朵。太阳在柳树间大声地叫唤,像灌满了血。蝉儿正变得茁壮,我们听见它们轰鸣般的哀号。

"我来了,"沙拉齐直盯着我瞧,忧郁地微笑,"我不走了。"

"怎么,你瞧上去像在发怒吗?"他问。

"你的脸上悲哀多于愤怒。"

"好吧,"沙拉齐用他清新舒脱的嗓音说,"我帮你赚钱,五五分成。"

我顿时觉得自己就像个孩子闯入了一个大人们和好的场面,什么也不明白,只是听到他们难得的笑声,就跟着开心起来。

风穿树林而来,像暮色里骑白马奔驰。日升,日落,河路赤裸的身体,像膨胀的大海。

直到人们开始走河路时,沙河村这条旱路才萧条下来。

走河路,发财的是谢老三,他已经是三个孩子的父亲了。但走河路凶险,河路汉却视若无睹,于时钟的嘀嗒声之间,我看见灰色的船只,在暮色中幽灵般向着下游滑行。

"死之将至。"谢老三走到河边,枯坐堤岸,"让我们将这些尸体再数一遍。"

雨燕张开它宽阔的翅膀,在屋子四周盘旋,欢唱。漫长的夜晚,清冷而发黄的灯光洗着众屋宁静的前额。有羁旅漫行者直至筋疲力尽,前额靠着干瘪的晒谷场。

"结婚吧,草率一点也好,"谢老三的低语贯穿我全身,"在同一个屋顶下做不同的梦吧,亲那无聊但不亲更无聊的嘴吧!"

一个男孩在吃着桃子。

钟摆,秋千,木马,摇篮。

一只画眉在唱,头戴月桂花环,在幽深又空旷的河畔谷场,惊呆了整座泥墙。

一天,沙拉齐造完了大水罐、花瓶、陶锅。一些陶土剩了下来。他造了一个女人。她半裸着,只在腰上系了一根红腰带,乳房硕大而坚挺。沙拉齐目光熊熊,他和我说:"如果你也不看,那会如同我不曾有过。"

我看着树枝上的幼鸟,回家晚了,有些恍惚。我童年的悬空状态:飞出一半,落下一半。

商队等各色人等再也不从沙河村过了,年复一年,垦荒者、养蜂人、牲口贩子、铁匠、木匠、毡匠、逃犯等等,像蚂蚁迈着流放者的小小步伐来了,过一座桥进入一个村子,有的拖家带口,有的光棍一条。多年以后,稀少而贫瘠的田野,在犁铧的旁边蛰伏着一小团火。白杨树下一顶草帽闪过。寒冷的面孔沿墙聚集,雪落在泥水里,草在鹰的趾缝间射出。

"我们得选一个村长出来。"沙拉齐迎着光灿灿的落日,挨家挨户致敬。

公鸡在篱笆上。母牛在黄土上。羊更肥了,羊毛更白了。丰收的小麦赶走了饥荒。旧日的蜂巢裹着月光,蜜蜂的嗡嗡声响亮。一些在太阳的腋窝里烤干了的黄杨木。一些鼠尾草、百里香、蕨类植物。一个巨大的布满星星的夜晚显露出它赤裸的爪子。劫道的强盗都已消失。

我睡着,尴尬而困惑。拂晓时分,我是沙拉齐最后一个征询意见的人。

"我们得选一个村长出来。"沙拉齐的脸非常惨白。

"这么久你才来?"我说,"我在多年以后到来了。"

在影子与影子之间

这一年泥墙上长着太阳的苔藓。

春天好困。人们无力而困乏,睡了还想睡。只有我在其中醒来,一直醒来似乎从未睡去。

一到夏日我就怄气,有人在我身体里用海绵状的渴望,吞食那应被种植了的想念的种子。

村落里一片寂静。鬼影幢幢。一只狗跑过塌弃的大门。一只死甲虫便这样躺在路上,没被哀悼,在阳光中闪耀。

雨像大炮的硝烟,视灰烬为乐。

沙村长派出了人。我好奇,不知道是否有人理解显示虚无的深蓝天空。一股强大的风正在猛吹。沙村长在夏日里喘着粗气,一个人仰望着天,轻微战栗。这雨正如夜构思沉默的大海,总是在迫近,让我们养成了期待的坏毛病。

当祈雨的道士们来到沙河村时,道士们喃喃着,我梦见了沙砾。空中挂满了灼热的裹尸布。贫瘠的土壤,太贫瘠了。燃烧的灌木。石头,从外表看来,石头是一个谜。一个寂寞的孩子跟着狗在狭小的街道上跑着,好似一只公鸡带着被斫掉的脑袋跟在后面。

一些未知的暴雨将至,风吹它,其理由只不过是吹罢了。时间像一个带着急件的信使飞驰而过,但这只是我的比喻,充满悲哀的有毒的叹息。

一个世界正在消失。

一秒过去,另一秒,第三秒。

最令我抓狂的是那噪声,那么多听不清的音节。这一切发生在原本没有天空的天空下,云团隐藏在云团背后。浮云,浮云。天哪!聚集一起,好像一群村子里的正卸下伪装的愚民,订购了一箱不可退回的躁狂病人。我在想它们有多饿。

"哎呀,雨来了,雨终于来了!"祈雨的人们互相握手,低语着、讲述着、高呼着。

雨来了。雨、风和火!没有边界。我别无选择,耳听狂怒的咒语。

雨狞笑,像一只只飞舞的豪猪,满身硬刺。

"妈呀!"有人毛发竖起,仿佛夜晚鼠哭,"飞蝗,是飞蝗,是飞蝗呀!"

于是飞蝗聚成一团,争执不休,它们会重见收获的谷粒在麦穗里合拢并摇摆于草地。天空的终极火炭和白昼的第一道炽热,让杀戮近在身旁,它们能让月光下的平原成为白骨一片。

"您不能去。"

"放开你们的手!"

"听我们的劝告,不要去。"

"它们可能会杀了我。"

飞蝗在一个村庄展开一年的杀戮,像轰炸机四出,木片四飞,炸弹下降,山毛榉树林上留下尘烟,死亡长出细丝。我对它们的猎杀技艺赞叹不已。

我饿极了。

阴影在房椽上生长,就像白天里疲倦的蝙蝠。在光秃秃的林中散步是一种愉快,月光不被那些繁重的树叶打碎。我见过发酵的沼泽,那捕鱼篓,芦苇丛中沉睡着腐烂的巨兽。现在虽是傍晚,天空、大地,仍在精确地运行。

飞蝗已经飞得那么远。

一片人工的荒野和铅样的天空。一个无特征的平原,光秃而阴沉,没有草叶,没有民居的痕迹,无东西可吃也无地方可坐。我们谁也没有哭泣。啊啊,眼眶里蠕动的是什么呀?蛆虫们来凑什么热闹哟,而且也没有什么泪水好饮的。

"毫无防备,"沙村长除了喝酒伤心欲绝,"无赖们。今夜我想死去!"

穷愁,在坚硬的石盆里燃烧。月亮的斧头在树后缓慢地滑落。家家户户的窗户射出鬼里鬼气的红色光芒。每一场战争过后总得有人去收拾,毕竟事物不会自己收拾自己。总得有人去拖木柱来支撑墙壁,总得有人去给窗子装玻璃,给门装框。有人手中握着扫帚,仍然记得事情的经过。

"你有何感觉?"沙村长的一双眼睛就像两只皮靴,没有表情。

"其实我一点都不了解他们,"我回答,"比我们中的其他人更怕死。"

牛羊在黑影中打着响鼻。站在树梢的一只鹰,悄无声息。不久将是干枯的季节,群山会生锈。无事可做。我们一起聊了一阵,之后我们离开。

我永远也不会相信神经错乱的自然,它可能已经发生。

它肯定已经发生。它较早时发生。秋天,呵秋天,大雨如注。如一支败坏的曲调向日渐倾斜的天堂发出何其恐怖的回声。人们的脚如在脑浆中拔出,人们像一只只陷入捕蝇器里的苍蝇,一只只陷入捕鼠器里的老鼠,一只只未曾脱开看不见的链的狗?连老人都牵着老人枯槁的手在悲叹:整整的一生是多么地、多么地长啊!

"七天了。"喝醉了酒的毡匠说。

"十四天了。"把衬衣扣起来的木匠说。

"二十一天了。"劁猪的王鹧鸪一说话嘴里吐出鹧鸪们喜欢的气味。

"噫!二十八天了。"沙村长刽子手一样笑了,丑陋的脸庞像打进锅里的两枚鸡蛋。

在傍晚走近坍塌的泥墙，此生与来世之间的雨水里站着一大群不可理喻的人，等待一个手势。"如果我有什么忠告，就是没有。"沙村长抬着一副穿裤子的脸，仿佛举手挥别人和地点，告别动物和白天。

"噢，你弄到钱了？"

"我弄到了一些，我不知道我有……"

"我们走吧？"

第一批大食量且变得悲哀的人开始逃离沙河村，没人欢呼也没人讨论。不过，我们将留下来，作为一个被踩皱的烟头、一口痰，在长凳的阴影下，那里的角落不允许一线光进入。对我来说，听见永远比不上同时也看见。我明白事物是真实的，我们所看到的、所感受的一切，不过是一场梦中的梦。

在多雨的九月，洪水退去的时间到来了。

有的人试做阴魂，从他家的烟囱上形成一缕云。有的人将自己发黑的双腿切下，将它们钉在一棵树上。有的人一回家墙壁就自动分开。有的人像海参一样，在危险中，把自己分割成两半：让一个自己被世界吞噬，第二个自己逃逸。有的人像一条脏路上躺着的一只死甲虫，三对小腿小心地合拢在肚子上。

死亡，通常发生在梦乡。

有的人家在卖女人。

在沙河村，最有钱的就是我和沙村长。沙村长买了二棉裤的老婆，他肥胖又衰老，她可爱得像一只钟摆。我买了七十三的二闺女，她腮帮绯红，那些日子动辄就当着其他人的面流泪。我相信一切存在的事物都只以一种方式存在，就像在水下听见了那"砰"的一声，是从上面投下了一块石头。

冬至的前一天，我也决定离开村庄了，我没钱了，每天都只处于一种恐怖状态。沙村长要留下来，六十八岁了的他是个重要人物，他的妻子埋怨他，他没有回答。十二月末，当视力、听力和走动能力同时减退，树木的茎、枝、叶、荚果，分别教会人们如何去感觉。

和沙村长一同留守的，除了他老婆，还有张瞎子、王聋子和李瘸子。

这里除了抵达的道路没有别的道路。

天黑之前我和我买的女人到了沙海子村。我说不出话，谢老三站在他家门前，他左边的衣袖上有一块紫色的方形的补丁。他也老了，两口子自在地活着，高高兴兴。

"她三两下就能弄出极好的鲫鱼汤。"谢老三的嘴唇像两只衰老的哈巴狗带着三重回声。

"他饿坏了。那些龙虾那两堆龙虾……我又多要了两杯酒，我会送你一些炸鸡……我要你把它们带走……"

一块粗麻布的毯子盖着谢老三的膝盖。

我喝着麦芽酒，撬开河蚌，向着挂火腿的橡木用沙哑的声音低声哼唱关于爱的小曲片段。谢老三的老婆子用火钳夹了块煤渣到土炉里，谢老三又给自己倒了点酒，他的骷髅脸上映着火光。

这隐蔽的，粗野的安宁！

"我确实需要好好睡上一觉。"

"确实，你需要睡觉。"

"顺着河边走，"谢老三给我指着路说，"你时候到了，虽然那是同一条河流，或许有一天，从另外一个方向上，我们会相遇。"

"他一定认为我是个……"

河流凝滞，现在我的眼睛不再对眺望的景象深信不疑，想着河上的阴影是必须的。没有一刻停留，晕头转向，步履飘忽，遇到河流和墙壁的围困，也没说出什么。我希望我消失，然后我将消失。

沿着河流，如入无人之境，有时朝着落日，仿佛神在我的身上簇拥着，僵直、生疏又笨拙。寂静的夜晚，我和我的女人谈论我没看到她之前的世事茫茫，她坐在木疙瘩上，说很少的话，像每个夜里仅有的安静。下了一场小雪。依着空气降温，我们继续走，不会找不到走出自身的出路，不能局限于蝗涝灾害的卑微范围内，我们将学习贫穷和喧闹，去留一无所牵，并且，得失两不相欠。

春天，呵春天，我的女人怀孕了。

她是个好妇人，她安安静静。除了眼睛旁边有许多细细的皱纹，像那些仔细地镶过花边的茶垫。她的忧伤是额头的皱纹，佩有玉石的素裙子。

当我们走到河流拐弯的地方，一个村庄接着一个村庄正耕地，土堆高过雪，像山顶，又像成排的坟。一月正好走路，大雪还在后头。冰冻了一季的河流开始融化,渔民的灯火寂然无声地向我们倾注,飞过河面像一个翅膀的蝴蝶,挣扎着,要在破碎的波光中复活。

我和我女人说:"该回我们的村子了。"

走在田野白雪里,脚步多轻快!

逃荒的人们如飞走的虫鸟转眼又飞回了沙河村。有的死在逃荒途中,和滞留于夜间返航的一盏灯一样,而那光漫游着,宛如河上的水蜘蛛。

"呜呼!"沙村长睁开醉眼说,"向死亡致敬!"

白昼永无休止,傍晚令人吃惊,一阵微风惊跳起来,譬如眨着眼皮子,容易滋生臆想。村人们劳动了一天,一直没停。因为生锈的擦菜板已经被荨麻所覆盖,因为天空鲑鱼一样的苍白,因为山冈上的那匹马比那颗星星更孤独,白雪、寒霜、甚至死亡,也会消失、退场,这是多么伟大的奇迹。

"需要一座庙。"张瞎子结结巴巴,说起话来好像从不知悲伤。

王聋子听不见张瞎子在说什么,李瘸子给他比画着。王聋子眉头有伤疤,李瘸子似乎很疯狂。沙村长一抬眼,在桥下,走过一匹受惊的马。一个无亲无故的孩子描述着他的哀伤。有一片叶子从张瞎子的肩膀飘到王聋子的肩膀,掉了,李瘸子把它捡起来。一个人在责骂一具在某处发出气味的腐体,略灰的恶臭弥漫空气。麻雀们飞掠灌木和篱墙。水井歌唱,流云逗留,公鸡在门后打鸣。有过种种信号和迹象,尽管谁都还没读懂它们。

"嗯,是需要一座庙。"沙村长傍晚来到我家,和我商量,"我这么想,劳动一天之后,身体有酸味,头发呈现出当日之灰,黄昏来临,我们仰视,它就在那里。"

"有神护佑,蝗雨不来。"我也懒得再说第二遍了。

这就是夜,就是闪亮的月亮。鸟儿静卧,光在飞翔。那般荒凉,那般缥缈。

隔壁不隔音

王聋子是怎么来的沙河村,我记不起来了。一开始,我就当他只是陌生人的旅行,他也来得那么利索。无数晃动的斑点阳光,令人昏昏欲睡,直至傍晚砰然作响,王聋子还在灯笼下摇晃,以至行程变得拖拖沓沓。

"陌生人！请小心那被过往的车辆碾烂的猫。"

李瘸子目不转睛瞧着王聋子,他的手按在他的嘴唇上,仿佛想隐瞒一个呵欠。但王聋子听不见,他翻白眼,有助于舌头连根拔起,像在撤回他自己的声音。

"他是个聋子。"蹲在光秃秃的墙边的张瞎子说。

"我遭遇昆虫……它们嘲弄我……有毒……"王聋子不理会别人的冷眼注视,双手比比画画,那手语犹如巨大的玻璃瓶抽去塞子的声音。

光久已消失,声音沉落,他们在那时说的每一个字此刻都归于沉寂,而我还一直凝视着那片光斑。

"我怎么能把你留在这样的一座房子里？"

沙村长见王聋子在洗他自己的内衣裤和短裤时,故意大声说。

在油烟熏黑的半地下小屋里,灶里跳动红炭丑陋的火星,聚集一群苍蝇。有小鱼在木桶里。这儿还有他的白麻布方巾。大萝卜和小萝卜一起下进锅里,结果王聋子比画着分不清。

王聋子被沙村长安排到了我那里住。

"他是手眼通天的人物,"沙村长的话像一块花格布铺在酒桌上,"他的身体里有另外的、巨大的、不可捉摸的而又不说话的身体,但没有人能理解他为何藏起了钥匙。"

我无所畏惧,就说:"对有些人,说这些事情毫无意义,没人惧怕他的虚张声势。"

病恹恹的早春忧伤地把冬天驱走。王聋子伸着懒腰,打着长长的呵欠;我茫然地,等待着烦恼升起。有何用！我的疑问有如一堆古夜的黑影,终结于无数细枝,我是在打瞌睡啦。我揉揉眼睛,却揉不掉眼前的奇怪。

王聋子要说什么但却什么话也说不出, 但他还是说了:"人们不能比我更好地了解你。"

我感到晕眩,乃至当我觉得他把我描述成白痴,我们正在玩这个游戏:我愿不愿意和它拼个你死我活？

"我是一条蜥蜴。"我和王聋子说。

王聋子闭上眼睛,他的耳朵厌倦得像一只在张开的手上筑巢的小鸟。

头盖骨有缝隙的李瘸子和颤抖着骷髅脸的张瞎子来沙河村时要比王聋子早半年。他们穿着跟泥土一样颜色的破衣烂裤赤脚从水沟里出来。他们汗淋淋的手掌上握着枯萎的野花,取悦了那站在树下的女人们。后来野花干燥了,就像小小的正在闪亮的焚尸炉。

"我们会算卦。"面对沙村长的厌恶的拒绝,李瘸子和张瞎子满口谎言。

他们被沙村长安置到了村口的沙枣树上。沙枣树结出的枣子走味又多瘤,像一个个毛线团。他们蜷缩如婴儿,有时候拥挤,有时候空无一人。空无一人的时候,是他们在沙枣树下摆摊算卦,沙河村的人不要钱,只向路过的市民、敌人、胆小鬼、寄生虫、十足的垃圾、叫花子、难民、疯子、考古学家、失足于歧途的粗鄙汉子、信使和商贩们收钱。沙村长说了,沙河村有三十五或四十人,从不养废物,吃饭穿衣自个挣。

每个人都在笑,我没笑。

有一天,村口来了一个不算卦的过路人。

这人来的时候已经喝得酩酊大醉。他有个肥肥的下巴,长相顽梗,一看就是自小娇生惯养。在枣树下,他坐下了,他有黄铜做的手关节套,他不算卦。

"赌一把?"过路人忧伤地说。

"赌博是犯法的。"李瘸子悲伤地打着哈欠,"我们只算卦,不赌博。"

"好玩而已。还有,"过路人有点发怒了,"你看见我手上的钱了吗?"

我决定去报告沙村长,在沙河村,不经沙村长同意,任何赌博都是一个荒谬的想法。我在一家作坊的篱笆后看见沙村长光着身子,一丝不挂,像锄头在土地上的十二次拍打……我猜想他在祸害村里这家的女人。我知道这是天堂,每个老年人都曾毕生梦想无休无止。

"这是我的时刻!"沙村长怒不可遏地喊道。

但为时已晚,没有什么比为时太晚更糟糕的事了。

永恒的天空那晴朗的嘲讽令人难以忍受。在沙村长来到枣树下之前,李瘸子、张瞎子和过路人的赌局已经结束,他们真是糟糕的玩家,他们不操心记牌。过路人赢了。

沙村长解下了他的红腰带,朝李瘸子和张瞎子愤愤地咒骂。

过路人逃跑。往哪儿逃?人们只是瞎猜测而已。

自从输了以后，李瘸子和张瞎子像幸福的牲口卧躺在垫草上，卦也不算了。王聋子没地方去，用了很多时间绕着沙井漫步，犹如一个女人站在一个男人面前，沉默地等待着被亲吻、被歌颂，然后单独地去孕育、去歌唱。

有一天，王聋子和我说："我想带你去看这些夜晚玫瑰色的云朵。"

"这是夜晚，"在我所指的地方，什么也没有。"能看见什么呢？"

他说："饥饿与死亡之云。"

太阳可爱地升起来啦。天气这么好。王聋子的话仿佛一个疯狂的假设。

叶子飘落，打着转滑入敞开的窗户，阴暗的火苗映红了小屋。小屋里沙村长仍像从前那样，他挥汗如雨，连同那个骚动不安的女人。

"为何没人告诉我？"沙村长看着我，"春天，春天来了以后将怎样？"

我把王聋子、李瘸子和张瞎子喊到了沙村长的屋里，屋小人多，像一场风暴占满了河谷。"那些老怪物的意思是，来年有大灾。"

"有灾还是有罪？"沙村长问。

他们全都说："有罪！"

彼时我正挠裤裆里的痒痒，摸着了一只抖动全身却不能腾空飞起的虱子，握在手中像一只受惊的鸟。从情感上判断，我并不觉得我刚刚围观过一次死亡。沙河村只是无知，不停地将我们磨损啊，粗糙的肉体充满苦痛。我深信那就是一切，不会有什么灾啊罪啊，真的，就是这样。

对于王聋子、李瘸子和张瞎子不值一钱的预言，沙村长的态度只有一个字：滚！

是时候了。来年的夏日很盛大。沙河村先是旱得像悲秋的烟囱不停地冒烟，一条鱼占满了河；然后，飞蝗遮住天际垂死的昏黄太阳，在令人毛骨悚然的哭喊中，飞蝗士兵似的列队铺在比眼皮还薄的墙后。

"死神！我将满五十岁，"一个被忽略的娘们儿对着飞蝗吼叫，"整整一生是多么长啊！"

黑色交叠，噪音愤怒，飞蝗都是披甲挂胄的骑士，人一样眨眼的暴民，穿过一片豆田，像四万只苍蝇拖着可怕的黑色雾气被一阵风所驱散。无法理解，但是我知道最后的厄运，沙河村瞬间变成了贫瘠的荒漠。

"苍天已死。"沙村长带着震惊的内疚把我注视。

"那三个老怪物呢？"我尖叫着，梗着我那九寸半的脖子，"逃不掉的惩罚……不，只是，他们在这儿！他们是有学问的人，去和他们说话……"

王聋子正要说话的时候，鸡就啼了。于是，他就像一个罪犯听到了可怕的召唤似的惊跳起来。

夏天在缓慢消逝，天色迟迟变黑。靠门的那面墙里，人声嘈杂，丑恶的人夸夸其谈，每个人都在点头。李瘸子坐在地上抽着烟，墙影摇曳，如一根火柴痛苦却说不出话。李瘸子的那条瘸腿在疼。李瘸子说他那条瘸腿像渔网装满了黑鱼，沉甸甸地下坠。

"说什么了，一下雨他那条瘸腿就疼？"沙村长问的每个字都锯屑般飘扬。

"屋里，是的，那些杂种在那儿。"有人露出了发酵粉一样的微笑。

屋外，雨水。水是实用的，尤其是在八月。沿着深深的泥泞小路流进马车的车辙里。

雨这么好，为了所有人。雨越下越大，看样子没有停歇下来的意思。

秋天。这个秋天，我找不到道路。

一团如云的蚱蜢给鱼类唱歌。没有人把花朵搁放在水的坟墓上。路通往何处？所有轨迹消失，像船沉没在留下和离去的一切都带来绝望的地方。找不到路，我们被慢慢拉向下面。

"要是它没泡进尿里，我肯定会救出它让它在风中吹干。"

"因为它不在这里，它已经消失了。"

"我听人家说，报晓的雄鸡用它高锐的啼声，唤醒了白昼之神，一听到它的警告，那些在海里、火里、地下、空中到处浪游的有罪的灵魂，就一个个钻回自己的巢穴里去。这句话现在已经被证实了。"

洪水退去。很多出逃沙河村的人消失在死寂的寒冬。于是在蝗灾和涝灾期间，我买了女人，我不再孤单，她也不再孤单。从来既非已知也非未知。看往昔并未结束，它就在此时此刻一直醒着，它是我的记忆。

"要是早盖下庙就好了，有神保佑着。"不知谁说了一句。

庙盖起来的时候，我女人给我生了一对龙凤胎。喝满月酒前，请张瞎子取了官名，姐姐叫水云，弟弟叫水生。姐弟俩的微笑与嗓音一直在变。我整天想寻找点愉快的事情，但沉重的躯体和空无一语的心灵，慢慢地屈服于中午高傲的寂静。

村里有了庙,就要塑造神。

李瘸子领着张瞎子,沙村长领着王聋子,他们走来。他们观望着庙旁边的废墟,庙四周的环境。他们似乎用目光测量着什么,他们用舌头品尝着空气和光线。直至夜晚迟迟地落进剩余的下半夜。睡眠没有收留我们。我们等着以便拂晓来临。

"我不能拿捏它,说不清什么原因。"沙村长说。

"捏三清吧?"张瞎子流露的屈尊似的微笑掠过他的唇边。

于是,一个形象在沙井下隐约可见,我看见我疯狂的父亲在那儿下沉,橙色鸭掌拍打着他的头发。人类的脸、人类的身体、手指甲和脚指甲、乳头、嘴唇。在那三尊泥胎上面涂了那红的、蓝的、切实的、难以捉摸的颜色。两指之间的缝隙。他们肯定想从我们的手里拿走点什么。王聋子用手指指远处的什么东西。其他的人转过身去。当其他人转身时,他小心地弯下腰,捧起一抔泥土,把它藏进他的口袋里,并冷淡地离开了。

至高的事物呈现了,永远也没有任何文字去表述它。

"三清观。"庙的名字也是张瞎子取的。

"我当然知道。有时我觉得我是一个国王,虽然是我自认为。"

"是的,是的。那也是我的意思。有点像。"

我是在梦里听到三清观里说话的。我的内心惊慌。闹肚子。昏沉沉的头。我去小便。外面,一条行人街。有缓慢的游客、赶路的学童,一堆堆满是尘埃的落叶,一堵堵有小孔的墙,那阴影没有隐藏在石头的硬度里。我止住一个小嗝,舌部的感觉就像一只毛虫正试图从雨水中爬出。

"这三尊泥胎,按你们祖孙三代的样子捏的。"张瞎子点了支烟,脑袋轻晃着说。

一袋二斤重的光在塌陷。

傍晚回来,接下来应该主动去爱一些什么。总得如此。亲近它们,按照一个人试图理解另一个人的方式。像争论,没有结果。在这秋雾的飒飒声中,我要说,有机会知道和目击这一切,是村子里一个无神论者仅有的一点幸福。

"我已经清除了路障,让这帮家伙顺着竿子滑下来,"沙村长和我说,"好篱笆造出好邻家。"

"我知道了,"我告诉他,"随后就来。"

李瘸子、张瞎子和王聋子,他们不久前去拜访沙村长。他正坐在一把椅子上,他们谈话时他说的第一件事竟是"不许赌博"!

"当然,我们不赌博,那是违反规定的。"三个老怪物唯唯诺诺。

无论清晨还是夜晚只是空气的一瞬。李瘸子、张瞎子和王聋子的房子建造在我的旁边。窗前啾啾轻鸣的红和绿。篱墙边绽放白色的罂粟花。消失的是日子的黄金。我听着树。啊,让我们祈祷吧。显而易见地难以证实。每一棵树有它自己的夜晚,是它们疯狂讲述的故事里的一部分。

"好篱笆造出好邻家。"沙村长说得对,只是隔壁不隔音。我于是再说一遍,"好篱笆造出好邻家。"

死人的言辞

日历满满的,但未来一片空白。

在一个深坑里埋了沙村长后,天以外的远方,山岭此时反映着白云,透过一个没有阴影的早晨。"他逝世的日子是个寒冷阴暗的日子。"我和后来的村长胡图图说。胡图图有着非常光滑细腻的皮肤。他很肥,有跤手一般的胸膛。在他唯一的老婆死后,他绝不再婚,恨猫、蟑螂、老鼠和人。

胡图图是玩刀子、棍棒和枪的,不像沙村长就好玩嘴皮子和女人。

胡图图的门,你不得不使劲敲方能进入。

"我曾在骑马的匈奴人叫嚷的干草原上跋涉,放弃生我养我的国家。"胡图图的话,仿佛一只野兽在雪上放下了爪子。

邻村的房子都是直线形坐落的,由大理石砌成,家家户户伴着唯一的一只大水罐倚在门边,如一座刚刚露出水面的浮岛,替我们重温着仿佛有过很大争议的自在之物。沙村长说:"就是这个村子,一直在盗取我们沙井里的水。"

尽管天气很热,胡图图还是和我带着恐惧出发了,沿着北方的道路,走在一条黑白相间的街道上,向着那蜥蜴与苍蝇为患的幽灵般的村子。焦枯的灌木丛,沙尘暴。水管工人、卖煤人、屠夫、警察,尾巴切掉了的老狗,两面旗子,那墙壁上的巨大的红色女人。

有人走出房门来到街上。

他一丝不挂。

他是沙海子村的村长，我认得，有一年和李瘸子、张瞎子赌过，作为沙河村的过路人，他赢了李瘸子和张瞎子。

"来啦？我叫罗巴图。"自称罗巴图的人咆哮如野兽。

"从来既非属于我，也非不属于我！"

罗巴图穿上鞋子，戴上手套和帽子。他孤零零地开始可怕的旅程。如一个浑圆的坛子耸立山间；如一只火猫毛发竖起，挡在去路上；如溪流冻结，他成了自己的仰慕者。

犹似一些逃学的下午。丑陋的殴斗。胡图图和罗巴图装得跟太阳似的翘起那炽烈尾巴，抖起来像两条黑摩尔金鱼。烟雾缭绕，若丝巾飘曳于树林。妒忌能让人大开血戒，泥泞在喉咙里蠕动。就是这种最令我惊恐，我不知道他们有多饥饿。

这个村的人们坚持理发，坚持锁门，用木板堵住窗口，说一些风凉话，其他所有的正无所事事地用他们的武器指着我说："你是下一个，你是下一个，你是下一个！"两只青蛙夹在我的破鞋子里，我走一下，它们唱一下。

雨水擦洗的道路。苍蝇和蜥蜴的土地。发出汗和血的味道，汗味一会儿便减轻了，但血的气味开始爆发，越来越重。我后来跟沙河村的人这样描述这场决斗："一个男人仰起头，喘息死去。脚踝抽动，双手开合，而他吃下的时间的碎片从无力的嘴中呼出。"

我想起我曾是个孩子，极易动情也极易受伤害，但非常走运，在沙漠渐渐消散了昔日形容。自我祖孙三代在沙漠里挖出了第一口井，谢老三将这个挖到了暗河的地方命名沙河村以来，我深居其间，俯首听命于同一场风吹在同一片空地上，我嬉戏的青春铸成囚徒的生涯。

"现在该轮到你们啦。"沙村长咳着带咒骂的话。

在神圣的承诺中狂热。这是头等大事，这是我所懂得的头等大事。我从未做过我不想做的事。风吹着串串红玉米，就在屋檐下挂着，好像整个北方的忧郁都挂在那儿。太阳寒冷，透过霜冻的距离和空间燃烧，野草很早以前就冻死了。然而为什么我就喜欢观看太阳在树枝那凉凉的皮肤上面移动？

"我对从未致敬过的神祇有个请求：是本地的主人。"胡图图像一面高悬的镜子晃来晃去地闪耀。

私塾。

酒馆。

赌肆。

法院。

养鸡场。

醒来，听见一只公鸡在远处打鸣，拉开窗帘，看见云在飞行——多陌生啊！

胡图图见多识广，获得了应得的颂扬，依据律法获得了财富。他治理之处，像地面上的坛子浑圆、高大。大街上的贸易就像一座苗壮的野生果园繁荣兴旺。钱币闪亮，币面上的章纹精致细密，那些新的看起来仿佛水迹尚存。

男人似乎都想要年轻女人。一个年轻女人也很容易脱身而去：她们有更多的地方可去。

在一个清晨，雾在升起，有不熟悉的尘埃靠近我们，树林缀满了我们从未见过的鸟儿，河面满是游蛇圈环和蝴蝶之舞。一个商人在酒馆倒下，头撞在柜台边上。

"这是沙河村吗？"商人打量着我们的鞋子。

"不，"正在酒馆喝酒的私塾先生扬了扬手里的戒尺说，"这是沙河镇。"

少年时代我曾经想擎着我的房子骑一匹白马走过各地街道，像一个穷人遭受他已经颇为习惯的痛苦，后来，再后来，当数年过去，我还在沙地不停地踱步，生活像肚子上的拳头一样强而有力，我那匹白色的马被一根柏木的蓝色的阴影剖成了两半。

流星划过令人感动。来到沙河镇投奔胡图图的人越来越多。他们是成灰的人。他们是灭绝的人。他们是闷烧的木头。他们为了在这里生活，点起一堆火。点起火，以便做火的朋友；点起火，好进入沉沉的冬夜；点起火，为了更好地生活。

时钟敲了十二下……有人正在我们小镇射猎什么，砰！砰！沉闷的枪声响彻周日的街道，被当成了雷声。

胡图图说:"敬我们漂亮的崽子一杯。"

我和胡图图喝酒谈话到夜半,意犹未尽,所谓不知归去。

雨们,嬉戏在圆圆的屋脊上。那时我们一饮而尽,欢颜已成烂泥。因而我坐在那里,迟疑着,死不承认漫长的童年结束。

"当一个人不快乐,那就是未来。"胡图图这些断断续续的声音,好似零零碎碎的隐遁者的独白,"不过,这仍然好过丝绸似的粉末被火葬场装入罐子。"

鸟山。凌乱的荒野围绕那座山。灰暗而空虚,它不释放飞鸟或树丛。

"看到没有,"胡图图指着鸟山说,"挖掘数百个坟墓洞窟地穴,噢,我生命的堡塔!"

李瘫子、张瞎子、王聋子和我面面相觑。那时李瘫子、张瞎子、王聋子三个老怪物已经很老了,李瘫子也有点聋,王聋子也有点瞎,张瞎子也有点瘫。他们曾像一个孩子凝望着一条河。他们不比往昔任何时候衰迈,但对死亡古老的抗拒意志终将自行消散。"我知道,是的,既然我死了,"张瞎子敏感有如鸟群,他说,"以前没有以后也不会有了,一言不发地把自己变成了往昔。"

"你知道,死亡不存在。"胡图图突地转过身来,叹息道。

沙河镇已经不是从前那个沙河村了,越来越大,蔓延四周,不再荒野。一条砖路上车轮的碾轧声,沙井里的流水还在那里悄无声息地流淌。观音在远远的山上,罂粟在罂粟的田里。离城太远,沙河镇的规模越来越膨胀。在一座不再是城镇的城镇里,在一座不再是农场的农场上,有一间不再是房屋的房屋。空气照耀着与沙河镇有关的一切。

"不管是谁,都要死,"在通往鸟山的蜿蜒曲折小路上,胡图图开始痛苦地说,"不管是谁,死了都要埋在那里。"

死亡是一个虚无的庞然大物,从来不肯放过每一个动粗的机会。

沙河镇的胡图图提醒我们,凡是见到趴在地上躺在地上的病人和将因匮乏而死的儿童,三百个死去的恐怖分子,骷髅在跳舞,因自杀而满眼血丝,被花朵击伤的女子,必要找到他们的骸骨。

"谁这时没有房屋,就不必建筑。"胡图图的丧葬生意开张了,他喜上眉梢地说,"仍然比别的好,因为这是你第一次死也是最后一次。"

那些杀戮的欲望下,人们致意病痛如同夜晚的一个过错。王聋子负责墓地风水,张瞎子负责安抚亡魂,李瘸子负责纸扎明器。有人说世界将毁灭于火,有人说毁灭于冰。世界老这样:如果它必须毁灭两次,那难熬的孤独像死亡盘踞在寂静之下幽暗之上。

直到一股沿着一条途径的马匪的到来。他们说沙河镇是类似世界的入口。

那时胡图图正在靠近门的椅子上伸着懒腰,大概是要表现冥顽不化,并非证明其独特或美德,而是可能性。

"谁在玩这个游戏?"

"滚开!"

一张未知的脸,犹似唢呐吹起。有一瞬我曾像鸟惊恐地瞥见自己,一个暗影在斜坡砾石路上。我突然想起有只鸟站在一个邻居的棚屋顶上,在那屋脊上站了十几天,我当时什么也没说,但我一直不喜欢那只鸟。

雪使持枪的手冷了。我相信简单的暴力。马匪一个突然的动作,尽管我没有听见枪响也没听见子弹的尖啸。马匪放下他的手枪,像一个旧石器时代的武装的野蛮人。而胡图图则像被人捉住的鱼挣扎击水,发出弓弦般的鸣响,他要死了,再不能吞咽这世界上的空气和阳光。

"他死了吗?"一个问。另一个回答:"他淹死了。"

那第三个无助地望着死的人,那眼神就像望着淹死的鱼。

沙河镇像鸟山墓园中饱受日晒雨淋的石像,颓败、爆裂,折断了的年代。

马匪杀了胡图图后,驻扎下来。马匪一共六个人,老大白得胜,年轻,身体的四周正在发胖;老二茹冲,喝着酒,像个斗牛士;老三韩十七,灰头发隆隆垂下;老四武排长,像个皮条客;老五薛猴小,长了一张无语的鹰脸;老六赵有禄,直躺在椅子里,一心贪醉。我像一只躲在岩石下面的虫子,恐惧至极。白得胜熄灭香烟,满心欢喜地拍着我的脸说:"你得有一件红外衣、一双红手套、一个红面具和一双黑袜子……你就是老七了。"

从此我患上了口吃,但我不承认口吃是一种残疾。

沙河镇很大,老大要给兄弟们封新地,像某个人想到某一天做了某件不大寻常的事。老大当然坐镇沙河镇。老二茹冲封在了镇东五里的村子,自此之后这个村子叫茹家新地;老三韩十七封在了镇东南七里的村子,自此之后这个村子叫韩家新地;老四武排长封在了镇南四里的村子,自此之后这个村子叫武家新地;老五薛猴小封在镇西十五里的村子,自此之后这个村子叫薛家新地;老六赵有禄封在了镇北八里的村子,自此之后这个村子叫赵家新地。

"那我呢?"我也等候老大仁慈的分封。

"你是老七,"老大白得胜在那个冬日下午说,"人们不能比你更好地了解我,你就留在我身边吧,嗯嗯,还有这条狗。"

我一无所见,除了那条黑狗,我知道它走在我前面。

我半生以前,哦大半生以前居住的村镇,悠长的黄昏和我的阴影一样延长。有多少个寂寥的早晨,我跟随那条黑狗进入黑暗(黑暗是白天的脑海),等待着屋角的一只鞋子高高站立起来;另一只躺在一边,是啊,总有一些生命是被用来浪费的。

像我的孤独一样大

想起我跟着祖父、父亲到沙漠的第一天,荒野向我们升起,一切有助于解救我们的沮丧的,汇集起来萦绕我们最初的步履。我告诫自己,不用回头,哦,岁月是那条黑狗,我多年后已学会信赖它。哦,是的,还有比孤苦伶仃更糟糕的事,但它通常需要数十年才能得以实现,并且十分常见,当你终于想要有所作为。

"我就是这种人,唉!"谢老三咽气的时候就说了这么一句话。

那时谢老三的村子沙海子彻底变成了一个码头。我愿意活在玉米田里,不会想到河路上正卸货的人们将遇到各种各样的危险。谢老三的儿子告诉我,他们与急流的咆哮声搏斗,年轻人强壮,弓箭手精熟,他们的箭准确无误。

我坐着,散起头发,想着,生活着,偶尔也微笑着,既不快活也不不快活,甚至认为,这样还不够。每样事物都脆弱。每个关于某样事物的思想都很快被遗忘。实际上事物是思想的水蛭。所以才有它们那样的形状,每只都是大脑切下的图样,它们对地方的依附。日出时,听见雄鸡啼叫。

"一切都结束了。"对这里发生的一切,我不感到惊奇。

我每天早晨起床,穿好衣服走到户外,望向四周,忘掉裂缝在生长的墙和吱吱作响的天花板。有一天,我看见一个少年随着一条朝着天空倾斜而去的看不见的线奋力疾跑，他那狂野的未来之梦在天空中飞翔如一个比县城还大的风筝。

"那儿有座山，我得在那儿做点小生意。"我的儿子水生来向我辞行。

"你这傻瓜！"我说。

对，磨坊大的沙河镇早更名了，它现在叫杀县。

僻静的林荫路上，我们几乎同时发现了对方。

"醉游僧！"我像草丛间的蟋蟀疯也似的叫，"是我呀，你忘了？"

多少年前曾路过蜥蜴沙漠会唱歌的醉游僧全身哆嗦，缄默着，像个无药可救的人。一只枯枝里的小鸟。他已经不会说话了，只能唧唧地叫。

马路上黑而冷的小水潭。到傍晚，一个满心悲伤的小孩蹲在水边，放一只脆弱得像蝴蝶般的小船。看她一眼就够了，不用多深思：显然她没有遭遇什么重要事情。重要事情是预留给我们的。预留给我们的生，我们的死，一种没白活一趟的死。

"叽叽，叽叽，叽叽叽！"我把醉游僧带到我家，忧郁印在他的眉间，"叽，叽叽叽！"

外面的蟋蟀也唧唧地叫着。时不时有人仍然得从树丛下掘出一场生锈的争吵，再把它扔到垃圾堆里。醉游僧镇定自若地不断重复同一套老话，一个五十六岁的人，他吻着我的脑筋，让时间之泪垂下。那些知道事情一切经过的必须让路给那些知道不多的人。以及更少的。最后没有什么比什么更少。

"就这么着了。"我用湿毛巾抽他，默契中，他变成了一根白色的骨头。

杀县的首任县长叫文三，是个五十九岁的干巴老头。至于沙河镇为什么改叫杀县我们一无所知，只凭文三赴任时的一纸官家文书。

文三拜访我时忧心忡忡，我已得到他完全的信赖。我和他讲"杀县至今取得了最瞩目的进步，比如筑城、灌溉、植树，对宗教和种族既开明又通融，但容我提醒你，尽管如此，却要注意，所有未开垦的空气都是私区或私地，是个人的边境，诸如此类，不得侵犯。"

一团皱纹流过文县长的额头，如一团蚱蜢将要吞毁他的那些农场。

"敌人刚打到城下，"文县长的喉结在发抖，"是很凛冽的寒风。那么鬼魂出现的时候快要到了。啊，我的预感果然是真的！"

锯齿状的黑色影子。僵硬的裙褶。对于那些野草一样面目不清的民族,那些住在石头缝里的,身材矮小、颧骨突出的部落,黑暗里的乱石般近亲杂交的人,我戴上我的帽子傲然阔步而出。

生活就是一种缓慢的死亡。我仍然坚持不足为惧的观点。我有骁勇的信念。即将到来的那一天战斗,子弹闷哑,雷霆震怒,黑压压的一大团如站在蜂窝下的灰色男人。

"那狗群、狗群,正如每个人。"文县长像一只蓝色的兽,在刺丛里暗自泣血。

白昼使我惊,黑夜使我怕,一条河已被跨越。

我只是小人物,半身浸入历史。他们嗅不到我的恐惧、我的恐惧、我的恐惧。我跑不了了,我已生根,我无法逃跑,一旦逃跑,就得永远逃跑。是的,我听见枪声齐鸣。是的,我有点疲倦。啊,真理,不要太注意我。啊,庄严,对我大度些,不要指责我。啊,灵魂,因为我自己是我自己的障碍。

我脱掉湿橡皮手套喊:"我投降!"

"长官,这些家伙在那儿暴揍一个人!"

"下一个!"

"长官,他们真的暴打了我一顿。"

他们都是过客,杀县像狗一样盯着象牙似的骨头狞笑。

我身边的人也一个接一个死了。除了捕猫为业的胡哑巴,李瘸子、张瞎子、王聋子他们临死前都说:"这无关紧要……"我琢磨着他们所说的,每次都要问问:"你说这无关紧要是什么意思?"

他们总是语焉不详。临了都像一艘艘空舟,傍晚时驶往黑暗的河港。人的废墟崩溃。

李瘸子有一家破酒馆,醉者已于午后离去。

张瞎子有一座葡萄园,焚毁后黑色的窟窿爬满蜘蛛。

王聋子穿过一段明亮的岁月,穿过阴影,走入那条目盲的黑狗已熟知的黑暗房间。

文三还是县长,一直干到他死那天。文三不止一次投降攻城者。"容忍吧!"他像一条负重的狗,他倒想干掉这群魔鬼,可他们是如此之多,只好放弃这个不切实际的念头。

无论兵匪、魔鬼、怪兽、飞鸟、赌徒、越狱犯，还是的确走投无路的人，在杀县，起先都跳起嗜血的战舞，在作为他们自身的战斗呐喊和颂歌的戏剧里，都会面对黑暗的死……

"可以任它们死掉，只要不喂食物，我是主人。"文三临死前和我说。

杀县老城似乎是一个采石工场。文三就像死者的饭罐埋在沙里，露出了巨石的膝头。许多年后，有一本书，记载着他的故事：大石上马车铁轮留下的道道辙痕……

我很早就放弃了入土的愿望，我活着，黄艳艳的仍如初生的蝴蝶，所以这是一个奇迹。

我是在我老婆死了的第二年续了弦的。谁也不要指责我，不要见怪，我知道只要我还活着，就没有什么可以阻止我。疯狂者都已死去。看哪，疲惫的劳动者，完善生活的面包和美酒。渔夫在傍晚收拢沉重的网。善良的牧人沿树林驱赶他的牧群。温柔的种子轻轻膨胀，欣喜若狂。勤劳的蜜蜂还在为采集忙碌。青蛙们纷纷潜入青葱丛中。花园里钟声悠扬而轻柔。一只小鸟发疯一般欢歌。哦，这所有的日子多么纯正。

"谁此时孤独，就永远孤独。"我和我的小老婆说。

我的小老婆十九岁，我九十一岁。你知道，我的激情已熟透而绛红，就像枯叶之间升起一片节日的狂热。我想，这一定是我生命的盛年，那灰暗的日子终结了，所有的罪过和红色的苦难也终结了。她憩息在我腰腿之间，我看见了那片灌木丛和裸露在外的伤口，皱缩成一片和缓的山丘。

"嘻，你这个老杂种！你还在写下流故事吗？"

"是的！"我告诉她。

她俯身压住我，最后摩擦几下。

"我弄疼你了吗？"

"不不，继续吧！"

一片片紫红田野。太阳旋转着跌落河流。风已将光明驱散。

我在黑暗中坐在椅子上，房间已用牛奶漆刷，仿佛恐怖笼罩着古老的避难所。这块沙漠，自我父亲打下了第一口沙井后，曾经日出而作，日入而息，耕田而食,易货而活,帝力于我何有哉?当我疲于赞颂晨曦和日落,不要把我列入不朽者的行列;把我算作一个疲倦的人,让我做一个牧人,做一个被买卖的奴隶。

我如行走在一条河的镜面上,也如蜷缩着藏在芦苇丛中,某人远远地呼叫。

他是谁?

我不知道——他正在呼叫——我不知道。一个牙齿间叼着一把金刀的裸体男子走过去了。我在站立躺卧中,失去上下左右的概念——这是其他人进入不了、爱莫能助的私人空间。

挫败与伪装,事实上,构成了我生命的盛年。

我从椅中站起,上床睡觉。我做了个梦,我不得不承认,我的生活不过是一场梦。在梦中,我们镜中的影子不善,被诅咒的幽灵走向叹息着的水。那骄傲的、消瘦的、垂死的我到了说再见的时候。

太寂静了,寂静,让我亲吻你的额头!

寂静回答我:"不必害怕;你不会看见那最后一个在时漏上颤抖的水滴落下。"

躺在花园墙边的孤儿们已经死去,仿佛当年童年的日子。

世界仍在出生。

一团火,像一丛蔷薇,冒着烟。

【作者简介】赵卡,本名赵先锋,男,1971 年生于内蒙古包头市土默特右旗,作家、编剧。

厄尔尼诺

○拖雷

一

老孔把一个包装鲜艳的袋子递给我。"这是春天的衣服，不是这几天穿的，得过几天，暖和了再穿。"她的无名指上没有戴戒指，看上去手要比以前粗糙，以前是什么样的？是纤纤玉手，现在呢，色泽暗淡，隐约能看见有些黄斑，这一点很像她的脸色。

老孔总爱磨叽，磨叽得让人有点心烦。她看了下表，样子一下子着急起来，她说："不跟你说了，有点晚了。"她进屋时，就说一会儿要见一个客户，提前一星期约好的，见面要谈很重要的事。说完，她匆匆忙忙背上包走了，我看着她的背影，想喊一下慢点走，声音就卡在嗓子里，没发出来。

时间还很早，我就在饭馆继续待着。我身上没有一点力气，懒洋洋的。外面是春天，九年前这样的日子，就是我女儿出生的日子，我给女儿起了一个很诗意的名字——春天。窗外大团大团的阳光照进来，照得暖洋洋的，我在这温暖的光线中，有种错觉，这就是九年前，我坐在医院妇产科手术室门前的一个窗户边，等着老婆临产的消息，没记错的话，那天也是这样的阳光，我被罩在里面，我的心谈不上有多兴奋，有那么一段时间，我感觉像等待别人家的孩子降临。

老孔是我前妻，我俩是五年前离的，离婚的原因，我不想说太多，说聚少离多也行，说感情不和也可以，总之跟所有离婚的人一样，我俩选择了个天气不错的日子，到民政局，把证办了。拿上这证的一刹那，我觉得有点可笑，从红的变成绿的,这是他妈的谁发明的,发明这证的人不是天才就是个蠢货。

出了民政局,我提议和老孔吃顿饭,庆祝庆祝。事实上我说这话时,老孔在开小差,我说完了有一会儿,她才反应过来,勉强地朝我笑了一下,像是配合,又像是应付。

我一点不想把这顿饭吃马虎,平日里马虎惯了,这次不能,我想起我家门口新开了家西餐厅,好像叫西提岛之类的洋名字,记不清了,管他呢,老孔开始有点犹豫,后来就答应了,好聚好散,干吗要弄得跟仇人一样。

那家叫西提岛的西餐厅,进去之后,我多少有点后悔,不是说这个环境不好,是环境太好了,好得有点不像我俩刚离完婚,倒有点像偷情。一个两人的小包间,墙上是油画,好像是凡·高的复制品,坐的是柔软的沙发,能躺能靠的那种。进包间前,我问过服务员有大厅的散座吗,他说有,只不过现在装修。好吧,我看了眼老孔,不就是一顿饭,坐哪儿都行。

老孔举着菜单在看,看了半天她都没点出一样菜,她就是这么磨叽,要是在以往,我会毫不犹豫地抢过菜单,胡点一气,可今天不一样,是离婚的日子。“离婚”只要心里想着这两个字眼,我就觉得有意思。老孔点了一份牛排、一份培根蔬菜卷,我呢,点了一份奥尔良鸡翅和红酒煎鹅肝,还点了份羊肉串。她说羊肉串还用在这里吃呀。我知道她这是担心钱会花多。已经离婚,还担心这些有什么用。我说该喝点酒。

我俩要了一瓶蓝包蒙古王,这酒在这里算便宜的,其他的酒都是好几百。

一个脸上有麻子的服务员古怪地看了我俩一眼,好像是吃西餐喝白酒的人不多,我没搭理她,拧开瓶盖,给我俩每人倒了一杯。

说实话,我俩好长时间没有这么面对面地喝酒了。好长时间?是这样的,刚结婚那会儿有过几次,有了春天以后,我俩就没有这样的机会了,也不是没有,顾不上。现在顾上了,我俩离婚了,这么想想,挺有点意思,换句话说,她已经不是我老婆,倒像一个要去远方的哥们。

老孔看着我,像看陌生人那样,眼神古怪。

“怎么了,这么看我?”

“我感觉你很高兴,像是盼着这一天。”

老孔这么说话很没意思,怎么能说是我盼着呢,离婚是她提出来的,离就离吧,还要把责任推到我的身上。我不想在这个问题上纠缠,端起酒杯,说:"高兴不高兴都离了,喝吧。"

我俩就喝了起来,喝着喝着老孔入境了,她脸上有了悲戚之色,举着酒杯总说什么一日夫妻百日恩的话,我默默听着她磨叨。她说:"你是个很好的人,要不是咱们俩在一起少,我想这辈子我可能跟你过定了。"

她的话里带着明显的优越性,言外之意是如果我优秀的话,她会考虑不离婚。我听着,心里出奇的平静,我知道我再说什么,都是没用的话,现在自己该做的就是认认真真把这顿饭吃好,把手里的酒一口口喝下去。老孔已经在外面有男朋友了,这个我早知道了,以前我问过她,她含糊其词,说是自己生意上的伙伴之类的鬼话。那会儿我有点生气,现在呢,我一点不生气。不是不生气,应该是享受,我享受离婚带给我的感觉,这种感觉怎么说呢,它让我有了一种安全感,不是在云里雾里飘着,很踏实,没有争吵没有埋怨,像开悟了。

老孔告诉我,她确实有了男朋友,他叫老徐,徐什么她没说,我也没问,她说他对她挺好的,好成什么样,她也没说,说着说着,老孔突然就哭了起来,这一哭,我刚才还算平静的心就没了,她把桌子上的纸巾快用完了。

"一会儿咱们俩在宾馆开间房,别回家了,你陪我一晚上。"

说实话,老孔说这话的时候,很女人,我呢,心里微微颤抖了一下。

她又说一日夫妻百日恩的事。

她停止了抽泣,抬头看着我,等我的声音。

我说:"算了,孩子还在家呢。"

她愣愣地看着我,一副陌生的样子。

二

桌子前,放着一盆吊兰,每当光线落在上面,就到了给马春天做饭的时间。

马春天要中考了。我想来想去还是放弃了北京,回到这个灰突突的城市,老孔是这座城市的土著,我算是寄居者,我的老家在遥远的东北,我二十多岁的时候,就在北京闯荡,这么说吧,北京算我另一个家。我走的时候,好多北京的朋友不理解,他们劝我:"反正已经离了婚,回去干吗?"对呀,我回去干吗?当然是为了我的孩子,说白了,到了我这个上下不靠的年龄,什么重要?当然是孩子。

不说这些了,还是说我回到这座城市以后的事吧。

我每天活得很规律,大致是这样的:早晨七点我给孩子做早餐;七点半,我把马春天叫醒;吃完早餐后,八点钟送她去学校;中午我做好饭,她回来吃;下午两点半,我又把她送到学校;晚上她去补课的老师家吃,大概十一点她打电话,我去接她。

中午,马春天回来后,我把她妈买的衣服给她,马春天在镜子前试了一下,一脸欢喜,突然她想起什么,对我说:"呀,今天是我妈的生日。"我愣了一下,想起老孔和马春天的生日是相隔两天,我没有马上说话,马春天马上说:"咱们应该给我妈也过个生日。"

她说这话时,一点没有考虑我的感受,我知道这样说是不对的,她毕竟是孩子嘛。

我把锅里的可乐鸡翅端到她的面前,笑呵呵地让她尝尝。

"老马,你别打岔,你是同意还是不同意?"

马春天总叫我老马,这个称谓我听着很舒服,我说:"这个可乐鸡翅是用铁锅焖的,味道应该入进去了,我先尝尝。"

马春天就把筷子拍在桌子上,她不高兴了:"你不去拉倒。"说着,饭也不吃了,要睡觉。她这么说了,果真没吃,我把饭放在锅里,快一点的时候,我推她的门,她的门从里面锁着。

窗口的光线已经像水一样,退到了窗台上,不动了,我就坐在那里发着呆,发呆的时候,我忘了饥饿。外面有杨絮在飞舞,这样的情景在北方的城市里都差不多,应该会持续一周,杨絮像雪花一样,跟雪花也不一样,飞得到处都是,让人感到呼吸困难,鼻子发痒。一只麻雀在窗台上啾啾叫个不停,它吸引了我,灰灰的小脑袋,确实可爱。

后来我不知道什么时候趴到桌子上睡着了,我梦见老孔拉着三岁的马春天在逛公园,到处都是鸟叫声,我走在离她们不远的地方,公园里飘的全是杨絮,可这些杨絮很奇怪,落在嘴里、脸上,冰冷冰冷的,全化了,像雪花一样,我正在诧异,突然传来马春天的哭声,我看见马春天摔倒在地上,老孔低头抱起她,我想走过去,看看怎么回事,可我就是迈不动腿,我的腿像是长在地里,我使劲地拔呀拔呀,就是拔不出来,远处的马春天哭声越来越大,我心里很焦急,这时我醒了。

我一看表已经快三点了,我吓了一跳,就起身去马春天的屋子,马春天的屋门大开着,床上并没有人,她是什么时候走的,我一点都不知道。我又看了锅,锅里的可乐鸡翅一动不动地躺在里面,我心里有点发酸,还好,我控制了自己的情绪。

我在一口口地品尝着自己做的饭菜时,电话响了,是北京的老魏。老魏过去跟我是一个公司的,我们所在的那个公司是做图书的,主要制作漫画,我们老板是个上海人,很精明,有一天他从日本回来,带来一大堆日本漫画书,他让我和老魏不用找画家画了,直接扒这些日本的,把书名改了,把里面的对话按照中国人的方式重来一遍,我和老魏忙了一年,上海老板发了,他转行搞了影视,然后一脚把我俩踢开了。

那段时间,我和老魏混得连条流浪狗都不如。

后来我找到一家网站公司,做文化的,老板不要求坐班,完成每期的任务就行。老魏呢,跟着朋友去佛山搞了一阵子瓷砖卫具什么的,有那么三四年没联系。

老魏在电话里告诉我他又回北京了,在二环里租了一个两室的房子,我一听他日子过得不错,就挤对他怎么发财的。他就说了实情,还是上海那个老板,搞影视后发现能靠得住的没几个,于是又想到老魏,把他招了回去,老魏会编故事,做起了编剧,做了两部戏,他虽是枪手,但钱上上海老板没亏待他。老魏说:"老马,你反正也离婚了,要不带上孩子杀回北京吧,有兄弟一口吃的,就有你俩的。"

他的话说得很感人,可我知道,这是幻觉,我怎么会这个时候回去呢?而且还带着孩子。我俩在电话胡侃了一阵,他就说有空一定来看我之类的话,说完电话就挂了。

我把饭锅洗干净,坐在桌前,想看看网站的稿子,这时我看见冰箱上贴了一张纸,那是马春天写的:放了学,你等我电话,给我妈过生日。

我苦笑了一下,就把它揉了。

三

今年的天气很奇怪,快到立夏了,可天气仍感觉透着寒气。尤其是屋里停暖以后,冰冷得如同菜窖。我看过新闻,上面说这是厄尔尼诺现象,上次发生在二〇一六年,这次将发生在今年上半年,全球气候可能会陷入混乱。厄尔尼诺现象通过复杂的海洋与大气的相互作用,造成天气气候异常变化,从而导致暴雨、洪涝、强台风等极端天气气候灾害发生。

我不知道这些科学家预测的是否准确,可我希望发生点什么,发生点什么我没有期待,可我希望发生一点。

我坐在窗前,编稿子,编累的时候,我就看着窗外的天,外面乌云密布,呼啸的北风,飕飕地吹着,这天看上去很像深秋的天,一派萧瑟的景象。老魏电话来了,这次他没用手机打,而是微信,用微信打,我家的信号不好,电话时断时续,我猜想这段日子,这个家伙混得一定一般,他要混得好,属于能上房揭瓦的人。果真,老魏在电话一通抱怨,说现在影视行业大退水,一些大的制作公司都撤了资金,加之国家管理得越来越严,这个行业越来越不好做了。

他打电话时,我看见西北角堆积的乌云有一处小小的破绽,有指甲盖那么大,有一缕光线正挣脱羁绊,似乎要从黑暗中挣扎出来,它在不断努力着,这么说吧,收效甚微,它刚刚露出蹄蹄爪爪时,更强大的云层就将它覆盖了,一切又重新开始,它始终难现一丝光亮。

老魏说:"最近我想做你们草原上的一部电影,构思了很长时间,你有兴趣听听我的构思吗?"

我要说不想的话,会伤害这个自以为是的家伙。他确实是个自以为是的人,以前是,现在还是,他的脑子里永远有一堆不切合实际的念头,这些念头用他的话说,就是财富。"爱因斯坦的念头是不合实际吗?可人家发明了灯泡。看着水壶喷气的瓦特是不合实际吗?人家发明了蒸汽机……"他总举这些小学生励志的故事,告诉我,他老魏的大脑和他们这些是一样有用的,是财富。

我还没说什么,老魏的故事已经讲开了:一个草原上长大的孩子叫巴图,他一心想成为骑手,可这个愿望并没有实现,他成了城市里的一个快递员……

天上那点亮光彻底被乌云遮盖,没有侥幸的可能,可能快要下雨,我看了下表,还有一个钟头,我担心马春天回家时会遇到雨。

老魏在电话里没有中断的意思,叨叨个没完,我就对他说:"你这样吧,把大纲发来我看看。"

老魏电话里说:"我还没写呢,你觉得怎么样,是不是一部牛×的电影?"

我说:"牛×是牛×,可投资好找吗?"

老魏说:"好找我就不给你打这么长电话了,我现在是立项阶段,你等着吧,等着老子靠这部电影扬名立万吧,等着跟老子吃香喝辣妻妾成群吧,等着老子挥金如土纸醉金迷吧。"他电话里的声音很亢奋,很歇斯底里,我觉得他不应该做影视,应该当个诗人什么的。

电话挂了,我听见疯狂的雨滴已经清脆地敲打在玻璃上,坏了,这个时间正是马春天放学的时候, 她放学会去补习英语, 这个孩子一定不会等雨停,肯定一个人傻乎乎地冒雨走。一想到这里,我心里着急,拿上雨披,准备冲出门去。

这时我电话响了,是老孔。

老孔说她已经把马春天接到车里了。她的话让我一下子放松了,我坐在沙发上,故意装作平静"是吧、哦、这样啊"之类的话,说了几句,正准备挂电话,电话里传来马春天的声音。她提醒我中午跟我说的事,我想敷衍,已经来不及了。

她说了一家饭店的名字,然后用命令的口气说:"听着老马,你必须来,不来,看我怎么收拾你。"

她的声音跟当年的她妈一模一样。

四

我住的房子是老孔的。离婚后,她没让我搬走,没搬走的原因,是我照顾马春天。这是座老楼房,建于二〇〇〇年前后,有七十平方米左右,一个二十平方米的客厅,一个卫生间,两个朝阳的卧室我一间,马春天一间,我在卧室靠窗户那里改造了一个小书房,小书房是我说的,其实就是一个书架和一张写字台,窗户的视野并不好,据老孔说,以前的视野非常好,后面盖了一座十几层的大楼,而且近在咫尺,阻挡了光线,每天只能在中午时分,阳光才会缓慢地照射进来。

为了招引那只可爱的小麻雀,我每天在窗台上撒些小米,麻雀会呼啦来一大片,吃完后,呼啦一下,又都飞走了。

阳光充足的时候,我会喝上一罐啤酒,喝啤酒的习惯是在北京时养成的,无聊或是睡不着,我都会喝上一两罐。我拔开易拉罐上的铁环,里面新鲜的啤酒沫就会溢出来,这样很好,我喝了一大口,眼前的阳光就落在桌面上,它像我一个安静的朋友,我俩从来不多说话,就这么待着。我一口口地喝,光线仿佛也在喝着,时间这样一分一秒地过着。有时,我心情不好,比如没钱花或是老家的爹娘来了电话,前者经常发生,后者不定期,他们似乎担心我的生活,似乎又满不在乎,很微妙。放下电话,我的心情恶劣极了,是他们的电话让我不得不回到眼前的现实中。什么是眼前的现实? 就是我这样的日子,没有未来的日子。

大多时候,我不愿意去想未来,未来是个气泡,那些买豪车、住豪宅的人又会怎么样呢? 过几十年后,他们和我这个人一样都会变成粪土,所以我不期待未来。有一天我看霍金的《时间简史》,上面写我二十一岁的时候,我对幸福的期待就下降为零,从那时开始,任何一点小小的快乐让我觉得幸福异常。是啊,从某种程度说,霍金和我的情况差不多,每天有一点小幸福就可以了,就满足了,就像此刻,我手里端着啤酒,对着阳光喝酒,这就很好。

这套房子也是我和老孔的新房,我俩结婚时,就住在这里。住到什么时候离开,我说了不算,是老孔说了算。

离婚以后,老孔回来过几次,她当然不是看我,是看马春天,进了屋后,看到屋里没有一张她的照片,她苦笑了一下,揶揄我,收拾得够快的。说实话,老孔还是个讲情义的人,她要是硬赶我,我能有什么办法。

那天晚上六点钟,我按照马春天告诉我的地址,去了饭馆,饭馆餐食是朝鲜风味的,我记得马春天跟我说过有一家朝鲜饭馆,里面的石锅拌饭超好吃,那时有一部韩剧《蓝色生死恋》特别火,老孔和马春天都迷恋上了韩餐。

出门的时候,我还在犹豫去不去,外面起风了,这座城市的天气就是这样,尤其是春天忽冷忽热的,刚来这里时,我受大罪了,夏天开窗子睡觉,没想到还中了风,我眼歪嘴斜,口水都兜不住,后来连扎针带烤电,总算把脸扳过来了,可我照镜子发现还是很不自然,笑的时候,看上去很假,用马春天的话叫皮笑肉不笑。

我还是去了,外面昏天黑地的,出门前我看了一条微信,上面说在这座城市是三月吃沙子,四月吃榆树片片,五月吃杨树毛毛,今天就厉害了,吃的居然是套餐……真是套餐,刺鼻的毛毛一个劲地往鼻孔里钻,我眼睛睁不开了,好像眯了沙子,吹得我老泪横流。蹬了一会儿自行车,我就蹬不动了,我只好推着自行车走,远处一栋有二十多层的高楼,我看它在黄风中摇摇晃晃,随时会坍塌的样子。

这种大风天气,我去参加前妻的生日,这话听上去多少有点别扭,可我去了,不为别的,就为我的姑娘马春天。

五

那家叫高丽宫的饭馆,装修了一下,真跟宫殿差不多。我放下车子,给车子上了两把锁,这里偷车子的人很多,防不胜防,据说现在有了共享单车,好一些,可还是不能大意,我每天全靠这匹小马驹送马春天上下学,没了它,我等于没了时间,没了节奏。锁好车子,我拍了拍身上的沙尘,拎着路上买的蛋糕,进了饭店。

饭馆的装修以金黄色为主,墙壁、镜子、沙发,就连服务员的穿着都是金黄色的,如果没有表情的话,他们很容易被认成刚出土的兵马俑。

他们在一个叫汉城的雅间里。

进雅间前我又用手擦了一把脸,然后推开门,马春天眼尖,一眼看到我,"爸爸、爸爸"地叫着跑过来,然后我看见屋里除了老孔,还有一个男的。那个男的脸色很白,细高个子,穿着一件套头的耐克运动衫,样子嘛,在三十岁上下,看上去至少比我年轻。这样的人一看就是个富二代,老孔呀老孔,你他妈的真会作,放着老公孩子你不要,你非要喜欢上个小白脸。

我正要往桌上放蛋糕时,看见桌子上还有一个,我就悻悻地把蛋糕放在一把椅子上。

"你把这个拿回去吧,是老徐买的,孩子喜欢吃。"老孔走过来,把椅子上的蛋糕摆在桌上,把老徐买的,又小心翼翼装到包装盒里。

老徐微笑地看着我,他的眼神,看得我浑身不舒服,我希望他的眼神冷一些,最好再有些蔑视之类的,这样我觉得理所应当,可他不是,眼神软得像快化的奶油雪糕,这样的目光不能碰,一碰就化了。

我有时候挺希望自己有点仇恨,老婆被人拐走,这应该算是仇恨吧,可我就是恨不起来,而且我还迎接这样的生活,一点不反感。有一段时间,我认为自己是不是有问题,不是吗?这叫什么?叫麻木,麻木的细菌已经侵入了我的五脏六腑,侵入我的神经,甚至侵入了我的感情世界,我浑然不知,等我知道了,什么都晚了,晚到无可救药。

"马哥,来喝一杯。"老徐举着酒杯笑吟吟地站起来。

我从他的脸上什么都没看到,哪怕看到他的一丝小得意,可也没有。

我居然也站起来礼貌地跟他碰了一下杯。

这个过程,我相信老孔在睁大眼睛看着,包括马春天,她们娘俩像看韩剧一样,瞪大眼睛看着这精彩的一刻,这精彩的一刻一定会发生点什么,可让她们很失望,一点不精彩,我把老徐当成了内弟或是老孔的同学,甚至连老徐都没想到,我会这样。

他喝完酒后,很乖巧地坐在那里,他乖巧吗?至少现在是乖巧的,在我面前是乖巧的,他像欠了我什么似的,一会儿站起来敬我一杯,一会儿又敬,我不在乎他这么客气,他似乎也不在乎自己这么客气,既然不客气,就自然了。那天老孔的话少,像个服务员一样,端茶倒水,我的话也少,主要是老徐说。老徐说了什么我都有点想不起来了,好像是说他工作的事,他说我听着,老孔的生日宴会吃到十点半,明天马春天有课,不能太晚了。

回家的路上,马春天问我,她妈的男朋友怎么样。马春天懂事了,她的话问得小心翼翼的,我骑着车子,她的小手就搂住我的腰,我感觉车子后面坐的不是我姑娘,倒像我的女朋友。风已经变小了,但感觉还是冷飕飕的,因为喝了酒,我倒没觉得多冷。

"你觉得呢?"我反问她。

"我觉得一般般,人呢,一看就是很奸的那种,我搞不清楚,我妈怎么就会喜欢这种人,我觉得你比他强一百倍。"

马春天的话让我感到骄傲,这个夜晚,我感觉自己顿时伟大起来。还是自己亲生闺女好,我蹬车子的劲头一下子足了。

"你呢?"马春天还在追问。

我能说什么,说什么又有什么用。我说:"他对你妈好,就行了。"

车子后面,马春天没声了,一点声响都听不到。

六

天气预报说,今明两天最低温度要降到零摄氏度,还伴有五六级的大风。天哪,早晨送马春天上学,真把我冻的够呛,回到家里,缓了半天,听着窗外风在吼,我就想起那首歌,风在吼,马在叫,黄河在咆哮,黄河在咆哮……这是什么鬼天气,还有三天就是小满,怎么跟冬天差不多?我跟老魏说这事时,老魏也在抱怨北京的天,他说北京因为风大,好多航班都取消了,东直门一个商场的围墙被风吹倒,当场就砸死三个人,太他妈的恐怖了。

接下来老魏又聊起他的电影,我感觉老魏这个人不是把电影当生命了,而是中了邪,中了黑马的邪,他一会儿说《流浪地球》票房的事,一会儿又说贾樟柯什么的,他似乎想说这些跟自己是有关系的,可说完了,又跟他有什么关系呢,人家刘慈欣是刘慈欣,贾樟柯是贾樟柯,开心麻花是开心麻花,他呢,还不是那个穷得叮当乱响的老魏,快挂电话的时候,他支吾着求我件事,想借点钱。

我问他借多少,他说两千。

这么多年我从来不和人发生借钱之类的事情,我的原则是我不借人家的,别人也别借我的,有了就花,没了回家睡觉。可这一回不一样,是老魏张口,我有点为难。老魏说:"用不了一星期就还你,有点急用。"

我就从微信上给他转了两千,他很快就接收了,连句谢谢都没有。

看着微信我无奈地苦笑着,这个老魏也是四十多岁的人,怎么做事情还是这么不稳重,有时候真的像个孩子,我敢保证,用不了一天,他就会把两千块钱花得精光,管他呢,花光了,他是不会再来找我借,我过得什么日子他应该清楚。

晚上有一个本地写诗的要请我吃饭,我提前给马春天做好了饭,说实话,在这一点上马春天很理解我,有时候比她妈老孔都理解我,过去我爱喝点酒,老孔总是想办法阻拦,说什么酒有什么好喝的,不就是狐朋狗友聚在一起,找说辞。她说这话,一点都没想到日后她的酒量比我都大,回家比我都晚,结果呢,鸡飞蛋打。

不说这些没意思的话,还是说说晚上吧,那个诗人叫王大业,在一家私企上班,什么私企他说了好几遍,我也没听懂,印象中好像跟环保有关系。我去了一家火锅店,在这座城市里到处都是火锅店,一年四季地涮羊肉,有时候我替古人担忧,世界上哪儿来这么多羊,让他们天天涮?我俩酒量差不多,他话多,我就听着不时附和几句。王大业先是把手机拿出来,让我看他最近写的几首诗,说实话他的狗屁诗我实在看不下去,可为了这热气腾腾的火锅,我还是认真地看了,看完后就提些意见,比如不要抒情啦、不要概念化之类的。

"哥,你咋说这么准呢,我这个人放不开,写的东西也放不开。"王大业用力拍了下我的腿说,"我是不是到了瓶颈期?"

我说:"谁说的,你不是瓶颈,是心魔。"

"哎呀,哥,你咋又说到我心坎上了。"王大业又用力拍了我的腿。

王大业这个人爱激动,一激动就爱拍别人的大腿,他说这个毛病改不了了。有一次同学聚会他旁边坐着一个女生,他俩聊得开心,没一会儿那个女生的大腿就被拍青了,聚会完一瘸一拐走的。

我不知道他这话是玩笑话还是真的,但我感觉他很在意我的话,或者说我以为他很在意我的话,不管怎么说,我俩在一起喝酒是愉快的,没一会儿的时间,我俩就喝进一瓶半,我的头晕乎乎的,王大业是八〇后,小我十几岁,他很亢奋,喝了酒的他更亢奋,他拉着我的手:"哥,这酒别喝了,咱们俩唱歌去。"

他说的唱歌,我估计不是那种纯歌,一定是有小妹的那种。果真,我俩打上车后,七拐八拐到了一片灯红酒绿的地方,王大业好像跟这里的老板很熟,一个个子不高的中年人,把我们招呼进了歌厅,进了歌厅后,王大业附在我耳边说:"这些人不光能陪唱歌,还能随便摸。"

王大业的话让我有点心动,接下来屋里进来一大帮女孩,以前我在北京经常跟着朋友瞎混,这种地方没少来,我点了一个湖北的女孩子,那个女孩子看上去很高兴,不像其他人愁眉苦脸的样子,那个中年人说:"你真会点,这丫头是刚来的。"

她说她叫露露,我知道这是她的假名字,所以也没在意她叫璐璐还是露露。接下来的套路就是疯唱,王大业唱歌不是唱是吼,每唱一首他都是全神贯注,五官拧在一处。我记得自己也唱了几首,都是老掉牙的歌,什么《心雨》啦,还有张学友的那个难解百般愁之类的歌。露露挺能喝,喝着喝着就聊起她为什么要来这座城市。为什么呢?是离婚。她说这些时不像伤心欲绝,倒像说别人的事,她说现在一切就是为了赚钱,赚钱是为了孩子。

快十二点了,王大业喝得两眼迷离,差不多了,准备提议走,那个叫露露的女孩,悄悄地对我说晚上想去她那里不,五百块。我心动了一下,两人加了微信,离开了歌厅,站在路边,我和王大业又抽了根烟,王大业摇摇晃晃地打了车走了。

我站在路边,吐了口气,时间对于我来说,还富裕,我就给露露发了一条短信,没一会儿,她就出现了。

七

最近马春天的成绩不错,月考考了全班第三,老孔为了奖励她给她买了一部新手机,我呢,星期六领着她去肯德基吃了一顿,看得出来,马春天跟我出来有点为难,她希望和她的同学李优雅、赵月玲、王丹丹一起玩,可李优雅要补课,赵月玲去看生病的奶奶,问她为什么王丹丹在,却不和她玩,马春天说王丹丹有男朋友。

马春天的话把我吓了一跳,我这才意识到马春天已经十三岁了,十三岁的女孩居然懂得谈恋爱了,想到这里,我有点恐惧,仿佛一瞬间,眼前的马春天已经不再是我女儿,而是个陌生人。在肯德基的时候,我对她说不要学王丹丹,学生还是以学习为主之类的话,马春天嘟着嘴说我是老古董。

那顿饭并没有吃得多愉快,从肯德基出来,马春天有点闷闷不乐,跟外面灰不拉叽的天差不多,街上还起了小风,我呢,心里也有点五味杂陈,骑车子带着她,顶着风,我看见地上我俩的影子,我像个小老头,佝偻着腰,低着头,用力地蹬着车子,带着八十斤重的女儿,一副疲惫的样子。

回了家，马春天躲在屋里摆弄着她的新手机，她的新手机我看过，有好多我不会的功能，我告诫她手机不要老玩，对眼睛不好，她说知道了，就不搭理我了。我有点累了，洗完一周的衣服又洗了个澡，躺下睡觉，我不知道睡了多长时间，一阵奇怪的音乐在屋里响起，我正纳闷这声音是从何而来时，我听见马春天的说话声，才明白是她新手机的铃声。

电话里马春天好像要和老孔去吃饭，她说好的，行，没问题。我身上没有一点力气，像是要感冒的那种，我懒的去问她，没一会儿，门咣当地响了一声，我猜想她走了。

那天我一直睡到天黑，起来以后又编了会儿稿子，有几个栏目一直没更新。我有几天没看稿子了，有点懒，今天总算有点时间，我编了两个小时，栏目总算有点眉目，不光有眉目，我还有点小得意，就在这时，我被一声闷雷吓了一跳。

随后窗外树叶唰啦啦地响，没一会儿雨滴噼里啪啦地敲打在窗户上，我起身关窗户，门开了，马春天像个落汤鸡一样出现在门口，她的神情不对，眼睛红红的，我急忙走过去问她怎么了，她什么都没说，一头扎进她的屋子。屋门锁上了，我听见屋里嘤嘤的哭泣声，我有点急，在门外问她到底怎么啦，她什么也不说。

外面的雨好像下得更疯狂了，雷电交加，按道理我很喜欢这样的夜晚，一般情况我会举着一罐啤酒坐在窗前，看着外面的景象，树枝摇曳，灯光明暗，雷雨成了这个世界的主宰。我喝着酒，看着外面的一切，我很惦记那些麻雀，在这样的雨夜，它们会怎么样，它们会躲在什么地方避雨，它们在这么庞杂恐怖的自然之声中，会不会害怕？

九点的时候，马春天出来上厕所，我问她今天到底怎么了。马春天的脸上还有泪痕，眼睛肿肿的，像是被什么人欺负了，在我的追问下，她说了实话。她说今天和她妈还有老徐出去吃饭，吃得好好的，不知为什么，她妈和老徐突然吵了起来，两人越吵越凶，马春天吓坏了，她不知道该怎么办，老徐像疯了一样，先是摔桌子上的碗碟，见什么摔什么，后来见桌子上有部手机，他拿起来就摔了，那部手机是马春天的。

说到这里，马春天流着泪说："我再也不会见那个魔鬼。"

听完以后，我让马春天赶紧睡觉，明天一早还上课呢，马春天回了自己的屋。我气得头有点发蒙,这个孙子抢走我老婆不说,现在又欺负我姑娘,我在屋子里转了两圈,火还嗖嗖地往脑门蹿,我喝了一罐啤酒后,揣了一把俄罗斯的云纹刀,出了家门。这把刀是我当年和老孔去满洲里一家俄罗斯商店买的,刀刃锋利,带血槽的,用了不多长时间,这把刀会准确无误地扎到老徐的肚皮上。

我这么想着,心里就格外痛快,我用力地蹬着车子,夜晚的风冷飕飕的,我一点都不感觉冷,不仅不冷,还热血沸腾,我能闻到风里的血腥味,这味道让我兴奋。说起打架,当年我在学校里算是个狠角色,上高中时,一个比我高一级的家伙踢足球时骂我一句傻×,我冲上去就和这个家伙打,可这家伙人高马大,我并没有占到便宜,反而成了同学们的笑话。我从地上爬起来,拍净身上的土,大家看我默默地走了,以为一切就这样过去。我到操场边捡了一块砖,藏在身后,那个家伙并没察觉,我走到他身后,朝着他后脑勺狠狠来了一砖,那个家伙的头瞬间血流不止……我的原则就是敌不犯我我不犯敌,敌若犯我我必犯敌。现在这个孙子老徐就犯我了,你他妈的和老孔吵架,马春天招你惹你,你摔她的手机,你这不是骑在我马建国头上撒尿吗?

那天我到了老孔住的龙苑小区,连踢带捶地砸了半天门,她家的门没开,把邻居家的门砸开了。邻居惊恐地看着我,邻居是个中年女人,她说:"别砸了,她们家人没回来。"

我朝老孔家门狠狠啐了一口,说:"告诉那个老徐,老子见他非捅他几刀。"

八

老孔是第二天下午来的,这个时间正好是马春天上课的时间,她这么选择估计是不想让马春天听到什么。

我在洗锅,有人敲门,我一开门是老孔。老孔脸色有点发暗,青不青灰不灰那种,她进了屋,坐在沙发上不吭声。我继续洗我的碗,最近我很喜欢洗碗。其实我也就是改变了以前洗碗的程序,以前是先接盆水,水里放点洗洁精,然后将用过的碗筷放在里面洗,现在呢我将洗洁精滴在洗碗布上,先干洗,然后再冲刷,这样效率比以前提高了很多。

老孔憋不住了,她先说了话,问我昨天是不是去她家了。

我端详着手里的碗,经过我的洗刷之后,这些碗上的釉重新散发着温和之光。

"听邻居说,你手里还拿着刀,怎么了,你不想活了?"

"是你们不让我活。"我把碗整齐地码在柜子里。

"谁不让你活了?"

"谁不让我活,谁知道。"

我的话让老孔有点无言以对,她呆呆地看着我,我看见她眼睛有点泛红,这个样子我再熟悉不过了,果真,没多长时间,她的眼泪就流了出来,我见不得女人流泪,一流泪我的心就软。老孔说是不是觉得她还不够可怜,是不是还想在她心上扎一刀。

我靠在窗台边,不再说话了,不说话不证明我错了,只是我不想再说什么。一只小麻雀探头探脑地落在我的面前,它轻飘飘的,像片落叶,小脑袋有节奏地一动一动,在寻找残剩下的米粒,这几天我事多,忘了往窗台上撒米了。

老孔给我在讲昨天发生的一切,她的声音很低郁,我想她的心情也是低郁的,她说她和老徐吵架的原因是她要去日本,她为什么要去日本,原因是现在代购特别火,尤其是日本的商品,她说是一个过去一起留学日本的同学给她联系好了一家公司,她是学日语的,以前也在那里待过四年,去了没有语言障碍,做起生意也方便。老徐死活不让她走,说现在网络这么发达,什么样的买卖不能在网上做,还非要去日本,两人就这样争执起来。昨天她本来想陪着马春天好好吃顿饭,没想到又扯起这个话题,老徐有点失去理智,把马春天的手机摔了。

"失去理智?"我的声音一大,窗台上那只小麻雀,身子一抖,飞走了。

老孔说:"因为这件事,我想和老徐分手,可他——"

"可他怎么了?"我问完后,觉得有点唐突。

"他不想分,还哀求我,我现在心里很麻烦,真的。"

我一直认为老孔是遇事没脑子型的,连马春天对她妈的评价也是"我妈脑子是不是进水了"之类的话,因为她没脑子或是脑子进水,我有时候觉得她很可气,但更多的时候觉得她可怜,这种不值一分钱的怜悯,我也不知道是从哪儿冒出来的,我这种人不应该有怜悯,换句话说怜悯本身是个妄念,这种妄念会让人有居高临下的态度,你马建国凭什么居高临下,你凭什么怜悯别人?这一系列的问题,问过之后,我还是狗改不了吃屎,我把它归为天性。

"我现在希望我到日本的手续快一点下来,这样,我走得远远的,我心里会好受些。"

老孔说的没错,她有她的选择。

"我给孩子又买了一部手机,跟那部一模一样。"说着她把一部新手机放在茶几上。

那天,老孔坐到四点钟才离开,我把她送到门外,她有点凄惶,六神无主的样子,她上了车,摇下玻璃,叮嘱我:"别跟马春天说我来过。"

我摆了下手,这个磨叽的女人,什么时候都改变不了。

九

天有些寡清,有风,冷飕飕的。

送完马春天上学,我就七拐八拐地到了露露家,她在铸管街上租了一个公寓,四十平方米左右,这是我来她这里的第四次还是第五次,我想不起来了,我到她这里,就是因为无聊。她住的楼,楼道里好长时间没人清理,各种小广告贴得到处都是,露露家在九楼,我敲了下门,露露揉着惺忪的眼睛开了门。

进了屋,她问我为什么会上午来,以前她说要过来的话,最好是下午来,因为上午她要睡觉,我说无聊,无聊不分上午下午。

"你无聊吗?"露露坐在我面前,用指甲油染脚指甲。

"有点吧。"我看见茶几上,放着一盘红樱桃,拿了一颗放在嘴里,很甜。

露露盘着腿,睡衣轻浮地支架起来,我看见她没有穿内裤,有一只黑色的蝴蝶落在那地方,那蝴蝶抖动着翅膀,像招着小手,让我过去。

"说实话,我也有点,每天在那个鬼地方,喝得五迷三道。"

我准备抽根烟,正要点着。

"别抽。"

露露的声音把我吓了一跳,接下来我问为什么,她说了实情,她刚结交了男朋友。她的话拉远了我俩的距离,虽然面对面地坐着,可我觉得她的声音是从山那边发出来的。她在染另一只脚的指甲,染得很认真而且还小心翼翼的,

111

仿佛在指甲上画画。我很想问问她男朋友的情况,她没继续说,我也没继续问。

"你去洗澡吧。"她看着自己的脚指甲,长长嘘了口气,摆动着脚踝,欣赏着她的成果。

我俩开始做了,我有点不行了,本来刚才还好好的,可真正伏在她身上时,一下子就疲软得要命,来往几次,我俩身上都出汗了,我从她身上下来,喘着粗气,一副叫天天不应叫地地不灵的鬼样子,那个本可以理直气壮的家伙,现在软塌塌的,像个死蚕蛹。露露问我今天怎么了。我怎么知道是怎么了,要知道怎么了就好了。露露说我应该吃点药。

她的话让我内心有丝羞愧,我感觉自己作为一个男人的使命正在结束,剥丝抽茧的虚脱感在我身上蔓延,我难道真的靠药,才能完成男人的某种使命?这个问题问得我有点悲哀,好啦,我想我和露露该结束了。

露露一只手放在额头上,她的脸微微朝一侧倾斜着,从这个角度看她,真的很好看。她脸颊消瘦,睫毛很长,眼睛明亮又迷茫。她讲起她刚交的男朋友是个有家的人,他们认识也是在歌厅里,可他跟别的客人不一样的是,他关心她。第二次见她的时候,他就给她带了水果,他一点不在乎别人怎么看他。露露被他的举动吓着了,觉得这个人脑子有毛病,找小姐唱歌喝酒,干吗还要带着水果来。那个男人说:"这些水果都是山竹啦、杨梅啦,你们这里吃不到的。"露露有点不愿意坐他台,不是不乐意,主要是怕麻烦。她出来是赚钱的,赚了钱给老家寄回去,老家的爹娘见到钱后,会善待她丢下不管的孩子。可没想到这个男人,打乱了她的规律,那天晚上她知道他来了,就称自己坐台下不来,等到夜里两点的时候,她准备回家,让她没想到的是,这个男人一直等着她。她就把这个男人领回了家,告诉他,五百一次。两人就做了,做完以后,这个男人,给她放了一千走了。看得出来,这个男人很有钱,或者说不在乎钱,不管怎么样,露露觉得他不会再来了。

"他还是来,还给你带着水果。"我忍不住插了句嘴。

"你怎么知道?天哪,我快晕死了。"

露露说这些时,脸上的表情丰富了,换句话说有了女人妩媚的样子。也就是这个时候,我看到那条死蚕蛹,奇迹般地活了过来,而且在不断地苗壮成长,我从心里感谢那个水果先生,没有他的故事,这个上午会让我感到乏味。我重新爬到了露露的身上,不光我非常好,露露也非常好,我俩情绪饱满如同一口合适的压水井,你一下我一下,清凉的井水就快流淌出来。

我很久没有这么放松了,完事之后,我再次拿起烟,这一次露露没有阻拦,她也陪着我抽了一根,烟雾中,露露又提起她的男朋友:"他真的对我很好。"她的话里,有她的潜台词。

"我知道,我知道。"

我看着烟雾在往房顶上飘,很轻柔,很像我的魂。

十

天气还是没有丝毫转变,天上乌云跟像俄罗斯风景油画画的那样,黑云滚动雷电交加,屋里屋外都是阵阵凄风。早晨马春天出门时嚷着要穿裙子,我有点急了:"这么冷的天怎么能穿裙子呢,你没看大街上有人还穿羽绒服吗?"马春天很固执,她说很多同学都穿了。我俩争吵了半天,马春天哭得泪水涟涟,我一看上课的时间马上到了,就不跟她争了,她一边擦眼泪一边换了裙子。

中午回来的时候,马春天人蔫了,饭没吃几口,眼皮耷拉,要睡觉,我摸了下她的额头,很烫,赶紧用体温计量了一下,一看快三十九摄氏度了,我本来想说她几句,不让她穿裙子,她非不听之类的话,见她的可怜样,就没再说什么。吃了退烧药,她就睡了,到了下午三点,我摸了下马春天的头,烧总算退下去了。马春天问我跟学校请假没,我说忘了。说完,我拿起手机,赶紧跟学校请假,她的班主任我见过,是一个胖女人,嗓门极大,果然她在电话里不太友好,她说:"这都几点了,下午教育局的人要来视察,你请假她请假,这班里面还有人吗?"

我说:"您说得对,是我的错,下不为例。"

总算把请假这一关糊弄过去,我才放了心,我学着他们班主任的口气对马春天说:"马春天同学就放心睡吧,睡他个地老天荒海枯石烂。"

马春天捂着被子嘿嘿地笑了几声。

下午我编稿子,好几天的稿子编得我头晕眼花,直到我电话响了我才抬起头,发现外面天已经黑了。由于我长时间盯着屏幕,头一阵眩晕,我适应了一下光线,这才好多了。我接起电话,是王大业,他说最近又写了几首诗,问我晚上有空没,边喝酒边聊诗。

我告诉他孩子病了,出不去。

王大业多少有点失落,他说孩子要紧,再约之类的,说完就挂了电话。

马春天睡了一下午,我准备做点好的,犒劳犒劳她。离我家不远的地方,刚开了一家平价海鲜超市,里面什么虾啦蟹啦以及各种海鱼,应有尽有。想好后,我就出门去买菜,出了楼道,走到我的自行车旁,准备开锁,突然,一个黑影站在我身后,我吓了一跳。

那个黑影是个小男孩,学生模样,瘦高个子,戴着一副眼镜,脖子上还挂着耳机,这么一个学生站在我身后,鬼头鬼脑的,让我有点恼怒,我问他找谁,他朝楼道里张望了一下,然后支吾着说:"马春天家住这里吗?"

我愣了一下,端详着他问:"我是她爸爸,你找她什么事?"

那个男孩没想到我会是马春天的爸爸,他有点紧张,说话结巴起来:"我是她的同学,有一张历史卷,明天要交,我给她送来。"说着,他打开双肩包,翻了半天,后来翻出一张卷子,递给我。

我接过卷子,情绪也缓和多了,对小男孩说:"要不到家里坐坐。"

小男孩摆了下手说不了,然后骑着车子走了,摇摇晃晃地,有些仓皇,在巷口险些摔倒。

晚上吃饭时,马春天的精神好多了,脸上有了血色,人也精神了不少,她的病是这几天忽冷忽热造成的,我认识的好几个人都感冒了,这样的鬼天气,一个强壮的人都受不了。

洗碗的时候,马春天看见了门口桌子上的卷子,她问是怎么回事,我就把楼道口遇到那个小男孩的事跟她说了,她欣喜地说:"张若昕来了,你为什么不早告诉我?"

我没想到她欢喜成这个样子,她脸上有了少女的羞涩,一时间像个大姑娘。说实话,我一点都没做好她长大的准备,可是她就是在悄悄地长大,一天一个变化,让我有点陌生。

有一个问题突然出现在我脑子里,很尖锐——马春天不会找男朋友了吧?我一下联想到她早上非要穿裙子,一想到这里,我手一松,一个盘子掉到地上,摔碎了。马春天坐在沙发上看卷子,那是张白卷子,上面一个字都没有,可她盯着入了神,我把碎瓷片扫净,倒到垃圾桶里,等这一切干完了,我发现马春天还在发呆。

我就问她那个病恹恹的男孩叫什么名字。

"张若昕。"马春天来了精神。

"他……是不是在追求你?"

我声音很小、很谨慎,没想到还是惹恼了她。

"无聊。"她狠狠地说。

十一

早晨马春天说不用我送她,她自己去上学。看上去,她感冒彻底好了,脸也变得红润。她走了以后,屋里一下子显得有点冷清。

我在窗台前发了会儿呆,也不是发呆,是想昨天那个瘦高个子的男孩,想着想着,我就迷离了,我想把这件事跟老孔说说,可每次电话按最后一个键时,还是放弃了。什么都没发生,我是不是有点大惊小怪?

编了会儿稿子,我心里有点烦乱,看了下外面,外面的天还不错,虽然有云,但很均匀,用一个诗人的话叫云像被耕过一样,阳光不刺眼,世界格外明亮。我出了家门,到不远处的一个公园,上午的公园里很热闹,都是些退休的老头老太太,年轻一些的都要上班,谁会像我这样。我在湖边的栏杆上压了压腿,上学那会儿,压腿时,我的头能挨着腿,现在呢,使劲一抻就浑身疼。湖水平静,看久了心也变得平静一些,什么仁者爱山智者爱水之类的话,像水草一样在我脑子里滋生出来,我想此时我和古人的心境应该是一样的,他在看水,我也在看水,有什么区别呢?

走了一会儿,我身上开始发热,微微有了汗,我就坐在湖边的一块石头上歇脚。有风吹来,风吹进了我的每一个毛孔之中,我觉得舒坦极了。湖上有船,这让我想起小时候那首《让我们荡起双桨》的老歌,现在的船已经没有了双桨,而是脚踏船,船上两个人像蹬自行车一样,蹬着船里的脚踏板,往前蹬,船就往前,往后蹬,船就往后,这样的船让我着迷。

也就是在这个时候,我看见一个熟悉的身影,一个人在船上咯咯地笑个不停,是马春天?!我以为自己眼花了,定了定睛再看确实是她,她手里举着一个纸杯,像是饮料什么的,在她身边还有一个人,我一眼认出是昨天那个瘦高个,他俩像大人一样,有说有笑。我不知道为什么有点紧张,生怕他们看到我,我赶紧躲到一棵榆树后面,此时我手心出汗,心怦怦直跳,用不了多久,我担心自己的心脏真的会出毛病。一切都很好,船上的马春天并没有看见我,他俩还是说笑着,不时能听见马春天愉快的笑声。我在树后探着头,观察着他俩,阳光照在水面,升腾起一片虚幻的光芒,在光芒中,我恍惚觉得马春天就是年轻时候的老孔,而我就是那个瘦高个。船发出有节奏的声响,一道涟漪在水中荡漾开来,他们的船走远了。

我长长吐了口气,突然觉得自己很猥琐,船上是自己的女儿,又不是别人,自己为什么要躲起来呢?为什么不站在岸边,和他们招招手打个招呼?这么想让我羞愧,我遏制了自己的念头,掏出手机,准备给老孔说说这事,可要按最后一个键时,还是放弃了。

中午吃饭时,马春天吃得很香,狼吞虎咽的,一连吃了两碗米饭。我小心看着她,问她今天上学怎么样,老师对她什么态度。她哼哼哈哈地说都挺好之类的,然后放下碗筷,睡觉去了。

我真怀疑上午是不是自己眼花看错人了,如果那样的话,就太好了。可不是,这就让我意识到了一个尖锐的问题,马春天在和我说谎。这个问题让我手脚冰凉。一个至亲的人,一个从小你看大的人,她要是对你说谎,这意味着什么?我感到无比慌乱,洗碗的心思也没了,我坐在窗前抽烟,阳光紊乱,像一群讨厌的蚊子,趴在我的身上,吸我的血。

抽完烟,我有点头晕,身上一点力气没有,就决定上趟厕所然后睡觉,路过马春天的屋时,我听见马春天在屋里小声说话,她的声音压得很低,尽管这样,我还是听见了,她在和谁说话,是那个瘦高个吗?

我的火腾地一下子上来了,猛地推开她门。

果真马春天在抱着手机说话,她一点没想到我会破门而入,她一脸惊恐,接下来她似乎想把电话挂掉,看样子已经来不及了,电话里有一个男生"喂喂"的声音。我冲了过去,一把将电话抓到手中,马春天见我这样,站起来想跟我夺电话,我推了她一把,电话里那个男生在说话,我就大喊:"我知道你是谁,你敢再骚扰我女儿,我到学校里非收拾你不可。"

电话那头把电话挂了。

我喘着粗气,这时我才看见马春天瞪着我,她从来没有这么瞪过我,眼睛红红的,一副仇人的模样,我也不想再讨好她什么,就声色俱厉地说:"你小小年纪,不学习,谈什么恋爱,你上午去上课了吗?"

我的话,让马春天一下愣住了。

"你和那个张什么去公园划船去了,是不是?"

马春天的身体轰然倒塌,尖叫着:"你出去,我不想跟你说话!"说完,她捂着被子痛哭起来。

十二

星期五下午,我被马春天的班主任叫到了学校。

听别的家长说,那个胖班主任有点变态,为什么呢?原因是她老公因为贪污被判了十几年,现在还在监狱,熟悉她的人都说她性情变了,易怒不说,而且对孩子管教方式也变了,好多孩子被骂得一点自信心没有。我对这个胖班主任遭遇的不幸感到遗憾,可这种不幸说白了,跟我没多大关系,有关系的是我的孩子在她的班里,让我没想到的是,这种不幸已经传递给了我了。

这个班主任姓翟,我就叫她翟老师,我进她办公室的时候,围着她办公桌的还有三个人,她像个看病的大夫,挨个诊断。在这一刻,作为旁观者,我对别人的说法产生怀疑,这个老师并不像他们说的多变态,她尽量压低自己的嗓门,很诚恳地跟那三个家长做着交流。

那三个家长走了,轮到了我。我走到她跟前,看见她食指和中指之间夹着一支笔,这支笔在指尖不停地摆动着,我告诉她我是马春天的爸爸。她愣了一下,手里的笔也不动了,她说:"你终于来了。"

这话听上去,有些刻薄,我没有太在意。

接下来翟老师把马春天的表现跟我说了一通,她说前一阵子马春天表现还可以,比如说她考了班里前三名,可最近这段时间,她的成绩又下来了,最近一次月考只考了班里三十多名,成绩下滑得很厉害,用不了多长时间,就会全班垫底。

外面突然放起了音乐,是最近很流行的一首歌《卡路里》,这首歌很有活力,在动感的旋律中,我的身体很想动几下。

"你在听吗?"

"在听,您说。"

"教育不光是在学校,你们做家长的也得花时间陪孩子。"

"明白,明白。"

翟老师问我:"最近你没发现什么?"

"什么?"

翟老师说话有点不自在,她用发白的舌头舔了嘴唇:"她早恋。"

来之前,我把一切归类为我的推断、我的臆想,马春天还是马春天,什么都是好好的,可翟老师这么一说,证实了我不愿意证实的东西,她后面的话,我几乎没听进去,大意是她现在进入青春期,家里要多关心她。

从学校出来,我头有点发蒙,我有点分不清东南西北,马路上全是灰白的光,照得一切都有点虚幻,我身在其中,也成了虚幻的一部分。路边一个打扫卫生的老头,坐在路牙子上打盹,汽车从他的面前开过,一辆接着一辆,他浑然不觉,看来他是真睡着了。说实话,我很羡慕这样的人,他的心很大,什么都想得开,比如现在他坐在大马路上说睡就睡,而我呢,为了孩子的情感问题,像只没头的苍蝇。

不说这些了,说说后来,我想这事有必要跟老孔说说,毕竟她是马春天的妈,在情感方面,作为一个大老爷们,我很难跟孩子去交流。我拨通了老孔的电话,她没接。

我回到家里,躺在床上想睡一会儿,这时电话响了,我以为是老孔,一看是我妈的电话,我接通了,我妈在电话那头问我怎么样、孩子好不好。我已经三年没回家了,我就跟我妈说我一切都挺好的,我没跟他们提离婚的事,他们也没问(估计早猜到了),我又问了问我爸的病,我妈说比去年好多了,就是总咳嗽,还说最近我姐从市里抓了些中药,好像效果好一些,晚上听不见他咳嗽了。我又问了问我姐的情况,我姐以前在一家厂子,后来厂子改制,我姐就下岗了,我姐夫是个十三不靠的人,以前开个小饭馆,后来小饭馆黄了,他也坐在家里,有一天他说出去打工,人就走了,一走再也没回来,我姐给他打电话,他的电话早停机了,我姐一人带着孩子,平日里卖豆皮什么的……

"花花今年上了高中,孩子挺争气。"我妈说的花花是我姐的孩子,也就是马春天的姐姐。

我跟我妈说:"今年等马春天考完试,我就回去看你们。"

我妈说:"你工作忙,回来一趟,浪费钱。"

聊了一会儿,挂了电话,我重新倒在床上,我的眼角突然湿润了,热乎乎的泪水,迅速地流了出来,确实很迅速,不一会儿我的脸上、脖子上和枕巾上湿了一大片。我很长时间没流泪了,我也相信眼泪这种东西在我身上已经绝迹,可没想到,今天接完我妈的电话,我竟然会变成一个娘们一样。

我看不起我这个样子。

我痛恨自己。

十三

老孔来到我家跟我解释那天没接电话的原因,是办理出国手续,她说手续刚办完。她说这话的意思很明确,就是她不日将奔赴日本。我很想把马春天的事对她说,可话到嘴边,我又咽回去了。我发现我再说什么都是无效的,说了也白说,现在老孔心思不在这里。

"那老徐咋办,和你一起走?"

老孔说:"这次不可能,以后再说吧。"她的话说得轻描淡写,我知道她在我面前不想说这个话题,理解成顾忌我面子也行。

"马春天最近怎么样?"

"挺好的。"

"学习呢?我就担心她学习。"

"还可以吧。"

老孔又给马春天放了两包东西,是她买的衣服还有零食什么的,她看了下表,说时间差不多了,她得走。

屋里冷清了不少,我把老孔留下的东西放到了马春天的屋里。马春天有一周没和我说话了,这个孩子就这样,一旦把她惹着了,她就用沉默对抗,像个哑巴一样一声不吭。以前我和老孔研究过马春天,她是水瓶座的,这个星座的人据说很冷漠,不关心自己也不关心别人,尤其长大后,她会像一只刺猬,保护好自己。

马春天回来,我告诉她妈来过,马春天哦了一声,我又说她妈最近要去日本,她又哦了一声。我对她这样的反应有些失望,她正常的表现是:"啊,什么时候的事?怎么会这样?"可马春天仅仅说了句"哦",哦是什么意思,是表明她知道了,还是她根本就没兴趣?我猜不透,我想跟她长谈一次,可我又找不到合适的机会,从现在的状况看,她一点都不想搭理我。

自从老徐摔坏了她的手机后,马春天再也没去过她妈家,她自己好像有意在躲避着老孔。

晚上我睡不着觉,一个人坐在窗台前喝着啤酒,对面楼房窗子亮着灯,我仔细看过对面的窗户,有一家是一对年轻夫妇,他们在洗衣服,很勤快的样子,另一家是一对老夫妻带着三四岁的孩子在看电视,还有呢,他们的生活都是他们的生活,这让我想起托尔斯泰著名的话,幸福的家庭是相似的,不幸的家庭却各有各的不幸。如果这句话真他妈的像个魔咒,那我就是在这个魔咒下生活的人。事实上,我很希望对面有一家人,跟我的情况差不多,一个中年人,举着一罐啤酒在窗前发呆,那个人也许就是我,我看见他两眼呆滞,面无表情。

三罐啤酒喝完,我一点都不困,内心泛起小欲望,这让我想起露露,我有点想她,想和她说话,想她年轻的肉体,我知道这些都是想想而已,什么都别想了,睡吧,黑夜很快就会过去,明天太阳照常升起。

我躺在床上还是睡不着,好久没有这样了,我把手伸向自己的"老二",它在我手中慢慢被唤醒,它是我身体里唯一充满能量的地方,我知道把能量释放出去,一切就会变得踏实,我在一点点努力着,我脑子里不断出现和我有过一夜春宵的女人,很快我体内的能量变成一片白茫茫的叹息,以前我这样完了会觉得很羞愧,那时我还是个精神上的我,现在呢,我只剩下了物质。

早晨起来,外面下起了雨,半夜的时候,我就听见雨滴敲打着窗户,拉开窗帘,果真,外面的雨还在下着。我浑身酸疼,身上的骨头像散架了一样,但担心马春天迟到,就咬着牙起了床。

马春天在客厅里吃面包,她早就收拾停当,见我出来,她说:"你要不想去,我打伞去就行。"

"打伞,这么大的雨根本不管用。"

我拿上雨披,骑上车子,我买的是大号雨披,够两个人用。马春天钻到了雨披里,我骑着车子冲进了雨雾之中,路上行人很少,我用力蹬着车子,脚下的雨水纷纷后退。马春天在我身后没说话,她的两只手紧紧抓住我的腰,热乎乎的。

快到学校的时候,马春天突然说了话,她问我她妈啥时候走。

我愣了一下,说:"应该是这个周末吧。"

马春天说:"周末我补课,你跟我妈说一声,送不了她了。"

"没事,她用不了两个月就回来了。"

马春天就不再说话了,她不说话我也知道她想什么,她想送送她妈,可又想到老徐在,她不愿意见他。

到了学校门口,我把她的雨伞交给她。

我看见她眼睛红红的,接过雨伞转身就走。

十四

网上一条《厄尔尼诺作妖,这地方今年已遭受十二轮降雨,死伤严重》的新闻吸引了我,上面说:五月二十四日以来,南方地区出现了大范围强降雨过程,局部还伴有雷暴、大风、冰雹等强对流天气。强降雨导致安徽、江西、湖北、湖南、广东、广西、重庆、四川、贵州遭受的洪涝、风雹、滑坡等灾害灾情持续发展。截至二十八日,上述九省(自治区、直辖市)四十三市(州)一百二十六个县(市、区)一百八十九万两千人受灾,六人死亡,两人失踪,两万七千人紧急转移安置,六千八百余人需紧急生活救助,四百余间房屋倒塌,一万一千间不同程度损坏,农作物受灾面积十八万两千四百公顷,其中绝收九千七百公顷,直接经济损失十六亿四千万元。

紧接着我再看新闻中的图片,图片上街道被淹、部分车辆因泡水熄火、行人挽起裤腿上班等等。这是南方,我抬头看了下外面的天,北方的天也是如此,阴云、降温、沙尘，这两个月的气温像抛物线一般。我看了会儿电脑，觉得自己很好笑，一个叫杞人忧天的成语说的就是我这样的人，可我不关心这些又能关心什么呢？

中午我想睡一觉，阴天除了适合喝酒，还适合睡觉，无人打扰，一觉睡到自然醒。我拉上窗帘，脱光衣服，钻入了被窝。

睡到四点时，一个电话中断了我自然醒的愿望，电话我一猜就是老魏打来的，果真是他，我有心不接，又担心他有急事，再说我午觉睡的时间也够长了，是该醒来了。我接通他电话，让我吃惊的是，他说已经到我住的这座城市。

"神不神，是不是特想见我？"他在电话里嬉皮笑脸地。

我心里一阵欢喜，说实在的，这段时间我太闷了，以前在北京的时候，可不是这样，三朋五友的总聚会，四九城几乎都吃了个遍。

"你来了，我得尽地主之谊，好好喝一顿。"

"好啊，没问题。"他说。接下来他说这会儿刚下飞机，这次出来，他是和一个制片人来的，是那个上海老板的人，他们先得和投资方吃顿饭，吃完了饭就找我喝酒。

我理解他，就说："那我等你电话。"

挂了老魏的电话，我想晚上再找一个陪老魏喝酒的人，想来想去，想到了王大业，王大业是写诗的，算半个本地人，酒呢，也能喝点，我就给王大业打电话，王大业在电话里说："我正想约你喝酒呢，这样呗，咱们先喝着，他什么时候来了，什么时候算。"

王大业说得有道理，我和王大业定了地方。

为了能心安理得地晚上吃饭，我提前给马春天做好饭，马春天爱吃我做的茄子盒，这道菜费了老劲了，又是剁馅，又是炸的，做好后，我自己看着都口水直流，然后又切了些水果丁，摆在桌子上。

我看时间差不多了，出了门，大街像是个工地，又修地铁又建高架桥，到处是机器轰鸣之声，等我到了饭馆，见王大业早就端坐在那里。我俩先点了几个菜，慢慢喝着，估计老魏那头还得等一会儿，喝酒时我猜想王大业会跟我聊诗，可没想到他跟我聊他女儿。别看他年龄小，他女儿比我女儿要大，已经上高二，他老婆不知道听了谁的主意，打算把女儿送到国外。钱他倒是不在乎，在这家私企,足可以赚到他女儿去国外上学的学费,显然他担心的不是这些,而是担心女儿去了国外,会变得六亲不认。

我就劝王大业别走这条路,老孔的哥哥把孩子送到加拿大,结果呢,除了会花钱,什么都没学到,到了假期,也不回来,而且跟着同学一会儿去日本,一会儿去泰国的,好像他娘老子的钱是大风刮来的。王大业唏嘘不已,他说他老婆一根筋,他怎么说也说不回来,一心想着把孩子送出去,去年孩子成绩在班里还可以,考个一本问题不大,可一听到要出国,基本不学了,愁死他了。

我俩聊到兴浓,一瓶白酒喝光了,我低头看了下表已经九点半了,觉得老魏那头应该结束了,在以前他早就给我发短信了,今天怎么回事?王大业一脸酡红,他的酒量我知道,再喝下去,他会压不住的。

我拿起手机给老魏打了一个电话,问问他什么情况。

电话通了,一个陌生的声音,我说:"你是老魏吗?"他说:"你找老魏?"我说:"对呀,他人呢?"

那个人说他在医院里,晚上吃饭,老魏刚喝了一杯酒心脏就不行了,一头栽在地上,把所有人都吓坏了,刚送到医院,是心肌梗死,医院的人说快不行了。

"什么?"我的头嗡地一下,酒醒了一半。

那个人告诉我医院的具体位置,他说:"你要是他的朋友,就过来见他最后一面……"说着,电话里的那个人哭了。

挂了电话,王大业愣愣地看着我问怎么了。

"老魏出事了。"我站起来就往外走。

我和王大业到了医院,老魏的心脏已经停止了跳动。拿老魏手机的是一个小个子,听口音像南方人,他可能就是老魏说的那个制片人。他把我和王大业领进病房,老魏的身上已经覆盖上了白色单子,跟电影里演的那样,我掀开后,第一眼看见老魏嘴角往上翘着,脸上似乎在笑,没有一点痛苦的样子。

我抱住老魏的尸体哭了半天,哭他为什么不来见我们一面,就他妈的这么匆忙地走了。一个大夫模样的人走过来说:"尸体马上要送到太平间。"我说:"老子没看够呢,送你妈呢。"王大业怕我闹事,就搀着我手臂,硬把我拽出了医院。

十五

老魏的尸体是在本地火化的,老家来了个姐姐和姐夫,老魏说过他老家在山东潍坊的一个农村里,他姐姐和姐夫看模样都是老实巴交的农民,除了抹眼泪,一点社交能力都没有。他姐姐说家里就出来老魏这么一个精干的人,没想到年纪轻轻地没了。因为是在酒桌上发生的,投资方自认倒霉,赔了老魏家里二十万(王大业事后说那天老魏幸亏没来,不然的话,出了事我们俩都跑不了),一切办理妥当,老魏的骨灰要埋到老家,我又把他姐姐姐夫送上了火车,等火车开走,我一下子累得不行了,浑身打摆子,回家后,睡了整整一天一夜。

坐在窗前,我翻看着手机,看着微信上我和他之间的聊天记录,感觉这个人就坐在我面前跟我说话。在北京这么多年,我就交下这么一个知心的朋友,没有了老魏的北京,对于我是陌生的。

我担心看到他微信会伤心,全删了。

这件事过后,王大业好长时间也没再和我联系,估计他女儿真的出了国,他再也没有心情写诗,女儿出国确实需要一笔巨额的费用,而且不是一年两年的事,他得玩了命去赚钱。

过了端午节,天气开始好转,气温呢,也开始稳定起来,看新闻,厄尔尼诺气候仍在某几个地方肆虐,暴雨成灾。我们这座城市据说是风水宝地,什么地震啦、洪水啦,历史上就发生的很少。我还是老样子在电脑上编稿子。老孔走的那天,把我和马春天叫去吃了一顿饭,那天老徐也在,我看见他时,他还是哥长哥短的,他还给马春天买了一个投影仪,说实话,我的火气早就无影无踪了,老孔拿了她爸两瓶十几年的五粮液,她说等她赚了钱回来,我们就喝茅台。我们三个人喝,喝得很高兴,我感觉老孔从来就不是我老婆,这个老徐呢,倒很像我的哥们,我们喝嗨了,最可笑的是,大家轮流地唱歌,马春天举着手机不停地拍,后来,喝着喝着,老徐哭了起来,他说:"马哥,我对不起你。"说着他要在我面前下跪,我这个人是吃软不吃硬,再说老孔是跟他好,又不是他的错,我一把把他拽起来。

老徐泪就更止不住了,他说:"马哥,你真是个好人。"

他这么一说,老孔也受不了了,也嘤嘤地哭了起来。我摆了摆手,说:"你们这是要干什么? 喝酒就喝酒,跟个娘们似的,哭什么哭。"

老徐用袖子擦了下眼角,他说:"马哥说得对,来,喝酒。"

那天我是怎么回的家都忘了, 腿上还磕了一片青, 不知道什么时候碰的,生疼。第二天我问马春天,马春天就把手机扔给我:"你丑陋的形象都在里面。"

我一张张照片看着,我的形象确实丑陋不堪,有一张是我抱住老徐,两人喝得脸色通红,亲得像离散多年的哥俩,抱在一起,想想那天的场面,看着这些照片,我自己都觉得可笑。

马春天说:"你笑什么?"

我把她的手机递给她,没说话。

她看了看我:"爸爸,我有一句话不知道你爱听不爱听?"

我低头看着腿上的瘀青,然后打开一瓶活络油,倒了一些,我用力擦揉着,疼痛感像把锥子,我感觉自己头上的青筋在突突地跳着。

马春天的嘴翕动了一下,她说:"算了,不说了,你慢慢养伤吧。"

事实上马春天不说,我也知道她要说我什么,这孩子长大了,开始学会尊重别人。

第二天我的腿还是不利索,我咬着牙,坚持要送她上学。马春天见我吃力的样子,就说:"你别送了,我自己去。"我说:"没事,没事。"骑到一半时,我的腿实在使不上力气,差点摔倒,我和马春天推着车子,步行往学校走。

马春天支吾了半天,才跟我说:"我有件事想跟你说。"

我推着车,眼前有很多跟我一样送孩子上学的中年人,他们的神情也和我一样,在这个精力充沛的早晨,看上去是很有希望的一天。我说:"你说吧。"

"我和那个张若昕就是普通朋友,他妈他爸也离婚了,他人呢,我有时候看着可怜……"

我鼻子不知为什么有点酸。

马春天说上周张若昕的爸爸把他接到天津上学了。

马春天聊了一路那个男孩,我没打断她一句,一直聊到学校。

十六

马春天考完试的第二天,我俩就踏上一列开往东北老家的火车。

马春天头一次和我出远门,上了火车,我俩是下铺。马春天兴奋坏了,一会儿躺在车铺上,一会儿坐起趴在窗子上看外面的风景。我也很兴奋,我已经三年没回家看父母了,三年了,这确实是很长一段时间。

马春天两只脚愉快地抬起来,又落下。

她说:"你以前回老家,是不是和我妈一起回?"

车窗外的光线,鲜艳明亮,一波一波的光晕在马春天的脸上晃动,这让我有种错觉,躺在对面铺上的人,不是马春天,而是老孔,年轻的老孔,那一年,我俩也是这样,坐了三十多个小时回我老家,一路上,老孔也像马春天这样又说又笑的。

我有点走神。

马春天的腿又抬了起来,这一回,她的脚尖直接顶在了上铺,坚持了一会儿,她有点气喘吁吁。

"快说呀,我想听听那会儿你俩的事。"

我拧开水杯盖,喝了一口水。

"好,你想听,我就跟你说说……"

叛徒

○拖雷

一

一九四○年秋天,我到了一个叫毕先气的地方。

到这里,我要找的人是赫赫有名的唐五,他是日伪塞外防共二师的师长,说他赫赫有名,是他当年当土匪的时候,不仅当地的保安团怕他,后来连日本人也惧他三分,几次找他谈合作,谈"共荣",才把他拉到了日伪编制里。组织上知道我和唐五有过交往,派我去找唐五就是想把他争取过来。这次任务组织上之所以交给我,主要认为唐五这个人很重要,虽然手上也沾有同志们的血,可这个人骨子里还是正直的,有正气,对日本人是有抵触的。我在接任务的时候,有点犹豫,我不知道我有没有本事把他策反过来。

进了师部,守卫的人不让我进,我就告诉他,我是唐五的拜把子兄弟。那个守卫多少有点害怕,就进去禀报,不一会儿满脸笑意地回来说,进去吧。

唐五正在抽洋烟疙瘩,屋里全是洋烟的气味,酥酥的。光线很暗,我的眼睛很长时间才适应过来,这时我看清炕上躺着一个人,像只熊一样窝在那里,过了多长时间我忘了,炕上的那只熊才像睡醒了一样,霍地从炕上坐起来,他说:"×你妈的,咋连个灯也不点?"

他的守卫赶紧点上灯。

我看见唐五用手捋了下额头,他的额头很明亮,泛着油光,手指捋过的地方很快显现出红色的血痕,他重重地把洋枪放在小炕桌上,说:"刚才说谁要见我?"

"他们已经来了。"守卫小声地说。

我赶紧亮着嗓子说:"五哥,兄弟来看你来啦。"

唐五看着我,愣了一下,我两很长时间没见过面,他相面一样地看着我,突然他从炕上一下跳到地上,趿拉着鞋,他认出我脸上的青痣,抓住我的手说:"这不是我的后锋兄弟吗?×你妈的,这么多年你圪泡还没变,老子认人就是认脸,你圪泡的这张脸就是烧成灰,老子也能认出来。"

当年唐五还是个后草地上四处为家的盗马贩子,在我们的库伦里偷了马,被人抓住了,牧民要用石头砸死他,是我救了他。救他的原因是我觉得他是条汉子,别人打他的时候,他一句话不说,话和血往肚子里咽,就是死到临头的关口,他还是不说,汉族人里有他这种眼神的人不多,我不仅救了他,还送了他一匹马,杀了羊款待了他。

后来他就离开后草地,听说他当了土匪,名声越来越大。

我说:"五哥,你现在闹大了,这方圆几百里,没有人不知道你的大名。"

唐五嘿嘿地笑了一下,说:"别说那寡话了,这个世道,不混咋呀,×你妈的,快坐下来,说说这几年,你作了点甚,发财没?"说完他转身对守卫说:"×你妈的,看甚呢?还不弄点酒呀肉的。"

守卫慌忙出去准备。我就说:"发财?五哥你说,这哪儿都在打仗,你说怎么发财,发屎财哇,能把小命保住就不错了。现在这不是实在无路走了,我们兄弟三个投奔你来了,到你这里就是讨口热乎饭。"

和我一起来这里的还有两个人,一个是辛二蛋,一个是金鹏。

守卫把冒着热气的羊叉骨和酒端了进来,唐五挥着手说:"来,吃上,喝上。"

喝了杯酒,我就看着唐五说:"哥哥你现在混在一方天地,日本人也罩着你。兄弟们实在是没饭吃了。"

唐五说:"吃这碗饭,×你妈的,比吃牢饭还难吃,老子都受不了啦。"

我就端着酒杯说:"五哥,就是牢饭,兄弟能端上,能天天地跟着五哥,兄弟就满足了。"

唐五没有接我的话,他咳嗽了一下,我看见他的喉结像个核桃一样在动着,他叹了口气说:"×你妈的,自从跟了日本人,这就没一天好日子,不是逼着他娘的去弄粮,就是进山剿'共匪',圪泡他们倒好,躺在据点里,肚皮都白了。"说完唐五习惯性地捋了下额头。他把目光转向我旁边的那两个人，辛二蛋和金鹏多少有点拘谨，像大姑娘一样，被唐五看得脸红红的。"他俩是谁？"唐五问道。

我说："过去我店里的两个伙计，金鹏和辛二蛋，没见过世面。"

唐五走到了他俩的面前，突然抓起其中一个人的手，那手确实白嫩。唐五把那人的手举到鼻子下面，闻了一闻，一下子笑了起来，他说："这手是娘们的手，你俩要是跟我唐五干，就得给我杀人，男人的手没有血腥味，还叫什么男人的手。"

两个人脸更红了，像喝了二两，他俩不知所措地看着唐五。唐五一边笑一边咳嗽着，最后到了痰盂前，从嗓子里扯出一串混浊的痰。他用手擦了嘴边的痰渍，说："这男人呀，×你妈的，活着就是个骨头，不是活着嫩皮皮，女人才活嫩皮皮哩，有骨头的男人，手上必须有枪，有了枪，这骨头才会越变越硬，会变成一根硬棍。这道理，你们懂吗？"

辛二蛋和金鹏点着头，像是听懂了像是没听懂。

唐五说："管尿你们听没，告诉你们，这话要听懂得早，懂得晚了，就没命了，知道不，这骨头是命，这手里的枪是保命的，这弟兄嘛，就是骨头和枪换来的天地，有了这天地，原先的骨头和枪也不一样了，后锋兄弟你说对不对？"

我说："五哥要么当师长呢，这话从你嘴里说出来，就是硬戳，你们俩好好听唐师长的，好好跟着唐师长长本事。"

辛二蛋和金鹏又是一阵点头。

唐五又喝了一杯，他说："×你妈的，后锋兄弟，咱们俩多长年头没见了？"

我说："十二年。"

唐五眨着眼睛，他的神情成了一片雾，看不出像在回忆还是在盘算什么。

接下来，唐五喝着酒，给我讲他这几年的经历。

他说："跟我的二师里的大多数弟兄过去都是土匪出身，当年老子从后草地出来就当土匪，只有这条道能活命，老子先抢了一个税务厅，弄了三支大枪和不少的银圆，这就是老子当土匪的本钱，几年以后老子又参加了一次暴动，人马从二十几个发展到三百来个，那是一段甚光景，菩萨也没过过的光景，老子不愁吃不愁穿，当地的有钱人像供菩萨一样供着老子，没想到好光景一下子就没了，老子感觉又掉到冰窟窿里了。日本人来了，开始老子并不服气日本人，谁抢了老子的地盘，老子就要和谁真刀真枪地拼命。在一个叫纳令沟的地方，老子和日本人真的干了一仗,那一仗让老子一下清醒了,自己打不过人家,还死了四十个弟兄,就在老子准备往西面的九峰山撤退时,日本人派来一个顾问,他叫黑川太史,这个个子不高的日本人会说一口流利的中国话,他对老子说,他们要收编了我的队伍,人马还是我的,我还是头儿,他们给我补给枪支和弹药,我来维持当地的安全和秩序就行。

"老子对黑川太史诚恳的态度,有点不敢相信,老子就说,你要我们就干这些?

"黑川太史说,对,就这些。

"就在那天老子决定归附日本人。尿哇,到哪儿也是混饭,老子的人马被整编成塞外防共二师,老子就成了师长,没几天日本人用八辆大马车给老子拉来军用物资,弟兄开始穿上了军服,弹药充足。这是开始,老子再傻也明白这一点,日本人不会白白养着这些人的。当有一天老子被叫到厚和市的宪兵队时,黑川太史给老子下达了命令,就是让老子到大青山剿灭那里的'共匪'。在这片地界上,只有'共匪'和他们不是一条心,他们是长在日本人肉里的刺,是心上的刀,日本人一天都容不下他们。随后几年,老子的日子一点都不安生,开始时老子真去剿了,可去一次,自己就少几个弟兄,尿也没干成不说,'共匪'比狐狸都精,这些人都在那儿,老子确信就在山上,山上的石头缝里、树杈间、旮旯里,在每个可能待人的地方,可就是抓不着他们,老子在明处,而'共匪'在暗处,老子有劲使不出来。

"黑川太史管老子要'共匪',老子没办法,只能抓几个老乡充当一下。这样的伎俩很快被日本人发现了。有一次黑川太史审了老子送去的人,审了一个月也没审出个门道,他突然想明白老子在骗他,那天他把老子叫到他面前,狠狠扇了老子两记耳光,打得老子两眼冒金星,老子真想掏出枪崩了那个日本人,可后来还是忍了,这次他没有再用温和的中国话,而是用的日语,他说,八嘎,再发生这样的事情,就把老子的脑袋割下来喂狗。

"×你妈的,老子从宪兵队出来,擦着嘴角的血,就不停地骂日本人的祖宗,骂完了还不解气,就到酒馆里喝了顿闷酒,喝完了还不解气,就到了妓院,最后老子把自己的身体折磨得一点力气都没有了,可胸口的闷气还在,黑川太史的影子就在老子的眼前晃悠,老子从来没有受过这么大的侮辱,老子相信,总有一天,会亲手宰了这个坹泡。

"老子就是从这时开始吸洋烟的,你知道不,吸了这洋烟就甚也不想了,想尿哇,甚都不想啦,就这么一天天地耗着,管尿他的呢。"

这次见面后的第三天,我成了二师的军需,这是一个文职,主要任务就是整顿二师的军纪。唐五说:"这个差事是个苦差事,老子看看你有没有本事,你看看这是个甚军队,兵痞不是兵痞,土匪不像土匪,净是抽洋烟疙瘩的,还打尿的仗,就是打仗,听见枪炮声就尿裤子。老子给你权,你要是把这帮圪泡给掰过来,明年老子就给你一个副团。"

这话就是尚方宝剑,我整顿二师的军纪就是从大烟开始。

唐五的手下,都是晋绥两地的土匪,吸大烟的不在少数,管理他们之前,我觉得先得从唐五开始,他是长官,他若不戒掉,他手下的弟兄根本不会戒。

下第一场雪的时候,我进了师部。外面大雪纷飞,师部的院落里却没有积雪,像两个世界,一个勤务兵不停地在院子里打扫着飘落的雪花,我站在院里呼吸了一口气,在清冽的空气中,我闻到浓郁的洋烟疙瘩味。

我进了唐五的房间,唐五躺在土炕上正抽着大烟,我就一动不动地站在门口,看着唐五吸完了最后一口,我看见唐五的身体痉挛般颤抖了一下,然后如同挺尸一般将身体绷得紧紧的,不一会儿变成一摊泥。

我咳嗽了一声。

唐五坐了起来,眼睛很亮地舔了下干燥的嘴唇,木了一会儿,然后说:"咋样,在这里你还适应吧?"

我说:"师长,你让我整顿军纪,这里抽大烟的比比皆是,你说我怎么管理?"

唐五笑了一下:"你叫五哥。"

我说:"师长。"

唐五说:"×你妈的,师长就师长吧,你看,老子让你整顿军纪,这就是尚方宝剑,有了这宝剑,老子就不信没有人敢不听你的话,尿哇还反了他啦?"

我说:"有人就是不听我的?"

唐五愣了一下:"×你妈的,你说谁,老子跟你去找他。"

我说:"是你。"

唐五一下笑了,笑声在屋里飘荡了很长时间,笑到最后,他的眼泪和鼻涕都出来了。他走到我面前,用手拍了拍我的肩:"我的好兄弟呀,这几年你学文化,学傻了吧,×你妈的,在这里老子是长官,长官抽两口也得受约束吗?"

我说:"当然要受,不然的话上梁不正,下梁歪,我的话就等于放屁。"

唐五看着眼前的我,顿时觉得陌生起来。唐五有点不快地说:"你这个人咋这么愣,你当过兵没?老子是师长,在这里老子想干甚就干甚,知道不,再说你不知道这洋烟疙瘩,吸上它就像怀里抱了个十八岁的女娃,又暖和又来劲,这个女娃不要啦?×你妈的,你说,老子该咋办?"

我说:"师长你该戒了,这是军队,要打仗的,这大烟倘若抽起来,别说打仗,路都走不了直线。我还记得当年五哥你对我说过你小时候家境贫寒,冬天都没穿过一双鞋,脚上都是厚茧,现在五哥你穿上了鞋,可你抽上了大烟,五哥,这大烟不能抽,抽上了,人就完了。"

唐五没有再听我的话,他说:"滚你妈的,老子给你饭吃,不是让你教训老子的,你再说老子就崩了你。"说着唐五的手就摸腰里的铁家伙。

我看着他说:"崩哇。"

唐五突然火气没了,说实话当初他也憎恨抽大烟的,看见抽大烟的,他就有莫名的火气,想上去打,现在呢,自己也在吞云吐雾,有什么办法?他没办法才去抽,这话没人对他说,现在是他多年不见的兄弟说了,他确实有点下不了台。"你说吧,老子怎么做?"唐五的态度很坚定。

"戒了。"

"好吧,老子听你的,戒。"

我就在这时走到土炕前,拿起炕桌上的烟具,狠狠地摔在地上,然后用脚踩断。面对我的举动,唐五愣在那里,他的手就放在腰间的枪套上,他确实想掏枪崩了我,可没有,后来他的手放下来,朝地上啐了一口。

"×你妈的。"他说。

二

半年以后,我当上了三团的副团长,然后又过了三个月,转成了团长。我知道唐五很欣赏我的才干,我来这里干什么来了,就是让他欣赏我的才干,让他信任我。在过去的一年里,我确实花了不少力气,把这些站没站样、坐没坐样的人一个个掰溜了,整顺了,整得一个个像换了一个人似的,一年里我心思全在他们的身上,玩横的我就和他来横的,玩软的我就给他来软的。后来这些人都有点怕我,不是怕我手里的尚方宝剑,是怕我这个人。二师里再也没一个抽大烟的,我把南面原来的一个场地修整出来,做了几个篮球场,人们没事的时候,就在那里打篮球,打篮球能强筋骨,能忘掉抽大烟,累了就睡。我还让辛二蛋和金鹏在兵营的墙壁上开办了黑板报,他俩都能写能画,懂得新思想,这些黑板报上面的内容对二师的人来说,新鲜陌生,看懂字的给看不懂字的读,后来他们又出了油印的小报,上面不光宣传仁义礼孝,还有了不少像戏文的东西。当唐五再次站在他的士兵们面前的时候,从表情上看,他有点不敢相信眼前的这些人,就是跟了他多年的弟兄,他看见他们一个个如同新长的杨树,直溜溜的,变了,他能感觉到一种新的东西正在他的队伍悄悄发生着变化。

唐五单独把我叫到师部,要跟我喝上一场酒。

戒了大烟的唐五看上去年轻多了,两个眼睛又大又亮,我能感觉到他的变化。一人喝完一碗酒后,唐五对我说:"后锋呀,老子没走眼,你圪泡还真是个有本事的人,有本事没本事,老子一眼就能看出来,这碗酒老子就是敬有本事的。"

"师长,在二师里最有本事的,还是你。对了,师长以后你别再圪泡、圪泡的叫,不好听嘛。"

"老子就叫你圪泡。"

"圪泡就圪泡吧,师长。"

"你叫我五哥。"

我笑了,说:"你别叫我圪泡,我就叫你五哥。"

"圪泡长能耐了,跟老子讲条件。好,老子不叫圪泡行了吧。"

我改了口,说:"五哥,因为你为人仗义,这么多的弟兄才跟着你走到今天,你这才是大本事,我只是在五哥这里讨口饭的。"

又喝了一碗酒,唐五用手捋着额头,脸上的光鲜不在了,他叹口气说:"这几天日本人又在催促我,给他们弄粮,弄粮,×你妈的,我他妈的去哪儿给他们弄粮食,现在这些圪泡日本人根本不把咱当人看,老乡们骂我们是汉奸、走狗,×你妈的,到日本人面前又是一条狗,有时候狗都不如,怎么走到这步境地？后锋兄弟，你脑子活，你给我想想办法？"

我看了看唐五，说："五哥，你是想听真心话还是假话？"

唐五说："×你妈的，当然是真心的。"

"那就办不了。"

唐五一下子愣了，他觉得自己听错了，在二师里他从来听不到这样的话，我说得坦坦荡荡，他就愣愣地看着我。我知道他在想什么，他对日本人不满，可实际上还是按照人家的旨意在办，办完了心里就不痛快。

我看出唐五的心思，说："五哥，你是为难这话说不出口，对吧。"说完我就一个人端起酒自顾自地喝了一大口："五哥，兄弟跟你说句掏心窝子的话，你没有必要为日本人把自己的命搭上去。"

这话又把唐五吓了一大跳，他眯着眼睛看着我，有点像不认识，但看他的表情确实想听，听我接下来要讲什么。

我说："五哥，这日本人的日子不会太长啦，他们来咱们中国的土地上，这叫什么？叫侵略，一个侵略别人的人，他会有好日子吗？他没有，别看他现在咋呼，到了秋后算账的时候，他死得比谁都难看。"

唐五霍地从腰里拔出了枪，用枪抵住我，他说："老子明白啦，你圪泡赵后锋就是个共产党。"

这个场面，事实上我早就预料到了，如果他不这样才是意外，如果我一点都不紧张，这是假话，我能猜到唐五比我更紧张。我笑着说："五哥既然抬举我是共产党，那我就是吧。五哥你的枪口不应该对着自家的兄弟，应该对着日本人，是他们的到来，让咱们自相残杀，让咱们兄弟反目，国没了，家没了，咱们再连兄弟的感情都没了，五哥，你说，活在这个世上，咱们还有什么意思。"

我说得很真诚，我感到自己的眼泪就在眼眶里打转转。唐五缓慢地放下手里的枪，我俩就默默地坐着。

后来还是唐五先说了第一句话，他说："赵后锋你说的一点都没错，×你妈的，这么多年，老子心里想的话，你圪泡后锋全说了。×你妈的，这么多年，这么多话，老子就说不出来呀。"说完他端起一碗酒喝下肚，然后他又一碗接着一碗地喝，他需要喝醉，喝醉了，他就会死沉沉地睡去。

我就坐在唐五的面前，一动不动地看着他。

他说："×你妈的日本人,×你妈的黑川太史,老子拿枪全把你们崩了,骂老子是头猪,你们他妈的才是猪,被劁了的猪!"

就这么骂着,唐五的心里也憋屈,憋屈就喝酒,后来唐五真的醉了,他把桌子上的枪再次拿起,朝着面前的我开了一枪,枪口的硝烟散尽,我眼前黑了一下,只听见有人在大叫着,后来什么都不知道了。

三天以后,我从昏迷中醒来,能抬起手臂,我觉得自己还活着。辛二蛋和金鹏就站在我的面前,他们见我醒来,脸上笑开了花,他们说:"醒了醒了,赶紧告诉师长去。"

我摆了摆手。

他们说:"团长呀,你不知道,师长这次醉酒,开枪误伤你,他把自己关了一天的禁闭,还对军医说要救不活团长你,就崩了军医。这回好了,你终于醒啦。"

唐五推门的动作很大,人几乎是闯进来的。唐五拉着我的手,说:"你圪泡终于醒来了,你要是醒不过来,老子这觉都睡不着,这饭也吃不香。对了,老子这回把酒戒了,这酒呀,就是他妈的太误人。"我说:"五哥,你说甚呢,兄弟这不是又活过来了吗?就是活不过来,也是死在五哥的手上,这死得值了。"唐五说:"什么值了,你值了,老子咋呀!"后来我有点困了,唐五一点都没察觉到,还握着我的手说个不停,我只能看见他颤抖的嘴唇却不知道他说着什么,总之他不停地在说,像个妇人一样嚅动着嘴唇,喋喋不休。后来我就睡着了。

半个月里,唐五领着弟兄们到村里开始征粮,每到一处,他就把当地的地主、富绅叫在一起,以日本人的口吻,让那些人出粮,出不了粮的人就抓起来,直到出粮为止。半个月过去,他征了三百石粮食,他回到师部,再次探望他的兄弟赵后锋,也就是我。

阳光好的时候,我靠在窗台前,那段时间唐五不知道从哪儿给我抓了只小花猫,那只小花猫刚几个月大,每天爬在我的身上和我玩耍,有了这只小花猫,我的日子一点都不孤单。辛二蛋他们把刚刚油印出来的小报送过来让我看,我告诫他们宣传新思想是对的,但不能太明显地宣传抗日思想,这样的话会引起日本人的注意,现在在我们的身边有不少日本特务,他们在暗处盯着我们的一举一动,我让他们一定要小心。

他们都说我胖了,这些都是唐五的关心,他征粮临走时吩咐他的手下,三天杀一只鸡,给赵团长炖上,只要我醒来,任务就是吃鸡肉喝鸡汤,像坐月子的婆娘一样伺候着。

唐五回来了,他进屋后,就让人都出去,我不知道他有什么事情要和我说,唐五就坐在我的床头,仔细端详着我,我说:"五哥,怎么啦?"他看了下门口,压低声音道:"后锋兄弟,你真的是共产党?"

我看了他一眼,这时候我虽然不知道唐五这话背后的意思,但必须做出准确的判断,我没有犹豫,点了点头。

唐五又说:"老子想好了,兄弟,跟着日本人没有什么好结果,不是没有,是肯定没有,老子想跟着你们干。"

我很激动,紧紧握着唐五的手:"五哥,你想通啦。"

唐五说:"想通了,×你妈的,在日本人面前,老子永远是一条狗,老子他妈的是人,一个汉子,不想活着被人骂,死了也被人骂。你能不能给老子,引荐下你们那里的长官?"

我说:"当然可以,我伤好后,咱们就去。"

唐五神秘地笑了一下,说:"去,老子可不能空着手去,老子给日本人征了三百石粮食,这粮食就是老子给共产党的见面礼。"

三

唐五走了,我兴奋得有点读不进去眼前的报纸,报纸上的字开始像蚂蚁一样到处乱爬,我不得不停下来。窗外在下雪,这是入冬以来的第二场大雪,如果不是有伤,真想出去手捧雪花亲吻一下。我重新把自己的身体放平,调整着呼吸,在脑海里,我又把唐五刚才的话和神情回忆了一遍。唐五是真心的,他已经把日本人看透了,跟着他们走就是死路一条。伤口有点发痒,那是正在愈合,这一枪虽然有点冒险,但它值,也许就是这一枪,让唐五彻底转变了想法。

有人在外面喊报告,不一会儿进来了两个人,是金鹏和辛二蛋,他俩根本不是我的什么伙计,而是杨区委派的人,他们是协助我工作的。他俩原来是小学的教员,因为思想进步,跟了共产党,杨区委考虑我一个人深入虎穴开展策反工作,担心有危险性,就派了这两个同志暗中帮我,他俩脸生,长得又文弱,不会引起敌人的注意。

辛二蛋说："赵政委，这个唐五来了，没再对你有威胁吧？我和金鹏兄弟商量着不行，将这个家伙铲除算了。"

我摆了下手："唐五对我很好，现在他仇视日本人，思想上跟着我们。"

金鹏说："既然他那么恨日本人，为什么要朝你开那一枪呢？"

我笑了一下："这件事放在谁的身上都不理解，可我理解，换句话说，我懂这个唐五。唐五过去毕竟是土匪，土匪是什么？是野惯了的人，野惯了的人就有野惯了人的做法，所以我们以前是不了解他。"

辛二蛋说："可这代价也太大了，万一他……我们回去，怎么和杨区委交代呀？"

我拍了下辛二蛋的手臂："这不是没发生万一吗？对了，你们看见唐五征回的三百石粮了吗？"

辛二蛋点着头："看见了，说是给日本人征的，就放在仓库里。"

我看着窗外，窗外的雪花很大了，飘飘洒洒，地上顷刻间白茫茫的，像盛开了无数朵白棉花。我自言自语地说："这回可给解决大问题了。"

一个月后，我伤好痊愈做的第一件事就是把金鹏叫来，让他去找杨区委，说唐五要见他。三天后，金鹏回来了，他说已经和杨区委联系好了，小年那天，在包头的万德元饭庄见面。

小年那天一大早，我和唐五两人以到包头给人庆寿为由，骑着快马出了师部。一路上，唐五的神情很兴奋，像个孩子，话题也像乱飞的麻雀，东一句西一句地问我："你是什么时候加入了共产党？共产党的长官都长得什么样？你去过延安吗？"

他的问题一个接着一个，我回答得口干舌燥，舌尖上都起了疱，我说："五哥，你别问了，我一张嘴就灌一肚子风，你是不是想让我拉稀？"

唐五笑得眼泪都出来了："×你妈的，这点风算个屁，看来你们共产党个个身体娇贵，当年老子在山上时，喝着雨吃着风，也没说要拉稀。"

我们两个人又说又笑，不到中午便到了包头城。

今天是小年，街上的人很多，我俩只能牵着马，到了万德元，我俩担心被特务跟上梢，转了几圈，找到车马店系好了马匹，才进了万德元。门口有自己的人,朝着我点了下头,我们两人进了二楼的雅间。

里面只有杨区委一个人。我和杨区委是当年百灵庙起义的战友,年龄相仿,但从面相上看,杨区委要老很多,这次策反二师的行动就是由杨区委负责。唐五见了杨区委多少有点紧张,两只手不知道该放在哪里,在和杨区委握手时,他说:"杨长官的手上全是老茧,一看就知道是摸枪摸出来的。"杨区委是绥西人,他说:"摸枪再多也没你唐五摸得多。唐师长,你的大名,我们早听说过,在绥西,大家都知道你唐五是个重情重义的汉子。"

这么一说,唐五更紧张了,他连连摆手:"惭愧,惭愧呀。"

我把唐五的情况和杨区委简单地汇报了一下,杨区委高兴地说:"没想到,唐五同志会转变得这么快,本来我派后锋同志去,心上就悬了一把刀,原来我们的唐五兄弟早就和我们是一条心,好,好,咱们一起抗日。"

唐五激动地说:"就是后锋不挑明,我也早就恨透了日本人,可杨长官您知道吧,我有三百个弟兄跟着我吃饭,我也迫不得已,我是又当汉奸又当走狗,在中国人面前挨骂,在日本人面前也挨骂,这日子他妈的简直活不下去,后锋是我的好兄弟,是他引荐我认识了杨长官,今后我就跟着你们干了。您说话,今天若是收留我们,晚上回去我就把弟兄们拉过来。"

杨区委笑了,他站起来给唐五倒了一碗水,然后说:"唐五兄弟,你迫切的心情,我们是理解的,现在的形势我们还需要你和日本人建立好关系,有了这个关系,你不仅能暗中为我们做很多工作,同时还能策反一些其他的日伪部队,你很关键呀,心不能急,慢慢来。"

唐五说:"杨区委这么一说,我就明白了,现在我就是戏文上说的,人在曹营,心在汉呗。"

他的话一下把杨区委逗笑了,含在嘴里的一口茶水,直接喷在地上。杨区委拍着唐五的肩说:"这样理解也对。"

接下来唐五对杨区委说:"这次来,也没带什么礼物,我给日本人征了三百石粮食,想支援给你们,我听说,你们游击队在山上条件很苦。"

杨区委显然没想到会有这么多的粮食,这是数九寒天的腊月,能有这么多粮食,真是解决了大问题。他抓住唐五的手:"唐五兄弟,太谢谢你了,我先给你记上一功。"

交代完接粮的具体事宜后，天色快黑了。我和唐五还要连夜回去，告别了杨区委，两人策马出了包头城。夜雾渐浓，大路冻得硬邦邦的，马蹄跑过，像急促的鼓点，这鼓点不是敲在地上，而是敲在心里。唐五说："老子今天心里痛快，你知道，我现在最想干什么吗？"

我说："我又不是五哥肚里的蛔虫，怎么知道？"

唐五说："我想朝天开上两枪。"

我说："五哥，你开上两枪不要紧，沿途的守军以为是游击队打来了，非得和咱们交上火。"

唐五朝风里啐了一口唾沫："×你妈的，打就打，老子才不怕他们呢。"

风紧了，夜晚的寒气逼来，没有月亮，什么都看不见，风里只能听见马的喘息声。我的心里一点都不欢喜，甚至隐隐有些担心，我担心唐五的豪气，会被日本人的察觉，日本人现在如同眼前的浓雾，它不显身，不动声色，没有一点声响，可它就围绕在你的身边，你的行动，它也许看见了，也许没有，可真正到了它看见的那一天，那将是一场漫天大雪。这一次唐五不计后果地给游击队送粮，尽管隐蔽，但会不会传到日本人那里？如果真的传去，唐五几乎没有一点退路。

有好几次我想把这些话对唐五说，但他现在这么兴奋，会听进去吗？

也许是我想多了，唐五在日本人身边干了这么长时间，是有经验的，他知道日本人什么时候动怒，什么时候欢喜。一路上，我不断地说服自己，可总感到后脊梁上冷飕飕的。

到了师部，已经是半夜。跑了一天，人都快散架了，就在我准备休息的时候，金鹏跑到了我的面前，说："辛二蛋失踪了。"

这个消息让我一点睡意都没了，金鹏说辛二蛋整整一天没了人影，没人看见他到底去哪儿了，他本来想天亮再说，又担心会出什么大事。

我后脊梁又是一阵冷风，这是个关键的时期，对唐五策反刚刚成功，现在不能有半点差错，可这差错还是发生了。辛二蛋？我脑海里的辛二蛋突然有点模糊，这个人突然变成不真实的影子，这个人是我来二师前杨区委派来的，以前也不认识他，按说杨区委派他来之前，应该有过政审，他的身份是不容置疑的，可他去哪儿了呢？

我对金鹏说:"你带着人,再去找,必须把他找到。对了,这件事不宜张扬,最好不要让唐五知道。"

三天里,金鹏找遍了周边的村落,还是没有找到,我不得不把事情往严重里想,我得赶紧把这件事告诉唐五,说晚了,意想不到的事情就会发生。就在我跨出门槛的时候,金鹏领着辛二蛋出现在我的面前,辛二蛋的头上缠着一块白布,脸上有不少的血痕,他的眼神多少有点躲闪,不敢看我。

我压住了心里的怒气,说:"你这几天去哪儿了?"

辛二蛋的声音有些颤抖,他说在村里遇到一个相好的女人,本来想去鬼混一夜,没想到,那个相好的男人回来了,不仅打了他,还把他关在菜窖里三天,那男人隔一会儿就打他一顿,隔一会儿就打他一顿,到了第三天他磨断手上的绳索,偷偷跑回来的。

辛二蛋说着,一下跪在我的面前,抱住我的腿,哭喊着:"赵团长,您得想办法给我报仇呀。"

我再也忍不住了,朝着辛二蛋狠狠踹了两脚,然后对金鹏说:"把他拉出去,给我毙了。"

金鹏愣在原地,像是没听清我的话。

四

唐五坚决不同意枪毙辛二蛋。

那天上午,是他下命令,把辛二蛋从师部不远的大野坑边上拉回来的,救了他的命。唐五把我叫到面前,一脸笑容,像孩子一般,他先是给我倒了茶,然后围着我说话,说话的间隙,还不停用手拍打我的肩膀,他说:"我的后锋兄弟,你看,这个世界上哪个男人不爱女人,跟我唐五好过的女人,至少有——"说着,唐五伸出两只粗大的手掌,他一正一反地比画着,说:"这有什么呢,屁大点事,本来你惩罚你的弟兄,我不好说什么,可老子一问,原来就这事。你看后锋兄弟,这样吧,这个二蛋的命,你给我留着,算是给我个面子。"

唐五说得很诚恳,这让我没想到。我叹了口气说:"既然你唐师长开口,我就不说什么。"

唐五说:"不说这些不愉快的。对了,忘说了,那些粮食昨天都让他们送出去了,游击队就是鬼,连街面上的商号,都是他们的人。"

从唐五的屋里出来,阳光怒放,明亮的光线变成无数个碎片,每一个碎片上都有辛二蛋的影子,那影子朝着我在讪笑,这个人确实让人不放心。现在马上要做的两件事:一件事是写信给杨区委,立即调查辛二蛋;另一件事是我秘密派金鹏核实辛二蛋说的话是真是假。

两件事办完以后,我觉得有点疲倦了,愈合的伤口隐隐有点疼痛,现在也许需要休息,可我真正躺下来的时候,一点都睡不着。我发现自己的身体在朝着巨大的黑色漩涡翻滚,后背发凉,天旋地转,我看见躲在暗处的眼睛就在盯着自己,那些眼睛像夜晚里泛着绿光的狼眼,它们随时会冲上来撕咬我,而我却无处躲闪。

临近黄昏时分,我的门被人粗暴地推开,进门的是唐五,唐五满头是汗,嘴角泛着白沫,看样子像是一路跑过来的。他进了门,边解风衣扣边说:"出大事啦。"我急切地问:"出什么大事啦?"

唐五说:"咱们给杨区委的那三百石粮食,让日本人劫啦,街面上的商号也被警察局封啦,还抓了不少的人。"

"什么?"我的头轰的一声,天像塌下来一样,"怎么会呢?"

唐五说:"老子这里应该没问题,步骤都是按照杨区委说的办的,要出问题就是他们那头,日本人的鼻子比狗都灵,×你妈的。"

我说:"你是说,这里有日本人的奸细告了密?"

唐五背着手在屋里打转转,说:"肯定是,不然的话,他们怎么知道?"

我脑海里再一次显现出辛二蛋的面孔,现在调查的人还没回来,这么早下结论肯定不妥,但无论如何,他的嫌疑最大,只有他知道这批粮的用途,同时他又失踪三天,在这三天里,他完全有可能报告日本人。

唐五突然停止了走动,他抓起我桌上的白色茶缸,大口地喝着,喝完他用袖口擦下嘴,说:"还有更要命的,刚才黑川太史派人来,让我明天一早,到厚和市找他。"

这确实是个要命的消息,我紧张地看着唐五,说:"五哥,这厚和你绝对不能去,去了就怕再也回不来啦,他们肯定是知道你跟他们不是一条心,故意设了圈套,让你往里跳。"

唐五重重地坐在椅子上,手里不停地摆弄着那个白色的茶缸。

我的血液在沸腾,声音也沸腾起来:"五哥,看来你的身份已经暴露了,不行的话,咱们反了算啦。"

他说:"事情也许没有那么糟糕,那粮食的事,我就说想打闹些零花钱,就卖给商号,再说商号的人,我一个也不认识,他们一审就知道,还有你别忘了,杨区委说,不到万不得已,咱们还得装孙子一样装下去,我想好了,明天一早我就走,假如我到了厚和,有了变故,你就把这支队伍拉上山,这是老子的刀,哪个弟兄要闹事,你就用它砍了他的头。"

我说:"五哥,既然你要去,那就我陪你一起走。"

唐五摆了下手,脸上绽出一丝难看的笑容,说:"到了厚和,我还要逛窑子呢,你去了多碍事。"

我不知道该说些什么了,本来脑海里设想严密的计划,突然之间乱成了一锅粥。

唐五走了,一个人单枪匹马地走了。

那天上午,金鹏带着任务回来了,他对我说,他们去了辛二蛋所说的那个村子,那里发生的事情跟辛二蛋描述的一模一样,那个女人的男人确实把辛二蛋关在菜窖里三天。

这个消息给我心里增添了更多的阴霾,如果说,辛二蛋真是这样的,那是谁告了密? 没有人告密,日本人怎么会劫走粮食?

金鹏在说第二个消息时,发现我有点走神,他故意咳嗽了一下,然后关心地说:"赵团长,你没事吧?"

我说:"没事,那山上查的有结果吗?"

金鹏说:"山上的同志告诉我,前两天,日本人扫荡,杨区委受了重伤,连夜被送到了延安治疗,辛二蛋的情况只有他清楚,他现在昏迷着,只能等他醒来再说。"

我觉得自己的心口堵了一块燃烧的炭,想大口地喘口气都困难。这个辛二蛋,到底是个什么样的人? 现在下不了结论,辛二蛋要是没问题,那是谁呢? 不可能是唐五吧?

这个念头是个闪电，我不想让这闪电就这么快地消失，我得抓住它。唐五从表面看和日本人似乎要决裂，可他一直停留在嘴上，没有丝毫的实际行动，再说给共产党送粮的事，只有我和唐五知道，唐五还知道送粮的具体时间地点，可他为什么要这么干？难道他受了日本人的指使？通过唐五的一身匪气，他的脑子绝对不可能完成日本人交给他的任务，他的义气让他在豪气冲天时，会把肚子里的秘密全部说出来。那么还有一种可能，他的义气和豪情也是伪装出来的，可这一点我是说服不了自己的。我和唐五虽不是朝夕相处，可是据我的观察和了解，唐五绝对不会高明到那种程度，他要是高明到那种程度，我只能承认自己是个傻子，是个白痴。

解铃的人应该是杨区委，可他偏偏在这个时候负伤了。现在谁都帮不了我，我只能屏住呼吸，双脚踩在刀刃上，缓慢地向前行走。

唐五是第二天早晨回来的，他下马的时候，大家闻到他一身酒气。他像喝了一整夜的酒，走起路来，脚步踉跄。他舌头僵直地对我说："没事，尿事都没有，日本人还请老子喝了大酒。"

我正要问问详细情况，唐五已经走远了，他需要睡眠，看来一切都得等到他睡醒了再说。我一点都想不通，日本人为什么要请唐五？唐五把给日本人的粮食私自卖给商号，这罪是要掉脑袋的，可他却安然无事。

就在我百思不得其解的时候，金鹏满身是土地跑到我的面前，他满脸惊慌说："日本人用火车拉了五六百号宪兵，他们正朝咱们二师包抄过来。"我一听，心里立刻明白唐五中计了。我赶紧到了师部，唐五确实在睡觉，整个屋子里弥漫着酒臭味。我推醒了唐五，急切地说："五哥别睡了，日本人来端咱们窝来啦。"

唐五霍地从炕上坐起来，开始他以为是做梦，等听到稀拉的枪声后，他才彻底清醒过来，他蹬着梯子上了房顶，看到不远处全是黑压压的日本宪兵，他一边松开衣领上的扣子，一边大骂黑川太史是个王八蛋。

他对我说："看来日本人是对咱们动真格的，这一仗打也是死，不打也是死，跟他们干啦！"

我说："你领着一部分弟兄朝西往外冲，我领着剩下的弟兄朝东，若是冲出去，咱们就到九峰山上的杨树湾集合。金鹏你和辛二蛋就跟在唐师长的身边，记住一定保护好师长。"

两人忙点着头,现在情况紧急,大家顾不上道别。唐五已经上了马,他大喊着:"弟兄们,日本人不把咱们当人看,来要咱们的脑袋,想活命的,就跟着老子跟他们拼啦!"

接下来,枪声比过年接神时的鞭炮都激烈。我想好了,只要杀出去,就从兵州亥直接上山,进了山区,人就安全了,在那里有我们的队伍。我领了一百个弟兄,这些人心里本来胆怯,听到枪声,更是害怕得不得了,其中一部分人,没交火就扔了枪,撒丫子跑了,我的喊叫已经无济于事,都乱了。就在我快进入一片杨树林时,马被击中了,我连人带马滚落到地上,枪也丢了,一条腿扭伤了,站也站不起来,我用手往前爬,就在我准备爬进一个土窝子里时,背后让人踹了一脚。

一个日本兵举着枪,朝我微笑着。

五

一个个子不高的人站在我的面前,他在目不转睛地看着我,那双眼很慈善,不是责怪,而是在心疼我。如果没猜错的话,这个人一定是黑川太史。

这个人就是黑川太史,他的中文很流利,口音里还不时地夹有绥西的方言。他离我很近,像在端详一件年代久远的古董,我能闻到这个人身上浓重的烟草味。黑川太史说:"你叫赵后锋?"

我没说话。

黑川太史似乎并没有期待我回答,他围着我转了一圈,一个人自言自语道:"告诉你,我是怎么认出你的,是你脸上的——"说着,他用手指指了下脸,他的声音还在继续:"我还知道,你是共产党。"

我的喉咙很干,现在是多么想喝一口水,我咽了口唾沫。

黑川太史说:"我很佩服你的才干,你没用一年,就把我的人拉到了你们那里,你要是为我们做事,我保证让你过上你想不到的生活。"

我看见潮湿的墙壁上,有一只黑色虫子在蠕动,我想把那只虫子看清楚些,可距离太远了。

黑川太史说："你可以什么都不说，这无所谓，你知道的，我早知道了。实话告诉你吧，在你们的身边也有我们的人。"说完，黑川太史得意地笑了几声。他接着说："你看见没有，跟着你们的人，我们会一个个地收拾，最后让他们服服帖帖地跟着我们，像狗一样，你懂吗？"

我觉得眼前这个日本人并没有说谎，在我们的身边确实有日本人的奸细，这个奸细掌握了我们不少的机密。如果找不到这个奸细的话，还会有更加严重的损失发生。杨区委受伤了，我被捕了，现在唐五生死未卜，这个奸细到底是谁呢？

这次策反，从某种意义上说算是失败了。唐五不仅暴露了自己，同时三百石粮食也被日本人劫走，这些责任应该由我来承担，可死了这么多的弟兄，我能承担得起吗？

黑川太史的目光并没有离开我，他像看一个情人一样盯着我，我很不自在。他说："事实上，也没有什么难的事，你把你知道的，原原本本地告诉我，我们来不是想惩罚谁，而是在帮你们，这个懂吗？"

黑川太史的话，不急不躁，有点像老子在开导不懂事的孩子。黑川太史的话只会让我的心里增添厌烦。我朝黑川太史的脸上狠狠唾了一口，这一点让黑川太史没想到，他还有一肚子感化我的话没有说出口，可竟然被唾了一口。黑川太史并没有马上擦去那口痰，他闭上眼睛，似乎在享受那口痰在脸上滑落的过程。

我开始破口大骂："你们抢占了我们的土地，杀害我们的人民，居然还口口声声说在帮我们，告诉你，别看你们现在这么嚣张，总有一天，你们会灰溜溜地滚出我们的土地，你们的罪孽将得到惩罚！"

黑川太史从兜里缓慢地掏出一块手绢，轻轻地擦去脸上的痰渍，看样子，他一点不生气，他把那块弄脏的手绢，小心翼翼地叠着。他说："看来你一点都不听话，不听话的人在我们这里是不受欢迎的。"说完，黑川太史把手里的手绢扔在了地上，走了。

牢房里，黑川太史响亮的皮鞋声渐行渐远，后来什么都听不见了。空荡荡的，在黑暗中，我只能听见自己的心跳，真正的恐惧在一点点地逼近，我的身子在颤抖，我知道，艰难的时期马上要到来，准备好了吗？

现在我多么想知道唐五他们到底冲出去没,如果没有,我的心会内疚的,是我的草率,让二师的弟兄们过早地暴露。还有唐五,那个铮铮铁骨的汉子,他是活着还是已经死了?那些天的梦里,唐五就在我的眼前晃动,陪我说话,等到梦醒来的时候,唐五就消失在黑暗之中,我知道,唐五没有消失,他就在我的身边。

和我同牢房的还有一个叫老罗的人。这个老罗原来是给游击队押送粮食的商号老板,日本人就是想撬开他的嘴,问清他的身份,并动用了各种刑具,但他始终没开口。每次我看见皮开肉绽的老罗被人架着扔回牢房,我就把这个人想象成了自己,他身上的疼痛变得异常的真实。

后来我走近了那个叫老罗的人,想去安慰一下他,老罗躺在枯草里,身体正在散发着一种腐臭的气息,这时老罗睁开眼睛,那双眼睛一点神采都没有,但他还是努力地朝着我笑了一下。

后来,我找到清水,一点点地擦洗着老罗的伤口,看牢房的一个警察,人老实,看不下去,就帮着我找来一些草药,整个冬天,我一直照顾着老罗,但我俩很少说话。

当春天的气息从外面吹进来的时候,老罗像复苏一样,跟我的话渐渐多起来。

我说:“他们为什么不对我动刑?”

老罗说:“动刑又不是什么好事,我躲还来不及,你倒有意思,还盼呀。”

我说:“我想不明白,他们为什么迟迟不对我下手?”

老罗嘴里含着根草,说:“想那些没用,你看春天来了,想一想活着的事,活着就是个好事。”

“你的腿还好吧?”

“唉。”老罗叹了口气说,“估计伤了骨头,就这么瘸着吧。”

两个人就这么躺在草上,天上一拳地上一脚地聊着,谁都不问及对方的身份、来历和组织上的事,就是涉及两人都很快地避开了。我知道,在这里他信不过任何一个人。没过多长时间,我俩被拉出去清扫大院,这对于我俩来说,都是天大的喜事。当我第一次走出牢房的刹那,身体一下子充盈起来,外面的空气像个久别的亲人,一下子把我拥抱在怀里,与我耳鬓厮磨,还有风、光线、光线下的阴影,所有的一切都让我既陌生又熟悉。就在那一刻,我的眼泪再也抑制不住了,在泪眼婆娑中,我看见身边的老罗也哭了。

我俩负责打扫整个大院,严格说,这里不算是个监狱,而是日伪的一个警察学校。一个警察在不远处监视着我俩的一举一动,时间长了,那个年轻的警察就松懈了。这里虽不是把守森严,但大门出入都要经过严格审查,那个警察一会儿去抽烟,一会儿去喝水,渐渐地有点忽略了眼前这两个人。

我发现可以逃跑的地方——西南角的一个厕所,那个厕所我进去过,站在茅坑边的墩子上,可以看见墙外面是一片庄稼地,离那片庄稼地不远就是一片松树林。这个发现让我兴奋了好几天,我还不敢和老罗说,就憋在心里,我想自己一定得逃出去,待在这里,只有死路一条。

这个逃跑的计划,需要一个完美的天气,我要等待一个阴天,这样的天气光线不好,看守我们的那个警察更容易麻痹。这一天终于等到了。我看见那个看守的警察又像往常一样,不知溜到什么地方,我对老罗小声地说:"老罗,咱俩跑吧。"

老罗怔了一下,他没有反应过来。

我把逃跑计划大概地讲给了老罗。老罗说:"我瘸了一条腿,跑不了了,就是跑出去,也会连累你。在这里我还有任务没完成,你跑吧,到了山里,你想办法,让咱们的人来营救我们。"老罗说得很诚恳,他还说:"不远处有一个村子,叫范家营,到了那里,我有一个亲戚,你可以在他家暂避一时,然后再上山。"

我心里热乎乎的,正还想和老罗说什么,老罗用扫帚把捅了我一下说:"别婆婆妈妈的,再不跑,就来不及了。"

我只好进了厕所,正要翻墙,发现墙外有人,这个发现把我吓了一跳,好在我很快发现墙外的那个人不是警察,而是这里的一个农民,我要赌这一把,就是便衣警察,我也要赌,我不想再退回去,我实在受不了牢房里的气息,横竖全是死,要死也要死在外面的田野上,死在风里,这样的死法让我感到死得有尊严。

跳过墙时,那个老农被吓了一跳,但很快他把脸转到了另一个方向,我的心是狂喜的。我要跑,跑得越快越好,可真正要跑的时候,我发现自己不会跑了,腿脚僵硬,有好几次我被田埂间的土垄绊倒,鼻子被摔破了,一只胳膊也没有了知觉,好在我的腿脚没受伤,我的耳旁只有风声,那凌厉的春风把我吹得空空荡荡,我觉得自己跑不动了,嗓子干裂,冒火,狂跳的心随时会从嘴里蹦跳出来。这个过程中,我还听到身后的警察学校传来尖厉的口哨声,无数个黝黑的枪筒就在我的身后,我听见往枪膛里压子弹的声音,轻佻而干脆,然后是扣动扳机,无数的子弹朝我射过来。

进了松树林,我才停下脚步,回过头看了一下,什么都没有,田野里静悄悄的,刚才地头间的那个老农,也不见了。没有人发现我逃跑,刚才听到的那些都是幻觉,换句话说,我成功了。

六

接下来的话,是后来唐五对我说的。

唐五冲出了包围,当他带领着弟兄上了九峰山后,盘点了一下人数,发现只剩下二十一个人。唐五哭了,一天前,他还有三百个弟兄,他是骑高头大马的师长,一天过后,他一无所有,跟着他的弟兄,每人都是一张嘴,他们跟着他就是要吃饭,可现在呢,他们什么都没有了,只有这么静静地等着,等着他来想办法、想主意,等着真正的黑夜来临。

这么等不是办法,唐五把金鹏叫到身边,金鹏的头上缠着一块白布,上面血渍斑斑点点。他说:"金鹏你去联系游击队的同志,就说我们起义失败,看看他们能不能支援下我们。"接到命令金鹏就出发了。

唐五问辛二蛋:"前面有村子吗?"辛二蛋说:"过了这道梁,就有一个村子,村子不大,就几户人家。"

没有别的办法,唐五领着这些人进了那个村子,那里的村民见是带枪的,以为是土匪,怕得要命,后来唐五说:"我们是抗日的游击队。"那些村民才放了心,他们腾出房子,安顿了伤员,还煮了一锅山药。唐五说:"这么待着不行,咱们得下去抢。"

两天过后,唐五领着弟兄,趁着天黑下了山。据村民说,在山下就有一个保甲团,那个团长姓安,人们都叫他安阎王,他依仗着日本人,每天吃香喝辣,还不时地欺负当地的百姓。唐五说:"那就拿他开刀,他要是不老实的话,就让他见见真阎王。"

那个保甲团就在九峰山山下,过一条河,唐五将自己的枣红马放在河边的野滩上,这马是通人性的,在以前无数次的绝境中,是这匹马驮着唐五从死亡线上逃出来的,把它放在这里,再安全不过了,只要有些风吹草动,唐五一声口哨,这匹马就会从天而降,出现在唐五的面前。

保甲团就在前面不远处,那里有红色的纱灯在摇曳。

唐五后来对我说,他们进保甲团时,先让两个人装成要饭的,敲开了保甲团的大门,开门的毫无防备,唐五等人很快进了保甲团。

在里面,唐五用枪抵住了安阎王的脑袋,向安阎王的老婆要了十石粮食、五匹布、八匹马和十几把长枪。

有了这些,唐五的弟兄心也踏实了。那个村里的年轻人看见后,也兴奋起来,求着唐五要参加他的队伍。没过多长时间,他的弟兄,又发展到五十多个。

金鹏回来了。让唐五没想到的是,金鹏一脸沮丧,说话时,吞吞吐吐,舌头像被烫了。唐五一再追问到底怎么样?

金鹏就把经过告诉了唐五。金鹏那天离开, 很快找到了游击队驻扎的村子,他见到游击队的一个新政委,那个新政委告诉他,现在日本人搞扫荡,游击队的处境也很艰难,让他们自己想办法。

唐五说:"就这些?"

金鹏说:"我跟那个新政委说了不少的好话,他就是听不进去。我说不给武器,就给解决点粮食,如果粮食解决不了,就解决点药品,总之我苦口婆心说了一大堆,他后来有点不耐烦了,把我轰出了营地。路上一个送我的同志,对我说了些话,我才恍然大悟。"

唐五说:"他说了些什么?"

"那个同志说,新政委还是觉得上次送粮的事情蹊跷,认为咱们靠不住。"金鹏说到这里时,眼睛红红的,再说下去,他的眼泪就会掉下来。

唐五把头上的帽子摔在地上,朝天长叹一声。他拍着金鹏说:"妈的,看来老子就是当土匪的命。"

那一夜,唐五喝醉了。后来他对金鹏说:"老子那天才发现自己天生就是姥姥不亲、舅舅不爱的种,这么多年,老子是怎么过来的?是脑袋别在腰带上过来的。老子跟命过不去，跟天过不去，跟自己都过不去，×你妈的，不就是当土匪，当就当，抢就抢！"

接下来，他对弟兄们说要干一票大买卖，就是抢县城。这话说完的第二天傍晚，他的人马像黄昏卷起的沙尘一般，冲进了县城，他们打死了几个看县城门的警察，街面上一下乱作一团，枪声大作，那时正是商铺尚未关门之际，人们还没弄清楚是怎么回事，唐五的人已经冲进了店铺酒楼，他们见什么抢什么，五十几个人如同五十几只狼，饿极了，馋疯了，他们要在最短的时间里，抢到最多的东西。

这是唐五收获最大的一次，他清点了一下抢劫回来的东西，这些东西让他成为真正的财主，所抢的物品应有尽有，要什么有什么，大到牛羊、绸缎，小到针头线脑，这些东西让他可以尽情地享用至少半年。清点完毕，他对他手下的弟兄说："这些东西咱们还不能分，咱们这点人是干不成什么大事的。"大家都听懂了唐五的话，他接下来要招兵买马。

这次抢劫县城，让唐五的名字在土默川大地迅速传遍开来，大家都知道了有一个土匪叫唐五，这家伙天不怕地不怕，抢的东西堆成了金山银山，只要跟着他干，老婆能娶三个。这消息长了翅膀，想娶三个老婆的男人到处都是，他们从四面八方涌来，聚集到了唐五的身边，不到半年，唐五的人马又发展到了三百多人。

七

我在老罗范家营的那个亲戚家躲了半个月，半个月后我上了山，在大青山上的老虎岭找到了游击队。那天我一个人，鬼鬼祟祟，在山麓上四下张望，我的样子很快被游击队队员当成日本人派来的奸细。那段时间日本人派来的奸细化装成卖货的、收皮子的、要饭的，身份各种各样，来侦察游击队的行踪，游击队吃尽了苦头。那天我被五花大绑地吊在房梁上，吊了整整一夜。我说出要见杨区委时，一个年轻的游击队队员说："什么杨区委，一看你这家伙就不是好人，说，日本人给了你多少好处？"

那个年轻的游击队队员用茅草挠我的脚心，我怎么解释，他就是不听，后来折腾乏了，他就趴在灶台上睡着了。我被吊了一夜，身上一点都没感觉到疼，我知道在这里是安全的，至少比在日本人的牢房里安全，他们折腾我，我能理解，这是误会，我非常清楚日本人的奸细遍地都是，他们乔装成各种各样的人进村进户，查找游击队动向，他们敢大意吗？不敢，所以我受这些苦，也算不了什么。

我睡不着，就胡乱地想着心事，想起杨区委，想他的伤应该好了吧，如果好了，他应该已经回来了，只要他回来了，一切都是清清楚楚的。我还想唐五，那次突围，唐五是活下来了还是牺牲了？这么长时间，唐五的形象在我的脑海中一点点变得模糊起来了，我有点想不起这个人的模样。刚分开的时候，唐五就在我的身边，我能看见他，能闻见他，现在呢，这个人在消失，在离我越来越远。

天亮以后，我被人从房梁上解下来。我浑身酸疼，骨头都错了位置，刚被解开绳索时，我根本站不稳，头一下子撞在了灶台上，磕起了一个肿包，那个年轻的游击队队员推了我一把，他说，别装死，快，赶紧起来。

我挣扎着想从地上爬起来，可麻木的手脚根本不听使唤，手指像鸡爪一样不停地抽搐着，年轻的游击队队员不得已把我架了起来，等到我身体彻底恢复了，那个游击队队员说："我们的许政委要见你。"

那是个阳光漫溢的上午，我一瘸一拐地到了一个房子稍大一点的农户家里，这个房子烧得很暖和，进去的时候，我的眼皮就开始打架，我是多么想睡上一觉，哪怕是睡一会儿。

许政委背对着门，正在看墙上的地图，他一只手拿着烟，另一只手不停地在地图上比画着，士兵报告了一声，他好像没听见，直到他手上的烟蒂燃尽，被烫了一下，他才慌忙地转过身。

从表情上看，许政委对我并不热情，甚至可以说是冷淡，他的心思似乎并没有放在我的身上，所以问话有一搭没一搭的，他说："你说是杨区委派你进行策反工作的，可杨区委在延安养伤，你的身份很难甄别。"

我准备了一肚子的话，可面对冷淡的许政委，似乎什么都说不出来，我憋得满脸通红，脸上的青痣也泛着红光，后来我说："你们实在不信，就领着我到延安，到了那里见了杨区委，一切就明朗了。"

许政委的脸上浮动着讪笑，说："赵后锋同志，你是不是把我们当成三岁小孩了,到延安为了甄别你的身份?"

我不知道还能说什么,就一屁股坐在炕上,这炕烧得真热,我的屁股被烫了一下,但我没动。

许政委继续说:"你说你是突围时被捕的, 可我们的同志在你的身上竟然没有找到一块伤疤,你在日本人的监狱里,竟然没有被用刑,我们怎么判断你是忠诚的?"

我从火炕上站起来说:"你们这是在怀疑我,告诉你,日本人为什么不对我动刑,这事你得去问日本人,我进去什么都没说,那里有一个老罗同志可以做证,本来他也可以逃出来,但他的腿有伤,我只能一个人出来,我还在老罗的一个亲戚家躲了一阵子,才找到了你们。"

许政委显然不想把问题搞僵了,他递给了我一根纸烟,亲自给我点着。他说:"赵后锋同志,你看不是我们不相信你,敌人为了消灭我们,他们想尽一切办法,找到我们的根据地。我们这里潜藏着特务,他们乔装打扮成各类人,只要他们发现了蛛丝马迹,就会立刻回去报告,日本的宪兵队很快就会把我们包围起来,这样的教训是沉痛的,每次包围,我们都牺牲不少同志,赵后锋同志,你应该理解。"

我不知道该说什么,在烟雾中我迷茫地看着眼前这个人。

许政委抽完了手里最后一口烟,说:"这样吧,我们现在派同志到日本人的那个监狱,同你刚才说的那个老罗同志了解一下,核实下你的身份,这样对你好,对我们也好。"

我不知道要说什么,我能做的只有等待。

没有核实身份之前,我在根据地的任务就是跟着那个年轻的游击队队员放哨,我俩对来自外村的任何人员都要进行盘查,那个许政委说的没错,现在日本的特务遍地都是,稍不留神,后果不堪设想。那个年轻的游击队队员姓马,时间长了,我俩的关系融洽了起来。后来他告诉我,他家被日伪军烧了房子,父母没了,家没了,他就下定决心跟着游击队抗日了,所以他从骨子里恨那些汉奸。

一天我俩看见山路上有两个人,那两个人鬼鬼祟祟、走走停停,不时地四下张望,小马对我说:"这两个人肯定是日本人派来的特务。"

我还没说什么,小马就从山上冲了下来,那两人被愤怒的小马吓坏了。小马问他们是干什么的!他们说是打酸枣的。

小马上前给了那个人一记耳光:"你放屁,现在山上哪来的酸枣?说,到底是干什么的?"

其中一个心慌见势不妙转身就跑,那小子跑得真快,像兔子一样,尽管小马也玩了命地追,还是没追上,跑出三里地,小马跑不动了,他一边扶着双腿喘着粗气,一边骂着:"老子要是有把枪,非打死这王八羔子!"

跑了一个,还剩下一个,在接下来的审讯中,这个人很快交代了,他们确实是日本人派来查找游击队行踪的,那个跑掉的人很可能晚上就领着日本人杀回来。许政委一听,这是个打伏击的好机会,就下令大家隐蔽起来,果然天黑的时候,来了不少的日伪军,双方交了火,没一会儿,日伪军留下三具尸体,其他人都跑了。

八

调查的人终于回来了。这个人到了厚和市,先是找组织的联系人,联系人又找关系,等了很长一段时间,才找到一个往警察学校送菜的,那个送菜的在里面找到一个当警察的亲戚,后来打听到,老罗已经死了。

当许政委把我叫到他面前,告诉了我这个情况,我愣了半天,我说:"怎么会呢,他怎么会死了呢?"

许政委似乎猜到了我的表情,他显得很平静,他的平静让我有点忍受不了,换句话说,我觉得眼前的许政委一直不相信我,这种平静的眼神已经说明了这一点。

我问:"老罗是怎么死的?"

许政委说:"老罗在监狱里干了一件壮举,他通过我们外面同志的帮助,成功地杀死了黑川太史,我们追认他为烈士,现在罗烈士已经被日本人折磨死了。他真是好同志呀。"

我的后背冷飕飕的,我没想到老罗会有这么大的勇气,那个黑川太史死有余辜。可老罗死了,谁还能证明我的清白?我突然想起老罗家的亲戚,说:"对了,我在老罗范家营的亲戚家躲避了半个月,你们到那里可以了解些情况。"

许政委脸上掠过了充满歉意的笑容,他背着手在屋里走了一圈,说:"我们当然去了,你知道吗?老罗的那个亲戚也在你走后不久,被日本人发现了,他的全家都被杀害了。"

我几乎站不住了,眼前黑乎乎的,一只无形的大手从远处伸了过来,卡住了我的咽喉,我喘不上气,用不了多长时间,我就会虚脱地一头栽倒在地。老罗的死对于我是个意外,而老罗亲戚的死对于我来说就是一种打击,我在那个亲戚家养伤期间,隐蔽工作做得非常到位,相信没有人会发现我的行踪,他怎么会被发现呢?现在我彻底意识到,谁也证明不了我了。

我感到自己的身体在颤抖,嗓子里有口痰在蠕动,我吐不出来,后来我的声音不是在说话,而是在尖叫:"你们是不是以为我是叛徒,是不是?"

许政委的身子一动不动,他在用一根细小的铁丝钩弄着烟锅,我的尖叫对他还构不成威胁。他动作认真专注,一丝不苟,完全忽略了我。后来他完成最后一个动作,用力地朝着烟锅吹了一口气,大功告成,他满意自己的劳动。

我不再尖叫了,喊也没有用,所有给我做证的人都消失了,我有口难辩。我说什么他们都不会相信。我脸色煞白,额头的汗珠子像蚯蚓一样从发根下蠕动出来,一生十,十生百。我满脸大汗,看见屋里突然升腾起一片不真实的白雾,白雾里热气腾腾,许政委手里拿着的不是烟锅,而是一个拂尘,他面带微笑地看着我,后来那个拂尘在我眼前晃了一下,我再也站不住了,身子一软,摔倒在地上。

那天晚上我苏醒过来时,眼前看见的第一个人不是许政委,而是小马,小马的身影在油灯下被无限放大,形成一匹马的形状。小马一直坐在我的身边,现在他已经不是年轻的游击队队员,而是一营二连三排四队五组的副组长,自从上次打完了伏击战,他有了一把真正属于自己的枪。在昏暗的油灯下,他拿着一块布不停地擦抹那把枪,有了枪,他就是真正的战士,有了枪,他就能替他的父母报仇雪恨。

小马见我醒来,就把一碗小米粥递到了我面前:"喝吧,还热着呢。"

我一点喝不进去,心里堵啊,在这么长的革命生涯中,我不怕敌人的严刑拷打,不怕流血牺牲,但我怕自己身上背负着叛徒的罪名,这个罪名就是一座山,在这座山的压迫下,我永远都抬不起头来,永远都活得不自在。

我咬住牙,喝了一大口,结果还是像吐血一样吐了出来。

小马看着我难受,不停地捶着我的后背,好受一些了,我靠在墙上大口地喘着气,小马说:"赵大哥,你不要难受了,他们会查清楚的,这么长的时间,我跟你在一起,我敢拍着胸脯说,你绝对不是坏人,你要是当了叛徒,我小马就敢抠了眼睛。"

小马的声音很稚嫩,我再也控制不住自己,眼泪挡都挡不住,流得稀里哗啦的。我没想到现在在这个世上,最理解最认可我的人,不是别人,而是小马。我一把将小马抱住,像个娘们一样哭了起来。

接下来,我被限制了自由,由一个比小马还年轻的游击队队员看守着,我只能待在一个农户的院子里,被无数次地盘问、调查,所有经历的细节都要无限地放大,我一遍一遍地对他们讲述着,那些听我讲述的人面无表情,一个个像泥塑的,他们没有温度、没有呼吸,就呆呆地坐在我的面前。他们走了,我要写详细的材料,这材料已经写了不知多少遍,后来我都搞不清在写什么,记忆中的往事大雾弥漫,有时混淆,有时清醒,我已经记不起老罗的模样,记不起和老罗是怎样相处的,我不知道自己到底是不是叛徒。多少个夜晚我被这样的问题折磨得整夜睡不着,我觉得自己快垮掉了,有好几次,我想过死,如果自己死了,所有的对我的审查将会停止,可当我真正站在死亡边缘的时候,发现自己根本没有这个勇气。

一天夜里,小马神秘地出现在我的面前,他很紧张。我搞不清楚,小马是怎么进了这个院子,没有一点声响。小马喘着粗气说:"赵大哥,你不能再在这里待下去了,再这么下去,你会被他们整死,你跑吧,我帮你。"

小马脸上闪耀着真诚的光芒,我好像没有听懂小马的话,呆呆地站在原地,小马急切地说:"赵大哥,那个看守院子的是我的老乡,我已经跟他说好了,你只管跑就行,剩下的我们负责。"

突然之间我的内心变得无比平静,我知道小马这是为我好,可我能走吗?走了以后,还有机会洗清自己的罪名吗?屋里静悄悄的,我能听见小马狂乱的心跳声,时间并不多,再不走的话,很容易就会被发现。我在屋里走了一圈后,对小马说:"我想好了,不能走,就是死,也死在这里。"

小马说："赵大哥，你再不走，他们会没完没了地调查你，你可要想好呀。"

我拍了拍小马的肩："你走吧，我没做亏心事，不怕鬼敲门，我相信他们会调查清楚的。"

小马走了，屋里彻底安静下来，我的心里一下子变得空空荡荡。我无法判断自己刚才的决定是对是错，就是错了，也是自己选择的，我得走下去，如果有最坏的结果，无非就是以叛徒罪处决我，就是一死。我想好了，在死之前，要把自己从事革命的经历写出来，白纸黑字，总有一天我的经历会重见天日，他们会后悔自己的草率，后悔自己的判断。

从那天起，我像变了一个人似的，白天我一脸笑容地面对调查我的人，我的回答简练有力，到了夜晚我摊开白纸，随着记忆的潮水涌来，我完全沉浸在自己的世界里。那个世界离我并不遥远，就在咫尺之间，我能闻到带着水汽的记忆，将我一点点地包裹起来。恐惧在消退着，内心逐渐茁壮的力量变得尖锐无比，我知道自己在写什么，写下的东西将是长久的、永恒的、经得起时间和历史考验的。我忘了这是夜晚，忘了这是政审，曾经在我身边的人一个个从油灯下复活，他们的面容就在眼前，他们和我促膝长谈。

我把自己写好的革命经历，郑重其事地交给了审查我的人。那个人显然没想到，他看了我一眼，我很平静，甚至还朝他笑了一下。

三天过后，我被人领到了政委的屋里，我猜测着离开这个世界的日子到了，我大口地呼吸着早春的空气，那空气里有甜甜的味道，我想起少年时代的某一天，也是这样大口地呼吸着纯净的空气，天空高远，像面湖水。

我没想到，在政委的屋里除了许政委，还有一个人，那个人一直在微笑地看着我，我从他慈善的笑容中，很快地认出这个人。我一步上前，抓住了那个人的手，眼泪再也控制不住了，我哽咽地说道："是杨区委吧，您是杨区委吗？"

那个人也很激动，眼睛里同样噙着泪花，说："我是，后锋同志，你受苦了。"

许政委看着这么感人的场面，多少有点尴尬，他说："老赵，现在他不是杨区委，而是咱们游击队的杨参谋长。"

我马上改口道："杨参谋长，杨参谋长。"

杨参谋长说："自从我受伤，你的个人情况属于高度机密，只有我掌握，所以大家都不知道你的情况，这是我们工作中的失误。你策反防共二师的功绩，

156

我们都记得,一定要嘉奖你。这次组织派我回来,主要考虑我熟悉这里的情况。对了,唐五还活着,你知道吗?"

我摇了摇头。

杨参谋长说:"上次策反,我们能感觉出唐五的抗日决心,只是后来我们工作的失误,没有很好地团结策反的同志们,寒了唐五的心,致使唐五再次当上了土匪。他现在有三百多人,这可是强大的武装力量。我们想了一下,你和唐五有私交,所以决定还是派你到唐五那里,进行说服动员,希望他服从共产党的领导,将队伍整编成我们游击队的队伍。"

我看了一眼许政委,许政委脸红红的,像喝了酒,他坐在炉子旁,低着头抽着烟。

我说:"这一次我去了,他会听我的吗?"

杨参谋长说:"只要我们的工作做到位,我想唐五会看清形势的。他是走投无路没有办法才去当了土匪,如果我们敞开怀抱的话,他一定会回心转意的。"

我想了一下,说:"杨参谋长您回来,我就有了主心骨,这个任务我一定完成。"

就在我转身离开的时候,突然想起了什么,我对杨参谋长说:"我还有一个小小的请求。"

杨参谋长笑了:"什么时候我们的后锋变得婆婆妈妈起来了?说有什么请求?"

"我想带一个人一起走。"

杨参谋长说:"谁?"

我说:"小马。"

九

我的出现让唐五没想到,他做梦也没想到。

这么长时间,唐五早就以为我死了。自从上次突围,他再也没有听到我一点消息,所以他确定了自己的猜测。在他身边,死的兄弟太多了,死了就死了,这年头,大家的脑袋都是别在裤腰带上,他们是,唐五也是。

让他没想到的是,我还活着,而且活生生地出现在他的眼前,毫发无损。他拉着我的手,坐在炕上,他有一肚子话要和我说,他知道我也有一肚子话要让他听。

我不想把时间停留在回忆那些往事上,那些困难的经历,现在看已经不值一提,过去了就过去了,这不是我来的目的。我来这儿就是尽快地把任务和唐五挑明。我对唐五说:"五哥,这几年你的队伍越来越大,你这么单干着,终究不是个事。"

唐五笑着说:"后锋兄弟,你来老子这里不是给我当说客吧,老子实话告诉你,游击队叫让老子寒了心,他们就是用八抬大轿请老子去,老子也不会去。"

我当然理解唐五,当年唐五投诚带着一片诚意,可许政委拒绝了。这事放在谁的身上,谁的心里都不好受。我微笑着对唐五说:"那五哥,你的意思是打算去日本人那里?"

唐五点着一根纸烟,说:"实不相瞒,日本人还真的派人来和老子谈过,他说只要老子归顺他们,他就让老子当三个师的师长,诱人吧?"

我点了点头:"当然诱人,那你是怎么说的?"

唐五朝着屋顶吐了口烟,没有马上回答我的话。

"你答应了他们?"

唐五吐了下嘴边的烟末子,说:"×你妈的,老子说你们就是给老子当军长,老子也不会去。"

我拍着唐五的大腿说:"五哥,我真的没看错你。告诉你,那个黑川太史已经被我们的人干掉了,这日本人很快就要完蛋了。这次杨区委从延安回来,你知道吗,杨区委现在成了杨参谋长,是他派我回来找你的。五哥,你听兄弟的,你这么当土匪,路会越走越窄,还是跟着游击队干吧,以前发生的,那是因为杨区委受伤,他们不了解情况,现在,杨区委回来了,情况已经不一样了。"

唐五用手不时地在额头上捋着,我的声音越来越激动,突然我看见唐五从腰间拔出手枪,当的一声放在桌子上。他说:"后锋兄弟,今天老子在这里只接待弟兄,不接待说客。"

这个场面是我没想到的,我没想到唐五会这么冷酷。

从唐五的酒席上回来,我有点沮丧,刚才的酒席,可以说有点冷清,原本热烈的谈话并没有发生,我和唐五都显得很疲倦,没想到我这次来这里,会被唐五拒绝得这么干脆,可时间紧迫,如果不尽快将唐五说服,日本人那里也会行动起来。小马看出我的为难,他对我说:"既然这个姓唐的耳根子硬,咱们不行把他干掉算了的,以免留下后患。"

我摆了下手:"这一步,我不是没想过,组织上派我来说服唐五,就是因为唐五身上还是有抗战精神,这样有抗战精神的人,就得把他拉拢过来,成为新的抗日武装力量。"

小马有点坐不住了,他对我说:"赵大哥,你想清楚,他姓唐的是个土匪,土匪是什么人?有钱是爹,有奶是娘的人,他们这些人绝对不会和我们一起实心实意地去抗日,你要早下决断,要不然的话,他们说不定会对咱们下死手。"

我止住了小马的话:"我相信唐五,唐五是个汉子他绝对不会干那种小人干的勾当。一切也许还需要时间,咱们不能太着急了。"

夜里,我被一泡尿憋醒了,为了不惊醒小马,我轻轻地出了门。现在是夏天,山里的夏天,已经有了秋天的凉意,没有月光,眼前的山黑黢黢的,像头疲惫的牛在休憩。我在院门前的一棵树下撒了一泡尿,这泡尿憋得太久了,足足尿了有一袋烟的工夫,就在我准备转身回去的时候,听见一声清脆的枪声。

开始我以为是日本人偷袭,但镇定下来后我发现那枪声来自自己的房间。我慌乱地想在树下捡起一块石头,但在刚才尿过的地方摸了半天,除了腥臊的泥土,什么都摸不到。没有办法,我只能一个人硬着头皮悄悄地靠近院门,这时屋里又传来了第二声枪响,这枪如同打在了我的心脏上,我的身子一紧,几乎要摔倒,与此同时,我看见一个黑影快速地从屋里跑了出来。那个人一点都不惊慌,他是从墙上跳进来的,回去依然选择了跳墙,他的动作很轻盈,像只燕子,来得突然,消失得也突然,好像什么都没发生。我呆呆地站在院子里,在那一时刻我脑子里空空如也,不知道该进去,还是站在原地。

我点着了屋里的油灯,看见炕上到处是鲜红的血迹,小马死在睡梦之中,这时候我意识到自己逃过了一劫。刚才那个杀手开了两枪,目的很明确,事实上他要打死我,误把小马当成了我。

四周一下亮了起来,唐五领着人顺着枪声,来到了我的住地。他进屋的第一个动作就是把手放在小马的脖子上,小马已经死了,他看着我问:"后锋兄弟,这是怎么回事?"我把刚才的经过讲了一番。唐五说:"你看清那个人了吗?"我摇了下头。唐五一脚将屋角的一个暖壶踢爆,然后对身后的人说:"给我查,挖地三尺,也得给老子把这个人找出来,找出来这个鬼,老子非把他的心给挖出来!"

金鹏和辛二蛋都过来安慰了一下我,然后屋里只剩下我和唐五。

唐五吐了粗气,看着我说:"老子听见枪响的时候,说完了,肯定是后锋兄弟遭暗算了,老子猜得一点没错,我的后锋兄弟,五哥对不住你呀。"

我说:"五哥,我赵后锋人在这里,要杀要剐由你处置。"

唐五急得差一点跳了起来,说:"后锋兄弟,你说甚呢,你是不是以为这是我安排的? 我唐五是这样的人吗? 以前不是,以后也不是。"

我说:"既然不是五哥要我的命,那就是说,在咱们的队伍里一直有日本人的奸细。"

唐五看着我,突然想起什么,他说:"对了,兄弟,直到现在五哥都搞不清楚那次在二师时,粮食的事是谁告的密,日本人为什么对咱们的行踪掌握得一清二楚?"

我点了点头,说:"这个人看来就在我们的身边,这次我来你这里,他非常清楚,他还清楚我要说服你加入游击队。"

唐五用手挠着头皮,他的脑子确实很乱。

我说:"五哥,你这里的情况非常危险,日本人一直盯着你呢,你还是及早地加入我们游击队吧,不然的话,你再这么犹豫下去,他们迟早要对你下手。"

唐五看了下我说:"行行行,后锋兄弟,这一次五哥再听你一回,如果游击队再要我,那我唐五到时候,谁的面子也不会给了。"

我拉住唐五的手,说:"太好了,五哥,队伍还是你带,我们让杨参谋长给咱们一个编号就行。"

又是一声枪响。

我愣住了,唐五眯着眼睛像是在倾听什么,没过一会儿,外面有人喊报告。唐五问进来的士兵:"人抓住了?"

那个士兵说:"没有。"

唐五说:"没有,哪来的枪声?"

那个士兵说:"是一个新兵的枪走火了。"

十

一九八三年的春天,我已经双目失明。在一个早晨,我接到了一个电话,打电话的是文史办的同志,在电话里,文史办的同志说,他们正在整理一个叫唐五的土匪的材料,希望我能给他们提供些帮助。

我举着电话愣了半天,久违的名字像一束早春的阳光照进我的心里,我感到嗓子里有什么东西蠕动了一下。就在那一刻,我发现是自己的声音卡在嗓子里,发不出来。过了好长一会儿,我才说:"我已经快八十岁的人了,双目失明,什么都看不到了。"

文史办的同志说:"这些我们都考虑到了,我们派人到您家里,您老只管说就行了。"

放了电话,我摸索着上了炕,靠在窗台上,窗台上有一只猫在睡觉。我用手摸了下那只猫,一只小花猫,我爱养猫,唐五知道的,我能听见那只猫肚子里呼噜呼噜地在响。

下午的时候,文史办的人到了,那是个刚被分配过来的女大学生,好听的声音像风铃一样在我的耳畔响彻着。

回忆开始了,回忆是一滴水珠,慢慢变成了小溪,最后变成了大河,波涛汹涌。后来几乎听不到女大学生的声音,全都是我在说。在漫长的讲述中,我已经无法判断自己在讲述真实中的唐五,还是梦境中的唐五。时间之光,已经把记忆修改得面目全非,我要讲的,就是我说的,我说的,就是在我脑子里灿烂过的。我听不到对面那个女大学生的一点声息,耳边全是四十年前的风声。

我继续说着,后来女大学生不得不打断了我的话。

"那唐五是不是叛徒?"

我说:"他不是叛徒。"

女大学生改了一种问法,她说:"您能不能讲一讲唐五是怎么牺牲的?"

"如果没猜错的话,外面的天已经黑了。就是这样的季节,我从延安学习回来,刚进杨参谋长的屋里,听到了唐五牺牲的消息,这个消息像凌厉的风一下刺穿我的皮肤,钻入我的骨髓,我听见杨参谋长说,唐五是被人暗杀了。"

女大学生的声音一下提高了:"您说唐五是被暗杀了,他被谁暗杀了?那个叛徒到底是谁?"

我感到嗓子里那个古怪的东西又在蠕动,我正要吐出那个人的名字,听见女大学生尖叫了一声,这一声把我吓了一跳。

"怎么啦?"我问。

女大学生的尖叫声还在延续,她喊道:"猫,一只猫。"

【作者简介】拖雷,本名赵耀东,男,1972 年生于内蒙古呼和浩特市,中国作家协会会员。先后在国内文学期刊发表百万余字,著有长篇小说《寻仇记》《破雾者》等。曾获内蒙古自治区精神文明建设"五个一工程"奖。

八〇后

八〇后

门

○娜仁高娃

　　我攥着毛纸，耐心地等舅舅说"好了"。舅舅却痴痴地望着云，好久都不吭声。风飕飕地扫来，我摊开手掌，呼啦啦——风舌卷走毛纸。舅舅扭头看了看旋飞着远去的毛纸，说："哎，看，云浪，高了，好看。"我扑哧笑了，说："云有什么好看的。"舅舅说："有人在天上抽烟。"我含糊地嗯嗯几声，将脑袋压低，从胯裆处看云。云在很远的硬梁上空，云头白灿灿的，云脚却是乌黑一团。

　　一块鹅卵石，枣红色的，紧挨我的额头，像头贪睡的牛犊。我刚要伸手，身子重心偏移，抄手扑倒。耳朵磕到"牛犊"上，很是生疼。我龇着牙忍着痛，舅舅却呵呵笑。我索性趴下，歪过脑袋要看，舅舅的大巴掌伸过来，盖住我的眼。

　　我大笑。

　　舅舅的手掌粗糙糙的，好比磨刀石，或者公羊角。他的手掌没有手指，一根都没有。没有手指的手，从袖口探出来，活像煮熟的牛舌，又大又硬。凹凸的关节，仿佛好多个乳羊的角挤到一起。

　　我跑去，捡回散落的毛纸。我得给舅舅擦屁股。

　　那年的夏天很美。云浪一天赛一天诡谲。云多了，雨也会多。雨多了，草会更多。草多了，夏天的绿会更浓稠。绿更浓稠了，沙窝地人的笑才能与它抗衡。那是一九九三年，我七岁。那年，沙窝地到处是野水洼。有那么一次，我和舅舅赶着一小群羊向当地人称为"乌鸦滩"的沼泽地走去。没等过去，一场暴雨突然而至。我记得很清楚，那天的云，先是白晃晃地涌来，继而乌云吞吐着翻滚、低垂，我俩匆匆躲进大鼻子央登老人遗弃的土屋内。很快雷声轰隆，雨珠铺天盖地。屋顶吭吭地震响，破旧的门扇被风无情地掀开、关闭。屋前没有轮子的马车

165

筛糠似的摇晃，驼粪蛋大小的雨砸到车板上，又弹飞。

"哦，哦，奥吉你快看，马群——"

"哪儿啊？"

"那不是吗？甩着鬃的水——马。"

舅舅用脊背顶住门扇，叫我看滩地上由无数个浅灰色水柱组成的雨墙，那半透明的水墙在风里摇摆。

"是暴雨。"我大声地说。

"不，是马鬃雨。"舅舅说着，伸过手臂，那瞬间，他嘴角浮出令我至今都无法忘掉的笑容。那笑，浅浅的，无声，像是要从什么人手里接几块冰糖。

雨霁，我俩离开小屋，循着山洪的轰响走到满是小沙丘的野地。沙窝地很少发洪水，因而对于我来讲，那可谓是从未有过的壮观。混浊的洪水，竟然当腰横切沙包，划出大口子。舅舅大概也没见过那等奇观，呜啊咿呀地叫着——他高兴了会那样叫——要跨越那口子。他向后撤出几大步，弓背，缩身。我嗷地哭起来。

那时，我已经知道舅舅是个智障者，不过，不是先天的。用母亲的话来讲，舅舅是在逃亡途中受了惊骇而变"傻"的。起初，关于舅舅逃离都城佛院一事的真实缘由，整个沙窝地人，家族亲戚包括我父母，只停留在"年龄太小，熬不住粗茶淡饭、起早贪黑的求经之苦""脾性泼皮，禁不住红墙黄瓦内的寂寞"等合乎逻辑的猜测，因为谁都不晓得舅舅为何逃离都城佛院，一路向北，徒步千里，用去一年零三个月的时间回到沙窝地。后来，父亲托人四处打听，才得知舅舅是因为太想家而贸然离开了那里。同时，在逃亡途中，他被困野山，不但冻坏了手，还差点丧了命。发现舅舅的是位看护铁路的老头。这位老头捎来口信说，他是在腊月初三大清早巡查铁轨时撞见近乎冻僵的舅舅的。随后舅舅在老头家待了八九日。前几日，舅舅从早到晚守在壁炉前一言不发，老头见状以为他是个哑巴，不再搭话。等到第五六日，老头偶然发现舅舅挎包里塞满了鞋子，而且多数是女式的。老头这才觉察出来者神志异常，心下萌生恻隐，不再去打搅。到了最后一日，老头听到舅舅竟嗡嗡地、口齿含糊不清地念起了经，惊讶得半天缓不过神。不过，老头是个无神论者，很巧妙地驱走了舅舅。

舅舅是在他十九岁时逃回来的。对于他第一次出现在我眼前的记忆我很模糊。印象中,应该是在某个燃着蜡烛的夜里,屋门突然大开,风幽幽地飘进来,灯苗左右摇摆,屋内忽明忽暗,母亲去闭门,走到跟前,木桩似的站住——黑黑的门框那边,竖着一道毛茸茸的黑影。烛光晃过,黑影脸上闪着一对亮亮的眼睛。

黑影直直地看我。

那夜,黑影一直痴痴地盯着我。当母亲一边簌簌地抹泪,一边忙里忙外地烧水熬茶,往桌上摆风干牛肉条、羊油馓子、砂糖果条、酸奶炒米、红枣月饼等时,黑影的眼神也没从我脸上挪开。就连坐到桌前,呷巴呷巴地嚼食,嚼得双腮凸起,瘪下去,喉结一滚一滚时,黑影都没停止对我的注视。相比关心黑影的目光,我更留意的是他那双没有手指的巴掌。我发现黑影取食时,将两个巴掌同时伸过去,严严实实地合到一起,缩回去,凑到嘴巴跟前,掌心里竟然有了牛肉条或者果条。

黑影吃了又吃。

那夜,我应该是在一种梦幻般的玄妙氛围中浑然入睡的。因为,等我再次看见黑影时,他已经坐在木凳上,脖颈裹着花布,任由我父亲剃去他一头乱糟糟的发丝。

"嘿,奥吉,快喊舅舅好。他是你舅舅。"父亲说。

我不理会,溜空从父亲腋下钻过去,又绕回来,我在找那双不长手指的巴掌。终于,我明白过来了,他将手掌藏入了袖筒。我蹲身,近乎趴地,从低角度窥探。黑黑的袖筒内,一个羊胎盘似的东西慢慢地缩回去。他大概羞于我的窥视,睁圆的眼睛不停地眨巴着,看我。

"嘿,跟你讲话呢。喊舅舅。"父亲的嗓音干干的。

我起身冲出屋。

对我来讲,舅舅的出现是件令我开心的事。这或许是因为舅舅身上有种天然的温和感,或者说我发现他的眼神里没有丝毫的"凶气"。这点与生气后的父亲截然不同。同时,我也从父母口中得知,舅舅原本就是我家的成员。舅舅在他三岁时跟着我母亲来到我父亲家,他是我母亲和父亲一手拉扯养大的。我们是四口之家,我还有个姐姐,年长我十岁。只是姐姐总在求学路上,很少在家。舅舅的到来,意味着我有了一个与姐姐差不多大的"哥哥"。不过,我俩最初的接触很不顺畅,他少言寡语,除了莫名其妙地嘿嘿笑,多数时候他都是安静地待着,不理任何人。为了接近他,我把我的弹弓、滚环、红柳木马等玩具给他看。他却无动于衷,甚至有些不屑一顾。这使我很恼火。有次,母亲叫我带着舅舅到野地"看马"。"看马"是指解手。母亲塞给我一沓毛纸,低声跟我讲:"记得帮舅舅擦屁股。"

我忘了我是否对母亲表达了我的厌烦。我只记得,等两人到了野地,我丢开舅舅,拉弹弓打野鸟去了。没一会儿听见他喊我,我举起弹弓,喊:"你自己来。"他不作声。我一小步一小步地蹭过去,只见他蹲在一簇簇芨芨草后,安静地看着我。

我大声地喊——的的确确,我近乎扯伤了嗓门——"站起来"。

舅舅并没有站起来,而是嘟囔着说:"夕阳是个血泡。"我回头看夕阳,夕阳果真灌满血浆似的变得通红。黑灵灵的,飞过几只羊角百灵。我猫腰,慢慢地靠过去。"呜啊啊——"舅舅站直身,高声喊着,向夕阳挥手。他的喊声自然惊走了我的猎物。我拉满弹弓,只听"啪"的一声,舅舅的呼声立刻沉寂。他站在那里,一条胳膊还举在半空中。钝钝的巴掌,似一杆桨板。

我扭身,逃去。

远远地听见摩托车声响,我迎过去。沿着嵌入地面的土路,一辆摩托车突突响着靠近。是父亲,背着夕阳,看不清面孔,只见整个人影镶着一圈金色晚霞。

"哦,我的奥吉在陪舅舅啊。"父亲亲切地说着,可下一秒语调变成干硬的,呵斥道:"你个兔崽子!"因为,父亲看到舅舅正光着腚,一拧一拧地走过来。父亲迎过去,不一会儿两人一同回来。

舅舅额头上鼓囊囊地起了一颗肉包。

我的肩头也被父亲的大巴掌刮出几道掌印。

到了夜里,灯下,我俩瞅着彼此的伤痕扑哧大笑。扯平了。

接下来的很多天里,我和舅舅赶着牛群出坡。说是群,实则只有七八头牛,其中有一头毛发黑亮、双目滚圆的公牛,我们称它为"牛王"。牛王脾气怪异,见了我总是怒目而视。我嫉恨它的怒目,常常趁它嚼草、反刍时拉满弹弓,对准它那对打弯的角,啪地射出石弹。很多时候,它只是瞪圆牛眼,鼻孔咻咻,哞叫几下。有一次,石弹直直地击中它的胯裆。它嗷地猛叫,又瞬间弓脊,提臀,束尾,脖颈压低,下巴贴着地面,箭一样冲来。我嗖地转身,逃遁,偏巧鞋子卡进耗子洞,只觉地面旋转、云朵战栗。我闭紧双眼。待我睁眼,发现我在飞,牛王在我下面,还有一个黑影。黑影是舅舅,他的一条胳膊插进我的衬衫,将我像个风扇似的在他脑颅上空转。牛王也在转圈,它的尾巴扫过我的面颊,粗糙糙的。哐啷,水桶打滚,牛王的一条腿插进水桶。嚯嚯的、粗粗的喘气声,我发现我已经跨到舅舅肩头了。他在疾跑。忽地,整个人摇摆,我后仰着近乎摔跌。一条硬邦邦的胳膊当腰箍紧我。风掀掉他的衬衫,他的肚皮好白。我的脸贴着那肚皮。牛王就在我俩后面。一对牛眼红彤彤的,翻着白,潮乎乎的牛嘴吐着唾沫。我喊:“快点跑啊。”刚喊完,我被甩出,飞起来,落下去,落到草垛上。舅舅紧贴地面,躺倒在草垛下。牛王绕着草垛,哞哞叫,甩尾巴,腹部圆鼓鼓的,黑黑的身子泛着奇异的光芒,后蹄刨土,刨得脊背一抽一抽的。

从那之后,舅舅常常一个人随牛群出坡。偶尔带我,我也得爬到树上,等到牛群走远了方能下去。记忆里,过了好几年,牛王才不再找我的麻烦。

夏天很慢,秋天亦是。父亲母亲忙着秋收,一忙好多天。舅舅也会帮着他们套牛,装车,拉草。这种时候,我非要舅舅将我扶到草垛上。牛车慢腾腾地前行,我在草垛上左右开弓,打鸟。啪地,落下一两片羽毛。我伸手欲接,才发现羽毛是阳光。我冲着舅舅喊:“喂,看过来。”舅舅回头,“哦呀”,嘴张开。啪——石弹直直地射进他的口腔。他再次“哦”了一声,手掌盖住半张脸,闭眼,愁苦苦地蹙眉。我喊:“挪开巴掌。”挪开了,嘴唇紧闭。我又喊:“张嘴。”嘴张开,黑黑的一个小窟窿。

我大笑起来,笑得摔倒在草垛上。

傍晚,一家人围着小方桌,噗噗地吹着热气吃面。舅舅不停地吹热气,不吃一口。父亲说:“快吃嘛。”舅舅说:“太烫了。”他把“太”字音发成“忒”,还喷出一嘴的口水。父亲发现了小窟窿。父亲丢开碗,进屋,从水瓮一侧抽出“黄马”,那是一截细软的柳条。我刚要逃,父亲的胳膊无端地变长,拽牢我的衣领。我发现父亲的胡子在乱颤,还有面颊也在抽搐。

我号哭,四肢七零八落地踢腾,欲挣脱。

"哦,呃,不碍事,还能吹口哨。"舅舅过来,身板抵住父亲,嘘嘘地吹着口哨说。

父亲将胳膊一甩,我凌空飞出,落入舅舅怀里。舅舅笑了,两片厚嘴唇呈椭圆,当中一眼小小的、黑黑的窟窿,窟窿那边是紫红的舌尖。

这是一幅定格于我心中的画面。

冬季,雪地上,一溜歪斜的足印。那是舅舅的,我在他肩头。他的耳朵红红的,像只没长毛的雏鸟在光溜的窝里瑟瑟发抖。冬天看马,我们不用毛纸,用雪。他嗷嗷叫,我哧哧笑。有时候也用冰坨子,他也是嗷嗷叫。他的皮袄松垮,敞着怀,风来了,呼啦啦地飞,整个人瞅着神似牛王。他让父亲给他剃发,却不叫给他剃须。卷曲的毛楂楂从下巴垂至胸前,任风舌一撩一撩地,掀起,又收拢。

有一回,风撩起舅舅的皮袄衣襟,红红的一个什么很扎眼。我嚷嚷着要看,他不肯。趁他不注意,我麻溜钻进去,热烘烘的汗液味,呛鼻。我屏住呼吸,胡乱抓,抓到硬硬的一根"指头",抓着不放。一双大巴掌隔着皮袄戳、拧、挤,我张嘴吐气,喉咙里闷闷的,喊不出来。大巴掌松开,我晕晕乎乎地跌至雪上,手里却仍抓着"指头",睁眼看,原来是只女人的高跟鞋。鞋跟似手指。舅舅夺去鞋子,跑出几步,揣进怀里。我气恼地喊:"你干吗揣着女人的鞋?"舅舅摆出一脸迟疑,说:"哪有啊?哪有?"我扑上去。舅舅大大方方地敞开怀。鞋子果真不见了。我不依不饶。舅舅忙说:"飞走了,飞走了。"我左看右望,白晃晃的雪地,延伸至很远,没有一抹红。

鞋子的神秘失踪叫我困扰好久。

那时我和舅舅睡耳房。到了晚上,屋内燃根白蜡,他坐在灯下,翻着皮袄,说:"你没见过虱子,我给你找一只。"找了好久,白蜡都矮了一截,还没找见。他悻悻然地叹口气,说:"人吃了果子就不会有虱子。"我说:"哪有果子?"他说:"糖就是果子。"我说:"糖是糖,果子是果子。"他说:"那边的果子大,比羊头还大。"他说的"那边"是指他曾待了四年的都城佛院。我说:"胡说。"他摇摇头,说:"你得麻溜长大,大了得去那里。"我说:"远不远?"他说:"很远,从夜里走到夜里。"我说:"那是多远?"他说:"月亮的肚子鼓起来,瘪下去,鼓起来,瘪下去,好多回就到了。"我说:"月亮哪有肚子?"他笑笑,不作声了。

"月亮的肚子是透明的。"

这句话也是他讲的。

耳房很小,靠墙有盘土炕,土炕一侧有土灶,嵌着大铁锅,锅里烧着水,不断冒气,屋里潮乎乎、雾气蒙蒙的。烧灶是为了暖炕。我俩赤着上身,他要我给他抓背。我抓几下,用毛刷子剌剌地刷,刷着刷着把刷子插进他腋窝下。他夹紧腋窝,呵呵地笑。

那时,很多个冬夜就在他呵呵的笑声中隐入漆黑。

天暖了后,沙尘灌满旷野。舅舅跟着牛群走。我追过去,追着追着,在风里打着弧线朝着另一个方向跑。转过身,黄尘里已经不见舅舅的影子。等到暮色沉沉,黄尘散尽,地平线上一个黑点,又一个,再一个。牛和舅舅回来了。有次,他的挎包鼓鼓的,去翻,翻出一堆的鞋子。有敞口的,有窄口的,有沾泥的,有破洞的,有带"指头"的,有驴蹄似圆头的,我把那些一个一个地扔到地上。舅舅看见了慌慌张张地皮袄都不脱,咕噜趴在一堆鞋子上。我说:"你要穿吗?"他说:"什么?"我说:"鞋子。"他说:"哪有鞋子?"我说:"就在你下面。"他说:"我下面什么都没有。"我说:"我要告诉父亲。"

他的胳膊硬撅撅地戳过来,戳得我胸脯嘶嘶地痛。

那是他头一回打我。

我夸张地扯开嗓门干号。

"有糖。"舅舅慌乱地说。我说:"在哪儿?"他说:"在——"我说:"你胡说。"他说:"在那里。"我说:"那么远。"他说:"你快长大吧。"

后来,鞋子越来越多,已经在屋角堆成小山了。好多次,我趁机拎起一两只丢入灶膛。舅舅见了,"哎哟"叫着,将胳膊伸进灶口,胡乱扒拉一小会儿,缩回来,又伸进去,又缩回来。我笑,没有手指的手掌真没用。我用火钩钩回一只,火苗在鞋口蹿,扑哧哧地跳跃着火星。他抬脚,狠狠地踩、踩,火苗灭了,一缕缕青烟散发着奇臭的气味,徐徐摇摆。

父亲进来,干咳。父亲发现了小山似的鞋堆。我嚷嚷着说:"都是舅舅捡回来的。"

舅舅只是"哎哟哟"地踩脚。

父亲却什么话都没讲。

天慢慢暖和了,舅舅脱了皮袄,换成缀着十只纽扣的长褂。一二三四五我就是数那些纽扣数会的。

有那么几天,父亲、母亲和舅舅总往草甸子那边走。父亲牵着牛车,车上装着铁丝、木桩、镬头、铁锹、镐子等。到了草甸子那边,他们三个忙着掘土、挖坑、埋桩、拉网,很快,一道长长的围栏出现在草甸子上。眼看着通往乌鸦滩的小径被围栏堵住,我问父亲:"把小径堵了,人和牛群怎么到乌鸦滩?"父亲说:"人和牛都不去了,永远都不去了。"我问:"为什么?"父亲说:"那里已经不属于我们了。"现在想来,当初也许是见我还年幼,父亲懒得给我讲明白牧民承包草场的来龙去脉,也懒得跟我讲,用围栏圈起分得的草场意味着沙窝地牧人的生活正迎来前所未有的变化。

我吵吵着求父亲不要拦截小径,父亲不吱声。我又说:"我要到乌鸦滩那边玩,可是围栏这么高,我怎么过去?"不等父亲回答,舅舅从一旁说:"飞过去。"我说:"那你飞,飞一个给我看。"舅舅呵呵笑着,不吭声。舅舅有双亮亮的、清澈的眼睛,但是那天,当我冲他吼着说话时,他的眼睛里竟然蒙着一层混浊的泪。

没几日,父亲卸下仓屋的门走向草甸子。回来时,父亲的肩头空空的。望过去,小径尽头立着一扇门。我跑过去,推开,门板嘎吱一响,里面尽是一望无际的野地。关了,回头,亦是一望无际的野地。

又几日,父亲用湖蓝色油漆漆了那扇门。远远望去,绿茵茵的草地上突兀地立着一扇蓝色的门,像是只要有人推门而入,便会进入另外一个空蒙而奇幻的世界。

夏雨一场接一场地降临。草越来越高,越来越繁茂。小径慢慢地隐入草丛间,忽隐忽现。我才发现,自从拉了围栏后,我们很少走那条小径,就连舅舅也不会赶着牛群抄着小径走向乌鸦滩。

有一日我去看,门上了闩,怎么推都无法开。门就那样孤零零地"僵死"在野地间。

在一个蚊虫、蛙鸣四起的傍晚,我和舅舅从草甸子回来。我俩走得极慢,因为在野地不停地掐沙葱、扎门花,我早已累得腿脚都不想挪动。而且舅舅一手托着一捆柴火，一手托着装有野菜的布袋，根本无法顾及我。忽地，空气里一阵隐隐的烧焦味。紧接着，我俩同时看到母亲的身影以及就地而起的青灰色浓烟。舅舅先是一愣，接着疾走，继而丢开柴火、野菜，突突地跑去。我也急匆匆地尾随过去。

舅舅还是晚了一步。他那些从野地、路边、沟壑、沙湾子捡回来的鞋子早已被火焰吞噬，好多个鞋口张大嘴，像是集体在暗哑地惊呼。母亲说："听话哟，以后不要再去捡了啊，都是别人扔掉的。"舅舅听了，脖子一梗，人便僵在那里，嘴张开，迟迟吐不出一个字来。母亲用木棍钩出一只红色高跟鞋，鞋子怪异地弯曲着，仿佛是一只长长的羊脚趾。母亲说："呃，尤其是这种的，一定要烧掉，鬼上过脚的。"我说："鬼？那红色的呢？"母亲说："也一样。"我向舅舅瞟了一眼，只见他举起手臂，击打前胸，仿佛火烧到他胸口上。他那垂至半胸的"羊须"——我管他那一绺胡须叫羊须——爹开，又收拢。那一刻，我感觉舅舅一下子变成了一个老态龙钟的人。

好像是这件事发生后的某一天，父亲剃去了舅舅的"羊须"。舅舅好像也没反对。他把长褂也脱去了，换成露肩膀的背心，那背心松松垮垮的，像是从他前胸扯下的皮囊。

仲夏夜，我和舅舅不点灯，敞着门，待在屋里。月亮不断爬升，爬到屋檐上。舅舅说："月亮在屋檐上孵蛋。"我说："月亮在天上，你骗我。"舅舅说："你瞅瞅嘛，好好瞅。"我向后挪了挪身，月亮刚好挂在门楣上。我说："果真是伏在门楣上孵蛋。"

舅舅吁地叹口气。

现在想来，那一刻舅舅神志一定特别清醒。

应该就是在那一夜后的早晨，我醒来后发现舅舅不见了的。现在猜想，那个夜里，舅舅应该是整夜未眠，一直醒着，睁着他那双清澈的眼。而且，他一定是趁我熟睡，趁我父母也熟睡，等到月亮下山后离开的。

起初，我们都以为舅舅独自一人到草甸子砍柴去了。等到晌午还不见人影，父亲才出去找。父亲是骑着摩托车去的。到了后晌，父亲独自回来，绷着脸，母亲问了好几句，他都不理会。

须臾，父亲说了一句："门大开着呢。"

母亲问:"哪个门?"

门果真大开着,门闩被抽走,丢在草丛里。

母亲弯腰弓背,拨开草丛找舅舅的脚踪。我也在一旁。

根本没有什么脚印、鞋印。

"啧啧啧,哦……"母亲蹲在一小片花丛中抽泣。她发现了一地被踩踏的花瓣。我挨过去,依着母亲坐下。门就在我俩对面。门框高高的,门洞窄窄的,门扇向那边推开,从门楣下能望见湛蓝的天空。那里没有云。

舅舅一走便是好多年。在这好多年里,我从六岁长到了二十六岁,长到比门高出一小截。好多年里,门一直在。隔个几年,父亲总会用新的油漆刷一遍。到了夏季,草木长高,隐去其半截身,门显得不是很扎眼。但是,到了冬季,草木枯败,门便凸出地面。尤其是在下过雪后,夜里,野地白灿灿的,远远地望去,一抹黑影孤零零地杵在那里,门好像突然被拉开,嘎吱,同时传来楚楚的脚步声。

有那么几次,母亲提醒父亲要不把门卸了。父亲不言,直摇头。

舅舅失踪后的日子里,每到夏季,父亲便驾着他那辆突突奇响的摩托车出去找舅舅。近的,方圆百里,父亲没有落下一户人家;远的,他去过塔尔寺、五当召、拉卜楞寺,他甚至还去过布达拉宫。去布达拉宫的那次,他走了整整三个月。那时我已经十七八岁,暑假回沙窝地,父亲不在。等暑假结束时,父亲回来了,晒得黑黑的,身上裸露的肌肤铁片似的光溜,只是头发变了色,变成烟灰色。再后来,父亲开不动摩托车了,但他仍旧没有放弃心里的念头。后来听母亲讲,父亲之所以那么执着,一是因为他不相信舅舅不在了,二是因为那些年父亲向好多打卦看相的问过舅舅的下落,那些人的答复都是舅舅还活着。

再后来,父亲养了一匹马,一匹铁锈色的驽马。也许,父亲养马不是用来骑的,而是只想有个走路的伴。父亲很少骑它,总是牵着走。父亲在前面走,它在后面。父亲走路看着地面。它也是,偶尔抬起头,抖抖鬃毛,继续低头。父亲在他六十八岁时失聪。我想象不出那是一个怎样静谧的世界。也许是主人很少讲话,那匹马也很少嘶鸣。父亲没有给它取名。

父亲离世的那天午后,我回到沙窝地。冬季寒风很硬、很干,但毫无声响。当母亲进了仓房,找个什么出来时,那匹马突然发出一声清脆的嘶鸣。

那是一种什么样的嘶鸣呢?

我想,是一声对着冬日惨白的夕阳发出的凄然尖叫。

出殡那天,我和邻居家男人将父亲的遗体驮到马背上。这是父亲的遗愿,他要骑着他的马回到野地。那天天空晴朗,万里无云。我们一行人沿着野地走了好久,走到望不见我家房屋,却能望见那扇门的向阳坡。

"千万要让我永远望见那扇门——"这句也是父亲的遗言。

按照沙窝地风俗,父亲的马将要被放生。我取下马绳,绞取几绺鬃毛。母亲递来哈达,要我编到马鬃上。编好哈达后,我拍了拍马脖子,它晃了晃脑袋,发出低沉的鼻响。我又拍了拍它的脖子,我想说句话,可不知道说什么。它静静地站了片刻,甩尾走去。

"当初是您和父亲一同送他到都城佛院的吗?"

"什么?"母亲的眼睛瞪圆,直直地看着我,转瞬灰白的眼球上蒙上了透明的泪液。

母亲摇摇头,泪液已经沾湿她的腮帮。她站在那里啜泣着,我扶着她向屋子走去。

"我们谁都没有走进他的世界。"我说。

"孩子,当初我不该把那些鞋子烧毁,真的不该啊。"母亲站住,整个人颤抖着低声呜咽。

"您别自责。我听父亲讲,他捡鞋子只不过是一种抵御心中恐惧的行为。呃,当初他不是徒步走了那么远的路吗?您也知道徒步容易穿坏鞋子的。他那只是个习惯,没有别的。"

"那他回来还担心什么?这里可是他的家。"母亲再次泪眼婆娑地盯着我。

"哦,或许他一直以为自己还没有回来。"

父亲走后的九九八十一日,我再次回到沙窝地。母亲告诉我,马不见有四十多天了。母亲说,它应该是回到儿时的故乡了。熟悉草原马的人都知道,马的记性特别好,一般情况下都能回到出生地。我听了,心里很不是滋味,但也没想着去找它。

门,还在,只是已经很破旧,漆面斑驳,门框歪斜,扇板也脱落了一块。看得出，父亲早已放弃了对它的维护。门闩锈迹斑斑，轻轻地拉，"咔"的一声，螺丝钉与卡扣解体。轻轻地推，门框变形，又一块扇板脱落。

我走远一些，回头看，门整体歪斜着，像是只要被风轻轻掀一下，它准会散架，坍塌。在门的那边，我所熟悉的乌鸦滩光秃秃的。我这边也是，松软的沙地上还没有一根青草破土而出。

门内门外，一场空。

我向天空望去，云浪慢慢地堆上来，浪头白灿灿，浪尾呈银灰色，铺天盖地，卷曲，喷涌，压过天际的硬梁。

眨巴眼，云浪瞬间消散。

沙窝地的初夏，满目的灰色、贫瘠，仿佛春天从未降临过。我的两个孩子在沙包上玩。叽叽喳喳的笑声，或多或少打破了四野的死寂。

"噢，噢，看啊，爸爸。"

突然，两个孩子高呼着，向门那边指去。

我看过去。

门居然大开，一匹鬃毛拖地的马正从门框下钻进来。

马鬃唑唑啦啦地被掀飞，毛茸茸的。

哦，那分明是舅舅。

裸露的山体

○娜仁高娃

　　沙窝地的"酒客"走了。走的那天早晨，沙窝地晴朗，春日暖阳徐徐升起，徐徐飘移，只是没人站到屋前远眺。到了傍晚，无人远眺的夕阳报复似的烧成胭红的火球，可人们依旧没有好好远眺。他们都在忙碌：忙着卸下窗棂将酒客的遗体送出屋；忙着捡柴燃火堆；忙着相互递烟，用语言来描摹他们所熟悉的那个醉醺醺的男人模样；忙着叹气。他们三五个地走到野地，用铁锹掘出深三尺的土穴，然后离开那里，任晚间凝滞的云霞和缥缈的天光勾勒出他们影影绰绰的身影。其中一个说："好空旷。"另一个说："是啊，好空旷。"另一个脱下帽子，用前臂撩了一下额头，说："是安静。"第一个说："嗯，的确是很安静。"第二个突然用力吼一声。三人顿住，相互看看，大笑起来。第一个说："你那不像。"大声吼的那一个摇摇头，说："我知道。"这时另一个绷紧浑身肌肉，重重地吼了一声："嗨，来呀，我在这里，来决斗啊。"三人愣怔片刻，继而再次爆笑。末了其中一个说："咱的酒客走了，咱的沙窝地就此沉寂。"

　　是的。

　　萨拉站在屋前。目光向夜幕下的野地投去。他听到了吼声，也听到了那句"就此沉寂"。他猛地吸口烟，又将烟闷在口腔内，慢慢地吐出一缕缕白烟。一抹光从临时搭起的帆布篷缝隙落到他鼻梁上，那是一种近乎银白的光。他那卷曲的头发塌下来，遮住眼眶，使一双天生阴郁的眼睛藏在一团阴影下。

　　酒客走后的第四十九日早晨，萨拉发现供桌上长明灯灯芯结了莲花。这是他所期盼的。在沙窝地的习俗中，长明灯结了莲花，亡者便能摆脱三界六道轮回之苦。现在，酒客遗像前的酥油灯结了莲花，那么，酒客将永久地摆脱寻常日子,彻底归于僻静的沙窝地。

"终于结束了。"萨拉说。

"嗯,莲花成形了,呃——如你所说的终于黯然收场了。"

娜拉说完阿嚏阿嚏地打喷嚏,又咯咯地打嗝。在过去的三个小时内,她身上的响动真多。她不停地来回走动。高跟鞋嗒嗒地踩着地板,像个正在演小丑的蹩脚演员。她的眼里还噙着泪,嘴角一扯一扯的,仿佛随时会号啕恸哭。

"谁都会黯然收场。"

"不一定。"

"他的确很英俊,是不是?"萨拉盯着遗像说。

"别这么冷漠,他可是你的父亲。"娜拉讥讽地咬着牙说。她强忍着打嗝,嘴唇凸起,喉咙一滚一滚的。

萨拉忽地冲着妹妹的后背抡了一巴掌。娜拉张嘴发蒙似的嘀嘀吐气,一行泪萧瑟地滑下腮帮。萨拉蹙起眉看了看娜拉,又看了看遗像,诡异地撇撇嘴,扭身歪倒在沙发上。娜拉清了清嗓子,刚要说什么,被一连串的嗡嗡声打断了。一只土蜂从窗户那边扯出烦闷的嗡嗡响,飞过来,萨拉截路扇巴掌,一阵急促的嗡嗡声,土蜂跌至地上,打转,抓挠,飞起,斜斜地扑向窗户,啪地撞在玻璃上。

"让它飞得了,它又没有蛰你。"

它黑黑的、圆鼓鼓的,在娜拉眼里它是一颗逸飞的眼珠——从酒客眼眶漏掉的、黑黑的、正在一分一秒地散尽光芒的眼珠。

"瞬间来临的死亡从来都不会有痛苦。"

萨拉语调满是漫不经心。他将身子敞开,四仰八叉,像是要把自己卸了架。

"父亲生前遭受了太多折磨,这点你比我清楚。"

"我指的是死亡本身。"

萨拉缄默片刻,见娜拉近乎恼怒地盯着自己,说:"我指的是土蜂。"

一条黑影从走廊那边移来,像只丧失藏身之地的野兽般黯然地站着,悄无声息。娜拉咻咻地揉搓红肿的鼻子,对着黑影说:"哥,水果都发霉了,甜点也长毛了。"

乌拉安静地看了看遗像前的供物"哦"了一声,然后说:"萨拉,你到街上捯饬捯饬你那胡子和头发吧。"

“又没有长到你脑袋上。”萨拉说着用女人似的干瘦而白净的手捋起下巴处的胡须，轻轻扽了扽。

“喃，这就是父亲留给我们的日子。”娜拉嘟哝道。

萨拉没应声，身子一拧，将背甩给他俩。有几分钟，三人谁都没再说话。

酒柜一侧堆满装有酒客什物的编织袋、塑料袋、纸袋。一双咖色皮鞋撑破了纸袋，露出磨破了的鞋尖。几粒止痛片散落在地上，娜拉半蹲着一粒一粒地捡。“呃——嗝”，她皱起眉，屏住呼吸，好让打嗝声停止。她很胖，圆墩墩的身体裹在花裙里，视觉上像是一筐碎花布。

“呃，这些谁要？”娜拉摊开两张泛黄的旧年画说。

两幅年画，一幅印有寺庙风景，另一幅印着山冈上怒吼的老虎，虎当背折痕开裂，视觉上老虎正因脊背处的疼痛而回首怒视、咆哮。

“烧掉吧。”乌拉瓮声瓮气地说。

他有一张牛脸似的结实、轮廓鲜明、略显呆板的脸。他身袭黑色长款风衣，袖口露出两片大大的茶色手背。风衣是酒客的，不过最早是萨拉的。酒客患脑梗后有一次送医院的路上给他穿了，那之后萨拉便将风衣送了酒客。

“那个呢？”娜拉指了指酒柜上的座钟。

“死了的钟。”萨拉插了一句，舌头在口腔里咔嗒咔嗒作响。

“这点没人会怀疑。”娜拉说。

“柜子里的半瓶金骆驼，那可是我的。”萨拉说。

“一九六八年的，如果我没记错的话。”乌拉说。

“你没记错。”

乌拉抽出插进塑料袋的手杖，把着弯曲的手柄，咔咔地敲着来回踱步。娜拉撤出几步，默然地盯着乌拉，她的眼眶里亮亮的，而后眼睑变得绛红绛红的。

“哥，你越来越像父亲了。”

“我也是这么觉得的。你看我这身，非常像吧。”

乌拉丢开手杖坐到矮凳上，从装有木碗、马钱串、小坛、生锈的马镫和套装蒙古文版《毛主席语录》的纸盒内，找来几枚马钱放到茶几上，一枚一枚地摆开。他全神贯注，像是在与谁摆棋。

娜拉进了卧室，一会儿出来，手里拿着一本红皮日记簿。她翻开日记簿，结结巴巴地说:"产妇产褥感染会有以下现象:头晕、高烧、脖颈酸疼、口干、耳鸣、胸痛,灌服拉达——呃,拉达热顿汤。孕妇忌口:野味、猪肝、猪血。分娩后——呃,会酸痛,捣碎敷阿尔,呃,什么意思嘛,阿尔哈木泽呼——哎哟,好拗口。"

"给我。"萨拉猛地坐起,脸上凶凶的,话音也狠狠的,一头乱发倒向一边,又弹回去。没等娜拉反应过来,他早已夺去日记簿。他快速翻着纸页,须臾后说:"还有歌词——呵,阳光爬上了山巅来哦。"他哼着曲,嚓嚓地翻着,突然敛住哼哼,将脸近乎埋入日记簿。

"唉!"娜拉长长地叹口气。

"嘘—— 一九七九年元月一日,今天在四大队开会;十二月二十八日报到,公社的布日瓦、宝音、巴图青克乐、'五三'、杨万代、柴虎等人参加。柴虎说,有一次我揪了'五三'弟弟的耳朵,揪出一小口子,流血了。"

"柴虎——会不会是柴虎舅舅?"娜拉问。

乌拉抬起头看着萨拉,说:"应该是。"

"你俩听着,一九七九年元月五日,今日会议上主要了解了逝者的事情。丹巴巴拉古尔死前双手端着大碗在路旁站过,还钻过旺齐格的胯裆。他欠大队红薯钱两百元整。六日,色木央能否恢复工作?乌力吉巴雅尔想外出看关节病。林花的儿子是否能分配到工作?巴图吉日嘎拉在生活和别的所有事件上没有意见。由布日瓦做会议总结。会议总共持续了十三日。"

萨拉的语速很快,读完了,沉着脸一言不发。几张浸过水的纸张滑落,娜拉把它们捡起。萨拉翻出一页插图,认真地看。插图上有座铁索桥,桥上站着四个人,个个面露喜色仰视对面高架桥上的火车,火车顶端云雾缭绕。插图下端印着四个字:铁索桥畔。

"这种日记簿我也有过。"娜拉说。

"塑料笔记本、北京市陶然亭制本厂印装、七十克二号书写纸、五十开、一○一页、一九七四年十月制。"翻到最后一页,萨拉提高嗓门读罢,将日记簿揣进衣兜,说,"这个归我。"

乌拉捏起一枚马钱,咔地掉在茶几上,捏起,放开,又一声咔,紧接着一声沉闷的声响,只见萨拉用手掌扣合马钱,说:"见字,算我的。"他嘴角上扬,满眼的与他年龄极不相符的顽皮。

"都归你。"

"我指的不是这个。"萨拉脸上的笑瞬间烟消云散,变成略带愠怒的严肃。

嗡嗡——那只早已被三人遗忘的土蜂离开窗户,贴着屋顶绕圈,撞到灯罩,飞远,绕圈,踅回去,伏在灯罩上,算是偃旗息鼓。娜拉仰起脸看了看土蜂,又看看两个哥哥。见两人摽着劲似的相互凝视,她用食指和大拇指捏起一条白色毛巾,凑近鼻口,又抖开,咻咻地吸气,那样子像只刚出洞的鼹鼠在嗅空气。毛巾是酒客用来擦脸的。空气里隐隐地漫开汗液、唾液、药汁酿出的淡淡的气味。那是酒客最后的痕迹。

咯咯——娜拉厌恶地揉搓鼻子,好让打嗝声彻底停止。

"我会吞掉的。"乌拉说。

萨拉听了,压实的手掌快速握紧,将那枚马钱抓在手心里,装进裤兜,同时发出难以抑制的大笑,不过眼神已经从哥哥脸上挪开了。

"苍天大地——我真的是受够了,简直没法说。"

娜拉起身进了卧室。这里有张二十世纪九十年代的单人床,木头做的,没有床头柜。床上的被褥已被她用床单包起来放到椅子上。床板落满灰尘,灰白的木板肋骨似的挤在一起,像是抗议被毫无遮掩地窥视。挨着床脚,壁上有暗红色斑点。那是酒客在某个夜晚醉酒后呕吐所留下的。娜拉摁着胸,像个深感疲倦的老夫人似的站着。她的腰和臀一前一后地顶起,使裙摆完全撑开,空荡荡地罩在两条细腿上。用她丈夫生气后的话来讲,她是个活脱脱的肉陀螺。

隐隐地,类似救护车的汽笛声,抑或是受虐的狗叫声,从外面飘进来。娜拉走到卫生间,打开水龙头,任水声哗哗地响满整个房间。

"娜拉,你把卫生间里的东西也都装袋吧。"

"洗衣机里有双老人鞋,哦!"娜拉从甩干桶拎起半瓶酒,高高地举着晃动,瓶盖"噗"地飞去,酒液溅到她手背上。她把手凑近鼻子闻了闻,向走廊那边瞟了一眼,匆匆咽了一口。"咳咳",她忍不住咳嗽起来。余光里一抹黑影靠近,再靠近,堵到门口,卫生间的光线立刻暗了许多。

"呃——"

"我家酒客终于后继有人了。"

"没人赞赏你的嘲讽。"

娜拉盯着乌拉，下巴稍微仰起，鼻孔翕动，仿佛正在酝酿一场前所未有的爆发。乌拉眉头聚拢，拢出一个硬硬的肉包，他那双公羊眼——娜拉曾这么形容过，正疑惑地盯着妹妹。在他眼里，妹妹越来越焦躁、咄咄逼人，与他熟悉的小妹判若两人。她小时候是多么乖巧，比一只温顺的小羊羔还黏人。可是后来呢，在她十七八岁时，他发现她开始变了，变得令人"瞠目结舌"。是的，她的变化太大了。有那么几次他从小镇舞厅找到她。那时，她留着男孩的发型，走路吹着口哨，手腕缠个花手帕，含胸驼背，不认识的人还以为她是个男娃。他要她好好读书，好好在学校待着。她却三番五次逃离学校。过了几年，刚年满二十二岁的她突然宣布要嫁人。在一个天气非常糟糕的午后，她带着一个木匠出身的画家到了沙窝地。那个所谓的画家又是个什么货色呢？在乌拉眼里，他活像一把长出胳膊腿的木刷，整个人精瘦精瘦的，尤其是他那张脸，简直就是个蛋壳，瞅着一干二净，敷着透明的一层肉皮，只有笑起来才会有那么一点意思。

等到举行婚礼时，乌拉得知这个精瘦的家伙为新娘准备的礼物竟然是新娘的裸体画——苍天保佑他的魂灵——他吃惊到怀疑这个人的真实存在。

那是一个怎样的情景呢？哦，他真希望所有脑细胞能铲除、遗忘关于那场婚礼的记忆。

那种情景才是真正的嘲讽。

乌拉烦躁地将视线从娜拉脸上移开，思绪却被那天的情景所占满。

人们先是一愣，所有人都不出声，整个婚礼会场顿时陷入一种凝固的寂静。寂静持续了十秒。有人窃窃私语，有人张嘴嘀嘀地吐气，有人咳嗽，有人离开座位，好多个脑袋拥到一起。扑哧——终于有人忍不住发出爆笑，继而是水喷溅似的噗噗声、风吹过屋檐似的沙沙声、噢嘿嘿、哈哈……乌拉离开座位向门口走去，他看见无数个晃动的胳膊腿，前俯后仰的身躯，桌椅嘎吱战栗、摇摆，酒液顺着桌沿滴答，筷子被弹飞，杯盘碗碟哐啷坠落，碎掉。

一张单人床那么大的画框里，斜斜地躺着一个赤身裸体的女人，一条胳膊勾到后脑勺，另一条胳膊慵懒地放在腹部，眼睛睁着，直直地与每一个看她的人对视。

那个有着蛋壳脑袋——乌拉想捏碎的脑袋——的人，他才不理会人们的哄堂大笑。他持着话筒，用一种激情澎湃的语调向人介绍《裸体新娘》的艺术含量。他说,这是艺术,是只有用最干净的眼睛、最淳朴的心灵才能读懂的艺术。

他滔滔不绝。她呢,站在他一旁,一脸甜蜜的笑容。

她竟然没有丝毫的害臊!整个小镇都找不出第二个像她那么傻的女孩。不,不是傻,是完全置自己于无路可退的"猎物"。

现在,这个"猎物"就在乌拉眼前,早已不是布面上的妙龄女孩,也不是那个脸上洋溢着甜美笑容的新娘。

"回收旧家电,旧电视机、旧电冰箱、旧空调、旧电脑、旧洗衣机、旧手机、旧电动车——"女性黏糊糊的嗓音通过小喇叭从楼下飘进来。娜拉走到卧室阳台轰地关掉了窗户。乌拉走到客厅,找把木椅坐下,有些落寞伤感地低着头,一言不发。木椅是酒客用来泡脚、吸烟、看电视和撒酒疯的。酒客离开沙窝地之后的七八年间,一直住在这间小平层里。七八年里,他患了三次脑梗,前两次治愈,等到第三次一条腿失去知觉,他不得不使用拐杖。这令他懊丧不已,心情坏到极点,常常用手杖捶打自己。在他陷入昏迷前的某一天,他叫来娜拉——那之前,酒客从不期待三个孩子出现在他眼前。他跟她讲:"再有几日我就会走,你得让你大哥来接我,我要回到沙窝地。"

"瞧瞧这个——"萨拉嘘地冲着捏在食指和拇指之间的银圆吹了口气,凑近耳朵,听了听,夸张地,用他那惯有的舞台腔调说:"哟呵,'袁大头',真正的老物件,差不了。"

"你留着吧。"乌拉抬起胳膊搓了搓脸。他的手掌很阔,像是一对粗糙的脚蹼,几乎裹住了整个脑袋。

"这种东西得传下去,不是吗?"萨拉晃着手里的酒瓶,举高,故意摆出很怜惜的样子,然后咕咚咕咚地灌下了几口。

气氛再次陷入一种令人窒息而又无法消弭的死寂。多少年来,类似突然而降的"死寂"总是梦魇一样混在他们生活中。比如,在一个遥远的某个黄昏,三人在屋里呆坐着,谁都不说话。屋门敞开,能望见暮霭下变得昏暗的草地、老榆树、依拉白河惨白的水流。其实,他们刚刚还吵吵嚷嚷的,只是三人同时听到一声声忽高忽低的呼喊从河那边飘来。那是他们的父亲,那个被沙窝地人唤作酒客的男人独有的咒骂声、呼声、喊声、歌声。暮霭的微光下,树木、水流、草地越来越模糊,粗哑的咒骂声、呼声、喊声却逐渐靠近,愈来愈清晰,汇聚成隐形的怪物扑在门前。没人点灯,没人动弹,甚至没有大声呼吸,安安静静的。虫叫、蛙鸣此起彼伏,像是从草丛间不停地生长,还有牛叫声,圆浑、冗长。偶尔还有羔羊的叫声,尖尖的、怯怯的。等到树木、水流、草地完全隐匿,门框那边变得漆黑时,一个长长的黑影,楚楚地从黑里凸显。

三人嗖地起身,萨拉第一个冲出屋,闪过屋角,不见了。娜拉追过去,循着脚步声,消失在更黑的黑里。乌拉则一动不动杵在屋里。

屋里屋外,两个僵硬的黑影。

"厨房阳台上的佛龛怎么办,总不能拆了吧?"娜拉打破了沉默。

"没人想过要拆那玩意儿,请回沙窝地得了。"乌拉说。

佛龛里供着一尊丹真佛帛画像,是很久以前酒客的父亲从塔尔寺请回来的。

"最好送到庙上,别问我理由,没得谈。"萨拉说着,突然展开双臂,身子后仰,一边舞蹈,一边大声地说,"美丽的杜鹃,哦,它原本是个英俊的王子,嗒嗒——"他用舌头嗒嗒嗒地打拍子,"在月亮高照的夜晚,你们听,它在凄然地咕咕咕,它在哀悼什么?嗒嗒嗒,它飞不出那片森林,它没有迷路,但是它飞不出去。它要为飞禽走兽讲述天堂与地狱的盛宴。哦,盛宴。它没有退路。它变成了一只哀鸣的杜鹃。不,它不哀鸣。它在歌唱,布咕咕咕——"

萨拉用他那舞台上形成的腔调,旁若无人地吟诵着。他曾用一年时间编排了改编自十八世纪蒙古族宫廷舞剧的蒙古剧《银翼杜鹃的传说》。

"哎呀,你又来了。依我说,王子应该去啄那个坏心佞臣的眼珠,而不是咕咕叫。"娜拉说。

"不,你根本不理解,王子可不是你这等斗筲之辈。"萨拉说着大大地喝了口酒。浓浓的酒香,灌满小屋。

"呵,连自己的魂灵都保护不了的王子算什么英雄?真是可怜可悲,唉,简直就是愚蠢。"

"你真的是越来越庸俗了。说真的,你们女人啊,一旦过了三十岁总是变,呃,你们的影子就叫庸俗。"萨拉冷冷地说道。他面颊酡红,一头染过咖色的鬈发软塌塌地伏在颅顶上。见娜拉不吭声，他猛地转身，恰好与酒客的遗像来了个面对面。他立在那里一动不动。长明灯灯苗被他转身扫过去的风掀得左一下右一下地摇摆。

"噗"，莲花掉落，灯芯撑长身子吱吱地狂叫。

娜拉扭身进了里间，将门虚掩。

萨拉笑笑，躺回沙发。他粗粗地喘气，眼睛直直地盯着屋顶，仿佛在找那只土蜂。

卧室那边传来的抽泣声、擤鼻涕的嘶嘶声。

"撕掉吧，统统撕掉，该死的面具，一个懦弱的人才需要它。这世界上再没有比这更愚蠢、更令人厌恶的。撕掉，统统撕掉，毫无用处的面具——眼泪。"

萨拉默念着台词，一遍遍地，几乎要喊出声来。他厌恶眼泪。从他十二岁那年春季的那么一天至今，足足二十六年的时间里，他未落过一滴泪。他痛恨那一天、那件事。即便那个遥远午后发生的事，像个潜伏期很久的肿瘤一样慢慢地在他躯体内很隐蔽的角落不断增大，使他在无数个夜里痛苦地睁着眼，他都不肯释放出一滴泪。眼泪是最没用的道具。即便是他母亲的眼泪，也只会在他心中滋生恐惧与鄙夷。同时，这种恐惧与鄙夷，耗掉了他全部的激情。那个陪了他八个月的女孩，那个漂亮的马头琴手，也是因为总是泪眼婆娑地盯着他，使他浑身刺痛——是的，刺痛，他真想冲她大吼。还有那个温柔而多情的女孩，那个被他吻了一遍又一遍的女孩，也是因为莫名其妙地悄然流泪，才叫他绝情地离开的。

他容不得任何一个人在他面前落泪。

谁都不可以。就算是在葬礼上，瞅着那些哭肿的眼睑，他心下都会感到莫大的烦躁。该死的眼泪，是悲伤的外套，悲伤的心脏早已死掉。可他们竟然在太阳底下，毫无遮羞、恬不知耻地晾晒外套。

荒诞至极。

不过，有几回，他也的确感觉到鼻腔酸酸的。一次是在沙窝地，一匹很老了的马竟然毫无畏惧地靠近他，并将硬撅撅的、皮包骨头的脑袋戳进他怀里，在他推开马脑袋的瞬间手指触到了湿漉漉的马眼睛。那一刻，他有种哽咽的感觉。还有一次，是邻居家五十岁出头的宝日呼给他唱了首《桑吉德玛》。那天，他要宝日呼唱首歌。宝日呼是个智障者，肤色黝黑发亮，颧骨高凸，双腮又奇异地干瘪，大概是后槽牙都脱落了。宝日呼唱得很认真，身子斜斜地靠着马桩，垂下的胳膊勾住马桩，低头瞅着脚尖，仿佛陷入某种回忆。唱罢，宝日呼嘿嘿地咧嘴笑，说了句"我唱得可比你好"。也是那天，当宝日呼跨上马，肩头怪异地拧巴着远去时，萨拉明显感到眼角暖烘烘的。不过，他还是忍住了，冲着风吹口哨。

"咱们是继续在这里相互怄气，还是快点出发？"乌拉推开卧室的门，有些拖泥带水地说。

"我知道我很愚蠢。"娜拉有些疲倦地说。

"他只是在演戏，你又不是不知道。"

"他没有。他的所有嘲讽都是真实的。"

"如果鬼魂脾气和他一样暴躁，早给他一巴掌了。"

娜拉听了慵懒地吐口气，说："我讨厌死亡。"

"没人喜欢。"

"母亲喜欢。"娜拉直直地盯着乌拉说。

"死亡没什么恐怖的，你就当藏在地窖里。"萨拉提高嗓门说。很显然，他一直在听其余二人的对话。萨拉的这句"你就当藏在地窖里"，使娜拉脑海里闪过早已变得模糊却又在瞬间非常清晰的画面。

潮乎乎的地窖，她和萨拉挨着地窖土壁蹲坐着。两人脚跟前的虚土里，有几只草蛙探出脑袋，眨巴着眼。空气里的气味很复杂，有刺鼻的土腥味、草蛙散发的臊味、刨坑的黑虫散发的腐味，还有风从地窖口吹进来的阳光的味道。那是一个荫蔽的、白天里难遇的幽静的小世界。听见乌拉在喊他俩，娜拉刚要回应，萨拉用巴掌盖住她的嘴，压低嗓门说："母亲要升天了，不要喊。""怎么升天？"娜拉问。"母亲的魂灵会飞走。""我们能看见吗？"萨拉摇摇头。娜拉大概明白了什么，泪汪汪地仰着脸看地窖口的木板。薄薄的、灰色的木板那边不断传来人的低声交谈，女人的低泣、呻吟，还有马的嘶叫、水桶的咣啷、门板的嘎吱。两人在那小世界里待了好久。等到传来狼嗥般的轰鸣，两人才爬出地窖。

太阳已经下去了。空中里蚊虫成团飘浮，像是稀薄的黑云。黑云下一顶帆布篷。篷下的油灯昏暗，像个枯败的黄色花朵在风里摇曳。三个喇嘛在一旁念经。等到天际晚霞消散，两人到了河边。那年有雨，水流扯出很长的身子。他俩站在河边。河水潺潺流去,声响很低。娜拉想哭,萨拉掐着她的手腕说,不要哭,哭了母亲的魂灵就会跌进冰海。娜拉想象不出冰海的模样。她说,她想看看母亲的脸。萨拉说,他也想看。于是两人回到帆布篷外。只见酒客坐在矮凳上,一言不发。整整一夜,他就那样坐着。等到第二天清早,他仍旧坐在矮凳上。只是腮帮变得黑黑的,那是夜里长了新的胡须。

那年,娜拉六岁。

那时,酒客不叫酒客。

"有完没完,到底走不走?"萨拉站起,压抑着满腔怒火。

卧室那边先是一阵短暂的安静,紧接着门被"砰"地撞开,娜拉跨步而来,走到萨拉跟前,说:"请你不要对着我吼。"

萨拉发怔似的盯着妹妹,仿佛头一回撞见眼前这位眼睑肿胀、嘴唇发抖的女人。

"别老这样子,唉,你会毁掉你自己的。"

娜拉咬紧嘴唇,愤愤地说:"我愿意。"

"你愿意——呃,你就是整个悲剧的主角。"萨拉摆开双臂,万般无奈地长吁一口气。连日的醉酒使他脸色苍白,浑身无力,他摇晃着走过去,随手抄起编织袋走向门口。

乌拉用黑布包起遗像。

"我们好像忘了什么。"萨拉守在门口说。

"都在这里。"乌拉看了看打包的一堆说。

"一定还有。"

"他是指他那该死的杜鹃。"娜拉讥讽道。

"差不多,不过我指的是人们口中的那个女人。"萨拉诡异地撇撇嘴。

"别瞎说。"乌拉推开门,走下步梯。

"娜拉,你说呢?"

"我想她正忙着找下家。"娜拉面无表情地说着,提起圆鼓鼓的布袋走了出去。

"也是,她又不会老。"

一个小时后,三人已经到了沙窝地。途中三人谁都没有说话。萨拉坐在副驾驶座,一路昏睡。娜拉坐在他后面,眼睛一直在看着窗外。

　　一小片盐碱地,干裂,踩过去嘎巴脆响。盐碱地北侧一株旱柳,树腿刷过白灰,那是为了防止起虫。乌拉执意要这棵树活着。树北侧,向阳的缓坡下端有两丘黄土。右边的是酒客,左边的是酒客的妻子。三人鱼贯而行,走到那里。酒客坟头印有六字真言的石片斜斜地插进土里。乌拉把石片摆正,又用袖口擦去尘土。萨拉看了看乌拉,拧开一瓶橘子罐头,喝了口糖水,放到坟前。娜拉把另一瓶放到母亲那边。北方很远的天空已经聚集了雨飑,乌黑的云头正从隐约能见的高压线上空翻滚而来。娜拉搂来一捆柴点燃,蹲下身,拆开粗麻纸裁剪的冥币往火堆上放。乌拉在一旁用另外一堆火烧掉酒客的衣物。萨拉站着,看他俩。他什么都不做,"吧吧"地吸着烟。

　　一会儿三人再次踩着嘎巴脆响的盐碱地往回走。

　　乌拉抬起胳膊,手掌遮着额头,看看南边的天空,又回头看看北边的天空,说:"今年恐怕又是个大旱年。"

　　"天黑前一定会下雨的。"娜拉说。

　　"云都走了。"

　　娜拉顿足,回过头望。果真是,在寥廓的皓空,云团早已成了像个虫蛀的巨型旧棉絮,凌乱、稀薄。

　　"驴生的,他们又把云打跑了。"娜拉骂人的话在寂静的原野显得很突兀。

　　"受伤的云啊,喷出你凝固的血液吧,不要禁锢你那圣洁的灵魂。"萨拉夸张地吟诵着,脑袋使劲向后仰,双臂向空中伸着,抖动十指,仿佛就要一命呜呼。

　　娜拉双手提起裙摆,免得裙摆被骆驼刺、莎蒿等挂住。她匆匆走出不远距离,回头看,才发现乌拉就在她身后。她喘着气,眼睛里闪烁着不安的光芒,仿佛头一回发现乌拉走路是如此的轻。

　　"怎么了?"乌拉问。

　　"他会不会变得和父亲一样?"

　　"不会的。"乌拉回头看了看萨拉说。

　　萨拉弯腰拾起什么,而后又奋力掷去。

188

"现在,死亡就在前方,一眼能望见,是吗?"娜拉说。

"什么?"

"没有父母为我们堵在前方。"

乌拉点点头,他也站了片刻,从娜拉一旁走过去,依旧是无声无响,像个直立行步的猎兽。

"醉在阳光下——"萨拉把这句即兴配了曲调大声哼唱着。

娜拉继续极快地迈起步,她没法像乌拉一样从枯草上跨过去,于是不得不在草丛里左左右右地绕行,宽松的裙摆掀起,落下,她恨不得疾跑着离开这里。

傍晚,乌拉给一只母羊做了个开颅手术,用注射器从颅腔内吸出一包裹着米粒大小寄生虫卵的虫窝。染了这种蛲虫病的羊会不停地在原地打转。同时他还给几只羊套上了三角形木枷,那是为了防止钻围栏。

夜里,等到天完全黑了,三人点了九盏长明灯。这是沙窝地一种风俗,在逝去第四十九日为逝者守阳间最后一夜。据说这一夜,逝者亡灵将彻底地离开人间,前往永生净土。

仍旧是熟悉的死寂。

三人的舌头好似被黏在口腔里,谁都不言语。乌拉进进出出,好几次走到酥油灯前,看是不是需要添加酥油。娜拉斜躺在土砖炕头。一排酥油灯在她右侧靠墙的柜上,墙壁上散开金色伞形光,她长长久久地盯着那里。这房子与乌拉同岁。正房里外两间,两侧的耳房,一间用来当灶房,另一间是佛堂。当地人称为凉房的仓房在屋东南侧,门朝西。凉房门檻很低,檐下吊着酒客给鸽子当窝的簸箕。偶尔,从外面传来混浊的咕咕声。一两只野鸟扑在窗棂、烟囱上,抖动翅膀的声响。好多个蚊子,发出尖细的鸣叫绕来绕去。这让娜拉不由联想到那只逸飞的眼珠——那只土蜂。它应该趁他们装车的时候逃出去了吧?

应该逃去了,那里可什么都没有了。

"你说,她会是什么样的?"娜拉问。

"谁?"

"那个——呃,父亲的情人。"

"女酒鬼一个。"萨拉懒懒地横躺在弹簧已经失效的沙发上,双腿交叉地放在沙发扶手上。

"我从来都不信。"

"我知道。"

"你信吗？"

萨拉不吭声。

酒客年轻时候滴酒不沾，这点沙窝地年长的人都能证明。酒客是从他四十三岁开始酗酒的。对于他突然的变化，有人说是在一次老乡婚礼上，酒客跟另一个酒鬼聊天时，酒鬼的情人——一个谁都看不见的女人，看上了他，然后就是一刻不离地黏着他。对于这种传言，起初谁都当成笑话。然而，随着酒客逐渐不分昼夜地嗜酒，成天醉醺醺时，这句话也甩去了空穴来风的嫌疑。

"真没准，不然，好端端的一个人怎么可能突然就变了？"

"他一个人喝酒时还叨叨个不停，怪不怪？"

"醉了就喜欢走夜路。"

"边走边狂笑。"

"还吼叫。"

"骂嘴。"

"手也乱比画。"

"根本不是谣传。"

"被女酒鬼缠上喽，没办法。"

娜拉从来都不信。父亲成为沙窝地人们口中的酒客时，她刚满十岁。可一个十岁女孩的想象力，使她不由把人们口中女酒鬼的模样与离世的母亲混为一体。一张布着斑点的面颊，一双浅灰色眼睛——每每想起母亲，她脑海里浮荡的只有浅灰色的眼珠、米粒大的斑点。混沌的记忆拼贴不出一个完整的母亲。同时，想象中的幻影里还混入一张僵硬而冰冷的面颊、一双迷离的双眼、一个醉酒后变得极其难看的女人脸。

"你记得吗，父亲骑着额古勒过河的那一次？"

"忘了。"

"你才不会忘了呢。"

"过了今夜，我会忘记一切。"萨拉说。

"包括父亲？"

"包括。"

娜拉走到外面,向那条早已干涸的玛囊图河走去。夏夜的风,凉凉的,视觉上北方天空的星辰比南方的更密更亮。空气清爽,没有草香,没有牲畜粪便的味道。她站着,望着四周黑黢黢的野地。黢黑中,她把这一刻恢复成她十岁时的时空。那次,她和萨拉在河边等着父亲回来。雨已经下了好几天,而且仍在下。云层纠缠在一起,形成浮动的巨影。他俩的衣服湿透了。河道上奶茶色的水流喷涌,水发出呻吟般的轰鸣。

"哦,哥哥,你看。"

对岸,酒客跨骑着他的额古勒——那匹骒马的名字,在河对面向两个孩子招手。马蹄踩进水里,水花喷溅。渐渐地,水没过马膝盖,额古勒弓起脖颈,甩着尾巴。但它一点都不畏惧混浊的水流。酒客挥起鞭子,鞭梢在他上空旋起圆圈。他还嘚嘚地喊着。马腹部已经浸在水里了,它还不停地甩着脑袋,牙齿咔咔地嚼着铁嚼子。马身猛地战栗,脑袋怪异地后仰,湿漉漉的后臀在水里闪一下,不见。同时不见的还有酒客。不过,下一秒酒客的头颅从水面凸起,下去,马的头颅也不见了。一个黑点在水面上摇摆。那是酒客的帽子。帽子不远处,另一个黑点凸起,那是酒客的脑袋。紧接着是额古勒的脑袋。娜拉惊恐地喊着。萨拉也一样。酒客的脑袋和马的脑袋有了距离。额古勒不停地扑腾着,前蹄划开水面,露出闪着光的前胸。酒客却哈哈大笑,双臂摇摆着靠近马,在水里跨骑到马背上。马再次扑腾,水面起了无数个皱褶,缓缓地向四面散开。娜拉看了看萨拉的脸,他眼睛湿湿的,面颊也是,但在湿湿的脸庞上,竟然浮出笑容。这笑鼓舞了娜拉。她几乎要踏进水里扑向父亲。马直直地向两个小孩游来,它甩动着脑袋、鬃毛、尾巴,密密麻麻的水珠四溅,像是水里诞生的巨型怪物冲出水。酒客仍在笑。马蹄重重地踩到河岸上,酒客的手伸过来,揪起娜拉的衣领,娜拉嗷嗷叫着,肚皮在空中一晃,人就在父亲怀里了。马用涤荡着水的瘦长脸颊凑近萨拉。萨拉撒了几步,酒客把手伸向萨拉,萨拉却转身逃去。酒客一愣,随即将缰绳一扯,嘚嘚嘚——马载着父女离去。

娜拉回头看,萨拉孤零零地站在草丛里。娜拉挥挥手,仿佛在提醒萨拉追过去。萨拉一动不动。灰白的雨帘中,萨拉的身影越来越模糊,直到完全看不清。那之后,娜拉隐约觉得,萨拉对父亲的疏离越来越明显。后来,萨拉考入小城歌舞团当舞蹈演员。这对于他来讲显然是一种天赐机遇,他终于名正言顺地将自己完全从沙窝地剥离,他再也不用找各种借口避开与父亲的照面。即便是在逢年过节,他也有充足的理由不去见父亲。

"你究竟为什么那么抗拒父亲?"

娜拉有几次想要问萨拉,可每次话到嘴边她又咽了回去。她觉得萨拉会很厌恶回答这类问题。

沙窝地人口不多,八十余户,近四百人。酒客离世没几日,娜拉和萨拉前往管辖沙窝地的小镇办理注销户口。办事员是个中年男人,等办完了,男人说:"二位的父亲是我父亲的朋友,他老人家很幽默。"娜拉听了,说:"是的。"男人又说:"还很会调教马,如今会调教烈马的人越来越少了。"娜拉沉默了片刻,说:"是的。"

"他老人家还会用银针给牛畜治病。"男人说着,双手叠在一起,歪着脑袋,用力地摁着钢印。

"是的。"

"歌也唱得好。"

"你们办事时舌头必须忙着吗?"萨拉说。

"什么?"男人手里举着钢印,奇怪地盯着萨拉反问。

"没有其他表格需要填写了吧?"娜拉打岔道。

"我说错什么了吗?"男人的眼神仍直勾勾地瞅着萨拉。

"别让我再看到你这张公羊脸。"

男人愣了片刻,眼神从萨拉那边挪到娜拉那里,又看看手里的钢印,低头看看刚戳下的印,再次抬头,脸色比原先变得苍白。

"滚!"男人的嘴唇哆嗦着。

娜拉向东走了一里地左右,又往回走。柔美的蓝色夜光衬得河道鹅卵石仿佛蒙在薄薄的苍色光芒下。这一片滩地,尽是牛畜吃剩的芨芨草草根,视觉上像是一群受惊的野兽突然停止前行,集体蛰伏于野地。回头望,却望不见小屋轮廓,只有一抹光在黑里吊着。光那边是浓稠的夜,更远则是布着星辰的夜空。在她记忆里,夏季夜晚不该是如此死寂。

该是什么样子?

该有夜虫此起彼伏的聒噪。

该有野风的低吟。

该有酒客的呼声、喊声、歌声、咒骂声、笑声。

没有酒客的沙窝地少了几分沧桑。

看啊,酒客一手挥着生牛皮做的马鞭,一手拽着缰绳,催马疾驰,像个剪影穿梭在幽冥夜色下。

他还唱歌。

野鸟嚯嚯地扑扇着翅膀逃遁。他大笑,奋力地甩着鞭子,造出啪的巨响。有时候,他会从马背上摔下来,摔得找不见帽子,他破口大骂。他那沙哑的嗓门几乎要开裂。偶尔,他的马会丢下他到野地吃草去。于是,他只得走一段很长的路把马牵回来。有时候他也不去找,徒步走回家。那种时候,他的踏步声很重,仿佛他正扛起了整个夜晚,举步维艰。

他不知道,永远也不会知道,当他在醺然一醉的翌日早晨,四肢痉挛着用马勺从水瓮里舀水喝时,萨拉用冷冷的眼光盯着他,对娜拉说:"到了十八岁我就要离开这里。"

萨拉的声音很低,犹如一股气流从紧闭的嘴唇缝隙间滑出来。

"你要去哪里?"

"我不知道。"

"你都不知道你要去哪里,你怎么离开?"

"我就是要离开。"

"你要去哪里?"

"我不知道。"

"你都不知道——"

"我知道。"

"亘古之前,有一位年轻的王子,生活在他那富饶美丽的国家。他有一个很好的朋友,是他父皇的忠臣。这位朋友的名字叫拉嘎亚纳。有一天,他俩的尊师,一个婆罗门教了他俩一个异常神奇的魔法。"

"很神奇的魔法。"娜拉重复道。

她盘腿坐在毛毡上，眼睛里闪着光，仿佛她已经感受到了"神奇魔法"的威力。她对面坐着乌拉，他双臂环抱腿，下巴抵在膝盖上，等着萨拉继续讲下去。

"把自己的灵魂转移出去的魔法。"

萨拉压低嗓门，抬头看着阴暗的夜色，仿佛正在担心有什么突然从那里出现，打断他的讲述。

"谁的灵魂？"娜拉问。

"所有人的。"

"我的吗？"

"你太小了，你的灵魂还在昏睡，人得长到十八岁灵魂才会睁开眼。"萨拉停顿，嚼着不知从哪儿捡来的一截草茎，扭头啐口唾沫，说："有一次，王子和拉嘎亚纳在河边遇到两只死去的杜鹃。"

"那是什么东西？"

"哎呀，就是布谷鸟。你到底听不听？"

萨拉的视线再次瞟向黝黯的野地。

"王子和朋友把灵魂移至杜鹃尸体。"

"他们要变成布谷鸟了。"娜拉几乎是尖叫道。

"嗯，他们飞到河对面，那里有一大片森林，森林里有各种飞禽走兽。"

"那他们还讲人类的话吗？"

"应该是——哎呀，你连个故事都不会听。萨格萨姥爷跟我讲的时候，我可一句话都不说。"

"啾啾啾，他们应该这么说话。"

"嘘！"乌拉用食指示意娜拉不要插嘴。

"我跟你们讲啊，那个拉嘎亚纳是个大坏蛋。他丢开王子，偷偷地飞回来，把自己的躯体投进河里，然后把自己的灵魂移至王子的躯体。"

"他就是个大坏蛋。"娜拉激动不已。

"可是萨格萨姥爷说，他不是坏蛋。"萨拉若有所思地蹙紧眉头。他的眼睛看着远处，那里亮闪闪的，那些是羊眼球上的反光。

"他选择了当一个坏蛋。"乌拉说。

"萨格萨姥爷说，那是因为他俩有前世恩怨。前世结了恩怨的人，今世一定会相遇。"

"什么叫前世？"娜拉问。

"就是你没来的时候。"

"来哪儿？"娜拉抓挠着胳膊上好几个包，那是蚊子的盛宴所留下的残羹。

"就是母亲诞下你之前。"乌拉说。

"那之前我在哪里？"

"蠢蛋，我怎么知道你在哪里？"萨拉扭头啐了口唾沫。

其实，对于那个遥远的夜晚，那个坐在屋前听萨拉讲《银翼杜鹃的传说》的仲夏夜晚，娜拉脑海里只存留着模糊片段。那夜，很闷热。

蚊虫四起，空气里弥漫着牲畜粪便的气味。月亮是薄薄的一片弯刀。但有一点很确定，那便是从那之后，很多个夜晚，尤其是隆冬寒夜，兄妹三人都是在萨拉口中很多奇异的传说中度过的。往往那一刻，萨拉那双褐色眼睛里泛着愉悦而骄傲的光芒。为了故事更离奇、更神秘，防止娜拉提前猜出结局，他会拖长语调，神秘兮兮地说"在一个黑漆漆的山洞里，居住着一个十首六臂的妖怪"，或者是"下雨天，一个比马桩还要高的黑影，偷偷地来到一户牧人家"，抑或是"每一个枯井里都藏着魑魅"等等。娜拉被吓得大气都不敢出，同时还时不时向黑魆魆的窗户那边瞟一眼。那瞬间她会不由自主地联想到，在冬季冰冻的黑里，有个长螺旋角的、拖着尾巴的怪物正飞速地逃遁。或是，在依拉拜河吱吱裂开的冰面上，一个毛茸茸的什么嗖地疾跑。满空星辰，在晃动。

一棵树咔嚓地裂开。

一只狐狸凄然地嚎叫。

一个男人浑厚的嗓门发出低沉的呼声。

一个独臂独眼的、老鼠似的幼兽正慢慢地挪步。一个毡偶活了过来，嘎吱——

娜拉发现自己走在河道上，脚底踩出脆响。她从梦境醒了过来似的站在那里，向四下看了看，匆匆往回走。

一种莫名其妙的恐惧占据着她，她从来都不怕走夜路，可是，此刻她竟如此地迫切地渴望，一步踏进屋内。

门被推开，风幽幽地灌进来。酥油灯灯苗向一边倒去，又缓慢地立起。乌拉进来，拎起暖水瓶出去。就在推门出去的瞬间，他看了看娜拉，见她脸色苍白，又踅回来，低声问："你刚才去了哪里？"

"哪儿都没去。"

"今晚最好不要再出去。"

娜拉点点头，忍着莫名其妙地要哭出声来的冲动。乌拉走了出去，砰地关掉了门。屋内很快恢复原先的死寂。萨拉躺在沙发上。娜拉觉得过去的几个小时里他都没动一下。娜拉双腿垂下坐在炕沿上，看着萨拉。

这是一张什么样的脸呢？

娜拉觉得自己从未如此仔细、专注地端详过萨拉的脸。这是一张熬过众多惶惶不安的夜晚后，时刻准备着僵化，变成一张面具般的、试图摆脱自身又未能找到完美"躯壳"的脸。这张脸时刻在等待"若用美酒灌注僵尸，灵魂也能再返躯壳"的机遇。娜拉记起萨拉曾说过的这句话。连续三四日的酒液浸泡，使得这张脸略显苍白、憔悴、病态，眼睑浮肿，面颊泛红。某种程度上，它早已不是娜拉所熟悉的面孔。关于它的最初记忆，是在一个梦幻般的午后。一个赤着上半身、裤子皱皱巴巴、腮帮脏兮兮的光头男孩突然站在家门口，久久不说话，噗噗地吸鼻涕。一对褐色的眼珠——在沙窝地有的野鸟蛋壳是这种颜色，缓慢地移动，移到她这边，又滑过去。视线的起点至终点的痕迹，能划出一个不规则的菱形。娜拉应该是在那瞬间"认出"男孩是她的哥哥。

也许是感觉到娜拉一直在盯着自己，萨拉坐起身，双臂在胸前交叉，埋首，含胸，然后一动不动，仿佛就要坐着入眠了。

酒客的坐姿也是这样的。

娜拉忽然有种错觉，觉得眼前的人不是别人，而是她的父亲——那个不醉酒的时候一脸冷峻，莫名地怒视四下的男人。他坐在那里，迟迟不动，仿佛在缄默中酝酿新的人生。

"我从野地捡回来的骷髅在哪儿？"萨拉问。

"早捣碎灌了牛了。"

"谁弄的？"

“父亲。”

萨拉抬起头,向门那边望去。

在萨拉七八岁时,有一次他跨骑着木棍——那是他的马,去找萨格萨老人。那次刚好是大年初一,他斜挎着一个绿色帆布包,里面塞着给老人拜年的烟酒。天气很冷,还下过雪。他一路颠跑,身后扯出歪斜的长线。回来时,他腰上别着一把老人送他的木枪,胳膊上挂着一个骷髅头。他的一条胳膊从骷髅头下端插进,从一只眼眶里探出来。他叉腰站着,胳膊上的骷髅头仿佛是悬空的脑袋正欲一口一口地吞噬他。

接下来的几天里,萨拉走路都一瘸一拐的。那是他的母亲用柳条抽他腿肚子的结果。不过,那次酒客并没有责怪他,也没有把那骷髅头埋掉,而是用一根麻绳吊起挂到仓屋土墙上。

“我有多久没回来了?”

“从你离开后。”

屋里的闷热散去,但她仍感觉热,不断擦去脖颈周围的汗渍。

“那是什么时候?”

“你十八岁那年夏天。”

“那年下过雨吗?”

“没有。”

“后来呢?”

“什么?”

“他提起过我吗?”

萨拉回过头看着妹妹。灯光在她面颊上蒙了一层古铜色。她斜斜地靠在枕头上,绸缎料裙子向一侧垂下,瞅上去她整个人像是奶油在慢慢融化。

“谁都没提。”

“最后几日呢?”

“也没有。”

“那几日你每次都给他喝二两酒?”

“有时候是三两。”萨拉挪了挪胳膊肘,好让自己舒服些。

“他会喝醉吗?”

“会。”

“醉后会从轮椅上摔下来吗？”

“会。”

“头朝下？”

“是的。”

萨拉站起身，来回踱着步，忽而停住，说：“我的模样是不是越来越像他了？”

“从侧面看，几乎一模一样。”

“高鼻梁、前突的下巴，还有隆起的眉骨，是不是？”

“是的。”

“胡子呢？”

“他不喜欢留胡须。”

“这我知道。”萨拉揉了揉面庞，坐回沙发，双臂摊开放在靠背上，眼睛看着屋顶。

“到最后那几日，他的轮廓大变，几乎认不出来了。”娜拉说。

许久，谁都没再说话。两人不看彼此，也不特意看什么，只是睁着眼，安安静静地坐着。

“有那么一次，他问过你。”

“呃——”

“问你结婚了没有。”

“他的原话是怎么讲的？”

“‘你二哥结婚了没有？’”

“就这么简单？”

“是的。”

“也好。”萨拉长长地吐口气。

娜拉坐直身，左一下右一下地拧着脖子，说：“你和曲子姐会不会结婚？”

“会。”

“什么时候？”

“随时。”

四十多天之后的一个大清早，曲子敲开了娜拉家的门。她套着宽松的上衣，头发在颅顶绾成小疙瘩，没有涂眼影的眼睛显得无神。当娜拉推开防盗门的瞬间，首先看到的是曲子十根戴着假指甲的手指。它们刚才一直在门板上咔咔地敲着。曲子摁过门铃，只是她不知道门铃坏了好多天。

"就你一个人在家？"

"是的，进来吧。"

曲子迈进屋里，娜拉发现她穿着一双男人的黑皮鞋。鞋底和鞋面都沾了泥。进屋了，曲子从鞋中抽出光脚，然后径直走过去坐在软椅上。娜拉拉开窗帘，看着青幽幽的晨色，打开窗户，任风吹进来。曲子将绾子拆开，头发垂散开来，衬得面颊越发瘦小。

"你着急不？"娜拉问。

"不。"曲子摇摇头。

"那我冲个澡。"娜拉进了卫生间，一会儿又从门缝探出脑袋，"冰箱里有面包酸奶什么的，不用客气。"

曲子没吭声。她将腿勾回压在身下，双臂抱着抱枕，发呆似的坐着。对面墙涂了深绿色硅藻泥，挂着七八个瓷盘，每个瓷盘里都绘着裸体的女人。墙角立着用树根雕刻而成的裸体女人，女人的一条胳膊紧贴着腹部，仿佛正在抚摸腹中的胎儿。女人的乳房很大、很光滑，圆鼓鼓的，仿佛戳一下便会溢出乳汁来。

"你还好吧？"

娜拉披着浴巾出来，问过了这句话又进了卧室，一会儿穿着一身黑色低领长裙走出来。

"你哥他完蛋了。"曲子看着娜拉说。

"又是入戏太深了？"

"不是，我指的不是这个，我很清楚不管他在舞台上演什么，那些都不会影响他。"

"哦，那他怎么了？"

"喝酒。"

"喝酒？不稀奇的，他经常喝酒，过去也是。来，喝杯柠檬水。你是一个人从镇里来的？"

"他也在小镇，我们来了都半个多月了。他在这边有活儿。"

两人坐到餐桌前，曲子依旧抱着抱枕。

"这回我全信了，真的，而且我也是不得不信。"

"你在薅羊毛吗？东扯一下西扯一下的。"娜拉坐在曲子对面，抓了抓自己肉嘟嘟的胳膊说。

"她缠上你哥了。"

说完，曲子一动不动地盯着娜拉，等着她的反应。

"谁？"

"你父亲的情人啊，那个看不见的女人。"

两人面面相觑，仿佛曲子的这句话是讲给屋里第三者的。娜拉怔怔地盯着曲子，须臾嘴角怪异地抽动，紧接着呵呵地笑，不过这笑只是延续了几秒。

"娜拉，我可没瞎说，也就是昨夜，你哥竟然独自喝了半瓶酒。白酒啊，不是啤酒，而且还不停地说话，不停地叨叨，好像跟前真的有个人。"曲子瞪圆眼睛，仿佛又看见了夜里的一幕。

"他那是完全醉了。"

"不，不，我见过他大醉，过去不是那样的。过去喝醉了他总会喊我的名字，眼睛也会看着我。但是，昨晚可不是，他好像忘了我是谁，而且还叫我滚出去。"

曲子说着说着泪哗哗地流下来。她用抽纸擦去，泪又下来，她继续擦去，擦得鼻尖发红，面颊湿漉漉的。她上衣的领口很低，娜拉发现她没戴胸罩。扁扁的胸，扁扁的腹部，仿佛整个人在夜里缩了一大圈。

"那今早呢？"

"他还在睡觉。"

曲子开始大口大口地喝水，喝完一杯水，有些疲倦地将下巴搁在抱枕上。

"你俩会不会结婚？"

曲子抬起头，诧异地盯着娜拉，仿佛她心里从未想过这个问题。

"我的意思是，你俩会不会一直在一起？"

"会啊，不过他现在有情人了。"曲子自嘲地说。

"问题是他不信。"

"他信。"

"他不信,这点你不用怀疑。"

"那我怎么办?"

"我不知道。"

"我可再也不想看到他一个人喝酒了,太恐怖了。"

"这些都不是问题。"娜拉说。

"那问题的关键是什么?"

"是我们从来都搞不清他们为何要喝酒。"

"哦。"

"我父亲是从他四十三岁那年开始贪杯的,那之后他度过了浑浑噩噩的二十五年。这点萨拉跟你讲过吧?"

"没有,他从来都不跟我提起你们的父亲。"

"父亲也是,他都不希望我们出现在他眼前。"

"天啊,你们可真奇怪。"

"这没什么。"

"你是在劝我离开你哥吗?"曲子问。

"我只是如实相告。"

"那你跟我讲句实话,你信吗?"

"过去我不信,但是,现在我信了。"

"你真的认为会有一个看不见的鬼影缠着活人不放?"

"我们称其为魂灵。"

"哦,苍天,在荒野长大的人是不是都信这种说法?"曲子揉起眉宇,五根尖细的指甲在额头上聚拢到一起。

"也许吧。"娜拉看着曲子的假指甲说。

"那我究竟该怎么办? 你知道我不会离开你哥的。"

"我不知道。"

"她会不会怕什么?"

"什么?"

"我的意思是找个什么能辟邪的物件叫你哥戴上。"

娜拉先是一愣,而后用手掌盖着脸大笑,一对圆鼓鼓的手背像一对高凸的腮帮。

曲子也跟着笑起来。

"你哥会打断我的腿。"曲子抹去眼角的泪液。

娜拉抽过抽纸揩了一圈嘴唇。

"那个……呃,那个瘦猴子呢?"须臾,曲子看了看屋内,平静地问。

"什么?"

"你爱人,他呢?"

"瘦猴子……呵。"

"你不会是生气了吧?"

娜拉撇撇嘴,沉默着举起水杯,眼神长久地落在杯中漂浮的柠檬片上。

"在玩失踪。"

"什么?"

"其实吧,不是在玩,而是认真的。"

"我没有冒犯你吧?你可以不讲的。"

娜拉放下水杯,小孩似的嘟了嘟嘴唇,伸出三根指头,说:"他失踪过三回,估计还会有第四回、第五回……随他吧,没什么可惋惜的。"

娜拉淡然地说着,不过,声音越来越黯然,她可不想让曲子听出她话音中的哭腔。

"你还爱他吗?"

娜拉点点头,又摇了摇头,眼神掠过曲子的眼睛,说:"我不知道。"

曲子再次抬起胳膊,用指甲扫了扫眉毛,欲言又止。

"第二次我从他老家找到了他,回来的路上他把车开得极快。灯光在前面摇晃,我以为我会被摔成肉末。"

"他已经不爱你了,呃,原谅我把话说得太直白。"

"没什么,一切都是注定的,我俩举行婚礼的那天,他被狗咬了。"娜拉淡然一笑,不等曲子问下去,继续说,"一条黑毛土狗,用铁链拴在垃圾桶旁。他往厕所走,那狗扑上来。"

"出血了吗?"

"出了。"

"哦。"

"见他腿上流血了,我还哭了,很愚蠢,对吧？"

曲子没吭声,两人沉默着对视片刻,曲子说:"听你哥讲那天他还把你的裸体画拿到婚礼上？"

"是的。"

"他是个疯子。"

"他自己不那么认为。"

曲子拿起水杯,等娜拉重新为她添了水,她说:"他对你动过粗,是吧？"

"是的。"

曲子放下水杯,站起身,双臂交叉,手掌扣在肩头,弓着背,来回走了几步,顿住,说:"他忘了你还有两个哥哥。"

"是,我忘记了。"

曲子放开双臂,摁着腹部,好似那里很痛。

"我还忘了我有个父亲。"

"真叫人无法理解。"

"现在父亲也带走了他的拳头。"

娜拉到了小镇群艺馆一楼大厅,她身后旋转门缓缓地转个不停,她才发现自己推门时用力过猛了。楼梯口一侧墙壁上嵌着一面镜子,她冲镜中的自己瞥了一眼。黑色束腰裙、黑色敞口平底鞋、藏蓝色挎包,她觉得有些砢碜,不过她不在意。

她踏上步梯,大口喘气,又缓慢地舒气,慢慢地抬脚,免得叫人撞见她气喘吁吁的笨拙样。这里,到处是各种器乐弹奏出来的声响,越往上走越明显。两个瘦得蚂蚱似的长腿细胳膊的女孩在楼梯拐角处闪一下不见了,她们身穿紫色圆领舞蹈服的模样却莫名地在娜拉脑海里不断浮现。

娜拉从走廊尽头的小房间里找到了萨拉。他坐在一面宽大的桌前,桌上摆着足足有一米长的弧形显示屏,显示屏后面的墙上有个小窗户,透过那里能看见三个人的脑袋。显示屏上浮动着心电图似的彩线。萨拉戴着耳机,嘴上叼着烟,吞云吐雾。

"自己找个凳子坐吧。"萨拉头也不回地说。

娜拉坐到靠墙的粉色塑料凳子上。屋里尽是烟雾,烟丝浮在半空,静止不动,一会儿又水浪似的滚动,消散。

"感觉不错吧?"萨拉脚尖一拧,转动了椅子,面对着娜拉。

"什么?"

"我的临时工作室。"

"是很不错。"

"好了,下午继续吧。"萨拉对着话筒说。

窗户那边的几个人不见了,娜拉猜不出那边的门在哪里。

"你的墨镜不错。"萨拉说。

娜拉将墨镜推上去,架在额头上。

"周五你有空吗?"娜拉问。

"说不准。"萨拉眨眨发红发肿的眼睛,慵懒地舒口气。

"周五早上八点,我去找你们。"

"我们?"

"你和曲子姐。"

"哦。"

萨拉站起身伸伸腰,又坐下,拧过椅背,斜对着妹妹。

"那我走了。"

"好的。"

"对了,父亲的小屋租出去了。"

"就算没有租出去,我也不会去住那里。"

"就这样?"娜拉说。

"好的。"

娜拉站起,看了看萨拉,萨拉刚好点烟,眉头怪异地皱着。她没等萨拉把刚吸进去的烟吐出来,便推门走了出去。她在一楼大厅照了照镜子,放下墨镜,又转过身看了看自己的后背。

周五早上,娜拉依旧穿着那一身黑裙步行到了萨拉住的宾馆门口。她刚冲过澡,头发还没有干透。风舌柔柔地撩开发梢,她觉得后脑勺凉凉的。她等了十分钟,在这十分钟里她一直在观察周围。煎饼摊上男人打鸡蛋的时候,总要咬一下嘴唇。超市透明门帘掀开,一个小男孩冲出来,后面追出来大一点的男孩,两人一前一后绕过几辆电动车,跑回超市。树荫下,五六个老人围成小圈,有节奏地甩臂、击掌。一只花猫左右看着快速穿过马路。两个男人站在车前不停地说着什么。一个空空的白色塑料袋陡地被风卷起,在空中飞一圈,落到路中央。

"向左还是向右?"萨拉看着后视镜问。

"向右。"

车离开国道,下路基,向西北方向驶入一条乡间小道。路两侧无树,无庄稼,赤条条的沙碛地。车开始不断颠晃,座椅间藏匿的尘土被颠出来,转眼填满车内空间。正午的太阳使宽阔的沙砾地泛着刺眼的白光。曲子睡醒了,抓着头发,捣下车窗玻璃,皱起眉头望着窗外,说:"好刺眼。"

野风灌进车内,娜拉觉得很凉爽。

"那是山吗?"

邈远,湛蓝天空下横着褐色山脊。

"是雅布赖山。"娜拉说。

"不远了,对吗?"曲子问。

"差不多。"

"差不多是什么意思,娜拉?"

"就是差不多。"

萨拉一手把着方向盘,一手握紧保温杯,插进双腿间,拧开杯盖。在过去的几个小时内他始终一言未发。

"让我来嘛。"曲子有些嗔怪地说。

萨拉执意自己弄。

"我帮你嘛,司机师傅。"

"你看风景吧。"

"哪有什么风景。"

"戈壁啊。"萨拉吹起口哨,他将车速放慢了。

"好荒凉,看到这种满目的荒芜你是不是特别有感触?"曲子问。

萨拉摇晃着脑袋,提高了口哨声。

"你呢?"曲子回过头问娜拉。

"我头一次来这里。"

"以前没来过?"

"是的。"

曲子匆匆向萨拉瞥了一眼,狡黠地冲娜拉龇牙,示意等他知道了真相一定会暴跳如雷。

"那边有条土路。"娜拉将身子前倾,肩膀卡在前排座位的中间说。

"进山的路?"曲子说。

"是的。"

"你怎么知道那边还有人家的?"曲子说。

"我在画册上看到过。"娜拉说。

"但愿你的记忆不要出差错。"

曲子关闭了车窗。娜拉伸手去探后座冷风口,一丝冷风徐徐滑过指尖。

"现在呢?"萨拉问。

车停在交叉的路口。

娜拉下了车。现在她得仰起脖颈才能看到山顶。午阳炙烤,她很快觉得身上热乎乎的。车离山太近了,几乎就在山脚下。山壁垂直,山脚沿着斜坡躺着众多牛犊大小的黑色滚石。更远处,裸露的岩石瘦骨嶙峋地突起,在阳光下,背阴处竟然泛着青幽幽的光芒。

"我们得进山。"

"山口在哪里?"曲子从车窗里探出脑袋说。

"就在这附近。"

"刚才我们不是朝着山口走的吗?"曲子说。

没人搭腔。

残缺的篱笆杆横七竖八地插在岩缝上,娜拉看了看篱笆杆,又向身后看去。萨拉摁响了喇叭,示意娜拉上车。

"这里会不会有狼?"曲子问。

"有。"萨拉说。

"野性十足的那种？"

"嗯。"

"你怎么知道的？"

"我就是知道。"

车沿着攀附山体的路行驶了五六里地，在一个一面山壁陡峭的地段急转弯，继而下坡，驶入长有灌木的山沟。三人都能听见带刺的植物划过车身的咔嚓声。

"已经没有路了。"曲子说。

"我知道。"萨拉盯着前方说。

曲子扭头看了看娜拉，娜拉扑在玻璃上，手指在额头与玻璃之间搭了架。车轮子跃过什么，整个车厢猛地摇晃，紧接着重重地落下，娜拉的脸戳到玻璃上。

"你先停下来吧。"

"到了地儿我自然会停。"萨拉绷着脸，左手把方向盘，向曲子伸去右手，摁在她肩头，示意她不要挡右后视镜。车正从窄长的干峡谷间穿过。车底盘时不时触到什么，传出沉闷的撞击声。

"你慢点。"曲子几乎是尖叫道。紧挨着车窗，铁灰色山壁风一样闪过。

"这可不由我。"

娜拉双手摁在胸前，埋着头，一言不发。等她感觉到车身不再摇晃，速度也缓下来后，睁开眼。她看到前方一片山连山的峰巅上，喷涌着白灿灿的云朵。

车沿着碎石地艰难地前行。

"好了，下车吧，没法再往前走了。"

萨拉抽出车钥匙，下车，绕着车走了一圈，然后走到一旁的山丘上，站在那里，点根烟。

"我可什么都没有跟他讲。"曲子低声说。

"我知道。"

"你确定咱没迷路吧？"

"他知道怎么走。"娜拉伸直双腿像滑滑梯似的下了车。

曲子走到萨拉跟前，顺着他的视线望去。萨拉向北望着，那里视野开阔，足足能望见百里之外的灰白色地平线。他们的东侧,约三里地之远有一片连绵的锥形秃山,山体黝黑,那些都是亿万年前的火山喷发形成的裸岩。向西望去,山势逐渐爬高,乱石巉岩聚集到一起,在午后阳光的斜射下拖出各种奇形怪状的影子。

娜拉没有走到他俩跟前,抄着模糊的小径,向东北方向走去。萨拉扔掉了烟蒂,凝视妹妹的背影。

"我喜欢这种感觉。"曲子依着萨拉的肩膀说。她背对着娜拉。

"什么样的感觉?"

"空旷……寥廓、雄浑,还有沧桑……感觉一切都跟我好遥远。"

"包括你自己?"

"包括。"

两人站了许久。萨拉牵起曲子的手,说:"走吧。"

"等等——"曲子仰起脸,双目充满爱恋地看着萨拉。

"怎么了?"

"你不会生气吧?"

"为什么?"

"我和娜拉带你来到这里。"

萨拉扭过头看着别处,说:"一切总得有个了结,是不是?走吧。"

风儿掠过斜坡,从沟底缓缓拂面而来。娜拉的背影在一小片花期早过的扁桃丛中忽隐忽现。两人继续沿着犹如俯卧的巨型石兽的脊背走到耸立的褐色风蚀岩下。娜拉走在沟坎下的平地上,崖壁挡去了阳光,两侧石墙陡立,前行几十米,石墙相互靠拢,石泉将这里形成凉飕飕的峡谷。这里幽静,榆树和山杨树从石缝里跻身而立,有的长在山体裸岩上,怪异地拧着身子,从半空里俯瞰山谷。越往前越逼仄,两侧的峭谷凹壁挂有裹着碎石的蓝色哈达。那些是人们抛上去的,祈求山神的保护。

"这里真的不会有狼吗?"曲子低声问。

"有大头羊。"

"什么?"

"盘羊。"

前方,两侧的石壁会合而形成五六米高的山涧。娜拉正吃力地攀着在雨水的冲刷下变得光滑的岩石。她跪伏着,两臂一高一低地慢慢挪动,很显然,只要稍微放松,整个人便会滑下来。曲子脚底左右踩着光秃的山石,靠近娜拉,从她腰处用力托住。

"哦,你快过来啊。"

萨拉却站住,仿佛在说,任你们自己折腾得了。也许用力过猛,娜拉刚爬上一小段,整个人便向前倾倒在半米深的石坑里。而她前方则是椭圆形的洞穴口。从萨拉站的位置是看不到穴口的。娜拉站起,向曲子伸手。曲子从石壁上找了个小坑用脚蹬着,用肩膀抵住山壁,很轻松地攀上去了。萨拉抬头看了看上方曲折的裂缝,天险般的峭壁悬崖上端有条窄长青灰色的天空。

"哦,老天,这就是母宫洞?"曲子挨近娜拉问。

娜拉点点头,她喘着气,用手臂擦去额上的汗渍。

"我们要钻过去吗?"

"嗯。"

曲子靠近穴口,探身看去,洞深有五六米,穿过尾端条状穴口能望见远处空旷的荒原。

"不会有蛇吧?"

"也许有。"

娜拉将额头抵在洞口一侧的岩壁上,双手合掌,闭着眼。曲子回头看,萨拉仍旧站在原地,仰头望着某处,嘴里叼着烟。曲子向上空看去,四周怪石嶙峋,阴影下山体呈铁青色,在她头顶垂直处巨型石檐挡住了视线。她觉得她被囚禁于阴森森的石坑内。娜拉放下手,看了看洞穴,弯腰钻了进去。

"等等,他还没上来呢,哦,小心点。"

眼前黑乎乎的,曲子几乎什么都看不清,只听见嚓嚓的踩踏声,以及衣物在石壁上的摩擦声。

"呃!"

"怎么了?"曲子焦急地问。

娜拉不吭声,也不动弹,像是被卡在那里。

"你说话啊。"曲子回头望,却看不见萨拉。

"呃——"洞穴里传来娜拉焦躁的喘气声。

"怎么了?!"

"我的腿卡住了。"

"那你赶紧撤回来啊。"

娜拉屏声息气,一言不发。曲子小心地向前蹭了几步,发现娜拉的躯体塞满了窄小的洞壁。一条赤腿从裙摆下露出一大截,战栗地滑上滑下。曲子看不到娜拉的头部。

"来,把手伸过来。"曲子本想拉一下娜拉的手,可娜拉的胳膊卡在她身前,她只好拽住娜拉的裙摆。

"你向后用力。"曲子说。

"我知道。"

娜拉不停地晃动着肩膀。

"哦!"

曲子咬紧嘴唇,她突然想笑,但又极力忍着。

终于,娜拉发出轻微的哎哟,跌落到曲子看不到的位置。曲子望见洞口那边的野地。那里白晃晃的。娜拉站起身,蹒跚着,从狭长的洞口走出去。曲子只觉身上凉飕飕的,她惊慌地踩踏着看不清的碎石,几乎是跳跃着走出洞口。曲子回头望,狭长的褐色洞口犹如一个天然的巨型外阴。她双手拥在胸前,仿佛难以相信自己刚才就是从那里钻出来的。穴口两侧粗糙岩壁上布满圆坑、洞眼,野鸟从那里飞进飞出。娜拉跪坐在一旁,旁若无人地点燃香料。一缕缕青烟,滑过她的面颊,向上空升腾。

"哦,娜拉,疼不疼啊? 你的腿在流血。"

"我知道。"

曲子再次向洞穴那边望去,却迟迟不见萨拉。

"喂,萨拉,你怎么还不过来?"曲子喊。

"我在这儿呢。"

曲子回头看,萨拉竟然站在她俩身后。

"我来过这地方。"萨拉说。但他并不看她俩,而是望着峭壁、断裂的山体。

这边,山体呈弧形。三人的位置大约在弧形正中央。

娜拉攥着一小块碎石摁在伤口处。她不吭声,双颊红彤彤的,颈部的汗渍与尘土混在一起,瞅着脏兮兮的。裙子也是,沾满灰尘。她坐在斜下去的缓坡顶端,鞋尖插着碎石,仿佛一不小心就会滚下去。

"这算是完成了一次重生,是吗?"萨拉问。他站在一旁的高处,眼睛斜视着盯着妹妹。

"是的。"

"好糟糕啊,血还在流,得用布条或者别的什么绑起来。"曲子蹲坐在娜拉一旁小声说。

"你别烦她。"萨拉说。

曲子闻声疑惑地看了看萨拉,又看看绷着脸不理会自己的娜拉,有些尴尬地走到一旁。

娜拉始终没有抬头看一眼萨拉,也没有看看四周,像个沉浸在一堆玩具中的孩子一样,一会儿用裙摆擦拭划伤,一会儿又用石头摁着不动。

"哦,我的指甲开裂了。"曲子说。

无人应腔。

"你还记得那只由王子变成的杜鹃说过的话吗?"萨拉走到娜拉跟前,蹲下身,脸几乎凑近妹妹的额头,他的声音很低,低到只有他俩才能听见。

"你从来都没讲过。"娜拉吐口热气,平静地说。

"我讲过。"

"没有。"

"是你忘了。"

娜拉抓了把沙子敷在手背上的伤口上。

"它说,一个高贵的魂灵即便是被囚禁在卑微的躯体内,也不会忘记唱出最动听的歌。"

娜拉猛地扭身,整个人与哥哥扯出一小段距离,以近乎愠怒而冷漠的口吻说:"我没有被什么囚禁。"

"我们都是被囚禁者。"萨拉说完站直身,凝视着洞口。

"娜拉,最近你有没有梦见母亲?"须臾,萨拉问。

"没有。"

"父亲呢？"

"没有。"

"母亲离世后，父亲有了其他女人。"萨拉干巴巴地说，他的嘴唇微微颤抖，但他极力装作平静。

"父亲完全可以有女人，他没有背叛任何一个人。"

"那个女人有丈夫。"

娜拉没有立刻回答，用手掌撩开碎石，抓把沙子敷在伤口上。一会儿她自言自语地说："你说的一切没什么可稀罕的。你就是为了要给我讲这些，才一直站在这里？"

萨拉将双手插进裤兜，坐到一旁的裸石上，看着娜拉。

"剪羊毛的大口剪刀，很锋利的那种，那个男人拿在手上，不停地开合开合，嘎吱嘎吱——很刺耳。"

娜拉低头揉搓伤口处的血渍。

"男人让父亲跪着，冲着他跪着，剪刀就在父亲的头顶上，不停地咔嚓，地上尽是父亲的头发。他还把牙齿咬得脆响。"

娜拉停止揉搓，仰起脸看着萨拉。萨拉脸色变得很难看，仿佛整个面孔上的毛囊内瞬间生出无数颗肉粒，蒙着一层死人般的蜡黄。褐色双目变得通红，一波泪花在那里泛着光。他的嘴唇痉挛般抽搐，喉结滚上，滑下。很快，豆大的泪珠跌出眼眶。

"那你当时在什么地方？"

"门外，门大开着，我去找父亲，我看见黑星在那家人的马桩上。"

"你看见父亲跪着？"

"是的，该死的，他跪在那里，一动不动。"

娜拉听到萨拉喉咙里发出咔咔的怪异声响。虽然那声响很低，但她还是很清晰地听到了。

"他看见你了？"

"没有。"

"我是指父亲。"

"是的,他看见我了。"

萨拉抬头抹去脸上的泪,冲着一旁用力地啐口唾沫。

"那年我几岁?"

"八九岁。"

"你十一岁。"

"不,我十二岁。"

萨拉用巴掌扣住脸,胳膊肘抵住膝盖,像是强忍着某种疼痛。他的肩膀在抖动,他将牙咬得嘎吱响,指缝间溢出透明的泪液。

"你跟大哥讲过没有?"

"你是我的第一个听众。"

娜拉显得格外平静,平静得自己都有些诧异。她纹丝不动,双臂放在腿上,看着一股血水顺着小腿肚很迟缓地滑下去。

"那个女人呢,她也跪着吗?"

"没有。"

娜拉一动不动地坐着,望向贫瘠、荒芜而寥廓的戈壁,仿佛看到了传说中的神秘境域。

"后来呢?"

"什么?"萨拉甩开双臂,露出发肿涨红的脸。在甩双臂的瞬间,他整个人差点向一侧倾倒。

"那个女人最后怎么样了?"

"上吊了。"

须臾,萨拉一言不发地向着山那边走去,等他攀上一旁的山岩,曲子才走了过来。她蹲坐在娜拉一旁,手搭在她肩头,又有些不置可否地缩回去。

"你看,那朵云,像不像老太太的发髻?"娜拉看着天空说。

"他怎么哭了?"

"哦,好了,都结束了。"娜拉握紧拳头抵在碎石上,摇晃着站起身,长裙一侧开了口,麻花状的血渍刚好从那口子凸显。

"走吧。"她说。

"娜拉,究竟发生了什么?"

"没什么。"

走出一小段距离,曲子顿住,回过头看着娜拉。娜拉步履慵懒,像是一个刚熬过分娩疼痛的女人。

"我们得绕过吗?"曲子扭头看向山头说。

"是的。"

"整座山?"

"是的,整座山。"

落日余晖下,一座座暗褐色山体疲倦不堪地横卧在荒芜的戈壁野地上。两人沿着窄长的山沟走去。前方,大片薄雾从山沟徐徐升腾。

"我要离开他。"

听娜拉这么说,曲子走到娜拉一侧,沉默地陪着走了一段,随后问:"是那个瘦猴子吧?"

"嗯。"

"太阳下去了,这里阴森森的。"

"是的。"

娜拉身子前倾,在曲子惊叹的目光中快速攀上山腰。

"早该离开了,是不是?"娜拉叉腰喘着气,像座黑塔似的站在裸岩一侧的小径上,俯瞰着曲子说。

"也许。我觉得没必要守住一个已经不爱你了的人。"

"他说,女人的裸体是这世间最美的杰作,是上帝的安排。他要我给他当裸体模特,我答应了,毫不犹豫。那时,我很瘦。他说在我'柔美的'——嗬,很美妙的几个字,对吧?他说在我柔美的肌肤下,掩藏着一颗勇猛而充满野性的心灵,说我是雌雄同体的尤物。他要把这一切展示给世人。"

"艺术家的话都很古怪的。"

"他可不是艺术家。"

"怎么可能?"

"我也是刚刚发现的,就在今天。他不是。"

两人沿着小径,穿过稀薄的灌木丛,在拐角处望见远处停泊的车。暮霭深沉,视觉上山崖比白天高出很大一截。

"娜拉，我老感觉身后有什么尾随着我们。"曲子的声调莫名地夹着颤音。

"你的感觉是对的。"

"很可恶的感觉。"

"有那么三四年，他眼里全是我，他给我画了好多幅素描、油彩、蜡笔裸体。"

"最起码他曾经爱过你。"

"不，他爱的是我的身体——一个躯壳，而不是真正的我。"

"哦，你把这一切看得很糟糕。"

"我是说，他没看到我的魂灵。"

"呃——"曲子轻叹着，随后说，"娜拉，这点你和你哥简直一模一样，你们永远活在一种虚无缥缈的概念或者一种虚幻中。"

"不是虚幻。"

"那是什么？"

"生命的尊严。"娜拉说着用额头抵住岩石，微闭起眼。

"我觉得他只想看到一个丰腴的你，或者是一个更真实的你。"

娜拉依旧保持着祈祷的姿势。曾经，光洁、柔美、丰腴、妖娆、妩媚等字眼组合成她丈夫口中的"生命的本质"，缓缓渗入她的心灵深处。为了变成丈夫眼中的那个"丰满的生命载体"，她怀着一种沮丧、彷徨的心情度过了很多天。那种日子，简直就是一场灾难。从他那双贪婪、冷酷而令人不可捉摸的眼神中，没有谁能读出他真实的想法。在她眼里，他仿佛是一个封闭自我的巨型雕塑，从高处俯视着她。

"咱快点走吧，我有点受不了。天色都变暗了。"

两人一前一后走向山中土路。娜拉走得极快，曲子几乎是小跑着跟在后面。她时不时向四周警惕地看看，同时在嘴里默念着什么。到了车跟前，却没发现萨拉。天色完全黑了，山脊高高地耸立在半空，星辰像是青黑色天幕被烫伤的无数个窟眼。

"他怎么不在啊，会不会是迷路了？"

娜拉不吭声，脸上露出镇定而沉着的神色，仿佛在刚才的疾走中完美地完成了一次旁人无法察觉的蜕变。

"他不会是自己一个人离开了吧？"

"会回来的。"

两人倚着车前盖站着。四野悄寂，电流一般若有若无的声响忽而从某个角落持久地扩散。

"好压抑。"

"嗯。"

"感觉全世界就剩你和我了。"曲子压低了嗓门说。

"嗯。"

许久，两人没再说话，都沉默着，向幽深、浓稠的夜色凝视。

"很多人，呃，我是说，很多香客来过这里，是吧？"曲子问。

"是的。"

"来求子？"

"还有祈福、禳灾。"

"很灵的，对吗？"

"也许吧。"

"我觉得很灵。"

曲子扭头看娜拉，但没能看清娜拉的眼睛。

"你害怕不？"

"不。"

"我是说你离开他之后——"

"是的。"

娜拉转过身，双臂勾回来，抵在车盖上，说："你小时候怕不怕黑，怕不怕一个人在夜里走路？"

"现在也怕。"

"其实没什么可怕的，不是黑夜把我们拖进一个我们看不见的世界，而是我们把自己当成了被囚禁者。"

曲子听了，叹口气走过去，又踅回来，再次走过去，然后站在那里。忽地，山谷那边隐约传来类似冬季雪地上的风声，抑或是羔羊在黄昏里发出的惊惧的叫声。

"你听。"曲子的嗓音近乎震颤。

"刚才我就听到了。"

"是萨拉。"

"嗯。"

"他在唱歌。"

"是的。"

"萨拉——萨拉——你在哪里？"曲子喊着，喊完了又纹丝不动地听着。她以为会有回音，可山谷里静悄悄的，仿佛四周的一切早已陷入绝对静止的幽冥。

"苍天，我快坚持不住了。他为什么会在这种地方唱歌呢？"曲子带着哭腔说。

"他跟你讲过关于王子和杜鹃的故事吗？"

"没有。"

"等你听了那个故事，你就会明白他为什么会唱。"

"娜拉——"曲子顿住，有些感伤地看着前方，"有时候我觉得我从未走进你哥的内心深处。"

"等你走进了，你会得到一种力量。"

曲子缄默着坐到石头上，双腿耷拉着，仰起头望向星空。娜拉来回踱步，一会儿走出一小段距离，大声地说："你来一下。"

娜拉曲身站在几块光滑的山石旁，耳朵贴着石头。曲子见状随即俯身，将半张脸贴近石头。

"干什么？"

"听！"

"什么也听不到啊。"

"嘘！"

"嗬，唧唧的，像是虫子在叫，哦，是萨拉，他在吹口哨。"

"嘘——"

酒客早年当过两年的马夫。有一匹名叫"野风"的黑马是他从泥沼里救出来的。后来，马主人将这匹马送给了酒客。据说，即便是十里地之外，只要听见酒客的口哨声,它便能循着声音找到主人。娜拉没见过这匹马,也没从父亲口中听到过任何关于这匹马的故事,只是隐约记得,在酒客葬礼那天,有人好像说过这么一句:"咱的沙窝地再也听不到他那种好听的口哨声喽。"

"越来越清晰了。"

曲子向着山坡跑去,随着她脚底的声音越变越弱,娜拉很快看不到她的人影了。四下越发漆黑,除了隐约能辨别横亘的山影以及星辰下的山脊,什么都看不清。然而,从娜拉痴痴地望过去的方向不断传来清冽的口哨声以及女人欢呼的喊声。

娜拉坐进车里,拧开了车灯,两道烟囱似的光柱扑向黑。一会儿,她将车灯关闭。车里立刻变得黝黯,仿佛外面的黑瞬间灌满她周围狭小的空间。她将身子前倾,胳膊肘抵住方向盘,透过车前玻璃凝视着前方。刚才车灯照过的地方,以及更远,是夜里渐渐清晰的山脉。

娜拉突然想起一句民歌歌词:"裸露的山体,年迈的父亲。"

【作者简介】娜仁高娃,女,蒙古族,1980年生于内蒙古鄂尔多斯市,中国作家协会会员。曾获全国少数民族文学创作骏马奖、"索龙嘎"文学奖、《草原》文学奖;有作品入选中国小说学会年度排行榜、《民族文学》年度排行榜等。

筋疲力尽

○肖睿

一

我是一个兰州人,我所要说的故事,就是在我生命中发生的千真万确的事情。

在很久很久以前,我是一个邮递员。我喜欢那时的我,穿着绿色的衣服,身体瘦削,戴着茶色墨镜。

我负责的邮区,是兰州郊外的一个工厂。每次去那里,我都会从城里出发,穿过一片田野,麻雀可能一群群地飞起,也可能什么都没有。之后,我就会看见工厂庞大的铁门。它臃肿得如同一位中年妇女大腿上面的肥肉。每一次,门口的看门老汉都会和我打招呼。

"嗨!来啦!"他每次都会高兴地朝着自行车上面的我这样喊叫。

我什么都不说,只是冲他摆摆手。直到现在,我也不知道他的名字。

工厂很大,从白天到黑夜,我从来没有见过它的尽头。我喜欢那里,穿着工作服的人们呼吸都很沉重,身上浓重的机油味道让他们显得像是一只只宠物一样。每次我骑着车走在工厂的大路上,人们都会追在我的身后,跳啊笑啊,等待我把远方亲友的思念带给他们。那里所有的工人都是我的朋友。我想,如果工厂活了,变成一只生物的话,它也会承认,我是它的朋友。

唯一和我不是朋友的,是一位在工厂附近卖汽水的老奶奶。

离工厂大门一百多米的地方,有一段坡度很大的土坡,那是到达工厂与离开工厂的必经之路。那位老奶奶就在土坡靠近工厂的一头卖汽水。她既卖百事可乐,也卖可口可乐。但她就是不喜欢我。

她不喜欢我的原因很简单,有一次我喝完她的汽水,付完钱,她却拉住我要无赖,非说我没有给她钱。我们吵了起来,吵了很久很久,到最后我也没有给她钱。

尽管围观的人——那些附近的居民都劝我给这位老奶奶钱,但我没有听他们的。我知道他们为什么这样说,他们都认识老奶奶,喝过她的汽水。

从那天起,每次我上班下班路过那段陡峭的土坡时,老奶奶都会和她怀抱中那只长相清秀的黑猫,冷冷地看着我,似乎是在诅咒我一样。

我每天最快乐的时刻,就是送完信离开工厂骑车滑下那个大土坡。因为每次我来工厂的时候都要从它上面骑过去,每次我都要花费全身的力气才能做到这一点。日复一日的疲惫让我感觉到一种深深的绝望。

总是这样,新的一天才刚刚开始,我就已经筋疲力尽了。

所以,我才在每天下坡的时候兴高采烈,我会放开车把,双脚也离开车镫,任凭我的自行车从土坡上飞速地滑下去,这让我体验到一种没有了任何羁绊的自由。

正是那自由改变了我的人生。那是一个秋天里并不特别的黄昏,我终于送完了当天的信件,骑车驶出了工厂。我吹着欢快的口哨,不久就看到了那道我非常熟悉的土坡。我离它越来越近,越来越近。我甚至都闻到了生长在它上面的小草所散发出来的清香味道。我在土坡的边沿捏闸停下。深吸一口气后,我再一次从土坡上冲了下来。

我怪叫着放开了车把,闪电般的俯冲让我血脉偾张,我不由得闭上了眼睛。

为什么会闭上眼睛,为什么会做如此危险的动作,是什么原因让我决定这样去做的?我想是千篇一律的生活,在急速行驶的自行车上面闭上眼睛是一种交换,我想用一种可能撞得头破血流的危险,和平淡的日子交换一些值得让自己高兴的事情。

我就这样在黑暗中高兴地叫着、喊着。前方什么都没有,我在不断地向下,这就被人们叫作虚无。突然,我浑身的汗毛立了起来,寒冷侵袭了我的心头。那是遇到危险的征兆,紧接着,我听到了一声惨叫。自行车不知道撞在了什么东西上,我飞了出去,之后重重地摔倒在了地上。

我努力地睁开眼,看到那个卖汽水的老奶奶躺在离我不远的地方,我那被撞得扭曲变形的自行车此刻就在她的身旁。老奶奶的嘴里在不断地流出黑色的鲜血,可我无能为力,撞击让我很快晕了过去。

当我再次清醒过来时,天已经黑了。我、老奶奶和我的自行车还是躺在地上。因为车祸将我们撞击到了道路一旁的树丛里,所以一直没有人发现我们。我挣扎着从草地上站了起来,爬到了老奶奶的身边。虽然从发生车祸到现在已经过去了那么久,可她还没有死。只是无神的眼睛望着星空,每呼出一口气,就会有一串接着一串鲜红色的泡沫从她的嘴里面涌出来。此时我听到了一声猫叫,顺着声音望去,我看见一只通体仿佛钢琴琴键般漆黑的猫正蹲坐在老奶奶的手边,拼命地用自己的脸去蹭她那只干枯的手,似乎渴望将自己深度昏迷的主人从梦中叫醒。

可我知道这只黑猫的努力无济于事,我能看得出来,这位被撞击得浑身是伤的老奶奶正在快速沉沦于死亡之中。而这一切,都是我所造成的。

真倒霉,她为什么不好好地在那个地方卖自己的汽水?为什么偏偏在我闭着眼睛下坡时冲到我的车轮前面?

我害怕极了,赶紧离开了即将变成尸体的老奶奶,扶起了那辆被撞得惨不忍睹的自行车。车已经不能骑了,我推着它,一瘸一拐地想要在人们发现我之前赶紧走掉。

我不知道自己是怎么想的,但非常清楚地意识到了自己想要尽快离开这个鬼地方。

此时我再次听到身后黑猫急切的呼唤,我像是被某种魔力驱使着一样回过头去。它蹲在老奶奶身边,正在用坚毅的表情看着我。

我被这种眼神盯得打了个哆嗦,这个哆嗦让我有了一种奇妙的感觉:我的血液都被抽走了,换上了新的血液。我的骨头被抽走了,换上了一副新的骨骼。最重要的是,我的灵魂被抽走了,我的皮囊、我的意识,好像有了新主人——一个新的灵魂。

那一刻我突然意识到,我想让这位躺在地上即将咽气的老奶奶消失,让她全身被我撞碎了的骨骼消失,让她到处都被树枝与石头摩擦而出的伤痕消失,她不应该这么死去,而应该从来不曾存在过。世界上没有这么一个人就好了,那样我就又是一个无罪的人了。我甚至还在想象,取代她存在位置的人,应该是一个小姑娘。她应该穿着一条绣着维尼熊的裙子,她应该喜欢我,而不是恨我。

当我意识到这一点时,我推着车已经上了公路,眼前一黑,差点就晕了过去。一辆卡车从我身边呼啸而过,将我吓醒。我浑身无力,开始发烧。温度升得很快,我想不好了不好了我要死了,我要死在家里。我跳上了自行车,尽管它的前轮现在几乎已经变成了一个不规则的三角形。可我开始拼命蹬车,就这么摇摇晃晃一路骑回了家。

几乎都没有什么意识,我摇摇晃晃倒在了床上。思维开始模糊,我进入了梦乡……

二

我不知道我睡了多久,总之感觉到过了很长很长时间之后,我睁开了眼睛。可奇怪的是,太阳似乎从未落山,这个人世间还是白昼。我下了床,双腿接触到地面,那种坚硬的质感使我感觉我的身体非常虚弱。

我打开了电视,屏幕上方的时间让我明白我已经睡了整整二十四个小时。差不多就是昨天的现在,轻狂的我骑着自行车在下一个大坡时将一位老奶奶送到了天堂。

本来我想洗一个澡,清洗掉肮脏与罪证。可奇怪的是,在我洗澡的时候,我发现我身体上面那些昨天车祸所造成的污迹与伤疤全都消失不见了。

我感觉我并没有醒过来。我自己和我的世界像是粉红色与天蓝色的棉花糖制作而成的,异常柔软。

这或许便是负罪感吧?

“我该去看看那位老太太,她的尸体现在被人发现了吗？”

这个念头从我心中油然而生,在一瞬间像鲜花盛开般凶猛地转化成为一种强烈的欲望,占据了我的胸膛。

我喝了一杯牛奶,穿好衣服后打开了家门。我的自行车就停在我的眼前。

我感觉有什么不对劲,看来看去足有半个小时才恍然大悟:昨天被撞击成三角形的前轮如今又恢复成了一个完美的圆形。在太阳下,那银色的钢弧散发着冷冷的光。

我怀着十万个不解,骑上了车。今天我骑车时和以往一样的卖力。街上的一切也和以往一样,没有任何变化。只有我自己心里面明白,一切都和以前不一样了,我再也不敢在下坡时闭着眼睛放开车把骑车了。

很快,我就到达了那片田野。我看见麻雀纷纷飞起,盘旋在稻草人的头顶上。我看见那个大下坡,那只黑猫就蹲在它以往一直蹲着的地方,可老奶奶不见了,陪伴黑猫的是一位穿着粉红色连衣裙的可爱小女孩。

就和我昨天希望看到的那个女孩一模一样。

我下了车,推着车离开了公路,凭着印象钻到了昨天出车祸时的树丛中。那位老太太的尸体已经不见了,我想,可能是已经被警察搬走了吧?

可为什么连一点点痕迹都没有,没有被我们的身体和这辆自行车所压折的树枝,没有血迹,草丛中也没有人躺过的痕迹?

"大哥哥,你在找什么?"

我回过身来,看见那位可爱的小妹妹正抱着昨天的黑猫,天真无邪地看着我。

我蹲下身来,摸了摸她系着蝴蝶结的秀发。我问她:"小妹妹,今天这里发生过什么没有啊?"

小女孩认真地回忆了一会儿,说:"没有啊!什么都没有发生过!"

"真的吗?小妹妹你怎么能这么肯定呢?"

"因为我天天都在这里捉蝴蝶啊!"小妹妹看着我说,"我还认识大哥哥你哪!"

我诧异地问她:"你怎么会认识我呢?"

小妹妹说:"我知道你是一个邮差,天天去我爸爸工作的工厂送信。我每天放学后在这里玩的时候都正好能看见大哥哥下班骑车路过这里。你骑车时候的样子可真帅!闭着眼睛,也不握车把,我什么时候才能像你一样骑车骑那么好呢,大哥哥?"

我不知道该怎样回答她,但她说天天都能看见我骑车路过引起了我的警觉。

我问她:"那你昨天在这里玩的时候看见我了吗?"

她点了点头,粉色裙子上的维尼熊闪闪发光。

"你都看见我在做什么了?"问完这个问题我就后悔了。我不知道小姑娘说"看见大哥哥撞死了一位老奶奶"之后我该怎么做。

我是该逃跑,还是该用石块砸死她?

小妹妹说:"昨天我也看见大哥哥了,没有什么特殊的啊!你骑车下这个大坡的时候和以往一样放开了车把,闭上眼睛大喊大叫啊!可好玩了!"

小妹妹说完这句话我不由得抓住了她,我说:"你说的是真的吗?我真的什么也没有做?没有撞过什么东西吗?"

小妹妹头摇得像是拨浪鼓一样,说:"没有!没有!你只是口哨吹得特别响。看着比以前还要高兴哪!"

我松开了小妹妹,觉得自己是在做梦。要么昨天的事件是梦,要么就是此时此刻是梦。只不过前者是个噩梦,后者是个美梦罢了。

可究竟这二者哪一个是梦,我自己却也不知道了。

告别小妹妹时她对我说:"大哥哥加油啊!等我长大了,也要学会像大哥哥你一样骑自行车。"

我刚打算冲着她的鼓励笑一笑,却马上笑不出来了。那只黑猫,正像昨天那样死死地注视着我。

三

之后的几天,我一直在思考这样一个问题:我撞死了一位老太太——这件事对于我的人生,究竟是现实,还是梦境?

无论我在干什么,我都在思考这件事情。毕竟,作为一个平凡的邮差,还是一个肇事逃逸的杀人犯,这关系到了我今后的人生会走向何方。

我问遍了出事现场周围的居民,所有人告诉我的答案都是一样的:没有听说过这么一起交通事故。而至于我所说的那位老奶奶,没有人见过,没有人了解。他们甚至认为这件事和这个人是我编造出来和他们逗乐的。

可我真的没有心情逗乐。

很快地,我开始酗酒,因为我实在想不明白这件事情,只能依靠酒精来麻醉自己。

当你喝醉时,你会快速地旋转。你的灵魂,就会像是绿茶一般通体透明。

我变成了一个醉醺醺的邮差,经常将邮件送错,将张三的快递交给了李四,将王五的包裹交给了贾六。那座工厂里的人们开始用一种怜悯中夹杂着质问的眼神注视我这个醉得一塌糊涂的家伙。他们可真好,即使我给大家的生活造成了多么大的混乱,也没有一个人开口质问过我。

那个死去的老奶奶真如我所愿变成了一个没有存在过的人,这是一件无法解释的事情,它并不能让我对自己可能犯下的罪感到释怀。

我知道,再这么下去,即使警察不来找我,我迟早有一天也会死于身体内积存的大量的酒精。

四

有一天,还没到晚上的时候,我就已经钻进了一家酒吧。

我要了两瓶色彩鲜艳的烈酒,看着它们我心里面踏实了很多。

今天早上我对自己说,晚上去喝两瓶酒吧!之后去自杀。

那个问题困扰得我已经够烦了。再说我孤身一人,家人、朋友这些社会关系统统没有。即使我死了,也不会给任何人带来伤悲与困扰吧?

很快地,两瓶酒就被我喝完了。我摇摇晃晃离开了吧台,穿过了飘浮着小号声的走廊,推开了酒吧的门。一股冷风扑面而来,城市灯火辉煌,夜色迷人。那么,我该去往何方呢?我要找一个制高点,我想最后看一眼我的兰州,然后跳楼自杀。

半小时后,我站在了兰州最高的楼上,眼前是城市的全景。马路在夜空下被一排排的街灯浸染成了金黄色,光晕在楼宇之间的半空中徘徊,结成玫瑰一般的斑块。在楼顶上的我,被风穿过,犹如在光的海洋之中漂浮着。我只要跳下去,就不会再为那位莫名其妙的老奶奶而郁闷纠结了。

我抬起了一只脚,正当迈向那一万米的虚空之时,我听到了身后铁门被踹开的声音。我急忙回过头,几道刺眼的灯光打在我的眼睛上。我急忙用手捂住眼睛。

"别动!别动!离开那儿!"我听到有几个男人粗暴地对我喊叫着。然后,我被压倒在地上,我想挣扎。那些声音又响了起来:"别动!老实点!"

我的脸被冰冷的地面蹭得生疼,我抬起头来,这次看清楚了,是几个警察和保安。他们的表情都很紧张。

莫名其妙地,我就被这几个家伙半抱半拽着拉下了楼顶,拉到了警察局里面。

五

我被带回了派出所。在一个小房间里,我坐在一把木头椅子上,浑身打着哆嗦。那时的我酒已经醒了,一想到自己刚才差点就没了命,真是不寒而栗。

我对面坐着一个年轻的警察。他很瘦,眼睛狭长,高鼻梁,嘴唇很不高兴地抿着,但是显得很性感。已经是深夜了,在派出所特有的台灯底下,他长长的睫毛使得脸部有了几根细长的阴影。很显然,这位年轻警官对我这个深夜自杀的人打扰到了他的美梦很不高兴,这点我能看得出来。他仔细地打量了我之后,才问我:酒醒了吗?

我点了点头:"醒了。"

他从抽屉里拿出一个DV,调试好机器之后用冰水一样没有感情的声音说:"说说吧!大半夜的上楼顶干什么去了?"

我决定实话实说,反正我都已经是想过死的人了,没有什么可隐瞒的。我说:"我想去死。"

年轻警官的表情没有因为我这句话有任何的变化,只是很专注地看着我。他好奇地问我:"有什么想不开的事,值得你去死? 说出来,看看我们能不能帮得了你。"

我犹豫了一下,心里想究竟应不应该将那个事故告诉他。

告诉他,他可能帮我查到那位死去的老奶奶最后究竟是被怎么处理了,为什么会没有一个人知道这件事情。我会知道谜底，但也会变成一个肇事逃逸的杀人犯，被人所不齿。不告诉他，随便编一个谎话，然后走出这个房间，走出派出所。可问题仍然没有解决，我也许某一天还会突然崩溃，然后自杀。

我咬了咬牙，说出了实话："前些天我杀了人，自己心里面受不了了。"

年轻警官听到我的话冰冷的眼睛立刻散发出了夺目的光芒，我看得出他很兴奋。要是换作我也会兴奋，一个大案莫名其妙就被自己破了。

年轻警官压抑着自己的兴奋，轻声问我："你杀了谁？"

"我不认识她。她是位老奶奶，我不是故意杀了她的，我是在下班路上骑车一不小心把她撞死了。"

"那你就是肇事逃逸了？"

我点了点头。

他接着问我："出事地点在哪儿？"

我将地点告诉了他。他整理了一下我刚才的供词，然后让我签上了自己的名字，按下了自己的指纹。完成这一切后他看都没有再看我一眼，拿着我的供词夺门而出。

这个小房间里面现在就只剩下了我一个人，只有我自己的呼吸声。我低下头看着黑色的地板，等着那位年轻警官回来，等着他告诉我他们是如何处理了老奶奶的尸体，等着接受我所应该接受但我曾经妄图逃避的惩罚。

那个小房间里面很冷，我不由得缩起了自己的脖子。那台 DV 上的红灯一闪一闪，在昏暗中，放射着自己渺小的光芒。也不知道过了多久，睡着的我被一声巨响所惊醒。是那位年轻警官回来了，他一脚踹开了铁门，冲到我的面前，此刻他正在愤怒地看着我。

"怎么了？"我不解地问他。

他一把揪起了我的衣服领子，恶狠狠地看着我。他鼻孔里喷出了年轻的气息，和一匹野马的味道一样。

他瞪着我的眼睛，说："你是不是觉得跟警察逗着玩特别有意思？"

我试着挣脱，可他揪着我衣领的那只右手像是钢铁浇铸的一样。我放弃了抵抗，小心翼翼地说："我听不懂你在说什么。"

年轻警官气呼呼地说："我刚才去查了半年来的交通事故档案，在你说的那个地方,根本就没有发生过一起交通事故。我们也出了现场,根本什么都没有! 你这个浑蛋! 你害得我变成了全所人的笑柄!"

年轻警官大声向我咆哮着,我不知道该怎么解释,只好一遍又一遍小声说:"对不起,对不起。"

"对不起管个屁用! 你就在这儿待着吧! 我要拘留你,关你一个月。我要让你知道拿警察寻开心会有多么严重的后果!"

他把 DV 关了,扔进抽屉锁好之后,狠狠拍打了几下桌子,这严重地打扰了我的思考。我突然对他的不依不饶产生了一种强烈的反感。这样的人怎么能当警察,他都不应该存在! 今晚审问我的,应该是一位彬彬有礼的曼妙女郎。

年轻警官又吓唬了我好一会儿,然后怒气冲天地走了。临走前他握着门把手转过身来对我说:"你等着吧! 我会让你好看的!"

没过多久,我就在这个黑暗的小屋里陷入了梦乡……

六

第二天一早,我被人叫醒了。那人用手推我,还没有睁开眼睛,我就闻到了一股非常性感的香水味道。

一位非常漂亮的女警官正在微笑着看着我,笑容温和而又亲切。我局促地站了起来,看着眼前这个漂亮的女孩,可又因为此时此刻我们所身处的地方,以及各自的身份,反而一句话都说不出来了。

倒是女警官首先开口说话了,她说:"您可以走了。"

我似懂非懂地点了点头,不知道自己该如何进行下一步的动作。她看着我窘迫的样子,不由得捂住嘴"扑哧"笑出了声。

但紧接着,她反应过来,赶紧止住笑,轻声对我说:"昨天麻烦您了。现在我们已经调查清楚了,您到楼顶上去不是为了搞破坏,危害治安。但您也不应该有轻生的念头啊! 有什么事情说出来,大家一起解决不就好了吗?"

鉴于已经有了昨天晚上那位男警官的事,我决定什么话都不说了。坦白也是于事无补的,警方调查不出来任何线索,因为那名老妇人是不存在的。

看我不再说什么,美丽的女警员轻轻叹了一口气,说:"您所在的邮政所所长已经将您保释了,您可以走了。"

我轻轻点了点头,说:"可是,那位男警官不是说我不能走,我戏弄了警察,要拘留我吗?"

女警官好奇地瞪圆了眼睛,惊讶地问我:"是谁这么说的?哪位男警官?"

"就是昨天晚上一直在审问我的那位男警官啊!"我回答她。

她好像有些生气了,皱了皱眉毛说:"先生,您是在和我开玩笑吗?昨天晚上一直都是我在问您话啊!我问了您一晚上,您什么都不说,只是在哭。我没有办法录口供,就只好回去了。"

她的回答让我大吃一惊,我脱口而出:"不可能的!你肯定是在骗我!你们合起伙来骗我!"

女警官厉声地说:"注意您的态度!否则我可能真的要拘留您了!"

她的警告迫使我冷静了下来,我抱着头重新坐在了椅子上。我对她说:"对不起,我也不知道是怎么回事,可我记得昨天明明是位男警官在这里问我话啊!我究竟是怎么了……"

女警官叹了口气,返回桌子边,打开抽屉拿出了昨晚出现过的那台 DV。她开机,红灯又亮起,她举到了我的面前,示意我看。

LCD(液晶显示屏)里面的影像让我目瞪口呆,全身每一个毛孔都因为恐惧而张开了:

它所拍摄到的我像一摊烂泥般龟缩在木头椅子上,我喝得烂醉,没出息地哭着,一直哭了有半个小时。在这期间女警官除了审问开始时和我说了几句话,接下来的时间里她一直在同情地看着我,表情悲悯,在白光下像是一位圣洁的女神。

女警官俯下身子,在目瞪口呆的我耳边轻声说道:"您真该戒酒了,否则您一定有危险的。现在,出去吧!您的所长正在外面等着。"

"这怎么可能,明明是位男警官啊!"我带着哭腔喊道,一时间感到头晕眼花,似乎血液不再循环,全都涌上了我的头颅。

"您说是位男警官,那位警官有多大?"

"三十岁不到吧!差不多和你一样大!"

"我可以用我的警服向您保证,我们所就没有四十岁以下的男干警。您说的那位男士,在我们这里是不存在的。不信,您可以去查!"

当那位女警官说"不存在"这三个字的时候,我突然好像被敲醒了,那种感觉是上一秒你快要疯掉了,突然一瞬间模糊的世界又变清晰了,仿佛洗了一个澡般轻松。

"不用了,"我小声说,"那就是我的幻觉。"

七

"不好意思!不好意思!给您添麻烦了!"

我们邮政所的所长冲着放我出来的女警察点头哈腰,这让我非常沮丧。

昨天晚上我在派出所里面被折腾了一夜,那种该死的情况又出现了。我自杀未遂,头晕脑涨。明明审问我的警官是一名男性,可在 DV 的显示屏上,却是一名女警。这一切我已经有了答案,却解释不清。

难道一个人出生在什么地方,以及他为什么活着,是这个人可以解释来的吗?

我可不这样认为。

我为什么会在兰州度过前半生,以及为什么在我的青春期里我永远要和那些我不知道里面究竟写了些什么的信件打交道,这些东西直到现在,我都解释不清楚。

我只是害怕了,我能做的就是在昨天深夜给我的所长打电话,希望他能来这里告诉警察们我是个好人,把我放了吧!

于是所长他心不甘情不愿地打着哈欠来了,我看着他和警察们在那里有说有笑,气就不打一处来:真可笑,我是个好人这件事,竟然需要我最讨厌的人来做证。

是的,我不喜欢我的所长,哪怕是他从派出所里将我带了出来,我也不会感谢他。他自私、虚伪,并且非常爱欺负我。本来我可以在市内送信,可就因为没有给他送礼,被他打发到了那个郊外的工厂。

他来帮我,只是因为如果我被拘留的话,他的年终奖金就会泡汤了。我敢保证,他恨我。

"你这个废物！蠢货！大白痴！你怎么不从那座楼上面跳下去呢？"

果不其然，我们从派出所里面出来之后，在大街上当我向他道谢的时候，这位秃顶的中年人突然回头恶狠狠地冲我这样说道。

他还说："如果你不想活了的话，请你死得安静一些好不好，不要打扰到别人行不行？你这个丧门星，克死你全家还不够吗？真讨厌！明天你不用来上班了！"

说罢，他气冲冲地走了。那时是冬天，在兰州寒冷的街头，我看着他的背影远去。每个人的嘴中都会不时呵出白汽，就像我们每一个人的灵魂。

他叫我丧门星，这件事情真让我伤心。在我很小的时候，我的家人都因为一场火灾去世了。只有我因为在同学家玩游戏机，回家晚了才幸免于难。

我还记得那个晚上，我急匆匆回家时内心的忐忑和不安，生怕爸爸妈妈会责骂我。

我也不会忘记当我看见我家那道淹没在火海里的大门时，傻了眼的样子。

兰州有的时候很大，有的时候又很小。也不知道从什么时候起，周围的小朋友开始叫我丧门星。我知道那是他们从大人那里学到的，可我什么也没有说。每当我遇到那些大人的时候，我还会非常有礼貌地对他们说："叔叔好，阿姨好。"慢慢地，又不知道从什么时候开始，再也没有人叫我丧门星了。

我只想认认真真做好每一件事情，不去问那些发生在我身上的事情究竟是为了什么。我只想让时间能够慢慢地将我的悲伤洗刷干净，然后努力成为一位合格的邮差。

可就是这位所长，因为我没有满足他的贪婪，他就让我每天走很远很远的路去送信。我总是在第二天疲惫得起不来床，然后迟到。他让我无法成为一个好邮差。

如今，他又恶狠狠地叫我丧门星，所有不好的回忆，仿佛潮水一般慢慢地重新侵袭了我的心头。

这个浑蛋，要是根本没有存在过就好了！我心中这样悻悻地想：我的所长怎么就不能是一位温柔的女性，就像今天这位女警官一样。如果太年轻的话，那么她也可以年龄稍大一些，只要不是这位就好了！远去的所长似乎听到了我内心的呼唤，回过头来，恶狠狠地看了我一眼。他光秃秃的头顶在太阳之下亮晶晶的,眼神中充满了愤恨,似乎他真的就会消失一样。

八

我跌跌撞撞走回了家,眼睛肿得发疼,连衣服都没脱我就直接栽倒在了床上。

外面的阳光太强烈了,即使隔着一层厚厚的棉布窗帘,还是能照射到我的脸上。真是烦人!

我开始在心里面数数,没什么用。我又开始记小羊跳栏杆。

"一只小羊跳过了栏杆,两只小羊跳过了栏杆……"

一直念到第一百四十七只小羊跳过栏杆之后,我睡着了。醒来之后还是白天,我眨了一下眼睛,再睁开时天花板的颜色变得比刚才深了一些,像是浸染在一层暗红色的水之中。我从床上下来,喝了一杯凉白开,照了照镜子整理好衣服之后,走出了家门。

在兰州的街头,我穿着一身昨天就已经穿在身上、一直没有换过的衣服,点燃了一支"骆驼"牌香烟。回家非常无聊,那么,我能去哪里?

回邮政所吧。

九

天气逐渐变得暖和了,太阳晒在我的额头上暖洋洋的,很是舒服。

走进邮政所,熟悉的阴暗光线与数年累积的墨香瞬间让我放松下来。大家坐在大厅里面轻松地聊着天,每个人面前都放着一个杯子,里面热气腾腾的茶水格外地引人垂涎。

没什么大不了的,也许一切从现在开始又恢复正常了呢?

"嗨!你干吗呢?"有人轻轻地拍了我后背一下。我回头看去,是 H 小姐,她红扑扑的脸蛋像苹果一样,正在冲着我笑哪!

这位 H 小姐在我们邮政所,甚至在整个兰州的邮政系统,都算得上是一位人物。她有文化,积极上进,经常在报上发表自己写的诗歌,并且代表我们去参加辩论赛,总是会说出些我们这些邮差听不懂的大道理,让那些当律师、当医生的对手面红耳赤哑口无言,为我们邮政所捧回了一座又一座辩论赛冠军的奖杯。

如今她看着我,我顿时紧张起来,喃喃地说:"我没事啊,今天你不用送信了吗?"

她惊讶地望着我:"你怎么啦!没事吧?今天是所长在这个所工作十五周年纪念日啊!我们一起商量好要给所长庆祝的!"

"庆祝?怎么庆祝?"我哭笑不得地问H小姐。

这个邮政所里的员工最恨的人就是我们的所长,如今竟然要给他过工作周年纪念日。这个世界是不是疯了?

还是我疯了!

"送蛋糕啊!给她一个惊喜!祝她接下来的工作顺利快乐,这是大家开会讨论过的,你都忘了吗?"H小姐担心地问我。

此时我看到一个瘦削的女人向我们走了过来,她留着一头长发,眼睛明亮,脸部的轮廓犹如岩石一般硬朗。

突然"啪"的一声,吓了我一跳。我看见色彩缤纷的亮片与缎带纷纷扬扬地从天花板上落了下来,有人在踩气球,有人在一边笑一边鼓掌。

那女人起先和我一样发愣了几秒钟,接下来她像是反应过来是怎么一回事了,我看见我的同事们纷纷围到了那女人的身边。她从旁边人的手中接过了倒满红酒的高脚酒杯,与每一个人碰杯。

"十五周年快乐!"大家一起喊道。

分蛋糕了,竟然还有我的一份。上面还沾着可以食用的蜡泪,刚才吹蛋糕上面的蜡烛时,那女人甚至感动得落泪了。

这一幕真的就像一位深受员工爱戴的邮政所所长应该得到的周年庆典。

可我并不敢相信,我的所长据我所知在这里是工作了十五年之久,可每一个人都恨他。他是一个男人,现在这位风姿绰约的女人,她又是谁?

"她是谁?"我小声地问H小姐。"她是我们的所长啊!你忘了吗?"H小姐同样小声地反问我。

"我们的所长不是一个胖胖的,还秃顶的中年大叔吗?他最爱干的事情是贪污和把厕所里的卫生纸拿回家去。他还特别喜欢欺负我！"我焦急地问 H 小姐。

H 小姐担忧地眨了下眼睛："你怎么了，怎么今天你这么奇怪？好像什么都不记得了。哪有那么一个所长啊，我们的所长一直就是个女人啊！而且对我们很好的。"

我看见外面梧桐树上的秋叶纷纷落下，像一场大雨般落在了一个穿红色风衣的少女身上，她尖叫着跑开了。

一种非常不好的感觉从我的内心深处升腾而起，仿佛冰原"嘎嘣"一声，出现了一条无比黑暗的裂沟。

我推开了 H 小姐，跑到了所长办公室。推开了门之后我惊呆了：

之前那个乱七八糟，到处都是污垢与烟头的猪窝不见了。一个明亮、整洁，还散发着一丝女性清香的空间呈现在了我的眼前。墙上原本挂着的毛笔字也不见了，那是所长自己最满意的作品。取而代之的是一张全家福：那个女人和她的老公，还有她长着两颗可爱小虎牙的女儿。

这原本富有生命力的画面，在我看来却是无比的绝望。

我神情恍惚地回到邮政所大厅。那个突然出现的女人在 H 小姐的指引下向我走了过来。H 小姐就是如此关心同事，只要是她的同事生病了，她就会这么着急。

但这并不重要，重要的是我的秃顶所长不见了。

"所长你看看他吧！他好像有些不正常。" H 小姐着急地对女人说。

女人关切地用手触摸着我的额头。"是不是发烧了？"女人语气平静地问我。她的手冰凉，和一个存在着的人身处兰州的冬天时手会有的温度一模一样。

我不知道该说什么，总不能说"别碰我！你这个被我想象出来的女人"吧？我支支吾吾的，从邮政所夺门而出，逃走了。

十

后来，我跑去了所长的家，希望能够找到他。我疯狂地敲门，开门的是他的妻子。

他妻子表情很困惑地问我："请问你有什么事吗？"

我焦急地反问她："你的丈夫在吗？"

当她说自己的老公在家时，我才松了一口气。

可那个被所长夫人喊出来的男人不是所长，他有一头很茂密的长发。

我目瞪口呆地问所长夫人："他是你的丈夫吗？"

所长夫人点了点头："是啊！他就是我的丈夫，你不是说你找他有事吗？难道你不认识他？"

那个男人表情严肃地问我："你是谁？"

我没有理他，我对所长夫人说："你的丈夫不是一个秃顶吗？请你再仔细想一想，这个男人究竟是不是你的丈夫？"

所长夫人的脸色变得非常难看，她说："你这是什么意思，难道我不认识我的丈夫，你倒是认识？"

我气急败坏地和曾经的所长夫人吵了起来。怎么会有这样的女人，竟然连自己的老公丢了都不知道。我心里面这样想。

她的这位新丈夫愤怒得想要揍我。趁着她报警的时候，我从她家里跑了出来。我又去了所长经常去的酒馆与理发店，那儿的人对所长也没有丝毫的印象。

不是想不起来这个人，而是这个人根本就没有存在过。

就和那位被我撞死的老奶奶，以及威胁过我的男警官一样，他们从来不曾存在过。

十一

从消失了的所长家逃出来后，我不知道该去哪里。我在街上漫无目的地溜达着，从下午走到黄昏。凌晨时分，我为了不惊动守夜的老人，我小心翼翼地翻墙，翻进了我们兰州最大的公园——团结湖公园。

我坐在团结湖公园的湖边，想着这两天发生的事情，将地上的石子一颗颗捡起来丢到湖里去。水面上荡漾开了一层又一层的波浪，和难解的谜语一样。潜伏在湖底冬眠的鲤鱼都被吓走了。

让我们来说说究竟发生了什么吧！

不知道从什么时候起，我可以随意抹杀掉一个人的存在，并用自己所想象的一个人替代消失那人的存在了。

我希望被我撞死的老奶奶、威胁我的警察、我讨厌的所长不曾存在过，于是他们就真的从世界上消失了。取代他们位置的是我脑海中幻想出来的人物——那个穿维尼熊裙子的小女孩、温柔的女警官以及人人爱她的邮政所所长。

这个世界究竟是怎么了？

我不知道，只能站起身来，不再往湖里面丢捡到的石子。很显然，老天生我于此是有更重要的事情给我做。我看着湖水中我的倒影，觉得自己变成了一头悲伤的怪物。

十二

为了试验我所猜想的是不是真的，在接下来的几周里，我又替换掉了几个人。

一个是替我们小区清理垃圾的男人，不知道为什么，每次我经过他身边时，总觉得他在阴森森地看着我。

这样让人觉得恐怖怎么可以当清洁工，清洁工不都应该像家政广告里演的那样温柔细致吗？有一天我从他身边走过时心里面纳闷地想。

果不其然，第二天醒来我再出门时清洁工已经变成了一个戴着口罩的中年妇女，她胖乎乎的，就和那些广告里面的人身材一样。

还有一次我干脆将一个集体替换掉了，她们是每天晚上都会出来拉客的流莺。

一天晚上，我路过她们成群招客的小巷时有两个浓妆艳抹的女人拉住了我，非让我去她们的足疗屋里做按摩，这是我第一次遇到这种情况，紧张得我结结巴巴地说我是一个正经人。大概是这句话激怒了她们，她们推开了我，对我破口大骂，一条巷子的男人和女人都看着我，我狼狈地落荒而逃。

我一边快速奔跑一边在心里面恶狠狠地想，太丑恶了，怎么市政和公安就没有发现这里呢？这里要是个自由市场该有多好，既方便市民，也少了许多困扰。

后来我再经过那里的时候，惊讶地发现红灯区已经变成了农贸市场，年轻的农村女人们坐在各自的拖拉机上，向来来往往的人们推荐和她们红润的脸色一样健康的蔬菜。

这两次试验后，我证明了我的想法是正确的。我翻阅书籍，上网查资料，明白了大家把我这种无法解释的情况叫作"超能力"：我竟然可以让每一个在我生命中出现的人，如我所愿的在这个世界上存在。

我自己管这种现象叫作"替换"。

我一边喝咖啡，一边在笔记本上总结我身上这种超能力的三条法则：

第一，每次我有了替换我不喜欢的人的想法，都会是在第二天，也就是我睡了一夜之后实现。

第二，每次替换的人数，最小单位是"1"，最大单位是多少，我也不知道，因为我不敢知道。

第三，被我替换掉的人，可以是男性，也可以是女性。但代替他的人，必然会是女性。

我看着本子上面自己写下的这三条法则，心里既不高兴，也不悲伤。我不知道即使我会替换这种本领又能怎么样，它没法换钱，也没法让我升职，除了能让我的眼睛舒服些，我觉得它的价值还不如一本驾照大。

直到有一天，我把这件事情告诉了 H 小姐。一切从此发生了变化，我才知道我变得有多的可怕，"替换"是多么的可怕……

十三

其实我一直爱 H 小姐，从她第一次和我说话开始，我就爱上了她，我深深地爱着她。

不是喜欢，而是"爱"。

我记得我第一次和她说话是何时、何地，我清清楚楚地记得，从来没有忘记过。每次我回忆起来，就像是刚刚发生在昨天一样，清晰而又甜蜜。

那是在吃午饭的时候，我打完菜，看着闹哄哄的食堂心里面充满了迷茫，到处都坐满了人，似乎已经没有了我的位置。

就在我四处寻觅空座位的时候，H 小姐进入了我的视线。她坐在靠窗的位置,表情恬静,正翻阅着一本叫作《乌托邦》的小册子。阳光直射她的脸,每一条天蓝色的可爱血管我似乎都能看得清清楚楚,她桌上的水杯也是天蓝色的。那一幕仿佛是一个天使与自己的圣杯,仿佛一道闪电般将我的人生劈成了两半。一半是没有看到 H 小姐之前,另一半是看到了 H 小姐之后。

我走了过去,似乎打扰到了她。她微微地抬起头,不解地看着我。

我说:"对不起,打扰你看书了,可其他地方似乎实在是没有空座了。"

"哦!"她恍然大悟点了点头,示意我坐下。等我坐好后她对我笑了笑,继续看她的书。

"这本书讲什么的?"我一边吃饭一边尽量装作随意地问她。

她合上书,若有所思地说:"它描述了一个美丽的新世界。"

她说这句话的时候,表情和语调像是朗诵诗歌的诗人一样。哦!我的 H 小姐,我的诗歌少女,从她说完这句话之后,我就仿佛沦陷一般彻底爱上了她。从此之后我开始想方设法靠近她,靠近这位新的同事。漫长的工作时间里我俩成了最好的朋友,可我从没告诉过她,我爱她,她就是我的乌托邦,是我的美丽新世界,我愿意为她而死。

我对 H 小姐是不允许有任何亵渎的爱。即使我现在已经长大了,知道了女人是怎么回事,知道了这人世间是怎么回事,可我仍然固执地认为对 H 小姐的爱,不应该有任何的亵渎。

正因为如此,我从来都没有告诉过 H 小姐我爱她。我只是努力地在她身边说话、大笑、做傻事,或者悲伤。我尽力地帮助她实现她的每一个愿望。可我爱她这件事情,她究竟知道抑或不知道,其实我也不知道。我只能希望有一天我的努力会让她爱上我,那个时候,她就会知道我爱她了。

H 小姐,你可知道我爱你?带着红色蝴蝶结的 H 小姐,小腿修长的 H 小姐。连衣裙在风中摆动,铃铛般的笑声。我的天啊!一想起这些,我就会变得疯狂。

十四

H 小姐得知我有替换这种怪异本领,是由于我的崩溃。

本来我在心中早就暗暗发誓,不会把这件事情告诉任何人的。我看过科幻电影和美剧,我知道当大家知道我的异常时,我就会被当作病毒一样被研究。坐在电椅上,浑身插满了管子,被各种古怪的镜头所透视,我可不想这样。

但有一天,我和 H 小姐在邮政所大厅微笑着擦肩而过时,我突然想:H 小姐要是再高一点,眼睛再大一些,还是双眼皮就好了。她要是知道我爱她,并且也爱我,那该有多么完美……

我就这样胡思乱想着走出了邮政所的大门,地上落满了从树上掉下来的叶子。金色的叶子与金色的灯光,让我们兰州永远都像是一个黄金世界一样。我又向前走了几步,突然,我的心一下子揪了起来,开始狂跳。后悔像是一桶冰水般顺着我的后脑勺流淌了下来……

该死!要是明天早上我这无聊的想象变为了现实怎么办?一个和 H 小姐长得一样,但眼睛大一些、个子高一些的双眼皮女孩明天走向我,告诉我她爱我怎么办?那 H 小姐怎么办?该死!该死!我头痛欲裂。

我坐在街边想了足足有半个小时,只想出了一个办法:为了不让 H 小姐被我所想象出的女人替代,我只能不让自己睡着。这个办法能撑多久,我不知道,同时我也在逃避这个问题的答案,就像这二十多年来我一直在逃避我自己的生活一样。

那天晚上我熬了过去,可从第二天凌晨开始,我的眼皮就像挂上了沉重的铁球一样总是不由自主地想要闭上。我开始拼命喝咖啡、抽烟、往自己的太阳穴上抹清凉油。每当我想要睡着的时候,我就警告我自己——千万不能睡着,否则等你再次醒来的时候,H 小姐就会彻彻底底地消失。

我身上的每一块肌肉,每一处器官都在二十四小时昼夜不断地工作着,我无法得到真正的休息,这让我疲惫不堪。

据说,人不睡觉顶多能支撑七天,七天之后人如果再不休息,就会有突然死亡的威胁。

当我撑到第四天的时候,我开始相信这句话。看着镜子中的自己,可真是弄明白了"形容枯槁"究竟是什么意思。我的脸仿佛一只丧失了水分的螃蟹,我是说我已经毫无生气可言。

我就以这副尊容跑到了单位,同事们看着走路摇摇晃晃的我,纷纷关心地劝说我去医院看看,是不是得什么病了。

我谢绝了同事们的好意，只有我自己知道，我没有病，我只是在自寻死路。

在我整理今天要送的信件时，我感觉我的大脑像是在被一双铁手生生撕开一样的疼。就在我即将昏倒的时候，有人扶住了我。扶住我的人是眼睛泛着泪光的 H 小姐，她旁边站着同样满脸关切的所长，就是那位被我想象出来的所长。

所长很动情地说："你这样怎么行呢？你今天不用去送信了，让 H 小姐陪你去医院看病吧！"

我摇摇手，表示拒绝。可所长又说："你不用拒绝了，就这么定了。你俩赶紧去吧！"

说完她转身就走了，一点解释的余地都不留给我。她一边走，还一边摇着头轻声说："这么不爱惜自己的身体，怎么能够干好工作呢？"

同事们也纷纷点头附和她，用半是责备半是关心的眼神瞪着我，在大家无言的催促之下，我被 H 小姐搀扶着离开了邮局。

十五

到了医院。在有着一个大落地窗、洒满阳光的房间里，医生和蔼地对我说：你没生任何病，只是你的身体太劳累了，需要静养。

我虚弱地点了点头。医生又给我开了些安神补脑的药，取完那些被包裹在花花绿绿的盒子里面的小药片之后，H 小姐拦下了一辆出租车，把我送回了家。

她给我铺好床，我躺进了被窝里，才感觉暖和了一点。她还为我熬了一锅牛肉汤，我被她一口一口喂着喝了两碗汤之后，脸上才有了些许的血色。

为此我真得感谢 H 小姐，我更提醒自己千万不要睡着了。

"天色晚了，你回去吧！今天真是谢谢你了。"我虚弱而又真诚地对 H 小姐说。

H 小姐笑了一笑："说好吧！你也好好休息。我明天再来看你。"

我突然想起她看过很多很多的书，否则，又怎么会写出那么多我看不懂又觉得十分美丽的诗歌呢？我也想看看她看过的书，这次她照顾对我来说是一次绝佳的机会，我要尽量创造我们共同感兴趣的话题。

于是我向 H 小姐提出了借书的要求。

"好的!"H 小姐答应了我,又问我喜欢看什么样的书,我想了想,说:"你喜欢看什么样的,明天带给我就好了。你喜欢的我肯定喜欢。"

H 小姐走时为我关了灯,在黑暗中,可能是吃过东西的原因,当困意再次侵袭我大脑的时候,我没有抵抗得住。意识越来越昏昏沉沉,到最后终于陷入了梦乡。

十六

当我明白发生了多么可怕的事情之时,我还处在黑暗之中。尽管我裸露在被子之外的脚已经能够感觉到阳光的照射了,但我仍然不敢睁开眼睛面对光明。我天真地认为,也许我不睁开眼睛,就意味着我没有醒来,如果是那样的话,昨天的 H 小姐可能就不会消失,不会被另外的那个女人所替代。

我就那样像一块坚硬的石头般躺在床上,墙上挂着的钟表在"嘀嗒嘀嗒"地响着,时间如水,流过我的身体。不知道过了多久之后,我听到门被打开的声音,紧接着是高跟鞋踏击地板的声音,越来越近,来到了我身边。有人在推我,我闻到了 H 小姐身上迷人的香水味道,我听到她说:"起来吧!懒鬼,现在都快到中午了。"

声音还是 H 小姐的声音,这多少让我踏实了一点,但心里也有一些纳闷:怎么回事,难道 H 小姐没有被我替换掉吗?

她见我没有反应,继续推我,呼唤我的名字。我想装作熟睡,H 小姐的声音却越来越焦急。紧接着我听到了她拨打电话的声音,我听到她说:"喂,是 120 吗?"

我见无法再装下去,只好无奈地睁开了眼睛。上帝做证,我当时是多么的紧张,以至于我感觉自己的心脏都快要爆炸了。

当我看到 H 小姐还是 H 小姐,个子没有变高,眼睛没有变大,仍然还是单眼皮时,我才长长地出了一口气,顿时放下心来。

我不知道为什么 H 小姐没有被我替换掉。

H 小姐挂断了拨打 120 的电话,生气地责问道:"叫你怎么没反应啊?"

我说："我刚才梦见你了，是一个美梦，我怕我睁开眼，你就消失不见了。"

H 小姐笑了，轻声地说："讨厌。"

H 小姐将手中提着的塑料袋在我面前晃了一晃，说："看我为你带来什么了？这都是精神食粮。"

她果然为我带来了许多的书籍，都是一些外国人写的书，有小说也有诗歌，那些照片上的外国人都留着长长的大胡子，眼睛和 H 小姐一样的明亮。

我随便翻阅了几本，便放在了床上，苦笑着抬起头来，对 H 小姐说："我看不懂。我只想看主人公飞来飞去的武侠小说。"

H 小姐惋惜地说："好吧！下次我去租几本武侠小说带来给你，可那些飞来飞去的故事有那么好看吗？你也知道，那都是假的。人是一种无比现实的动物，是不可能有超能力的。可我为你带来的这些书里都蕴含着真理，你不相信吗？这些真理能让世界变得更加的美丽。"

我点了点头，可其实我对她的话似懂非懂。我问她："难道你不相信有的人真有特异功能吗？"

"你相信吗？"她好笑地反问我。

我胆怯地回答她："我也不知道。"

"我相信这个世界上没有特异功能者，如果有的话，他为什么不用自己的特异功能拯救世界呢？现在这个世界简直就是疯了。"

H 小姐眼神明亮地回答我，她的眼睛就和熟透了的葡萄般诱人。

我说："如果我会特异功能的话，我就照你说的做，让这个世界变成一个美丽新世界。"

H 小姐微笑着说："我相信你！"

她的信任使我激动得眼角湿润了，我赶忙不好意思地用手擦自己的眼睛。

我问 H 小姐："可究竟什么样的世界，才算美丽新世界呢？"

她紧紧地握住了我的手，小声地认真说道："当每一个人都不再自私、不再贪婪、不再虚伪的时候，我们就生活在美丽新世界中了。"

我能感觉到她手掌中细小纹理的摩擦力，那力量让我的内心得到了些许的安宁。

我在床上休息了大概一个礼拜，H 小姐在那段时间里每天来我家照顾我，给我做饭,陪我一起阅读书籍,跟我聊小时候的事情。我的身体和心情都渐渐地好转了起来。

等我又恢复了一些,为了报答 H 小姐的照顾,我去买了两张电影票。当我把其中一张塞到她手里说"一起看电影去吧"的时候,H 小姐红着脸点了点头,她乌黑的眼珠像半空中的雨滴一样明亮,我的心"怦怦怦"跳了起来,整整一天都没有恢复平静。

十七

那天我与 H 小姐看的电影叫作《机动杀人》,安吉丽娜·茱莉与伊桑·霍克主演。讲的是茱莉扮演的女探员与霍克扮演的变态杀人狂徒之间所发生的爱情故事。

H 小姐坐在我的旁边,一边吃着奶油爆米花一边发出满不在乎的尖叫声。她那双明亮的大眼睛一动也不动地盯着银幕,可以看得出来,她已经陷入电影所营造出的恐怖氛围,这可真让我苦恼。

我想和 H 小姐说话、聊天,像两个老朋友一样一点点拉近彼此的距离,而不是面对着电影里面的血腥镜头与香艳场面,动不动地惊叹两声。怎么办,怎么办?我越想越苦恼,手心上不由得冒出了汗。

"H 小姐……"我轻声叫道。

"嗯?"H 小姐回过头来,在黑暗之中那道投射的光柱里,H 小姐的嘴唇比在放映厅外面时更红了,简直就是有些刺眼。我微微皱眉,心里明白,自己的生活此时此刻又处于梦境之中了。H 小姐看我发愣,微笑着问我:"怎么了?"

"没什么,只是想问问,你对这部电影有什么看法?"

H 小姐想了一下,说:"就是一部很普通的好莱坞惊悚片啊!不过挺吓人的。另外,茱莉的乳房不像我之前想象的那样性感啊!"

她说完,冲我调皮地挤了两下眼睛。我笑了,觉得自己受到了鼓励。我往她身边凑了一凑,正准备说话的时候坐在我后面的家伙突然很不客气地拍了拍我的肩膀。

"请你们说话小声一些,别人还正在看电影啊!最好,就请不要说话了,因为,这毕竟是一部惊悚片啊!"

我回头看他,那个家伙是一个穿了件绿色"NIKE"牌棉服的四眼胖子,他表情严肃地看着我,像是我侵犯了他某种不容践踏的权利,简直讨厌死了。

"真讨厌,说了两句话就这么刻薄地说我们,这样的人还是不存在的好!"H小姐这样小声对我说。H小姐跟我想的竟然不谋而合,这可真让我激动。

"你说得对,这样的人根本就不应该存在。"我说完这句话,H小姐高兴地冲我点了点头。

因为我们身后的那位先生反对我与H小姐在看电影时交谈,再加上我昨天晚上因为今天要和H小姐看电影而紧张得没有睡着觉,此时的我百无聊赖,不知不觉中竟然昏沉沉睡着了。

再次醒来,电影已经演完了,美丽的女探员最终还是没有和自己心爱的人在一起,她把一把大剪刀插在了男主角的胸膛里。放映厅的灯亮起,我们站起身来准备走,刚一转身,不由得愣住了。

坐在我后面的人也站了起来在穿大衣,那人却不是那个四眼胖子,而是一位脸色苍白的中年妇人。

H小姐一边往外走一边小声问我:"怎么回事,那个坏胖子什么时候走的?他们是什么时候换的座位?我怎么什么也不知道?"

"我也不知道!"我同样小声对H小姐说。但事实上,我知道。久违了的"替换"再一次出现了,那个胖子和之前被我所憎恶的人一样,消失不见了,他们再也不会回来,没人会意识到这一点,因为他们从我认为他们不应该存在的那一个瞬间起根本不存在了。

我和H小姐走出了电影院,H小姐还在为那个胖子莫名其妙地消失感到纳闷。她认为也许那位先生是因为对我们太粗鲁了,自知理亏所以偷偷溜掉了。看着天真的H小姐,我为我所做的恶作剧感到些许的得意。

为了转移注意力,我接着问H小姐那个刚刚在电影院里被那个胖子打断了的问题:"你觉得这部电影怎么样?"

H小姐想了一想,停下脚步对我说:"我觉得霍克扮演的那个杀人狂徒是自寻死路,他的下场是咎由自取。一个人怎么可以因为自己的创伤而去随便杀人呢?他这样做是不对的。"

我对吗？

这个想法让我的内心剧烈地颤抖了一下。我突然浑身冰冷，一个不祥的问题产生了——我抹杀掉了他们的存在，无论是肉体还是灵魂，在这个世界上他们再也没有一丝痕迹。我这样做对吗？

我是不是杀了他们？我和电影里面演的那个杀人凶手有什么不同？我是不是杀了人？

这个可怕的念头把我吓坏了，就连接下来和 H 小姐去逛街、跳舞，我也没有感觉到一点点快乐。

在晚上跳舞的时候，我脸色惨白。H 小姐担忧地问我："怎么了，是不是身体不舒服，还是有什么心事，为什么神情变得那么苦闷？"

我从脸上挤出了一丝硬笑，回答说："没事，就是有些累了。"

佛拉明戈式的鼓点响了起来，灯光耀眼，舞池中灌满了光。气氛一下子变得很劲爆，我闻到了各种各样的香水味道，男人与女人像蛇一样舞动着自己的身体。大地在震动，而 H 小姐突然把脸贴在了我冰冷的胸膛上。

"你说什么？"我扯着嗓子冲 H 小姐喊。音乐声太大了，震耳欲聋。我感觉 H 小姐跟我说了句什么，可我没听清。

"我们在一起好好交往吧！"

这回我听清了，看着 H 小姐期待的眼神，我变得惊慌起来。

如果是以前，这句话从 H 小姐口中说出对我而言简直就是神谕，我会毫不犹豫地答应 H 小姐。可如今不一样了，我可能犯下了大错。我让一些人不再存在了，我怀疑自己是个杀人凶手。

我羞愧地说了声"对不起"，然后推开了一脸诧异与悲伤的 H 小姐，从到处都是音乐与人的俱乐部跑回了家。我躺在沙发上，用被子捂住了自己的脸，大声哭了起来。我开始为我的超能力感到难过了，我真不知道该如何面对。

十八

所长是不是被我杀死了？那个清道夫，那个警察，那个在电影院里面不让我和 H 小姐说话的男人，是不是都被我杀死了？

在 H 小姐向我表达爱意之后，有那么一个礼拜，我总在心中问我自己这个问题。

原本我只是一个肇事逃逸的懦夫，现在竟然变成了一个可以替换掉别人的凶手。

如果我当时没有在撞了那位老太太之后就逃之夭夭的话，现在的我又会是什么样子？

我一遍又一遍问自己，无论是在吃饭、在洗澡、在送信的过程中，还是在广场上用面包渣喂那些可爱的小麻雀时，我的内心都问自己这个问题：

懂得了替换的我，是不是变成了一头邪恶的怪物？

我寝食难安，忍受着良心的折磨。

而 H 小姐总是想和我说话，每次看见我时，她都会主动向我靠近。可我害怕见到她，我躲着她，每逢那种时刻，我心里面怀揣着的痛苦就犹如星空里面亿万颗繁星组成的星座一样浩瀚。

我打算重新开始酗酒，甚至打算自杀。

终于有一天，我出去送信的时候被突然出现的 H 小姐在邮政所门口拦住了。我不知道该和她说些什么，只好不好意思地笑了。

"你笑什么？"H 小姐不解地问我。

"没什么！"我喃喃说道。

"没什么是什么？"H 小姐挺起了胸膛，得理不饶人似的朝我逼近了两步。

我收起了脸上的笑容，我对和 H 小姐之间的暧昧突然有了些许的反感。

我板着面孔问她："你找我有什么事情吗？"

她委屈地说："为什么那天之后你就不理我了？我找你你还总躲着我？是不是，你不喜欢我？"

我不知道该如何回答她。我们尴尬地站在街头，风像疯了一样，穿透我们的身体，穿透我们的心灵。一种非常黑暗的感觉涌上了我的心头：我喜欢 H 小姐，却无法解释我为什么要疏远她。但我愿意为她做任何事情，甚至是死，甚至是替换。反正我也是一个杀人凶手了，为了所爱，即使再杀掉几个人，又有何妨？

反正人即使犯了再大的罪恶，最严重的惩罚，也只是死一次。

反正我们每个人，无论再怎么折腾，都不会活着离开这个世界·

我问："H 小姐，你最讨厌的人是谁？"

H 小姐愣住了，她一定认为我莫名其妙吧。她说："你说什么？你是不是疯了？"

我没有回答她的问题。我只能再次重复我刚才说过的那句话："请你跟我来！"

十九

我带着 H 小姐，爬上了我们兰州最高的山。在山顶上向下俯望，可以看到整个兰州城，它就好像一张面孔一样，时时刻刻在转换着它的表情。那些高大的建筑就是兰州的五官，那些宽阔的街道就是兰州的血管。H 小姐就站在我的身旁，好奇地看着我。

我问她："你说你爱我，是真的吗？"

H 小姐毫不犹豫地点了点头。

"那么你告诉我，你最讨厌的人是谁？"

H 小姐没有说话，我看得出来，她是在犹豫。

"说吧！"我鼓励她，"如果你爱我就告诉我你恨谁，我想要知道。这里很隐蔽，不会有第二个人知道的。"

"你什么意思？"可以看出来，H 小姐有些害怕了。

"你最喜欢的电影明星是谁？"我继续问 H 小姐。

H 小姐说是安吉丽娜·茱莉。"为什么喜欢她？"我好奇地问 H 小姐。

H 小姐不好意思地说："她的嘴唇多性感啊！"说完这句话我们俩都笑了，看 H 小姐的样子她比刚才放松了不少。

她犹豫了一下，终于说出了那个人的名字。我表情没有变化地问她："那个人长什么模样？"

她说那人是个矮胖子，中年男人，小眼睛、细眉毛、塌鼻子，并且有些秃顶。经过她的描述，这位先生的长相我已经了然于心。

"这人是谁啊？"我好奇地问 H 小姐。说句实话，温柔大方的 H 小姐心里面竟然也有所恨的人,这事还真让我感到有些意外。

"是我高中的班主任,我最恨他了！要不是他,我就去学舞蹈了,哪还会在这里当一个邮差！"

原来如此。我点了点头,我对她说:"我们走吧！"H小姐愤怒地喊道:"这次谈话就这样结束了吗？这算什么啊？"

我对她说:"不要着急。一切等到明天上午你就会明白了。"

"你要做什么？"H小姐感觉到了一丝害怕,她怯生生地问我。

"我爱你,我要为你创造一个美丽的新世界。"

二十

第二天一大早,我还没有睡醒,就接到了H小姐打来的电话。

"快打开电视！你这个浑蛋！你究竟干了什么？"H小姐在电话里的声音焦躁而又恐惧,拖着长长的哭腔。

我打开电视,正好播到了娱乐新闻。说话带着浓重口音的女主播兴奋地说,在兰州某所学校里,有一位长得酷似安吉丽娜·茱莉的高中女教师,现在正积极参加各种选秀活动,希望她能够像安吉丽娜·茱莉一样,得到几个好机会,成为天王巨星。

电视上是那位高中女教师唱歌跳舞的镜头。

这倒是超出了我的想象力,属于这位原本不该存在之人的自由发挥。我饶有兴趣地坐在沙发上打算看看她还想做什么,门外响起了急促的敲门声。

我站起身去打开门,和我想的一样,是H小姐。

"是你干的吗？"H小姐震惊地问我。

我回答她:"没错,是我干的。"

我把她让进了家门,问她是喝咖啡还是喝绿茶。可H小姐好像没有听到我的问题,只是眼睛直勾勾地盯着地面,说:"不是你疯了,就是我疯了。你是怎么做到的？"

我将手中的绿茶递给了她,她呆呆的可爱样子和刚才绿茶残留在我手上的冰凉感觉此时多少让我感到了一些得意扬扬。

"你知道什么叫作替换吗？"

接着，我说："让我们坐在柔软的沙发上，一边喝着绿茶一边聊吧！放一张Pulp 的 CD 听，要知道，这可是一个很长很长的故事……"

二十一

我将一切都告诉了她。我告诉她我能通过自己的梦境把任何我看着不爽的人给替换掉。

我替换掉了老奶奶、男警察、邮政所所长、不让我和你说话的胖子、你最恨的高中老师。我让他们统统消失掉了。

统统消失，就是没有人知道他们，没有人相信，他们在这个世界上真正存在过。

起先我告诉她这些时，还能够控制得住自己的情绪，尽量让自己的语调显得平静。但越往后叙述，我的后悔之情就越重。那后悔放大了我的恐惧与自责，终于，我哭了出来。

那时的我感觉自己像是在和一个神父忏悔，我哭得鼻涕眼泪都流了出来，身体止不住地颤抖。H 小姐的双手插在我的头发里，在同样是玫瑰色的窗帘下，她一言不发，若有所思。

"你说，我是不是等于杀了人？"我抬起头来，泪眼蒙眬、可怜巴巴地问 H 小姐。

H 小姐抚摸着我的脸庞，怜惜地说："怎么会呢？我的小可怜，你把自己吓坏了。你让两个坏男人消失了，同时你也让两个比他们更好的女人诞生了。你没有做任何破坏这个世界的举动，你让它变得更美好了。"

"是吗？我真的让这个世界更美好了吗？你不是在哄我吧？"我半信半疑地问 H 小姐，就像是一个真正的笨蛋那样。

H 小姐说："当然没有骗你了！"为了证明她没有骗我，她甚至还用力地拥抱了我一下。

我望着她，嗓音低沉地说："我告诉你，我想要什么就有什么，我想变成什么就是什么，我想让什么东西消失它就会消失。我是一只怪物，现在你知道我是一只怪物了。现在我把真相都告诉了你,你还会爱我吗?"

H 小姐想了想,继而抬起头来坚定地看着我,毫不犹豫地说:"我爱你! 不论你是不是怪物,无论你做了什么,我都爱你。我爱你不是因为任何力量的介入,仅仅是因为我的心在渴望你。这和其他东西无关,甚至与你也无关,它是我自己的决定。"

她说完上述长篇大论,长长地出了口气。还没等她的胸膛平复下来,我便过去抱住了她,吻上了她的唇。

我能感觉到她说的是真的——H 小姐爱我,并不是我潜意识的伎俩,而是真的。这一点让我喜出望外,与之伴随的是一点点好奇:看来这个世界上,我唯一不能加以改变的,就是关于 H 小姐的一切。这可真奇妙。

H 小姐突然变得很高兴地说:"原本我还以为自己只是爱上了一个很平凡的邮差,没想到这位邮差可以和造物主一样伟大,真棒!"

这话我听不太懂,H 小姐似乎被自己得出的结论吓了一跳,她兴奋地看着我说:"你知道吗? 你不应该害怕,你有力量让这个世界变得更加美好! 你会成为这个世界上最了不起的人,比那些诗人与作家还了不起! 你能让贪婪与自私消失! 让虚伪消失! 你能用值得存在却并不存在的,替换掉原本不该存在但确实存在着的一切!"

看着她那么高兴,我也高兴地点了点头,尽管那时的我其实并没有弄明白什么是值得存在的,什么又是不值得存在的。H 小姐的这些话让我感觉到了些许安慰,我怎么就没有想到这一层呢? 我真是个笨蛋。我从 H 小姐的怀中挣扎着坐了起来,看着她明亮的眼睛,狠狠地抱住了她,亲吻她。

H 小姐突然挣脱了我的嘴唇,大声喊道:"我爱你!"

"我也爱你,H 小姐,我爱你。"

之后,我与她做爱了,持续了很久。等到我们的身体分开之后,H 小姐小麦色的皮肤上到处都是汗水。她声音嘶哑地称赞道:"你不错嘛!"

我闻着空气中飘浮着甜美的香味, 那是 H 小姐的身体所散发出来的。我有些得意,而又不好意思地笑了。H 小姐问我:"你能把我变得更漂亮吗?"

我没有告诉她真相,我不能。我说的是:"你在我心中已经是最漂亮的女神了。"

我没有告诉 H 小姐那个小秘密。这种感觉就和一个孩子在向神父忏悔完毕之后,走出教堂看着晴朗的天空与明媚的阳光,知道自己还怀揣着一个微不足道的小阴谋一样得意。

二十二

H 小姐的温柔使得我把内心对自己体内这种可怕能力的最后一点羁绊也丢弃了。

我开始相信 H 小姐对我说的,替换其实是一种创造美丽新世界的能力。

有一天,我俩躺在床上,疲惫地看着天花板时,H 小姐突然对我说:"喂!你搬到我那里住去吧!"

"好的!"

我想都没想,就点点头答应了她。

很迅速地,我就搬进了 H 小姐居住的公寓,和她住在了一起。

我们两个人白天一起去上班,对大家拿我们这对小情侣开的玩笑置之不理。到了晚上,我们回到家中,H 小姐就会给我念诗、削苹果。我们做爱,整夜整夜地喝咖啡,不睡觉。

有一天,我们推开家门准备去上班时一条恶狗扑向了 H 小姐,H 小姐吓得尖叫起来,幸亏我拦得快,那条狗才没有咬到 H 小姐。

它冲我们啸叫,我拿起门口的拖把试图把它赶走。一个光头男人跑到了我们面前,牵住了狗。它不叫了,我想,光头男一定是它的主人。

光头男恶狠狠地质问我:"干什么干什么?你拿着拖把干什么?"

这话可真让我愕然。

"我打狗啊!它差点咬着我的朋友!"

"你们打它,它能不咬你们吗?"

"可是,是你的狗先要咬我们,我才拿拖把自卫啊!"

"算了算了不跟你说了,没文化,没爱心!还要打小动物!岂有此理!"

光头男人牵着那条恶狗骂骂咧咧地走了,他身后的我与 H 小姐一句话都没有再说。

和一个不存在的人,还有它那条不存在的狗,我们还有什么可说的?

第二天,我们再出门时,看到一位慈祥的老奶奶抱着自己的花猫咪从门口经过,她的容貌就和我所想象的一模一样。

二十三

"你应该让这个世界变得更美好!"

我和H小姐在家吃烛光晚餐的时候,H小姐突然对我如此说道。我点了点头,可为什么点头,我自己却一点都说不出来。

我从小没有了父母,生活拮据,不得不小心翼翼地生存。我从来都不敢对任何一种力量俯首称臣,因为我害怕与之相反的另外一股力量会把我当作敌人,将我碾碎。我以为我永远都会是一个浑浑噩噩的局外人,可现在,H小姐对我说出了一个我不知道该如何想象的词语——"美好"。

"美好",以及"丑恶",它们究竟是什么东西,为什么要变得"美好"或者"丑恶"?我连区分这二者之间不同的辨别力都没有,又怎么能够将二者进行替换。

H小姐默默地将一张纸放在了我的面前,上面有一些名字,这是一张名单。

"这是干什么?"

"这上面的人你可以统统替换掉吗?他们应该变成什么人,我已经写好了。"

"可是,我根本不认识他们啊!他们并没有做什么让我不舒服的事情,我为什么要替换掉他们?"

"这个人……"H小姐面无表情地指着一个名字,就像她指着的仅仅是一个名字而已,"是一个醉鬼,每当他喝醉酒之后,就会打老婆。前天,他打断了那女人的两根肋骨。"

H小姐又随便指了一个名字:"这个人,表面上看着像是一个正人君子,可实际上他是一个变态狂。他经常向别人散布谣言,他已经让两对恩爱的夫妻因为流言离婚了。"

"只有把这些人统统替换掉,我经常跟你讲的那个美丽新世界才会到来。"H小姐非常严肃地对我说,可我却感觉到了那严肃下面所蕴藏着的令我不寒而栗的疯狂。

"那么,你所说的那个美丽新世界,我发誓要帮你完成的那个美丽新世界,究竟是什么样子的?"

我战战兢兢地问 H 小姐,生怕她会为了我那极度匮乏的想象力而看不起我。

H 小姐并没有被我问倒,她似乎早就思考过这个问题了。她胸有成竹地回答我:"等到你生活中的任何一个人不会讨厌、憎恶与害怕他旁边任何一个人的时候,我们就可以休息了。"

H 小姐的野心将我吓着了,她志在必得的表情甚至让我产生了一丝厌恶。

"我没有你这么宏伟的计划,我只想让我讨厌的人都消失掉就可以了。"我这么说道,声音小得就像是在和我自己说话一样。

亲爱的 H 小姐并没有因为我的反驳而心生不悦,至少我没看出来她有什么不高兴的。她只是轻轻地抱住了我,她身上的气息不由得让我心醉神迷。

H 小姐说:"神赐予了你特殊的能力,并不仅仅是让你自己高兴的。你肩负着重要的使命,那就是服务于你所存在的世界,让它变得更加合理。"

她的话我感觉有什么地方不对,可还没等到我想出究竟是什么地方不对,H 小姐就将我的头轻轻按在了她小巧的乳房中间。

"你说得对!"在那柔软的黑暗深处,我听到我对我的 H 小姐说,"无论你说什么,都是对的。我会按照你说的做。"

二十四

对他们的替换开始了。

我让总是往对门家扔垃圾的邻居变成了一个厨师,她非常喜欢制作可口的小点心送给街坊们。

我还让一队总是在深夜飙车的飞车党变成了一个非常不错的业余体操队,这些女孩一到周末就会去养老院里为那些孤独的老人表演。

那个总是散布谣言、破坏别人家庭的浑蛋让我变成了一个有着修长双腿的哑巴兽医。

那个每次喝醉酒都要打老婆的醉鬼则变成了微笑着的化妆品柜台售

货员。

谁不值得存在，我就用值得存在的人来替换他。一天一个，绝不多做，也绝不少做。我和 H 小姐像是一个外科医生一样观察着我的生活，改造着我的生活。

我们两个的生活似乎只剩下了一件事情：绞尽脑汁地回忆形形色色我们所厌恶讨厌的人，将这些人名列成一个名单。接着等待深夜到来，在我的梦境中将他们改造成美好的善良人。

我和 H 小姐惊讶地发现，原来我们不喜欢的人是那么多，简直就是数不胜数。

我们梳理着自己手中的名单，一个又一个列举着这些人的缺点，发现他们全部都是贪婪而又自私的虚妄之徒，没有丝毫值得被原谅的可能。

抑或，我们根本就没有想到他们也许是可以被原谅的。

"不是让他们消失，只是让他们改变。"每当我替换一个人成功之后，我在心里面就一遍又一遍这样告诫自己。这是 H 小姐说的，她说我没有杀人，而是让这个世界变得更加美好。

我爱 H 小姐，我相信她说的话。可无论我怎么安慰自己，都不能让我感到释然。

毕竟，一个活生生的人从这个世界上消失了。取而代之的则是一位从你脑海中诞生的陌生人。这事虽然奇妙，却并不值得人开心。

二十五

日子一天天过去了，我替换了一个又一个的人。生活慢慢地在向 H 小姐向我讲述的方向努力。贪婪的人一个接着一个消失，自私的人也一个接着一个消失，这多少让我心里有了一些安慰。可 H 小姐并不满意，她那份名单上的名字层出不穷。我刚刚改造了一批，她紧接着就又会为那张名单上增添新的名字。

有一天我跟 H 小姐开玩笑。我说："亲爱的，你没发现兰州街头的女人越来越多，而男人越来越少了吗？再这样下去，兰州所有的人都会被我们替换掉的！"

H 小姐很认真地问我:"那又怎么了？难道不好吗？"

她对于替换现象的那种执着与认真,总是让我感到不寒而栗。但没关系,我能为她死,甚至还能为她放弃人性。我从一开始就决定要帮她实现她的梦想:创造那个美丽的新世界。

我心里十分明白,肯定有一天,我们会因为过分疲惫而死。但没什么,美丽新世界已经诞生了!

到了那时,我要对她说那句我一直都想说的话。

在一个夏天的中午这个机会诞生了：我们终于替换掉了名单上的最后一个人,将一个屠夫变成了一个清洁工。H 小姐实在想不出来再替换掉谁了,她开口笑了,鲜红的嘴唇娇艳动人:"走吧! 我们去马路上看看! "

我们手牵着手,一起摇摇晃晃地在街道上散步。街上的每一处地方都让她心满意足。再也看不到我们不喜欢的人,到处都是身体健康、心理正常的人。他们脸上洋溢着青春的微笑,牙齿洁白得比阳光还要夺目。他们相互点头致意、问好,给老人与孕妇让座,绝不欺负儿童,无论在马路上看到什么,都会站在原地等待,等待丢失它的主人出现。

他们做出的一切都如同我们所期待的一样。

H 小姐说得没错,这种改造让我们的生活变得更美好了。生活开始变得礼貌、和谐、理性、井井有条。那些野蛮的咒骂、懦弱的躲闪与危险的意外一天比一天少了。

"你看看,这多好,多欣欣向荣赏心悦目! 哈哈哈……"H 小姐抑制不住自己的得意,一边大笑一边指着这街道上的美好景象对我如此说道。

我点了点头,算是赞同了她的意见。

可我内心深处,十分明白:上一张名单是最后一张名单。那个屠夫是最后一个了,从他以后,再也没有一个原本存在着的人了。那些从我出生时就生活着的人都被我在梦境中替换掉了,替换成了此时此刻出现在这里的,我与 H 小姐希望存在着的人。

如果世界真是由无数单独的人所组成的,那么我们已经成了这个世界新的创造者。

"祝贺你! "我对 H 小姐说,"你想要的那个美丽新世界终于达成了。"

我想我当时的样子一定像一个三流高中教师讲课时那样的严肃，否则 H 小姐不会收起她那美丽的笑容,庄严地看着我的。

H 小姐说:"谢谢你! 谢谢你为我做的这一切。"

我咬咬牙,单腿跪在了地上。H 小姐像是不敢相信自己眼睛一样看着我,街道上的人们也都诧异地围了过来。这种反应是我和 H 小姐一起为替换别人的人而特意设定的。因为我们觉得当有人要在大街上求婚的时候,人们都应该围上前去,就像爱情电影里面演的那样,才算浪漫。

我从兜里掏出戒指,真诚地对 H 小姐说:"请嫁给我吧! 我会一生一世照顾你的! "

人群沉默了,大家都在等待 H 小姐的答复,大气都不敢出一声,一根针掉在地上都能听得到。H 小姐想了想,微笑地点了点头,从我手中接过了戒指,戴到了自己的指头上。

人群爆发出雷鸣一般的欢呼与口哨。我紧紧地抱住了 H 小姐,深情地亲吻着她,我看见她流出了幸福的眼泪。

我也很幸福,我甚至在那一瞬间觉得自己是这个世界上最幸福的人。即使我身边人们所发出的欢呼声都是我之前想象好的,但我仍然幸福。

二十六

我们是在兰州最大的广场——光明广场上举办的婚礼。来了许多人,到处都是头颅,让原本很空旷的广场变成了一片黑色的海洋。我想,整个兰州的人都来参加我的婚礼了。

他们不得不来——他们都是替换者,是代替别人而存在着的人。在他们诞生之前我已经做好了设定:必须爱我。

不是吹牛,哪怕我想让他们彼此相互残杀,他们也会照做无误的。他们愿意为我付出一切,我之所以没那么干,是因为 H 夫人说替换不是用来为我们自己服务的,它应该为人民服务。

我相信我夫人的话。对了,从现在开始,H 小姐就不再存在了。存在着的,是 H 夫人。

二十七

处在新婚状态中的我,着实地快乐了一段时间。

H 夫人天天和我在一起,我们去了很多地方旅游,观看名胜古迹,品尝美味佳肴。我给 H 夫人照了很多的照片,拷进电脑里,有十几个 G 的容量。

任何一张照片里的她,无论是在大海边、夕阳下或者高楼上,眼睛永远都是大大的,脸色永远都是红红的。那笑容显得娇艳动人,似乎蕴含着能够让我永远年轻的力量。

最让我高兴的事情是:在我们蜜月的漫长旅行中,没有任何一个人与我们发生一丁点的不愉快,因此,我也没有替换掉任何一个人。

这场单纯的旅行,还有我怀抱中的 H 夫人,让我明白了什么叫作幸福。

可 H 夫人似乎并不满意现在的状况。

替换停止了之后,H 夫人每天都无精打采的,仿佛是日渐干涸的泉眼,生命力似乎在一点一点地从她身上流失掉。

"亲爱的,你究竟怎么了?美好世界已经建设好了,可你怎么越来越不高兴了?"

我不禁担忧地问 H 夫人。

H 夫人无力地看着我说:"我也不知道。可能是又回归到了那种平凡生活的原因吧!"

"我不明白你在说什么。"

H 夫人苦笑着说:"原本我是一个很普通的女孩子,爱看书,爱幻想,希望这个世界上到处都是我喜欢的同时又喜欢我的人。我毫无特色可言,原本我以为我会这样平凡普通地过一辈子。直到有一天遇见了你,你能让我实现所有的幻想,你懂得替换,你能让这个世界按照我所想象的那样运转。"

"这不是一件好事情吗?我已经按照你说的建造好了美丽的新世界,替换掉了每一个你所痛恨的人。你究竟还有什么不开心的?"看着可怜的 H 夫人,我不禁又气又急地喊叫了起来。

"亲爱的,你根本不了解替换带给我的感受。"H 夫人轻声地说,她的眼睛渐渐地有了光,像是着了魔一样。H夫人接着说道:"那个美丽新世界其实并不像你和我想的那样美丽。我以为我在乎它,可其实不是,根本不是。我爱替换时的那种感觉,锁定一个人,然后第二天他消失不见了,变成了另一个人。你说你觉得那像是杀人一样,可我觉得不是,每当你按照我所说的要进行替换之时,我都觉得自己像一个神。原来我爱的不是美丽新世界,我爱的是自己变成一个神。可现在,似乎一切都结束了。我以为我们会变得与众不同,可原来不是这样的。美丽新世界又能怎么样,不能再进行替换,我们只能又从神变成人。"

H夫人的话使我感到了深深的震惊,人们都说女人是世界上最贪婪的动物,我无法相信。现在H夫人脸上的表情让我相信了,那是一种欲望没有得到满足的深深的痛苦,是所有痛苦里面最痛苦的痛苦。她的五官紧紧地锁在了一起,一张美丽的脸与一幅关于地狱的画卷能如此完美结合到一起,真是让我头疼欲裂。

"我们继续替换吧!"

经过了很长时间的沉默之后,我对H夫人说出了这句话。

"可是,我们已经没有值得再被替换的人了啊!"

H夫人犹豫着问我,可我能够看得出来,在那种犹豫之下,隐藏着的是无法克制的兴奋。

"那就把那些已经被替换了的人再替换一遍吧!反正他们也是不存在的。"我咬牙切齿地说。

"可是,那样好吗?毕竟,他们没有犯过错误啊!"H夫人犹豫地问我。

"没有关系啦!反正你喜欢的是替换的过程,那么替换谁、为什么替换、替换的后果又有什么大不了的……"

H夫人仍然在犹豫着,我走过去抱住了她,亲吻她,手伸进了她的衣领中抚摸她的乳房,H夫人开始轻声呻吟。我将她抱到了床上,脱光衣服,开始拼命地冲刺。

"对不起!"做爱的时候,H夫人抚摸着我的后脑勺轻声问我,"我是不是个坏女人,我是不是让你感觉到了痛苦?"

"没关系,"我大汗淋漓地回答她,"无论你是好,还是坏,对我而言都无关紧要。只要你是H夫人就可以了,我爱H夫人,我愿意为她做任何事情,甚至是死亡。"

那一夜,我们疯狂地做爱。和电影里面演的一模一样,仿佛两个亡命的连环杀人狂,在最后的夜晚,彻夜狂欢。

二十八

"你知道吗?咱们楼下小超市的那对婆媳一直不和,咱们把她俩一起替换掉吧!让她们两个人喜欢对方!

"把老张家儿子替换掉吧!他总惹老张生气,我们应该把他替换成一个能考上重点大学的高才生!

"小李今天告诉我,她儿子的老师竟然因为孩子迟到就体罚孩子,把孩子屁股都打肿了,这样的人早就应该替换掉了!"

刚开始的时候,H夫人还尽量为替换找出种种理由。她极力想证明,每一个被替换的人,都是应该被替换的。她还对我说,之所以觉得不对劲,是因为我们的第一轮替换不够完美,所以才需要进一步的完善。

她每次对我说这些的时候,我知道她是在找借口。她是为了证明自己不是有着超强控制欲的变态狂而找借口。

说实话,我无所谓,我爱她,她想干什么,我就为她干什么。

她整天噘着嘴,眼睛四处不安地晃动,仿佛一架摄影机的镜头,搜集着这完美生活里所有的信息。任何的蛛丝马迹都不可能逃脱她的追寻,因为所有的人都喜欢她,乐意把自己的秘密告诉她。

可这些秘密真的很奇怪。它们大多数关于嫉妒、仇恨、失落、痛苦与排挤。

活该!有的时候我会恶狠狠地想,所有的人,无论是原本存在的人,还是替换了别人的人都活该!他们活该被替换,真是想不出来,他们不被替换的理由。

半年之后,兰州除去我之外到处都是女人。她们都是被替换了的人。

你偶然还能在兰州的街头看到男人的话,如果不是我,那毫无疑问是来自外地的观光客或者淘金者。毕竟,一个到处都是女人的城市简直就像人间天堂一样值得男人们向往。

兰州变成了一个人人相爱的大乐园。

我问 H 夫人："这次你应该满意了吧？"

那是在我们刚刚做完爱之后，她修长的身体裹在毛巾被里面，隔着落地窗被呈现在兰州的城市夜景之中。她的睫毛在金黄色的风里闪闪发光，我听见她极不情愿像是喃喃自语地小声说道："也许吧！"

从那之后，我能感觉出来 H 夫人在极力克制自己，尽量不让自己再去想着替换别人。

有一天她皱着眉头看着百无聊赖的我，说："你看看你的样子！我真希望你能够上进，成为一个对社会有用的人。"

第二天，她为此真的买了许多的书，就是一堆计算机教材、吉他谱等教人拥有一技之长的教材。并且她逼着我和她一起看。我知道她是想借此转移自己的注意力，但我说过我无所谓，我爱她，她让我干什么我就干什么，我希望满足她的一切愿望。

再者说我认为成为一个对社会有用的人很容易，把每一个认为我没用的人替换成觉得我很了不起的人不就得了吗？

遗憾的是，事情并不像我想象的那么简单。原来我可以改变任何一个人对待我的看法，可我却无法改变我自己。

我让她们派我去做地产大亨，可去了的第三天兰州的房地产市场就差点被我弄得崩溃了。

我让她们派我去做航天员，可无论我怎么努力，只要我一进行失重训练，就会一直呕吐到休克为止。

我无法做一个商人，无法做一个电影明星、一个经理人、一个厨师、一个摩托车手、一个美发师、一个模特，我无法做任何人，任何事情。我只能做我自己。

在这个世界上，我可以做任何我想做的事情。可结局只有一个：失败，然后灰溜溜地回到邮政所，继续做一个每个月拿一千多块钱工资的邮差。

H 夫人绝望地看着我说："怎么办呢？你有着救世主一样的才能，可又无能得和只猪一样，究竟应该怎么做，你才能给我你承诺要给我的幸福？"

我无奈地说："我们继续替换吧！"

从她的表情中我能看出，她对这个答案已经期待很久了。

二十九

第三轮的替换完全就是毫无人性的清洗。

H夫人不再需要任何理由就让我替换掉一个在我看来是完全无辜的人。

她甚至不再针对具体的个人,而是会在某一天命令我:"喂!能不能把全城的人都替换成戴眼镜的人!"

"当然可以,可是为什么呢?"

"我也不知道,可能这样看起来大家显得更加温柔一些吧?"

这样的情况数不胜数,有的时候她会叫我让大家的小腿处都长一块指甲盖大小的胎记,就和她小腿上的胎记一样。也有的时候她希望全城的女士个头都不要超过一米七,因为她的个头就是一米七。

她的要求稀奇古怪,我则见怪不怪。反正替换是没有上限的,我想只要我们永远相爱,我可以满足她任何一点关于替换的欲望。

可她越来越不高兴,就像一个疯狂热爱毒品的毒鬼,剂量越大,她的生命力就越低。

可直到那个蝉鸣的午后她对我发难时,我才真正地意识到我错了。

那时天气燥热,我和H夫人待在空调房里,哪里也不敢去。闲极无聊我打开电视,用遥控器一个一个变换着电视频道,直到镜头锁定一场现场直播的比基尼大赛时,我看着女孩子们雪白的肌肤,才感觉自己清凉了起来。

H夫人突然冲着发呆的我冷冷地说:"她们很漂亮吧!"

我不知道该如何回答她,只能含糊地晃晃自己的头。

"装什么装啊!"H夫人嚷嚷道,"她们都是被你替换过的人,我猜都是照你意淫对象替换的吧!"

H夫人的粗俗激怒了我。

"你疯了吧?"我对她说。

"你才疯了哪!你就做梦去吧!你就是把她们替换得再漂亮,她们也不会喜欢你的。你说除了我瞎了眼,看上了你这个怪物,还有谁会看得上你?"

我彻底愤怒了,冲过去狠狠地甩了她两个耳光,穿上衣服摔门离开了家。

一直到深夜,我才回去。在这期间我反省了许多事情,在进家门的前一刻,我深深地吸了一口气。

我决定无论怎样,我也不会再进行替换这件事情了。它不但让我的世界变得恐怖,甚至异常荒唐了起来。

推开家门,漆黑一片。我想 H 夫人已经睡了,在我脱鞋上床的瞬间,旁边躺着的 H 夫人身体轻微地抖动了一下,然后我听见了她的哭声。

我轻轻抚摸着她的头发,小声说"对不起"。

H 夫人起身抱住了我,这拥抱瞬间让我心生温柔。她低声说:"你能答应我一件事吗?"我心中的温柔顿时化作了一片冰冷,但我仍然问她:"什么事?"

"你能不能把全市的女人都替换成奇丑无比的女人,或者都变得讨厌你,不喜欢你?"

H 夫人满怀希冀地这样问我。

"不可能!"我嗓音低沉地吼道,"我再也不会进行替换了,我很累,累得甚至快要疯掉了!"

H 夫人推开了我,把自己重重地重新摔倒在了床上,我听见她小声嘟哝了一句什么,但没有听清楚。

她说的好像是"你会后悔的"。

三十

从那晚开始,H 小姐对我的态度发生了天翻地覆的大转变:

她不再爱我,不再关心我,不再做饭给我吃,也不再和我聊天、谈心、看电视。她不再对我讲述她的那个美丽新世界,以及她对替换的美妙感受。她不再和我做爱,我们俩陷入了冷战之中。

我像是活在了真空里,却倒也落了个逍遥快活。最起码得到了自由,不用再为了去在乎某一个人的感受,进行那毫无乐趣可言又耗费体力的替换了。

我认为 H 夫人终有一天也会认识到这件事情的荒谬,她会回到我的怀抱之中,与我一起度过剩下的那平凡而又美好的余生。

遗憾的是我错了,我一直都很天真,甚至天真到了某一天晚上我回到家,看见 H 夫人和一个陌生男人赤身裸体纠缠在一起时,我还在想这不可能是真的,一定是在做梦!

当那个男人狼狈地拿起衣服从我身边跑过时我闻到了他身上汗水的味道,我才反应过来这不是在做梦,这都是真的。而那个男人已经从我家逃走了。

我的心像是被爱撕裂了,血一点一滴地从我那黑暗灵魂的裂缝中涌了出来,我狰狞地看着 H 夫人,说:"我要替换你。"

"你忘了吗?是你告诉我的,这个世界上唯一不能被你替换的,就是我。"

H 夫人妩媚地对我说。

"那我要替换掉刚才跑了的那个狗杂种!"

H 夫人裸露着她胸前那两只漂亮的乳房兴奋地说:"好啊!快点替换他,否则我和他睡觉干什么?"

我惊讶地望着 H 夫人,像是从来没有见过这个人一样。那一刻我甚至觉得她已经自己把自己替换掉了,一股寒意从我的脊椎喷发了出来。

我问 H 夫人:"你和他做爱,就是为了再次体验我替换一个人时的快感吗?"

"对啊!对啊!这可是我想了很久才想出来的主意啊!那天你说你不要再替换之后,我就像要死了一样浑身难受。我也是没有办法,只有这样,你才会进行替换啊!废话少说,赶紧开始吧!我浑身都快难受死了。我可说清楚了,只要你不替换,我就找这些外地男人回来做爱。一直到你忍不住替换他们为止。如果清楚了的话,你就快开始吧!"

H 夫人瞪着她美丽的大眼睛对我说,可此时此刻,我却从她的眼睛里看到了人类最丑恶的东西。

我最终也没有按照 H 夫人的命令做,而是怀着万分的懊悔与痛苦走过去,掐住了她的脖子,在她诧异的注视之下,悲伤地掐死了她。

三十一

我不知道该如何处理 H 夫人的尸体,在月光下,逐渐冰冷僵硬的她依然显得美艳动人,尤其是皮肤的那种苍白,格外让人心醉。

一直到太阳升起之前,我抽了三盒烟,喝了七杯咖啡。

第二天一早我才躺在床上睡着了,而 H 夫人就躺在我的身边。

我果然又开始了替换:请认识 H 夫人的人统统被替换成不知道她存在的人。

对于一个无法抹杀其存在的人,我只能抹杀其周围知道她存在的人的存在。

等到了晚上,趁着黑暗,我将 H 夫人装入旅行箱里,扔到了团结湖公园的湖里面。

看着旅行箱沉入泛起层层波纹的湖水之中,我在心里祈求上苍:让这一切从此结束吧!

但这没有用处,半个月之后一个老奶奶问我:"你家 H 好久不见了,到哪里去了呢?"

这个老奶奶是替换了别人的人,而那个被替换的人正是 H 夫人的妈妈。

我心中一沉:最可怕的事情果然还是发生了,我无法让 H 夫人在这个世界上变成一个不存在的人。即使我把所有知道她存在过的人替换掉,只要她还存在着,那么就会有人记得她,继而怀疑她的失踪。

我没有办法,只好替换掉了那个老奶奶。

第二天,替换了老奶奶的高中女生又问我 H 姐姐到哪里去了。

再次替换。

第三天是个女邮递员,她有一份快递是给 H 夫人的,可打了将近二十天电话都没人接。

第四天是 H 夫人的牙科医生。

第五天是查户口的居委会老大妈。

…………

无论我怎么替换,H 夫人的失踪越来越引起人们的怀疑。终于有一天,我也不知道是谁,报了警。

警察开始调查,他们认真地搜查每一处的指纹与痕迹,问询每一个人,其中也包括我。

我唯一能够拖延时间的办法就是不断吃安眠药,以便在梦中替换掉调查这个案件的警官。

可这无济于事，无论我替换了的警察多么的无能与愚蠢，我只能改变他们的样貌、性别、性格与智商。可无论是谁一大早来到办公室，桌子上都会放着那份一天比一天厚的档案，那是 H 夫人案件的全部资料，那个被替换了无数遍的人只要顺藤摸瓜继续调查线索就可以了。

在藏着 H 夫人的旅行箱被从湖里打捞出来的前一天，我终于成功地从兰州逃了出来。我一直逃，逃到了一个我不知道叫什么名字的地方，那里紧邻大海。海浪的声音仿佛是在一瞬间就夺走了我的全部力量，我决定不再逃了，就从这里开始新的生活。

我把海边的一处小木屋替换成了一座小院子。而它原先的主人——一个靠捡拾垃圾为生的流浪汉，你猜我将他替换成了谁？

替换成了我的妈妈，那位在我童年的火灾中不幸去世的至亲的人。

当我再次看见她时，她还是那么的年轻，那么的端庄大方。

我扑到了妈妈的怀里失声痛哭，这不由得让她莫名其妙。似乎我不应该哭，我一直就在她眼前。

我开始了新的生活：早上我会出去打鱼；中午在海上一边吃我做的炖鲜鱼，一边喝些白酒；到了晚上，我会背着鱼篓到市场上将今天打到的鱼统统卖掉，然后拿着现钱回家向妈妈炫耀。妈妈会给我做炒鸡蛋，一边看电视，一边旁敲侧击地介绍一位很丑的姑娘给我认识。我变成了一个不折不扣的渔民。

我再也没有替换过任何一个人，我很幸福……

三十二

"到了海上小心些！"

妈妈嘱咐我。我笑着冲她吼道："我知道！"说完之后我走出了家门，太阳晒得海滩上的沙子滚烫，我后悔为什么没有穿上布鞋。

我做渔民已经五年了，我想我大概会做一辈子渔民吧。

我看见了我的渔船，今天的天气不错，海面上风平浪静，肯定会有不小的收获。我突然感觉到后面好像有人在悄悄地向我靠近,还没等我回过头来,警察们就怒吼着"别动! 老实点",把我摁倒在了地上。

真该死,本来今天想好好抓几条大鱼的。

冰凉的手铐铐在了我的手腕上,我像一条被卷起来的毛毯被人们粗暴地在沙滩上推来推去。我看到妈妈从小院里冲了出来,她表情痛苦地站在门口,愣愣地看着眼前所发生的一切。

我不知道她有什么可痛苦的,尽管我爱她,可她毕竟只是一个替代了流浪汉而存在的影子。

我被押回了兰州。在审讯当中我除了承认我杀害了 H 夫人之外一言不发,因为我不知道该从何说起。我总不能说"你们都是替换了的人"吧?

法官毫不犹豫地判了我死刑,当她宣读判决时,我竟然无比享受地闭上了眼睛。那一刻我真正体会到了什么叫作"心中一块石头落了地"。

我被押回了大牢,慢慢地,黑暗越来越浓,我希望我能有个好觉,明天一切就都结束了……

第二天,我是被一阵急促的铃声吵醒的。

我迷迷糊糊想摁床头的闹钟,却什么也没摸着,还因为摸空了而摔倒在了地上。

疼痛让我彻底清醒了,我站起身来,睁开眼,所看到的一切让我不由自主恐惧地惊叫了起来:

"啊!"

不知道为什么,我竟然穿着一身宽大的囚服,戴着手铐脚镣待在一间牢房里。我继续惊叫,几个狱警跑了过来,看到我也惊呆了。

一个狱警拉响了警报,我听见另外一个狱警在通过对讲机和人通话,她说:"狱长,这里发生了很奇怪的事情!那个男死刑犯不见了,里面关着的是个小姑娘!"

…………

三天后,我被放了出来。到最后那些专家学者也没调查清楚那个在庭审中一言不发的死刑犯是如何越狱的,我又是如何被他劫持进去的。狱方实在没招了,于是让我签了一份发誓不将这件丢人的怪事说出去的保密协议,就把我放了出来。

　　我也不明白这是为什么,可这并不重要。要紧的是我被放出来了,我得加紧学习,再过两个月就要高考了。我坐在监狱提供的面包车里,看着窗外飞驰而过的景色,到处都是女人,我不由得哭了出来。

暖阳

○肖睿

> 因为父母
> 牧人会认识更多的好人
> 因为骏马
> 牧人会去到更多的地方
>
> ——草原谚语

一

他们到草原时，我还没出生。我是倒挂在草尖上的一团虚无，也是牧人命运中必然到来的未来。花雕马的蹄声划过草甸，比六十度的"闷倒驴"辛辣。在这里，万物的速度是有味道的。狼在奔跑时，就像它的皮毛一样臊臭。云朵缓缓滑过草原，你的舌尖会尝到一丝甘甜。下大雨的时候，雨点漫天坠落。你撞破雨幕，草原的空气中仿佛飘着细细的盐。而这匹花雕马奔跑时，风就变成了酒。

疾驰的马通体金黄，除去脖子上那块如同闪电般的雪白斑纹，没一根杂毛。它像是阳光和雨水融成的奇迹。雪白斑纹更是马族的尊贵象征。在草原上，有这样几何纹路的骏马被牧人们称为"花雕马"。据说，哪个草场的马群若是生下一匹花雕马，它家的主人将会世世代代交好运。可惜啊，如今真正的牧人越来越少，血统纯正的花雕马更是难得。

花斑马身后跟着一辆吉普车，这玩意哇哇叫唤，轮胎甩溅出的泥点子乱飞。开车的是位年轻的母亲，她叫张雪，戴着防晒袖套。我为这个女人感到难过,为什么她就不能像一匹母狼或者一只雌虫般拥抱阳光呢。

张雪的丈夫李星比她大两岁,他正骑着马在慢慢向前方蹀步,身子歪歪扭扭,在真正的骑士眼中,这样子比刚会爬就要走路的孩子还可笑。李星刚刚学会骑马,或者说,只是他胯下这匹老马可怜他,不想再折磨他。李星不自知,皱着眉,圆脸上的皱纹让他显得像一团半风干的马粪。

李星的儿子暖阳今年五岁。李星夫妇之所以从北京来我们这儿,就是为了这孩子。暖阳躺在父亲的怀中,眼睛像葡萄一样又黑又圆,随着围绕在他身边飞舞的蝴蝶滴溜溜乱转。他喜欢蝴蝶,但不知道自己该哭还是该笑,但又着急,只能哇哇乱叫。

暖阳的耐克鞋,在市场上见不到,是李星花高价从鞋贩子手里买来的。孩子头上戴的遮阳帽也是名牌,一千多块钱。李星舍得给儿子花钱,自从暖阳被查出患病以来,李星在心里就给自己定了个规矩,以后暖阳不能过得比别家孩子差。这么跌跌撞撞一路过来,暖阳倒是营养极好,皮肤雪白,像个洋娃娃,一点都看不出这孩子有病。只是此刻头发被草原上的风吹乱了,面颊上还挂着未干的泪痕,显得有些狼狈。

李星总觉得,儿子长相和自己小时候一模一样。就连暖阳害怕时的眼泪汪汪,都让他有种幼年的自己突然扑到面前一般的恍惚。再想想暖阳连什么是狼狈、什么是害怕都不明白,李星的心就会像被儿子的小手攥住一样绞痛。

李星回头问巴桑:"生命树还有多远?"巴桑只是挥挥手,皱眉说:"走吧,继续走。该到的时候自然就到了。"

在草原上,谁是外人,谁是牧人,一眼就能瞅出来。那些游客左顾右盼,战战兢兢,只有巴桑这样真正的牧人,才会像花雕骏马一样笔直前行,去往水草丰盛的希望之地。草原虽然大,却是万物的家。牧人生与死,都是回到了家。

生命树,在草原尽头连着的那片大沙漠里,它的周围方圆百里寸草不生,但是这棵大树却枝繁叶茂,郁郁葱葱,人们因此给它取了这个名字。

在草原上有一个传说,谁能找到那棵树,谁就能学到关于万物的学问,躲过所有的灾祸与疾病,活得像沙砾一样长久。人们将这种人叫"博",无论博去谁家,都会得到最尊贵的对待。

在大树下，生活着一个可以和马说话的博。这里的人们都说，这个人在没有成为博之前，和暖阳一模一样。李星想见见这个人，至于见面之后会怎么样，他还没想到。这些年，为了给暖阳治病，李星和张雪什么招都用过。李星看着这片浩瀚的草原，心里有些茫然，如果这次再失败了，可怎么办。

宝音醉醺醺地骑着马晃荡到李星身边，他是巴桑的儿子，很魁梧，因为宿醉未醒，面孔红扑扑的。他傻笑着对李星说："放心吧城里人，我阿爸经常说，马跑了能找回来，食言了再没人信。这些老家伙把信誉看得比命都重，既然答应了，就一定会带你们找到生命树。"李星皱着眉苦笑，说："你今晚少喝点吧宝音，我真怕你猝死。"宝音笑："你不知道吧？对我们宇航员来说，酒是火箭。酒越烈，我就飞得越有劲，就能早点飞出银河系，飞出猎户座……"

宝音见李星不想搭理自己，尴尬地笑了。他扯起嗓子，唱起草原上的古如歌。宝音今年四十岁，嗓音像是在酒精里浸泡了四百年，这歌声在草原上显得格外悠远和辽阔……

　　　　在那积雪的源头
　　　　慢跑的银褐马多好看
　　　　在春节的头几天
　　　　正好骑上它拜大年

　　　　布谷的雏鸟
　　　　生在山谷是它的命运
　　　　梳单辫的姑娘
　　　　嫁到人家是她的命运
　　　　…………

暖阳突然哭了。他晃动着屁股，李星闻到一股膘味，他看到暖阳的尿从裤子上渗出，流到身上，流到草地上。暖阳干脆咧着嘴大哭，手舞足蹈，声音像是用刀子磨黑板一样刺耳。哭声打断了宝音的歌唱，他嘟囔一句"又开始了"，从随身的挎包里掏出半瓶"闷倒驴"，结结实实灌了两口，然后继续号叫着那首他未唱完的歌。

花雕马一直停在队伍的最前面，保持着安全距离，静静地看着这群手忙脚乱的人。它在等待着暖阳。

这匹野生的骏马未被任何人驯服过，但它喜欢暖阳，把这个孩子当作自己的伙伴。否则，它不会等任何生灵，任何生灵也追不上它，就连风都不能。

张雪给暖阳换了干爽的裤子，这孩子渐渐安静下来。宝音的歌声一直没有停过，吵得大家脑袋发蒙。他的眼睛很亮，即使在白天，也像两个发出刺眼蓝光的探照灯。这个家伙很狡猾，哪怕是巴桑，也觉得他眼睛之所以亮晶晶的，是因为酗酒过度。可他的眼睛其实一直在偷瞄着暖阳胸前挂着的翡翠挂牌。

那挂牌上刻着观音有暖阳的小手那般大，晶莹剔透，温润如脂。宝音窥伺了这块宝石一路，想从这傻孩子身上偷走它。这个狡猾的家伙啊，连我见了都愁。宝音的心思，只有我和花雕马知道。可惜，我俩谁都说不了人话，没法提醒他们。

花雕马打了个喷嚏，马蹄声轻轻响起，敲在我心里，我变成了一片时间里的涟漪……

二

我忘了自己曾经是什么，也不知道自己将来要成为什么。在这里，每一株野草都亮晶晶的，那是我生命中亿万个瞬间里的朝阳、雨露和灯火。

我在野草间寻觅了很久，最后找到了一株野草，它随风摇曳，草尖湿漉漉的，像是在流眼泪。我想起来了，那是十天前，暖阳在街头哇哇大哭……

那时正是早高峰，人们挤在一起，汽车尾气让这个城市散发着一股浓郁的黑胡椒味。李星他们刚下飞机，暖阳就犯病了。这孩子一遍遍像狼崽一样嗥叫着，张雪不断地小声说"我是妈妈"，张开怀抱想抱住儿子，安慰他，手掌却一阵钻心的疼痛，原来是暖阳狠狠咬了她的手一口。虽然很痛，张雪却没有叫，她已经习惯了。

暖阳哭得都快要休克过去，李星无奈地冲围观的路人们摊开手，像是一个溺水的人想抓住一块舢板。人们围成的圈却在那一瞬间变得更大了。李星问大家："附近哪儿有医院？我们得去医院。"

没人敢搭话。这一家子人看着都不正常。就在李星急得拼命揪头发时，巴桑从人群中走出来，用不标准的汉语说："跟我走，去医院。"

李星看着眼前这个陌生的牧人，他大概六十岁，雄壮得像一头熊，身上散发着一股烟油子、羊皮和青草夹杂在一块的味道，熏得李星不由得紧皱眉头，却也让李星感到安全。

巴桑迈步奔跑，像一匹老马。李星抱着孩子，张雪紧紧跟随，像两匹迷路的马。奔跑的人穿过人流熙攘的街道，路人们纷纷让路，像是一群群受惊的白麻雀。

巴桑也没有想到，本来只想帮这家人找个医院，没想到这个忙越帮越深，大早上进来，等再抬头，月亮上了树梢。今天肯定是来不及找宝音了。他有些担忧，害怕儿子闯出什么祸来。可看着已经平静下来的暖阳，他蜷曲在被窝里，脸蛋红扑扑的，偷偷瞄巴桑，眼睛亮得像泉水一样，巴桑心里一阵温暖。他不喜欢进城，早上那个时候，他站在街头，噪音像潮水般一浪接着一浪扑到他身上，他快要发疯了。就在这时，他听到这个孩子在哭叫，呼喊着"草原在哪里"。他感到不可思议，暖阳喊出了他的心里话，于是，他挤开围观的人群，走到了暖阳的面前。

静悄悄的医院病房，六张病床，只有暖阳一个病人。晚霞打在疲惫的李星和张雪身上。孩子折腾这么久，他们累得浑身像骨头都断掉了。李星想，今天肯定是走不了了。

暖阳呢喃着："望远镜，草原。"巴桑壮起胆子，问起了那个他憋了一天的问题："这孩子究竟咋啦？"李星小声说："我儿子有自闭症。"巴桑挠挠头："啥是自闭症？"

李星苦笑，不知道该怎么解释。大夫指了指自己的脑袋，说："老巴桑，我知道。大城市的孩子爱闹这种毛病，不聋不哑，咱听不到他说话，他也听不到咱说话。治不好，一辈子就这样……"

巴桑心一沉，看着暖阳，暖阳脸蛋红扑扑的，一看就是个好孩子。李星沉默。巴桑的表情以及这表情里的意思，从暖阳被确诊之后李星已经见过成百上千次,他早就麻木了。

巴桑说:"那你们来这儿干啥?"李星挥挥手,苦笑着说:"都是命。"巴桑叹口气,拍拍李星的肩膀,说:"活在世上,谁是容易的?"说这话的时候,巴桑想起自己。暖阳正在从张雪的手中抢香蕉吃。巴桑心中涌起一股强烈的冲动,他希望这孩子一生都要平安幸福。

大夫说:"老巴桑,病房马上要熄灯了。你放心忙你的去吧。这里有我照顾。"李星点点头,说:"巴桑老爹,耽误你一天时间,真不好意思。谢谢你啊。"巴桑挥挥手,匆匆忙忙走了。

李星帮着张雪给儿子擦拭完身子,走出病房。走廊里静悄悄的,一阵夜风吹过,李星长出一口气,心想终于能松快松快了。他一屁股坐在病房外的长椅上,想抽烟。刚叼在嘴里,才发现护士恶狠狠地看着他,李星把烟揣回兜里,护士叹了口气,走过来小声说:"去卫生间,把窗户打开……"

李星尴尬地摇摇头,这么久了,他还是不习惯别人同情他。护士无奈地走了,他这时才察觉自己累到全身骨头疼,一屁股坐在长椅上,看着对面病房。走廊的微光透到病床上,妻子抱着儿子打起微鼾。走廊里静悄悄的,夏天的夜风吹过,窗台花盆里的假花在风里哗啦啦响。

过了一会儿,走廊里响起了脚步声。李星抬头,竟然是巴桑又回来了。李星不解,巴桑径直走进病房。暖阳被脚步吵醒了,巴桑笑着把一个望远镜放在暖阳枕头旁边。

巴桑说:"这是最好的望远镜,把它卖给我的人说,用它在夜里能看到月亮上的坑。"暖阳看着巴桑,似乎听不懂巴桑的话。他拿起望远镜,玩了一阵,突然暴躁地扔到了地上。望远镜的镜片碎了。张雪苦笑着捡起散架的零件,交给巴桑。巴桑的脸都绿了。

李星说:"巴桑老爹,谢谢你。可你理解错了。暖阳想要的不是真的望远镜,是他的朋友,名字叫望远镜。"巴桑说:"咋有孩子取名叫个望远镜?他的父母是怎么想的?"

李星说:"不是孩子,那是匹马。"巴桑更不解了,挠头看李星。李星打开手机上的短视频,一望无际的蒙古草原上,那匹通体金黄,唯有脖颈上有白色闪

273

电斑纹的花雕野马在疾驰。巴桑不由得低声赞叹一句:"好马。"

张雪说:"暖阳在电视上看到这匹马,就觉得是自己的朋友,还给它取名叫望远镜,非要来这里看它。"

巴桑道:"你们疯了?就因为这匹马,全家要去草原?你们不了解草原,那里和电视上面一点都不一样。不仅有蓝天白云,还有暴雨、烈日、低温、蚊虫和毒蛇,你们受不了的……"

张雪说:"你也不了解我们的苦。只要他愿意,我们刀山火海都可以去。"张雪说这话的时候,抱着暖阳,想让儿子半坐起来松快一下身子。她弓着背,巴桑觉得,这个女人像一个溺水者,任何幻想,哪怕只有一点点真,对她来讲都是彼岸。

巴桑没再说话,走出病房去打电话,来回踱步。李星和张雪也听不懂他在说什么,只知道他笑起来没心没肺,有股豪爽劲。过了片刻,巴桑探头进来,把李星叫出病房。

在走廊的窗边,巴桑小声说:"我知道你们找的那匹马在哪里。"李星听到这话,眼睛亮了。巴桑心想,是不是天下所有父亲的眼睛都这个样。巴桑说:"几天前,牧民在草原上抓住了一匹金色闪电纹的花雕马。"李星说:"在哪儿?我们明天就去。"

巴桑摇头,告诉李星,这匹马已经被卖到了一座马场,是个老板在草原上开的。过几天,就会有世界各地的买家出价。李星握住了巴桑的手,发白的嘴唇哆嗦着。巴桑看着心里难受,他说:"我可以给你马场的地址和电话号码,等孩子好点,你们去见那匹马。"

李星说:"求求你,带我们去那儿。"巴桑说:"可我自己也有事啊。"李星说不出话,双眼通红,看着巴桑。

巴桑闻到一股臭味,他皱着眉说什么味。张雪小声说对不起。她掀开被子,原来暖阳拉到了床上。

巴桑心一疼,说:"好吧,我陪你去找马,但你们要先和我去找儿子宝音。"

三

回到七年前的一个夏夜,李星在朋友组织的攀岩聚会上认识了大学讲师张雪。在李星的记忆中,那是一个惊心动魄的时刻。张雪是少女模样,笑吟吟地,打量着迟到的自己,好像很好奇。暑气弥漫的北京一下子变得黑白分明,让李星心里咯噔一声,觉得这辈子就是她了。

后来,李星每周末都会约张雪出来玩。最初两次,也会精心设计路线和项目,邀几个朋友。又过几个月,张雪不再拘谨,两人就是简单地看个电影,或者去游乐场玩过山车,最后去环境好些的餐厅吃顿晚饭。那时李星三十岁出头,北京金领,月薪四万,这些消费对他来说不是问题,和张雪在一起,花钱时有快感,空气都是甜的。有天晚上,两人吃完饭,李星把张雪送到她家楼下,张雪下车时突然回头想了想,慢慢说:"以后咱俩不用吃这么贵的饭,咱省出钱来,干点什么不好呢。"

张雪在学校主讲心理学,说话很有水平,李星每次都要拐好几个弯才能猜出来她的真意。张雪下车之后,李星忐忑了半小时,给几个要好的朋友都打去电话,确认了张雪已经把自己当作利益共同体之后,在车里听着歌傻笑了二十分钟。

又过了半年,张雪成了李星的新娘。婚礼上,穿婚纱的张雪美得让李星鼻尖发酸。两人动用了全部的积蓄,在东五环外买了套一百多平方米的房子,装修和布置完全按照张雪的意思。住进去的第一天,两人站在大落地窗前,看到不远处的一片树林中有小鸟在枝头蹦跳。张雪说:"这是不是我们一生中最好的时候?"李星说:"只会越来越好。"

如今在去往草原的路上,李星再回忆起那个时刻,百感交集。"越来越好",这曾经的雄心壮志被现实击成粉末。张雪最早发现暖阳不对,是因为这孩子从不会在拉屎前像同龄人一样哇哇大叫或手舞足蹈,他想拉就拉。家里到处都是污渍,张雪那些精心的布置在暖阳的屎里看着就像个笑话。李星一直不愿承认儿子有问题,直到暖阳两岁,李星扛不住了。当那个戴无边框眼镜的医生对李星夫妻平静地说出"自闭症"这个词时。张雪一下子就哭出了声,李星紧握着拳头,却不知道这拳该挥向哪里。他咬牙,心一阵一阵揪着痛。

李星听到车厢外的叫声,他睁开眼,儿子一直坐在自己的身边,静静看着自己。李星亲亲暖阳的额头,那一刻他感到儿子的心跳有力得如同一头小小的野兽,却又和自己的心跳同频。这让李星觉得无比温暖,一切都有了意义,无论接下来要去哪里,要发生什么。他轻轻握住了儿子的手。

在天那边的草原上,年轻的牧民宝音正驾车疾驰。他开着一辆快要散架的皮卡车,喇叭里正在播放一首老歌,是一个女人唱给恋人的。在歌里,女人向恋人发誓,即使所有的星星陨落,即使银河系熄灭,她也会忠贞不渝,守护爱情。宝音戴着口罩,跟随那女人的唱腔鬼哭狼号。宝音喜欢这首歌不是因为爱情,而是因为这首歌里有关于宇宙的描述。在这里,就连孩子都知道,宝音是草原上最热爱宇宙的牧人,最大的愿望就是做个宇航员。连巴桑都不明白,他这股劲头究竟从哪里来。

皮卡车驶到了草场上,几座毡包相连,宝音跳了下来。挤奶的女人们和劈柴的男人们看着他,眼神里有些厌恶,像是看到了狐狸。宝音不理会这些,微笑着对每个人说:"嘉(你们好啊)!嘉!"

没人理他。宝音很尴尬。他看到一群孩子正在向一个哇哇大哭的小胖子扔石子,于是他走了过去。那些顽童并不惧怕宝音,用鼻孔对着他,脸上挂满冷笑。宝音也不说话,猛地摘口罩,怪叫一声。

宝音的左半边脸在八岁时烧伤了,如今疤痕密布,没有脸皮,褐色的肌肉像一条条虫子般扭曲在一起。他看上去就像个鬼。孩子们被吓跑了,宝音嘿嘿笑着。想把那个小胖子扶起来,可没想到小胖子哭得更厉害了。宝音急忙用口罩遮住面孔,小胖子说:"叔叔你让我走吧,别把我吃了。"宝音咬牙,挥挥手说:"滚滚滚。"小胖子连滚带爬,回到了那群朝他丢石子的玩伴当中。

宝音一阵懊恼,挠挠头说不认好赖人。草场的男主人放下斧子,用毛巾擦擦汗。他说:"宝音,你还是这样。一个牧民没牲口没草场,不是好男人。"宝音嘿嘿傻笑,他根本不在乎自己糟糕透顶的风评。男牧民说:"要不,你来我的草场吧,帮我放羊吧。我给你羊羔和奶牛做工钱,过不久你就能成个家,怎么样?"宝音说:"太空在等着我,前段时间上面下来通知了,我就快去做宇航员了,谁给你留在这儿做羊倌。"牧民的妻子撇撇嘴道:"人家宝总是干大事的,咱这破草甸子人看不上……"

宝音冷笑着走了。

宝音不知道,巴桑带着李星一家正在心急火燎赶往草原寻找自己。一路上除去上厕所,这行人没有歇息过。到了晚上,璀璨的群星刺穿天幕,他们已经来到了草原的腹地。草的影子在月光下飘浮在空中,仿佛深海中的鱼群一般划过。

　　巴桑骑着马疾驰,蜿蜒的公路伸向了天的尽头。越野车在后面跟着巴桑。李星踩了脚油门,车赶了上去,与马并行。这时车厢里的暖阳突然激动地把手伸向窗户,大声哭号着。李星吼道:"他怎么了?"张雪懊恼道:"不知道啊。"就在这对父母一筹莫展的时候,巴桑示意张雪摇下车窗。巴桑骑着马靠过去,暖阳笑了,伸出手摸摸那匹马肥硕的屁股。马只是瞥了眼这孩子,继续向前。巴桑说:"你儿子就是想摸摸马。"张雪没说话,她内心有些羞愧,为什么自己还不如一个牧民懂儿子啊。看着满脸鼻涕的暖阳,张雪有些害怕。这孩子的未来就像眼前的草甸,被埋在黑夜里。

　　到天快亮的时候,他们停在一个湖边休息。巴桑一直没说话,只是看着湖面发呆。李星听到一连串的爆炸声从远方传来,那里是个巨大的矿场。这一路上,他们路过了几十个这样的露天煤矿。这些天坑袒露在世间,像是死者的眼睛。

　　张雪来到巴桑身边,看着眼前的一切,不由愣住了。湖水已经干涸,里面落满了尸骨。有鱼的,也有鸟的。密密麻麻,大骨头上摞着小骨头,像是一片雪花。

　　张雪想起有次问大夫,为什么自己的孩子会得自闭症,为什么如今会有这么多的孩子得这种病。大夫苦笑着摇头,说主客观原因都有。主观上,可能是父母某一方家族的基因突变导致。客观层面,是因为目前的环境污染很严重。那个时候,张雪还想不明白,臭氧层空洞也罢,南极冰川融化也好,和自己一个小女人有什么关系,为什么暖阳就要遭受不幸。现在她站在天坑边,看着这一地骨骸,好像有些懂了。

　　天边出现了朝霞,万物披上一层薄薄的金光。新的一天要来了,虫子和小鸟在叫。

　　咒骂声从远方传来,巴桑循声望去,他看到自己的儿子宝音正在被几个牧民追赶,他们大喊"站住""骗子"。有位牧民骑在疾驰的骏马上,用套马杆套住宝音,把他放倒在草地上。牧民们怒骂:"你一点都不像个草原人。"

　　宝音哇哇叫着,脸憋得通红。受骗牧民举拳想打宝音,巴桑及时拉住了那只握紧的拳头。巴桑问究竟是怎么回事。牧民嚷嚷,三千块买来的手机,怎么摁都摁不亮,打开一看,就是个空壳,里面灌满了沙子。

巴桑脸红了,说:"我赔你。"他踹了一脚宝音,说:"快站起来。"大家望着宝音,眼神憎恶。宝音像看不见,却抬头看天,朝霞铺满了天空。

临走时,那牧民对巴桑说:"巴桑老爹,今天要不是你,我真把宝音揍了。你怎么会有这么不成器的儿子!"

他们走后,巴桑说:"你一个牧民,四处行骗,你是不是不想过了?信誉在草原上比天还重要啊!"宝音踢着草,不争辩,他只是想着自己真是太倒霉了,都逃到了这里,还是被他抓住了。巴桑说:"天天想着去太空,去做宇航员,你就是疯了……"

这时,宝音看到车上有个孩子在好奇地观察自己,故意拉下面巾,露出脸来做怪样。张雪和李星被宝音的模样吓得惊叫,张雪用手遮住了暖阳的眼睛。巴桑狠狠在宝音屁股上踹了一脚,可宝音感觉不到疼痛。这么多年来,他脸上的伤疤奇痒无比,从未消散半分。奇痒夺走了他的痛觉。他甚至为这个恶作剧感到得意。谁也想不到,暖阳扒开了张雪捂着自己眼睛的手,冲着宝音笑了。

宝音感到不可思议,这是他第一次遇到不害怕自己的陌生人。他推开父亲,来到越野车边,打开了车门。他说:"小孩,你笑什么?"张雪通过后视镜看着儿子,她很紧张,生怕宝音伤害他。

暖阳却不说话,只是伸出手来要摸宝音,好像在摸一匹马。宝音躲避不及,暖阳的小手碰到了他的额头。宝音哆嗦了一下,暖阳的小手很温暖,像阳光一样。一只蓝蝴蝶落到了窗边,暖阳的眼睛亮了。宝音轻轻捏住那只蝴蝶,送到暖阳的手里。宝音说:"小孩,我们交个朋友吧!我叫宝音,是个宇航员,快要上太空了。你叫什么?"暖阳只是笑,将蓝蝴蝶放飞回空中。

宝音笑了,摸摸暖阳的脑袋,对目瞪口呆的李星和张雪说:"这孩子格局大,将来能成大事。"

四

快到中午的时候,他们来到一座草场。草场的主人隔着很远就走出毡包,大笑着张开了怀抱。巴桑催马过去,两个老牧人紧紧拥抱在一起。草场的主人说:"老巴桑,今天老鹰在我脑袋上飞一天了,所以早早就备下了手扒肉。"张雪不明白这是什么意思,宝音说:"草原上的人崇拜鹰,鹰从蒙古包上掠过的时候,人们要向它弹洒奶或酒。见到鹰,预兆着贵人要来。"

手扒肉热烘烘的,塞进嘴里,像小羊在舌头和牙齿间跳舞,咽进胃里,像小羊亲吻你的胃壁。张雪为了让儿子使筷子,急得满头大汗。巴桑诧异道:"这孩子就一句话都听不进去?"李星放下碗筷,小声说:"我们和他之间隔着一堵透明的墙,他看不到我们,也听不到我们。"巴桑担忧地说:"这病会不会越来越严重?"

李星说:"他将来会变成什么样,得看他生活在什么环境里。他的病可能越来越严重,一辈子瘫在床上,变成大小便都不能自理的植物人,也有可能就是一个不爱和人说话的教授罢了。我们这么辛苦,就是想让他接受墙外面的世界……"

巴桑说:"你们这父母做得不容易啊。"李星说:"每次去动物园,他都能和动物打成一片。这是他和外界唯一的交流。所以在家里,我也挂满了动物的图片,看电视只看自然纪录片。那次他看到新闻里那匹花雕马,非常开心,指着那匹马大叫望远镜。那是他给马起的名字。我和他妈妈都吓着了,长这么大,他第一次这么主动……"

他们正说着,暖阳因为用手抓饭,张雪说了他两句,暖阳不痛快了。毡房里一股恶臭,暖阳又拉屎了。张雪想把他抱出去,暖阳大声尖叫,向人们身上抹自己的大便。李星安慰儿子好一阵,暖阳才平静下来。李星给他换了衣物,张雪带着脏了的桌布和衣物去毡房外面清洗。李星满脸通红,向毡包里的牧民们赔礼道歉。宝音大张着嘴巴,对父亲说:"大开眼界,大开眼界啊。"

女人在清洗衣服,男人们无所事事。宝音从兜里掏出一副扑克,逗暖阳玩。宝音很喜欢自己的扑克。一是因为这副扑克每张牌上都是一种动物,很特别;二是因为凭借打牌,宝音从草原上的赌棍们手里骗了不少钱。

巴桑看着呆呆的暖阳,心中满是怜悯与震惊。他问李星:"你为什么非要暖阳用筷子?"这话把李星问愣了,他想想,回答道:"我希望自己儿子能和别人一样。"

巴桑说:"人为什么要一样?在草原上,每根草都是不一样的。"李星说:"你想过死后的日子吗?"巴桑说:"我不明白你的意思。"李星说:"同龄人都在想怎么生活。可是我们要替他想很远,想到我们死了以后他怎么办。等我们死了,就没人照顾他了,怎么办? 还用手抓饭吃吗? 我们费这么大劲儿,只是求老天爷,等我和他妈死了,他能自己上厕所,不会一把年纪还拉在裤子里。"

两个父亲都说不出话了。暖阳还在玩扑克,他什么都听不到。

得知巴桑的意思,宝音着急了,说自己的时间很宝贵,带这么个孩子瞎溜达,会遇到很多危险。巴桑说:"我知道你为什么不想去。你不是害怕危险,你就是想要钱。明明是可以帮助别人的。你这样不像个牧人。"

巴桑和宝音都板着脸,不理对方了。

李星很尴尬,走出毡房。草原这么大,星星悬在半空,像明亮的眼睛。可他似乎无路可走,于是慢慢踱步到了河边。张雪正在那里洗被孩子的屎弄脏的裤子。看到李星,张雪赶紧擦干自己脸上的眼泪。

李星说:"宝音不想帮我们。"张雪说:"他没错。我也不想去。你疯了,我也跟着你疯了。就因为儿子说自己喜欢动物,在视频上看到一匹野马,你就要带着我们来这儿。可所有的孩子都喜欢动物啊。"

李星不知道该说什么,只好紧紧攥着拳头。张雪拉着他的手说:"李星我求求你,咱们收拾回家吧。这件事已经超出了我们的经验范围。那么多医生都治不好暖阳,一匹马就可以吗? 别做梦了。他只要能学会拉屎,能活下去,我这辈子就值了!"

见李星不理自己,张雪站起来走回了毡房。在毡房里,她听到宝音在冲巴桑怒吼:"你总认为自己是无所不能的,总是把自己当成救世主,这太蠢了。"

巴桑不理他,只是陪着孩子玩扑克,暖阳在为扑克归类,巴桑笑了。他的笑容让宝音突然感到嫉妒,父亲很久都没有对自己微笑了。上一个微笑,似乎都是前世的事。宝音喊道:"为什么我想去看宇宙,所有人都说我是疯子,连你也这么说我? 一个孩子要去看马,你倒愿意帮他。难道我不是你的儿子吗?"

宝音激动了,一巴掌拍到桌子上。暖阳吃惊地看着眼前这些大人。因为恐惧,他揪扯自己的领子和头发。听到声音,李星冲了进来,他愤怒地瞪着宝音。

这个时候,巴桑说:"你们不要吵了,快看。"

巴桑指着桌上。众人惊讶地发现,暖阳已经按照扑克上动物的纲目把牌归好,鸟和鸟在一起,牛羊在一起,虎豹在一起。暖阳的眼神发亮,得意地笑着。

张雪惊叹："儿子啊,谁教过你这些?"暖阳像听不懂,只是在笑。巴桑说:"看吧!这小子和草原有点缘分。"

暖阳什么都不知道,脖子上戴着的翡翠牌子此刻露了出来,宝音贪婪地望着它。

巴桑拍拍宝音的肩膀,说这事定了。宝音叹气,说:"我也不想再吵,谁让你是我的父亲呢。"张雪握着宝音的手,连声说"谢谢"。宝音嘿嘿笑着,目光始终没有离开那翡翠。

五

第二天一大早,巴桑就带着李星一家人在草原上跑了几十公里,找到了那座马场。马场很大,有几条宽阔与漫长的土路跑道,在马场中央,还有一片被高高的木头栅栏围起来的空地。几个光着膀子的驯马师骑着骏马奔驰,无论是马是人,在朝阳下就像一团野火。暖阳的眼睛亮亮的,他在寻找那匹花雕马。宝音笑嘻嘻地跟着他。宝音说:"记住,见到野马第一面要紧紧盯着它的眼睛。你要看到它的心里去,也要让它看到你的心里去。要是成功了,这匹马会跟着你一辈子,因为你们的两颗心变成了一颗心。"暖阳没有理他,只是冲着骏马呼唤"雪地""火石"。

跑道上的两匹马听到暖阳的呼唤,都朝他跑过来。一匹马洁白无瑕,好像真是新雪覆盖的大地。一匹马黑得发亮,好像真是身姿能在空气中引起火星的火石。宝音塞给暖阳一把麦子,两匹马凑到暖阳身边,宝音示意暖阳伸过手去,暖阳有样学样,两匹马舔着暖阳手中的麦子。它们的舌头带着粗糙的肉刺,舔在手心上,引得暖阳咯吱咯吱地笑。宝音笑着说:"你小子有一套,天生招马喜欢。"

李星感叹道:"这些马太厉害了,我从没见过这么野的马。我见过的马都像是摩托车一样,人要去哪儿,它就跑去哪儿。"巴桑不屑地说:"你见过的马都不是马了,是机器人。这是纯粹的蒙古野马。它们从小生活在草原上,没有舒适的住处,也没有精美的饲料,白天黑夜的,要躲避狐狼。夏天要忍受酷暑蚊虫,到了冬天,零下四十摄氏度的严寒,就那么冻着,挺不过去就是死。这些蒙古马皮厚毛粗,牧人叫它们'草原小坦克'。它们能抵御西伯利亚暴雪,能扬蹄踢碎狐狼的脑袋。蒙古马自古是良好的军马。当年,成吉思汗就是骑着这样的烈马,走遍了整个世界。"

趁着众人的注意力都在野马身上,宝音这个卑鄙的家伙,将他肮脏的手偷偷伸向暖阳脖颈上戴着的翡翠挂坠。我气得大喊大叫:"你们都是瞎子吗?你们看不到这有见不得人的事情要发生在一个傻孩子身上吗?"

可任凭我喊破喉咙,都没有人听到。

就在宝音的脏手碰到翡翠的时候,李星大叫一声:"儿子快看。"暖阳兴奋地一晃身子,贼娃子宝音魂飞魄散,急忙收回了手。

金黄色的花雕马出现了。它被马厩外铁板组成的巷道带进了栅栏环绕的驯马场里。它金色的皮毛亮得发光,像是根根都被油浸透了一般,健硕的肌肉完美地分布在它的每一个部位,让这具狂野的身体有着古希腊大理石雕塑般的精美曲线。

花雕马的眼睛血红,疯了一样挣扎和嘶鸣,十几个富有经验的驯马师想拦住它,可是它没让任何人得逞,每个敌人都掉在地上摔了屁墩儿,哎哟哎哟叫。巴桑喊道:"马儿不对,究竟出什么事了?"驯马师个个面色铁青,却没有人愿意回答他。

李星和张雪看着眼前这充满野性的生灵,都惊呆了。花雕马向他们冲来,就在此时,响起一连串犬吠。驯马师为阻止发狂的花雕马,竟然放出来两只比狼还要凶猛的德国黑贝。花雕马像是风一样掠过李星和张雪,跃出栅栏,在惊叫声中,它向人群冲去,似乎要与驯马师们同归于尽。黑贝追上了它,刚想阻拦,这匹花雕马扬起后蹄,将张嘴向它后腿咬去的黑贝弹飞,那条恶犬撞到墙上,哼都没哼一下,就折断脖颈死了。花雕马看着另一头紧追到自己胸前的黑贝,这条狗没想到同伴惨死,再看到马眼中的杀意,全身像被洒了冰水。黑贝惨叫一声,想要逃走,马掉转方向追过去,张口就叼住黑贝的脑袋。那狗哀嚎一声,便被花雕马咬碎脑袋。

烈日下,两条狗的尸体在蒸腾的暑气里仿佛漂浮在水底,散发着浓烈的血腥味,像是一个极其古怪的梦。

宝音大喊："快跑,这匹马想杀人。"

话音未落,马像射出的箭镞一样冲向巴桑。巴桑来不及躲闪,只好闭上眼睛。他心中闪过一个念头,作为牧人,死在马蹄下,也算没白来世上一回。

这个时候,他听到孩子稚嫩的哭声,暖阳吓坏了……

马蹄声渐渐变缓,停下。巴桑轻轻睁眼,看到花雕马在和暖阳对视。马和那孩子一样悲伤,一样满是怜悯。这对视仿佛是照镜子。花雕马悲鸣一声,突破李星夫妻的阻拦,冲到孩子面前。

马好奇地看着孩子,它看到了自己的儿子,似乎那匹调皮的小马驹还活着,正在孩子的眼中雀跃。暖阳笑了,伸出手。马没有闪躲,伸出舌头,舔舔暖阳的手。马探出头,轻轻蹭着暖阳的脸。暖阳流泪了,泪水干净得像是还没有被人翻过的书。他一边哭,一边抚摸着这匹狂马的鬃毛。没有人敢上去打扰他们。

宝音说："这小子能一眼看到马的心里去。"驯马的人都很惊讶,窃窃私语。巴桑问暖阳："孩子,你哭什么?"暖阳的手指向马厩的一边,他说："我为望远镜难过。"

顺着暖阳的指向,巴桑瞪大眼睛,发出一声哀号。那里挂着一张完整的马皮,在太阳下滴着血水,散发臭烘烘的热气。马皮的毛是金黄色的,脖颈处有一道小小的雪白闪电。那匹被剥皮的小马驹还没有死透,倒在地上弹着蹄子,大睁着眼睛。

金色的花雕野马流着泪走到儿子身边,俯下身来,伸出舌头轻轻驱赶着落到小马驹眼中的蝇群,直到它鲜红的躯体渐渐变黑,僵硬不动。

宝音指着那帮驯马师,说："你们真是群畜生啊。光天化日这么害马,我要是这匹花雕野马也得杀了你们。你们也配驯马?"驯马师们不敢反驳,只嘿嘿笑着。

愤怒的巴桑冲过去,对着这群青年人拳打脚踢。虽然他们一个个光着上身像小山一样健壮,可没人敢对巴桑还手,只是嘟囔着让人去叫老板,说老巴桑发疯了。

李星问宝音："你不去拦下你父亲?"宝音只是冷笑,不说话。李星又问："他们为什么这么干?"宝音说："有些老板对收藏花雕马没兴趣了,他们只想要完整的马皮,或是花雕马的标本,摆在他们庄园的客厅里做挂毯,做灯架。从活马身上剥皮,皮毛最鲜亮,卖的价格也更高……"

宝音问这话时,花雕马卧在小马身边,不再理会周围发狂的人。

大腹便便的马场老板赶来,看到眼前的景象,皱起了眉头。他说:"你们买不买马?这匹花雕马我花了大价钱,掏得起这个钱再说话,不买马赶快走。"

巴桑气得胡子直抖,想要冲过去揍那马场老板,宝音死死抱着父亲,苦笑着喊:"快走吧,不要丢人现眼了。人家这儿就论钱。"

暖阳抱住李星的腿,看着李星。孩子皱着眉,轻轻颤抖,滴血的马皮让他恐惧。李星紧紧攥住拳头,不知道该怎么对暖阳解释。

李星血一热,大喊:"这钱我出了!"人们都不说话了,偌大的马场静悄悄的,唯有风声。众人看着这个手足无措的男人。李星的脸直发烫。

你是怎么想的?他自己问自己,明明是个很冷静的人,受过高等教育,经过腥风血雨混到今天的位置,怎么一遇到这匹马,就不是自己了?

暖阳并没有说话,只是静静地看着他。不知道什么时候,暖阳不哭了。马场老板竖起大拇指,表示对李星的认可,然后另一只手竖起两根指头,二十万。

李星刷卡的时候,巴桑带着宝音和几个驯马师把小马驹埋葬在了一片草甸里。花雕马始终躲在远处,躲着人群。在张雪的陪伴下,暖阳轻轻摸它,它也只是晃晃尾巴,似乎接受孩子的安慰。

看到李星过来,张雪不由得苦笑。她说:"这匹马你要带回家吗?养在哪儿?厨房还是卫生间?"

李星看到巴桑在小心翼翼地靠近那匹马,想把它引进笼子。李星大声叫巴桑,叫声惊了花雕马,它跑到离笼子更远的地方。巴桑懊恼地看着李星。

李星说:"明天我们要走了。"巴桑说:"你的马怎么办?"李星不说话。巴桑说:"这是条生命啊,你就不管了?"巴桑望着李星,花雕马卧在草地上,也望着李星。张雪小声替李星说:"巴桑老爹麻烦你了,我们能力也有限。"

听到暖阳要走,宝音着急了,他大喊:"别走啊,你们现在不能走。"李星说:"为什么?"宝音拽着暖阳一家人,冲到花雕马身边。花雕马站起来,看着李星和宝音,眼是红的。

宝音说:"孩子,你摸摸花雕马。"

张雪不安地摇头,紧紧拽着暖阳的手。那马打了个喷嚏,眼神温柔,轻轻将头伸过来,碰了碰暖阳的肩头。暖阳竟然笑了。李星叹口气,能接受外界信息,对儿子来说太不容易。宝音说:"如果说这匹马在世上还相信一个人,那就是你们的暖阳。因为他们能看到彼此的心。如果暖阳走了,这匹马会死。只有靠暖阳,才能把这匹马送回草原,送回到野马群里。万事万物讲究个缘分,你们也讲究这个吧?"

他的话把李星和张雪唬得一愣一愣的,就连巴桑都连连点头。其实,宝音的心思都在暖阳的翡翠上。

那匹花雕马在草地上打了个滚,像是在逗自己的孩子。暖阳对自己的父母说:"叫它望远镜,是因为它的毛像我的望远镜。"

李星蒙了,儿子生下来后,这是第一次主动和自己交流。

李星问:"儿子,你在和我说话吗?"暖阳在笑,就是不说话。张雪眼圈都红了。花雕马站在暖阳身边,骄傲地看着人们,像一个神秘的神灵。

李星虔诚地对花雕马说:"我们送你回草原。"宝音对李星竖起大拇指,说:"你们一定不会白去草原的。"张雪白了宝音一眼,拽着李星:"我觉得你疯了。你想过吗?儿子在草原上犯病怎么办?"李星想想,说:"顾不上那么多。他来这世上一遭,可能什么都不是。这辈子能救一匹马,就算不虚此行。"

那天下午,在草原上游荡着一队古怪的人马:花雕野马走在队伍的最前面,巴桑陪伴着它,防止它发疯。后面跟着李星一家人的越野车,在队伍的末尾,是骑马的宝音。

巴桑一边走,一边抚摸着这匹花雕马,并唱起了苍凉辽阔的蒙古族长调……

趁着两匹铁青马膘好
把它们安慰好再走
这辈子牧人的宿命
就是在草原上晃悠
…………

车厢里的暖阳听到歌声,笑着摇晃脑袋。李星陪着他笑,从儿子确诊以后,他感到自己从没有这么放松过，李星小声地对张雪说："我一定要让儿子在离开草原时学会骑马。"张雪叹口气，说："我们离开草原的时候，儿子能学会脱下裤子拉屎屎，就是老天眷顾我们了。别逼自己，也别逼他……"

六

他们在草原上走了两天，连野马群的毛都没摸到一根。每次李星问巴桑："我们什么时候才能找到野马。"巴桑都会说："往前，往前就会遇到了。"不知道问过第几遍后，张雪提醒他："不要再问了，你没发现吗？巴桑说起野马群，总是说'遇到'。这意思，就是他也找不到。"

刚下完一场雨，草浪翻滚，李星晕晕乎乎。风小了些时，他们遇到了一群羊，那几个放羊的牧人和巴桑熟识，于是他让一行人停下休息，自己去找那群牧人交谈。大人们喝水的时候，暖阳蹲在草坑边，逗小草中的爬虫。不一会儿，巴桑兴冲冲走了回来。

巴桑告诉李星，牧人们说："在草原深处有片金色的纳敏，那里有野马群，有不少金色的花雕马。这应该就是望远镜的家族。"

张雪说："什么是纳敏？"宝音插话道："就是又厚又软的大草甸。"巴桑看到暖阳正在野草里玩耍，皱起眉头。他说："这片草阴，小心有蛇。"张雪说："阴？草怎么会阴，怎么会有蛇？"

张雪话音未落，一条小蛇钻出草丛，巴桑眼疾手快，抱走暖阳，连连跺脚，那条色彩斑斓的小蛇被他的步伐吓得急忙躲回了草中。暖阳这傻小子，不知道自己差点丢了小命，只是在阳光下被巴桑晃动着很舒服，咯咯笑着。

李星说："你怎么会知道那里有蛇？"宝音走过来，冷笑道："我爸就是草原里的老神仙。每一阵风，每一株草他都认识……"

宝音的语气戏谑，暖阳轻轻伸手想去摸宝音的脸。他问宝音："为什么你的脸是这样的？"张雪急忙说："这孩子，别瞎说！"

人们一时都不知该说什么，就像几尊石像。宝音摸着自己的脸，笑着说："这要问草原老神仙，我的好爸爸。"李星这才察觉，巴桑不敢看宝音，更别提回答了。宝音上了越野车，用力摔上了车门。

巴桑将暖阳放回草地上,说:"我们走吧,去那片金色的纳敏。"他语气平淡,好像什么都没有发生。张雪偷偷地对李星说:"要小心宝音这个人。"

天快黑的时候,他们又要投宿在牧人家里。巴桑好像认识所有的牧人,每个人见到他,都会大笑着和他拥抱,然后端上丰美的食物招待巴桑和他带来的这些陌生人。

宝音笑嘻嘻地和大家打招呼,可没有人回应他。人们冷冷地看着他,甚至守在自家的毡房前不愿让他进去。宝音大骂:"你们都是疯子。草原上的人现在就这么对待远道而来的客人吗? 不怕雷劈吗?"

有个牧人气愤地揪着宝音的领子说:"老巴桑是尊贵的客人,可你就是个骗子。上次你卖给我假手机,我父亲被气得心肌梗死送进医院,你差点害死一条人命!"

宝音推开那人,继续向前走。没人愿意和他说话。这个时候,他感觉有人在轻轻拉自己的裤腿。宝音低头,不由得苦笑,是啊!这个草原,这个人间,还有谁愿意搭理一直被人嫌弃的宝音呢? 只有傻不拉叽的暖阳。

宝音从兜里掏出一个苹果,用刀子把它切成一块一块的,递给暖阳。暖阳举起苹果块,那花雕马闻闻,吃进了嘴里,嘴巴发出"吧嗒吧嗒"的声音,甘甜的果汁流入胃里,花雕马冲孩子眨眨眼,孩子咧嘴笑了。

暖阳的笑声吸引了毡房里的巴桑和老牧民。巴桑听到老朋友用一种很古怪的腔调问自己:"老巴桑,你儿子还是一门心思想去太空?还是想当宇航员?"巴桑点点头。那老牧民叹口气说:"你这儿子就是天生和你讨债的……"

巴桑挥挥手,像是在驱赶烦人的苍蝇。他说:"欠债,就得还啊。"

在草场的另一边,张雪看着宝音教儿子吃苹果,小声对李星说:"你没发现吗? 这里没人喜欢他。我不想带着他。我害怕他。"李星说:"可是儿子很喜欢他。"张雪说:"儿子有病,你也有病?"李星一时不知道再怎么为宝音反驳,毕竟他也刚认识宝音。

这时宝音把暖阳抱起来,贴着花雕马的脸。花雕马先是一惊,然后伸出舌头,亲热地舔了舔暖阳的脸。暖阳哈哈大笑,宝音也跟着大笑,像是一个孩子。

巴桑在那一刻跟着他们笑了,然后他立刻变回了之前那个沉默的老头。可李星感受到了巴桑的快乐,他想了想,小声对妻子说:"我决定了,就让宝音留下吧。"张雪冷笑道:"这个地方谁都没病,就是你有病。"

我觉得张雪说得没错,李星远不如他老婆机灵。就在李星认为自己留下宝音,是做一件好事的时候,抱着暖阳的宝音已经偷偷抓住了那块翡翠,就在他想要下手的时候,突然脸上一凉,暖阳哈哈大笑。原来是花雕马吐了宝音一脸嚼碎的苹果末子。所有人都看向这边,宝音只好放开翡翠。他擦着脸,大骂:"不知好歹的畜生,你逃回草原也早晚让狼咬死。花雕马不理他,掉转身体,用屁股对着宝音。"

宝音在晚饭时又喝醉了。他溜出毡房,想找个僻静的地方大喊一气。那时黑暗来临,草原像在海底,宝音抬头看天,星星仿佛一群群顺着洋流旋转的鱼。他大睁着眼睛,努力辨认着天上四方的星座。这时他听到身后传来了笑声。

宝音回头,是那个骂他是骗子的牧人。这人带着几个同伴不怀好意地包围了他。宝音心里咯噔一声,这群人都从自己手里买过沙子做的假手机。

宝音说:"我回去找我爸,让他给你们退钱。"为首的牧人说:"我们不是为钱来的。"话音未落,宝音一头撞倒这人,想冲出包围,却被身后的人踹倒在地。宝音起先还手,后来只是躺在草地上抱着自己的脑袋。他听到那个牧人在骂自己:"脸被烧坏了不怕,你心也被烧坏了? 怎么总骗人……"

> 有着山岩的颜色
> 骑上那匹花雕马
> 大颠小跑地来吧
> 青春年少的你
> …………

宝音听到歌声传来,看向四周,发现草地消失了,敌人也消失了,毡房、牧人和傻孩子统统不见。自己飘浮在虚空之中,群星像燃烧的火球环绕自己。这时他听到了笑声,从银河的深处缓缓飘来一个女人,戴着硕大的氧气头盔,穿着宇航服,看似透明,身体表层却散发着一层微光,好像琉璃的光芒一般绚烂。宝音哭了,他对那女人说:"是你在唱歌吗?我一直都在找你。你究竟在哪里……"

他感到脸上一凉,然后醒了过来。歌声来自远方毡房里,是被风带到了这里。那明明是首很欢快的歌,可在宝音听来,这歌就和现在的自己一样悲伤、孤独。

那群刚刚在殴打自己的家伙,他们面色苍白,像是被吓着了。宝音笑了,擦干自己脸上的血泪,吃力地从地上爬起来。巴桑和草场的主人闻信而来,看到儿子的模样,巴桑面色一沉。他想扶着宝音,却被儿子一把推开。草场主人举起马鞭,想抽打那几个动手的牧人,宝音拦住了他。

宝音一瘸一拐走到那带头的牧人面前,说:"我欠你的,算还了吧?"牧人惊惧,不敢说话。宝音说:"这个地方欠我的,谁也还不了。"巴桑说:"你擦擦血吧,这样就像个疯子。"宝音没有理他,朝草地上啐口痰,推开人们走了。

宝音不知道自己走了多远,这时他听到草丛里有声音,回头,是暖阳,张雪跟在他身后,像守护雏鸟的母鸟,非常紧张。宝音说:"别看你是个傻子,跑起来倒挺快。"暖阳说:"你要去哪儿?"宝音捡起一根树枝,说:"我要捡柴火。"暖阳笑了,学着宝音捡起一根树枝,说:"柴火。"宝音点点头,风吹过他的伤口,还很疼痛。

暖阳捧着一堆树枝,来回念叨着"柴火、柴火"。他看着宝音笑,似乎是在向他炫耀自己的成绩。宝音说:"你多捡些被雷打过的树枝。"暖阳问:"为什么?"宝音说:"在草原上,用雷劈木点燃的火是最洁净的、最神圣的。"暖阳说:"能打妖怪?"宝音说:"再大的妖怪也能打败。"暖阳开心大喊:"打妖怪!打妖怪!"

他的笑声在空旷的草地上回荡,四面八方传来一阵阵回声,像是一群孩子向宝音拥来。

后来,张雪和李星用暖阳捡回来的木柴点起篝火,本意是想让暖阳开心,可火苗升腾的时候,暖阳已经睡着了。挨一顿毒打的宝音也扛不住了,抱着暖阳回毡房休息。牧人们一个接一个离开,到了夜里三四点,篝火边围坐的人只剩下了李星、张雪和喝醉了的巴桑,以及谁都看不见的我。木柴在火堆里发出阵阵噼里啪啦的响声,仿佛一场小雨。篝火上坐着茶壶,李星和张雪一边喝着茶,一边听烂醉的巴桑念叨。

巴桑说:"我的老婆是知青,宝音快四岁的时候,她回北京了。我不恨她,她是个好女人,像故事里的仙女一样。草原上的女人干的活,她都会去干。草原上的女人不懂的道理,她都懂。可仙女是注定要回到天上去的,对吧?就像我巴桑,注定要像一匹老马一样在草地上数星星。只是宝音太可怜了,他妈妈说,要搞自己的事业,就不能带着这孩子。我说我带,她就走了。宝音那时候已经懂事了,天天让我带他去北京找妈妈。我天天喝酒,每次醒来,半边脸是麻的,必须灌一大口酒,血才能流通。有次我手一软,宝音掉在了火堆里,成了现在这样。我被吓醒了,从那天起,我再没碰过酒。可又有什么用呢。说起来,老天真是没法琢磨。都是父母,你们为了个傻儿子,可以丢下一切跑到这儿。我和我老婆,一个毁掉了儿子的命,一个毁掉了儿子的心……"

张雪说:"巴桑老爹,每个人都会犯错误。"巴桑挥挥手,说:"你不用劝我,你们能劝我的话,我都在自己心里过了无数遍。最后我才明白,我犯的错不容原谅。宝音懂事以后,每时每刻都想离开我。他就好像被鬼缠上了,一门心思想去太空。一个牧民要去做宇航员,我不知道他怎么想的。这都成牧民们之间的笑话了。他为啥一路坑蒙拐骗?就是想赚学费,去上那些培养宇航员的学校。我这可怜的傻儿子啊……"

巴桑一边说,一边喝。说到这时,李星已经数不清他喝了多少酒。巴桑实在撑不住了,无力地摆摆手,滑下了椅子,在草地上醉成一摊烂泥。李星扶起巴桑,把他送回帐篷。

张雪见四周无人,偷偷地哭了,夜风都是咸的。

七

第三天下午,他们终于到达了草原深处的金色纳敏。这里的草足有半人高,风吹过,绿浪翻滚。在太阳照射下,这块广袤的草甸上铺着一层淡淡的金光,与天相连。在这里,大地与天空交织在一起,野鸟翩翩飞舞,野兔纵情奔跑,仿佛金色的天堂。

宝音伸出手探进车窗,摸摸暖阳的脑袋。他说:"小暖阳,这里离沙漠很近,等把你的朋友送回家,我带你去那里捕雾。"

暖阳兴奋地大叫,张雪把暖阳拽回了车厢,说:"宝音叔叔就爱骗人,雾是气体,不是固体,看得见摸不着,人怎么能抓住雾呢。"宝音笑笑,没有说话,去追那匹有着闪电斑纹的花雕马。自从来到这片金色纳敏,这匹马就很亢奋,晃着四处乱窜。

天空飘起雨点,草甸开始颤抖,那匹花雕马越来越激动,它在草地上蹦跳、转圈,高高抬起前蹄,嘶叫高亢。阵阵马蹄声从远方传来,暖阳是第一个发现了花雕马群的人,他冲着那团冲来的尘雾挥手,尖叫。烟尘散去,四五十匹马站在人前。它们目光警觉,像一群从天上下来的武士。

那匹有闪电斑纹的花雕马冲进马群,它和同伴们蹭着对方的脸。花雕马竟然流泪了,像在倾诉自己被抓走后的遭遇。

马群们警觉地回头,那匹花雕马也在其中,它的目光也很冰冷。暖阳心里一惊,诧异地将身子缩回母亲的怀抱。

花雕马甩甩尾巴,温柔又回到了它身上,它带领着野马群慢慢靠近暖阳。孩子很开心,笑着迎过去,他的父母跟在他身后。野马群迈着轻轻的脚步来到暖阳身边,纷纷低头,蹭着他的脸。

李星把暖阳举到花雕马背上,暖阳骑在马上,他看到了更远的草原、更亮的太阳。这从未看到的景象,让世界变得越发广阔。望远镜驮着暖阳疾驰而去。暖阳在笑,在呐喊。风从李星身边掠过,他觉得自己也变成了一道闪电……

雨水打在暖阳的脸上,打破了他的幻想。马群注视着他们,没有一点情感,然后掉头嘶鸣,向远方的草原奔去。暖阳的望远镜跟随它们,连头都没回,转眼就消失在了野草之间。

暖阳伤心地尖叫。草原上空空荡荡的,像个做到一半醒来的梦。李星失望地想,动物永远是动物,指望一匹马能救自己的儿子,真是一厢情愿。宝音倒是松了口气,这匹马走了,自己终于可以安心地下手偷翡翠了。

不论是破碎的梦想,还是伤心的离别,我和巴桑在草原上见过太多了。等待暖阳平复的时候,老巴桑闲得无聊,在雨中唱起了草原上的歌。那歌声像风一样,划过我们的头顶,也划过在雨中疾驰的蒙古马群头顶,向远方飞去……

在那芦苇丛中

竹叶黄的骏马徘徊奔腾

穿起锦缎的袍子

出嫁的姑娘使人心疼

…………

　　回去的路上,孩子一直在哭,在尖叫,有一群附近的牧人追上他们,邀请巴桑去草场做客。为了哄儿子开心,李星问那些牧人,骑马好不好学。暖阳不哭了,他偷偷瞄父亲。牧人们坏笑着对李星说:"骑马好不好学,得问马。"李星只好拜托宝音开车,自己硬着头皮借来一匹马,努力想爬到马背上。这马不耐烦地摇晃着身子,把李星摔在地上。暖阳哈哈大笑,李星夸张地揉着屁股,说:"好疼好疼。"

　　暖阳推推身边的母亲,说:"你也去学骑马。"张雪看着儿子,他似笑非笑,一脸认真。张雪害怕暖阳心中惦记那匹花雕马,路上犯了病。宁愿自己吃些苦,也别再让儿子受罪。她笑着说:"妈妈听你的。"张雪跳下车,找到了一个愿意教自己骑马的女孩,那个女孩十六岁,名叫托娅。今晚他们要借住在托娅家的草场。

　　托娅壮得像头牛犊,不像城里那些为了苗条漂亮变成皮包骨的女孩,和她同行的牧人都有些怵她。可张雪的注意力都在托娅奶奶的身上。这老太太骑着马,缓缓地走在队伍的边上,一脸慈祥地看着张雪,时不时微笑。她让张雪浑身上下不自在,一来是因为在炎热的夏天,托娅的奶奶还是穿着鹰羽做的袍子,远远看去,就像是一只古怪的大鸟。二来是因为这老太太的注视,张雪总觉得她能看进自己的心里去,看见自己没有告诉过任何人的秘密。

　　张雪听到老太太自称是博,觉得新奇。她问托娅的奶奶:"博真的能和动物交流?为什么?"托娅的奶奶说:"人成为博之前,会经历天大的考验。通过考验后,草原会为每个博找一种同伴,帮助博去为众生做善事。有人的同伴是鹿,也有人的同伴是狼,而我的同伴就是草原上飞翔的鹰。"暖阳插话道:"那有能和马说话的博吗?"托娅的奶奶笑了,说:"我听说,的确有这样的人。"暖阳的眼睛一下亮了,哇哇乱叫着,似乎说在哪里。托娅的奶奶说:"孩子,你不要着急。草原已经给你指明了方向,只是需要我们自己去发现。"

　　他们涉过一条小河后,停在河岸边休息。李星扶着张雪下马,骑马时间长了,两人走路一瘸一拐。暖阳看着笨拙的爸爸妈妈,咯吱咯吱地笑。张雪走两步路,就会倒吸两口气。李星说:"你怎么了?"张雪苦笑地摇头。李星把妻子扶到一棵大树下坐稳,张雪这才偷偷告诉李星,我让马颠得浑身就像散了架一样,没有一根骨头不疼的。李星心疼地看着眼前冷汗直流的妻子,是啊,她从小在城市里长大,父母都是公职人员,从小到大,从没来过这么远的荒原,更别说吃这么多苦头了。

　　李星说:"我哄儿子就得了,你上车吧。"张雪咬牙看着笑嘻嘻的儿子,使劲儿摇头。她说:"我不能让暖阳发现我害怕骑马,害怕这个草原。课上讲过,父母是孩子的镜子,他会和我们学习怎么生活。我拒绝这里,草原上的一切他都会害怕。"

　　休息够了,众人继续前行,马每向前一步,张雪就觉得似乎一阵刀子雨落到自己身上。托娅的奶奶来到她身旁,说:"你双腿要放松。你紧张,马就会紧张。它走起来就会用力,你全身绷得太紧了,肌肉就会痛上加痛。"张雪试着放松下来,果然接下来的路程好了很多。

　　到黄昏时,他们终于来到托娅家的草场。几百匹骏马组成的马群像乌云一样划过草场。李星和张雪从没有离马群这么近过,它们与他们擦肩而过时,好奇地扫视这群陌生人。李星的内心一阵战栗,他感到弥漫的尘烟中,人们只是过客。观察自己的马群,才是草原真正的主人。

　　暖阳却并不像父亲这样害怕,他好像是回到了家,见到了家人。他冲着马群拼命挥手,对父亲说:"我要给每匹马起一个好听的名字。"李星担心暖阳过于兴奋,被马撞着,说:"我会骑马了,咱们不看马群了,爸爸给你表演好不好?"暖阳根本没听父亲在说什么,他指着马群,认真地给它们起名字。

　　李星对暖阳说:"儿子,你真会取名字。你知道你的名字是怎么来的吗?"暖阳没有理他,仍然在喊叫一匹匹骏马的名字。李星说:"你一哭喊,爸爸妈妈就觉得好冷好冷,像是活在冬天。可是你的笑容很甜,就像冬天里的一缕暖阳。一笑我们心就化了,所以叫你暖阳。"

这时,暖阳开心大笑,他的手指向远方。李星抬头,和众人惊讶地发现那匹花雕马站在夕阳下,阳光把它的金色皮毛染成橘红色,仿佛一团温暖的火焰。暖阳挣脱了李星拽着他的手,向前奔跑着,呼喊着"望远镜、望远镜"。花雕野马似乎听到了他的呼唤,向他奔来。

　　李星对巴桑说:"真是见鬼了。"巴桑笑呵呵地说:"马有灵性,你儿子这一路从没有忘记它,所以它回来了。这匹花雕马会陪着你们走出草原。"

　　花雕马跑到了孩子面前,低下头,像是在和这个天真的老朋友寒暄。孩子一把抱住花雕马的头,亲吻着它的鼻梁。虽然花雕马的短毛粗糙,扎得他生疼,可孩子并不在意。

　　张雪从没见过儿子这么开心,此时的暖阳就像一个普通孩子在和玩伴玩耍时一样开怀大笑。她想这孩子终于有朋友了,即使朋友是一匹马,那又有什么关系呢?自己和李星总有一天会死的,可这孩子懂得了交朋友,他这一生就不会再孤单。想到这里,泪水滑过她的面颊。宝音走到了她身边,看到她流泪,诧异地问她怎么了。张雪急忙擦拭泪水,问宝音有什么事。

　　宝音说:"托娅告诉我,这附近有座月牙温泉,也许能帮到你们。"张雪瞄了眼宝音,皱起眉头。宝音像是什么都没察觉,托娅走过来,说:"那座月牙温泉很灵验,我们这里有人喝了太多酒或从马上摔下来变疯变傻的,还有忘了自己是谁的,去那里用温泉水洗脸,会渐渐好起来。"张雪和李星看看彼此,明白了对方的心思。张雪说:"灵不灵,我们都去。"

　　天黑了,太阳落下的同时,月亮升起,野草一片片的被月光刷成雪白,像是银子铸成的。人们燃起篝火,托娅炖了手扒肉,备下马奶酒,巴桑带着大家围坐在篝火旁,一边喝酒吃肉,一边大声唱歌。

　　花雕马带着马群在远方的草原上疾驰、嬉戏。月亮下,它们流着汗的身体像是披着群星。

　　宝音和暖阳坐在草地上,看着骏马奔驰。宝音说:"你说做马好,还是做人好?"暖阳看着宝音,他听不懂这话,只是冲着宝音傻笑。

　　辽阔的草原很明亮,像个美好的梦。宝音看着无边无际的黑暗,觉得自己这一刻身处太空。宝音兴奋地跳起来,对暖阳说:"看我给你表演一个宇航员登月。"宝音缓缓抬动着胳膊和双腿,挤眉弄眼,仿佛自己身处太空,身体失重一般。暖阳咯咯直笑。

宝音说:"你一起来!"暖阳跳起来,笑着有样学样。溅起一阵尘土,花雕马打了个喷嚏。宝音抱着暖阳,一大一小两个人没心没肺地大笑,在草地上打着滚。宝音看到了那块翡翠,它近在眼前。宝音闭上了眼睛,说:"总有一天,我一定能去太空。"

暖阳说:"太空里有什么?"宝音看着无尽的夜空:"那里有一个穿着宇航服的女人在飘浮。"

李星和巴桑坐在篝火边,李星睡着了,巴桑独自喝酒,他觉得喝完这杯是极限,否则就要醉了。一阵抽泣声传来,李星睁开眼,看到托娅的奶奶和张雪坐在毡房前的灯光下正在窃窃私语,张雪张开嘴,似乎被托娅奶奶的话语震惊了,两行泪顺着张雪面颊流了下来。

李星想过去,巴桑拉住他的胳膊。巴桑说:"让你老婆哭一阵吧。女人就像野草,下下雨,活得更旺盛。"李星苦笑。这巴桑身上的酒味,即使狂野的草原夜风也吹不散,浓郁得仿佛凝固了一样。

第二天一大早,露珠还未从草尖上滴下来,他们就上路了,向着托娅所说的月牙温泉前进。在路上,李星按捺不住自己的好奇问妻子:"昨天你为什么会哭,托娅的奶奶究竟和你说了什么?"张雪摇摇头,轻轻笑道:"就是一些女人之间的话,你别打听了。"

话都说到这个份上,李星再说不出来什么,他无奈地耸耸肩,继续专心开车。暖阳在张雪的膝上睡着了,像只小兽一样轻轻打着呼噜。张雪轻轻摸着儿子的头,心中还在回想昨天和托娅奶奶的谈话,那是她心中的隐秘。

张雪有次去医院,和医生聊起自闭症的起因,医生说自闭症和家族的基因有关系。张雪心里猛地一惊,她想起自己的姥姥,还有二姨,她俩在四十岁左右都疯了,自己的家族有遗传的精神病史,会不会是自己害了儿子?她不敢把心中所想告诉任何人。从此之后,这个想法一直缠绕在她心头。

张雪就是在和托娅奶奶说这些的时候哭了,夜风吹过泪水,她像是掉进了秋天的河。这时,托娅的奶奶说:"这不怪你,也不怪你的家人。"张雪说:"你怎么知道?"

老人不说话,只是轻轻笑了,然后唱起一首歌。火光中,张雪轻轻抽泣,托娅奶奶伸出手,轻轻抚摸张雪的头颅,似乎这首歌里藏着所有答案……

　　　　一只天鹅
　　　　应下三十三颗蛋
　　　　三十三颗蛋里
　　　　孵出一只孤单的小天鹅

　　　　有心把它
　　　　放在山岩上
　　　　又怕苍鹰飞来
　　　　把它攫走
　　　　…………

月牙湖就像它的名字一样,波光粼粼的湖面像一弯月牙。暖阳在湖边听到各种各样的鸟叫,甚至看到一只身姿优美的水鸟从湖里叼出了一条鱼。

湖边停留着不少游客。李星夫妇坐在车里,艳羡地看着湖边玩耍嬉戏的孩子们。李星对张雪说:"刚才有路过的牧人告诉我,这附近有片沙漠,那儿住着传说中会和马说话的人。据说再烈的马,他都能驯服。我想,暖阳和他聊聊天,一定很开心。"

张雪紧紧握住李星的手,迫切地看着李星。李星握了握张雪的手。车窗外突然传来争执声,还有孩子的哭声。两人脸色一变,张雪说:"是暖阳。"

在湖边,巴桑正在和几个游客争执,哇哇大哭的暖阳拽着巴桑的腿。巴桑看起来很生气,面红脖子粗。李星急忙一把把暖阳抱起来。

李星说:"怎么回事?"游客说:"哪儿来这么个老傻瓜,要不是看他年纪大了,我大嘴巴抽丫的。"巴桑说:"你们这些没有敬畏心的人,亵渎了草原。"

宝音站在人群外冷眼旁观,笑嘻嘻的,似乎那并不是自己的父亲。

李星问宝音:"究竟怎么回事？"宝音说:"这帮人脱了鞋下湖洗脚,这是我们用来治疗脑病的神湖,我父亲当然就生气了。草原上的一切都是牧人的命啊……"

巴桑和对方争执得越来越激烈,一个年轻人挥起拳头把巴桑打倒了。宝音打不过他们,暖阳怪叫不断,花雕马受惊,冲到岸上,把两个拉扯暖阳的游客撞到了水里。

李星赶紧跑过来,一把搂住了暖阳。张雪拉起被花雕马撞入水中的游客,连连道歉。游客一把推开了她,愤怒地说这事没完……

游客还想骂暖阳,却突然不说话了。一股恶臭在空气中蔓延,原来,暖阳拉裤子了。他蹲在了地上,捂着自己的脸,人们对此议论纷纷。

李星盯着暖阳,突然说:"你的翡翠哪儿去了？"

张雪这才发现,暖阳的脖颈上空空如也。张雪望着众人,说:"求求你们别开玩笑,谁拿了还给我们。"本来不依不饶的游客们听说丢了东西,都怕沾上事,纷纷说:"别乱说啊,我们可啥都没见。"游客们转身跳上了自己的车。转眼间,湖就空了。

李星和张雪商量,翡翠肯定是不见了。当务之急,是找到那个能和马说话的牧人。走出那片湖,他们与托娅祖孙俩告别。巴桑正准备带着李星一家人去往沙漠,宝音咬牙,突然勒马站住。

巴桑说:"怎么了？"宝音说:"我回城去报警。"巴桑说:"你疯啦？报警有用吗？"宝音说:"我不能让坏人得逞,暖阳不该这样离开我们草原。"

宝音跑到暖阳面前,说:"等你再来,我带你去沙漠里捕雾啊。"暖阳说:"怎么捕啊？"宝音笑着说:"这是个秘密。等我们再见面,你就知道了。"

八

暖阳看向车窗外,沙丘都静悄悄的,犹如坐在地上休息的孩子。路两边分布着零零星星的沙蒿。天似乎被清水洗过一样,蓝得很透彻。他们的车是一辆开了快十年的陆地巡洋舰,足有三吨重,行驶在穿沙公路上寂静无声,就像潜行于水中。

又走了一阵，天越来越暗，风越来越大，沙尘遮挡住了太阳，沙漠里一片黑暗。巴桑摸了把脸，都是泥污。巴桑捡起一把沙子，闻闻味道，叹口气说："我们运气不好，要刮沙暴了。"

为了赶在刮起沙暴前赶到地方，李星加快了行进速度。因为慌不择路，越野车的前胎陷入一小片流沙里，油门踩到底，也挣脱不出。张雪抱着暖阳，这孩子很害怕，喃喃自语："太阳好烫，太阳好烫。"李星满脸都是汗，他们手足无措。巴桑和花雕马站在沙丘上，在肆虐的狂风中俯瞰着这片昏沉的沙漠，寻找着出路。

巴桑说："这风会越来越大。等沙暴起来，会有危险。"李星说："那怎么办？"巴桑说："没有办法，我们只能弃车，骑马进沙漠。"

李星看看张雪，两人无奈，只能弃车。花雕马温顺地低下头，任凭巴桑给它上了马鞍、缰绳和脚镫。李星抱着暖阳，骑上花雕马，张雪独乘一骑，一家人跟随巴桑继续向前。

暖阳被狂风吹得睁不开眼，在父亲的怀中拼命地哭叫。可是微小的声音在风中转瞬即逝。巴桑对暖阳说："孩子不要哭了，在咱们草原上有个讲究，当你的父亲把你扶上马背，那你就是一个独立的大人了，你要自己掌控生命了。"

巴桑说这话的时候，想起了第一次自己骑马的宝音，想到那时宝音明亮的眼睛，想到他跳下马扑进了自己怀里。即使这沙漠的风暴也遮挡不住，让他心中像被针扎了一样。

沙暴完全遮住太阳，花雕马不再前行，不管巴桑怎么劝解。它一直晃着屁股，似要把李星父子赶下身去。李星只好抱着儿子下马，暖阳哭到小便失禁。李星急了，一拳砸在花雕马的脸上。巴桑推开他，怒吼着："你要干什么？"

花雕马像闪电一样从人们身边窜出去，冲入风沙。暖阳拼命呼唤着望远镜，逃走的花雕马身影已被沙尘吞噬。

张雪在说什么，可是风声太大，李星只能看着张雪嘴巴一张一合。巴桑在两人耳边拼命大喊："现在我们只能往前，不能往后，回不去的。"

李星背着睡着的儿子，他们继续前行。茫茫风沙中，他们不知又走了多久，巴桑看到前方有一片黑影。巴桑喊："那边有房子！"

走近了，他们才发现那是一片废弃的村庄，想必是沙进人退，居民都走完了。这里像个战场，传来人的怒骂，风沙中有两个影子在搏斗。他们靠近了，才发现竟然是宝音和花雕马。

巴桑呼喊儿子，宝音见是父亲，转身就要走。花雕马拦住他，咬着他的后脖领，不让他离开半步。宝音气得脸都红了，那被毁容的半边面孔上的肌肉因为愤怒仿佛蠕动的虫子。宝音对花雕马又踢又踹，那匹马就是不动。它干脆一用力，把宝音拖倒在沙地上。

巴桑扶起宝音，说："你怎么会在这里？城里的派出所和这儿是反方向啊。"宝音说："我迷路了，又遇到沙暴，跑到了这儿，遇到这个畜生，它疯了，咬着我拽着我，就是不让我走……"

暖阳听到争执，醒了过来。张雪急忙给他喂水，暖阳抱着水壶，看着宝音，连连挥手。他说："宝音，你是来教我怎么捉雾吗？"宝音狼狈地低下头，不说话。花雕马一直愤怒地盯着宝音。巴桑说："这匹马为什么和你过不去？"

宝音恶狠狠地骂了句脏话，转身离开。花雕马想去追，暖阳哭了。花雕马停下脚步，舔舔孩子的手，嘶鸣一声，再次消失在风里。

风小了很多，沙暴渐渐停息。太阳重新露面，李星松了口气。可是失去朋友的暖阳却面色灰白，一直愣愣地看着沙地。对父母来说，这比哭号还要吓人。无论李星和张雪怎么安慰，暖阳像是丢失了魂魄，变成一块木头。巴桑的脸色煞白，愤怒地攥着拳头。

李星说："你怎么了，巴桑老爹？"巴桑叹口气，不回答李星，急匆匆地冲进了风沙中。

宝音在风沙中苦行迷失了方向，正像一只没头苍蝇般乱转，突然被人从后面拽住。宝音回头，竟是父亲。还没等宝音反应过来，巴桑一拳打翻了他。

宝音抬起头，他的脸上都是血和沙。他说："你疯了？"巴桑伸出一只手，说："这是刚才你丢落的。"巴桑张开手，是暖阳丢的翡翠挂牌。

巴桑的脸白得像一张新纸，他说："要不是花雕马，就让你得逞了。我前世造了什么孽，你还不如一匹马。"

巴桑一拳把宝音打倒。宝音不敢说话,也不敢反抗,像一条死狗瘫在沙地里。巴桑抓着宝音的衣服,在沙地上拖行。在风中,这个父亲喊着:"我带你去找他们坦白,你求得人家原谅。"

宝音听到这话,挣脱巴桑,站了起来。他跳着脚喊:"你疯了,你想把我送去坐牢?"巴桑说:"你怎么能去向一个可怜的孩子下手。总是想着去太空,太空吃了你的良心,坐牢好啊,坐牢你能静下来。"

宝音惨笑,指着自己的脸,手指都在哆嗦。父亲气得呼呼直喘,可知道自己对儿子有亏欠,不敢再说话。

宝音问父亲:"草原又给过我什么?"

大地无声,风沙猛烈。宝音心头一惊,他听到李星和张雪在焦急地呼唤暖阳。呼唤声由远及近,夫妻俩穿过风沙来到他们面前时已是泪流满面。巴桑问:"怎么回事?暖阳呢?"张雪抽泣:"他爸去找你们,他说他要拉屁屁,不让我看。我太累,靠在墙上睡着了。等醒过来,孩子就不见了。"还未等他说完,父子俩对视一眼,冲出去寻觅暖阳。张雪瘫倒在老公的怀里,放声大哭。

宝音走了很远很远,早已找不到回去的路。在一片流沙边,他听到了孩子的哭声。穿过风沙,宝音看到了暖阳。他的一只脚陷入流沙,宝音知道,那不断塌陷的小小旋涡里有着大人都无法挣脱的力量,正在把小暖阳往地心深处吸。

宝音顾不上再多想什么,他使劲儿拽着绳子,将暖阳拽到自己身边。暖阳被他拽出沙子,他自己却用力过猛,向地底陷去,沉浸在流沙旋涡里,仿佛在被千万头野牛挤在中间。宝音用尽力气,把暖阳举到头顶,大声呼喊着花雕马。他越陷越深,在沙尘中,他隐隐约约听到了马蹄声传来。他感到一股力量揪住了暖阳的衣领,把暖阳往上拽。宝音心中想,孩子得救了。宝音说:"孩子,我说话不算数,没法带你去捕雾了。"

我心中一片澄明。

原来,他就是我。我是宝音,此刻我在半空中,俯视着这人间。我看到流沙边哭泣的暖阳,花雕马轻轻舔着他的面颊。

沙暴彻底停了,沙漠的天空上,云彩一朵朵白得像是被水洗过。大地上的沙粒闪闪发光,每一粒沙子都仿佛刚刚诞生在这世上的新生儿。巴桑带着李星和张雪跑到了流沙边,是暖阳的哭声引来了他们。李星和张雪抱着儿子,一刻都不愿再离开。

巴桑通过暖阳的比画明白刚才发生了什么,他面如死灰,瘫坐在流沙边。

那匹花雕马敬畏地看着那片流沙,似乎里面埋葬的不是小偷,而是它的兄弟。花雕马一声嘶鸣,远方响起了野马群的回应。它们跑到人类身边,跟随花雕马,亲热地蹭着巴桑的面颊,我知道它们是在安慰巴桑,告诉他从此他是我们花雕马家族的一员。巴桑将绳子拴在自己身上,另一头交给李星。他跳入了流沙,李星拼命拽着绳子,野马群拼命拉着李星,他们合力帮我父亲把我的尸体从沙底打捞上来。

沙暴停后,李星看到了远远的地平线上有一棵树露出一片翠绿的树尖。他想,这就是那棵生命树吧。牧人们从大树所在的方向赶来,自打我被巴桑找回来后,他就一直坐在我身边,除去呼吸,就像石像一样不声不响。牧人们围住他,他才回过神来,号啕大哭。

李星对巴桑说:"巴桑老爹,我们跟他们走,就能找到和马说话的人。你带着宝音回家吧,把他好好安葬。我们带着暖阳去看你和宝音。"张雪连连点头,她一直在哭,说不出话来。巴桑拍拍暖阳的脑袋,看着这个一直在轻轻抚摸宝音脸庞的孩子,说:"我带着宝音和你们一起走。我儿子要是在天有灵,一定会希望陪着暖阳去找那个会和马说话的人,走完这条路,我会埋葬宝音。"

于是,他们带着尸体,继续向生命树前行。大沙漠风和日丽,细沙组成的沙丘和沙壑沟壑万千,像是铺着一层厚厚的金子。

暖阳问巴桑:"大树为什么叫生命树啊?"

巴桑说:"每一座大沙漠里都有一棵参天大树,方圆几十里寸草不生,可这棵大树却郁郁葱葱,能活千万年。有它,沙漠就不是死地。所以人们叫它生命树……"

说着说着,巴桑突然哭了,泣不成声。张雪轻轻拍着他的背,像是这样就能赶走他的悲伤。没有人说话,人们都知道他是因为什么哭,唯有暖阳抓着巴桑的手,说:"你怎么了?"

巴桑说:"其实我知道我儿子为什么想去太空。"人们都吃惊地望着他。巴桑说："他母亲回北京前的最后一晚，让宝音以后要好好照顾自己，还说这一生，就再也见不到了。"宝音号啕大哭，问他母亲："你要去什么地方？为什么不会再回来了？"他母亲说："妈妈要回去继续学习妈妈的专业，研究太空。"宝音说，他以后也要去太空。他母亲笑着，宝音就留在草原上吧，这里无拘无束，快快乐乐，多好……

"我们再没见过这个女人，再没得到过她的消息。也是从那天起，宝音说起太空来，就像变了一个人，停不下来，说的都是我们听不懂的话。他好像把母亲忘了，更在乎太空。可我一直都知道，他是真以为去了太空，就能和自己的母亲团聚啊。"

巴桑看着马车上的我，双眼噙满泪水。

九

在生命树下，那具尸体从马背上摔下来，落到了草地上。

这是一棵巨树，十个成年人手拉手都未必能环抱住它。百鸟躲在枝叶中啼叫，幼兽在树荫下的草地上嬉戏。这里俨然是荒漠中独立的翠绿世界。风吹过，叶子哗哗作响，像是坐在云彩上的孩子们在笑。

在草原上，牧人有个讲究，死者的尸体若是掉落马背，就要埋葬在掉落的地方。因为这是天意。巴桑决定不把我带回家乡，而是为我举办一场树葬。

在生命树下，他们也见到了那个会和马说话的博，当地的牧民告诉巴桑，他叫乌热尔图。那时乌热尔图喝醉了，骑在一匹没有装马具的枣红色花雕马上驰骋。那是匹母马，鬃毛随风飞扬，仿佛披着一层火焰。乌热尔图时而站在马背上舞蹈，时而贴在马腹边追逐野兔。马像是他的翅膀，让他像一只飞燕般自由。

暖阳看着这个人种种的精湛表演，咯吱咯吱地笑。乌热尔图留着一头长发，皮肤黝黑但眼睛明亮，肌肉壮实。巴桑说，这是条汉子，就像一匹野马。

骑着枣红马的乌热尔图来到他们面前，跳下了马。他本来满脸友善的笑容，但当他看到巴桑神色里的悲伤，还有那具躺在草地上的尸体后瞬间就明白发生了什么。他不再笑了。母马绕着花雕马好奇地打转，花雕马轻轻地用脑袋蹭了下它的头。

巴桑将这一路所有的事情都告诉了乌热尔图,乌热尔图时而开怀大笑,时而拍腿感叹。暖阳一直好奇地望着他,乌热尔图笑着伸出手,暖阳不畏惧,亲热地拉住了他。

暖阳说:"你是人,还是马?"乌热尔图说:"我是人,也是马。是草原,也是沙子。是活人,也是死者。是你,也是我自己。我们大家都在同一棵树下,四季更迭,离别欢聚,谁也不会离开谁。"

在几个牧人的帮助下,父亲把我挂在了树顶上。微风吹过野草时,我听到生命在草原上生长的沙沙声。我相信了乌热尔图的话,这世间的一切,像彼此依偎的野草,任凭风吹雨打,永远不会分离。

夜里,窗外北风呼啸,毡房奶茶温暖。乌热尔图请李星一家吃手把肉,喝奶茶。张雪哪里吃得进去,她滔滔不绝地讲述着暖阳的事情。乌热尔图始终在微笑,不去打断她的叙述,但是注意力都在暖阳的身上。

乌热尔图轻轻地呼唤暖阳,像是在呼唤一匹小马驹。暖阳竟然顺着地毯爬过去,乖巧地蜷曲在了乌热尔图怀中,拽着乌热尔图的胡子,像是面对自己早已熟悉的亲人。李星和张雪很诧异。

风沙刮了一夜,第二天清晨终于停了。金色的太阳下,人们来到草原深处,乌热尔图远离人群,面对远方连绵的山峦,喉咙发出阵阵呼唤,像是马的嘶鸣。

草原上起先寂静无声,只有风吹动人们的心,渐渐地,马群的蹄声从群山深处传来,张雪发出惊叹。万马奔腾过后,尘烟散尽,我已完全融入神圣的天国草原,在这世上再无半点痕迹。

马群仍在疾驰,如同不断的河流与不息的阳光。金色的花雕马冲到暖阳面前,热情地看着暖阳,似乎期待着他和自己一起追逐轻风。暖阳有些紧张,往后退了两步,李星赶忙挡在马和孩子之间。花雕马哼了一下。张雪想了想,咬牙推李星,示意他让开。李星回头,诧异地看到孩子走到花雕马的身边,轻轻摸着它的鬃毛。

李星很担心,说:"我能不能陪着我儿子?"乌热尔图轻轻拍拍李星的肩膀,巴桑示意他放松。李星看看张雪,张雪咬牙点头。

李星松开了手。乌热尔图和花雕马小声低语了几句,他走在草地上,引领着孩子和马,向着远方走去。

他们绕着草地走了一圈又一圈,最后,乌热尔图停下,对马不断发出指令。花雕马眼中闪烁着奇异如宝石的光,载着孩子按指令在草地上徜徉。暖阳很安静,像是在想事。

群马远去了,暖阳也累了。花雕马回到人群里,枣红马亲热地迎上去,两匹马蹭着彼此的脸。暖阳从马背跳入乌热尔图的怀中。乌热尔图对李星说:"这孩子还有很长的路要走。但你们不要着急。医生做不到的,我也做不到。但草原能做的,是在他心里种下一颗种子,让他在这条路上找到自己的走法。"

话音未落,暖阳脸憋红,在乌热尔图的怀中挣脱,跳到了草地上。他小跑着,躲入草群,脱下裤子蹲了下去。张雪实现了梦想,暖阳懂得怎么拉屎了。

十

那天晚上,沙漠下过一场小雨。雨停后,暖阳终于见到了人们怎么捕雾。沙地因为高温,水分蒸发,夜里的大地雾气霭霭。人们在大地上摆开一张张斜着立的大网,网眼细密如蝇眼。当雾气穿过网眼,会凝结成一颗颗泪水般的水珠,滴满网下摆着的瓶瓶罐罐。千百年来,捕雾,是沙漠人收集清水的重要方式。暖阳开心极了,一遍遍大声叫喊着宝音。

他们在草原和城市边缘的公路上分别。越野车已经发动,冒着青烟。巴桑送给暖阳一件礼物,一双精致的牛皮马靴。他说:"暖阳,下次你来,我教你怎么在马背上翻跟头,在马背上睡觉。"

暖阳亲亲巴桑的脸,不再说话。那天早上,花雕马就不知道去了哪里,一直没有露面。暖阳从醒来就茫然地盯着草原,他在等那匹马。

越野车开动了,暖阳的眼睛也红了。这时,草原上响起了马蹄声。张雪大喊:"儿子!望远镜!"暖阳把脸紧紧贴在车窗上,他看到了那匹花雕马。

奔跑的马,四条腿不落地,仿佛这片草原金色的灵魂。骏马激扬嘶鸣,冲到了车旁。车停住,马也停住。暖阳摇下车窗,冲它挥手告别。

花雕马嘶鸣一声,和人分道扬镳,冲入了茫茫草原。远方,无数匹野马若隐若现。

　　在人们告别时，我正在悄无声息地长出鬃毛、马蹄和尾巴。那天早上，金色的花雕马偷偷溜走，就是为了与枣红马幽会，因为清晨的草甸柔软如云。在它们交欢的时刻，我变成了它们创造的新生命。这是我的选择，成为一匹自由自在的花雕马。真不知道，当我诞生在草地上的时候，巴桑能认出来我吗？但我会陪伴着他，因为我最懂他的痛苦。

　　我告别了一位亲人，心中却有了无限的爱。我看到了未来。当暖阳再来时，我已是一匹小马驹。我的脖颈上也有着白色的闪电斑纹。当我背上他，踏着马蹄在大地上飞一般奔跑的时候，草原的万物能听懂我们的笑声。那里面除了爱，什么都没有。

　　【作者简介】肖睿，男，1984年生于内蒙古鄂尔多斯市，内蒙古作家协会副主席、湖南省作家协会签约作家、内蒙古文学院签约作家、中南大学驻校作家、中国作家协会会员、上海大学在读博士生。出版有《一路嚎叫》《生生不息》《太阳雨》等长篇小说。曾获2019"夏衍杯"优秀电影剧本一等奖；另有编剧策划作品《八月》《平原上的摩西》等多部影视剧，入围柏林国际电影节、台北金马影展等多个著名电影节，并获得重要奖项。

铁布鲁

○阿尼苏

　　我天天能看到吉仁台的身影。他是美术老师兼木匠。西日嘎中学只有初中部，每个年级只有一个班。初一初二每周各上一节美术课，初三不上，所以他是最清闲的老师，整日在办公室喝茶看书，看累了就去操场转转。这难免让一些老师看不惯。后来他自己要求把办公室挪到食堂旁边的仓房。校长批准，并让我过去帮忙。仓房四十多平方米，把里面零七碎八的东西整理到靠北墙的木架上，便腾出了很大的空间。他把办公桌放在南窗下，东墙上挂上几幅素描和水彩，下面是一张单人床。地面由红砖拼接而成，我们在上面反复洒水、铲泥，终于清理干净了。但是有几块翘起来的砖块怎么也弄不平整。后来他从木架上找到一根大约六十厘米长、头部弯曲如镰刀的铁棒，对着砖块敲打，声音时而沉闷时而清脆。在他巧妙地敲打下，地面平整了很多，但办公桌下面的一块砖始终下不去也抽不出来，他嘴里骂一句"×"，再用铁棒用力一击，那块砖瞬间碎裂。他把碎砖填入坑中，上面放一块大小吻合的木块，继续敲打，直至平整。当他站起身时额头上冒出很多汗珠。他举起铁棒，端详着，说："真是个好东西啊！"我问："这铁棒是干啥用的？"他说："以前学校养过牲畜，种过地，这东西可能是某种工具，但我也是第一次见。"

　　我们在仓房正中间支了一个铁炉。即便如此，仓房依然显得空空荡荡。他拍着我的胳膊，说："这下不仅清闲，更清静了。"可没过几天，有人向校长反映，吉仁台上班时间睡觉。于是校长便给他安排了新的任务。学校的门窗桌椅都是木质的，而且时间久远，总出现松散断裂等各种问题，校长让他负责修理。门窗他自己过去修，桌椅上面得写上教室、办公室的门牌号和姓名，再送到仓房，以便领取。即使门窗开了好几天，仓房里仍然充斥着被湿气裹挟着的酸臭味，好在很快堆满桌椅，吉仁台便开始叮叮咣咣地修理，酸臭味逐渐被木屑的味道掩盖。他除了上课或偶尔去修门窗以外，很少走出仓房。这样一来，除了我几乎没有人过去看他。

吉仁台四十五岁，个子到我肩头，很瘦，体重不足一百斤，尖脸上颧骨微凸，小眼睛给人没睡醒的样子。但他讲课干净利落，不说废话，干活也很麻利。我不知道为什么很多老师嫌弃他，如果仅仅是因为他过于清闲，那他搬进仓房后，总是搞得像个专业木匠似的，常常不换衣服就去上课，他的样子都有些可怜了，可为什么依旧遭嫌弃呢？

我在巴镇长大，去年大学毕业后考进巴镇一所中学教书，今年主动申请轮岗，来到西日嘎中学。我上班第一天，吉仁台就从食堂后面的一排平房中，给我收拾出一间宿舍。他还赠我一张他画的水彩画，是西日嘎村南边的毕勒古泰山，以及山下的白杨林和远处的草原。我不懂画，但这张画能给我一种辽远的遐想。我把它挂在衣柜侧面，这样躺在床上就能欣赏。我天天能看到吉仁台，是因为我在食堂吃完午饭，从他的办公室窗前路过时，他总把我叫进去聊天。他中午不回家，在铁炉上热带来的饭菜。他从来不聊我们学校的事，更不聊村里的事。他最喜欢聊大学，他的床上放着一本厚厚的《走进名校》。他说："我儿子明年考大学，等我退休就离开这破地方，去儿子所在的城市生活。"我说："您离退休还早着呢。"他望向窗外，说："不早了。"

我不认为西日嘎是破地方，尤其站在毕勒古泰山山顶，起伏的丘陵、草原从脚下向天边无限延伸，辽阔、雄浑、柔美。这里产生过悠长的旋律，也产生过凄婉的情歌。村庄像草原的孩子，静静地躺在群山的怀抱中。羊群和牛群忽远忽近。这番景象，让我迷醉。现在西日嘎村归巴镇管辖，我要在这里带完一届学生，之后回巴镇中学。我已经在心里做好计划。除了教学以外，我要学会骑马，还要搜集民歌。后者甚至成为我最大的动力。村北有一位九十高龄的老爷爷，独居，身体硬朗，会拉低音四胡，唱乌力格尔。他知道很多民歌，但记忆力下降，同一首歌在他口中总有不同的旋律和歌词。周末我经常去老人家里，听他拉胡、唱歌，听他讲述西日嘎草原的往事。同一个故事，在他口中也会有好几种版本，难以辨别哪个是真的、哪个是假的。比如，他说几十年前，两个男人因为打牌起争执,端起猎枪互射,同时倒地身亡。这两人的关系有时变成父子,有时变成兄弟,有时变成叔侄。但无论哪种版本,我都会认真记下来。我做这些没有什么目的,只觉得有意思。老人家有一匹黄骠马,老人特意做了一条几十米长的马绳,白天绑在房后的栅栏上,马儿就在栅栏后面空旷的草地上吃草。

我不愿在吉仁台面前谈论村里人。我无论谈起谁,他都会嘴唇向上一撇,不屑地说:"他呀!"接着什么也不说。但只要跟他谈论外面的世界,他就会说个没完。他早年毕业于艺术学校,专业是水彩画。他是土生土长的西日嘎人,他已经在西日嘎中学工作二十年了。西日嘎中学的美术课像是一种摆设。他数学好,前十几年一直教数学。这几年各科老师逐渐完备,他的数学课被数学系毕业的大学生顶出来,他就一下变得没有存在价值了。我看着满屋的桌椅,说:"要不……向校长申请,以后培养美术生,不然真快成专业木匠了。"他挠一挠浓密的头发,指着缺胳膊少腿的桌椅,说:"整这些活也挺好,不用跟人打交道,省心。"他的身上带着木屑的味道,手比之前粗糙了许多。老师们看他的眼神中总带着一股怪异,里面似乎隐藏着什么秘密。他自己不说,我更不敢贸然地打听他的隐私。但我心里为此充满了好奇。他吃午饭时,我偶尔说:"嫂子做的饭菜闻着真香啊,您真有福啊!"他说:"她呀!这都是我做的,她会干个啥。"他可能察觉到我的想法了,匆匆吃完,说要休息了。我回到宿舍,看着衣柜上的画陷入沉思。这真是一张有水准的画,越看越耐看,像出自一个心无旁骛的天才少年之手。只是这画中似乎隐隐地透着一丝凌厉,仿佛极力掩盖着某种糟糕的情绪。

初冬的一天,吉仁台从办公桌抽屉内取出上次用过的铁棒,问我:"你看这像啥?"我笑着说:"像布鲁。"他说:"对!这就是布鲁。"我说:"我开玩笑的,布鲁是木棒,哪有通体铁制的布鲁。"他把铁棒收起来,说:"无论它以前是干什么用的,现在它就是布鲁了。"几天后,当他再次拿出铁棒时,铁棒确实变成了布鲁。被抛光的铁棒在中午的阳光下银光闪闪,弯曲的头部顶端打上孔,用皮绳系了一个心状铜块,拿在手里分量十足。我说:"这布鲁可以进博物馆展览了。"他脸上掠过一丝忧虑,然后苦笑一声。天气越来越冷了,教室和办公室里的铁炉里烧着通红的煤块。吉仁台的办公室最暖和,我经常去他那里打热水,顺便坐下来聊聊天。他在铁炉边放了一个大木箱,里面放着木锯、刨子、锤子、斧头等工具。经他之手修理过的桌椅坚固、平整。他笑着说:"我是专业木匠,业余老师。"

我为了搜集民歌走进好几户人家。站在毕勒古泰山山顶,西日嘎村几十户人家的院落尽收眼底,几乎没有任何秘密可言,可走下山,与每个人见面、聊天,或照面、路过时,每个人都像藏着各自的秘密。我还是最愿意去老爷爷家,有时会听着他的故事睡着,等我醒来,老人还在讲述。他的讲述越来越离奇、跳脱、怪异。他把时间全打乱了,我干脆不再做记录,任凭他信马由缰地胡说下去。我沉浸在这胡说中,常以为这都是真的。有时他会很认真地问我:"你来学校多久了?"我说:"快一个学期了。"他问:"吉仁台对你好吗?"我问:"您认识吉仁台?"他反问:"吉仁台是谁啊?"我没有回答,他接着问我:"村主任还好吗?村主任的儿子还好吗?"我不想再听下去,他却又自顾自地说了一阵。其实我经常见到村主任的身影,他家在西日嘎中学北边。他是一个满脸堆笑的五十多岁的男人,个子跟吉仁台差不多,微胖、圆脸,总穿一件黑色休闲西服。他的妻子前几年因病离世,儿子在镇上开酒厂。他独自住在村委会旁边的三间平房,院里只有两匹马和一条狼狗。我来老爷爷家的路上,经常看见他要么在自家院里,要么在村委会院里,背着手来回踱步,偶尔向后捋一下锃亮的大背头。他看见我就向我点点头,我不做任何回应,继续走我的路。

我在一个学期的时间里,搜集了十几首没有听过的民歌。这些民歌都是牧民自己哼唱出来,继而在小范围里流传开来的。它们旋律优美、绵长,就像流淌着的河流。而同一首旋律下又能产生出好些版本不同的歌词,就像根据不同条件流向四野的分流。我亲眼见过,吉仁台往一个民歌旋律里即兴添加歌词的本领。那是寒假前一天夜里,第二天我准备回巴镇。晚上吉仁台拎着布包来看我,他从布包里掏出一瓶白酒和一只烧鸡,坐下来跟我喝酒。他没什么酒量,两杯就醉了,然后开始唱歌。西日嘎草原上流传着一首哀婉动听的旋律,一个牧人丢了一匹心爱的黄骠马,他四处寻找无果,就在河边唱思念的歌。终于有一天,黄骠马听到他的歌声向他奔过来了。这也是我来西日嘎后记录的第一首民歌。吉仁台把这首歌改编成自己的歌。他盘腿坐在我的床上,微微摇晃着身体,唱:"谁能看见西日嘎草原深处的这座村庄,谁又能知道我吉仁台的心事;毕勒古泰山山脚下的泉水日夜不息,我又向谁诉说我的苦闷……"即使他唱完了,我仍旧沉浸在他的歌声里，仿佛旋律还在飘荡着。他打破我的思绪，问我："对了，你有没有女朋友啊？"我望向窗外，没有回答。窗外是西日嘎无尽的黑夜。

    三月，冰雪正在融化，西日嘎草原还是很冷。新学期一来，一个流言在西日嘎村传开了。一天，我上完课，快走到办公室时，听到两个老师在里面谈论一个叫乌尤的女人。一个说："乌尤去村主任家又不是一回两回了，也不知道她咋想的，那么漂亮的女人，往半大老头怀里钻。"另一个说："那都是她阿爸撺掇的好事，她阿爸家明明条件很好却总不知足，啥好处都得，不仅盖新房没花自己钱，连冬季盖的那两个大暖棚也没花自己钱。"一个说："那也不能卖自己女儿啊，难道吉仁台不知道这些吗？被人欺负成这样都不吭声？"另一个说："全村人都知道了，他能不知道吗？不过，所谓上梁不正下梁歪，村主任啥样他儿子啥样，乌尤她阿爸啥样乌尤啥样。我看他们早晚出事。"两个老师可能察觉到走廊里有人，不再继续说话。我没有走进办公室。我往仓房走，但快到仓房时又不敢进去。仓房门紧闭着，我在外面站了一会儿便回到宿舍。吉仁台以前从来没有提起过妻子，那么这个传言也许就是真的，我不敢跟吉仁台说，更不敢问。我望着衣柜上的画，不知如何是好。

    我好几天没去找吉仁台，因为我不知道见到他该说什么。而仓房门总是关着，就好像里面没人似的。吉仁台在冬季最冷的时候说过，西日嘎只有两个季节，冬季和夏季。果真如此，前一天我还冷得打哆嗦，第二天突然就暖和了。校园墙根下的雪完全融解，天上也有了飞鸟的影迹。中午我吃完饭路过仓房时，仓房门罕见地敞开着，吉仁台正在整理桌椅。他叫我进去坐坐。仓房里充斥着刺鼻的木屑的味道。他问："都开学这些天了，怎么不来看我啊？"我说："那个……刚开学比较忙，新学期教学计划还没写完。"这个牵强的理由把他逗笑了，他问我："你是不是也听说了？"我问："什么？"他说："没什么。"他把门关上，拿出铁布鲁说："你看看。"铁布鲁比先前更加油亮，只是头顶的铜块有些发暗。我没敢拿。他举着铁布鲁，说："过年去邻村串亲戚时，突然蹿出一条疯狗，向我扑来，幸亏我用这布鲁给它一棒。这东西比木质的厉害，就一棒，那疯狗的脑浆都迸出来了。"说完，他笑了，脸上的肌肉在皮肤里颤动，看着有点瘆人。那天，吉仁台奇怪、诡异的笑脸总是浮现在我眼前，我一夜无眠。

第二天,我带着点心去看老爷爷,才知道老爷爷大年初一已经去世。据他的邻居说,他有两天没见老人了,便推门进屋,结果看到老人盘腿坐在炕上,双手放在双膝上,离开了人世。邻居从自己家马棚里牵出黄骠马,说老人生前曾经多次交代,要把这匹马连同鞍桥一起送给我。邻居还说,前年老人还骑过这匹马。我把点心放在老爷爷的坟前。我难以用悲伤来形容内心的感受。我也没有流泪,牵着黄骠马呆呆地站了良久。一阵风从山谷里吹来,光秃秃的群山上是无穷尽的蓝天。经校长同意,我把马牵到学校。学校有马棚,里面有好几匹马。黄骠马与这几匹相处得很融洽。从这天开始,中午一有时间,吉仁台就教我骑马。我们把黄骠马牵到校园东边的草地上。我骑几天就学会了,只是不敢跑起来。吉仁台教我骑马时,脸上露出的笑容与往常不同,是那种很畅快的笑,一下就把他脸上的愁闷解开了似的。但他每次看到在院里踱步的村主任,脸上的笑容又立刻消失。村主任看到我们,也很快进屋不再出来。

其实看不出吉仁台与往常有什么变化。天气暖和了,他也常开着门窗在仓房里敲敲打打。我去仓房的次数逐渐增多,有时周末他还会带着酒过来找我。关于他妻子的流言传过一阵后,风平浪静,没人再提及。常有人去村主任家,其中有个七十岁左右的老头,晚上总拎着学生书包大小的袋子过去。这个老头我以前也见过,只是没怎么留意过,后来才知道他是吉仁台的老丈人。他什么时候从村主任家里出来,我不得而知,我半夜出来上厕所,还能看见村主任家的灯亮着。村主任虽然很少在村里转,但十天半个月就会坐车往巴镇方向走。那是一辆黑色轿车,从巴镇方向开过来,停在村主任家门前,从车上不下来人,村主任上车后直接开走。有时第二天,有时三五天后,黑色轿车会把村主任送回来。村主任家没人时,吉仁台的老丈人就会过去照料两匹马和一条狗。对此,吉仁台当作没看见,他回家后是怎样的情形,我就不知道了。他的儿子在巴镇读高中,还有几个月就要参加高考。他大概半个月就坐客车去一趟巴镇。他用红色油笔在那本《走进名校》上圈了很多大学,画了很多专业,还在上面用漂亮的字体写好往年的分数线。

我从来没见过吉仁台的妻子,但是见过他的大舅哥。那已是五月初,吉仁台刚从巴镇回来,我下午没课便过去找他。吉仁台坐在床上,一个人高马大看着十分彪悍的男人坐在他的办公椅上。我看有人在就想离开,却被吉仁台叫住。他嘴里咬着石块似的说:"你们班的那几个凳子都修好了,你让学生们快过来取吧,可别耽误孩子们上课。"我听出这话里有话,就一边感谢,一边挥手招呼学生。很快几个男生向仓房跑过来。男人起身,指着吉仁台说:"以后老实点。"说完,他气势汹汹地走了。吉仁台一直捂着右边的脸颊,几个男生拿走凳子后,他才把手拿下去。他右边的脸像馒头一样鼓胀。他用力踢翻脚下的一只凳子,看着办公桌的抽屉,说:"他是我大舅哥,他妈的,他家人没一个好东西,当初我真是瞎了眼了。"我没见过他这么暴怒的一面。我可能习惯他往常的样子,这种突然的爆发,在他身上显得特别突兀。

吉仁台请了几天假,回来后更加沉默。他有时住在仓房,但不来找我。他的床单快耷拉到地面上,床底隐约可见一天比一天多起来的酒瓶。他开始抽烟,不会抽,硬吸硬吐,弄得满仓房都是烟。他说:"再坚持坚持,儿子马上就要考试了。"他在坚持什么呢?或者他想坚持什么呢?这句话显然不是说给我听的。一天下午,他问我下午有没有课,我说没有。他把办公桌转过来,让我手里拿着《走进名校》坐在办公桌前别动。他把画架挪到我对面,坐在小木凳上画起来。大概过去半个小时,他把画取下来递给我,说:"给你留个纪念吧。"这张素描并不细腻,却有粗粝的美感,我的神态和轮廓都被他画出来了,这些看似随意的线条上,感觉再增减哪怕一条线都是多余的。我惊呼:"你真是天才啊!"他说:"基本功而已。"当我把这张素描贴在衣柜上的毕勒古泰山下,才看出它们相同的手法,凌厉中透着一股倔强和愤怒。

吉仁台的儿子没几天就要参加高考了。吉仁台请假去了巴镇。高考结束后,我以为他已经领着儿子回来了。我去仓房找他,发现门虽然关着但没锁,里面收拾得干干净净,床单不再耷拉,床底也没有酒瓶,所有桌椅都已修好,办公桌上落了一层薄薄的灰,证明好几天没人来了。我突然感到不安。我希望事情并非我想象的那样,可当我打开原来放铁布鲁的抽屉后,发现里面空空的。我赶紧给吉仁台打电话,电话已经关机。我回到办公室,做什么都觉得不对劲。我从学校出来,先去找村主任,村主任不在村委会,家门也锁着,又去吉仁台家,他家的门也锁着。我返回学校,看见一辆警车十分醒目地停在校门口。我往校园里走,校长从办公室窗口喊我过去。两名警察坐在校长办公室的沙发上。他们问我吉仁台最后什么时候离开的学校、跟我说过什么话等一些问题。我都如实回答。后来我和校长领着他们去仓房。他们在里面待一会儿就出来了。我们把警察送到校门口，望着警车离去的背影，校长长叹一声，说："老实人不好惹啊！"

我的不安越发加重，却不知如何是好。那天晚上，我躺在床上，一直盯着衣柜上的两幅画，天快亮时才睡着。恍惚中，我被警笛声吵醒，可醒来发现，校园依旧像往常一样安静。我用凉水洗洗脸，才感到精神。我没有食欲，上午讲课也不在状态。我被一股不可名状的无力感裹住，做什么都力不从心。我向校长请了一周的假，当天下午回到了巴镇。那几天，我每天都在街上晃荡，即使下雨天也不例外。街上到处都是刚结束高考的学生，但我没有看到吉仁台和他的儿子。巴镇显得既热闹又落寞，既宽阔又渺小。

一周时间很快过去，我连夜回到了学校。西日嘎村的夜晚还是那么幽静，只听到从毕勒古泰山下传来的布谷鸟的叫声。听说，山下那片白杨林早就承包给了吉仁台的老丈人。第二天早晨，我打起精神准备上课。当我路过仓房时，再次听到了熟悉的敲击声。我从敞开的门外，看见吉仁台坐在床上，眼前倒置一张木桌，他正在用铁布鲁不停地敲打着桌腿。铁布鲁头部原来系着的心状铜块不见了，此刻在他手里更像一个工具。两个学生抬着修好的另一张木桌出来时，跟我打招呼。这时，吉仁台抬头看到我，笑着说："周末喝点啊！"我的身体像棉花一下松懈下来，说："好啊！"

六月下旬，下过一场雨，空气清新，草色迷人。我骑着黄骠马在西日嘎草原上游荡。我想起老爷爷讲过的故事，在清晰明亮的原野上、村庄里，似乎飘荡着一层看不见的迷雾。我的耳边不觉响起吉仁台的歌声——

谁能看见西日嘎草原深处的这座村庄，谁又能知道我吉仁台的心事；毕勒古泰山山脚下的泉水日夜不息，我又向谁诉说我的苦闷……

阿扎的江湖

○阿尼苏

出租车开进巴镇东边废弃的乳品厂大院,刚停稳,站在工用帆布帐篷前等候的一个壮汉过来开车门。敖特尔领着弟弟下车,提醒弟弟赶紧给壮汉点烟。壮汉指着眼前大大小小的煤堆,说:"敖特尔阿扎,这里不能抽烟。"敖特尔从后备厢取出一条香烟递给壮汉,壮汉怎么也不收。敖特尔硬塞到壮汉手里,说:"我弟弟从牧区来,没在镇上干过活儿,以后多关照啊。"壮汉说:"放心吧,你弟弟就是我弟弟。"壮汉握着敖特尔弟弟的手,说:"挺有劲!明天上午八点过来吧,跟车装煤卸煤很累,也需要巧劲,不过干几天就习惯了。"敖特尔看着秋阳下闪着金光的煤块,扒拉几下弟弟的脑袋,说:"好好干。"

下午敖特尔没有拉乘客。他让弟弟坐在副驾驶位置,在各个街道上穿梭。他想让弟弟快点熟悉巴镇。弟弟今年二十三岁,比敖特尔小七岁,初中毕业后一直在老家牧羊。敖特尔结婚后一心想到镇上生活,去年办理好相关手续,便卖掉羊群,拿上积蓄,携妻带子地来到巴镇,还在老旧小区买了一套两居室。敖特尔开出租车,妻子在家带孩子。弟弟割完秋草,便奔着阿扎来镇里,以为阿扎很快能给他找个好工作,没想到是这个样子。弟弟闷闷不乐,敖特尔说什么,他就敷衍着点点头。当敖特尔停好车,在路边跟弟弟抽烟时,路过的出租车司机总会按一下喇叭,或降下车窗跟他打招呼。敖特尔拽着弟弟的袖子,说:"这是我弟弟,以后多关照啊!"弟弟终于有些绷不住了,不耐烦地问:"干个体力劳动还这么麻烦吗?"敖特尔嘿嘿一笑,没有辩解。

弟弟住在敖特尔家。吃晚饭时,他闷声不响地喝了好几杯白酒。敖特尔说:"弟弟,巴镇不比牧区,有各行各业的人,他们都有自己的圈子,每个圈子都是个江湖。"弟弟说:"你不是有很多小弟吗,怎么混成这样?"这时敖特尔妻子抱着孩子坐过来,说:"弟弟,我们要踏踏实实地过日子,不要羡慕那些混子,你阿扎现在稳当了,以后多向你阿扎学习。"弟弟还想继续喝酒,敖特尔抢过酒杯,说:"你先适应一段时间,慢慢来,别急。"弟弟没再说什么。弟弟睡着后,敖特尔对妻子小声说:"这小子一根筋,做事不过脑,脾气还大,得磨一磨。"妻子说:"如果弟弟决定留在巴镇,那阿爸、额吉咋办呢? 阿爸快六十了,还能放几天羊啊。"敖特尔说:"那倒不怕,到时让阿爸、额吉卖掉老家的牛羊、房子,然后在镇上买套房子……我担心的是弟弟能不能吃镇里的苦。"妻子说:"我们以前认为巴镇哪儿哪儿都比牧区好,现在才知道,牧区有牧区的苦,巴镇有巴镇的苦……好在,付出的辛苦有回报,日子确实越过越好了。"

第二天下午,敖特尔去接弟弟时,弟弟正站在大院门前的路边抽烟。弟弟一上车,敖特尔就问:"咋样,今天挣多少?"弟弟说:"一百五。"敖特尔说:"行啊,快赶上我了。"过好一会儿,弟弟说:"要不我开你的出租车吧,你白班,我夜班?"敖特尔说:"你连驾照都没有,还想开出租车,你在想啥呢?"弟弟说:"不就跟开拖拉机一样,有啥难的?"敖特尔说:"这跟难不难没关系,没驾照就是不能开车,你懂不懂啊?"出租车顶着阳光跑,路面泛着白光,两边的房屋看着有些变形。车里干燥、闷热,弟弟刚按下空调键,敖特尔立刻关掉,然后把前后车窗都打开,说:"省油。"弟弟望着窗外的街景,没再理会敖特尔。

三天后的上午,壮汉打电话告诉敖特尔,弟弟跟人发生矛盾,扔下铁锹跑了。弟弟手机关机,敖特尔匆忙赶过去,走进帐篷,看见壮汉跟一个三十多岁的男人坐在桌边。壮汉指着男人说:"敖特尔阿扎,你看看!"男人用纸巾摁着脑门。敖特尔走过去,把他的手拿开,看见他脑门上破了一块皮,正往外渗血。敖特尔问:"这是咋了?"男人没敢说话。壮汉说:"今天你弟弟跟他搭班,他嫌你弟弟速度慢,说了几句,你弟弟故意抢着铁锹装煤,结果一个煤块打在他脑门上。"敖特尔说:"这小子咋还学坏了呢?"男人始终低着头。敖特尔叹口气,掏出二百元放在桌上,对男人说:"我弟弟不懂事,请多担待。"壮汉跟着敖特尔走出来,把手里的一条香烟放进后备厢,说:"阿扎,对不住了。"敖特尔拍拍壮汉的胳膊,说:"其实我弟弟人很善良,就是脾气有点不好,给你添麻烦了,抱歉啊!"

敖特尔在乳品厂附近开车转几圈,没看到弟弟,接着进镇里寻找。直到中午,他路过大桥时才看见弟弟。弟弟正坐在河堤上,往河里扔石子。他停好车,走到弟弟身边坐下,给弟弟递过去一根烟,自己也点上一根。秋风一过,河水微微荡漾,河面金光闪闪。他说:"我一个中专同学在面粉厂当经理呢,也许他那里需要人。"弟弟说:"去扛面粉啊?"他说:"我们过去看看。"弟弟不屑地把头转向一边。

敖特尔带弟弟来到镇北边的面粉厂,车停到路边,让弟弟在车里等着,自己拎着两条香烟走进厂院。不到十分钟,敖特尔就拎着香烟走了出来。他上车后重重地关上门,把香烟往后座一扔,挂挡加油疾驰。车子从镇郊往南行驶,路上车辆不多,路边树上的黄叶片片飘落,撒满柏油路,车轮碾过时沙沙作响。敖特尔降下车速,说:"现在老家牧区肯定很美。"弟弟说:"美啥呀,光秃秃的,你不是不想在牧区生活才出来的吗?"敖特尔不知怎么回复弟弟,长舒一口气,说:"工作的事,我们再找找。"弟弟说:"阿扎,你不是说过,卖煤的那个,还有今天这个,以前不都是你小弟吗,现在咋这样呢?"敖特尔说:"咋样了?人家有错吗?再说你也不愿意读技校,没有一技之长,你在镇里能干啥?"弟弟咬着嘴唇不再说话。

接下来的几天,弟弟常去网吧或台球厅消磨时间,敖特尔给他介绍宾馆的保安工作,他没有去。敖特尔以为弟弟玩儿几天,感觉没意思就会回老家,但是弟弟连着两夜不归,清晨一身酒气地回来倒头就睡。敖特尔问原因,弟弟只说在通宵打游戏。第三天夜里,敖特尔偷偷跟踪弟弟,发现弟弟走进一家歌厅后许久不见出来。敖特尔一进去就看见弟弟坐在大厅沙发上,跷着二郎腿抽烟。敖特尔走过去问:"你在这里干啥呢?"弟弟尽力掩饰着慌张,站起身说:"我在工作啊,我自己找的。"这时走来一个瘦子,经过弟弟的介绍,瘦子赶紧伸手握住敖特尔的手,说:"阿扎,我是巴图的弟弟。"敖特尔很快反应过来,问:"啊……巴图在哪儿呢?"瘦子说:"我阿扎前年去外地一直没回来呢,这是我开的店,以前常听我阿扎提起您。"时不时有穿着暴露的女生走过。敖特尔没再多聊。

第二天清晨,弟弟刚回来,敖特尔就问:"你在歌厅做啥工作呢?"弟弟说:"啥也不用干,坐着抽烟喝酒就行。"敖特尔说:"以后别去了,那里早晚出事。"弟弟说:"你以前不天天打架吗?有啥看不起人家的?人家现在混得比你好多了。"敖特尔"咣"一声给弟弟一记耳光,这是他第一次打弟弟。他大声说:"巴图根本没有去外地,前年他把人打成重伤,现在服刑呢,等哪天你被他们怂恿干傻事,后悔都来不及了。"弟弟也喊起来:"我以为你在巴镇多好使呢,我现在就回老家,以后再也不靠你。"从里屋传来孩子的哭声,敖特尔妻子走出来,先劝敖特尔别再说了,然后安慰弟弟。

当天下午弟弟真的回老家了,敖特尔接到妻子电话,也没有给弟弟送站。他觉得弟弟暂时真不适合在巴镇待着,倒不如回老家干活。弟弟放牧是一把好手,在牧区也经常帮助村里人,但弟弟动不动就发火,年龄越大脾气就越大,也不知道这火从哪里来。因为这样,弟弟还没交到女朋友。敖特尔把空车牌按下去,独自在巴镇街上开车到很晚才回家。

敖特尔回到了原来的生活状态,每天起早贪黑地开出租车。目前全家人的生活费靠他一个人,他想趁孩子上学前尽量多赚点钱,然后跟妻子开一家奶食品店。那时再给弟弟弄辆面包车,让他从牧区往店里拉奶食品……这些美好的憧憬一直在激励着敖特尔前行。巴镇虽小,但对敖特尔来说,可以承载他所有的梦想。

元旦那天下午,弟弟背着一个大包来到敖特尔家。他把包里的肉干、炒米、奶食品取出来放到茶几上,说:"阿爸、额吉让我给你们带过来的。"说完他就要回去。妻子向敖特尔使眼色,敖特尔说:"我明天不出车,晚上一起喝点吧。"弟弟不说话。妻子赶紧说:"我这就给你们炖肉去。"他们吃饭前,敖特尔接到壮汉的电话,没说几句就开始穿衣服。挂断电话,他对妻子说:"我有点急事出去一趟。"走到门口,他停了一下,转身对弟弟说:"你也跟我一起去吧。"

东郊一家餐厅二楼大雅间里,围着圆桌坐着十几个男人。敖特尔刚走进去,壮汉和对面一个高个子立刻起身,随即其他人跟着起身。壮汉让敖特尔坐在旁边,跟弟弟尴尬地打了个招呼。高个子说:"既然敖特尔阿扎出面了,我不能不给面子,这样吧,再减两万,除了医药费,给八万,这事就算过去了。"壮汉说:"最多两万。"高个子旁边一个二十岁出头的男人指着壮汉喊:"你他妈的,给你脸了是吧?"壮汉这边也有一个小伙子站起来对骂,接着又有几个加入进来。高个子和壮汉呵斥各自的小弟,小弟们才安静下来。高个子说:"敖特尔阿扎,情况你也了解了,你说咋办吧?"敖特尔按灭烟头,说:"人家弟弟在东线跑客运三年了,手续齐全,合理合法,你弟弟刚来就要抢人家生意。凡事都有先来后到,你讲理讲得过人家吗?"高个子说:"要讲理,那我弟弟被打进医院这事怎么算?"敖特尔说:"一码归一码,他弟弟打你弟弟确实不对,但你弟弟也动手了,只是没打过人家。现在给你们出医药费,再给你们两万,还有啥不满足的?"高个子说:"两万?敖特尔,我尊称你一声阿扎,现在的江湖不是你那个时候的江湖,你这是在打发要饭的呢?"双方的小弟们又开始争吵,而且越吵越凶,眼看场面就要失控。敖特尔端起酒杯"当"一声撞在桌面上,所有人即刻安静下来。敖特尔对高个子说:"医生说你弟弟三个月就能康复,那就再加一万,巴镇没几个人一个月挣一万。"高个子刚想说什么,敖特尔继续说:"如果你们还不满足,那就一分钱没有。"敖特尔撸起袖子,露出长长的刀疤。在场所有人不敢吭声。

高个子一伙人拿钱走后,壮汉领着几个小弟给敖特尔和弟弟敬酒。敖特尔看到壮汉不好意思的样子,说:"上次的事别多想,我只是想锻炼锻炼弟弟。"弟弟从未见过这种场面,他被敖特尔的一波操作震惊了,既紧张又兴奋。但更多的是对阿扎的崇拜。第二天弟弟走时,敖特尔把准备好的白酒、香烟、水果、砖茶等装进弟弟的包里,送到车站,握着弟弟的手,说:"你回去好好想想,如果真想来巴镇,咱就好好干,好好生活。"弟弟没说行不行,但显得很高兴。弟弟走后,敖特尔望着客车离去的方向站了很久。十几年前,他从这个方向来到巴镇读中专,结识了一帮同学,其中走得最近的是那几个最淘气的男生。而他因为脑子好使、力气大、胆子大、为人仗义,很快成为他们中的"老大"。现在,当年那些哥们儿大都比他混得好……这时有人过来问:"百货大楼,走不走?"敖特尔说:"上车。"

下午敖特尔刚进家门,就看见高个子和他那个最嚣张的小弟坐在沙发上。高个子端起茶几上的奶茶喝一口,说:"阿扎回来了?"敖特尔抱着孩子亲了几口,再让妻子领孩子进卧室关好门。他坐在高个子对面的小木凳上,说:"以后别瞎混,少扯这些,踏踏实实地过日子。"高个子说:"阿扎,你想哪里去了,我们就是过来看看嫂子、孩子。"旁边的小弟说:"嫂子真漂亮。"敖特尔没有理会小弟,问高个子:"直说吧,想干什么?"高个子说:"这事你以后别插手。"敖特尔说:"他是我朋友,朋友的事我肯定管。再说,事情不都解决了吗,你想倒打一耙吗?"高个子说:"你让我亏了五万。"敖特尔说:"见好就收吧,我这是在救你们,你们真要逼人家拿出八万,就不怕出人命吗?"高个子笑起来,说:"别人都说你厉害,我咋就不信呢!"旁边的小弟故意撩起衣服,露出腰间一把匕首。敖特尔一口喝掉一碗奶茶,说:"有点热。"

敖特尔当着高个子和小弟的面脱掉了毛衣和线衣。敖特尔强壮的身体上有五处伤疤,后背上两条、胳膊上一条、肚子上一条、锁骨上一条。他指着锁骨,说:"这是最小的伤。五年前骑摩托车路过一个村子,突然蹿出一头牛,没来得及躲闪撞上去了。那头牛被当场撞死了,我锁骨骨折,我给村民留下电话号码,单手骑着摩托车去镇医院做的手术。"高个子和小弟坐在沙发上,不由得坐直了上身,一动也不动了。敖特尔摊开右手手掌,接着说:"对了,这里还有一道伤疤。七年前,我跟几个朋友在饭店吃饭时,一个喝醉的人发疯,跑进厨房举着菜刀出来乱砍,饭店里还有女人小孩,情急之下,我空手夺刀……好在手掌没有断,不然开不了车了。"敖特尔轻轻搓几下手,继续喝茶。房间没有一丝声音,这时里屋隐隐传来敖特尔妻子哄孩子睡觉的哼唱声。敖特尔说:"你们走吧。"高个子起身领着小弟往外走,他结结巴巴地说:"阿扎,那……那我们走了……"

敖特尔莫名地感到失落。他以前喜欢好勇斗狠,更喜欢享受小弟们的追捧,把他当老大的感觉。但五年前的冬天,他重新审视自己,彻底告别过去,开始新的生活。那天,他一个朋友说被人欺负了,他骑摩托车过去替朋友出头。他让对方跪在自己跟前,把对方的脸颊扇得跟西瓜似的肿起来。对方吓得没敢报警。但后来他才知道,是朋友先骚扰对方的妻子,人家为了保护妻子把他朋友教训了一顿。敖特尔觉得这事实在荒唐,甚至错得离谱,他又回想往事,更觉汗颜。那些因为意气用事做出的傻事历历在目。他去找朋友质问,朋友却不以为然。对方怕他和朋友以后报复,不敢在巴镇住了,贱卖了房子,辞了工作,带着全家远走他乡,老婆孩子舍不得巴镇,临走时对着老房子大哭一场。听说这件事后,他像被兜头泼了一盆冷水,没想到自己居然是这样的"恶人",他越想越难受,越想越内疚。他几经周折找到那个人的新住址,跑了几百里地,拿着钱去给人家跪下,不停扇自己耳光,一直扇到鼻青脸肿。回村的路上,他的视线有些模糊,路边的荒野像是在摇头摆尾,恍惚中突然一头牛从路边蹿出来……

　　过年前,敖特尔老家下过一场雪。敖特尔带着妻儿回老家时,辽阔而斑驳的原野上偶尔出现十几户、几十户人家的村庄。灰蒙蒙的天空下,原野和村庄显得异常萧条。虽然也能看到返乡的年轻人,但丝毫改变不了这里的寂静和寂寞。可这一切,从走进自家的院门开始不再一样。家里的热闹从外面看不出来。羊群在羊圈里缩成一团,挤挤挨挨的。敖特尔和妻子从后备厢卸下大大小小的包,里面装满了吃的喝的穿的。他们的儿子高兴地到处乱窜。额吉熬了一大锅热气腾腾的奶茶,全家人围坐在炕桌边,一边喝热茶一边聊天。弟弟比之前胖了,看着更加结实。敖特尔一家人在老家待了三天,接着去妻子老家又待了三天,初六那天又急匆匆赶回巴镇。

　　这次弟弟也跟着来了,敖特尔已经事先联系好驾校,正月十五一过,弟弟就可以学车。过年前后,是巴镇出租车最忙的时候。敖特尔晚上也出车,有时累了就在车里眯一会儿。但他无论多累,回家看到妻子准备的饭菜,看到儿子肥嘟嘟的小脸蛋儿,感觉再苦再累都值。弟弟天天去网吧做题,学习交通法规,敖特尔看到弟弟的变化,既满足又欣慰。

　　初十那天,在面粉厂工作的同学给敖特尔打电话,说扎力根晚上邀请中专同学聚餐。敖特尔心里掠过一丝不爽, 问:"他没有手吗? 自己不会打电话?"同学说:"他好几年没回来了,没有大家的联系方式,委托我通知一下大家。"敖特尔说:"你让他给我打电话。"同学说:"你来不来自己看吧。"同学直接挂断了电话。敖特尔把手机摔在副驾驶,又捡起来,嘴里骂一句:"他妈的,有出息了。"

　　敖特尔到家,刚准备吃晚饭时,门铃被按响。弟弟去开门,走进来一个身材匀称的小个子男人,他穿着一身名牌,显得神气活现。他身后跟进来的五个小伙子,穿着相同的长款黑色呢绒大衣,每人端着一箱水果。在他指挥下,水果被放到客厅中间。他笑眯眯地握住敖特尔的手,说:"阿扎,好久不见啊!"敖特尔说:"哦,这不是赫赫有名的扎力根经理吗,怎么有空亲自登门拜访了?"扎力根坐到沙发上。五个小伙子统一背手分腿,三个站到沙发一侧,两个站到鞋柜旁边。客厅一下被他们挤满。扎力根捋捋头发,说:"阿扎见笑了,我太忙,回来一趟不容易,怠慢阿扎了。"敖特尔妻子一时不知该怎么办。扎力根起身走几步,环视四周,说:"我特意过来邀请阿扎一家人参加聚餐。"敖特尔摸摸下巴,说:"既然您都亲自来了,我不去就太不识趣了。那啥,我妻子要看孩子,我弟弟跟我去。"说完,敖特尔端起三箱水果,让弟弟拿上剩下两箱,无论扎力根说什么,他执意要把水果送下去。

敖特尔和弟弟下楼,从一辆普拉多上下来一个司机,给他们开车门。敖特尔以为弟弟会怯场,没想到他们刚把水果放进后备厢,弟弟就上了车。五个小伙子坐进旁边一辆轿车。到了饭店,五个小伙子和普拉多司机留在下面。扎力根把手放在敖特尔后背走进饭店。

这是巴镇最好的饭店,最好的雅间。十几个同学围着一张巨大的圆桌。圆桌上摆满菜肴,但最醒目的是摆在中间的几瓶茅台。敖特尔刚坐下。面粉厂那个同学凑到他耳边说:"同学聚会,你怎么带你弟弟来了?"敖特尔说:"上次你不是说,等以后有机会见见我弟弟吗?这不机会来了嘛。"他接着跟大家说:"我弟弟是小孩子,他在一边吃喝就行,大家不用管,我们聊我们的,不影响。"和敖特尔关系好的几个同学带动大家跟弟弟握手。

几轮茅台酒下去后,更多的同学一直在看扎力根和面粉厂经理的脸色。扎力根现在是市里一家知名企业的区域经理。同学们一一给扎力根敬酒。几瓶茅台很快见底。扎力根让司机从普拉多后备厢又端上来一箱。桌上的同学,除了几个在巴镇混得好一点,其他人过得与敖特尔相差无几。大家都是第一次喝茅台。扎力根突然对着敖特尔举起酒杯,说:"阿扎,我敬你一杯。"敖特尔举起茶杯,说:"我还要开车,以茶代酒。"扎力根问:"开车?"面粉厂经理说:"他在开出租车。"扎力根拍着脑门说:"哎呀,我怎么把这事忘了。"他马上打电话让司机上来,说:"你给敖特尔阿扎出租车后备厢里装一箱茅台。"敖特尔阻止刚要下去的司机说:"阿扎,你我都是司机,您知道的,司机最好是永远不要喝酒。"场面一下陷入尴尬。面粉厂经理让司机先下去,然后提议大家共同敬扎力根。干完一杯酒,扎力根先说几句感谢,接着对敖特尔说:"阿扎,你可得加油啊,咱不能一直开出租车哟,以后有啥困难跟我说一声。"敖特尔说:"大人物说话就是有水平,现在我得管您叫一声——阿扎。"弟弟意识到不对劲,刚要起身,被敖特尔拽住。面粉厂经理说："敖特尔,过分了啊!"敖特尔没理他,对扎力根说:"扎力根,如果还念以前的同学情就别装,你要来就提前通知我们,我们接待你,你这样突然把大家召集到一起,又是茅台又是普拉多,又是小弟又是司机的,你想证明什么呢?"说完,他拉拽着弟弟走出了饭店。

弟弟跟着敖特尔来到河堤上。天气寒冷,但没有风。路灯下的河堤昏暗、寂寥。黑暗中的河水早已结冰。弟弟问:"阿扎,你跟那个扎力根到底咋回事啊?"敖特尔没有说话。他们沿着河堤走到离中专不远的位置。敖特尔指着学校,说:"毕业前的一天上午,扎力根突然跑进宿舍,直接给我跪下了。当时宿舍里就我们两人。他从裤兜里掏出摩托车钥匙说:'阿扎,我偷了一辆雅马哈摩托车,上面盖上麻袋,放在学校自行车棚里,以为毕业就能骑回老家。但车主是个不好惹的硬茬,带人要弄死我,他们现在就往宿舍楼来呢。'不一会儿,宿舍门被踹开,三个彪形大汉直接冲进来,啥都没说就想打人。扎力根吓得在我身后直打哆嗦。我挡在前面,打倒前面两个,然后把车钥匙扔给后面的,就是他们带头的手里,我说:'看到车子很漂亮又没拔钥匙,就骑了两圈,还没来得及还回去,你们就来了。'"弟弟问:"阿扎,你就是因为这事被开除的吗?"敖特尔笑着说:"他们当时没有报警,估计那辆车原本来路不明。这事过去几天,有个陌生人,故意在校门口跟我找碴,对我各种辱骂、诋毁,我没忍住……结果他躺地上就是不起来。"弟弟说:"阿扎,你以前对扎力根那么好,他现在这样羞辱你,我这就过去收拾他。"敖特尔一把拉住弟弟的手,说:"人各有命。你以为大家都傻吗?今天谁不知道那茅台是假的。"弟弟嘴里骂了一句:"×!"

那天晚上,敖特尔正睡着被儿子吵醒。儿子上完厕所回床上大声重复几句:"叔叔不在家。"敖特尔迷迷糊糊地起身,去小卧室一看,弟弟果然不在。他突然想到当晚的饭局,赶紧穿衣下楼,发现车子也不见了。他给弟弟打电话,电话通着,弟弟怎么也不接。他从同学处要来扎力根的电话号码,打过去,对方的电话通着,却也不接。他又给壮汉打电话,让壮汉开车接他,往大通道方向开。从巴镇到大通道有几十里水泥路,很窄,路边没有路灯,也没有村子,午夜时分漆黑一片。

大概走了二十里,在一个急弯处,敖特尔看见自己的出租车。出租车掉进沟里,撞在土堆上,弟弟的头贴着安全气囊,已经失去意识。敖特尔赶紧叫救护车。好在弟弟只是短暂休克,并无大碍,到医院不久便被抢救过来了。敖特尔让壮汉回去后,独自坐在医院长长的走廊里。他刚掏出烟盒,抬头看见禁烟标志,便把烟盒捏成一团扔进垃圾桶。他慢慢走到走廊尽头的窗口,打开窗子,他想大喊一声,却忍住,望着星空深吸一口气。这时,扎力根打来电话,说:"阿扎,昨晚喝多了,手机调静音后就在车里睡着了,不好意思啊。"无论外面多么寒冷,星空总是明亮的,灯光也是明亮的。

【作者简介】阿尼苏,本名赵文,男,蒙古族,1985 年生于内蒙古兴安盟。作品见于《民族文学》《青年文学》《长江文艺》《草原》《作品》《作家》《芙蓉》等刊,并被《小说月报》《长江文艺·好小说》《散文选刊》多次选载。出版有散文集《寻根草》、短篇小说集《西日嘎》。

一朵芍药一片海

○陈萨日娜

生存还是死亡,这是个问题。

——莎士比亚

一

太阳还在犹豫着要不要上路的时候,山脚下唯一的一座新盖的砖房里突然传出一声歇斯底里的尖叫声。这声音很有穿透力,穿过小砖房,穿过狐痕山(狐痕是乳房的意思,两座山像女人的乳房,所以叫狐痕山),穿过芍药谷,回荡在整个诺敏牧场。被这声尖叫惊到的有一群羊、三十多头牛、两匹戴着马绊的马、两条叫安达和杜日波的狗、一只领着四只小鸡崽的灰色的母鸡和两个人,两个人是诺敏和阿古拉。发出尖叫的是娜仁。她穿着一身棕色的内衣,光着脚站在冰冷的水泥地上,食指直直地指着还有自己体温的褥子。那里有一条拇指粗的小黑蛇伸缩着小脑袋,睁着一双小眼睛,挺着柔软的身体,扭着细细的尾巴来回乱窜。

阿古拉嗖地掀开被子赤着上身光着脚丫跳下地。阿古拉年轻的时候能赤手空拳打死一匹狼,能一把抱起两岁的牛,能一连撂倒二十多个搏克,但他可以对着长明灯毫不犹豫地发誓今生最害怕的就是蛇。有人见过他骑马放羊的时候被一条匆匆忙忙上山的蛇吓得摔下马背四肢爬行。此刻,他额头上那紫色的三角形伤疤被吓得变了形。

娜仁怕所有地上爬行的东西,尤其是蛇。她用完绳子从来不会忘记把它整整齐齐地挂在木头杖子上,如果可以,她恨不得把所有的绳子都染成红色。因为她见过黑色的、白色的、黑白相间的、绿色的、黄色的蛇,从没见过红色的蛇。出门的时候,她从来不忘换上高筒靴。

诺敏跳起来一把掐住了小黑蛇的脑袋,动作如老鹰般敏捷又精准。小黑蛇被诺敏掐着脑袋,动弹不得,像一根黑绳一样悬在空中。诺敏就那么拎着它大摇大摆地径直走向阿妈。娜仁连连跳着脚后退,捂着耳朵闭着眼睛尖着嗓子喊:"杀了它,杀了它!"以前,每当诺敏提出想去看看外面的世界,娜仁就会心脏绞痛,浑身哆嗦,甚至直接晕过去不省人事,但是面对这种突然的惊吓她可从来没有晕倒过。

蛇被狠狠地甩在木头杖子上,一下、两下、三下。它晕过去了,伸展了身体,像一条随手扔掉的马鞭。

"杀了它,杀了它。"屋里还在传出娜仁声嘶力竭的尖叫。跟一条蛇睡在一个被窝,着实让人吓疯。院门口放着一把铁锹,诺敏拿起铁锹用力砍下。"让你闯进来,让你闯进来,让你闯进来……"小黑蛇变成了两截、三截、四截,每一截都沾上了尘土。

灰色的母鸡奔拉着翅膀跑过来啄住其中的一截,摇晃着脑袋用力撕扯,嗓子里还发出咕咕咕的叫唤声。它身后是四只刚破壳不久的小鸡崽,还保存着鸡蛋的形状。前年春天,村里来了卖小鸡崽的车,娜仁用几张羊皮换了二十只鸡崽,病死了好几只,漫长的冬天冻死了好几只,最后只剩下了经常跑进牛圈,睡在牛背上的三只鸡,这灰母鸡是其中的一只,如今它已是四只小鸡崽的母亲,一心想保护它的孩子们,只要谁露出伤害它孩子的嫌疑,它就敢扑上去,管它对手是牧羊狗还是馋嘴猫。

尖叫声跟小黑蛇的心跳一起终止了。诺敏看了看母鸡和小鸡崽,用食指刮掉了鼻尖上的汗珠,然后把目光转向了天空。天气晴朗,天空深邃得逼人。诺敏常常希望这深邃的天空吸走她以及她所有的悲伤和回忆。她的两万亩牧场就在她身边,向着太阳望过去,眼睛扫过一片翠绿的平坦,再越过一个小腹般稍微凸起的山丘,就会到达两座突然凸起的山,那是狐痕山。诺敏的目光停留在狐痕山。脚步如果跨过狐痕山就能看到芍药谷和阿尔山河。正是芍药花盛开的季节,跟往年一样,漫山遍野的芍药花迎风飘舞,婀娜多姿,花香扑鼻,美不胜收。美的东西总能吸引人。怒放的芍药花会吸引很多旅客。诺敏舔了舔嘴唇。去年夏天,芍药花吸引来了一个生活在大海边的男人。

"你怎么把它给杀了?"娜仁光着脚跑出来,眉头紧皱着,眼神里有着尖锐的责备,还有惊慌和恐惧。诺敏不理会,那个男人在跟诺敏说话:"你的牧场跟你一样丰满。"他说完眨眨眼睛。有那么一段日子,诺敏觉得他的眼睛像极了他所描述的大海。

"你怎么把它给杀了?"娜仁拽着女儿的袖子再次大声说。

"你不一个劲儿地喊着杀了它吗?我哪次不是听你的话?你每次不都有办法让别人听你话吗?"

"不能杀蛇的,我以前没告诉你吗?遇见蛇要喊'杀了它、杀了它',但是蛇是不能杀的,不能杀,懂吗?它们会报复的……"那双海洋般的眼睛消失了,诺敏突然感到很烦躁:"什么杀不杀的,不杀为什么还喊杀了它?喊着杀为什么还不能杀?都闯进被窝里了还不杀?"

娜仁看着女儿突然变苍白的脸,不敢说话了。娜仁的脸也变得苍白:"它是黑色的,不是白色的,嗯,是黑色的,黑色的……"娜仁咕哝着,浑身哆嗦。娜仁相信魂灵,相信投胎,相信报应。她无端地想起了那个小东西,有鼻子有眼有手有脚,就是没有呼吸,一个灵魂被山神截住的可怜的早产儿。她走进屋,拿起奶桶,用勺子舀起牛奶洒向天空:"腾格里阿爸保佑!各路山神水神保佑!保佑我的孩子吧!孩子还小什么都不懂!"娜仁还想起了怀诺敏的时候做的那个梦,但这个时候她忌讳把那个梦说出来,她觉得这不吉利。

二

娜仁对蛇不仅仅是恐惧。

她在房子西北方挖了个洞,把分成几截的小黑蛇埋了。她头皮发麻,后背发凉。这条蛇不是第一个闯入者,也绝不会是最后一个闯入者,因为去年秋末她看到过那个洞,离这儿不远,太阳升起来的时候那里会冒白汽。娜仁正是被白汽吸引去的,抻着脖子往洞里一看,差点没晕过去,里面全是蛇,粗的、细的、长的、短的、白的、黑的……娜仁苍白着脸,慌慌张张地回来告诉阿古拉。两人哆哆嗦嗦着谈论了一阵，一致决定不能告诉诺敏，还不知道谁是闯入者呢，就这样井水不犯河水就好，实在不行他们就找个能让诺敏接受的理由搬走。

埋完小蛇往回走的时候，娜仁感到心口疼，呼吸困难。她捂住胸口，望了望整个诺敏牧场。她一直想不明白诺敏以前总想出走的想法，这么美的草原、这么美的牧场，还有那么多牛羊怎么就拴不住她的心呢？宽阔的诺敏牧场让娜仁安定下来，一股暖流从她内心深处涌出来，慢慢覆盖了她的忐忑和疼痛。如果可以，她真想一头倒在这片牧场上，跟它融为一体，永不分开；如果可以，她真想把心脏切开，把这片牧场装进去，永远怀揣着它。很多时候，她对诺敏也是这种感情。她擦了擦眼角，一转头就看见了阿古拉。

阿古拉正往狐痕山走去。他没有骑马，用两只胳膊肘勾住横放在后背的木棍，稍微前倾上身，翘起臀部往山上走。浓密的野草时不时地绊他一脚。十年了，他走在这片牧场仍没有安稳感。去年，把家都搬到这里了，还是没有归属感。不论把自己和牧场放在前后哪个位置都没有那种感觉。自己亲生的孩子都不见得属于你，更何况是蓝天下的一片土地呢。这些年，他一直在怀着一种恐惧和内疚等待着一场危险。他不知道这个危险是什么，但感觉一定会降临。额麻麻可不是好惹的，额麻麻是这儿的为数不多的老住户，懂医术、懂易经，去西藏学过医，把着整个牧区的脉，总有外地人开着豪车千里迢迢地来向他请蒙药。在很久以前，他就心安理得地独自占有着塔拉牧场（现在的诺敏牧场）。在盖现在这个住房的时候，嘎查书记劝他选别的地方盖房子。额麻麻问为什么选别的地方。书记说草原那么宽阔为什么一定要盖在离村部这么近的地方呢。额麻麻微笑了："孩子呀，别说是嘎查，就是在旗政府院里盖房子也没有人能阻止我。"

额麻麻的儿子阿日斯楞(狮子)也是个人如其名、凶猛暴躁的家伙。他怎么会善罢甘休呢？阿古拉不由自主地摸了摸那三角形的伤疤。苏亚拉那小子比他那狮子阿爸友好多了，阿古拉刚这么一想被一个草丛绊得差点啃土。

还不到上午九点，但是在草原上，一个牧羊人是永远躲不掉炽热的太阳的。汗水从阿古拉的帽檐下流下来。他摘下帽子，挠了挠汗水流过的地方，又下意识地摸了摸那三角形的伤疤。这个伤疤就是抓阄得到诺敏牧场那天，阿日斯楞给他留下的。

娜仁走到门口,把一条草绳子捡起来收好。羊群在不远处吃草。诺敏的马在狐痕山上。娜仁知道女儿还在那儿,女儿从没有在她面前流过泪,她的心抽紧了一下。"可怜的孩子!"娜仁说。一阵风吹来,吹出了她的眼泪。

娜仁经常看电视,恨透了电视剧里的各色坏人,那些做坏事的人的招数那么多,怎么可能防得住?娜仁还总是不知不觉地联想到自己的女儿突然遇见那种坏人,然后被骗,被欺负,被……想想就六神无主,痛苦不堪。娜仁偶尔也去旗里,车声、人声、各种叫卖声弄得她耳朵嗡嗡的什么也听不见,听觉受影响了,脑袋也跟着迷糊,混混沌沌,走路都是云里雾里似的,还是待在自己的牧场最幸福最踏实。

娜仁端着一盆酸奶走到外面临时搭的炉灶旁边,发现忘了拿勺子。最近,她变得健忘了,刚刚还想说句什么还没说出口,瞪着眼睛愣是忘了,就是想不起来,越想不起来越觉得这句没说出口的话是那么重要,于是越努力去想,她也就越皱眉头自言自语。勺子拿来了。娜仁把酸奶倒进锅里。过了好长时间锅里没动静,她才发现还没点着火。她长长地叹了口气,蹲下来,点着了火。干牛粪很快就燃烧起来,娜仁出神地望着舞动的蛇一样的火苗又想起了那个梦。

"救命!救命!"娜仁正背着用柳条编织的背篓在捡牛粪。声音是从她头顶传来的。她抬起头看见一只老鹰叼着一条小白蛇在空中飞翔。小白蛇通体雪白,在阳光下闪闪发光,那是娜仁见过的最美丽的小精灵。娜仁弯腰捡起一块石头扔过去,老鹰被砸到了,扔下小白蛇惊慌失措地飞走了。那条小白蛇从空中飘下来,伸着美丽的小脑袋绕着娜仁爬了三圈,然后钻进了她的裤管里。这是娜仁怀上诺敏时做的梦。

娜仁还在出神地看着,牛粪烧完了,火苗不见了,她也没再添牛粪。锅里的酸奶已经都流开了,奶豆腐是做不成了。

三

诺敏跳下马背,脚步有点踉跄,她歪着脑袋慢慢地走几步,然后慢慢地蹲下,肩膀松松垮垮地耷拉着。她面前是开满白色花瓣的块头很大的芍药花丛,花丛旁边是一个小土堆,土堆下躺着她的孩子。几只白色的小蝴蝶在白色的花瓣上默默地飞来飞去。她跪下来,用四肢撑着身体往前挪了一点,紧挨着小土堆软软地坐下来,伸出左手开始轻轻地抚摸那块还没有长草的黄色的土堆,好像那是婴儿光滑稚嫩的胖屁股。

诺敏用右手轻轻盖住左手。诺敏有点恍惚,他就在眼前,用一双大海般的眼睛看着她。芍药花开得多好啊!完全不亚于去年。那天,她的四百多只羊很淘气,总是不愿意老老实实地待在山脚下吃草。当时,诺敏是有怒气的:跑什么跑? 还能跑出这片牧场不成? 一年四季也没见你们跑出过围着的铁丝网。阳光火辣辣地晒着。她策马赶上羊群。那辆军绿色的越野车就停在铁丝网的那边。他背对着她,军绿色的 T 恤后背被汗水浸湿了。他面前是一个木质的画架,画架上摆着很大的一个画板,画板上是诺敏牧场的轮廓。

诺敏抽出左手盖在右手上,掌心很温热。看到他,她没有下马,就那么居高临下地看着:"这是我的牧场。"她是用蒙古语说的。他回头微张着嘴巴,睁着一双懵懵懂懂的眼睛看着她,拿着画笔的右手稍微抬了抬,但是没有离开画板。"这是我的牧场。"她重复了刚才的话。他笑了,笑容是尴尬的、讨好的、懵懂的,一口整齐洁白的牙齿却很自信地露出来。"这是我的牧场。"她改用汉语说。她的汉语说得不好,但他听懂了,笑容变得明朗愉快起来。他的目光在牧场、画和诺敏之间畅游了几下:"你的牧场跟你一样丰满。"这句话有点突然,从没有人这样夸过她和她的牧场。太阳火辣辣地照着,她的脸变得滚烫。漫山遍野都是怒放的芍药花,漫山遍野都是扑鼻的芍药花香。他还在打量着她的脸、她的身材、她的蒙古袍、她的蒙古马。她不是一个忸怩的姑娘,但是居然有点局促。她转移了视线。一条草绿色的蛇在匆忙地往上爬,眼看就要钻进画架旁边的芍药丛里。她从靴子里掏出一把蒙古刀,拔出刀鞘,嗖地扔过去,蛇变成了两段。他的笑容凝固了,睁大眼睛盯着那变成两半还在扭动的东西。看他有点傻气的表情,诺敏咯咯地笑起来。"蛇上山说明今天下暴雨。"她止住笑跳下马背,大步流星地走到他身旁捡起蒙古刀。"跨过这座山就是我家。"她说着跳上马,像一阵旋风般向塔布嘎山疾驰而去。在她马蹄的灰尘下是目瞪口呆的他。

诺敏站起来,双手沾满了她牧场的土。她脚下正是那条草绿色的蛇变成两段的位置。那天下午的雨下得很猛。她在一片唰唰唰的雨声中听到了敲门声。敲门这个举动很新奇,以至于她以为是下冰雹了,冰雹在砸门。在牧区可没有人敲门,只会站在院门口或者更远一点的地方喊一嗓子就会有人出来看狗。她开门看到浑身滴水、狼狈不堪的他。"还好安达和杜日波今天不在家,不然你会更惨。"她说着忍不住咯咯笑起来。他也跟着傻傻地笑起来。她给他找了她阿爸的干衣服,他一个劲儿地说"谢谢、谢谢"。

雨停了,太阳露出来了。一条完整的彩虹门架在翠绿的狐痕山和塔布嘎山上。如果这个时候谁从那扇彩虹门出来,那一定是从天堂里出来的。他把车开到了她门前。

阿古拉和娜仁从苏木回来的时候已经日落西山了,跟他们一起回来的还有身材高大的安达和杜日波。杜日波是一条懒狗,除非不得已不愿动弹。安达是条懂事的狗,能从主人的动作表情中分辨出来者是敌人或者是友人。安达看阿古拉跟他握手,围着军绿色的越野车跑了几圈后就对他不存在什么敌意了。娜仁的脸色苍白,看起来虚弱无力。诺敏问她怎么了,娜仁有点吃力地笑了笑:"中午不知道怎么了,突然浑身无力,晕过去了。"

"差点吓死我了,突然晕过去不说脸还变绿了,就跟草一个颜色。"阿古拉说。

"草绿色?"诺敏想起了那条被她砍成两段的草绿色的蛇。

那天夜里,阿古拉杀羊招待远方的客人。他新奇地看着杀羊的全过程,问题像羊粪一样多:"为什么杀羊的时候在它胸口上放狗尾巴草?为什么刀子刺进去了它叫都不叫一声?为什么……"他像走进童话里的小孩,对什么都充满了好奇。阿古拉能听懂一些汉语,但是不会说。娜仁一句汉语都听不懂,他说话的时候娜仁只会频频点头,笑得满脸皱纹,嘴里用蒙语附和几句。他的那些问题,只有诺敏用不带调子的汉语回答一些。第二天、第三天、第四天……那辆军绿色的越野车始终停在诺敏门口。他跟她学蒙古语,他跟她学骑马,他跟她学甩鞭,他跟她学放羊。这个来自海边的男人对草原的一切无限迷恋,他恨不得体验所有跟草原有关的生活。他和她骑着马奔跑在诺敏牧场。安达像尾巴一样形影不离地跟着他们。他们一起放羊,他画画,她唱歌。他画草原、画羊群、画炊烟、画山路、画蒙古马、画马鞍。他还画了她,一个满脸绯红的蒙古族女孩。他不画画的时候她会问一些幼稚的问题。"大海很大吗?""大海一眼望去无边无际。""像草原吗?""大海有时候会咆哮,海浪一浪比一浪高。""像山峰吗?"他知道的东西可真多呀,都是她闻所未闻的。她无限神往地看着他,如果阿妈不总在她提出去外面看看的时候恰如其分地晕倒的话,她也许能亲身体验那些神奇的世界呢。他说话的时候看着她。他的眼睛是笑着的,里面有大海,她不会游泳,她觉得自己要被淹没了。

四

苏亚拉的羊群就在诺敏所在的狐痕山山脚下。苏亚拉从一丛芍药花阴影下探出脑袋看了看太阳,伸伸懒腰站起来。他的眼睛亮了。他能看到站在山顶上的诺敏。苏亚拉在村里度过了一个特别漫长的冬天和春天。额麻麻身体一天不如一天,却一天比一天更惦记塔拉牧场。"苏亚拉,我的乖孙子,阿古拉就那么一个女儿,娶到他女儿,塔拉牧场不就又回到咱们手里了吗?"额麻麻在搓着药丸的时候、翻着《易经》的时候,从他那老花镜上面看着苏亚拉叨咕。"爷爷,您是不知道啊,他那个女儿啊,就是一匹烈马,我可不要一匹烈马。"苏亚拉嘴上这么顶回去,但是心里有点怪怪的,说不上甜蜜,也说不上酸楚,反正五味杂陈。阿日斯楞在场的话胡子眉毛就都竖起来了:"谁要他的女儿?臭崽子,你娶他女儿试试!阿古拉那个窝囊废,我就是把塔拉牧场再抢回来,或者一把火烧了也不让他踏进我家半步!"苏亚拉瞅瞅他阿爸,鼻子里会哼一声。

苏亚拉弯腰捡起一块石头朝羊群扔过去。回牧场好几天了,这算是最近距离地看到诺敏了。羊群领会了主人的意思,调转了方向。羊群要经过一小片平坦的草地,蹚过缓缓流淌的阿尔山河,钻过倒刺铁丝网,才到达自己的牧场。每天,苏亚拉拿饮羊当幌子,越过边界线,来到阿尔山河,顺便蹭一下诺敏的牧场。五百多只羊,每只羊吃一口也算是赚到了,可是,诺敏怎么不来赶走他的羊群呢?怎么就不跑过来跟他吵架呢?她就在山顶上看着他呢呀。难道,她没看到他?除非她瞎了。每次,羊群安然无恙地钻进自己的牧场时,苏亚拉心里总有怅然若失的感觉。哎,塔拉牧场以前还是他的牧场呢。现在,长长的倒刺铁丝网和水泥杆把这片天然一体的土地硬生生地分隔开了。铁丝网这边是诺敏的牧场,铁丝网那边是苏亚拉的牧场,铁丝网是两个牧场的分界线,就像上小学的时候,诺敏用刀子划在他们书桌上的那条分界线一样,谁都不能逾越。苏亚拉的个子高,需要的空间也相对大一些,所以一不小心就越过分界线,诺敏毫不客气,打开削铅笔的刀子,把刀尖指向苏亚拉的胳膊。苏亚拉的胳膊肘会被刺痛,有时候甚至流血。苏亚拉不是一个随便什么都能忍的人,但是对诺敏也算是能忍则忍。当然也有忍无可忍的时候。那么,一场"战争"就爆发了。

羊群熟练地从铁丝网下钻回了自己的牧场。等羊群全部钻过去后,苏亚拉弯腰从铁丝网中间的空隙里钻过去,衣服后背"嘶啦"的一声惨叫,铁刺划破了他的衣服。"我早晚把你连根拔掉!"苏亚拉对着铁丝网咬牙切齿地说。当头羊再次把羊群领向铁丝网的时候,苏亚拉大喊一声呵斥住了。随着这声呵斥,他狠命地喊了几声。他讨厌被诺敏无视的感觉。他就在她面前,但是她看不见,这比她骂他讨厌他还难受。苏亚拉的马在不远处吃草,望远镜也在马鞍上。他骑上马就奔向了塔布嘎山顶,从那里能更清楚地看见狐痕山。

塔布嘎山像直角三角形,一面的坡度不大,另一面却像用斧子砍过一样陡峭。苏亚拉站在那陡峭的山顶望着狐痕山,诺敏还站在那里。昨天、前天、大前天,他都在望远镜里看见诺敏跳下马背,蹲在一丛芍药花旁边。那是一丛很茂密的芍药,每个枝头盛开着白色的芍药花。诺敏马尾般的长发总会被风吹乱,但是她不理会被吹乱的头发却总是去擦拭被风吹出来的眼泪。苏亚拉恨那个男人,他真后悔当初没有打断他的腿,后悔没有扎破他的车胎。诺敏身下是美丽坚挺的狐痕山。一阵风吹过来,漫山遍野的青草随风摇摆着,苏亚拉闭上了眼睛。只有女人的秀发才有的一种香味在他鼻尖久久回旋,等他睁开眼睛的时候,整个草原突然变得空旷辽远,一曲蒙古族长调悠然地从他嘴里飘了出来。

五

他走的那天,苏亚拉也在。

苏亚拉和诺敏有过一段和平相处的日子,甚至可以说是和谐美好的日子。诺敏出来放羊的话苏亚拉可以越过铁丝网找她说说话,或者在自己的牧场里唱蒙古族长调,他相信诺敏在听。有时候,苏亚拉故意在诺敏饮羊的时候把自己的羊群赶过去,这样两群羊就合在一起了。羊群喝完水能回归到各自的群,但是有那么两三只傻羊不愿回自己的群,这就给苏亚拉提供了找诺敏的合理的机会。诺敏偶尔也会去塔布嘎山找苏亚拉磨嘴皮子。她愿意站在塔布嘎山陡峭的山顶,遥望整片天空、整个草原和山脉:"有一双翅膀就好了。"她每次都会展开双臂,摆出一副飞翔的样子。

这天,苏亚拉坐在塔布嘎山上无所事事地摆弄望远镜。他看见一只羊突然从一个草丛里跑出来,抻着脖子听了一会儿动静后飞快地跑过去钻进了另一个草丛里。这是一只被蠓虫折磨的山羊。它摇着短短的小尾巴,跺着蹄子,没心情吃草,只要见到草丛就钻,主人一不留心它就会掉队。这只羊有可能是诺敏家的,也有可能是苏亚拉家的,管它是谁家的呢?苏亚拉把望远镜揣进怀里,跳上马就奔向了诺敏家。

苏亚拉看见诺敏的羊群就在不远处,阿古拉坐在羊群旁边。他绕道绕过了阿古拉和羊群,径直来到了诺敏家。娜仁在外边做奶豆腐,奶香飘满了整个小院子。苏亚拉跟娜仁打招呼,吃了一块热奶豆腐。

军绿色的越野车停在院门口。那个人进进出出地忙活着。

苏亚拉进屋,诺敏低着头抱着胸蹲在地上。她眼前是他的画板、旅行包,还有一些画,画架已被他拿到车上了。她静静地看着他又拿走了画板,然后是旅行包,最后是那些画。那双卡其色的帆布靴子不停地踩踏着她的心脏在房子和车子中间走动。最后,在她面前只剩下了空空的水泥地。苏亚拉看见西屋的柜子上放着一幅水彩画,画里是骑马的诺敏,诺敏的白马抻着美丽的脖子,孤傲地看着前方。

"那边有一只羊……"苏亚拉说,手指还指了指那只羊钻进去的草丛的方向。诺敏蹲在原地,默默地看着眼前的水泥地。他空手在房子和车子中间走了几回,看了看表,蹲下来:"我得走了,开很长时间呢。"诺敏没说话,嗖地站起来,跑出去。马在拴马杆上,她跳上马就奔向狐痕山。她的眼泪又不能融入海里,为什么要让他看到她的眼泪呢?

苏亚拉在狐痕山山顶追上了诺敏。怒放的芍药花谢了,结下了一个个饱满的种子。芍药谷呈现出孕育着新生命的母亲的慈祥和宁静。阿尔山河唱着一成不变的歌流向远方。诺敏捡起石子向苏亚拉扔过去。

"我以为你会跟他一起走,我今天是来跟你道别的。"苏亚拉的语气带着讥讽。

"离我远点！"

"哦，对，人家开着越野车嗖一下就来看你。你只要坐在这儿等着就好了。"

"离我远点！"

"他不会回来的，你这个蠢姑娘，海边了不起吗？说几句没人听懂的话了不起吗？开一辆越野车了不起吗？画几幅破画了不起吗？看你那魂都弄丢了的样子！"

诺敏站起来，眼里是鄙夷、愤怒，苏亚拉的每一句话都像针一样深深扎进她心里，扎得千疮百孔，她从来没有像现在这样憎恨他。她逼近他，想说句世界上最狠最难听的话，但是嘴唇哆嗦着，浑身哆嗦着，就是想不起来该说什么。"滚出我的牧场！你这条恶狗！以后不准你踏进我的牧场半步！"过了许久诺敏终于喊了出来。

"他不会回来的，"苏亚拉说着上了马，"人家只是玩玩，只有你这个蠢姑娘才当真。"

苏亚拉走远了，声音却久久散不去。诺敏坐下来。那丛芍药就在离她不远的地方，周围是绿毯般柔软的草。他就在那里吻了她，在一个梦一样的夜晚。他的手探索着她身上的山川河流，一股海洋的气息拂过她的每一寸肌肤，她感到一阵阵山洪向她漫过来，不，是海浪，是一波又一波的海浪向她侵袭过来。周围的和遥远的一切都被淹没了。月亮扯一朵云彩捂住了眼睛。

塔布嘎山上飘来苏亚拉的长调。

六

夏天渐渐远去，原本苍翠欲滴的草原一天比一天消瘦蜡黄。

草原的秋天短得像兔子尾巴。在短暂又忙碌的秋季过后，草原迎来了漫长的冬季。苏亚拉熄灭炉火，赶着羊群、牛群，扔下空寂的塔布嘎山回到了村里。村里的棚舍更适合牛羊群度过一个安全舒适的冬季。

"好几天没看到电视了。"娜仁在一个没什么特别的晚上点燃了蜡烛，"要不我们回村里过冬？村里有电，还热闹。"娜仁说话的时候并没有看阿古拉和诺敏。她皱着眉头盯着蜡烛，用一根火柴棍摆弄着烛芯。几天前，风力发电机坏了,阿古拉还没拿去修。

屋子角落里,一只新生的小羊羔眯着眼睛躺着。蜡烛静静地燃起来,照亮了三个人的脸。小羊羔看到烛光,就颤颤巍巍地站起来抖抖身子,跌跌撞撞地走过来,嘴里还咩咩地叫着。"你来得可不是时候啊,可怜的小东西。"娜仁说着扫了一眼女儿。

牧区的接羔期在万物苏醒的春天。那时候,牧民的羊圈里,每天会新增好几十甚至上百条生命。那些湿漉漉的小生命都是在期待、祝福和希望中降临的,在羊妈妈充满怜爱的舌头下哆嗦几下,奶声奶气地喊一声,挣扎着站起来,本能地去寻找阿妈的奶水,不过半个小时就能熟练地活蹦乱跳了,好像它们一直都在这个世界上。为了让所有的母羊都赶在接羔期下羔子,牧民会精算好时间,在一个特定的日子把精挑细选的公羊放进羊群,但是一些早熟的小公羊羔子还会惹事,导致一些母羊在不是时候的时候下羔子。

小羊羔在微弱的烛光照到的地方躺下了。

"我不回村里。"诺敏说。娜仁把摆弄烛芯的火柴棍反过来,把火柴头送到烛火上,哧的一声,火柴燃起来了,周围突然亮了很多,在这一亮光中娜仁瞥了一眼诺敏的肚子,上次给女儿埋掉那些带着脏血的卫生纸好像是在很久以前。火柴燃烧完了,周围又暗下来,一股硫黄味在屋子里弥漫开来。娜仁从火柴盒里重新抽出一根火柴,挑动烛芯。她的手在颤抖,脸在烛光下红得像火烧云,云层下是她极力控制和压抑的心情。她真想给女儿几个巴掌。她想骂她,揍她,但是稍微隐忍一下,另一种心情就占上风了,女儿太可怜了,她还是个孩子啊。她每天看着她去山上,一待就是半天,她在思念那个畜生。她看过一些女孩子上当受骗或被拐卖之类的电视剧,害怕女儿受到伤害,千方百计地阻止她去外面的世界闯荡,没想到终究没有躲过伤害。谁能理解她的痛苦和煎熬呀。这么一想,娜仁就有把女儿紧紧地抱在怀里的冲动。回村里过冬?不,这不是娜仁的真实想法,她只是说说而已。她没脸回村里去,在这个没有人烟的地方突然出现的一条小生命可以有各种可能,去旗里捡到的、亲戚家寄养的,甚至是娜仁她自己生的,至于这些说法是不是荒唐,村里人是不是相信,娜仁就管不了了。

"这儿的棚舍不比村里差,北边又有特尼格尔山挡着,过冬没问题,搬来搬去够麻烦的。"阿古拉说。他有自己的想法。他不想回村里隔三岔五地撞见阿日斯楞。"其实苏亚拉那孩子挺不错。"阿古拉说着瞥了一眼女儿。

"我要去找他。"诺敏面无表情地说着,手不自觉地摸了摸肚子。

"去哪儿找他?"阿古拉的火气突然上来了,眼神飞快地扫过娜仁。娜仁手里的火柴棍烧着了,火苗一直烧到她手指,然后在她手指上熄灭。

"总能找到的。"

娜仁踉踉跄跄地走向炕,伸出双手够到炕沿,但是身体已经软软地倒了下去。

七

诺敏一家人的孤独、悲伤、秘密封锁了诺敏牧场的冬天。接羔子的时候,苏亚拉没来,阿日斯楞夫妇赶着羊群来了。因为每天都有上百只羊下羔子,所以羊群一般都不走远,阿日斯楞和阿古拉碰面的机会也很少。苏亚拉来牧场的时候已经是芍药花争相怒放的季节。

这一天,苏亚拉在阿尔山河饮完羊群后径直走向狐痕山山顶。每天在望远镜里出现的场景现在就在他眼前:一个小土堆、一丛开满白色花的芍药、吹乱诺敏头发的风,还有漫山遍野的芍药花。太阳火辣辣地晒着。苏亚拉钻进了那丛开满白花的芍药下。他从那里仔细观察着周围,这里除了一个新增的小土堆,没别的什么异样,他实在想不出诺敏每天来这里干什么。太阳照在他暴露在阴影外的腿脚很是惬意。苏亚拉享受着这份惬意睡着了。头羊把羊群领到了苏亚拉周围,一些淘气的小羊羔跑过来发现了小土堆。这可把它们高兴坏了。它们兴致勃勃地在小土堆上蹦蹦跳跳,玩得不亦乐乎。

苏亚拉是被疾驰的马蹄声惊醒的。他从芍药丛下钻出头时诺敏已经来到了跟前。

"滚开,你们这些该被狼叼走的畜生!"诺敏声嘶力竭地喊着,跳下马背扬起马鞭发疯似的追打那些小羊羔。惊慌的小羊羔们四处逃走。两只不幸的小羊羔被马鞭打到了,口吐白沫翻着白眼本能地挣扎着想站起来逃离这个危险的地方。诺敏完全失去了理智,红着眼睛扬着马鞭一个劲儿地抽打其中一只可怜的小羊羔。刚刚还在活蹦乱跳的小白球变成了一个血肉模糊的东西。它不再咩咩叫了,不再活蹦乱跳了,甚至不再动弹了,只是紧紧地挨着大地,过几天,它就完全融入大地了。

"够了,你这疯女人!"苏亚拉看不下去了,跑过去抢走了她的马鞭。诺敏没有反抗,她已经筋疲力尽了,软软地跪倒在小土堆旁边痛哭起来。苏亚拉站在那儿看着她。她的肩膀在颤抖,她的全身都在颤抖。保护欲可能是男人与生俱来的。苏亚拉不自主地伸出手放在她肩膀上,如果可以,他想把她抱在怀里,紧紧地抱在怀里,慢慢地让她安静下来。几只苍蝇围着小羊羔的尸体在嗡嗡转。

"我需要再拉一层铁丝网吗?"诺敏终于平静下来,扒拉掉苏亚拉的手说。

"这个我都想拔掉呢。"

"滚出我的牧场!以后你的羊群再敢踏进我牧场,小心我割断它们的喉咙。"

苏亚拉捡起两只小羔羊(一只奄奄一息,另一只早已断气了),上了马,走了两步,又拉住了马缰:

"阿希玛阿妈给我说她的外甥女。"

诺敏不再痛哭了,跪在那儿,用手轻轻拍打着小土堆,像在哄睡被吵醒的孩子。

"可是我不喜欢她!"

诺敏还在轻轻地拍打着小土堆,似乎不明白阿希玛阿妈给他说她的外甥女和他不喜欢那个女孩跟她有什么关系。

一阵风吹过来,吹乱了诺敏的头发。苏亚拉看着诺敏,他知道这次不是风吹乱了她的头发,在她疯狂地追打小羊羔的时候她的头发就已经乱了。他恨透了被她无视的感觉。

八

娜仁喘不过气来了,似乎有什么东西堵住了胸口。她走出屋子,面向西北方向张大嘴,努力呼吸。风是彩色的,像雨后的彩虹。这彩色的风突然变成螺旋状旋进她的喉咙,搅动她的五脏六腑。她弯腰干呕起来。她不停地干呕着,小腹里有什么东西在翻滚,她就那么干呕着,眼泪都出来了。在泪眼模糊中,娜仁再次看见了那阵彩色的风。风是从她喉咙里旋转着出来的,中间蜷着一条通体雪白的蛇。彩色的风在她眼前不停地旋转,白色的蛇静静地看着她,一滴银白色的眼泪滚下来,滚到娜仁脚下,娜仁蹲下去,眼泪却飘起来了,慢慢变大,慢慢裹住了蛇和彩色的风,慢慢飘走了。

娜仁醒来,心口还在疼。她翻起枕头,吐了三次唾沫。天亮了。她起来穿好衣服,下地,洗手,在佛龛前的香炉里点了三根卫生香,双手合十,在柜子上磕了三个头,嘴里祈祷几句。娜仁拎着奶桶走出屋,一只黑头小绵羊摇头晃脑地从院子角落里跑过来。"我梦见了彩色的风、雪白的蛇,它们从我身体里钻出来,一滴眼泪载着它们飘走了。"灰色的母鸡也耷拉着翅膀,领着四只小鸡崽跑过来了。娜仁对它们重复了刚才的话。挤奶的时候,她又把这个梦说给了花白色的母牛。按理说,梦说了三遍就可以破了,但是她的心口还在疼,眼皮又连续跳了两下。娜仁没心情挤奶了。她匆匆忙忙地向西北方向跑过去。还没到埋葬那条小黑蛇的地方,她就停下了脚步。她已经看见了几截苍白、细小的蛇骨暴露在阳光下闪着阴冷的光。娜仁的头皮发麻,嘴唇发青,浑身发冷。

阿古拉还在牧场里走来走去。娜仁跌跌撞撞地跑过去。她跟阿古拉说了那个通体雪白的蛇的梦,还透露去看望额麻麻的想法。额麻麻知道得多,懂医术,去过西藏,还懂《易经》,娜仁笃定,只有额麻麻能解释和破解这个梦。阿古拉挠着额头上的伤疤又忐忑不安了。他那魁梧的身材,只有在暴怒的时候才显得和性格有点协调,更多的时候他是优柔寡断和软弱的。他不知道诺敏牧场是他的福还是祸。他可从未忘记过那次打架。他那颗忐忑不安的心从未安稳过。老实说,得到这片牧场后他高兴了几天,高兴得有点得意忘形,头上的伤疤给这份兴奋增添了一种英雄的情愫,他甚至觉得自己是为土地而战的勇士,可是过了几天,兴奋劲儿过去了,整个牧场都压在他心上了。"我又不是把它抢来的。"他会这样安慰自己,但他还是会想起阿日斯楞的羊群走在这片牧场时的悠然自得,想起从小到大额麻麻对他们家的照顾,额头上的伤疤也凑过来雪上加霜,在他看来这个伤疤正说明了一个解不开化不掉的恩仇。阿日斯楞就在村里,他的羊群就在隔壁的牧场,但是他始终没有勇气去面对他们,向他们迈出一步是何等的困难。

"他们会把我们赶出来的。"

"那也要走这一趟。"

"要不你一个人去吧。我把你送到村口。"

娜仁的眼泪突然流下来了："你能不能像一个男人？这些年你心里安稳过吗？就没想过解开这个结吗？今天我也不奔着解开这个结去，我只想找额麻麻破解这个梦。"

"他不给看怎么办？"

"额麻麻一生行医，不会因为恩怨不管这个的。我不让她外出的苦心她不明白，还总怨我，我为她去找额麻麻你不明白，还推三阻四，你不知道那个梦扰得我多痛苦，我只有这么一个孩子，只要为她好我什么都做！"

九

阿古拉和娜仁喝完早茶就出发了。诺敏留在家里放羊。草叶上的露珠在阳光下闪烁着，整个诺敏牧场像铺满珍珠的宝藏。羊群今天并不想远足，很快就投入了鲜嫩的青草中。诺敏骑上马奔向狐痕山。

站在山顶，芍药谷的风景尽收眼底。芍药花怒放，空气里弥漫着清新的花香。塔布嘎山坡上不见苏亚拉的羊群。诺敏看向塔布嘎山峰，那比狐痕山高多了。站在那里能看到整个草原、整片天空，甚至能看到通往大城市的火车烟筒里冒出的浓烟。

诺敏下马，牵着马走向小土堆。不知为什么她走得很快，但是也不骑上马，心情有点像久别家乡的人走近了家乡、看到了家乡那样迫不及待。她就那么急匆匆地走着。那一丛开满白花的芍药把小土堆保护得严严实实，不到跟前根本看不到小土堆。她疾步走着，走得匆忙、疲惫又忐忑。不知为什么，她的心在疼。突然，她看到了那件白色的蒙古袍，那是她最心爱的蒙古袍，是为了参加一次那达慕特意定做的，是用来精心包裹孩子的，如今它挂在那开满白花的芍药上，像一面白色的旗帜。诺敏的呼吸停止了，眼睛睁大了，嘴巴张大了，缰绳从她手里滑掉了。她想喊一声，像一匹失去孩子的母狼一样哭号，但是腾格里似乎收走了她的声音，她喊不出来。她软软地跪下来，用四肢艰难地爬行，小土堆就在她眼前，但已不是以前的小土堆，而是从那个小土堆里挖出来的土，松松的,还散发着泥土的味道。她能喊一声也许会好一点,或者痛哭一下也好一点,但是她没有,她没出声,没有流下一滴眼泪。她就那么跪着,不知过了多久,她直挺挺地站起来了。她看见了几辆越野车,有军绿色的、白色的,还有黑色的。她朝着那辆军绿色的越野车跟跟跄跄地走过去。她得告诉他他们的孩子没了,出生的时候被山神截住了灵魂,如今尸骨都被挖了。有人向她走来,问了句什么。她看着他的眼睛:"我没从你眼睛里看到大海。"又有人挡住她的路跟她说话。"孩子没了,现在尸骨都被挖了。"诺敏笑着说。

"这个地方应该保护起来!"

"这里是多好的自然旅游区呀!"

"住这儿的牧户肯定要搬走。"

"这些怒放的芍药花呀!"那些人指手画脚,七嘴八舌地说着。

"住这儿的牧户肯定要搬走。住这儿的牧户肯定要搬走。"诺敏像刚学说话的孩子一样跟着他们说了几遍。诺敏恍惚记起刚刚拥有诺敏牧场的场景。

"塔拉牧场是我们的了,是我姑娘的了,以后它就是诺敏牧场了。"阿古拉跳下马,走向家门的时候大声喊着。他脸上的血迹还没干,头发里全是草屑,衣服也破烂不堪。他一把抓住吓傻了的女儿,一个劲儿地亲吻,胡子拉碴的下巴弄疼了诺敏的脸。"阿爸,谁打你了?"诺敏挣脱他的怀抱,睁大眼睛问。诺敏的脸上也沾了血。她用手去摸阿爸额头上的伤口,那里还在流血,她的手上也就沾了血。"塔拉牧场是我们的了。""阿爸,谁打你了?""以后它就叫诺敏牧场了。""阿爸,我给你倒洗脸水。""至少在未来的三十年里它叫诺敏牧场,是我姑娘的土地……"

诺敏不知道阿爸、阿妈听到这消息会怎样,也不知道额麻麻、阿日斯楞、苏亚拉听到这个消息会怎么样。塔布嘎山上突然出现了苏亚拉的羊群。诺敏跌跌撞撞地向塔布嘎山走去。两只脚沉重得像是长在了土地里,每一步都像是从土地里连根拔起,但是她还在走。她没有脱鞋没有挽裤脚直接蹚过阿尔山河,钻进了苏亚拉的牧场。苏亚拉不在羊群边。诺敏爬上了塔布嘎山山顶。她和苏亚拉的牧场只隔了一个铁丝网,她和他之间、她和孩子之间、她和阿爸阿妈之间、她和苏亚拉之间、她和外界之间、她和大自然之间隔的是什么呢?

她站在这座陡峭的山峰上,看见了整个草原、整片天空。她的牧场、她的砖房、她的羊群，一切都是那么微小，它们跟整个草原是浑然一体的。她也想融入这片土地，就像她的孩子一样。她的芍药花开得多么艳丽啊！漫山遍野都是。"芍药花还有个名字叫别离草，我在网上查的。"这是他告诉她的。她根本看不见她的小土堆。一滴晶莹剔透的眼泪滚落在她脚下的土地上。一只老鹰在空中孤独地盘旋。几朵白云在她面前悠闲地飘移。"有一双翅膀就好了！"诺敏张开双臂。在她眼前是一片汪洋大海。

云中的呼唛

○陈萨日娜

毡子一样灰蒙蒙的云薅下身上的毛扔向草原。

"云要给草原盖被子。"我说。

阿尼娅（蒙古语中是阿姨的意思）收起竹扫把抬头看了看天，又看了看阿拉坦达巴。阿拉坦达巴像一头壮实的牸牛，横亘在村西。一条南北通向的柏油路穿过恩格尔草原，爬过阿拉坦达巴，通向哈日浩特市。哈日浩特有煤矿有铝厂。一辆满载煤或铝的庞大的货车碾过恩格尔草原，轧过阿拉坦达巴，吃力地粗喘着驶向南方。

"也可能盖灾难。"阿尼娅嘟哝着，又弯下腰扫起院子来。云有万只眼睛，专挑阿尼娅扫过的地方扔毛。阿尼娅挥舞着扫把，在一片灰尘中"唰唰唰"地扫着，一次比一次卖力，硬要把那些毛清除干净。云动怒了，把自己撕扯成无数个碎片一股脑儿撒向草原。雪立刻覆盖了阿尼娅清扫过的空地，也覆盖了她拿着扫把的手以及扫把。她无望地划拉几下，直起腰来，脸像浮云一样迷茫，眼睛像盛满忧伤的深潭。每到刮风下雪，她都迷茫和忧伤，她心爱的男人就是被暴风雪掳走的。他的肉身、骨头变成了野草的肥料，但是她还在回忆里一天天地痛苦又执着地延续着他的生命。回忆是另一个维度的世界。阿尼娅突然尖声叫起来："咕瑞，咕瑞——咕瑞，咕瑞——"

苍灰马沙哑地嘶鸣着，从门前的草地上飞奔而来。它总是在听得见阿尼娅的呼唤的地方吃草，或者，无论在哪里它都能听见阿尼娅的呼唤。苍灰马向阿尼娅频频点头打响鼻，鬃毛上的雪被它抖落掉，跟鬃毛编织在一起的天蓝色的哈达露了出来。阿尼娅叹一口气，扔掉扫把走过去摸苍灰马的鬃毛、额头、眼睛。苍灰马曾是他的坐骑，如今已经老了，额上的白月牙暗淡了，像被火苗舔过一般。阿尼娅依偎着苍灰马把脸埋进它苍灰色的鬃毛里，一动不动。雪花飘落在她们的头上、背上。很快，她们变成了一尊雕塑。

"白毛风会唱各种呼唛。"阿尼娅这样开口我就知道她要讲他和苍灰马的故事了。

"他的呼唛就是跟白毛风学的。晴朗的天空下闭上眼睛听他唱呼唛，头发被白毛风吹乱，皮肤被白毛风吹冷。他常常坐在马群边唱呼唛。追赶马群的时候，他发出白毛风在草原上横行霸道时发出的呼呼声；让马群掉头的时候，他发出白毛风被挡在门外时发出的呦呦声；叫唤马群的时候，他却发出白毛风绕过山冈时发出的咻咻声。"阿尼娅的眼里闪出一丝奇异的光芒，嘴角边带着微笑，她不是讲给我听，她是在跟他对话。

"那天，马群蜷缩在东边的山脚下。白毛风绕过山冈，发出咻咻声。马群可能以为是他在叫唤它们，毫不犹豫地跟着白毛风奔跑起来。白毛风呼啸声越大马群越拼命奔跑，跑过阿拉坦达巴，跑出恩格尔草原。马群里有壮实的马，也有弱小的马，它们会在奔跑途中走散，有的可能冻死，或者被狼吃，被人抓住，被卖到各处，再也回不来。那我可怎么办呢？我还能做什么呢？怎么跟他交代呢？哦！我跨上苍灰马就奔进了白毛风中。就算跑到天边，我也把马群找回来。"阿尼娅每次说到这儿都会紧张又忧愁地盯住我的眼睛，好像马群在我的眼睛里似的。

"我的苍灰马跑得比白毛风快。但是，白毛风刮得我们无法睁开眼睛，就是睁开眼睛也只能看见赶羊鞭那么长距离的东西。白毛风戳着我的后背，好像我只穿着一件单薄的夏衣。白毛风是不会让我们返回去的，我们在冰天雪地里没有目的地奔跑。卷走的东西越多白毛风的呼啸声越大越诡异。"阿尼娅用手反复抚摸着编成三股的辫子，以掩饰内心的恐慌。

"我的苍灰马跑了太久。它的腿在颤抖，脊背也在颤抖。突然，苍灰马被什么东西绊了一下，我被摔倒在地。我想爬起来，但是我的腿脚冻麻了，不听使唤了。白毛风唱起了另一种呼唛，有点像招魂：呼——瑞，呼——瑞——白毛风卷起雪片、尘土一层一层地盖住我。苍灰马用蹄子匆忙地刨地，往我脸上吹热气。

白毛风吹得更起劲儿,用蹄子刨是刨不完的。苍灰马绝望地嘶鸣一声,跑了。它的蹄子震动着我身下的土地。我看见它的鬃毛也变成了一股白毛风。我又高兴又伤心。我希望我的苍灰马活过来。伤心的是,它扔下我跑了。"阿尼娅停顿一下。她嘴唇发干,眼神涣散,像重新经历着那些往事。

"不知过了多久,我不再感到寒冷。我听见熟悉的呼唛声——像夏天的早晨马群从门前跑过,像秋天的傍晚风从草场上吹过。我吃力地睁开眼睛,呼唛声停止了,他在看着我。他还是那么年轻,他的鼻梁有点歪,是驯一匹烈马时摔下弄的。他右边的嘴角调皮地宠溺地上扬着,以前我们每次约会他都高高地骑在苍灰马的背上,以这样的笑容迎接我。'我来了,'我说,'我还没有老得满脸皱纹吧。'"阿尼娅不自主地摸摸她的脸。她第一次给我讲这段往事的时候,她的脸是紧绷的、小麦色的,鼻梁上的几颗雀斑给她增添着几分活力。为了保持皮肤的紧绷,她每天用鲜牛奶洗脸,她很怕去见他时满脸皱纹。

"恍恍惚惚中,有人喂我温热的东西,有人把我抱起来。世界轻飘飘的。我感到幸福,我没找到马群,但是我找到他了。他一直在等着我,我没让他等太久。'腾格里阿爸保佑,你活过来了。你养了一匹什么样的马呀?简直成精了。'耳边传来风撞开房门般粗鲁的声音。我睁开了眼睛。那是个脸上画满冬天的男人。真的,他脸上满是紫色的冻伤。'它用蹄子敲打我牧铺的门,差点把我的门敲碎了。它咬住我的衣襟,一个劲儿地往外拉。真是成精了,就差开口说话了。我一看它着急的样子就知道它的主人出事了,没想到主人是个女的。我穿上皮袄,灌一壶撒了炒米的热奶茶跟着它出来。这鬼东西居然能顶着白毛风跑,哦,你这匹马真是腾格里的赏赐。'男人不停地用他那生锈了的声音说着。可怜的,那也是个孤独的人啊,见到活人没完没了地说话。估计见到死人也会没完没了地说下去,像几百年没说上话似的。话多的男人把我扶上马背。我的苍灰马像穿高跟鞋的人过冰面一样小心翼翼地走着,生怕再次把我摔掉。'它以前是我男人的坐骑,现在它不再是一匹马了。'我回头对脸上画满冬天的男人喊。"

"白毛风也一年比一年老了,就像我的苍灰马一样。"阿尼娅这样结束她冗长的讲述。

我七岁那年的一个秋日,阿妈跟我说:"太愁人了。阿尼娅一个人太孤单,是那人毁了她呀。哎，腾格里保佑！我怎么能怪罪一个上了西天的人呢？你去陪陪阿尼娅吧，总比一群马强吧？过几天，我去接你回来。"阿妈偷偷地擦眼泪，但是阿妈的眼泪是泉水，擦干了又流出来。

那天，阿尼娅骑着苍灰马。她让我骑在马鞍上，自己骑在鞍后，从背后抱着我。从我家到阿尼娅的住处要走很长的路。阿尼娅一路在唱着歌。远远地看到一群马在河边吃草。"瞧，那是咱们的马群。马群原来的主人去了很远的地方。"阿尼娅说。

正是割草的季节。那时候，阿尼娅还没有四轮车、打草机、搂草机。阿尼娅天不亮就骑着苍灰马去割草，以备马群逢暴风雪食用。她用羊皮袄裹住我，把我抱上马背。天黑得像无底洞，可怕的东西都躲藏在洞里窥视着我们。"我害怕。"我说。"闭上眼睛，闭上嘴，咱们关了门窗就不怕黑夜了。"我闭上眼睛闭上嘴往阿尼娅的怀里靠，有时候就那么睡着了。牧场在草原的尽头，要从黑夜走到日出。孤独是要命的。阿尼娅有时候哼长调。长调再长也没有路途长。于是，阿尼娅向苍灰马倾诉。她跟苍灰马什么都说，很多我都听不懂。睡意蒙眬中，我听得最多的是骑着苍灰马的男人。他的套马杆能套住太阳、月亮、星星，最远的那颗星星他都能套住。他会唱各种呼唛。白毛风嫉妒他唱的呼唛比它好听，绑架了他的马群，为了留住马群，他跟着白毛风走了。从此，白毛风的呼唛多了几分凄凉。

苍灰马是匹出色的贴杆马。阿尼娅说，他走后她突然学会了驯马、吊马，他的灵魂附着在她的肉体上了。

空闲的时候，阿尼娅安静地站在或者坐在吃草的苍灰马身边，目不转睛地注视它。好像苍灰马是铁，阿尼娅是磁铁。

苍灰马二十六岁那年的一次敖包那达慕上，阿尼娅给天地敬献白食，往苍灰马的额头上抹黄油，在苍灰马的鬃毛和尾巴上编织天蓝色的哈达，把它放生了。苍灰马从此有了自由的生命。除了死神，谁也无权干涉它的生命。苍灰马也获得了自身的自由，谁也无权剪修它的鬃毛。

云把自己撕扯得参差不齐。雪覆盖了村庄，覆盖了恩格尔草原。村里人铲不净门前雪，只能铲出一条兔子的小径一样的小路进出。羊圈里、牛圈里全是厚厚的雪。牛羊蜷缩在暖棚里不肯出来,一些被排挤的、进不了暖棚的牛,背上驮着厚厚的雪站在暖棚外发抖。柏油路上也铺满了雪。

太阳畏畏缩缩地出来了。阿尼娅拿起铁锹铲雪。一辆黄色的环卫工程车碾轧着厚厚的白雪出现在柏油路上。车厢里站着三个人,挥着铁锹往铺满雪的柏油路上撒盐。环卫工程车缓缓地沿着柏油路驶向坡路顶端。越接近顶端,坡度越大。环卫工程车喷着浓浓的黑烟艰难地、缓缓地前行:吧嗒吧嗒,吧嗒吧嗒,吧嗒吧嗒……环卫工程车爬上顶端后消失了,车声在山的那头响了很久。

种公马黑莫尔带领着它圈管的二十多匹马出现在雪地上。雪后的草原白得无边无际,没有牛羊,没有人烟,没有草木,只有这一群马。苍灰马似乎听到了什么召唤,猛地抬起它沉重的脑袋。它回头向阿尼娅长长地嘶鸣一声,朝马群跑去。马群里还有黑马、白马、枣骝马,它们呼出的白汽在空旷的天地间短暂地盛开便消失。阿尼娅目送着苍灰马汇入马群,慈爱地笑了。

种公马黑莫尔时而跑到最前面拨正一下方向,时而跑到马群中间,查看马儿的情况。这些大自然的精灵闻到了盐的气息。它们的蹄子炸飞了厚厚的雪,它们的鬃毛在冰冷的风中起伏着,它们舒展四肢奔跑着,奔向一场生命的悲剧。

太阳直射着阿拉坦达巴,盐融解着阿拉坦达巴上的雪,整个山岭反射着冷冷的惨白的光。路面比以前更滑了,阿拉坦达巴比以前更陡了。

黑莫尔能预测到暴风雪、能感知到沙尘暴、能警惕野狼,但是它不懂自然界以外的东西。它们一路奔跑,一路装点着草原,直到柏油路才停下壮美的步伐。马儿停止奔跑就跟所有平庸的动物一样了。

后来,我曾无数次地靠想象还原马群发生悲剧的场景:它们争先恐后地扑到路面上,舔路面上的盐。它们拥挤着,一会儿排成一排,一会儿围成一团,为了舔到更多的盐,它们互相撕咬,背起耳朵互相踢。有几匹马沿着柏油路往上跑,又有几匹马跟了过去。爬坡对马儿来说可没有环卫工程车那么费力。在更高处,它们找到了一处比较密集的盐,它们扑了上去。山的那一侧传来重载卡车沉重的粗喘声。马儿们低头忙着舔盐。为了护住自己的地盘,它们打着响鼻红着眼睛背着耳朵吓唬靠近的同伴。卡车越来越近,粗喘声越来越重,被雪覆盖的阿拉坦达巴在卡车的碾轧下震颤。重载大卡车艰难地从坡路的那边爬了上来。一爬上顶端,大卡车就变成了一头庞大的猛兽,偌大的阴影立刻吞噬了这些会奔跑的精灵。"吱嘎——"猛兽发出刺耳的声音,庞大的身躯像一座坍塌的岩石般急坠而下。黑莫尔本能地向旁边跳开。也有马儿陆续向旁边逃命。但是更多的马儿没反应过来发生了什么事,它们还沉浸在盐的滋味中。坚硬的碰撞声、尖锐的刹车声,掺杂着重东西倒地时的沉闷声……"吱嘎——"大卡车在这种用刀子划过玻璃般的声音中一路冲下去。"吱嘎——"那尖锐的声音无止境地回荡在阿拉坦达巴上、恩格尔草原上、村庄的上空。不知过了多久,天地间安静了。是的,死一般的安静。死神驱散了所有的噪声。

　　划破天际的"吱嘎——"声传到村庄的时候,阿尼娅正在院子里铲雪。她直起腰看向柏油路。"吱嘎——"声还在持续。阿尼娅又望了望南边的雪地,马群跑过的地方留下了一条长长的马蹄印,草儿在那些马蹄印间探头探脑。阿尼娅扔下铁锹跑到拴马杆骑上坐骑奔向了阿拉坦达巴。我紧随其后。

　　惨白的太阳照在横七竖八的马的尸体上,照在被鲜血染红的路面上。

　　阿尼娅惨叫一声跳下马背,却不慎跌在雪地上打起了滚。她挣扎着爬起来,在没过膝盖的厚雪中连滚带爬地前行。阿尼娅离柏油路也就五十米远,但是这五十米路她走了很长时间。活着的生命、正在离去的生命、已经消失的生命之间,时间无限地延长了。速度与重量在这座山坡上展现出了强大的杀伤力,死亡的气息弥漫在冰冷的空气中。

　　好多匹马横七竖八地躺在血泊里。有的已经死去,肚子看起来特别大;有的还在抽搐,嘴里吐出微弱的白汽;有的已经支离破碎,碎肉到处可见。每一个温热的躯体用仅存的体温感化着身下的红雪。

　　阿尼娅扑倒在离她最近的一匹马身上。马身血肉模糊,根本看不清原来的颜色。她爬起来,扑向另一匹。她深一脚浅一脚地走在血泊中。她的两只手像两根木棍一样僵在身体两侧,脑袋慢慢地转动着,眼睛游离在每一个脱离灵魂的躯体上。她的鞋早被鲜红的雪染红了。突然,她的脑袋不转动了,眼睛直直地盯住了一具马尸。那散落一地的鬃毛上编织着哈达,尾巴上也编织着哈达,虽然哈达上也沾满了血,但是斑斑点点地露着本来的天蓝色。阿尼娅的双腿好像在地里生根了,膝盖剧烈地颤抖着就是挪不动。她佝偻着背,用双手推着大腿,一步一步地走到了那匹马身边。她呆立了足足三分钟,当她开口想说句什么的时候，一口鲜血从她嘴里喷了出来。这是她的苍灰马。

阿尼娅抱一件珍贵的宝贝一样抱着苍灰马的头颅。上马的时候，爬了几次都没爬上去。她的躯体被悲伤浸透了，变得沉甸甸的。我将阿尼娅扶上马背。她直挺挺地骑在马背上，看不见一路跟随着的我。黑莫尔望着柏油路发出一声响亮的悲鸣，带着剩下的十几匹马奔向了远方。

阿尼娅骑着马抱着苍灰马的头颅，下柏油路，沿着山脊走着。山脊上的风像老鼠的利齿，啃咬着我的脸。阿尼娅在一棵孤独的山丁子树下勒住马儿。她确信，把苍灰马的头颅安放在恩格尔草原的最高处，它的灵魂就能找到托生的方向。

阿尼娅抱着苍灰马的头颅爬树。树不高，但是山顶的风是个恶作剧的淘气鬼，吹口哨摇晃树枝样样都卖力。她既要保护苍灰马的头颅不掉下来，还要保证自己不跌下来，所以爬得谨慎缓慢。她选了几根向太阳升起的方向伸展的结实的枝杈，把苍灰马的头颅放上去。山顶的风在哼着苍凉的呼唛。阿尼娅盯着苍灰马的头颅默默地坐了一会儿。

我们牵着马往回走。阿尼娅默默地、直挺挺地走着。走到山脚下，她猛地勒住马，转身望向山顶。

"听见了吗？呼唛声。是他在召唤它。"

我摇摇头，脸已经被冻得通红。空旷的雪原安静得像油画。天空是静止的，阿拉坦达巴也是静止的，只有那棵山丁子树在山顶上孤独地挥手。

阿尼娅病倒了。她发高烧，说胡话。

"苍灰马的灵魂会找到的，会找到的。

"听见了吗？呼唛声。他等得不耐烦了。该去找他了。"

"咕瑞——咕瑞——"阿尼娅睁大烧红的眼睛叫唤着，"我在这儿呢，咕瑞——咕瑞——不要迷路喽。"

阿尼娅与自己的身体和灵魂抗争了三天三夜。第四天，她挣扎着起身接下我端来的奶茶。

喝一碗撒了炒米的热奶茶，她拖着虚弱的身子爬上马奔向阿拉坦达巴。我不放心，跟着去了。她站在山丁子树下仰望。夏天，这棵树枝繁叶茂，枝叶间藏一只红狐都很难被发现,但是寒风把叶子扒了个精光,苍灰马的头颅成了一片硕大的叶子。苍灰马的头颅已经冻透了,眼睛被乌鸦啄去,只剩下两个黑洞,风在洞里奏响哀乐。山顶上没有积雪,像是白雪世界里的一个补丁。阿尼娅孤独地站在这片补丁上,手脚已冰冷。

阿尼娅很快封锁了悲伤。有一阵,她吃得少,睡得也少,但是话多了,而且尽量说得兴高采烈。去看马群的时候、收羊群的时候、找牛犊的时候,她碰到邻里乡亲就去拉家常。她会这样开始:"还记得不? 我的苍灰马……"她试图从回忆中寻找苍灰马的存在。又过了一阵,阿尼娅不再说苍灰马了,甚至不怎么说话了。在很多个夕阳意犹未尽的黄昏,她瘦瘦的身影孤独地呆立在井边,旁边是比她更瘦更孤独的影子。

苍灰马走后,阿尼娅时常去苏木买来各种盐砖,红的、绿的、白的,方的、圆的、扁的……去旗里,或者去任何地方她也会买来或者捡来各种盐砖。她把各种颜色、各种形状的盐砖放在墙上、放在门前、放在草原上,也放在那棵孤独的山丁子树下。灰色的冬天突兀地多了各种色彩。黑莫尔天天领着它管辖的马群来门前舔舐盐砖。阿尼娅轻手轻脚地走出去,围着马群一圈一圈地走,端详每一匹怀孕的母马。她守着一丝微弱的希望不安地等待着。

太阳渐渐变暖。草原踢开身上的雪被子。怀孕的母马们开始下马驹。阿尼娅像钉在了马背上,整天骑着马围着怀孕的母马转。海骝马下了枣红色的马驹,黑绸缎生下黑色的驹,黑鬃黄毛马产下了自己的复制品。阿尼娅焦急地看着每一匹小马驹从母马的尾巴下拱出来,挣扎着站起身,然后毫无陌生感地在草原上奔跑。奔跑的小马驹完整地展示出它的颜色、体态及其生命的本色,阿尼娅脸上的肌肉慢慢松弛下来,眼神变得散漫、哀怨。她慌乱地拨转马头奔向阿拉坦达巴,奔向苍灰马。

除了云青马,怀孕的母马们已经卸下了贵重的包袱。云青马的肚子很大,走路有点吃力。马群奔跑在草原上的时候,它独自留在门前舔舐盐砖。阿尼娅一动不动地站在不远不近的地方,目不转睛地盯着云青马的肚子。真担心她会在云青马的肚子上盯出两个窟窿来。

下过了几场大雨,草长得很好。骑马走过一片牧场,骑马人的靴子会被草染绿。

那天,村里的阿吉奈在院门前紧急刹住摩托车,挤着嗓子喊道:"琪姆格阿妈,快啊,你的马陷进水泡子了。"

水泡子在村子的东边。天气干旱的时候,水泡子的水干涸,暴露一摊烂泥。烂泥一天天地萎缩。所有人都以为它会一直萎缩,直至消失。然而,它不会消失。雨水来了,烂泥就能复活。雨水越多,活力就越大。靠近它的牲畜很难逃脱它的魔掌。

陷进水泡子的是云青马。可怜的云青马惊慌得胡乱挣扎,越挣扎陷得越深。它的四肢已经陷进去了,用大鼓一样的肚子支撑在烂泥上。筋疲力尽的云青马用一双无助的眼睛看着阿尼娅。水泡子周围聚集了很多人,人再多也没法上前施救。云青马离人们站着的地方至少有十米,这十米全是烂泥。人没有云青马的大肚子,比马更容易陷进去。而且,就算人能靠近马儿也使不上劲儿。阿尼娅束手无措,绕着水泡子来来回回地走。阿吉奈跟着阿尼娅走了几个来回,突然大喊:"有了有了。"

所有人的目光聚焦在阿吉奈身上。阿吉奈瞟我一眼,嘴角上扬了,声音更高了:"巴雅尔,快把你家钩机开过来。顺便拿几条绳子来,宽的,要宽的绳子,不要圆的。"阿吉奈每喊一句都向我瞟一眼,看得我的脸火辣辣的。

巴雅尔把钩机开来了,把宽绳子也带来了。阿吉奈像个指挥官,高声指挥着,让钩机停在水泡子边能够得着马儿的地方。阿吉奈把一条绳子系在腰间,另一端递给旁边的人,手里拿四条绳子走向了云青马。阿吉奈走得很快,但是没几步就陷进去了。烂泥很快没过了他的脚踝,没过了他的膝盖,每一次拔腿都很艰难。走到云青马旁边的时候,他已经变成了泥人。阿吉奈费了很大的劲儿才把两条绳子从马的身下穿过去,在马的背上打死结。他爬上钩机,把拴住马儿的绳子固定在钩机上。钩机轻松地把云青马从烂泥里拉了出来。

"哈哈,我的办法不错吧?"阿吉奈站在钩机上,得意扬扬地看向人群。人们点头称赞。阿吉奈容光焕发,久久地站在钩机上不下来。

阿吉奈用别人的车把云青马拉到了院里。云青马的肚子看起来更大了。它耷拉着脑袋,站不起来。马是站着睡觉的,只有小马驹会四仰八叉地睡觉。阿尼娅看着耳朵都举不起来的云青马心疼地走来走去。阿吉奈的眼珠子转了几下,又喊起来:"巴雅尔,巴雅尔,先别走,把钩机留下。快回来。"一块块泥巴啪啪地从阿吉奈身上掉落,但是阿吉奈没时间管。阿吉奈又当了一回指挥官。他指挥着巴雅尔,让钩机停在云青马身边,再次使用了刚才从烂泥里救出马儿的办法。云青马被钩机拉着站起来了。阿尼娅拿来一桶水,用马刷仔细刷洗了云青马身上的泥巴,然后割来一捆草放在马儿嘴边。回屋的时候,还不忘打一桶水放在云青马跟前。

阿吉奈兴奋极了。他回家洗漱一番,换上干净的衣服又跑到我家,说话到很晚才回家。

第二天黎明时分,阿尼娅惊叫着从梦中惊醒,一骨碌爬起来。她趿拉着鞋跑出去,我迷迷糊糊地起身跟着。远处的山岭黑乎乎的,面前的钩机也黑乎乎的。草原的清晨有点凉,阿尼娅打了个冷战。她怕惊着什么似的慢慢地、轻轻地走向云青马。云青马的脑袋耷拉着,一动不动。草原静悄悄的。牛、羊、马都还在熟睡中。鸟儿也没有起来。我点着了院子的灯。黑暗被灯光赶到了院子外边。

云青马死了。脑袋耷拉着,耳朵耷拉着,整个身子都耷拉着,显得痛苦又疲惫。云青马的身后,耷拉着一个小脑袋。小马驹也死了,被憋死的。云青马不会喊疼,也不会喊救命,被钩机托着的它甚至躺不下来。在深深的黑夜里,它独自承受了痛苦的生与死的审判。

阿尼娅僵硬地站着,半天没动弹。

"苍灰色的。"我盯着小马驹看了一会儿后低声说。

阿尼娅打个激灵,一步跳到小马驹跟前。小马驹确实是苍灰色的,额上还有个白月牙。阿尼娅的嘴唇颤抖着,牙齿在嘴里打仗。为了不让嘴唇颤抖,她紧紧地咬住下嘴唇,血从牙齿间渗出来。她颤颤巍巍地进屋,哆哆嗦嗦着爬上炕躺下了。

"苍灰马。是我的苍灰马托生的。"阿尼娅微弱地说,"一样的苍灰色,连额头上的月牙都一样一样的。他让苍灰马回来陪伴我。我们的苍灰马千辛万苦找到我,我却把它杀掉了。"泪珠从阿尼娅的眼睛里滚下来。这个不会哭的女人第一次在我面前流下了眼泪。

"云青马的颜色接近苍灰色,生苍灰色的小马驹再正常不过。"我安慰阿尼娅。阿尼娅像吃了摇头丸不停地摇头。

阿尼娅始终不肯原谅自己。她不再去阿拉坦达巴看苍灰马,她不敢面对苍灰马的头颅,更不敢面对他。她的情感成了孤魂野鬼,失去了寄托。她日益消瘦,单薄的身体似乎裹不住她忧伤的灵魂。

白毛风又来了,似乎从很远的地方来,嗓子都哑了。它徘徊在门前沙哑地哀怨地唱起呼唛:"呜呼——呼瑞——呜呼——呼瑞——"

阿尼娅从柜子里拿出了那件崭新的红色的银色镶边的蒙古袍。多年前,为婚礼准备的这件袍子很华丽,质地是绸缎的,盘扣是纯银的,每一个针脚都很精细。只是,她心爱的男人没等到婚礼,跟着白毛风走了。如今,蒙古袍穿在阿尼娅身上像套在十字架上。"白毛风会帮我撑开我的袍子。"阿尼娅把银色的腰带一圈一圈地围着说。穿好蒙古袍后她坐在小镜子前,把已经变成灰白色的头发编成了三股辫子。"白毛风会帮我掩饰我的白发。"她摸着布满皱纹的脸,摸着灰白色的发梢,眼神里满是忧伤,"哎,他还是那么年轻,我时常梦见他。可我已经老了。"

阿尼娅爬上马背,赶着马群,奔向白毛风。她火红的婚服立刻消失在白茫茫的白毛风中……

【作者简介】陈萨日娜,女,蒙古族,1982 年生于内蒙古通辽市,中国作家协会会员、鲁迅文学院第三十四届中青年作家高级研讨班学员。作品见于《草原》《花的原野》《民族文学》《青年文学》《上海文学》等刊,被《小说选刊》《长江文艺·好小说》多次选载,入选"中国少数民族文学之星"丛书、《手稿、猴子,或行李箱奇谭:2023年中国短篇小说排行榜》等选本。

九〇后

傻子乌尼戈消失了

○渡澜

　　我的房客乌尼戈,在一个鼬鼠满世界跑的春季消失了。虽说他消失了,但我几乎每日都可从他身边路过。只要我愿意让自己的思绪驰骋在一条回忆的轨道上,他便无处不在。

　　他是在一个断电的夏夜来到我家的。那时,我和我的厨娘——柳泽真由娜仰躺在沙发上聊天。产下她的是一只来自日本的、个头很大、非常可怕的雌性黑乌鸦。给她取名字的是大阪卫生管理局的一名工作人员,他可能是《14岁的妈妈》的忠实观众。这位来自大阪的英俊小伙儿因为误食了一块儿菌面厚实板硬、菌秆上有菌轮的不知名的蘑菇而死亡。柳泽真由娜因为此事伤透了心。当了我家的厨娘后,每次烹饪蘑菇她都会用葱在蘑菇盖上擦一下。虽说她现在呈现在我面前的是人类的姿态——三十岁左右的、头发稀少的女性。但她依旧保留着乌鸦的一些糟糕的习性——她总是在聊天中薅我的胡子。正因如此我们的谈话总是被我"哎哟哎哟"的呼痛声打断。我们起先并没有发现乌尼戈。直到柳泽真由娜在聊天的途中熟睡并被惊醒。她直挺挺地坐起来,将嘴唇凑到我耳边,她轻声说话时,嘴巴里传出蝲蝲蛄的味道:"我们家里多出了一个人。"

　　我被吓出了一身冷汗,环顾了一下漆黑的客厅:"是谁?他在哪里?"

　　"我不知道,"她说:"我做了一个梦,梦到我在厨房洗菜。"

　　"这不过是一个普普通通的梦。"我反驳她。

　　"不不,你等我说完。我先洗了芹菜和葱,然后我洗了土豆,最后我洗完了西红柿。我把最后一个西红柿装进篮子里,然后我想,我该醒来了。可怕的事情就在这时发生了!"

"是什么事情？"我惊恐地问。

"我的梦变成了一张素描纸，纸上布满了沁出血珠的细密伤口。"

"真可怕，"我问她："那你为什么说家里多出了一个人？"

她似乎已经再无半分力气，只蜷伏在沙发上一个劲儿喘息："我们应该点根蜡烛，他也许藏在餐桌下面，或是柜子里。"我感到不可思议，没有相信她的话。柳泽真由娜只得起来，手中攥着家里最硬的杯子，缓缓走向储藏蜡烛的小木柜。她一直在发抖，我不禁开始心疼她。我虚弱地呼喊她的名字："你找到蜡烛了吗？"我在黑暗中摸索着走向她。人与人的相遇总是那么的神奇。乌尼戈穿了一件灰茶色和利久色相间的衬衣躺在地上，他身上和地板的花纹一模一样，像一只变色龙。我并没有发现他，踩着他的额头走了过去。然后我牵着柳泽真由娜的手踩着他的肚皮走回沙发。她点燃了蜡烛，烛光盈满客厅。柳泽真由娜突然回头，惊讶地盯着地板："看！一个漂亮男孩！"

地板上躺着的乌尼戈睁着他的大眼睛，额头上和肚皮上满是我们的脚印。他是个十四五岁的男孩，浑身散发出孩子的气息，整个脸颊瘪陷出两个坑，里面落满斑斑点点的雀屎。他竟有着无限接近自然的美，躺在地板上像一株柔软的植物，毫无违和感。我神经紧绷，他是一个全然的陌生人，他是在极其唐突的情况下来到我家的。我坚信拥有自然美的孩童需受控制，于是我用一根红麻做的绳子将他拴在了餐桌旁。他发出了类似白鸽的"咕咕"声以及布里亚特语里"道路"这个词的读音。我尝试与他交谈，他冲我的嘴巴吐了口水。我并未气恼，甚至有些亢奋，可不多久又开始颓丧于自己的亢奋。当柳泽真由娜靠近他时，他表现得异常温顺，甚至用鼻尖顶她胸前的阿拉善玛瑙项链。他似乎使柳泽真由娜联想起了那些灰绿色的、布有褐色细斑的乌鸦蛋。柳泽真由娜的眼中柔柔泛起薄雾，她眯着眼，拍他的背，揉自己的乳房，仿佛一腔母爱无处发泄。

我轻声问柳泽真由娜："是这位漂亮男孩划伤你的素描纸吗？"

"不是的，"他竟然开口说话了，乌尼戈说："是门。"

"什么门？"

"大门，摇晃的大门。"

"大门为什么在摇晃？"

"我是从大门下面钻进来的，大门摇晃。"

"你的意思是摇晃的门划伤了素描纸？"

"纸是门，伤口是生锈，"他说着陌生的谚语，用青涩热情的声音回答我，透出罕见的文雅气息，"门让我提醒你们，它生锈了，它需要油。"他用手掌轻拍桌腿，发出"啪啪"的声音。听见这声音，我才想起来他是谁。我见过他——在走不到尽头的，一束光就可以将它照亮的马路上，他挥着一个坏掉的红色球拍，击打着树叶，不断地发出啪啪的声音。乌尼戈是在新镇长上任时来到我们镇上的"傻子流浪汉"。他总是在街头流浪，同镇民们说着莫名其妙的话，遭人厌弃。我没有第一时间认出他的原因是因为他的年龄并不是固定的，我只能通过他发出的某种声音认出他。

"你叫什么名字？"我问他。

"乌尼戈。"

这个名字令我感到陌生，但如果在前面加上一个"傻子"便变得令我无比的熟悉。镇里的每个人都会这样喊他——"傻子乌尼戈"。乌尼戈这个名字很难被人记住，"傻子乌尼戈"这个称呼却被赋予了神奇的魔力。它纯真质朴，切中主题且极具戏剧性，为人们留下了深刻而难以磨灭的记忆。这也许是另一种"KISS"原则（Keep it Simple and Stupid）。

从我们发现乌尼戈躺在地板上到乌尼戈拍打桌腿发出"啪啪"的声音，只过去了二十分钟不到的时间。这二十分钟里，乌尼戈至少长大了十岁，已经是个成年男子了。他的嘴角上生着几根黄胡碴儿，像刚割过的韭菜。于是我又出现了和前次一样的神经紧张和沉思冥想。是什么促使一个拥有自然美的孩子在二十分钟里飞速生长？他就像一棵每年能长高八米的新几内亚桉树。他体内疯狂分泌的生长激素、甲状腺激素迫使软骨细胞分裂增殖。骨干和骨骺之间的骺板软骨在这种动力中不断地纵向分裂、繁殖，生成新的软骨。好似这段时间里他吸入的不是氧气、氮气或是氖气而是羊奶和黑艾日格，超标的营养令他飞速长大。他身上映现着我们的痴人梦。这是我第一次近距离接触他，同时想避开他。因为我发现了他身上奇特的性质，像牙齿矫正器。

但我的厨娘显然不是这么认为的。她在二十分钟前满脸还是母亲的笑，恨不得掏出乳房让他吮吸。而现在她的脸被色欲熏得淫邪通红。乌尼戈身上传来不知是从哪里偷来的甘甜的色欲气味，冲昏了柳泽真由娜的头脑。她身上坚硬的黑色轮廓被自己心间满溢出的淫欲之水泡软了，转变为红色球形糖果的弧度。她摸索乌尼戈的嘴唇。他的嘴唇薄得像被"单独监禁"几乎没有肉，柳泽真由娜饱满厚重的唇肉狂热地黏上他的嘴唇时，就像呻吟的肉团撞上了冬天的玛瑙。我急忙解开拴着乌尼戈的红麻绳，将他藏在身后。柳泽真由娜因此号啕大哭。我震惊地发现他已经被柳泽真由娜褪下了裤子，露着白皙的屁股。我拍下他股间的黄色半日花花瓣和带着紫色金属闪光的乌鸦羽毛，替他拉上了裤子。乌尼戈向我道谢，那些香喷喷的黄色花瓣和冰糖味的紫色羽毛沿着木制地板的纹理流淌。

我不得不让他住下来。因为当我推开门想将他送出去时，柳泽真由娜——一只热泪滚滚的鸟，抄起一口滤锅打在了我的鼻梁上。我痛得打滚，却不忘将手指塞进鼻孔防止血弄脏衣服或地板。每当她不服从我的命令时，我就会开始怀念她未长牙时的微笑。透过书桌旁的大窗户我看见路旁的红嘴松鸡站在交通灯旁边。高高挂着的交通信号灯像个三只眼睛的幽灵，最令它感到自豪的就是红眼球。因为根据光学原理，红眼球发出的光波很长，穿透这混浊的空气的能力也就强得多。三眼幽灵可以睁开红眼睛警告所有人站住。我拔出自己的手指，让血自由地滴落在地板上，渴望地板上的红色警告我的厨娘。但除了递给我抹布外，她没有任何表示——若没有原子之稳定，我想我可能已经破碎。

乌尼戈成了我们的房客。在接下来的短短两天里，他从二十岁长到了一百二十岁。一百二十岁生日的那天他睡了一整天，也许我可以写成"死"了一整天。他又变回了婴儿的模样，然后不到两个星期就变回了"漂亮男孩"激发着柳泽真由娜的母性。再过两个星期，柳泽真由娜便会褪下乌尼戈的裤子，亲吻他的臀部，将自己的羽毛填满他的臀缝。几乎每个生命在诞生之初都显得极其匮乏，这种匮乏很难靠遵从某种外力得以实现。但乌尼戈身上的富足和匮乏却是随意切换的——他可以在诞生之初表现得极其富足，却在年老时变为备忘录般的贫瘠。这简直令人大跌眼镜。我二十四小时带着放大镜，妄想探索他身上的奥妙，但随着我探索的深入，更深一层的恐惧笼罩了我，我不断地感到沉重的罪恶感。我看着放大镜像看着自己的遗物。

让他住下来是个错误的决定。

生活在小镇上的人们，自古以来都极其反对"种植，然后等待，最后变化"

这个原则。他们厌恶一切变化,恐惧已知事物被另外的事物取代。他们害怕老去,害怕自己的孩子成长。他们害怕时间的前进,害怕风的吹拂和水的流动。他们忌惮接触自然,认为自然是一切变化的源头。镇民们尽量避免自己碰触生命力过于旺盛的草木,并教导自己的孩子远离这些咀嚼太阳的、绿油油的恶魔。所以理所当然的,这位飞速变化的,甚至拥有自然美的"傻子流浪汉"遭到了所有人的排斥。他们对他恶语相对。性情温和的熟食店老板看到他走进来,也会把他赶走,还不忘看着他走远以后,谩骂一句"傻子乌尼戈"。四处的质疑悄悄从门缝钻进来,他们不理解我为什么让一个傻子住下来。我对镇民们表现出的巨大的敌意感到愤怒和诧异。他们以歌代泣,轮流来到我家门前对着钥匙眼唱歌。他们唱"害群之马",唱"乌尼戈在破屋顶上排卵"。倘若我抛开良知去听他们的歌声,会感到风正偏离正确的方向,甚至自心中钻出一股沉重的期待——这是传递的力量,我不置可否。那条曲折狭窄的小孔道像喉咙般因歌声膨胀着,直到我站在门外向孔里插入钥匙,钥匙会"叮当"一声摔落在门对面的室内地板上时,他们才有所收敛——因为柳泽真由娜可以透过胀大的钥匙眼毫无障碍地窥见他们的悬雍垂,并通过悬雍垂辨认出他们到底是谁。

那天,我家门口响起了争吵声。乌尼戈和俄日敦德日格勒的裁缝站在我房前的小路上。裁缝指着乌尼戈的鼻子,疯狂地咒骂他。我当机立断,决定像一位拥有很多孩子的父亲那样制止这场闹剧。"你这个傻子!"他突然大喊着把乌尼戈愤然掷到路的末端。我愣在那里,发出难以抑制的惊呼。可怜的乌尼戈几乎散架,但他似乎完成了一场完美而彻底的奉献,与路面依偎紧靠,高兴得噙满了泪珠,宛若置身天堂之中。柳泽真由娜最近在忧心忡忡地进行着减肥计划,饥饿使她的感觉异常敏锐。她冲出家门将倒在地上的乌尼戈扶了起来,我看见他们端坐在一颗圆圆的太阳前,感到不可思议——他们看起来像叠在一起的勺子。

那位此时应是满脑子血腥话题的裁缝叉腰站在原地,小里小气地缩着脖子和肩膀。他仿佛被剃须刀切入了眼球,眼球里泛着伤痕累累的光。我好奇地问他:"发生了什么?"他指了指草丛里的红嘴松鸡问我:"那是什么?"

"松鸡。"我毫不犹豫地回答。

"你看!那个傻子这么问我,我就是这么回答他的。"

"那你们为什么争吵？"

"他说，只有我们能看到的这面才是只松鸡，你不知道我们看不到的那面具体是什么。"裁缝的牙齿都在打战，他用力拍了拍自己的胸膛："听了他的话，我感到很愤怒。他侮辱了我，侮辱了镇长女儿的裁缝。"

人的愤怒往往来源于恐惧，而"自然恐惧"或乌尼戈的"这一面，另一面"的恐惧又是力大无穷的。我无法安抚他，只好装聋作哑着走回了家。不久柳泽真由娜牵着乌尼戈的手走了进来。乌尼戈身上的瘀痕就似树的指纹，他的小耳朵就像岬角，此时血淋淋地滴着血。他注视着我，黑漆漆的眼眸像漂浮在奶面上结成薄衣的油脂。我想那片小小的眼眸定是镜子的背面。在忽略视神经和外直肌的前提下，翻滚他的眼珠，让眼球的另一面面对我，倒映出的一定是一只将要死在空花瓶里的昆虫——或是一位戴着眼镜略显死板的老教授。但如果我不将眼珠翻过来，就让它那么待着，那镜面里百分百反射出的是乌尼戈的世界——那里绝非他人所想的那样狭隘。它极具弹性，像附在牛蹄骨上的韧带织成的大网。这个空间对"自然"和"变化"有着无尽需求，有着对"乌尼戈"的感情的探索欲望——它就像一本敏感的笔记本，一个液压阀。这里包容一切审美冲突，崇尚黑艾日格的神圣力量。这种弹性世界安抚了世间万物对自身独立性所抱有的忧虑。意识不到乌尼戈的弹性世界，你就会被审美规范化，不断地模仿过去，置身于残忍的人类同化和无自由混乱。他们——这些镇民，害怕接触自然力，以至于自身拥有的自然力基础太过薄弱，丧失了美感，沦为"无生命"罪犯，在高楼的护栏处充满犹豫地向下看。他们干不了别的，除了教自己的孩子在冬季拧开暖气。

镇民们处心积虑要消灭傻子乌尼戈，他们把这种暴行转化为收获无限精力的神秘来源。他们折断了乌尼戈的红色球拍，甚至趁柳泽真由娜不注意，偷偷剪他的耳朵。镇里的老妇人们终日坐在门口，提着棒针，渴望将它捅进乌尼戈的脚掌。就连小孩子也渴望将他驯服，他们用胶带缠住他的嘴，避免他说话。他们让乌尼戈跪在长满刺的蝎麻子上，用自己父亲的皮带抽打他。回家时，乌尼戈的膝盖变得像瓢虫的鞘翅一样又红又亮，肿得像红气球。柳泽真由娜哭着为他涂小苏打水。我们竭力控制这种悲观情绪的影响，但悲观感受已经萌发了。对镇民们糟糕的"消灭乌尼戈计划"所造成的创伤，我仅仅对之实施无害化处理。这虽有悖于我自身的品性,甚至被柳泽真由娜称为"彻头彻尾的铁石心肠",但我依旧不曾插手,我认为这是大事发生的前提设定。这里提到的大事,可以是"自然之爱""宇宙之爱"或是"失去协调"。我的行为——应该被称为"彻头彻尾的现代精神"。

"在他住下来之前,镇民们只是对他表示敌意,他们在远处窃窃地发出嘘声,但并未欺负他或是弄疼他。但现在——乌尼戈成了我们的房客,人们却开始羞辱折磨他。这是为什么?"柳泽真由娜给我写了一张小纸条,偷偷塞进了我的头发里。我阅读完毕,将它戳到破旧的木挂钩上。晚饭时,我向她解释:"他们早就想这么干了,他们认为乌尼戈有毒,所以不敢动手。就像你烹饪蘑菇前会用葱在蘑菇盖上擦一下一样。"

"是什么促使他们开始烹饪蘑菇的?"她问

"他成了一名房客。"我说。

花儿从圆熟到枯萎,我们迎来了冬季。除了裸体的树上多出的斧痕,这个冬季没有任何变化。

俄日敦德日格勒的裁缝——邪恶的失败者,恶意潜入他的心中,在这个寒冷的死气沉沉的冬季,他想出了一个消灭乌尼戈的方法。他充分利用了俄日敦德日格勒的权力。俄日敦德日格勒是家里最小的孩子。一个六岁的小女孩。俄日敦德日格勒的父亲在有她之前是个有名的穷光蛋,甚至卖了祖传的鼻烟壶买酒喝。有了她之后就成了富可敌国的大富豪。因为俄日敦德日格勒吐口痰都是块金子。她出生的第二天拉了一泡柏油状的绿黑色胎粪,不知是与空气中的二氧化碳产生了什么化学反应,三分钟不到那泡胎粪就变成了一大块西峡碧玉。她的父亲多半还是头一回陷入财富错综复杂无穷无尽的奥妙之中,他扒开女儿的肛门想知道这奥妙从何而来,被女儿放出的马奶酒味的屁熏醉了。当他察觉到小女儿被剪下的指甲变成了钻石碎,尿液发出辛辣的香味,脱落的胎发全部变成庞巴迪的私人飞机飞走时,他才意识到一个事实——他发财了。于是本来给小女儿取的名字"杜达古拉"也被改成了"俄日敦德日格勒"。

俄日敦德日格勒从疼爱她的姐姐那里得到了一个白色的小花瓶,她非常喜爱它,执意要在里面插一朵世界上最漂亮的花。镇长极力反对,认为属于自然的花朵会改变俄日敦德日格勒,使她丧失在新陈代谢中创造财富的魔力。

"你们可以找个花的替代品取悦她。"他说。

裁缝知道后，当即捧着一本封面上镶嵌着宝石的日历去找达林台——俄日敦德日格勒的护卫。俄日敦德日格勒虽说拥有制造坚硬的钻石的能力，骨头却脆得惊人，稍不留神就会被折断。她的父亲生怕她脖子里掌管生命和财富的珍贵骨头被扭断，于是给她找了一位强壮的护卫达林台。达林台肌肉发达，身强力壮。他力大无比，忠心耿耿，服从一切命令。裁缝无法直接接触俄日敦德日格勒，于是他开始接近与她寸步不离的达林台。我亲眼所见——他们在一棵树下交谈！那本被夹在他们两人之间的日历是态度暧昧的背叛者。它自身没有任何动力和方向，却为这群邪恶的人们创造力量，提供方向，搅起一阵暴行涟漪。

那天，我知道厄运即将降临，心中不无一种大祸临头的预感。我体内反应异常，脑海掀起大波澜，不断地冲柳泽真由娜开些过于辛辣和危险的玩笑。她褪去血色的脸看起来干净极了，像刚匀过粉那样细润："边巴，出了什么事？"

"恐怕连我自己都不知道。"

马蹄把地上的雪踏得嘎吱作响。我绝望地惊呼，阻止柳泽真由娜将大门打开。"我们不能让客人待在门外！"柳泽真由娜直截了当地说，坚决又严厉。

我只能眼睁睁地看着她打开了门。推开门后，马尿散发出的缕缕氨化物的味道涌入室内，达林台骑着马慢悠悠地靠近我们。他定在牧区生活过，骑马来时极其忌讳惊动别人的畜群。哪怕我们根本没有畜群。马儿结冰的马具下看得到它肌肉如波浪般鼓起。这是匹非常强壮的马儿，就像它的主人。达林台轻松地拉着缰绳，似笑非笑，他的大腿和臀部熟悉烈马背上的每块肌肉，于他而言，没有比征服一匹烈马更轻松的事了。见我们出来了，他翻身下了马。达林台颊上凝起冰珠，浑身湿透，身上的泥污结成硬块。

"您好吗？"他礼貌地打招呼，同我握手。因为惊恐，我的蛀牙全部噤声不语了。黑夜突然且猛烈地降临，他庞大的身躯变成了一团模糊的影子，他仿佛与黑夜沆瀣一气了。达林台俯下身轻轻拥抱了我，我的灵魂遭受了痛击，感到了"鬼门关"的痛感。

"边巴！我们要让客人进门，外面太冷了。"柳泽真由娜提醒我。我不知她是否感知到厄运即将降临。她极其敏感，她经常要在噩梦后泡洗自己的枕头，她认为噩梦会钻进枕头，填满里面的荞麦壳。我们一起进了屋，柳泽真由娜让他坐在沙发上,递给他一杯茶。达林台直奔主题:"边巴老师,请把乌尼戈给我,那个像花儿一样的男孩。"他边说边从怀里掏出了一本封面上镶着宝石的日历(这位背叛者),指着一个被红笔做了记号的日期:"就在今天,他开得非常好。"我把我认识的每个字都推到嘴唇边,反复斟酌和修改,最后搞得自己冷汗直流:"她的花瓶有多大?"

达林台露出牙齿笑了笑,握紧了拳头在我眼前摇了摇:"大概这么大。"

我的眼前一黑,一团无声无息的泥块塞住了我的嘴巴。我让自己的脸上尽可能惟妙惟肖地展现出与他脸上相同的表情。柳泽真由娜坐在一个角落里,只有她知道乌尼戈在哪里。她耸起肩膀,理顺着自己被打乱的羽毛,膝上的托盘里是一把锋利的水果刀。她随时准备在达林台的火焰中烧焦自己的羽翅。房间里充满了各种力量,这些力量像一团团湿漉漉的脂肪,被一根理智的纤维胡乱地串联起来。我必须阻止悲剧发生。

"这不可能,你根本不用尝试,你会失败的。达林台,乌尼戈现在有一米六,五十公斤。你不可能把他塞进拳头大的花瓶里,你根本不用尝试……"

"如果我成功尝试了失败,那么我到底是成功了还是失败了?"他突然问我,轻轻揉着自己的大腿,继续说,"您是镇里知识最渊博的人,我非常尊敬您。您要知道,把一个东西变小的方式永远比把它变大的方式多。您想一想修剪羊毛或者压缩饼干。"

"我不否认你为了取悦她而付出的艰苦努力。达林台,可你不能这么做,我们的祖先……那些将摇篮系在马背上的伟大的英雄们,他们的信念不减……"

他现在把注意力放在柳泽真由娜身上了,口气冷酷又令人毛骨悚然:"要么您把乌尼戈给我,要么把她给我,我可以把她放到花篮子里。"

人心为什么这么复杂善变?我从沙发上噌地一下站了起来。我的脖颈全湿了,我的皮肤散发着一股恐惧的臭味儿。我意识到自己无法阻止错误意识的涌动。我感到一波又一波的战栗在身体中忽上忽下,以至于我的声音听起来像个小孩子:"达林台!你这个畜生!他们不会愿意欺负一只小鸟的!"

"他们的小鸟愿意,边巴老师,"他笑着说,"把乌尼戈给我,或者我买下来。"冬季奇怪而简单的气味和他身上的羊膻味、汗臭味裹成一个大气球塞进我鼻子。这些残忍的话和味道让我抑郁,我动作僵硬地把衣领整理,试图驱散这种抑郁的气氛。突然间我像尊雕塑般一动不动，因为我看到乌尼戈从厨房跑出来了。空气凝滞的屋内，每个人的视线都停留在了乌尼戈身上。他睁着自己困惑的大眼睛，频频摇头。柳泽真由娜紧紧握着水果刀哭泣。

"这不就对了。"达林台起身拍了拍我的肩，向乌尼戈走去。傻子乌尼戈完全不知道逃跑。达林台用两根手指捏着乌尼戈的后颈，将他拉出了门。乌尼戈回头看我们。我正在拼命阻止柳泽真由娜扑上去用水果刀刺杀达林台："不可能的，你连他的皮肤都刺不破。"我想我的理智和严谨成了我绝望和痛苦的根源。有时我竟渴望自己变成一个傻子，呼吸空气和咀嚼植物都能令自己感到愉悦。我从不自夸聪明，因为那就像囚犯夸耀其囚房敞亮一样。

远处突然传出了惨叫。我急忙向外看去。原来是乌尼戈突然跳起来咬下了达林台的鼻子。达林台捂着鲜血喷溅的鼻子，抬脚狠狠踹上乌尼戈的肚子，他"哐啷"一声撞上大门，全身的肉都在颤抖。达林台扯过他的衣领将他狠狠按在大门上。乌尼戈的后脑勺与大门碰撞，发出了骇人的巨响，他再次发出了鸽子一样的"咕咕"声。疼痛彻底激怒了达林台，他狠狠砸了几下乌尼戈的脑袋并冲乌尼戈血肉模糊的后脑勺吐了一口唾沫，抽出了自己的弯刀。达林台的蒙古弯刀用钢打制，刀刃锋利无比，削铁如泥。弯刀长度足足有二十厘米，刀柄与刀鞘是银制的。刀鞘上还镶嵌着漂亮的宝石。达林台低低的眉弓下是一双阴沉的眼。我放下尖叫的柳泽真由娜，冲上去阻止他，他竟然一拳捣上我的脖子！被打中脖子可是痛苦万分的事，我感到脖颈滚烫剧痛。我躺倒在地，捂住脖子，拼命咳嗽。我想肯定有骨头断掉了，我咳出的血像虫子，扑哧扑哧落在地上。我感到窒息，一块骨头突出错位，将我脖子的皮肉顶出了一个小小的尖角。达林台没再管我，他坐在乌尼戈腰上开始打他，他双腿肌肉紧绷，像一个铁箍紧紧卡住乌尼戈。随着达林台的痛击，乌尼戈逐渐呼吸困难，脸色发紫，指甲发紫。他开始拼命吸气，却被达林台的弯刀割断了喉咙！

那些细微的光在吃了血的雪中无法控制地出现了，雪地里有无数的隐形人发出声音，这些声音将我的疼痛硬化。我想伸手抓住自己熟悉的声音，却陷入某种可怕的思维混乱。"你们才是傻子！你们在为自己签下罪状。"我终于听见自己的声音了。这一句话耗费了我全部的力气，我浑身无力，脸贴着雪面，声音和痛苦均被它精巧的白色长网吸收。它擦洗我的瞳孔，冰冻我的牙龈，使用的力气是那么的固执己见,像在摘除高脚蛛的网,像失眠者吝啬的闭眼。雪中的每一粒地球尘埃划伤我的眼球和硬邦邦的牙龈时都能为我带来欢愉和遗忘。它如无色的母亲般将我藏入秘密潮流,造成我奇异的、在人世间的短暂缺席。

我做了一个小手术,喉管里也因此充满了血的臭味,我感谢我的死神表现出巨大的耐心,虽说这就像一出票价低廉的劣质闹剧。出院后,我回到家,看到乌尼戈站在门前迎接我,令我心颤的是——他竟然没有了影子!

"他开始生活在黑夜里了……"我无比的心痛,却又感到欣喜,因为他并未消失。当我猛然发现乌尼戈闪闪发光的眼中竟满是神圣的宽宥时,不由得冲上去拥抱他,我们泪流满面。

"你缺了一大块!乌尼戈!"我悲伤地说。

"唯一能填补我的是虚无。"他亲吻我。

乌尼戈身上发生了一些变化。他无法维持"漂亮男孩"的形态,他总是白发苍苍,脸孔黑得像岩石。乌尼戈在夜晚跪在地上冲着泡菜坛喃喃自语。他已没有了自然美,但依旧会唱只有柳兰花或是马兰花才听得懂的神奇音乐。悲剧发生的那晚他原谅了一切。

达林台因为没有了鼻子失去了自己的工作。因为俄日敦德日格勒一见到他就哇哇大哭,眼里滚出形状不一的锂辉石。镇长不得不在她下巴上套一个袋子,用来收集宝石。

不知是谁报复了我们——向我的房子里扔进了几条短短的毒蛇。它们只有我的指甲那么长,芒果丝那般细。这些向日葵色、藤黄色的毒蛇看起来就像玉米饼的一部分。我经常扭下玉米饼的一小块,将它放在掌心缓缓揉搓,直到它变成大米粒一样才塞进嘴里。我的厨娘曾评论说,这种恶童般的举动令我散发出单身老头儿的怪味。我的书桌下也因此经常出现黄色的"大米粒",柳泽真由娜见怪不怪。正因如此我们根本就没有发现它们——这些毒蛇,直到它们吐出邪恶的紫色信子。它们竟然爬上了我的书柜,钻进了我的书里。哪怕柳泽真由娜向它们撒大蒜和雄黄粉,它们也无动于衷。当我把怒气撒到她身上时,她愤怒地说:"我有什么办法?我又不是走鹃!"最后我只得架起梯子爬上去,小心地用手捏住它们,然后用一把小镊子撬开它们的嘴,迫使它们露出毒牙。这些小家伙竟是管牙类毒蛇,它们有像注射器一样的牙齿,牙齿中空,连接蛇的毒腺。我拎起我的书,书页变软成波状。我看到在页角处,毒液堆积形成了一个紫色的三角形——它滴滴答答往下淌着毒液。

"你为什么要用镊子？"柳泽真由娜帮我扶着梯子。

"它们太小了,"我说,"我的老天爷,太恶心了！蛇长着一张镇长的脸。"

"我的书都湿透了！它咬了不止一口！"

当我把毒蛇们丢进山沟里,以为事情结束了时,柳泽真由娜突然拉住我大喊:"它们中毒了！"

"什么？"

"你的书！"

哦！这群野心勃勃妄想征服世界的毒蛇！眼前恶毒的场景令我恨不得蜷缩在自己体内,产生了第一次嗅到自己体味时的羞愧感。惨遭毒液入侵的书本,变得像破绽百出的茶歇,每一个字都被错误的意志镀亮,变得耐磨结实,仿佛再也无法修改。某些盲目满溢的借口正在将它们接管。我听到一阵阵可疑的不幸的掌声。它们,这些失去轮廓的书本,吸入大量的氧气,使我变得通红,不得不与它们苦苦争夺氧气——它们妄想让我的心跳停止搏动。我如盯着宿敌般全神贯注地盯着这些下流的错误书本。那堆积在页角处的膨胀的巨大的紫色三角气球鼓动间发出意外的韵律,仿佛正从被没有口袋的裹尸布掩盖的人面羔羊腹中为我带来深深的祝福。

我陷入了窘境。在仿佛患了啤酒病的夜晚里,我的梦境中不断涌现出无数个旋转的紫色三角形,使我痛苦不堪。我曾怀着一颗躁动不安的心四处奔走,寻找那些藏着知识的书本,我也的确做到了。但如今,当我被这噩梦般的场景扰乱头脑时,我才发现,我寻到了知识,却并未寻到智慧。这一认知终止了我全部的交际活动,我变得胆怯,总是对着食物强颜欢笑。柳泽真由娜为我购置了崭新的图书。她常常用含有试探意味的目光与我对视。我和她谈一些琐事,她则抱来动物的幼崽让我抚摸它们。柳泽真由娜开始穿漂亮的绿衣服,腰间系着一条彩色的腰带,她看起来像温和的气候。我记得有一天,她嘱咐我好好休息后便穿着厚厚的大衣,戴着一顶大帽子出门了,她也许要去买菜或是买调味料。柳泽真由娜迈着轻松的步子,轻轻哼着调子,她只会哼两种调子——"圆满"和"重逢",那调子听起来像小鸟的啼叫,清脆悦耳。因为她的关心,我终于又再度怀着感激重回世界,与人互动。

以上故事我是用西里尔蒙古文写下的,接下来的故事我要用自己比较熟悉的回鹘式蒙古文记录。

虽说大家处心积虑要乌尼戈消失,但他们从未得逞。乌尼戈从不显示出隐藏自己的样子。他在镇子里遭受折磨,变成黑色的老人,但他身上却源源不断地传出和谐和安宁的光明力量。他看起来像即将到来的春天——翠绿而饱足。人是在自然造物的手中被塑成千姿百态的,她把我们塑得可爱,我们将自己破坏成可怜,我们并未意识到自身的艺术价值,甚至破坏他人少得可怜的艺术价值。在乌尼戈成为我们的房客的这几个月,我们彼此间隐藏许久的关系慢慢得以确认。我们爱他,他也爱着我们。我们肯定他的艺术价值,他也肯定我们的。他填补了我们的空白,唤起我们年少时的欢乐。

春天到了,大自然铺青叠翠,镇子里满是豆荚爆裂的声音。喜鹊开始筑巢繁殖。

三月初的一天,乌尼戈大叫着冲进我的房间,我屏住呼吸,惊恐地注视着他。乌尼戈的头发上沾满绒毛状的尘埃,裸露在外的胳膊上布满了细细密密的伤痕。他的左脚因残疾萎缩了,黑得像岩石一样的皮肤因为疼痛变成了粉红色。他的衣服被污泥溅得肮脏不堪,口袋里装满了别人吐出的痰。乌尼戈抱着一只又胖又亮的大喜鹊。他的脸涨红,脖子僵硬地挺着。

"你这是怎么了?乌尼戈?"

"边巴,你看我发现了什么——一位伟大的画家!"他将那只喜鹊按在我的书桌上,就在我的茶杯旁。他兴奋地说:"这只喜鹊在我肩膀上画了一幅画,边巴。"他边说边蹲了下来。

我凑近他的肩膀,果然看见了一幅白色和褐色相间的鸟的自画像。鸟像《捷娅科娃像》里二十三岁的捷娅科娃一样文雅娴静地将头轻轻偏着,因为乌尼戈的肩膀实在是太窄了,画中的鸟不得不局促地硬挤在狭窄的画框中。我猛地捂住了鼻子:"快把肩膀上的鸟屎擦干净!"那只喜鹊在我的吼声里不紧不慢地呷了一口杯子里的茶。它的眼球好不害羞地朝外凸出,此时此刻,它是否沉浸在自身的伟大之中?

"我要把这块布剪下,用圆角形式的框把它装起来,然后用卡纸盖边,用有香气的玻璃覆盖画框正面,画的背板必须用银质的射钉枪进行固定……"他发表着自己的言论,因为镇里的年轻人强迫他嚼玻璃,乌尼戈的声音充满了痛感。我用两指捏住喜鹊黑色的跗跖,防止它撞倒茶杯。

"带着你的大画家离开,"我低声说,"它们总是制造麻烦。柳泽真由娜要回来了。"

"它们没有制造麻烦。"

"你上次也带来了一只喜鹊,就在星期六。那只喜鹊仰躺在柳泽真由娜的蜂蜜罐里睡了个午觉。它的背部把蜂蜜染成了蓝绿色,柳泽真由娜因此大骂了我。"

"她不会为这点小事生气的,她也是从蛋里出来的,她喜欢下蛋的小鸟。"

我的语速飞快:"她不听我解释。我刚从墨西哥国立人类学博物馆回来,她执拗地认为我在蜂蜜里洗了毒蘑菇。"乌尼戈对我的话充耳不闻,他执意要用我的剪刀剪下自己肩膀上沾着鸟屎的那块布料。我毫不犹豫地递给他剪刀,并趁他不注意开窗放走了那只喜鹊。

傻子乌尼戈很快就发现它不见了,他并没有表现得多么失望。乌尼戈将身子探出窗外,注视着渐远的喜鹊。他的姿势像是将要起飞的鸟儿。

"啊!"乌尼戈突然发出一声尖叫向后直直倒了下去。我急忙扑到他身上,看见他按着自己的一只眼——它正汩汩流着血。一块沾着血和泥土的三角形石头滚到了我脚下,窗外一阵鄙视的笑声哄然爆发开来——是镇民们!我的耐心消失殆尽,冲他们大吼:"你们在干什么?这实在是太过分了!"

一个不友善的声音在做响应:"傻子乌尼戈!我们在惩罚他,他往鼬鼠洞里丢石子,让它们磨牙,搞得今年鼬鼠多得吓人。"这种生活在内蒙古大草原上的小动物一生都在忙忙碌碌,不停地寻觅着食物,并将数量庞大的食物储存到自己的洞穴里。它们行动不便时会藏在洞里以这些食物维持生命。它们需要啃咬硬物,磨短门牙,否则就会因门牙无限生长而无法进食。鼬鼠自己并没有收集硬物的习惯,所以它们往往活不了太久。

"我没有,边巴。"乌尼戈伤痕累累,不住哀鸣,他的眼神似乎在说他有什么不明白的地方。他松软衰老的皮肤上刻满了像草皮一样的伤疤,他纹丝不动,毫无还手之意，哽咽着说："我不会干那样的事情的，那是不对的。"乌尼戈很容易忘却身上的疼痛，但现在他却仿佛迫使自己记住疼痛，他痛得发抖，汗水顺着他的脊背滑了下来。"这是他的底线，"我不禁这么想，"他们触碰了乌尼戈的底线。"窗外的行凶者早就跑远了。我扶起乌尼戈，为他包扎伤口。他轻声对我说："边巴，我的好朋友。给我一根没有洗的胡萝卜吧，或是一碗黑艾日格。我该走了。"

但是他失败了，他被镇民们抓了起来。

镇里的鼬鼠的确变多了，它们铺天盖地地涌出，满大街乱跑。灾难轰鸣着落到了这个小镇里。母亲们死死将孩子拴在背上，防止他们溺死在鼬鼠群里。镇里的房子都被鼬鼠吃光了，人们甚至无法找到盛水的容器。他们用铁板盖高高的房子，防止鼬鼠的啃咬。镇民们一口咬定这场灾难的元凶就是乌尼戈。我和柳泽真由娜尽力维护他，但根本无济于事。乌尼戈被这群疯子拉到广场上，当着众人的面被毫无人道地打死了，当场变成了无数片齿状的娇叶，被一股脑儿塞进了火化炉里。他们兴奋地欢呼，载歌载舞。

人们也是在做完这件事后才意识到这件残酷的事情对身边的人、对家庭造成的可怕影响。他们已经到了异化的边境——他们逐渐发现自己的身体内部萌发出了一种无法忍受的负担，他们甚至开始呈现出诅咒的外貌特征，他们的生活开始掺杂恐惧。这种恐惧在早期鼓舞他们进行悲剧性的狂欢，在后期却促使他们对生活的欲望消极麻木。他们开始用不喝水的方式使自己和别人从这一切痛苦之中解脱出来，直至死亡。

两个星期后，所有的人毫发无损地死掉，尸体黏在高得像是要把天戳破的铁房子的屋顶上，连苍蝇都飞不上去。

乌尼戈成为灰烬的那天，柳泽真由娜出门了。她依旧迈着轻松的步子，哼唱着"圆满"和"重逢"。她没有再回来，我的厨娘像她清脆的鸟啼一样随风而散了。

我辞了职，搬出了镇子。我的姐姐住在离镇子不远的扎格斯台，我带着为数不多的行李和她住在了一起。亲情的力量使我从悲痛中走出。我常常和她坐在门前的摇椅上看鸟群飞过，看树下窸窣生长的温煦。每当我的姐姐拉开窗帘，打开窗户，将我轻轻推出门外，嘴巴里嘟囔着"心情不好就出去晒晒太阳，你也是一株植物"时,我都会意识到自己终于回归了。

有一天,我和她行走在扎格斯台的乡间小路上,这是一条蜿蜒如蛇的泥路,两旁是一间挨着一间的砖头小屋。远处响起一串串孩子的笑声。我们走得很慢,这速度令我陶然若醉。我们要去哈布尔家,她生下了一个可爱的小女孩,我们要将精心准备的礼物送给她,以庆祝她获得了生命。

路途中,我遇见了我那被烧成灰的房客——他可能是被风吹来的。乌尼戈仰躺在一捆捆散发着芳香的木枝旁,迎着阳光,每一寸皮肤都充盈着生命。乌尼戈的掌心里长满了小巧玲珑的草,里面蛰伏着草爬子。他的每一个关节腔里都有蚂蚁在建造新的宫殿。鸟在他额头上产卵,山羊在吃他影子里的草。他仍然在呼吸,胸膛轻轻起伏,像个摇篮一样使他胸前的小动物们昏昏欲睡。他竟能与自然如此完美地结合在一起,这可爱的场景令我心醉。他依旧是初次见面时的"漂亮男孩",这种去而复返后已有所改变的音乐般的美丽仿佛在告诉我——生命仍然一如既往地缓缓前行。这就是他一生都在听从其召唤的命运。我们的朋友乌尼戈永生不息——他只是用自己的方式消失了。

我并未停下脚步,心中一片平静,就像看到跃出水面的鱼儿又坠回了水中。

在大车店里

○渡澜

　　突然间刮风了，这风似乎是一个不祥的征兆，大人们让我们回屋去。我们问发生了什么事，他们说有一些牙齿比针还尖的疯狗带着口水到处跑。这些疯狗是从哪里来的？或许是因为刮南风，是南风吹来了疯狗。我们趴在窗台上向外看，除了黄沙滚滚，别说狗了，连人的踪影都见不到。我们没有听到犬吠声，只有风吹动门窗的声音。大人们已经不见了，他们为什么不躲进屋子里呢？他们说狗专门去咬猪了。自始至终我们都没见着什么疯狗。当下午开始下雨时，所有的灰尘都消失了，空气很新鲜。大车店里多了几个人，都是新鲜面孔，刚才还没有。我们不知道他们是从哪里冒出来的，难不成随南风而来的不是狗，而是他们几个？

　　一个人站在门口，捡起耳朵里的灰尘。他穿着一件溅有油漆的栗色长褂，脚踩鞣制的猪皮靴子。他近视、皮肤柔软、肩膀宽大，有一种睿智而胆大的风采，人家都说他是水利工程督导，可他后来又变成了人们口中的"风水调解官"。紧随他而来的一群人，穿着一模一样的衣裳，腰间别着黑色的电棍，他们眼神多变，但通俗易懂；他们的语调调皮乖张，但广受人们的欢迎；虽说他们被世事所困，面上却毫无煎熬之色，这种懵懂的忠贞叫人惊诧。这群人里有一个长相不错的年轻人，他说他叫喀什鲁扎，因为头疼而无事可做。他人很好，性格开朗，留着斑驳的小胡子，头发鬈曲，只比我们大十岁，我们都叫他喀扎兄弟。

　　那个穿着猪皮靴子的调解官为我们每个人都倒了一小杯他带来的饮料，它原先被装在一个皮囊里，外面裹着红布，瓶口用绿泥蜡密封，用火烧开，打开后有腌制蜜饯的味道，但这并不是醋或是马奶酒。

喀扎兄弟喝醉了，我们看着这位新人，他醉醺醺窝在座位里，呼噜呼噜喘气，胳膊上都是汗。他的日子从不平凡。在这炎热的日子里，人们还在昏昏欲睡，他便早早起身喝了一杯浓茶，他的目光从门口扫过，看到了奄奄一息的市场，他走到人行道上，感到一种不能言喻的舒适感。他片刻不停歇，他的头脑里回想起了各种事情，对于这种纷乱的状态，他不觉得头疼，反倒感到非常愉快。一整天里，人们都对他赞叹连连，他接连交了五六个新友，其中一个来自秘鲁，知书达理，这人和他兄弟长得很像，他就爱他。喀扎一直都是兄弟姐妹里最沉稳的，他不仅宽慰他人，也同样宽慰自己；他不仅对他人宽厚，也对自己宽厚。他并不去要求自己尽善尽美，永远平静，他认为，人偶尔沉溺在情感与回忆中，没什么不好的。这何尝不是沉稳的一种呢？且他这种沉稳是从内心深处所发出的。他一个人去玩，或站着，或骑着马，或蹲着，或只是孤零零地笑着。他闭上眼睛，其目的绝非是对周围世界漠不关心，他对自己身有残疾的兄弟撒了很多谎，因为他偶尔会厌倦家庭，也不想做任何事。他果真喝醉了，调解官推了一下他。他一动不动。人们掰开他虚弱的手臂，告诉他回去睡觉。

小伙子喀扎醒了过来，满脸疲惫地环视着桌子。他发现人们在看着他，他以为轮到自己发言了，就举起杯子站了起来，人们都被他结结巴巴的样子逗笑了。他突然又变得害羞起来，好像犯了一个错误，他说他是一个刚从城里回来的毕业生，现在正为如何回去而发愁。他想成为一个薄玻璃工匠，把美丽的玻璃工艺品放在陈列柜里，再让人们透过玻璃看。咱们听得津津有味，喀扎却突然将夹克脱了用力丢在了门上，扣子发出叮当一响，随着这声响那群人都瞪大了眼睛，我们又看喀扎兄弟，他也瞪着那群人，他像是要从泥里叼虫一样噘着嘴："咱们不开枪，因为专门打人的没办法射向不专门的人。射你们？朝你们的头开枪？当然不是，我应该被你们射，被你们开枪，因为我专门想让你们这些不专门的变得专门。"他表达了对看守们的感激，但众人却纷纷责骂他，他又突然说起看门人，好像他是个罪人，当我们问他为什么这么说时，他便开始唱了起来："啊，一只黑色的吸血鸟在这片土地上盘旋，那张又黑又饿的脸是用来唱歌的，我们不想要花衣服，也不要那春风，情歌，那些绿油油的庄稼，我们只想要您的答复，孩子们！"

"我们该答复您什么呢？"我们困惑不解。

喀扎兄弟放下了酒杯,他撑着桌子站着,颤抖的嘴唇也仿佛渗出了汗水,有人拉他,他就甩开胳膊,绝不让人碰他:"答复什么?问得好!首先要观察,孩子们,请留意我们古怪的生活,留意那些在你身边总是抱怨不满、焦躁不安的人们。即使是最微不足道的平静也让他们感到愧疚,他们毫不停歇,这是一种推推搡搡的力量,他们在不寻常的人群中过着不寻常的生活,他们拼命想在大城市喝上一杯特别的酒。他们行走在一条平坦的路上,但为什么这条路是平的呢?想一想,海不平,天不平,甚至平原也不平,唯有他们脚下的这条路是平的。这是他们祖先的足迹,是无数代祖先走过的路,因此是最平坦的路,他们都在这条路上。您问我,我想要什么答复?这就是我想要的答复,请您告诉我,我不是这类人中的一员,我也未曾踏上那条道路。"

"您看起来和他们都不一样。您能承担更多。"我们安慰他。

"您怎的还剖析起我的内在了?还说承担?这里头区别大了。再说了,我和承担根本没关系,我那不叫不承担。我的确和这些人不一样,我去担当这世上的一切,不要把我和他们这类寄生虫相提并论。我是贡献者,他们还敢反过来说教起我?糊涂蛋,敲、敲、敲——你用牙齿和爪子打。您怎么想不明白呢?我向你致敬,但不为一种心态,不为精神一搏,只为交流。人是只能靠着诚实来交流的,除了诚实之外的就都是东拼西凑的,凑不成完整的。"

"你比谁都好。"人们都笑了。我们也跟着笑。

他擦了擦汗,脸一阵子白一阵子绿的,他摆了摆手:"得了吧孩子们,算了吧姑娘们,因为我空虚,而空虚的人什么都能干出来。"他突然又唱了起来。我们没有理会,他就一针见血地说:"咱们轻易说出伤人心的话,干出伤人心的事。咱们是一群无事可做的人。有好事发生时,我不会想到我那些辛劳的家人们,而是想到节日里的朋友。虚情假意,一路走来我都保留了一颗消极的心。"

"哪有的事呢?"

"你们再仔细看看我吧。"

"您和谁都不像。谁都不和你一个样!"我们还是说。

他静静听着,直到我们吐露最后一个字,他才眨着眼说:"你们把我想得太伟大,你们只是逗弄我一番罢了。在你们所有人的谱上,可没有我这号人。"

他又坐下来,看着大车店里来来往往的人们,不远处有人在做盲肠手术,护士拎着一个桶走来走去,他也在晃荡,他说:"孩子们,你们也坐下吧,你们听我说,我是帮凶,我是人的帮凶而不是魔鬼的帮凶,孩子们,你是不敢踩死一只虫的,但那一刻,人成为人的那一刻,人走在平坦的道路上的那一刻,你却敢这么做——你甚至还敢打骂小孩,你敢吃人,你什么都敢做。你变得麻木,甚至冷漠,因为你走在平坦的道路上。只要有一个这样的人,站在天平的一端,你就会在另一端变得邪恶。咱们都在推卸责任!孩子们,想象一下,人群和人群,想象一下人群,然后想象从中飞出去多支箭来。这是多么可怕的一幕,可这出戏就是我们最平淡的生活!我心里头有不满,但这没什么奇怪的,要知活木也会挑剔光照,死者也会挑剔腐土。若我们心满意足才是真正的怪事哩。"

他看上去很热。我们扶住了他,给他擦汗,他有点发胖,从他那斑驳的小胡子里传来熏肉味,我们又给他擦手,摸他手上的银手铐,他肩膀上、袖子上,那涂了蜡的腰带上净是血,他恨不恨?我们觉得他的沉默已替他解释了一半,他坐在大车店里,他看着这爱恨的景色:它美丽的陵园,它小而整齐的坟墓,或许有一种仇恨沉入他心底。他靠着他的手指头谋生,他那只灵巧的手,除开要拧螺丝摆弄器械,还要喷农药、换机油、刷鞋,还得在夏天把自己脱得精光,在冬天摸他打哆嗦的腿,现在他只剩下六根手指了。他静静地坐在那里,坐在那冰冷的多孔金属椅上。在这充满了温暖和辛辣的季节,他坐在那儿,体态丰腴,衣冠楚楚,心也美得没有悔改的希望。他看起来就像是一只光芒四射的红鹭。

喀扎兄弟沉思了片刻,久久地看着我们:"多好啊,孩子们,你们是咱们几个的看守,你们得发誓,要是你们走了,离开家乡了,你们也别抛弃我们,也不要轻视或侮辱我们。"命令他人发誓,同时自己也发誓要相信对方的誓言,人们几乎不可能同时实现这两个目标。他又年轻,又可爱,我们喜欢他,就满口答应他,他披上了自己的毛糙的披肩,从腰间的包裹里掏出了几颗两面无毛的罗望子分给我们吃。他喜悦的心落入我们不快乐的眼睛中,陷入我们那不安分的、转瞬即逝的肉体,他将欢喜抛进我们松散的队伍,搁进我们粗心、鲁莽的痛楚中,又转而潜入果实的静谧与湿润。没有紧张,不追求意想不到的乐趣,也不去取悦不可预知的事物,只要他相信某事,某事就会实际发生。当我们为他感到骄傲时,罗望子在燃烧。

"我是个屠夫,孩子们,我宰了一只鸡……也许是鸭子,我没看清。"喀扎兄弟说。

"什么？"

"闭上你的嘴。"那些带酒来的人们制止他。

"他喝醉了。"他们说。

喀扎摇了摇头，说自己没醉。他又站了起来，领子里都是沙子："你们没杀鸡，也没杀鸭子，孩子，你的善行让你非凡。你们对我有很大的恩情。"

我们没心思思考这些。"我们对你有什么恩情？"

"你们现在和我在一起，一起聊天，这不是一种恩典吗？这世上有多少人一辈子都见不到对方的脸？更何况我们距离这么近。你们是飞来的，可我是掉下来的。"

"你从哪里掉下来的？你是从天上掉下来的吗？"我们问。

"我是从梦里掉下来的。"

我们说："那么你就是从美梦里掉下来的。"

"恰恰相反，我掉进了美梦中，正在觅寻出路，"他摸了摸我们的胸膛，仿佛要剖开我们的心，"你们也是。"

"我们尽是添麻烦了。"我妹妹又说。

这是一个怎样的时刻？所有的水都点燃了火，火光挠动着我们的脚，激动着我们的心。我们不知该如何面对他，对他既爱又惧，他要么是炉子里的死老鼠，要么是外面的冻老鼠，大家都说他在冬天能飞。他们还是让他洗马屁股，人们细细端详着他，只要他稍有异动，便挥棍相加。他饥寒难耐，只能靠着马尿暖胃，当他快要被冻死时，人们就把他拉到挂着旗的房子里，给他喝马奶，让他舔黄油。后来他跑出来了，人家就质疑他，哪里有什么雪崩，大家都在那儿，准是你糊涂了，趁着大家都睡了，我替你看着他们，你就顺着河道走……他果然提起这些事情，他说着，面色红润，口中也沁出唾液。他这决心要虐待人的举动竟然来自他最明朗的心态："自打我开始读书，我就开始强壮我的单只手，你们数过我的手指了吗？咱们都变得七零八碎，孩子们，咱们的信心和决心应该放在咱们自己身上，放在真理上，放在希望上，放在未来上，放在咱们伟大的爹娘那儿。他们都照顾你，他们用草喂您，您渴望恒久的爱，您渴望工作之余的休息和愉悦，但就是你爸妈把你逼入爱与贫穷的。是他们的心拖累了你们，你爱念妈

妈的脸,您就还要回来。您应该爱那些远远看你的人。所以尽情享受,然后挥挥
手离开吧,你们所谓的这辈子不过是一条流向你们的河流。"

人们只是看着他,那个调解官抬起胳膊擦了擦自己的眼镜,他们已经有些
彼此腻烦了。喀扎兄弟沉醉极了:"我宁愿舔燃烧的红炭,也不愿去见他们。我
相信心灵的完美基于同理心,我的能力之一是感受他人的快乐和痛苦。这是我
能够享受他人智慧的唯一途径。那些无视我的痛苦的人也必须远离我的智慧。
他们不接受我的痛苦,因为我没有权力,因为我没有力量:是的,我没有力量!
我被关在一个房间里,不让出来,但我的问题是最重要的问题,关系到全人类
的生存! 我的问题是什么? 全人类都在受苦,因为我被忽视了! 被忽视的痛苦
就是全人类的痛苦, 只要一个人的痛苦被忽视了, 那咱们全人类都得跟着受
苦,为什么? 因为咱们都是一起的! 咱们一个一个,这只是看起来,其实咱们是
一个,咱们就是一个,咱们不是一个一个,咱们是一个,同一个,咱们都是连在
一起的! 为什么咱们都忽视这点呢? 你们或许认为我在说集合,但是,集合包含
集合本身吗? 咱们甚至不是集合。咱们中只要有一个人受苦,那咱们都得受苦!
人们何时才能意识到这点呢……为什么我应该因为我的痛苦而被嘲笑——因
为它很响亮? 该死的那群大嗓门——魔鬼的力量就是这些响亮的声音。这是说
话的权利——而你要我因为恐惧而沉默。我要报复他们所有人! 我得写一篇文
章……你们有人正在记录我说的话吗? 如果有,请抄一份给我……"

"孩子们在看你笑话呢! "人们说。他们解开棍子,又拴了回去。

"他们不敢打我,但我把你们吵得心烦意乱,是吧?"他低下头看我们。短暂
的沉默后,他铺平了自己的衣服,揉了揉自己的手,他果然坐下了,又挪到我们
身旁,同我们附耳低言:"您觉得我是个酒鬼,心里看不起我,您肯定在想,人的
一生一眨眼就过去了,何必纠结这些琐事呢? 可是,您的此类想法,是我们人类
思潮中最可怕的一种。琐事中怎么可能没有美呢? 我们必须体验它——你们有
这种感觉吗? 对于那些幸运而贪婪专横的人来说, 要掌握好这种度量并不容
易。我爷爷就这样死了,那时,大家想带他去见见医生,但是他没去。他接着去
干活了,大家以为他没事。吃晚饭时,咱们都发现饭菜味道不对,他一直眯着眼
睛看东西,他的耳朵里有干掉的血块。医生给他做手术。但是他打了三天哈欠,
然后就死了。有些时候,我们得绕开历史……我没有说过这么有哲理的话。我

们只是在给您讲一个故事。"

"您没什么可愧疚的,因为您走的路不是平的。"我们说。

喀扎兄紧张、着急、痛苦万分,胡子乱飞。他张开嘴唇,但又咬紧牙关,摆出一副圣洁、天真无邪的表情。"快给我一个答复!给我一个答复!"他开始嚷嚷起来,可是这一次他们把他骂得很厉害。他原本挨着我们,但一眨眼的工夫里,人们就拉着他的领子把他拽开了。他的容颜也变得枯槁而憔悴,他说他肠胃都疼,鼻子里都要冒酸水!他们巴不得把他锯成三段!

"咱这都是被逼的,我没想这么干!"喀扎兄弟大喊,然后他猛地一颤,像是动物一样惊奇地看着我们所有人,仿佛这句话是我们说出来的。

他想跑出去,但是人们将他拉过来了。那个调解风水的问他遇到了什么麻烦,为什么他的心脏跳得这么快。喀扎兄弟满脸通红,他吐了一口唾沫在那调解官的猪皮靴子上,又转过来死死地握住我们的手,我们听到了一声痛苦的尖叫,他像一座山一样压着我:"您得发誓,您得发个誓!您是个明白人,您知道说出去的话威力无穷,更别提是誓言了……您是一个不生病、不遭罪的人,所以您明白,话语可以让人生病,让森林着火……言语可以使人生病,可以叫星星掉下来!孩子们,我喝了酒,发誓要为他工作,咱们只是合作,咱们和做买卖一样往来。你们为什么总想拉我走,不,让他们看,他去了猪圈,你就去那里,他去了地狱,你就得跟着他,因为你得看护他。我发誓要让每个人都快乐,让他们都变得富有,如果我违背承诺,下辈子我就做牛做马……你发誓了,你也将如此,多好的孩子。你必须努力工作,你得发誓,这是你的事业,你的事业是信任人,您得信任人、关心人,这就是您的事业——否则你会死。你会死于疾病!你们在这里游荡……"

他们打他,抽他的大腿,他倒下了又站起来,他让我们走,可又紧紧绞着我们,又开始刮风了,又开始刮风了,他回到我们身边,我们又听到一声尖叫,我们听到另一种哭声,我们听到他的胃在咆哮,他的心脏在收紧,他的肝脏在抗击疼痛。他说:"孩子们,来,回来,亲我,亲我,亲我,亲我,摸我的脖子。"他看着我们的眼睛,把他的脸靠近我们,他说:"咱们迟早会在这里生病,半辈子躺在床上,紧接着就去死。这个地方真该死。你们也是可怜的小狗,人们当然是处处听从你们。"

那些人很快就将他拉走了，他还是说个不停，他在我们的耳朵里嘶吼，有人在幕后哭了。他在的时候，没人说话，现如今他不知被带去了哪里，寂静的人群反倒是一下子活跃了起来。晚上又开始刮风，门外传来犬吠声，我们又在大车店住了一晚，喝了酒的妹妹吐得厉害，人们急忙给她煮了点奶。我噩梦连连，醒来时发现小腿抽筋了，她也一直在流鼻涕，我问她肚子疼不疼，她说只是背有点酸。我们一起睡在小炕上，心不在焉，满脸通红。我们准备明天再去见见喀扎小兄弟。人们说那我们得早点起床，不然他们就走了。

天亮了，我们的梦想也随之落空，因为喀扎兄弟死了。人们说他正在割断大车店以前的钢丝网，突然一头幽灵一样行踪诡异的母野猪冲了过来，咬掉了他的半个头。他们都说那头长毛黑野猪有熊那么大，有四百多斤重，嘴巴尖尖的，有长长的獠牙，人们冲它开了两枪，它还是跑了。打那之后，我们一靠近林子就有工人们急匆匆喊叫，林子外围拉起了比往常更高的网，还通了电。猎人也在林子里前前后后找了好几天，都没找到那头野猪。猎人们愁眉苦脸，说那头大猪明显怀孕了，再过些日子，这里将会迎来一大群凶猛的野兽。

【作者简介】渡澜，女，蒙古族，1999 年生于内蒙古通辽市，武汉文学院签约作家。作品见于《收获》《人民文学》《十月》《青年作家》等刊。出版有短篇小说集《傻子乌尼戈消失了》。曾获华语青年作家奖、丁玲文学奖、十月文学奖、"京师–牛津'完美世界'青年文学之星"奖、"索龙嘎"文学奖等奖项，入选"王蒙青年作家支持计划·年度特选作家"、2021 名人堂年度人文榜·年度新锐青年作家榜。

金骆驼

○苏热

那些带电火花的蛛网越过黄镇,循着人的气息一路蔓延。挥舞的触手碰到荒漠,像是被四起的黄风刮伤,迅速蜷缩进一旁的小村子里。交织错节的电线滋啦作响,给村子带来向下亮起的烛火,闪烁人影的黑盒,还有日夜不停的轰鸣引擎。多出来的嘈杂把人们的注意力引向远处。让他们心头长出来一块石头,就此压住金骆驼的消息,十多年没有人说起。

朝鲁不止一次地告诉别人,自己安了几年的锅子,就装上第一天,看得晃了神,就那么一下。好像是说什么油的。也没啥,就是图个新鲜。但他从来没有把心里的真实想法告诉给别人,怕人笑话,让人说现在世界上已经没有人再惦记金骆驼的话。

朝鲁那天打开电视开关,学着别人的样子,把一个叫遥控的白盒子对着眼前的小黑盒子按一下,画面不停跳转,朝鲁扑哧笑出声:"也就那么回事,和我见过的没法比。"他打了一个哈欠,打算关电视时,画面中正好出现一个窈窕女人,站在沙滩上,顶着烈日,往自己身上涂抹,配着热闹的听不懂的音乐,朝鲁感觉心里被剜了一下。

朝鲁眯着眼睛,弯着腰凑到屏幕前,想使劲往里看,没过瘾,他又赶快绕到电视后面,黑漆漆的机身挡住视线。朝鲁闪回身,广告结束,朝鲁愣在原地,蹲半天,从兜里掏出一根烟,抽几口,才看见眼前呼出的烟雾有一个大洞。

朝鲁挥挥手,一下补平虚空中的缺白。朝鲁朝窗户的方向望去,"和那荒地一样,就是有点蓝"。这是朝鲁第一次见到海的所想,之前都是听说,凭着航沙人的本能,他总觉得除了那遮天蔽日的阴黄外,还有另外的辽阔在等待着他。

他虽然不再年轻,失去了征服的欲望,但他始终觉得,自己胸膛里有些东西正在慢慢变大,就是这些东西,让他拥有征服的自信。

不管大海还是荒漠。那些所谓探险家的存在只是一时,但他们的盛名却穿越一个又一个的岁月。而那些像朝鲁这类生活在无限广博中的人,他们的脸庞却一个接一个消逝融入人眼不可穷尽的辽远中。

朝鲁真正在意的并不是大海,而是远处白板子上站着的人。在他的认知里,海边也是有像是他这样的人的。只是女人身旁的精美的草屋让朝鲁颇为感慨,他知道自己的身影永远不会出现在电视里,让海边的人看到,周围也不会有那么多的热闹人群。唯一的归宿就是渐渐消逝在沙漠的阵阵喘息里。

想到这里,朝鲁的眼睛一热,伸手摸了一下,黏在他眼眶下的沙粒划了一下脸,顺着周围的皱纹,簌簌落下。他像是突然惊醒一样,透过窗户,看着屋外立着的一个泛黄的黑木板,那个陪伴他多年、用来航沙的追梦工具。"你也应该老了,肯定老了。"朝鲁往门的方向叹出一口气。

自那以后,朝鲁多次回想电视里的场景,他想知道,那些海边草房子里的人是不是也和他一样,为了一个虚美的传说把自己和沙漠捆绑多年。海里面会有金鱼吗?还是说会有财宝?究竟是什么驱使他们终其一生,生活在海边的。他想问问别人,但沙漠风大,每次开口,都会不经意含进一口呼啸的风沙。

在朝鲁小的时候,他总听祖父那辈的航沙人说起金骆驼的传说。那些人蹲坐在炕上,端着银碗,抽着旱烟,一双双布满年轮的眼睛发着亮光,语气坚定地说起远方沙漠的事:有人说那是祥瑞的象征,见到它,会得到庇佑,也有人说金骆驼是会带来财富的,凡是它走过的地方,蹄印之下的沙土都埋有黄金,还有人相信,金骆驼本身就是早年商队遗失的财宝所结化的精灵,只要找到它,就能找到价值连城的古董。

航沙人很多不是黄镇人。起初,他们都是为了寻找金骆驼,不知何年何月在黄镇的漫天阴黄中迷路,把根扎进这里,世代做起航沙人。渐渐地,为满足生计,他们搁置寻找金骆驼的想法,开始帮助牧民寻回无意闯入沙漠的牲畜,也会受牧民之托,用沙船运送一些水和吃喝用品。

每当黄沙呼啸的时候,朝鲁就坐在窗户边向外望去。他总能察觉到不远的阴黄里闪烁的人影,发现他们的足迹,望到他们一点点消逝在沙丘之后。当他学会辨识清楚那些缥缈的人形是谁时，这里的航沙人已经都被吹埋进厚厚实实的沙土之中，其中也包括他的祖父。

朝鲁父亲从他祖父的身体下接过那个两米见长的黄木板，撑起帆，看见上面密密麻麻的窟窿，说这个帆只够承受一人的死去。朝鲁没有明白父亲的意思，他那时只顾金骆驼的踪迹，在黄沙漫天的日子里，使尽全力，想把自己的目光投得再深一些，他没有理由地相信——祖父看见金骆驼了。但他年岁已高，拉帆的手在狂风中不小心脱力，被忽起的大风裹挟的沙暴吹上天，又被狠狠地扔到地上。

父亲通过祖父设下的成为航沙人的三道考验时，朝鲁还不记事。在日后的谈话中，祖父满脸的皱纹总是充满欣喜地抖动。祖父和他的同辈都认为父亲拥有着多年难遇的航沙人潜质，他们把寻找金骆驼的希望全部押到父亲的身上。

祖父和他友人离去后，父亲一直惦记着搬开身上的重量。在午夜风暴骤起时拉上窗帘，企图回避那些如炬般闪烁着的目光。他不明白父亲为什么对金骆驼毫无兴趣，只满足于搬运一些无味的琐物补贴家用，他明明有着更好的技术，更年轻的体魄，以及更多的时间，来寻找那隐藏在沙漠深处的黄金精灵。

与祖父一辈的最后一位航沙人被风裹进沙崖那天，父亲罕见地落泪。那一代航沙人只留下五块船帆，其中就包括父亲的那一块，在每个无风的夜晚，朝鲁被金骆驼干扰得不能入眠时，总能隔着墙壁听到父亲的叹息。"唉——嗨"，像是在费力地抓取什么，吃痛，最后不小心放开。

朝鲁听到父亲的死讯时并不意外。那段时间一到傍晚，父亲把沙帆从船上取下来，坐在门前的木槛上，拉起一个角，透过沙帆的洞窟对着沙漠里的落日望去，恍惚一阵，便掩面叹息起来，说起今天运货时，在风沙里遇到的熟人和长辈，甚至有一次，他感觉到妻子的掌纹。那些迷失在沙暴身体里的故人，已经成群结队，在等待他的到来。

朝鲁向学校请了一个月假，用来传承先辈们的航沙技巧，最后用三天时间，再通过父亲的三道考验。在向县中学老师说起请假缘由时，老师并没有听说过航沙人曾经的辉煌。朝鲁手舞足蹈地照着父亲的样子比画出航沙时的动作：装风向标，挂帆收帆，用身体的重量和倾斜来控制船头的角度。老师的惊奇转瞬即逝，朝鲁不知如何作答，也不想对这样一个外人说出航沙人的秘密。

"不是有车或者摩托吗？这样不是拉得更多？"

老师说的话不是没有道理。朝鲁只是不想承认。朝鲁上初中后，支出一下变大。几个牧民从黄镇淘来摩托，依靠晴天的运输，基本上满足这片沙漠上居民的日常需求，朝鲁父亲此时显得多余起来。他学着周围牧民的样子养起羊，拿着铁锹铲料，把自己的身体完全投进和周围阴黄格格不入的星点白花之中。

老师来访朝鲁家两次，身影就彻底隐在沙漠的另一头，像朝鲁这样莫名其妙退学的孩子在这片阴黄中非常常见。他只能转移精力，把自己的心血放在渴望而且有能力逃脱阴黄束缚的孩子身上。

朝鲁在掌握挂帆系绳的技巧后，沙漠就像苏醒一样，朝着黄镇的方向喷了半个月的鼻息。

视野不好的情况下，航沙人得不到群星和太阳发来的准确讯息，第二项的方向测验只能作罢。朝鲁父亲卸下沙帆，让朝鲁举起三天，观察呼啸的风沙最后能够堵上沙帆几个窟窿。

第二天的时候，父亲接到村里的消息，说是有个大学生计划横穿沙漠，在阴黄中已经失联三天，而那些参与搜救的摩托，被风沙堵住关节和气管，愣在原地，变成废铁。眼下只有航沙人能够帮忙。而另一个航沙人据说已经搬进黄镇多年，找人的重担只能落在父亲肩上。

朝鲁一夜没有合眼，他的窟窿只被风沙堵住两个，他来到屋里的水缸前，背着身，数着墙上的虚影，只有三个，朝鲁心里不禁发慌，他又举起沙帆，对准右眼，模模糊糊的景象让他产生不好的想法。朝鲁依稀记得父亲当年经过三天三夜的磨炼，沙帆上只剩下两个窟窿。他把这一切都归咎为不好的天气，他始终坚信自己是驾驶沙船寻到金骆驼的不二人选。多年以后，朝鲁知道这和海上用的帆根本不一样。不管用什么材质来做帆，只要黄风一起，它们立刻就会千疮百孔。沙帆的航行依靠的是先祖的庇佑，而他认为自己根本就不是做航沙人的料。

朝鲁把沙帆交给父亲，并没有向他说明发生的事情。父亲匆匆固定好沙帆，乘着风，一头扎进沙漠的巨口之中。

朝鲁再也没有见到父亲，供他怀念的只是一个失踪的信息。父亲也没有找到那个大学生，等阴黄渐淡的时候，村民们在沙漠中寻见一个涡旋的痕迹，还有一些衣物碎布,没有一点人的气息。

等人们默认最后一个航沙人魂归沙漠,准备离去时,涡旋的中心缓慢浮起一个点。又过几分钟,整个沙船从沙漠里浮了上来。人们意识到,最后一艘沙船还要在这片荒野上行驶一段路。

朝鲁从梦中惊醒,窗外的人声顺着沙子的路径钻进家里。他梦到沙暴把他的家吹垮,所有的门窗都被吹到天上,垒墙和垒炕的砖块在沙粒的快速捶打下变成齑粉。他在风暴里挥舞着手臂大喊,想要抓住点什么,失重带来的绝望笼罩着他,他的身体被风沙一点点击中,出现裂纹。不知何处飘来的布裹挟住他的全身,他在空中调整方向,着地时,脚趾并没有传来沙粒的触感,他低头一看,是一个黑色的木板接住了他。

人们拖动着沙船,连同父亲的死讯从沙漠深处一同带给朝鲁。朝鲁跌跌撞撞冲向沙船,用脸抚过沙船木板的每一寸黑纹,没有一点温度,也没有任何熟悉的气味。

朝鲁想到父亲给自己讲起自己名字的寓意,看向沙漠。人们围站在他的身边,像一堆无言的沙块,他们那些带有同情的注视,在烈风中转瞬即逝。等人们走后,朝鲁抹干眼泪,看着帆上多出来的一个新洞,拍拍手,爬上杆,卸下船帆,带回家里。

父亲离世不到一个星期,村里就买了两辆结实的皮卡,以防大风天里出现意外。朝鲁记得祖父曾谈到过去带着父亲,挨家挨户上门说起接过衣钵的样子。眼下,他已然成为最后一名航沙人,这个要有什么纪念?还是要有什么仪式?朝鲁想不明白,他只能不停地朝着沙漠的方向看去。

没有人见证朝鲁通过航沙人的三次考验,更没有人向他投以尊敬的目光。要在以前,这是他们村子里的大事,甚至要专门从黄镇请一些唱歌跳舞的人前来祝场,庆贺新一代沙漠守护人的到来。

朝鲁步行几公里叩开一户人家的门,见到的只有不解与疑惑。关门声停歇一会儿,几公里之外,又响起了敲门声,像是发问。整个村子几十户人家,得不到一个答案。在他们的眼里,自己的存在已是多余,不如回去好好学习,长大以后干点别的事。朝鲁不知如何作答,在每一户人家的门口呆愣愣站一下就离去。朝鲁突然想到自家引以为傲的三次考验,已然成为往日黄风的一部分,而自己朝思暮想的金骆驼,更是成为生怕别人知道的笑话。

想要得到父亲的技术完全不可能。人身上最为珍贵的东西是教不了别人、别人也很难体会到的。朝鲁把自己的全部精力放在养羊身上,航沙比起养羊简单多了。漫天的黄风里,又多出来一阵咀嚼草料的声响。

自那以后,朝鲁的身体在夜里再也没有传出生长的声音。沙漠里日夜不息的沙尘,把他的身形雕刻得精瘦、硬朗,两只眼睛像是沙漠里迎着光亮的石头,手指的关节突出,长成红柳树瘤的模样。固定船帆的线绳经年累月的摩擦,把他的掌纹磨平,在上面留下整齐的线段,让即使不懂手相的人,也能一眼就从朝鲁的手上看出,他拥有整个航沙人的命运。

朝鲁从父亲那里接过的羊,开始还能一年下几个羔,四五年以后,数量就稳在四十只。大羊出掉小羊才活,不然下的都是死羔。为此朝鲁没少往村里跑,到处问人,得到答复来来回回就是那么几句话,含糊不清。他到县里,花钱找兽医站的人去接生,最后生下来的还是死羔。

村里开始还派人过去看看,是不是有什么病,水草有问题。几圈下来,没有看出一点问题。有些老人背后嚼舌根:"航沙人一共四十个人,还不算朝鲁。"话传一圈,到朝鲁这儿,已经成为诅咒,有人更是直言不讳,说怎么也得四十一只,朝鲁肯定不是航沙人。

朝鲁不信邪,把自己的羊分出去五只,寄养在邻居家的羊圈里,自己每天航沙几里路,往过送料子,看这样自己的羊圈里能不能下新羔。不到一个星期,邻居就让朝鲁把羊带回去。说他的羊来以后,每晚都能听见羊圈里面的说话声,絮絮叨叨个不停,有点吵人。朝鲁只能把羊又弄出去,告诉它们该回家了,让它们自己先往回走。

朝鲁接受航沙人饿不死、吃不好的命运。晚上看着窗外的繁星,他不禁好奇起自己的先辈接受命运的过程。在入睡前的朦胧中,一声清脆的驼铃将他唤醒,他凑到窗户前,看向外面,只有无尽的死寂在蔓延,正当朝鲁以为出现了幻觉,回床入睡时,外面又传来一阵悠长的鸣叫,响彻天地,朝鲁的小屋微微打战。像是骆驼在叫,朝鲁心想。群星的光芒打在地上,沙漠中不知名的结晶以眨眼的频率闪着微光。月光像雪一样落在沙上,在风的作用下明灭。朝鲁想起县里上初中时,地理老师提到的鲸鱼。那个老师因为支教项目才来这里,是大城市人。她来到黄镇边上的沙漠,第一次听到悠长的驼鸣,想到的是海洋里的鲸鱼。在她看来,鲸鱼和骆驼都是无边的广阔里最大的生灵。年幼的朝鲁无法想象出鲸鱼的模样,脑袋里只能把骆驼的形象沾上水,不断放大。

附近住的人家里没有养骆驼的。朝鲁知道这意味着什么。他把右手从衣领伸进去,朝着胸口的地方猛地拍打,等膛脯上传来火辣辣的痛感时,他才穿上鞋,朝门外走去。

没有风,整个沙漠屏住呼吸,朝鲁站了一会儿,就被这安静压得喘不过来气。远处沙丘的背面,投来一个眼神的温度。朝鲁分辨着这个感觉,没有一点熟悉的记忆,他朝着那个方向跑去。

远远地,朝鲁看见一个影子,四条腿,直挺挺的像是放在地上一动不动,在黄色和黑色的交界处等待着他的到来。月色依旧宁静,空气中掺杂一些新的气味,沙土一改往日的冷漠,棉质的触感隔着鞋从脚底向上攀延,朝鲁感觉自己身上的干皮正在被某种湿润磨平,像是母亲的手,舒缓,一下又一下,他的呼吸越来越费力,但身体感觉越来越轻。

"喂!喂……"朝鲁听到有人在喊叫,声音绕着他的耳廓走一圈就离开了。"喂!"朝鲁猛地一惊,这次是一群人的喊叫,等他反应过来,身体已经全部没进沙里,只剩下一颗脑袋留在沙外。

不是流沙,身子上都是浮沙,还没落严实,腿上施劲就从沙里爬了上来。朝鲁想起一种叫梦游的怪事,后悔这几天自己想钱想疯了,身体关不住魂。他回头看看刚刚人声传来的方向,看到一群人的影子。朝鲁的心跳还没有缓过来,不敢上前,只留在原地瞪大眼睛。

这时他好像看到一个父亲模样的影子,站在人群最前面。一股冷气从朝鲁背后升起,朝鲁用力把脚插进沙里,直挺挺地挺直腰板,尽力把气势鼓足。

起风了,人群开始消散,化作沙漠中的一部分,父亲的影子留下一句话也融进漫天的沙尘里:"还没到时候,还没到时候……"

金骆驼是存在的,它比那些羊毛换成的旱烟还要真实。雾气终会消散,而金骆驼却在一个又一个沙丘后等着航沙人的到来。

光凭人自己是无法直视金骆驼的,必须要有沙船的存在。沙帆被风晃动,能摇醒受蛊惑的人,沙船和地面的摩擦,能防止人陷进沙里。这是航沙人经过无数次血的教训得出来的祖训，但朝鲁祖父往上两代人没有一个见到金骆驼，金骆驼的存在就成为传说，它的出现只存在于航沙人茶余饭后的闲聊和梦乡中。朝鲁祖父没有告诉自己的儿子，朝鲁自然也就无从知晓。朝鲁用一只脚踏入沙渊的代价，再度让这个祖训显世，只不过，除了朝鲁，已经没有人再去在意。

朝鲁在和友人的一次酒会上谈起这事，他的话始终飘不进席中，轻飘飘地浮在屋子上空。"不就是梦游吗，有啥稀奇？""再不济就是让夜游神抓了单，现在人都往堆里扎，哪像他，荒地上守着个破房子等塌？""噗……怪不得娶不到媳妇。"

沙尘在他的鼻腔里打转，朝鲁的呼吸沉重起来，脸憋得通红，他抬起拳头，朝着笑金骆驼最欢的那个人一挥，不小心击中溜进屋里的一缕干风。

朝鲁没有勇气去向自己的友人挥动第二拳，刚刚的一切是他伸懒腰时攥住拳头的幻想，是对他们否定金骆驼的反击。他跌跌撞撞从屋里出来，又一步一趔趄地走在回家的路上。黄风依旧刮着，从远处带来各种各样的气味，可朝鲁已经闻不到身前哪怕一点的熟悉气味。

每当沙尘们以缓慢的姿势从天上划过时，朝鲁就架着沙船驶进落在地上的阴黄之中。抛下家里因饥饿声嘶力竭的群羊，转而朝着金骆驼所在的群黄漫行。金骆驼出现的时间没有规律，朝鲁只能把自己分成两个，一个顶着烈日，在微微发颤的空气尽头，寻找金骆驼的身影，一个身披星光在地上成片的黑鱼鳞中，想用脚印踏入另一个脚印。

朝鲁在寻证金骆驼的途中，自己又悟得关闭耳朵的技能。沙尘打在耳廓上，落地时发出酥麻的撞击声，他深知这个声音和那些航沙先辈们听到的一样。与此同时，耳朵的闭合隔绝的还有远处的喧闹人声。黄镇浓郁的烟火味飘到村里，村民们嗅到前所未闻的大片钢筋水泥味。他们以黄镇作为起点，向着南边的方向流淌。村子里的人越来越少，只剩下起风时满村的叹息。

沙漠上的人，只要听不到声音，就绝不会动心。这是村里人历经十几代，摸索得出的应对海市蜃楼的方法。作为航沙人，这条规则更是深谙于心，朝鲁想不清，为啥村子里的人在什么都不了解的情况下，就敢离开这里，去往南边一个所知甚少的地方。换句话说，他们连自己脚底下的地方都没弄清，金骆驼也没有找到,怎么就离开了?

　　沙漠的沙尘一寸一寸地向外迈着脚步,像一只瘫倒在地的野兽在渴望食物。朝鲁每天航沙的距离都会比前一天多平移一点,夜里梦中正甜的时候,朝鲁不断地被握成拳状的沙粒击打窗户所发出的动静吵醒。每当这时,朝鲁也会伸出手,不停地向窗户摇晃的部分回拍过去,企图遮掩沙尘在告诉他是这片地方最后一人的消息。

　　黑色的铁蛇在架子上不断蜿蜒,它们嗅不到人的气息,只能把头伸进这片阴黄的更深处。

　　朝鲁在铁蛇试探甩动的头中终日惶恐,担心这些东西的存在会惊扰于此活动的金骆驼。

　　铁蛇们盘踞在沙漠的一隅,蜷缩在一起,化成一个披着绿布的蛋。随之而来的还有一些施工的人,在他们蠕动的黢黑脸庞中,一个巨大的沙漠主题旅游区要在这里成形。朝鲁家的羊在陌生的声音和景象中絮叨不停,眼里露出的神色和看见沙漠里长出的一棵嫩草没什么两样。

　　一个阴黄欲坠的午后,几个穿着西装的人为了躲避呼啸的沙暴来到朝鲁的屋里,他们叩响房门,还没等朝鲁问清他们的来意,他们就进到屋里,自顾自地站在屋子的中心,像是自我介绍一般,说起项目的规划。

　　他们说的话很快就超过漏进屋里的沙粒。见朝鲁没有说话,那几个人就一边说着大叔应该没有见过高楼的样子,一边比画,想方设法向朝鲁表达清自己的意思:他们用胳膊在空中摆出房子的模样,用平移的手掌比作马路上的汽车,又不停跺脚,说人多钱就多,生活就变好⋯⋯

　　他们说话的时候,朝鲁一点也没有听进去。他低着头,在琢磨这些人的到来也许是件好事:不明白现状的金骆驼可能会在这里迷路,被那些不知名的建筑材料和电线绊住脚,这样自己遇到的概率多少就会大一些。想了一番,朝鲁意识到这是自己在为他们的到来在向沙漠辩解。

　　听到这几个穿西装的人说自己没有见过世面,朝鲁走进厨房,从扫帚上折下一根草回来,照着地上的一层薄沙画了几条线说:“这是你们住的地方吧。”穿西装的人互相指指点点,对着朝鲁卧室的小电视机忙使眼色。朝鲁抹平地上的线条,用脚又推过来一些沙子,画了几条线,又蹲在地上仔细地描描细节,其中一个穿西装的人见状惊呼起来，说这是他偶然翻阅的文献中提到的新一代房屋概念，在第四代住宅的基础上，融合完整的生产办公等特点，邻里之间的协作甚至可以达到相对成熟的生产线标准。但这些都是想法，相关草图设计都不完善，他不明白眼前的这个精瘦男人是怎么弄出来的。

朝鲁笑了，说这都是自己亲眼见过的，里面人干吗，自己都一清二楚，而且不止一次，就在前几天他又见到了。几句话下来，众人唏嘘，心照不宣地待在原地，看着窗外等沙尘暴的停止。朝鲁刚刚画的图让他们以为自己遇到隐世的高人，可细听其缘由，他们都认为朝鲁是在做梦瞎说，草图什么的都是凑巧。

朝鲁没有说谎，他是真的见过。所有的事物原本就有，人们所做的一切无非就是把它们的形状具象化出来。在朝鲁航沙寻找金骆驼的时候，海市蜃楼在沙漠与天空的尽头随光线不停隐现。沙粒的组合变化，空气中的湿气，月光洒射晶石的角度，海市蜃楼在日夜的流转中始终存在。在这片沙漠中孕育显现的景象，也无不展现着与外界千丝万缕的干系，而这一关联很多时候都超越了时间，让初见者对自己产生怀疑。有的是雕刻着精美的亭台楼阁，有时候是板板正正的钢筋水泥，还有时候是不知名的材料融合成的巨状圆柱体，周围还有一些不明的飞行物体。

因为常见海市蜃楼，朝鲁对所谓的外界发展提不起来多大的兴趣。他的眼界在航沙中一次次被打开，比起村里那些不相信海市蜃楼、只相信自己双脚丈量出尺寸的人，朝鲁的幸运与不幸昭然若揭。在他看来，自己和看到的海市蜃楼没有区别，水汽做的梦淡出时间，才产生海市蜃楼。而他却依靠着对金骆驼的日思夜想，维持着和现实的最后一丝联系。

旅游区建设的声响压不住四处飞逸的沙尘，那些建筑材料在这些黄粒的起舞中坚挺不了几天，大大小小的虫洞就从内而外地把它们侵蚀干净。朝鲁的破败小屋屹立在这里。机器的轰鸣被裹挟着沙尘的大风吹散，同时迷路的还有工人们的心智。

旅游区工地的工人们被阴黄干扰得无法开工。在白天，他们在曝晒和沙粒的击打中耗尽体力，夜晚时分躺在床上，他们又被沙漠深处腾起的景象所吸引，在步履蹒跚中一步步走向沙渊，有人从此失踪。外来的车和人得不到沙漠的认可，他们只能从一个迷失走向另一个迷失。

外来人的双脚是找不到沙粒和沙粒之中的缝隙的，他们的身影在沙漠中立不安稳。明明开工之前就做过勘探，施了硬化，可盖起的建筑还是倾斜，彩钢房也被忽起的狂风卷上天两次。工人们的怨声和对失踪的恐惧不停传染，不到两个月，项目的工人们就走了一多半。项目负责人又想从本地人中招些工人前来帮忙，却发现这里除去朝鲁已经空无一人。一股沙漠吹出的微弱黄息，就能把这片地区所有的屋子吹响个遍。

面对旅游项目负责人的上门招聘，朝鲁一开始就缺乏兴趣，他只管寻人和救人。比起那些实实在在到手的钱，朝鲁更向往着金骆驼的财宝。航沙人的世界里，钱和财宝是不能画等号的，而领着所谓的工资去救人更是违背天道。航沙人得到的报酬从来都是随缘，不能强求。朝鲁计划着如果自己能把航沙传下去，就要在祖训里添一条不能领工资的规则，三代下来，肯定又能成为一条祖训，这是朝鲁第一次想到自己应该招个徒弟，往下传点东西。

沙漠在以另一种方式匍匐扩张着。朝鲁在寻找那些工人的过程中，途经的沙土被船底一遍又一遍压麻，舒缓几天，它们就又开始向外爬行。房子沾染上来自沙漠的气味，午夜时分躺在床上，朝鲁已经能感觉到沙漠那正在流淌的体温。朝鲁深知只凭自己一个人无法阻止沙漠的侵蚀，航沙人的先辈们正是在夜以继日的航沙中，用船底的摩擦和摆弄的风帆来驯服沙漠的。但现在人手根本不够，也不知去何处寻找帮手。眼下，朝鲁只能坐等将来某一天沙漠向外的爆发。

如果招几个徒弟，是不是好一些呢？朝鲁躺在床上，脑袋里惦记着停在外面的沙船，为它的去处产生前所未有的担心。无关金骆驼，也无关驯服沙漠，只和航沙人这一名头有关。

工地的施工声稀疏了，一些没有活干的工人们晃荡着手里的安全帽，坐在地上冲着沙漠发呆，朝鲁有意无意地在他们面前驾驶沙船，但他们的目光总能跳过朝鲁，向着更远的方向迷茫。几次下来，朝鲁已然死心，先不说这些人能不能学会航沙，让这些人拖家带口来到这不毛之地，根本就是一件不可能的事。航沙人的路并不是每个人都能走的，也不是每个人都愿意走的。至于金骆驼，在这些人眼里，也许就是一阵风里吹来的笑话。

黄风围绕工地晃荡不到五天，里面的建筑材料就化作蓄粉，与此同时消散的还有曾经满满当当的人声和味道。沙漠里除沙漠之外，只留下死寂。朝鲁在见到他们第一眼时，心里就知道这一天迟早要来临，只是没有想过会有这么快。朝鲁感觉发生的一切好似沙崩，他只能坐在门槛上回想之前发生的事，思考将来到沙漠挑战的人的下场。

太阳光嗡嗡作响，沙子在地上窸窸窣窣挪动着身体。不知是不是眼皮沾上沙子，朝鲁在思考记忆和将来的过程中，眼皮越来越重。他已经有段时间没有听闻到金骆驼的消息，施工队的离去也许是件好事。

朝鲁的鼾声响到第五下时，被突然出现的年轻小伙儿的脚步打断。朝鲁眯一下眼，认出眼前没有一点沙粒的高档运动鞋。

"他们都走完了，你在这里做什么？"

年轻人笑了，说父亲因为亏损，着急开发新的项目顾不上管他，他想着正好趁学校放假这段时间，留在这里学航沙。朝鲁忍不住咧开嘴，那些沙漠里的狂风罕见地把原本不属于沙漠的人吹来了。朝鲁摆摆手，说一会儿要去邻居家喝酒，还说这里根本不是他能待住的地方。

朝鲁撑起沙帆，乘着风离开。第二天回来时，他看到那个年轻人学着他昨天的样子，靠在门槛上睡着觉。听到来人的动静，年轻人睁开眼，对着朝鲁的两个被酒精泡大的眼睛说："师傅回来了？"

这声师傅听得朝鲁心里发颤，他取下沙帆，收好沙船，揉掉脸上的沙粒，对着年轻人说道："沙船这东西，可不是一般人能弄得了的，后生你行吗？"

年轻人没有说话，走到墙根，将沙船放到地上，把旁边没有收好的沙帆抖开，学着朝鲁的样子，爬上杆，挂好帆，用麻绳又在沙船的两头绑好位置。一切完备后，年轻人带着期待看着朝鲁。

"不行，还不够，再用点劲，风沙大，别关键时候给吹开了。"见年轻人眼里的光还是闪动着，朝鲁本想问问他知不知道金骆驼的事，想来想去开不了口，他已经记不清上次对人说起金骆驼是什么时候的事。朝鲁还是先让他试试驾船。

年轻人没有相信自己的耳朵，站在原地愣愣地看着朝鲁。朝鲁挥挥手，让他赶快上船。年轻人急急忙忙跑上船，正好乘上路过的一阵黄风。朝鲁眯着眼，看见年轻人强扭着身体，颤颤巍巍地在沙上行驶了好一会儿，一个转弯没有刹住,才从船上摔下来。

朝鲁感叹着他是个好苗子,加以培养肯定能成为一个优秀的航沙人。朝鲁回忆起自己的祖父在航沙上已是天赋异禀,而父亲更是百年难遇的航沙天才,而自己更是没有在通过航沙人三道考验的情况下,安安稳稳航沙几十年。所有航沙人都做得越来越好,可航沙这行却越来越衰败,现在更是只剩下自己一人。

朝鲁没敢细想下去,年轻人的呼喊声刚好帮助他转移了思绪。显然,他也是对自己行驶的距离感到吃惊。

"师傅!您看看我行不行?"

"这哪行呢,我第一次开的时候,直接在沙上溜了半天。"朝鲁说这话时,脸上有些发烫,可想到脸上晒出的青石色时,腰板不由又硬气几分。

"你这样我教不了啊,还不如现在早点回你家大房子里歇息着。"

年轻人眼里的惊恐流在地上,弄滑了他的脚,一个趔趄摔在朝鲁脚前,这次摔得比刚才航沙时要惨,年轻人捂着膝盖,很是疑惑地看着他。

"教不了,教不了,有这时间,还不如弄点其他的。"说着,朝鲁进了屋,关上门。靠着门,朝鲁点着根烟。屋外的脚步踱响几下,就没有了声音,朝鲁拉开门缝,往外看,看见沙船不知道什么时候回来了,远处的沙丘上,隐约看到一个金色的身影。

这个后生姓张还是姓李?朝鲁琢磨半天,又记得听施工队的人说他爸姓王。这后生好像年轻时候的自己,一脸精干相,只不过比自己那会儿白净多了。算了,算了,图啥。沙漠的呼吸吹来一代代的年轻人,又用风沙在他们脸上雕刻出年轮,究竟谁是谁,什么是什么已经不重要了。朝鲁抬起头,扇动几下眼皮。刚刚往外看时,眼睛不小心落进沙漠的灰。墙的另一边响起羊群的饥饿叫声,他瘫靠在门上,用手遮住了一只眼睛。

黄塘记

○苏热

一

在每一个地面有土、天上有光的地方,黄镇人都逃脱不了黄镇的束缚。据说,每一个在黄镇出生的人一生都走不出黄镇,黄镇把每个黄镇人像黏胶的黏土一样糊在了这片土地上,让他们迷失在"黄镇"二字的能指和所指中,世世代代,乐此不疲。

今年的四月,冷空气重回黄镇,四下里涌动的黄尘挤不出半点泪珠。太阳和月亮总是在晨昏交替以外的时候,忘记了彼此的时间,在不恰当的时候同时出现。每天清晨,窗户的玻璃上都会传来潺潺的水声,流淌或是凝滞,时断时续,惊扰了窗外桃树落花时的簌簌声。不知名的带翅小虫俯首停在墙角,阳台上睡醒的家猫轻抬了一下眼皮又缓缓合上,几只刚滑下楼停在树枝的麻雀低了几次头,似乎忆起了什么,扑棱翅膀又飞上了楼顶的阳台。

这是我在距离黄镇两千公里以外,按照记忆对今年黄镇初春的回忆或是想象。我在一个回忆不起原因的车祸发生以后,辞了职,换了手机号,把几本书和笔记本电脑扔到了车的后座上,凭借刚考出来的驾照向南行驶了两千公里,来到这个没有人认识我的小镇,租了一个破旧五层独栋楼的顶楼,打算开始我的第一部小说的创作。

我在这个小镇里感到在黄镇从来没有的宁静,这个小镇里没有忽起的大风,没有呼啸的黄沙,没有扰人的水声,更重要的是,没有一个熟悉的黄镇人。

时间像是过去了很久，闭门不出的独居让我对记忆中的生活产生了一种难以言明的疏离，像是空无一人的街道，又像是喧嚣嘈杂的墓地，我想这应该是我心仪已久的写作环境。

黄镇，原名黄塘。据文化馆的朋友发来的地方志记载，该地原来有一个巨大的湖泊，几个零星的村落从地上长了起来，渔民们傍水而居，很快，村落就相互连在了一起。后来黄河改道，从民国初年开始，湖泊逐渐干涸。几次没有缘由的风沙吹走了湖泊里残留的水汽，里面露出了姿态各异的若干人骸兽骨。没有战争，没有疾病，没有殡葬，也没有灾害，更谈不上屠杀，这个小镇在中国历史上完全就是一片空白，好事的历史学家和地质学家们对此兴趣全无，身影在很多年前在黄镇闪烁了几次就消失不见。曾经成山堆积的尸骸激起了我对黄镇的极大兴趣。资料实在有限，我于是产生了用小说的形式去探索黄镇历史的想法。

在身处两千公里外的小镇去回忆和探索另一个小镇的历史，哪怕是自己的出生之地，也会产生令人惶恐的无力感。出版社的朋友建议我写长篇，在他看来，长篇是讲述历史、探索真相的最好形式。但我觉得自己的能力还不足以驾驭长篇，完全不具备惊人的信心和野心，我手头也没有庞杂的史料去做长篇史实的支撑，于是我就打算采用短篇小说集的形式来进行一次试错，尽力去接近我想象中的黄镇历史。

可是，回忆是一条没有尽头的绝路，尤其是要回忆不属于自己的记忆的时候。

二

这说不清是几万还是几千万年前的事情了，很多事情不存在人的记忆里，但人总是能想起它，并且通过生育过程中产生的血脉联系来世代传递。

几大板块在内力千万年的挤压下产生了轻微的移动，而这导致了日后数以百万年的地质变迁，一切的变化都是快速而且缓慢的。一处小山耸立起来可能需要成千上万年的时间，但它站起时抖落石块的速度却难以让人预料。一些河流被堵塞成湖，另一些湖则逐渐干涸。那些湖里来不及离去的鱼就被风抛在了新起的山中,没有了外在的水分的滋养,它们就从嘴里吐出水,用身体内部的水包裹住了自身,把希望寄托给了将来。每年春天的时候,山上到处密密麻麻长满了像眼睛一样的东西,像卵,一眨一眨的,扎破了看,却是一棵棵蠕动的小树苗。

再过几年,这些树苗的根就把那水做的壁膜扎破了。苗一落土,根就开始在土壤里蔓延。只要风一吹,树苗就朝着风离去的方向猛地拔高几节,以肉眼可见的速度长成了树,它们软绵绵地沿着空中灰尘和云朵的轨迹四处飘荡。光秃的山上像是在长头发。时间久了,风里裹挟的灰尘便黏附在了树干上,树的腰板逐渐挺了起来,枝条便肆无忌惮地朝着天空指去。

没有人知道树上的虫是怎么来的,好像是有些胎死卵中的卵所化,也可能是那些树厌倦了自身,进行某种繁衍式的逃避。那些虫在树上日夜生长,逐渐变大,而树却被吸干了养分,枯萎矮小起来,成为我们今天所见到的树的高度。树们承载不了有些过重的虫,那些虫纷纷落在了地上,没有了依附,虫腿开始退化,躯体也逐渐硬朗,每到深夜,林木中就能听到咔咔的骨头生长的声音。在某一天,等虫的腿只剩下两条时,他们猛然直立起来,开始走出山林,用石头堆砌起一些形状颇为相似的建筑。也就在那时,他们觉得自己要和树上生活的虫有所区分,于是就给自己命名为人。

这是房东的先祖们世代传下来的故事,她在听到我来这里的缘由时,一个人絮絮叨叨了几个小时。房东前几天在说这些的时候,眼里的忧愁蔓延到了脖颈的皱纹里,她一再强调我将来的离去会像现在的到来这样,毫无征兆。她不想把房租给我这样来去无踪的人。她一直想找一个能长租的人,甚至把房买下来的人,以此断绝自己总是产生回到这里的想法。

"哪样的人?"我问。

"现在到处都是像你这样的人,老的,小的,他们自以为离开一处便能在另一处找到归宿,其实他们不过是被这里的另一种气氛所迷惑。陌生,不代表一种开始。你要知道,这片土地上的所有人,骨子里带有那些鱼的基因和命运,注定要在大地上流浪,但时时刻刻,这个人都要被困在水塘里。"

"鱼?水塘?大姐,你不会当真了吧?"

"你听好了,每个人都有自己的水塘。要不是为了这个房子,我才不会回这里的。"

"这儿有什么不好的？"

"都好，都好……"

三

不知是不是雨季的缘故,这个南方的小镇每天都要下两场雨,发黑的乌云即使在如鸦的深夜中也能被辨别清楚。有些沉重的东西遮盖住了后山起伏的光,可能是想起了曾经在书上看到的男女野合传说的缘故,我的心头总是为那生生不息的原生力量包含的欲望和暴力发颤。

在黄镇做很多事情是没有意义的,沉重的黄风来去总是没有缘由。人的秘密总是来不及遮盖就被暴露在日光之下,在暴晒中一点点风干。而另一些侥幸暂存的事情,即使是沾满了时间的灰尘,也会在某一天被阵阵呼啸所吹开。那些往事的碎屑在黄镇里的黄风中反复出现,让人总是被猝不及防的记忆碎片所刮伤。

每天雨时的写作让我心惊胆战,害怕手边响起的雷声会迷失了方向,猛然劈到自己的头上。我给我房东打了电话,告诉她离这里不远的后山总是在半夜亮起光,而那闪烁的光不管在任何状况下都能恰好射到我睡觉的房间的窗户上。每当晚上我合上眼皮,我的眼前就会不断出现眼皮内部的猩红。房东对此毫不在意,说那里要建个旅社,可能是为了赶工,才在晚上加班加点。

睡前我给母亲打了三个电话,我始终觉得需要确认一下那个我认为叫黄堂的男人的身份。

那时候太阳悬挂在天空上没有多久,带有渐变感的潮气从地面腾起,沉重的蓝色从地面向上蔓延的过程中慢慢稀薄,到天空制高点时转为缥缈的白,一切像是被低像素的手机拍照定了格。楼道里,几颗迷途的尘粒在缓缓悬浮,一个男人站在比我低的七个台阶的位置冲我嘿了一声,进了旁边的门,我下意识回了一下头,黄堂?说出这个名字的时候,我的眼睛下意识感到一阵酸楚,某些可能的或是必然的事情像是钉在了我的脑海,混淆不清。

母亲说不记得过去大院里有个叫黄堂的小孩。她那边传来了吹风机的声音,一个男人的声音在旁边起起伏伏,她说她只是在做头发,她问我是不是又熬夜写小说了,还让我等一会儿再打给她。

我走到窗前倒了一杯咖啡。车祸带来的后遗症给我的过去铺了一层薄薄的轻纱,抚摸上去,总是让我有一种麻麻的感觉。窗户外的光亮缓缓晃动着,几只陌生的麻雀站在我的窗前,叽叽喳喳用叫声刺扎着玻璃。

在白天,不远处的后山只能看到几个人形在林木中晃动,没有鸟叫,听不见虫鸣,巨大的寂静像只碗倒扣在了山上。我又躺回床上,数着阳光透过窗户打在墙上的泥点印记。

然后呢? 我打了一个哈欠,掀开眼皮看了一下手机上的时间。

“我不知道。这事你肯定也不知道。那时候啊,我和你爸刚结婚不到一年。院里年轻一点的人天天聚在楼下打牌。三楼东边住的那户人家还没搬走。女人还是个中学老师。她回家总比我们晚一些,去幼儿园接了孩子才回到家。男人每天晚上一到家,扒拉两口中午的剩饭就下楼和邻居闲谈。他总喜欢和我们打牌,还总输。开始我们玩点钱,不大,也就一两块,后来怕伤了和气,我们就不和他玩钱了。每次他一输,就拍一下后脑,露出一副明白些什么的样子,我们百笑不厌。她肯定能听到,我们每次刚笑了两三声,她就会站在阳台,把自己的声音用力丢到楼下,让她男人去买点尿布奶粉什么的。每到这会儿,男人就会很尴尬地摸摸头,冲我们咧下嘴,起身拍拍裤子走了。”

“没有了?”

“我也不知道啊,这事过去那么久,你都快三十了。我也是有次上楼路过他们家门,听那两口子吵架,才知道他们的小孩叫黄堂。那小孩好像是有什么病,先天的后天的不知道,应该还挺麻烦的,得需要一直有人守在他跟前。除了上班,我很少看见那个女老师下楼,她就比我大几岁吧,看面相都感觉她快四十了。唉,可惜了。就在你刚出生那几天,他们突然搬家走了,那时候我正坐月子,孩子是不是死了我不知道。你是不是还……”

和在黄镇一样,我一如既往地在这里继续失眠,记忆的轻纱总是在我进行写作的时候被风吹起,露出一些关于黄镇的事情。如果不是为了写作,我根本不会对这片已经忘记了一次的地方进行回忆。

有时候我能在窗外和楼道里听到有人在喊一个人的名字,我曾去辨认那些名字的归属，看看里面是否有一个人叫作黄堂。那个男人和我见面的时间不超过一分钟，但是他的脸庞像是刻刀刻在了我逐渐溶解的记忆中。我在和母亲通完话后就去敲那个男人消失的门，但十多分钟过去，得到的只是对门邻居的斥骂，说那里从来没有住过人。我也曾试图探出头去答应外面人的叫声，好观察一下喊话人露出的窘态。可这些我都没有做，只是在反复的失眠和雨声中进行某种坚持。

四

十几天下来，我形成了新的生活规律，在雨和雨的间隙散步，在空气中响起嗒嗒声的时候写作。电脑的敲击带不来手写时候的质感，我只能在纸上一字一字地勾画出我想要表达的内容。而写成的稿件在反复的受潮与晾干中交替，字迹所呈现出来的内容也逐渐变成了另一副模样。

夜晚的群星在泛出光晕后才会消失，夜色在潮气上留下由深变浅的痕迹，草木满身的露水在太阳光的照射下散发出了一种带有土腥味的氤氲。不管在黄镇还是南方这个小镇，我每次晚上失眠后都喜欢在早上下楼去透透气，被熬夜拉长的感官似乎能让我对第二天的世界有了一种新的感觉。但如果清晨下雨，我就把憋闷埋到中午，再到阳光露头时把它挖出来。

一切的过程都在缓慢进行。我从搬到这里的第一天起，就试图唤醒自己的感官，去努力辨认和记忆这份不属于自己的陌生。

这片土地上黏稠的湿气总是能给人安心的感觉，不知名的水珠代替了空中悬停的沙砾，某些坚硬而且确定的东西在这里逐渐软化溶解，遗忘的脚步，在这个南方小城变得有章可循。

我进了楼门，路过三楼的时候，要挂电话，发小在电话另一边嚷嚷我不仗义，说现在才上午十一点就要睡觉，还自己一声不吭地走了两千公里。他又问了我一些莫名其妙的人和事，说要让我给他寄酒，寄特产，让我帮他谈女人，问我这边洗浴的哪家小妹好看，唧唧歪歪了几分钟，就在我那快要被磨碎的耐心露出的尖刺触及通话的红键时，他突然若无其事地把一句话填了过来，那话挂在了我手机上，晃来晃去，揪扯不掉："既然离开了黄镇，就不要再惦记黄镇的事了。"

我一抬头,正好是那天遇到那个男人的地方。

"欸,"我说,"你认识不认识一个叫黄堂的人?"

"黄堂?你怎么知道这人的?"

"不,我不知道,我就是想问问你认识不认识这个人。"

"啧,什么意思?"

"欸?不是……"

"你怎么突然问起这事了?"

"我也不知道。"

"那就别问了,我一会儿还约了人,新地方怎么样?"

"你认识他?"

"不对啊,你这人还是一个死脑筋,等等,我有点乱,你见过他?"

"没有,什么意思?"

"哦,也是,那是好久以前的事情了,时间对不上。"

"你老是绕啥弯子,直接说。"

"那我说了啊,这事你不能和别人说啊,千万不能!"

"嗯……"

"那时候咱俩还没到一个班呢,我也不知道该不该讲啊。这事说实话没几个人知道,好像就我一个人记住了。要是没有记错,我想那时候应该是小学刚毕业的时候吧,我和几个我们院里的小孩去郊区的水库游泳。游了大概二十分钟的时候,岸上来了一个我从来没有见过的人。他比我们都大几岁,应该上了初中。他三两下把自己的半袖半裤脱掉了,抬起了胳膊,手抚过了高高顶起的蓝裤衩,骄傲地站在岸边向水里的我们挥了挥手。和我一起玩的小孩没有缘由地激动地喊了起来:黄堂终于来了!有人说叫了他几次都不出来,还以为黄堂再也不和我们玩了。有人说他游泳很厉害,肯定是来这儿炫技的。院子里的小孩,那些和我一起长大的小孩,突然说了一大堆我没有听说过的事,我好想问他们这个黄堂是谁,又怕破坏气氛,当时真的挺难受。我使劲在脸上摆出了很高兴的神情,向他竖起了一个中指。再后来,那个叫黄堂的舒展了一下胳膊,一头扎进了水里。他用变声期特有的嗓音和他们说,自己能潜水十分钟。有人扔出了不信,有人抛出了笑声,更有人用力拍打了一下水面,跃跃欲试。黄堂脸上露出满意的神色，一阵忽过的小波浪压了一下他映在水面上的光，人突然没了。起先的几分钟我们还有所期待，一分一秒记着数。数了不过五分钟，我们就慌了神，有人被惊恐压下了身，潜进水里，四处寻找。看不到任何水泡，听不到任何的水响。哇地，有人在水面上喊了出来，整个水库沸掉了，哭声就着骂声，被水库里渐起的波澜一阵一阵压过。找了大概半个小时，所有人都上了岸。有人说要回去告诉大人，也有人说要报警，还有人说不能给别人说，说了要被枪毙。风里刮来的理由遮住了所有人的嘴：黄堂是自己一个人来的。只要大家都不说，就没人知道黄堂来了水库。"

我发小站在烈日的阳光下，看着眼前像鱼鳞一样荡漾的水面，猛地打了一个哆嗦。从那天起，我发小就开始做关于游泳的梦，那个叫黄堂的人天天伏在水底趁他不注意就拉他的脚。发小一天天地长大，长了喉结和长发，就连内裤也换大了几号。二十年过去了，水里的黄堂也悄无声息地长出胡子，鬓角似乎有了白色的点缀，但他还是在每天的梦里，潜在水底悄无声息地拉我发小的脚。

五

雨后的傍晚，每一分阳光带来的热量都极为珍贵，地面上的积水在迅速下渗，那些溅在柏油马路或是砖瓦上的泥渍却感觉有些手足无措，湿漉漉的草地和树叶依傍住了夜色，让我双腿的移动十分艰难。

"后来呢？"

"什么后来？"

那阵沉默来得猝不及防，这次通话在我拨号之前就在脑中已演练千遍，打通，客套，问话，沉默。和几年前一样，我已经想不出其他的模式能供我参考，如果不是为了黄堂，我才不会自找没趣。

我把拿手机的右手拉远，左手从兜里掏出一包烟，火焰啪地响了一下就熄灭了，生怕惊扰了这两千公里电波里流淌的寂静。我从未用这么客气生硬的语气和他讲过话，那些弥漫在旧时光里的情感，在今天下午的雨后，在草地上结成了新的晶莹。我在上面小心地行走着，尽力不在上面留下新的脚印。

"知道吗？我新租的这里后面有座山，每天隔着很远就能看到里面人影绰绰。到了晚上,那里有时候会发光,像是聚会一样,一闪一闪。只要我一想他们在干吗,我晚上就睡不着。"

"哦,每个地方都有自己的习俗,说不定过几天就没有了。"

"我感觉不像,他们只进不出。"

"南方的有些小山里,会有一些短期的隐居者,说不定是他们。"

"不是,我看更像是野人,那些世世代代深居在山林里的人,已经不像谣言里所传的那样浑身毛发,他们的外貌其实和我们一模一样。也许有一天,他们出于对外界的好奇出了山林,过了一段时间,他们就对那些林立的高楼感到疑惑,又成群结队地回去了,像来的时候一样,只不过他们再也不出来了。"

"够了。真不知道你每天都在想什么。"

"忘记了是高一还是高二的暑假。我哥有次带我滑旱冰,滑了两圈,他开了几瓶啤酒,坐在旁边的休息区里看我滑。滑了两圈,我身上就有种被眼睛扎的感觉。很难受。找了一圈,是一个光头的男人,那个男人躲在人群后边对我指指点点,动不动咧开大嘴拍着旁边的人笑,他发现我在看他,从兜里掏出一根烟,应该是想给我耍帅来着,可他打火机就是死活打不着。我白了他一眼,光头又笑了,他向我走过来,正要翻栏杆的时候,有人拦住了他,并用下巴指了指我哥,光头看了有点不高兴了,又回到刚开始坐的地方。我把这事给我哥说了,你也知道我哥那脾气。说真的,你也是命好,要是别人,我哥非把你劈了。"

"不要扯我。"

"啊,我跟你讲,我哥要是知道了你还给我打电话,他还是会把你劈了。"

"什么劈不劈,你现在说话怎么这样?"

…………

"好了,那个叫黄堂的人后来呢?"

"后来他被人劈了,不是,是真的让人把脑袋开了瓢。那天他喝了酒,在龙龙的洗脚城闹事,摸了茉莉的屁股。你不知道茉莉吧,她是个好人,平时也有人喝多了去摸茉莉的屁股,茉莉也不恼。可那天,黄堂不知道怎么了,一连摸了五次,最后一次他干脆把手放到茉莉屁股上揉。揉到第五下时,茉莉后退了两步,当时就坐在地上哭了。大家都知道茉莉是龙龙的二女人,让黄堂给茉莉好好道歉。谁都有喝断片的时候,打来打去,喊来喊去,最后也就是态度的事,说来也奇怪,黄堂那天不知道哪根筋给拧住了,头一扬,把在场的所有人都骂了个遍,在场的人脸颜色纷纷往下掉,没有一分钟,就剩黄堂和茉莉两个人了。龙龙不知道什么时候到的场,据说他一来,黄堂脑袋就让啤酒瓶给开了血花,龙龙下手没轻重,人没留住,一瓶子下去脑子也给敲出来了,最后也不太清楚,好像是龙龙给黄堂妈几万块钱私了了。"

"行,那我先挂了。"

"就这样?"

"嗯。"

"你不想再说点其他的?"

"不了,你不是刚下班吗,赶快回家吧。"

"你在那边还好吧?"

"刚来,感觉还行。"

"难道你打电话就是为了问这?野人?什么破事!"

"那还⋯⋯"

雨又开始零散地往下掉了,电话那边的嘟嘟只应和了两声就像刚刚被掐灭的烟丧失了温度。我感觉自己不是为了那个叫黄堂的男人给他打电话,这片潮湿的空气模糊了很多我做事的缘由,说到底,这也许不过是我为了写作而进行的回忆罢了。那个只见过一面的男人,就只是一个借口,来让我与离开的黄镇产生勾连,我不由对自己感到有些失望。

比起在电话里反复探索黄堂的讯息,后山的亮光更让我感到焦虑。有好几次,我在睡梦中惊醒,后山的亮光映红了我居住的整座大楼。在一次光亮最盛时,我给火警打了电话,警笛到来和离去的呼啸划醒了整座大楼,留下的只有众人对我误报的指责——后山从黄昏下起的瓢泼大雨,从一开始就扑灭了火的可能。雨声和警笛还有人群都逐渐散去,我躺回到了床上,整夜我都梦到了自己在大火里燃烧。

六

我是在一个黄昏上的山,那时我已经两天没有合眼,所有的知觉都在与我渐行渐远，我感觉所有迈出的脚步都是腿自身的直觉。地面一寸一寸地向上挺起，树上的蘑菇正在以肉眼可见的速度长起来，夕阳中的云在天空中晕染后整齐排放，远方的天空中传来一阵有始无终的微弱轰鸣。

林中的火光在天还没有完全暗下来的时候就着起来了，我向着渐暗的天色中唯一的亮光走去，层叠的树叶阻隔了外界的所有声音，没有雷声也没有雨声，树林里唯一的响动就是铺天盖地的叶子相互撞击的沙沙声。

可能是我踏碎枝条的脚步引起了他们的注意，周围响起高高低低的人声，响动里弹出抱怨，有些惊叫从叶子的缝隙中挤了过来，我感到自己搅动了一湖宁静的水。十多个模糊的人形在树林里正围着一个火堆坐着，可能是察觉到了我的到来，他们纷纷站了起来。有高有矮，戴着兜帽，所有黑乎乎的面容一瞬间齐刷刷转向了我。周围的树木像是正在燃烧般清晰，那些树林里的黑暗单单压住了火光在他们脸上跳动的痕迹，我看不清他们的脸，火红的亮光打在他们脸上，像是一把刀落入了水中。

一阵私语过后，十几个声音同时发了出来，压住了林木的喧嚣，周围所有的树叶都停止了摆动。这些陌生的人形发出的是黄镇人的口音。人群中涌动的火红还是些许揭开了潮气的阴暗，这些人和我具有一样的身形，但却比我在一些位置多出来一些肢体。可他们按照房东所说，应该是一直生活在树上。我想，房东应该有一些地方讲错了。这些虫的退化还在继续，他们并不受到人在大地上的遍及影响而消失。这些虫变人的同时，会用林木产生的湿气包裹住全身，让别人看不清面容，这让我甚至怀疑这座山就是一个大的待化的虫蛹，这座小城终年不散的湿气，就是那些没有退化干净就下山的虫所化。

我们去过很多地方，也遗忘过很多地方，我们是任何地方的人，我们也不是任何地方的任何人。听你的口音，看你的长相，你是黄镇人，我们才这样说话。这段时间我们每天都在这里讲点以前的事，乱七八糟，零零散散，总想拼凑点以前的什么。直到这时，我才明白了每天后山亮起微光的真正原因，而房东的话，到底有多少是真的呢？

"那今天就讲咱们黄镇的事吧。"一个矮个的人影举起了双臂，看样子像个小孩。

"我生在那里，在黄镇待了十年。"

"黄镇啊,好久没有人提了,今天你要不来,我想没有人会提起黄镇。"

"说起这个,黄堂,今天轮到你讲了。"

那个人影是朝着我的位置开的口,我看了看周围,就只有我一个人。

"我不是黄堂,我……"

"你来了他就走了。"

"他走了你就来了。"

"他不走你就不来。"

"你不来他就不走。"

"我不知道这些,那个叫黄堂的人我之前在山前的小区里见过,他让我想起自己应该遗忘掉了的一些事情,前段时间我一直在找他。"

"你是不是黄堂不重要。"

"黄堂对于我们来说不是名字,只是一个位置。"

"你们这样做有什么意义呢?"

"可我们如果不这样,还能怎么样?"

"我们总要走一段路就回头看看。"

"能看出什么? 你们一直在和黄堂聊,不是我。"

"不是,我觉得你就是他,他就是你。"

"我是被你们晚上的火晃得睡不着觉才上山的,讲不了故事。"

"你和他一样,不都是作家吗? 怎么?"

"不是每个人都是作家,也不是每个人都能讲得了故事。"

"说些有用的,黄镇人的区别没有那么大。"

…………

"我们有酒,是黄镇的酒,可是没有花生。"

"我有黄镇的大豆,干煸的,存了好久,有些硌牙。"一个人影笑呵呵地站了起来,从兜里掏出了一个大袋子,给每个人的身前都分了一些。看到他走到我的面前,我竟感觉不到丝毫的恐惧,甚至有些亲切的感觉。这种感觉从我刚见到他们时就有了,那种温暖和熟悉驱赶走了我畏惧的本能。

"我什么都没拿。"

"没事,你有故事就行了。"另一个人影起身拿起了杯子倒了酒,用他的第三条胳膊递给了我。

我喝了一口酒，一种熟悉的感觉刺入了喉咙，这酒和小时候偷喝爷爷私酿的酒味道一样，黄镇的辛辣。一瞬间的滚烫让我的鼻头一酸，我似乎想起了车祸前的事情了。那些很久以前或现在的记忆。

"黄镇什么时候开酒厂了？"

"不是，是我们自己做的。"

"没什么难度，都差不多。"

"黄镇的味道，黄镇人说了才算。"

"的确有点那么个意思，那么你们讲到哪里了？"

"这才刚要开始……"

我不知道自己讲了什么，也不知道自己怎么回的家，那双脚只记住了劳累，却不肯告诉我属于它的记忆。我在床上躺了三天，似乎一直在做梦，模模糊糊，日光也照不进来。那瓶酒的度数太高，一下把我三天的日夜都捅成了一个昏黄的梦。梦里我是一个叫黄堂的黄镇男人，翻山越岭几千公里，和十几个黄镇人围坐在树林里和他们讲了十几天的故事。我醒来一看，电脑的显示屏上多了一个十几万字的文档。我从头到尾看了一遍，倒也还能看下去，改了个别的错别字后，心里突然有种如释重负的感觉。虽然这些小说和我最初想探究黄镇历史的想法相悖，可我还是在里面找到了一种莫名的满足感。我给一个出版社的朋友发了过去，说自己发得着急，忘打书名了，这本小说集叫《黄塘记》。朋友看了以后，觉得几年后勉强能出。

就在我打算回黄镇的时候，出版社的朋友又给我打来电话，他说他对不起我，他的电脑不知什么原因，只要一打"黄塘"这两个字就自动跳转成了"惶堂"，他又试了办公室的其他电脑，也是如此。来回几十次，最后只能按《惶堂记》出了，不过作者和作品有谐音，说不定还能引起读者兴趣呢。

【作者简介】苏热，男，蒙古族，1997年生于内蒙古巴彦淖尔市。作品见于《草原》《北京文学》《上海文学》《青年作家》《青年文学》等刊，曾获"青春文学奖"。

○○后

珍爱的你们

○田逸凡

初见画家

抓防盗窗的动作真美,轻抚一般落上去,握得不易察觉,就牢靠了。总像在测试或打磨脖子里的卡扣,或者试试头到底在什么程度上能转到背面去。尾巴被赋予的,只有一维的空间能力,有一种神话认为,它是一片长长的页岩板,直通喉部。上下搅动,咕噜,唰啾。

——你打开手机备忘录,没有自我介绍。说,麻烦读一遍,借用点时间。

窗台外摆着两盏小米,是早上刚盛满的。这是其他人进你画室的唯一可能。你一大早出了门,说是去联络买家,可是正午不到,你就来了这里。你妻子遵照嘱咐,每天早上更换小米。你最近很忙,是因为你已经很久忙不起来了。你不仅要联络买家,还要物色新锐的学生。新锐?你说你不懂新锐,也从来瞧不上新锐。你强调"新锐"是从风格来说,不是年龄,虽然二者经常一致。原来你是看到背包里有画板,才过来讲话。

可惜了,这个背包不属于你面前的人,也不属于在座的任何一位,它只是暂时放在这里,谁知道它是谁的,或许根本不是谁的。

你说,搞雕塑的也可以,总归是搞美术的。你作的画越来越难卖了,干装修的老板看过后,退掉了订单——他们不喜欢《花开富贵》《喜上眉梢》那样的画了。现在已经不需要什么画展、报刊来排挤你。其实你不是只会画这些,早年的那种灵感再没有光顾你的画笔。你所谓的新点子就是扔下画笔,做模特。但你立马说,只是这次做模特,可不是转行模特界,而是策展人,从需要别人捧到捧别人。

广角拍出来的画室,有种挤爆了的感觉。果然,首先被挤到眼前的是三脚架与一摞画板,中间夹着变形的相机包。突然,床上一簇簇花丛涌动,尖嘴的鸟拨开拥挤的枝叶。你要是不那么一闪而过,划掉了手机相册,肯定有更多细节被挤出屏幕。你绝不让妻子改变任何一件物品的位置,这里有与你融为一体的气场,若像收拾家务那样动一下,就不完整了。

搬来这里之后,她开始为不用种田而高兴,后来却意识到,自己其实是下岗了。你不让她做家政,你说卖画、教书,够咱们花销。其实你是怕传到同行耳朵里。你劝她去街上找家美容店,做一套美容计划。她说,四五十岁的人了,做美容让人笑话。后来她去看了一次,正看见一个跟自己年龄相仿的女人,躺在美容床上任人揉撕脸皮,肚子上罩着一顶蒙古包似的玩意儿。她问,姐妹,多大啦,还上班不?那姐妹笑起来顶得两个苹果肌又高又圆,说,七十九啦,上什么班。她也笑。旁边的美容用品她都不认识。

你却说日子越来越难过,四年前,还只是偶尔画个画,遭妻子骂一骂。现在,你感觉被撕碎了,撕成好几块,各自上色,拼在一起完全不搭。你点了一份黑金鸡块,吃的时候不再说话。油莹莹的竹炭粉淡淡搭在你唇间。你该走了。你问,有单纯想回头看,不想朝前看的吗?明天,明天你还来吧?

看望老友

在区政府上班了,可不能再胡闹。你还是半成品的时候,就这样对你说。现在每天路过大门,拍拍你的胸脯,还是这样说。哎,你猜猜,今天上午有个什么人?你猜不到,没人知道他,据称是画家。他应该来看看你,才知道你和他的麻雀,根本不是一类。照你看,搞雕塑的和搞雕塑的,能一样吗?

石匠学艺时,要练习与石头对话,至少师傅这样教。听说木匠也是这样,没见过,你见过吗?雕琢的过程中,你开口说话。石匠成了石头今世唯一的听众。对你雕琢得越多,就越是清楚你的事。对你下锤,能感到你有一股戾气,总是将钉锤杠开。凿下来的碎石和粉末掉在地上,事后去扫,却沾在那里扫不动。看到

408

你第一眼,你身上纹路的英爽,足以让一位年轻的石匠颤抖。你摸上去凛然刺骨,像一块远古的寒冰。能让石匠兴奋的,就是遇到一块威风好料。

没错,像往次一样,又喝醉了。为什么总是喝醉了来找你?因为平日里,哪能随便和你说话?把你送出工作室那一刻起,你就比谁都高贵了。可是喝醉了,有些顾忌在心里就很无所谓了。没有一个人,是能说心里话的,连说话的地方都没有。你呢,你不懂人的感情,你只活在自己的故事里。来讲讲你吧,心里或许好受一点。

石头体内都有灵魂,本来是混沌的,只有石匠才能慢慢认识你。你今世是泰山上一块汉白玉,不幸没有长在主峰,而在次峰上,让人采挖了来。被双王城区政府订购,也算是前世的孽债,你非还不可。其实你生在泰山也有道理,双王城西南四十公里,有座静山,海拔仅四十八米,高出地面仅六十厘米,是泰山山脉向东延伸的地下余脉。你终归要回双王城来的。

双王城大概没有第二个人知道,你是一千二百年前南城门的石狮。他们只知道什么洪水,什么海市蜃楼,都是瞎听来的。县志里也仅仅保留这座古城的名号。民间传说的问题,便留给那些需要做学年论文和学位论文的学生们去吧!当时什么样,只有你清楚。千百年来你不得超生,也正是偷听了天机的罪过。

你说,阔然一天坑,陷于双王城中。坑何来、几深,无人晓其一二。逢雨,街衢积水汇坑,入则不见水之影踪,亦无声响,漆漆一黑洞也。时人皆"怪哉怪哉",连叹不已。连日暴雨而无内涝者,唯双王一城耳。坑吞水如渊,掷物试之,物遁地不见。人皆投灰废于斯。双王城一改污秽,整洁如新。

才将你脸庞上的石块剔净,青色的血管便在你太阳穴上跳动。不等完全凿开宽阔的口腔,你便直接开口说话了。你不发狮吼,满口古语,半清不楚,如听戏文。你的嘴动个不停,脸部肌肉进行着久违的活动,无法给你点睛。

闭嘴!

你说,勿扰!

好像你不是在跟谁说话,你只是憋了几百年,重获畅言的痛快。便随你说去,待你安静再点睛不迟。

你怎么知道城里的事呢,整天蹲在城门外?

你说,终日在门,往来者多矣。人语简单,细听几日便懂,且城外左近村人,亦携来城倾灰。曷不知乎？

　　每月月中，天狗吠月，本是常事。但那年阴历七月十四，你听得城中狗吠得厉害，比往月似有不止不息之势。有孱弱狗一条，狂吠咯血，气绝而亡。你觉出此况有异，即运平日所学狗语，悉辨吠中话机。不料，你竟听出此中末日之音，且咯血气绝之狗，乃灌水呛死之兆，再望那轮朦胧月盘，仿佛黑天被捅破一洞，天外混浊黄泥呈倾泻之势。你大约知道，次日城中将患水灾。你大概没料想，在后人的传说中，水患即是那造福双王城的天坑为之。次日水柱高达天日，粗比泰山，终日不绝。

　　你罪在偷听揣摩天机之后，不知轻重，暗示世人。有人看见顽皮孩子在你面部涂鸦，仓皇逃窜，几条人命得以苟活下去，阻碍了天灭古城的计划。你沉在水底，耳朵里灌满了水，只看见水面有数十条狗腿划水。你本以为很快投胎转世，再做一世好石，却被永封水底，与双王古城的旧物和亡灵共度，何时超生只待机遇，看你造化。一九七二年人工开挖水库，你终于重见天日，一副布满盐蚀孔洞的浑球模样。把你抱出来放在地上，浑身的孔洞往外吐着泥沙。日光当即将你吸去，转而吐在了泰安市郊，重新附在一块品相完美的汉白玉体内。

　　待石球置入你的口中，你终于无法说话。因此你多有怨恨，但这是为你好。如今的双王城区政府虽不比当年古城风采，却依然城深秘事多，还是禁了你的嘴为好！想到你当年的罪过是因为听见并且听懂了人语和狗吠，便将你的毛发雕刻得又长又厚，盖住耳朵。

　　你从工作室出去，身上披着大红绒毯。揭开红毯的那天，你已经昂首挺胸立在区政府大门左侧。领导为你剪彩，各界人士前来祝贺双王城区政府的正式成立，祝福区政府延续双王名城的千年伟业。远远看着你笑，想到这世上谁最懂你，可又什么都也不是。

　　完工那天，为你点睛，你的眼皮紧闭，无论如何不愿睁开。你不愿亲眼看看一千二百年后双王城重生的繁荣吗？拿着刻刀等你许久，你终于睁开眼，却落下一行血红的泪。为你擦净，抚摸你丰厚的毛发，强健的前臂。你当年就是这样，在水淹双王城的前一分钟，被顽童拿画笔涂得目射朱光，永恒地盯住可以逃命的方向。

又见画家

正在夏夜里酣睡的你们被广播喊醒:弥河坝已经决堤,水已经进村,雨量特大,村民立即撤离,到村委大院集合,不要犹豫!听清完整的意思,你翻身下炕穿拖鞋,却一脚踏入水中,打了个冷哆嗦。拖鞋已经漂到堂屋去了,屋门被水冲开。你跑去拉死电闸,喊着妻子拿上存折快跑。妻子急得摸不出钥匙来,你一脚踹开纤细的铜锁,拿上存折和几张钞票。幸亏你来开锁,才看见放在柜子顶部的一摞画。你踩着床去够,妻子边催边骂,几张烂纸,淹了淹了吧!

雨滴又粗又急,打在人身上生疼。说是催你吧,你妻子又怕院子里那棵枣树上面的鸟窝被冲毁,三两步爬上去,惊得你差点忘了跑。她把鸟窝捧在手里,嘴里仍叫着"快点快点"。你腋下夹着画,脚后跟厚厚的老茧在踹锁的时候划开了口子,这时也顾不得疼了。街上的水没到了膝盖,大雨根本没有停的意思。你猛然看见妻子的吊带还挂在肩上,在后背呼扇着,大步踩着水把自己的白色汗衫从妻子头上套下去。村委会的干部们正从一些老弱病残家里背着人往外走。到了村委大院,这里地势高,等待救援的队伍来。大家都衣不蔽体,突然记起羞耻这件事,好在村委的电灯也断了电。唯一的发电机正给喇叭供着电,村支书的嗓子喊哑了,换上村主任,一遍遍喊。其他村干部把背着的人放下,就立马蹚回水里面找人。

村民们被安置到一所中学的学生宿舍,两天之后雨息水停,可以白天回家收拾东西。你家的粮仓被淹了,刚收获的五千余斤小麦全部泡馒了。妻子后悔没有早卖出去,怨自己贪心,为了等每斤价格涨个五分,结果颗粒无收。你家的蔬菜大棚也被冲垮了,一个大棚损失加修整费用就接近四十万元。家中墙壁留有醒目的洪水印记,逼近屋顶。绿色的墙裙,漫漶的腻子,好像世界上某个著名的海岸风景线,浪花翻涌。

沙发搬到庭院里晾着, 不知道还能不能用。妻子把被褥全部卖给了垃圾场,光秃秃的床板散发着潮湿的腐味。台风已经过去,弥河堤坝也加固完成,洪水暂时不会再来,但村民们晚上还是需要去镇中学借宿。暑期接近尾声,大家都要赶在开学之前收拾停当,争取不影响学校开学。被你妻子拯救的鸟窝,雨一停鸟就飞走了。你抱着画回了家。

放哪里？妻子看着丈夫手中的宣纸，站在被洪水洗劫一空的家中。

还放在那儿。你检查了一下柜子顶部，略微发潮。

这是你的老家，五十多年来降雨量最大的一次，也是四十四年来唯一一场洪灾。平日里过境的弥河缺水，河道里有放羊的，建棚的，开垦的，好像这里从没有过河流一样。建在弥河畔的小区，车库也被灌了水。村民们在安置点闲来无事，讨论洪水。该哭的哭过了，该骂老天爷的骂过了，就都说，怪哉，今年真是怪哉！

一个古老的传说在你脑中浮现。不知道几百年前还是几千年前的哪个朝代，双王古城在朗朗晴日被大水淹没，城池变成湖泊，变成今天的双王城水库。那个可怕传说的各种版本和细节，你一时什么也想不起来。据说水库上方还会有蜃景，你没有见过。双王城的名字可能是讹传，相对于"两个王子"的童话，你更相信它由"亡"字美化而来。但你也知道，这水库明明是二十世纪七十年代为南水北调而建，之前是盐业遗址，怎么是什么大水淹没的古县城？

志愿者帮助村民抢粮，一袋袋一百斤的粮食需尽快运出粮仓，晾晒以后尽量出售，挽救损失。志愿者中，还有上中学的孩子，细弱的腰被粮食袋压得像被洪水冲垮的玉米苗。一位手指白皙的女教师带领孩子们干活。你本来没哭过，见到孩子们组成的志愿者队伍，握着那名女教师的手哽咽得说不成话。你穿的还是逃命那晚，套在妻子身上的白色汗衫，古铜色的皮肤失去了光泽。

妻子很激动，拉着女教师进屋里看，倒是说个不停。得知女教师是教美术的，妻子絮叨起来，干完活回家就画画，乱七八糟的，还不忘拿上画逃命。女教师很好奇，请求看画，便看到，一个半人半鸟的生物从柜子顶飞将下来，落入长得像砚台的鸟窝里；便看到，工地上一位农民工嘴里叼着的不是烟，而是酒瓶，却划着火柴去点瓶底；便看到，长了腿的麦穗在收割机前面逃跑……

你的怪诞农民画被女教师推荐到了日报社刊登，又被当作典型，推荐到了一位有些名气的策展人手里。你靠卖画挣了一笔钱，一时间各地电视台和自媒体前来采访。你向省里的一位画家拜了师，带着妻子来到省城定居，慢慢做起了职业画家，也在培训机构做美术老师。

画室窗台外常来的麻雀——其实你并不清楚是否总是同样的几只——在

你的老家,叫"家臣子",似乎是很忠诚的家人一样。妻子觉得荒唐,因为你坚信这些麻雀就是三年前妻子从枣树上救下的,报恩来了。她说,你算什么鸟,谁认得你呢?你准备为新锐艺术家策展的灵感到底是什么,连妻子都没告诉,你要确定人选后再秘密告知。你介绍道,你需要的艺术家,必须和那种气场是整体的,不可分的。"那种气场"是什么,你说不能用语言表达,只能你亲自把握,你要确保选对了人,又不把这天大的灵感透露给别人。你向美术学院发出广告,录用的美术生最好能住在你的画室。你打算与选定的画家一起写脚本,就像你手机备忘录里那段一样。

以前妻子认为没用的灵感现在能赚钱,归根结底是因为当年遇到那位女教师。当年遇到那位女教师,归根结底是因为遭了洪水。遭了洪水,归根结底是因为什么?你说,就是为了让你和这麻雀结缘。张大千画虎,齐白石画虾,徐悲鸿画马,你说你咋不能画麻雀呢?你说,归根结底,还是沾了洪水的光。你说这话不能传到老家人耳里。

三年前人声、雨声的喧闹,传说中巨浪滔天的震响,你每每从这梦中逃离,回到安静的夜晚喘口气。醒来摸一把脸,好像真的刚从水里逃出来一样。妻子在黑暗中微微起伏的身影让你安心,但你再也无法入睡。你独步画室,独守窗前。好奇这时候麻雀在哪里安眠,或者遥望煌煌巨月。残酷的月光如此,不像太阳那般张扬刺眼,却温柔地向你揭露着这样的事实:古老的传说化作轻云,弥漫在每一座聚落上空。

新的朋友

从石狮脚边抱回你来,是因为你说的话里,肯定有让石狮不安分的东西。好在石球抵得住石狮的咬合力,否则石匠的手艺和生意将毁于一旦。好生喂养你,给你洗澡,你的身子和石狮很不一样。终于在第四天,开始从你那话里,也就是"汪汪"里,分辨出些三言两语。但是东一个字西一个字,无法记录,后来才意识到,何不抱你去找石狮?从来只在晚上找石狮,时间有限。可你就是如此,多的时候连说十来句(最多一次十四句),最少只说一句,而且,你又经常重复昨天或者某天说过的话。

你没有跑过水，真是怪哉。而奇怪的事，陆陆续续发生了许多。

昨晚的月亮大得吓狗。你看见黄澄澄的铜盘吊在天上，忍不住要吠。许多狗都这样。你们害怕，却不知道害怕什么。一代代的狗都这样吠了过来，也没见什么真正令狗害怕的东西要来。

吠得累了，就找一处草丛，把脸埋进去睡觉。

像每个早晨一样，你跑出城门。路上，听到有的狗在议论，死了！可怜！说的是昨晚有一条狗，吠得咯血，倒下了，再没起来，血仍从嘴里汩汩往外流。你每天都要跑出城外呼吸清晨鲜美的空气。你没有管那些，路上没有人类，便一路向南跑。

草尖的露水很是引狗注目。你总是控制不住自己，跑着跑着就慢下了脚步，嗒嗒嗒去嗅路边的野草。鼻尖碰一下，舌头接住落下来的露水，甜丝丝的。你并不渴，只是觉得好玩。刚开始下露水的季节，你的毛发在早晨也总是湿漉漉的，跑起步来亦觉沉重。有时候露水一跃而入泥土，了无影踪，这也是难得的一件清爽的事情。

"站——住！"蹲在村口的棕黑色大狗忽然立起来，拒绝你继续跑进它的村庄。单论体形，你肯定打不过它。它的前掌那样黑那样硬，很容易把你扑倒，按着你起不来。有一次和它硬碰硬，它在你脖子上咬了两口毛下去。

你也忽然立住，盯着它的眼睛。你并非不知道跑为上策的道理，大清早的你斗志满满，而你又天生喜欢挑衅。它喘着喉咙里的痰，腮头因为咬牙咬得太紧而哆嗦着，前半个身子低低伏卧，拿眼瞪你。你留意它的后腿，它动一下，你立即掉头狂奔。你有信心跑过任何一条狗，只要它还是四条腿，而没有更多的腿。

它在后面发疯地吼叫，还模仿农夫骂你们城门里面的狗。你们狗为了生存，都懂几句人话，有的狗学得很像。你虽住在城门里，但你是野狗，并不和那群养尊处优、看人眼色的贵犬来往。可总是有狗嫉妒你们在城门里好找吃食。棕黑大狗那样的体形和凶相，闯进城门立即会被驱赶出来。你这种玲珑小巧的就不会引起太多关注和讨厌。

它的声音越来越远，你就慢下来散步。又禁不住好奇，你跳到路边的草丛里，匍匐回返。原来它被拴在了村口的一棵大树下。这时你才注意到它的脚边放着一张破了洞的大铁锅，兴许是不远处那户人家把它养在这儿的，也为村庄担任看门神了。呵呵,还学农夫骂人的话,你不也是人养的走狗!老子好歹是条野狗,逍遥自在。

不战而胜的感觉有些麻木。这地界,两条腿的、四条腿的,都跑不过你。你估计人类长不出更多的腿了,他们直着身子慢悠悠地走,胸膛、肚皮和私处都展示给大家看,全然忘记祖先贴地而行的迅捷和廉耻。你盼望和六条腿的狗赛跑,你想检验是否腿越多跑得越快。你跳上南城门右边石头做的雌狮子。你也像狮子那样后脚靠住前掌,好比蹲踞在某个山头。

陆续有人挎着篮子进城门里赶集。早上集市的蔬菜最新鲜,傍晌午来的话,菜叶子会被晒得又干又黄。今天真是个大晴天,这里的太阳很是厉害,虽然最热的日子已经过去了。前几日城里一户人家养的一条二十岁的老狗,趴在门口晒太阳,活活晒死了。狗肉店打算去收这种现成的烤熟的狗肉,那户人家死活不让,并把那狗埋在了城中心那座能吞噬一切的大坑里面。准确地说,只是扔进去而已。城里人认为这就是很好的下葬方式,他们的死人也是往那里扔。

抱着小人儿来的大人在路上拔了狗尾草,让小人儿拿在手里玩。娃娃举着狗尾草,举到大人鼻子下面,大人打了喷嚏,骂两句你耳熟的人话。

老狗们讲的传说是,多少多少年前,世上只剩下你们的祖先一条狗,叫夸犬。那时候的狗威猛高大,手可捉象。狗天生害怕月亮,据说当年的月亮比现在还要惨白,黑夜比现在还要黑得彻底。狗在一个个夜晚都被吓死了,夸犬是唯一活下来的。它也害怕月亮,白天恍惚流浪,它的体形大到没有任何东西可以藏身。每到夜晚,它就把头深深埋在肚皮下面,瑟瑟发抖。但祖先终究承担着整个物种的使命,某日突然振作起来,或许接到了上天的旨意,发誓要在日落之前追上太阳,把白天留下来。它从早晨跑到傍晚。太阳在西山后面,交叉着双臂,朝着它笑。夸犬知道自己命数已尽,也看着太阳笑。它一笑,就轰然倒地。夸犬的身体躺在地上,在岁月中化为世间的一切。夸犬咽气之前许愿,让你们的体形变得很小,为的是方便晚上躲避月亮。

狗尾草是夸犬的腋毛掉进土里长出来的。所以叫狗腋草更准确,可你无法和人们说。在人们耳中,你只会"汪汪""嗯呜"。你亲耳听到过他们模仿狗说话,自以为模仿得像,其实乱七八糟,连不成话。石狮旁围上来几个小人儿,手上各拿着大人给买的一串糖画或麻花,边吃边玩,等待采买的大人从城里出来。

倚着石狮的前臂,接近正午的阳光令你发昏。赶集的人一伙伙地回了家,只有两个或者三个孩子仍蹲在地上玩耍。你听到"啪"一声,睁开眼四处张望,孩子们已经跑远。左边雄石狮面前的空地上,一个菜篮子尚未站稳,几根芹菜从篮子里滑出来,一枚鸡蛋正滚向不远处的草地。城墙里面传来轰隆隆的雷声。

跳下地去,往城门里一望,城中心那口平日干涸的天坑喷出擎天水柱,像是地面被炸开一样,水急匆匆地喷射。你担心这些水出来,地下就空了,只剩一张薄薄的地皮,一踩就塌。集市上的摊子都淹了,装菜的农车被打翻,飘忽几下,沉到水里去。城里的水已经这么深了!正往四处漫延。

你追着孩子们远去的方向逃跑,这次是真正的逃命。你的脸被迎面的风撞得肿胀,这应该是你跑得最快的一次。眼已经睁不开了,你就闭着眼狂奔,只管跑,跑。你仿佛只剩下四条腿在运作!从不知道草地如此烫脚,你忍不住吠起来,以便向某种恐惧的东西示威。人类修建的道路已经没有用了,那种道路的目的就是抵达,而非行走本身。你大概在草地上留下一条新路了。

后脚腾空,水滴溅到了你的前掌。后脚落入水中的一刹那,你知道你输了。原来不是腿越多跑得越快,水没有腿,它跑赢了你!

水涨得很快,你渐渐抓不住地面了。你想你要完了,你会像祖先夸犬一样,在奔跑中终结自己。水漫到你的腋下,你已经完全脱离了地面。你在水里扑腾,过了好久,水看上去停了,因为水依旧在你的腋下。你确认你没有死。而你望见身后的城楼却在下降,涌来一波迅猛的水浪,将你抬高又放下。你明白了,水还在涨,这座城永远地消失了。而你却漂起来,保住了小命。

还有几条狗都漂了起来,你们游到一块,听他们说城里没有人类能跑出城门。你们又互相告诉,原来狗因为四肢朝下,天生会游泳。两条腿的鸡和人,都被淹死了。你想起城南村庄的那条棕黑色大狗,四处张望。它大概被拴在树上,没能游上来。远处横在水面上的几条树干,树冠已被洗劫一空。这大水,把树都连根拔起了。棕黑大狗,或许在上浮过程中窒息而死,没能活着上来。

举目四望,太阳照在水面上,明晃晃。什么也没有。水流到天边,那里被缝上了,严严实实。太阳依旧很大,很烫,你感觉它随时会从空旷的天空上掉下来,落入空旷的大水,吱吱啦啦,像集市上炸油条。

一条狗吠了起来。你们好像刚刚想起这回事,也都跟着吠。朝着漫无边际的虚无,撕心裂肺地吠。晚上,一条狗突然被另一条狗咬死了,另一条狗的眼里射出饥饿的枯黄色月光。你们一起咬死了那条狗,互相挤着死去的两条狗,不让它们沉下去。月光在血水里有些发稠。你们继续吠着月亮,担心自己睡着了沉下去,这个城市的夜晚再也不会被你们吠醒……

连续从你嘴里记了二十九天,终于还算完整。那位画家没有留电话,便想着,能不能再相遇,于是将这些文字存在手机备忘录里。说不定,对方已经忘记。若遇见了,便像他当初,打开手机备忘录,没有自我介绍,说,麻烦读一遍,借用点时间。

乃玉的暗色滩地
○田逸凡

　　布老虎站定在几件石膏像中间，一双眼洞黑洞黑地打量着乃玉塌陷的鼻子。

　　乃玉老是想，她这耳朵是慢慢听不见了的，还是一下子就聋了？孔子再怎么至圣，也活不过七十三岁。而乃玉活过了。她便怀疑是七十三岁那年，耳朵先她一步踏上归西的路，从此她闯进无声的世界。听见的少了，脑子里想的自然就多了。乃玉抓下那只布老虎，琢磨着上一顿早饭。双双大声对外孙说——实际上是大声说给乃玉听——自己跟你姥姥说，你咋了！女婿没等外孙说话，端起乃玉的面条碗，放进去一块红腐乳，又和外孙说话，外孙摇摇头。不知女婿又和双双说了些什么，双双撂下筷子，大声说——这次好像不是专为了让乃玉听到——我闹得多大事似的？他不是你儿子？乃玉发现智能鱼缸上面的石膏大卫，正有眼无珠地扭着脖子，像她一样只听个只言片语，或者什么也听不到。

　　双双和女婿都上班去了，外孙也背上书包，电梯门关闭前外孙还是一言不发，没跟乃玉说"姥姥再见"。收拾了碗筷，乃玉坐到转角沙发上，拨弄布老虎的耳朵，左耳青布，右耳红布。夜里做梦又看见了儿子，这次他不在火化炉里，而是完好地躺在棺材里。儿子睁开来自海底的幽玄的眼睛，棺材密不透光。就像两汪潭水，拒绝被波长萎缩的蓝光穿透。低矮的空间容不得他坐起来，他发了疯地撞啊撞，棺材外面厚重的土坟纹丝不动。他很快没了力气，昏了过去。乃玉在梦里知道，儿子这次昏过去，就是真的死了。乃玉经常梦见儿子，而且只梦见儿子死了。早几年，乃玉还常做些布老虎之类的玩意儿，往女儿双双家里送，后来也送小区里的邻居。乃玉思来想去，好像就是自从不做这些布玩意了，才开始梦见儿子。

鱼缸里的水感应着屋外的阴天，变得十分黏稠。鱼甩不开膀子，带花的不带花的剪尾比平时迟钝几倍，常常拍到别的鱼身上。鱼尾掀起的水波层层叠加，一圈套一圈，大波吃小波，挽着臂膀，又着腿脚向缸壁撞去。乃玉数了数，水面上露出五条大花背，很像做布老虎的碎布头子。还做媳妇的时候，婆婆说乃玉，女人不学点女工怎么行，将来做了婆婆，让媳妇笑话了去。婆婆哪能料到，乃玉只有个女儿，给谁当婆婆去？乃玉往撑起来的布袋里塞脱了水的棉絮、零碎的谷衣，把布袋填得满当当。老虎的身子骨健壮起来了。缝上小口，这是老虎的后庭。婆婆教给她，这个口子得缝到底下，别对着人。接上老虎尾巴，尾巴是翘起来的。老虎的强悍和聪明啊，有一半在这尾巴上。就前几天，小区里还有人请乃玉做布老虎。乃玉说，早不做了，老了老了眼还近视了，戴着那近视镜头疼得很，做不了啦。其实非要她做，也能做。只不过这个人要她做的老虎很特殊，得夹着尾巴。她不爱做，那多难看哪。家里摆个布老虎，不就喜欢那个威风劲、机灵劲吗！外孙却不这样看，说那老虎圆滚滚的，像只笨老猫。

　　乃玉准备把布老虎放回鱼缸上，却第一次发觉鱼缸上这样满当当。几件石膏像左拥右搡，丝毫没给布老虎留出立足之地。索性将布老虎扔在了茶几上，盘踞在一摞贴着图书馆标签的书上。布老虎脚底下那本，是女婿上个月参与联考命题的参考书，封面已经丢了，图书管理员为它包了书皮，手写体"科学之魂：爱、海、玻关于不确定性的辩论"像一群跛脚的醉汉，伸出破旧的鞋子，吃力地倚着书脊瞌睡。记得女婿说过，这本书的题目翻译有误，一是不该把爱因斯坦、海森堡、玻尔三位先辈各缩写成一个字，二是不该想当然颠倒原标题。"Uncertainty"应该在冒号前面，是总标题，而辩论是关于"the Soul of Science"的。乃玉年轻时上过纺织厂工人夜大，大概知道这里有三个外国人的名字，后面没听懂。什么暗色滩地，什么酸不拉几。女婿写了个纸条，准备还书的时候交给管理员。

　　转眼就春分了。这个春分没有一点春的意思，冷风吹得人头皮作痛。以往春节前，双双把乃玉老两口从老家接来。老头子生前住不惯楼房，一般待几天就还是回乡下过年，留下乃玉一直住到外孙开学。出了门，风灌进耳朵里。乃玉的内耳光秃秃的，没有草障一样的耳毛细胞。风一点不减地蹿到眼圈再喷出来。脑仁像个拨浪鼓一样在乃玉头里翻痛。乃玉有个心愿，并因此一天天出去瞄瞄看看。刚想给老头子去个电话,说在双双这儿住到清明再回,却突然想起老头子的电话早已作废。

一九七九年夏日,纺织厂的夜晚没有加班,却聚集了许多人。戴眼镜的、夹着书的、把工服袖子挽到胳膊肘以上的,还有扛着锄提着空水瓶的、围着厂房外的旗杆喂蚊子的。夜校里,大多数正式学员都是没结婚的。所以乃玉是被当成大姐或大嫂待的。一些小姑娘这几天正撺掇乃玉,领她们上羊口去。说那里有的是人家不要的虾子蟹子。拾回来做成酱,可香了。羊口是哪儿?乃玉刚嫁到婆家庄,连羊口的名字都没听过。姑娘们笑她,你还没奶孩子呢,怎么就傻了呀?羊口在北边,最北边,羊口再往北就是海了。羊口可比咱们庄大多了,是个港口呢。那儿的人富得只吃头里泥少的虾子,蟹子也只吃母的肥的,没籽的也不要。乃玉听迷了,这得是多大的地,多富的人啊!一个庄罩得下这么多壮丁和媳妇,一个羊口还能罩下这么多干净的虾子和母蟹子呢!羊口,听这名就好。羊嘴,殷红的大厚唇。牙齿细小整齐。吃东西都是下唇左右腾挪。食物是在嘴里碾碎了的,不像其他牲口蛮横的嚼法。乃玉对姑娘们一挥手,走。

三轮车的斗子被姑娘们压得弯成了锅底。乃玉使劲儿蹬,姑娘们轮流下来两个帮忙推。羊益路南通益都,北达莱州湾。乃玉蹬了一会儿,抬头,却望不见头。她们这样比走路还慢。刚经过赵家庄,乃玉就下来不干了。几个姑娘拽住往回走的乃玉,哄着她说,没个大人她们不敢去。乃玉毕竟还是个小媳妇,听到她被当成唯一的大人,没她领着还都到不了羊口,便又自信开心起来。但她绝不再骑车驮她们了,而让她们轮流推着或骑着。大家一起走路,反倒更快。

羊益路光秃秃的。她们走了大半天,也没见上一辆汽车。以往有汽车经过村口,准会有几个男孩子从村口跑到公路上,追着汽车跑一段。姑娘们叽叽歪歪得也累了,聊不动了,就默默走着。乃玉想着婆婆天天唠叨的事,生个儿子吧。人家问她,上面说生男生女都一样,你想要男孩女孩啊?她从没想过,甚至还没接受自己做了媳妇,就要当娘要养娃的事实。从小跟着奶妈子长大,乃玉还以为,像她亲娘这样的大家闺秀是不用亲自当娘的。大家闺秀只管识字就好。乃玉这个幻想随着家里的土地,七零八落,了无影踪。

夜校招生时,一些长辈劝乃玉:那是年轻人上学的地方,你都做了媳妇啦,不如多想想怎么让你婆婆抱上孙子。乃玉因为家里遭了变故，没读上什么书，或许她是娘家里唯一一个不识字的女人。以前她家里，上上下下，连犬雀鱼虫都能翻书，老鼠也会咬文嚼字。一想到那个奶头冰凉的奶妈子还能对着月份牌上的天干地支念几个字，她就非去夜校读书不行。

一起读书的小姑娘，虽说把她敬作大人，却总觉得女人结了婚有了娃就脏了，哪能跟她们这些冰清玉洁的女学生比？乃玉看着走在前面的三轮车，感觉自己落了单。羊益路两旁的杨树被乃玉一棵棵数着。大概数到一百三十一还是一百三十七，她就突然想到别的而卡了壳。记不清数到了多少，也忘掉了想到的什么事。

杨树干上很多疤，就像睁着一只只眼睛。乃玉不知道杨树的"杨"怎么写，以为是羊口的"羊"，羊树。所以那些砍掉树枝留下的疤也就是羊眼。羊树被砍掉一只胳膊，竟在长胳膊的地方睁开一只眼，成天睁着羊益路上的行人。这很神奇，又很骇人。羊眼都这么吓人，那羊口岂不要吃人？乃玉头皮麻酥酥的。

大地上扣了一张无边无际的磨砂玻璃。乃玉的近视眼看向头顶，简直一塌糊涂。她对长椅上的老头儿老太说，我得去办点事，就不坐下了。办什么事呢？她必然出了小区，往南走几十步，从亳沁营地铁站 D 口下去。这是她的起点。地铁在乃玉看来，就像是为她这种人建的。在地下钻来钻去，不让地上的人知道，很适合她去实现隐秘的心愿。她不知从哪儿来的兴致，央求双双和女婿让她去还书，顺便见识一下图书馆，还坚持自己去。阴暗的地铁隧道里，每个乘客都像有什么阴谋。抵达一个本我站，进入 shadow（阴影）区。不像在公交车上，乘客像杂货摊一样被摆出来晾着，暴露无遗。

她要去看。她只知道，她要去看。乡下老家，没几个年轻人了。大都是没识过字的老顽固，或者识过字却糊涂了的老不死。那些留在乡下的年轻人，也大多是上学不中用的。乃玉就想看看，这个装满了文化和文化人的城市，是怎样日出日落，南来北往的。她还是想念小时候，在爹家里，周围都是字，以及认得字的人。双双和女婿不是文化人吗？当然是。可是不够。乃玉想看到更多的文化人，想走到文化人中间，想被更多的文化人看到。她自己却从不说"文化人"，而总是说"年轻人"，她说她喜欢看年轻人。想来也是，文化或能使人年轻。

自从老伴殁世，乃玉对死亡恐慌起来。老伴的离开催促着她。催促着她死，催促着她什么也先别干，先去死吧。其实她也并不怕死，她只是纠结死之前还能做些什么。不行，太着急了，我除了耳聋，哪也不疼不痒。每当这样想，乃玉的思维就迫切地回到少女时代。那么多的小心思，像一颗颗滚烫的爆米花，砰一声爆出来，把自己吓了一跳。想当年，结婚她都不在乎，就好像应付亲戚询问考试成绩那样麻木地完成一种缔结。然后就想着，认字，读书。然后？然后就会有更多新鲜的吓人的想法。小说里，男人和喜欢的女人说，有什么事，我们躺下再说。罗曼蒂克，谁都有罗曼蒂克，可是只有学习文化才让人能够体会罗曼蒂克。夜大读了不久，乃玉怀孕了。家庭就像个泥潭，乃玉陷进去，一辈子快到头了。死亡的焦虑迫使她回忆，回忆又把焦虑煎得像一块永远熟不了的牛排，让她痛恨自己的衰老。如果可以选择不死或不老的话，她会毫不犹豫地选择不老。一个人一辈子停在二十岁该多好。老年的乃玉没有别的欲望了，只是贪婪地产生一个个贪婪的想法，然后贪婪地行动。在迟暮之年，连贪婪都显得苍白。

乃玉已经学着年轻人做了很多啦。她去奶茶店排长长的队，从不接受别人给她让位。她坚持被这支散发着青春香气的队伍夹着，挤着。有人问她，给孙子买奶茶吧？她抿着嘴，礼貌地点一下头，并没有听到问的什么，却已经猜了个大概。她摇摇手，像个很有情调的大学退休教师那样，不，我爱喝。调饮师听见也会心一笑，一丝不苟地操作各种机器。红茶从水龙头里准确地击中杯底正中心，恰到好处地停下，杯子被送入小洞，出来时已经封好了盖子。调饮师捏住杯子，杯子被摇得像个秒摆。奶茶和红豆已经在乃玉脑海中互相渗透，红豆一颗颗均匀地悬浮在奶茶里。乃玉在适当的时机给调饮师一个学者式的充满信任的微笑。

冷柜里一根猪小腿饱满紧实，像是象牙裹上了红宝石。她学着刚看过的电影，把屠户当作自己的学生。你知道吗，在西方，猪小腿骨是可以做滑冰鞋的冰刀的，所以又叫冰腿。提着刚买的五花肉，她觉得不止三斤。大概是屠户钦佩她的学识，不由自主多切了二两。她为这一席话而自豪。她本想会意地道声过奖，却把背挺得有些冷漠，将优雅的步子迈向下一个菜摊。这次，她迈向市图书馆的步子还要优雅下去吗？

等候区的玻璃上只映出了乃玉的脚，从她的角度接收不到玻璃上半部分的漫反射。地铁站里出奇的冷清。可能因为阴天,人像鱼缸里的鱼一样,不爱动。乃玉提着装书的布袋,望着线路图,突然不知道要去哪儿,也不很清楚自己在等什么。她朝穿地铁部门制服的小伙子看过去, 小伙子正直勾勾盯着正前方。他笔挺的制服大衣使她不由自主拉了拉袖子和衣摆。

云彩散发着鱼腥味,一朵接一朵推搡着,从羊口的海面游向陆地。滩涂上渗出一层薄薄的盐粒。海鲜的残液,鞋底的泥灰,脚底的胼胝,风里的沙尘,糜烂的海藻。滩地成了一爿巨大的腌制厂,散发着卤臭的气味。走上去沙沙的,但不硌脚。海水跟着太阳,从午后落潮。太阳落下一大半,海水也落下去一大半。海滩上的水痕由浅入深地逼向海面。迟来的浪依然使命一般扑向海滩。不少海草、蛤蜊、死鱼烂虾都晾在海边没人要。不过也没有传言中那样多,有些被踩成了泥黏在沙滩上。乃玉痴痴地望着。一眨眼工夫,姑娘们纷纷提着桶拾海鲜去了。不一会儿就拾个干净。每人的桶都没满,不过姑娘们还是很开心。她们互相闻着手上的海腥味,还有人掬起一捧海水,舔几下,呸呸吐掉。

当天肯定是回不去了。可是在哪儿睡呢?姑娘们都说不敢走夜路。或许有的是想多歇会儿,也或许就喜欢在海边过上一夜。乃玉把三轮车推到海滩上,让车身和海岸线平行。大家靠在车子背海一侧。乃玉很快发觉,这海边的晚风,是陆风,便带着大家转到面海一侧。陆风把桶里虾蟹的臭气吹向海面,当然经过乃玉的鼻子。乃玉猛地吸一口腥气进去,哇地吐了出去。一些东西粘在了自己的裤子上,和前面一个小姑娘的头上。都说女人怀了胎,嗓子眼才格外浅。乃玉最近还做过体检,没什么异常。最近在厂里也是,做着工,看着粉粉绿绿的布线就干哕一下。众人没有防备,也都困倦了。乃玉自己领着那个小姑娘走近了海,撩起海水洗。海水到了晚上,反倒让乃玉的凉手凉脚觉得温乎乎的。

这姑娘十一二岁,在夜校里算很小的。乃玉以为是她妈妈在纺织厂。这小姑娘说,爹没得早,娘的身子也下不了地了,她就来厂里上班,顺便读书。乃玉拨开姑娘的一缕缕头发,择出一些虮子和她吐上去的东西。乃玉左手捧着择完的一缕头发,右手到海里涮涮,再舀上一手心的海水,从头发上面冲下去。海水流过姑娘的头发,留下了绵柔的月光。

听起来,这姑娘家以前也是不错的,她叫父亲"爹"。寿光人口中,常称父曰

"爷"。只有官宦、乡绅的子女称父曰"爹"。乃玉也是只会叫爹,不会叫爷。她听着姑娘的叫法,便觉得亲。一定是她早逝的爹或下不了地的娘,承袭着早年家里的习惯,教给姑娘的。乃玉决定等有了孩子,也教他喊父亲叫爹,不要叫爷。家业是没了,这仅存的一声爹,可是咱的名牌。咱也只能凭这个跟别人区别开,告诉他们,咱家祖上家大业大。

两人回到三轮车旁,依偎着睡去。乃玉惺惺忪忪,记得夜里的海又涨潮了。浪花拨弄她的脚丫子,痒却笑不出声。潮水越涨越高,泅湿了她的私处。风在她耳边窃窃私语。一天没喝上水的嘴唇却柔软得很。从海上漂来一朵棉花桃子,她跳了上去。棉花桃子将绽未绽。暖融融,滑腻腻,湿漉漉,冰凉凉。大海的力量就像她的男人,时而抱得她死死的,时而牵绕着她摇来晃去。

女人们睁开眼的时候,海面上的渔船远远近近,大大小小。尼龙绳织的网本是绿色,长年在海水中碱蚀得泛了黄,许多绳结也开了花。有的渔夫看向她们,指指点点,说说笑笑。乃玉忽然瞥见海面上一双熟悉的眼睛,正盯着她看。那双眼睛如大海一样哀而不伤,澄碧、苦涩、执拗、无邪。说不上什么,却一辈子记住了。多年以后,乃玉时常感受到这双眼的存在。它在床头,在地铁窗外,在布老虎的花眼里,在大卫石膏像的白眼里,就好像上帝之眼,监视甚至篡改着什么,却缄默得那样坚决和呆滞。

渔夫们的荤段子像鱼肚子上的肥肉一样翻开在甲板上,油而不腻。赤而不艳的晨曦把海面敲碎了,把渔夫的笑声也都敲碎了,一片波光粼粼。乃玉什么也听不见。海面像女人潮红的脸蛋,红里透着点蛋黄色。渔夫们的身影笼罩在金属一般的蒸汽里,显得粗粝而生动。收拾收拾准备返程了。这回,一个人可推不动三轮车。两人扶住车把,其他人的手或拉或拽或搓地放在斗子两侧的铁板上,给三轮车一点静摩擦力。

终点站的地铁工作人员把乃玉拍醒。她一上车就睡着了,也不知道为何这么困。老是想着鱼缸里的鱼。锦鲤的剪尾扫来扫去,像是扫在乃玉脸上。锦鲤懒散晃几下,就呜嘟着嘴巴,垂下腮上的鳍子,打盹儿去了。图书馆,我去图书馆。乃玉说话有些直勾勾的。类似护士帽的东西挂在焗了油的盘发上,下面一双熨帖的眼神平视着乃玉保养得水肿一般的老脸。

没想到儿子能找进地铁上的梦里来。这次儿子还是在火化炉里。赤褐色的炉壁不一会儿就被烤得金红，有种透明的欲望。儿子醒来，在海绵一样的热气里醒来。他吱哇乱叫，狂击铁炉。咚的一声，又咚的一声，颤动着乃玉的心跳。儿子的头上噼里啪啦地响起来。火势还不太旺，偶尔几根头发吱一声化成白烟。我还活着呢，妈，妈，我没死，我没死，我没死！外面没有人听到。坚硬滚烫的炉壁像一个蛮不讲理的人，强迫他想起母亲、理想、声色犬马这些让他不甘死去的词汇。炙热的火海波涛汹涌，时不时呛儿子一口。燃烧和蒸焖，这无声的变奏曲。一个由疯子组成的交响乐团，表达着活人对于死人的狂想，生命对于死亡的狂热。最后，儿子长叹一口气。这口气长得足够令胸膛瘪下去。

健康谷站只有乃玉一位乘客，一串串冽风肆虐着反方向的空荡隧道。乃玉很奇怪，当年为什么听不到儿子在火化炉里的惨叫。如果听见了，肯定还有机会的。很多人已经提醒她，人在火化之前会做一系列的处理，是不可能活着进火化炉的。她还在自责，拿到儿子的骨灰时，竟没有一点哭的意思。但她有时又突然说，当时她哭得有多凶，仿佛要把所有人吃掉一样。那大概是一种饥饿的恐怖的号啕。

双双曾问她，你怀过几次孕？她先是说一次，然后盯着双双，不对，两次。

那你两次都生下来了吗？

当然，我一九七九年生第一胎，是个男孩。

我不就是一九七九年生人？

你怎么会？一九七九年我上夜大，去了一次羊口，不久怀孕了，生个大胖小子，我就再没上过学了，这我记不错。

双双拿出自己的身份证，展示给她。乃玉用指尖仔细划过每个小字，对，生日没记错，你和你妹长得像，你妹叫双双，你叫、你叫……双双拿过身份证，握住乃玉的手，乃玉还在用力想"儿子"的名字，母女两个一声不吭。梦和现实的界限已经越来越模糊，如同这个世界在她眼中也越来越模糊。她的记忆伴随着听力的消逝，把曾经听到的许多话也都忘了。

在回程的地铁上，三个和乃玉年纪相仿的女人坐在她对面。她们穿着随意而干净的宽松裤子、宽松大衣、宽松凉鞋，头发直的很直，曲的很曲，黑的没那么黑，紫的没那么紫。乃玉为自己的精心打扮而羞惭。此时她觉得越是精致则越生硬,就好像为了进一趟城而动用了力所能及的最高规格。这种刻意和重视让她觉得自己有些过了。三个女人老练地高声谈论这个她们可能生活了半辈子的城市。许多地道的街道名、地名和店名是乃玉所一概不知的。不过好在乃玉听得并不清。她们那种对自己的城市品头论足的神情,令乃玉十分陌生。自己的女儿双双,在这个城市住了十来年了,对这个城市来说却还是个外乡人。女婿虽是本地人,却一心向往回归田园生活,总是自觉表现出某种寄居者的姿态。乃玉从未在双双和女婿脸上看到这种真正当家做主的神情,在乡下,几乎人人都对村庄再熟悉不过,却也没有见过家乡人像这样。犹如痛饮烈酒一般,谈论家乡的好与坏、爱与恨。

乃玉顾不得这三个女人是不是"文化人""年轻人"。但她明确地知道,这才是城市人,是城市的人。三个女人被乃玉长久地盯着,却从不被打搅。她们是那样投入,那样认真,又那样无所谓,那样地把所有都付之一笑。

今天累了,不去图书馆了,回家。地铁隧道里的广告牌呼啸而过。一节节车厢摆动不定,好像有人在下面舞狮。

乃玉把酱缸封好,迫不及待钻到被窝里,和她男人讲羊口港的风景。她男人是见过海的,而且据他自己说,见过最大的海。最大的海都见过了,一个羊口的海不足为奇。不过她男人还是装出很耐心的样子,一边听着乃玉娓娓道来,一边用中指打着转抚摸她的身子。两个人胸贴胸地抱着,黏腻的汗液使乳沟和锁骨原本清晰的线条漫漶开。等不及讲完,只一晚上没在一起的小两口就心照不宣地缠绵起来。正做到兴处,乃玉眼前忽然浮现出那双渔夫的眼睛。那是大海向她投来的眼神。就在她男人猛烈的撞击中,有些东西无限生发,无限确定。她又听到了海边夜晚的风声。大腿内侧浸润着来自大洋中心的海啸。整个房间都氤氲着某种辽阔深远的蓝色。

歇了一会儿,口干舌燥,她男人下床为她端了碗水。一喝水,乃玉嘴里残余的海盐又冲到喉咙里,哇地吐了一枕头水。她跟男人讲起昨夜吐了的事。不知道会不会和怀孕有关。说到那个小姑娘,乃玉才想起还没问她的名字呢。

第二日,乃玉一进纺织厂,就急急地寻那个小姑娘。去人事处打听,却说是厂里从不收十五岁以下的女工。嘻,我又没啥坏心思,不会打报告的,你就告诉我她叫个啥,我和她有缘呢,我知道她家里的情况。人事处说,不是怕你举报,确实没这个人,你说的这种家庭,咱队和邻近几个队都有类似的,你去厂外打听打听吧。

乃玉打听来打听去,再没见过那个十一二岁的喊父亲叫爹、头发绵柔有如月光的姑娘了。她去问同去羊口的几个姑娘,却都没有印象,也没人记得她那晚吐过。说起去羊口的共几人,谁也记不清了。有的说就三两个吧,有的说是十几人的大队伍呢。说来倒也怪,乃玉确也不记得这个小姑娘来回路上是不是跟着,更想不起她走在三轮车的哪个方位。这个小姑娘她一辈子没忘,时而觉得她就跟在自己身边生活,时而怀念给她洗头发的夜晚,像梦一样。不记得了,说不清了,没人信了。

虾头酱比炒烂了的洋柿子红得还喜庆一些。尤其里面又掺着蟹腿,乃玉又把虾头里的泥抠得很干净,这酱可是把她和她男人香了一阵子。筷子戳进酱瓶里,抿到馒头上。一口下去,任其汁液渗进舌面,生成一层新的舌苔。虾仁一样的馒头在舌尖翻来滚去,给左边的大牙剁剁,给右边的大牙碾碾。舌头一卷,已经接近食糜的"虾仁"落进食道,同时把咀嚼的软腭盲区也粉刷一遍。真叫一个沁人心脾。这还不够。木筷子上沾着的、吸进去的汁肯定不少。用咬开的馒头夹住筷子,捏住,擦下来,又两道红印烙在了馒头上。

后来去羊口,乃玉再没拾到过这样多这样好的虾蟹。婆婆馋得不得了,乃玉却没能给婆婆做一瓶虾酱,倒是让婆婆如愿抱上了孙子。儿子生下来,乃玉看他第一眼,就觉得和那双大海的眼睛像。她认定,儿子不仅是她和她男人的骨肉,还是她和大海所生。儿子继承着海的灵魂。有了儿子,乃玉慢慢塌下心来过日子,跟婆婆学了一些女工,最拿手的就是花轮坐垫。捡一些酒盒里的彩色纱布,加上一些家里剩下的、跟别人要来的烂布头,做成一个个三角的小旗子,顶角摆成心形,像个花轮。缝到厚实的填了棉的底子上,坐上去很吃臀。她还喜欢琢磨做一些新玩意儿,比如布老虎。她婆婆就不会。她把她婆婆比下去了。双双后来问她,怎么会琢磨出来做布老虎的?乃玉一口咬定是她婆婆教的,还拿出一只旧老虎,信誓旦旦地说这是她婆婆做的模板。

乃玉想着,再琢磨一些花样,以后当了婆婆,还得留一手。可不能让儿媳妇比下去。

乃玉下了地铁,直奔女儿家里的储藏室。拆卸了一些废酒盒,又找出双双多年不穿的一件旧棉袄拆了。她兴奋地抱着搜集来的材料,在外孙的书桌前坐下,又觉得书桌太高,就靠着外孙的床沿坐在地上,屁股底下垫了一张花轮坐垫。

　　以前乃玉常坐在外孙房间里。这个房间朝阳。其他卧室也朝阳,但与外界还隔着阳台。三九四九天里这是最暖和的地方。她在这儿一坐小半天,打个盹儿,醒来去为双双一家人做饭,馏上从老家带来的黏糕和米糕。后来外孙长大了,渐渐不让乃玉随便进他的房间了。

　　年前刚换的近视镜比之前那副涨了五十度。双双嘱咐她在家少看电视,她答应着,可还是得看。临了这几年,再近视也不能瞎了。瞎了也无所谓,聋都聋了。说不定挨到八十四岁,干脆瞎了,或者干脆死吧。比至圣孔丘活得还长了,让亚圣孟轲挽着走了罢!自从经历了生门,一个花季少女好像一下子整了容。容貌是人的符号,人从出生起就注定要被它标注近乎一切的一切。走吧!事到如今,只有死亡可以抵御衰老了。总之,乃玉今天,还书却把书带了回来。或许她可以帮忙换个书皮?如果可以的话。女婿说什么来着,三个人名得补全,爱因斯坦、海森堡、玻尔。暗色滩地和酸不拉几,哪个在前哪个在后?必须得问一下女婿了。

　　她特意把布老虎的两个后腿做得更加胖大,还在老虎的后庭上缝了个活扣,这样尾巴就能上下转动了。她要把一只夹着尾巴而且尾巴可以活动的布老虎送给那个小区邻居。毕竟人家好不容易求一回,像这种手艺平常也难找,还不给人家做?一件手工艺品而已,什么尾巴翘着夹着的。相与无相与,形骸自脱落嘛。这个选择来得有些延迟,可终究是选择了,不是吗?如果生命足够长,记忆也就足够长。尾巴朝下,是婆婆教过她的。尾巴朝上,婆婆也许真的不会吧。终于,乃玉摆弄着布老虎的尾巴,像汉尼拔拨弄镣铐一样。

　　手上正飞快地缝合老虎的脖子,乃玉瞥见了外孙扔在床上的小纸条——不对,应该是双双搜出来的。是外孙写给某女同学的情书。外孙的字挺漂亮。从小练毛笔字的孩子,写硬笔字确实大气一些。情书写得还不错呢。"去奔赴吧,奔赴春天里,奔赴阳光明媚里。"嗯,早饭时可能就为这事吧。不过,小学生的情书能当真吗?想想还是女婿心大。心大了好,心大了好哇。

乃玉左手端着原先鱼缸上摆的布老虎,右手端着新的布老虎。新的布老虎因为布料单一,颜色不很鲜艳,没有那种丛林的斑斓。鱼缸的净水器无声运转,驳杂的水纹碎成了一缸渣滓。乃玉将两只老虎的脸压在鱼缸外面,偶尔一两条鱼好奇地凑过来,端详一会儿,疑惑地游走。鱼和老虎都变得含混起来,双方再也没有照面。

清明没到,乃玉坐在双双的车子里,提前返乡了。她又梦见了火化炉。这次,火化炉静静燃烧,温和地蹲在傍晚海边暗淡的沙滩上。看不见里面。不知道里面躺的是谁,或许是自己——那也是早晚的事。她看到一缕白烟旋上天际,旋之又旋,旋之又旋……

【作者简介】田逸凡,男,2002 年生于山东省东营市,内蒙古作家协会会员、澳门大学社会科学学院哲学硕士生, 本科毕业于内蒙古大学历史学系文史哲基地。作品见于《香港文学》《北京文学》《草原》等刊,出版小说集《亲嘴烧》。

腹鸣

○艾嘉辰

我再也没尝到过和魏奇一样难吃的人。

他或许是我的一个朋友。我依然无法单凭自己而不去听他的"唉、唉"声记起他的身高、样貌和其他体态特征。他就像是你每日在大街上看到的来来往往的人群中的任何一位，你们唯一的关联恐怕也只是彼此相视一眼，回过头便各自消失在各自不能转述的悲欢中。

但魏奇必须和这些人不一样，他必须是我的一位朋友。他之于我甚至要比父母兄弟之于我的、妻子孩子之于我的关系还要紧密。因为"他"无时无刻不在我的腹中，准确来讲应该是他身体的一小部分获得了我腹中某一角落的"永久绿卡"。我从起初的惊恐与担忧，转变为之后的释然与平常，比一般人花的时间少。毕竟这也没什么大不了，只是一个人被我吃了而已。目前为止我的身体还没有因他而出现什么不适，我也懒得思考为什么牙齿的咀嚼和胃中的盐酸没有把他磨碎消化，毕竟事已至此，而生活总是要继续的。我逐渐学会去接受我这名"知心朋友"，自己一个人闲着无聊时还可以拍拍肚子，和他聊天解闷，不失为人生中一大乐趣。

"你说对不对？"我拍拍肚子。

"唉，唉，唉。"魏奇回应我。

我知道，他应该也很高兴。毕竟他终于找到了一个可以与他永不分离的好朋友。

我和魏奇是在工作中认识的。

那时他瘦高瘦高的，很腼腆，遇见女同事没有一次敢用正眼去瞧，总是把头羞涩地转向一边,边盯着地边阴阳怪气地说话。我此处没有半分嘲讽他的意思,他与人交流时的语气除了用"阴阳怪气"去形容,我真的想不到还有什么其他的词。他讲出的每个音每个字的抑扬顿挫都完美避开了正确音调,听上去十分怪异。他说话的腔调还不像是外国人,而更像是外星人。我和我那几个朋友也总因为这个去嘲笑他:"怎么一个大老爷儿们比娘儿们还娘儿们!"

而每当我们对着他哈哈大笑时,魏奇总会讪讪地摸摸他那颗戴着一顶永远摆不正的鸭舌帽的头,"咳、咳"几声,面对着离开我们的"包围圈"。

这是我见他的第一印象。

随着时间推移,我们几个人都发现魏奇人如其名,有点"奇",不,不能说有点"奇",而是相当"怪"。

他总是冷不丁地出现在别人身后,连男的都经常被他吓一跳,更别说和我们一样刚来公司的小姑娘了。也有人问过他,他的解释是想开一些小玩笑,增加好感。但渐渐地,很多女同事都开始私下议论他,说他进错女厕所好几次啊,是个跟踪狂啊之类的。话传到了我的耳中,一些人也跑过来问我对他的看法。因为我和他同住一间员工宿舍,所以自然比别人更了解他。这些话我初听还是有些为他难过的,毕竟他在我眼中是个好人,心眼不坏,应该不是那种能干出伤天害理的事的人——因为就算借他十个胆子也会吓得他屎尿齐流。所以当听到有很多人已经在这么议论他时,作为每天和他朝夕相伴、起居饮食都在一起的人,我还是有些愤愤的。

但正当我准备替他说几句话时,我突然想到了我和他居住时的点滴,我那两片含苞待放的粉唇转瞬枯萎了。

因为实话实说,魏奇这个人真挺怪的。

我刚到这里时,也和其他新员工一样,对崭新的工作环境和居住地点充满了未知与好奇。我提着行李箱,拎着大大小小的袋子,扛着千斤重的背包拖到员工宿舍门前,正要费劲地掏出那把该死的钥匙开门时,突然发现有一个人在门前不停地踱步、低头看着手机,还像地穴中的鼹鼠时不时地小心抬头观察着周边。当然,我那时还不知道这个人是魏奇,是我今后的舍友。我猜测这个人可能忘带钥匙了,便没在意,只想赶紧拧开门把这一身的负担卸下,同时也能让这位兄弟进来坐会儿,别在我门前转悠了,怪瘆人的。

正当我"吱扭"一声拧开房门时一阵风突然飘了过来,我后脑的每一根毛发都迫不及待地警告我有一个东西贴了过来,我慢慢地转头,发现一张双目呆滞、面色惨白、眼镜一高一低的脸悬在我的眼前。

"啊!"我大叫。

"哦哦,不好意思不好意思,我也住里面。"这个人回答。

"啊?你、你也住×××?"

"是,我也住×××。"

"你是谁?"

"我叫魏奇。"

就这样,我结识了魏奇。但直到现在我仍有一件事想不明白,根据我和他朝夕相处的经验,魏奇从来都会把钥匙串穿在自己的裤子上。那串走起路来"叮当"响的钥匙比他的命根子还要珍贵和重要。他绝无可能会忘带钥匙。所以我们第一次相遇时,他应该是有屋子钥匙的,那他为什么不进去而要在屋门前踱步?他难道是在等什么人?他,是在等我吗?遗憾的是我一直都没来得及去问他这个持久困扰着我的问题,而这个问题也再没有人能解答我了。魏奇一直在这儿,但他又不在了。

写到这里我不禁"唉"地叹了一口气。而我的腹中好友也敏锐地感受到了我的低落情绪,"唉、唉、唉"随声附和了三下,我拍拍肚子。

之后,魏奇和我的"互动"也越发频繁,行为也越发诡异。

我很外向,情商也过得去,所以刚来时便认识了好多哥儿们弟兄,晚上也总是和他们出去"把酒言欢"。而魏奇相比我则内向得多,甚至有些孤僻。每当我晚上一身酒气地进门时,总能听到他在自己的帘子后被熏到似的咳嗽几声,仿佛在迎接我的归来。可遗憾的是我当时并没有觉得有何不妥之处,只是把他当成了一个用持续不间断的咳嗽声来说服自己确实存在着的人。每晚临睡之前,我总是在床上听着魏奇隔三岔五、若有若无的咳嗽声而不停翻身。他也许并不舒服吧。我不知道。

因为我们都是新人,我和魏奇对这里的一草一木都不甚熟悉,我们需要像发现新大陆的冒险家一样来探索这里的每个角落。

对他来说,我好像是他在这场本应只有我一人冒险中的引领者。

他成了我黏稠的影子和光滑的脚印。我走到哪里他跟到哪里,我做什么他就跟着做什么。无论是晚上去水房接热水,还是午饭晚饭去食堂,他总是悄悄地跟在我的身后,或是在门边徘徊,伺我而动,用他已模糊不清的眼镜背后的迷离眼睛死死咬住我。

甚至后来他的作息时间都完全照搬我。我有一次刻意去试探这一切是不是我的错觉,于是便故意"假装"起床,只是坐起来三秒钟,谁知对床的他仿佛从未睡去一般腾地一下起身,没有转过头,而是斜着眼睥睨着我。我有些慌,赶紧用力地揪住被子,继续躺下睡去。而他也正如我所预料的那样像一具尸体般重重地向后倒去,唯一证明他还活着的标志是他躺下后发出的细微而低沉的"唉、唉"声。

经过这次"实验"后,我对眼前这个一直与之朝夕相处的"人"多了一重恐惧。

我自认为很了解他,但其实我对他一无所知。

而他,似乎在逐渐学习和掌握我的一切。

"对了,你每天和那个怪人住在一起,不瘆得慌吗?"一个女孩在旁边问我。

"哦,哦,也还好……"我还是没有去"出卖"我的舍友。

"啧啧,听说和怪人在一起待久了也会变怪哟。"

我眉头一皱,没有应声,但心中相当不屑。

"谁要和他似的啊!"

当时这句话我应该没有说出口,还是说出去了?

"我说了吗?"我拍拍肚子,没有声音。

一个多月后,公司进行新人培训,要选出一名代表。适应能力极强的我早已成了大家心中的不二人选,那些少数看不惯我的人也知道他们的意见最后不会对结果产生任何影响,与其得罪我,还是不要自找没趣的好。

眼看着快到提交截止时间时,微信群中只写有我的名字的共享报名表格上突然缓慢地爬出了两个黑字。

魏——奇——

这比难产的母马下崽还要艰难。

时间截止,一张只有两个人的报名表被发送到了公司审核部门。和我关系好的几个哥儿们都向我表露出了他们的疑惑与不解。而我还是以一副志在必得的样子来塑造着我的面子和人设。但我比他们所有人都更为不解与震惊。

晚上回到寝室，魏奇一如既往地冲去我们共用的洗手台去刷牙洗脸，好像什么都没有发生一样。一个多月以来，每晚我回来开关门的声音就好像是提醒他要去洗漱的铃声，我的所有行为举动似乎就是他人生的指南。我，变成了他魏奇的活闹钟。

而今晚我再也无法忍受这种生活了。

"魏奇！你每天知道我要这个点回来，你能不能稍微提前或者延后洗脸刷牙？不要总是和我'打架'，可以吗！"我大声地向他吼道。

"啊，啊！不好意思啊，我下次知道了。"他也一如既往般表现得像一只受惊的小兔，不停地点头和道歉。之后拿着洗漱用品离开了寝室，去了楼中的大水房。从那天之后我再也没看见过他在寝室内洗漱了。

其实我本意并不是要轰走他，只是想……唉，算了算了。本身苍白的话语对于这么一个苍茫的人来说更显苍凉。给我一个人用也挺好的。我也没有强迫他。

后来，代表选举的结果出了，我毫无悬念地以压倒性的优势获得了资格，而魏奇的票数是零。我们五十多个人的团体里面没有一个人投他。当晚，他在自己的帘子里面不停地"唉、唉"着，继而又是剧烈的咳嗽，是那种可以把心呕出来的咳嗽。我一方面可怜他，另一方面一股深深的厌恶感从我的心头喷涌，比对最肮脏的厕所还要恶心百倍千倍的厌恶，比对最污臭的垃圾还要作呕百倍千倍的厌恶。

这件事之后，本来就几乎没什么交流的我们更少有交集了。但不幸的是，这仅仅是我单方面的切断。他仍然在孜孜不倦地模仿着我。无论是模仿我开会时如何巧妙地接住领导的发言，还是日常的饮食起居，就连看到我上洗手间他也像看到鲜肉的饿狗飞快扑来，慌乱地拉开拉链，还时不时地悄悄地转过头监视着我。我就像是他的一件最爱最上心的玩具。没了我，他都无法继续存活。

日复一日的无趣工作，两点一线的悲哀人生。我尽最大努力不让自己在上班时间内遇见他，但每晚我都要回到寝室，这无法避免。于是，这便成了我最痛苦的事情。我便开始每天故意很晚才回，但他依然不知疲倦地等待着。我的开门声是比一切手机闹钟都准时的铃声,每当我推开房门,都能在一片漆黑中看到一个细长惨白的身影缓慢地爬上床,之后便惯例般传来几声宣示主权和存在的咳嗽声。我狠狠地听着。

慢慢地,我麻木了。我逐渐承认我永远是比他快一步的"镜子",我是他在这片深不可测的汪洋中的唯一救命稻草,他死死拽住我不放。我选择放弃挣扎。

但最近,魏奇变得有些奇怪。

他不再痴迷于模仿我了,而是去"另立山头"。我一开始竟还有些不太适应。他变成了晚回来的那个,变成了后上床的那个。令我憎恶的咳嗽声也变得透明,与之替代的是他每晚躲在自己帘子里面"哼哼"的笑声。他恋爱了,还是要升职了?抑或是他中了五百万?而很明显,这些都不可能。

他变了,或者他没有变。但我深刻地觉察到我变了,变得像他了。

而我必须停止这种可怕的变化。

入职一周年的晚上,我们几个坚持下来的"老兵"决定要犒劳自己一顿。虽无功可庆,但形式还是不可或缺。这一年,真的是不容易。尤其是对我而言。

神奇的是,魏奇也"活"了下来。我至今也不知道他是怎么做到的,凭他那副行将就木的样子和无与伦比的低能在一众清北复交的毕业生中过关斩将,成了为数不多的几名幸存者。他毕业的学校,我听都没听说过。

饭桌上,我虽然避免了和他挨坐在一起,但最后却是正对着他。看到各位朋友都有说有笑地入座完毕,一向好人缘的我也只好如此,享受着这辈子最恶心的饭局。

平常最爱发言的我在那场最该我展示的饭局上总共只说了不到三句话。我的头一刻也没有抬起,只是自顾自地喝酒、夹菜,喝酒、夹菜。

怎么菜都吃没了?

"服务员!服务员!"我回头向门口大声喊道。

无人应答。

我抬起头看向其他人。时间好像凝固了一般,我甚至都能看见啤酒杯上方半厘米处的金黄气泡,红薯拔的丝被拉出一条艺术的弧度于空中飘浮。而我正对着的那个人,不见了。

我有些慌了。我刚站起身,一切似乎又都恢复了正常。啤酒正朝一个人脸上泼去,红薯正死死地噎住一个人的喉咙。我看着我的那个双手掐住脖子、脸涨得发紫的朋友,不禁笑出了声。

"哈哈哈哈!"

突然,我头顶的灯光"啪"的一声熄灭,周围变得漆黑一片。

不知是哪个朋友唱了第一句:"祝你生日快乐。"

随即四面八方此起彼伏,响起"祝你生日快乐"的歌声。

一个我从未见过的人推着插满了点燃的白烛的生日蛋糕走了进来。小车推到了我的面前,她微笑着说:"许个愿吧。"

原来今天是我的生日!

我好感动,感动自己有这帮朋友。他们还记得我的生日。

许什么愿好呢?

"吃了我。"

吃什么?

"吃了我。"

哦,对! 今天是我过生日,自然要我请客! 这桌上的菜都吃没了怎么行!

"来来来! 上菜单。"

"吃了我。"

服务员和朋友都没有回应我,我耳边只是不停地重复着这三个字。是谁在说话? 是什么意思? 我没有时间去想。

"大家想吃什么呢? 今天我请客!"

"吃点不一样的!"

"吃你们这里的招牌!"

"吃我们从来都没有吃过的!"

"这样啊……"我思忖了下,说,"咱们不如把魏奇吃了?"

"哈哈,好啊!"

"还是你最英明!"

"要是真这样的话,这就是我第一次吃人肉啊! 好激动!"

看着大家期待的眼神,我不禁为我这个明智的决定而扬扬自得。

"嗯,就这样吧!"

"呼!"我吹灭了蛋糕上即将燃尽的蜡烛。

"啪!"灯光再次亮起,朋友们开始热烈地鼓掌。那个已经躺在地上面色酱紫的朋友虽然在不停地抽搐,但也十分努力地在把两腿张开、并拢,张开、并拢。在场的所有人都为他的这一举动感动得流下了眼泪。就在他如此这般做了三四次后,他终是坚持不住了,在一阵像触电一般的剧烈颤抖后,他像一条老死的狗一样,眼睛翻得白白的,舌头伸得长长的,十分滑稽。我们都知道,这是我们的这位挚友能够为我的生日宴会所做的最后一件事了。他不希望我们因他的意外死亡而过分悲伤,故意摆出这副可笑的死样。我们也知道死者为大,于是我们便又破涕大笑了起来,以行动去接受和回应他的这份美意。

在这之中又笑死了几个朋友,这本身是挺让人难过的一件事,但我知道大家为了让我的生日不显得如此的悲伤和诡异,大家还是在拼了命地笑着,哪怕笑出了屎,笑破了皮。

我觉得差不多了,举起双手向大家示意暂停。接下来,最激动人心的时刻将要来临,我想我们都很期待这位与我朝夕相伴一载的朋友究竟会为我的生日晚宴带来什么无与伦比的惊喜!

伴随着轻快的《欢乐颂》,四个看不清脸的服务员推着小车缓缓步入。每个小车上都摆着一个金光闪闪的脸盆大的盘子,每个盘子上则都盖着一个金光闪闪的比脸盆还大的盖子。即使盖得如此严实,但一阵又一阵的肉香还是不断地从盘子里溢出蔓延至我们每个人的鼻腔当中。看着每个人的身上穿着早已被口水浸得滴答作响的衣服,我难掩激动:"赶快上菜吧!"

第一辆小推车上来,打开,里面装着的是魏奇的四肢。

食材好像做了些脱水处理,抑或他本来就是如此瘦小不堪。只看见蜡黄的鸡皮紧紧地包裹着骨骼,手指和脚趾都被暴力地折断、扭曲,摆出了痛苦的姿势。魏奇干瘪的胳膊和干瘪的腿脚随意地挤在盘子中央,这比被吓死的狼蛛还要难看。我想复活后的楼兰美女见了这盘菜也会干呕不止,甚至会呕出一个死婴。我蹙了蹙眉,看见大家嘴中本已涌出的口水也被生生地吞下,一言不发地噘着嘴。

"你们就这么做菜吗?!"我大声地吼道。

还是没有应答。

我起身把那个服务员的头硬生生地拽了下来，扔在了我那个窒息的可怜朋友身边。这让我的心里稍稍好受了一些，毕竟现在的他也有了玩伴，就像我们一样，不再孤单。

"下一道！"我把这盘菜扇到了地上，然后整了整衣服，端正入座，继续发号施令。

第二辆小推车上来，打开，里面装着的是魏奇的五脏。

很明显，这次做得要比上一道好，但也只是好了那么一丢丢。起码摆盘不再让我像看到魏奇的那张脸般恶心，看得出来厨师精心做了些点缀，一把钢制小雨伞悄悄地插在了魏奇心脏的右心房上，同时这也是切割食用的餐刀。可爱极了。正当我准备夹起他的一块肝来品尝时，我的那些好朋友实在是难抵如此珍馐的诱惑，一齐拥上了桌子，像三十年未吃东西的发情公猪一样你争我抢。他们叼着咬着、追着打着、杀着死着。哦，这时我才明白这把小雨伞的真实用处，这是给唯一胜利者的至高奖杯。

我坐在这里无比爱怜地看着他们，心怀感激。我知道，他们都希望让我的生日宴会更加精彩与难忘。他们甚至不惜把自己降格为最愚蠢和低贱的生物——只为取悦我。我啧啧嘴，为有这帮现在虽然已经横七竖八的朋友而深感荣耀。

如今饭桌上只剩下我一个人了。但还有两道菜没有上。

没办法，看来这是命运的安排，自我记事以来每年生日都是我一个人过的，本想着今年是个例外，但看样子今年也毫无例外。

我优雅地切割着魏奇七分熟的肾，扎了一小块在干料碗中缓慢均匀地转圈。但还是有一滴红油不知好歹地掉落在了我洁白的领结上。我恶狠狠地咀嚼着我口中的强烈的肉香，如今唯有它能使我悲哀和愤怒的心情平复。

服务员越来越懂我了，这次不用我说，第三道菜就摆在了我的面前。

我想这些人也不敢怠慢我，毕竟第二个服务员的头已经和我的那位躺在地上的朋友以及他的前辈做伴去了。

看着眼前金光闪闪的盖子，再回想到一秒钟之前大家欢乐的场面，我还是有些许难过。一秒钟前还是几个人一起品尝，而现在盘子却只端在了我一个人的面前。

但毕竟自己是这场宴会的主角,朋友们的奉献也都是为了我,我没有必要主动离开。于是我强忍悲痛,掀开了眼前这个巨大而又金光闪闪的盖子。

第三道菜是魏奇的躯干。

"啊!好香!"这道菜实在是太香了,我无法抑制地叫出了声。

可见,第一个服务员死得一点也不冤。因为这道菜无论是摆盘还是味道都远超前者。魏奇的躯干像白雪公主一样躺在盘子中央,他的腹部虽然因为做上一道菜时而被掏出了一个大洞,但厨师把一座巧夺天工的冰山放在了那个弹坑大的洞中。冰山雾气弥漫,而冰山下的尸体也是如此圣洁庄严,仿佛和冰山融为一体。一切都是如此和谐而美。我被这颇具艺术感的美景震撼得流下眼泪。

我食指不停地摇摆,连筷子也拿不住了。我用左手牢牢地攥住右手,奋力地咬了上去,撕下了一片肉,晶莹剔透,像是自然死亡了十年的一头老母猪的脂肪做成的猪皮冻。我不顾一切地大快朵颐,牙齿和牙齿碰撞的声音让整座酒店都为之战栗。真的是太美味了!我的手还是因为激动而不停颤抖着,但我已经等不及了,一头扎进了菜肴的胸腔像猪拱土一般吸着嘬着咬着啃着吃着,不到一分钟,这道"冰清玉洁"就变成了几根受了惊的白骨,就像是男人完事了之后那样毫无防备地赤裸裸地躺在盘子上,横七竖八。

"噗!"我吐出一个被我嚼烂的骨渣,贪婪地舔了舔嘴角,打了一声长达三个月的饱嗝,之后拍拍肚子,准备起身离开。

这时,第四个服务员推着最后一辆小车上来了。

"不用了,我已经吃饱了,结账吧。"

依旧没有任何回应和举措,第四道菜还是被推到了我的面前。

我一脸不耐烦地打开,发现里面只有一截被咬掉一半的舌头。

登时有什么东西从我的腹中直冲我的头顶,我弹了起来对着第四个服务员就是一个大嘴巴。

"我去你妈的!"

但出人意料的是,我没有听到我所期待的那声清脆悦耳的"啪",我打空了吗?

没有，第四个服务员根本没有头。

"头呢?! 头呢?! "我大喊。

"吧嗒，吧嗒。"越来越多的"红油"毫无征兆地从我的头顶坠落，洒在了我的头发、我的衣领、我的脸颊上。

我眯起眼睛抬头看去。

原来头在这里。

魏奇光秃的头如一个浸制标本般正从颅内向七窍外渗出着多种我不知道的香料和调味品，就高高吊在我座位正上方三米不到的地方。奇怪的是我竟一直没有发现他。他的头此刻就像是流泪的圣母马利亚，不，他比那些虚假的圣母更加真实神圣。我仰望着他，就如仰望神灵。任由各种奇怪的油肆意地流淌在我的脸上，但我仍要仰望，并且报以我此生最为热烈的掌声。

但不幸的是，我的掌声过大，吵醒了这位沉睡的圣母。头费力地挣扎冲撞着被金针菇缝住的眼睛，金针菇被扯断的不绝于耳的"嘣、嘣"声吵死了我的耳膜。终于眼睛睁开了，一股浓厚黏稠的液体瞬间从两个眼眶中喷涌而出，眼珠只好悲伤地向它寄生了二十多年的主人依依不舍地告别，"飞流直下三千尺"。

彻骨的寒意突然从我的体内疯狂生长，我呆呆地站在原地，张大了嘴，看着两颗眼珠欢跃着向我唯一安详躺倒的朋友奔去。

原来我的这位孤僻的朋友不喜欢头，而是喜欢眼珠。

在两颗光滑油亮爆浆的眼珠跳到他无名指指尖前一毫米处时，他立刻起身抓住了眼珠，一手一个地把两颗圆形可爱迷人柔软之物以闪电般的速度放到了他已经张不太开的嘴里。

他用两只手把两颗眼珠同时放在了他两排焦黄的牙齿中间，用人类的上下颚去挑战蟒蛇的极限。如果你在这里的话，你就能听到他嘴角肌肉逐渐被拉扯撕裂的声音……

"呲! "他终于实现了他的梦想!

这个老谋深算的叛徒，这个不顾一切的疯子终于在最后得偿所愿。眼睛的汁水在被咬爆时射出了十米多远，其中有一滴飞溅到了我的口中。

"啊……啊! "

我这时才回过神来，这点也许都不到一毫升的眼球汁却让我痛苦得想死，就像是整个世界的粪便和垃圾都在一刹那被塞入了我的口中。我想大声吼叫但说不出话,喉咙里的每根纤毛都在经历着岩浆和硫酸的灼烧,无生还者。我的嘴唇和我的舌头逐渐腐烂脱落,一丝一丝地掉在地上。我的耳朵炸了,我的嘴巴爆了,我俯视着我自己正在消融透明的身躯,我看到一摊烂肉蜷在地上,它的每一个细胞正在凋零,正在绝望地哀号。

我不知疲倦地痉挛着,抖动的身体是一条在菜市场刚刚被挑选上来又狠狠棒笞过的鱼。

我龇牙咧嘴地看着那位朋友的脸一点一点红润起来,膨胀的肚腩慢慢泄气,腐败的气体不停地从他的嘴里和肛门涌出,不一会儿就充满了所有空间。

我咬掉了下巴,但眼前的景象越发朦胧。只屏息了不到一秒,但对我而言却仿若一百个世纪。只得用嘴深吸了一大口这黄绿色的气体,随之腹内便翻江倒海,一万朵烟花在我的腹中齐放,一大摊东西就从嗓子眼一泻千里。

"呕……哇!"一长条白花花油亮亮蜿蜒如山峦,散发着世间最具侵略性的恶臭。我索性揪掉了鼻子,扔在上面,不一会儿便消融成了一摊肉泥。一股强烈的肉香向我涌来,我至今才明白原来我自己就是最美味的佳肴。

我的鼻子飘出的肉香同时也吸引来了一群不速之客。只见从那座雄伟无双、恶臭绝代的秽物山中钻出无数个小人,他们的头比毛孔里的黑头还小、还黑,数量庞大,一丝不挂,密密麻麻。散发着比诞生他们的秽山母亲还要浓烈兆倍的恶臭。和他们相比,我毫无疑问是千倍万倍的国色天香。

他们似乎嗅到了我,他们慢慢转过头,不顾一切地践踏着彼此向我爬来。我看见他们都长着一张张和魏奇一样的脸。我惊恐地向后爬去,却不知怎么坐到了那座我自己创造的山上。我看着无数的他们疯狂挤进我的毛孔,吮吸我的体液。我不停地挥舞双手,即使一手便可以杀死上千万,但奈何他们的数量实在是太恐怖。我亲眼见证着自己的双手露出灰白的骨骼,用仅存的颅内音感受着层层叠叠细密如发的啃食声。而奇怪的是我竟没有丝毫的痛苦,颅内无休止的"沙沙"声只让我的眼皮越来越沉。

"他们的最后一道菜是我的眼睛吧。"我想。

眼前越来越黑,越来越吵,越来越臭……

"你还有什么要补充的吗?"

我的肚子只是动了动,并无"唉唉"声,证明魏奇很满意我的记叙。

第二天早晨醒来时发现我躺在家中的床上,我的身体完好无缺,我的所有感知甚至比之前还要灵敏。只有昨晚的一幕幕纠结着我,我抓紧被子躲在里面一动不动,但还是要去上班,所以我颤抖着洗漱、颤抖着开车、颤抖着来到公司。

"魏奇是谁?"经理问我。"你们这批应届生中没有叫魏奇的人啊,他怎么会来呢?"

听完他说,我长长地舒了一口气。

"唉、唉。"

"看来这真是只有我们两人才知道的秘密。"我对我说。

在那天确认过之后我便慢慢地接受了这位朋友。和他一起吃饭、洗澡、上厕所,甚至约女友。魏奇很听话,他永远不会在自己不该出声时发出声音。我当时一度担心他会让我变成一个像他一样的怪人,但很明显,是我错怪他了。

"早上好啊!"

"早上好!"

"唉、唉、唉。"

"反正我也顺路,我送送你吧!"

"好,好吧。"

"唉、唉、唉。"

"你愿意做我的女朋友吗?"

"嗯。"

"唉、唉、唉。"

所幸我的女朋友并没有我这么灵敏的耳朵,她听不到我的腹中还有一个人在不停地应和着。而且即使她听见了我想她也不会感到奇怪,毕竟她喜欢的是我,而不是那个能说"腹语"的我。不过就是多了一个"人"的声音而已。早晚这个声音会消失的。我坚信着。

尽管有时他有自己的想法,但主动权还是在我的手里。因为声音就是权力。因为我们知道无法摆脱彼此。

终于,我和女友结婚了。那个冬日夜晚是我人生中最快乐、最幸福的时刻。

那天我吃了很多很多菜，喝了很多很多酒，意识恍惚间我似乎看到我美丽的妻子的影子中似乎有一个扭动的白色小虫。我知道，从那天之后我的耳朵、我的鼻子、我的眼睛都进化般地超越了普通人，我渐渐习惯听到常人所不能听、看到常人所不能看的事物。我皱起眉，眨了眨眼，发现那个比蛆还小三百六十七倍的小白点消失了。我扭过头，继续忘情地参与这场我是主角的鱼丽之宴。

我很感谢魏奇，今天一天他都没有说话，哪怕是在早晨我一个人上厕所时。

妻子插上浴室的门，我能数清每次"哗啦哗啦"声中掉落了几滴水。我咧着嘴，身体摆成"大"字倒在床上，每一毫秒的等待于我都是千年。这时，我盯着自己白白的肚皮，突然想到了这位被我"晾"了一天的朋友，恻隐道。

"哈哈，今天真是开心，你要是能出来看看该有多好。"

"好。"

我一下从床上蹦起立在地上。

"你、你说什么？"

"好。"

"好好好……"

一声又一声的"好"从我的腹中传来，逐渐尖锐而放大。静脉血管一根根地浮出肉面、声音伸出一条条又黑又粗的锁链缠绕盘旋在我鼓大的腹上。我看着自己的轮廓被"好"一点一点地挤压、扭曲、变形。我想张嘴呼救却发现我的声带已经被我挤出了喉咙，我的鼻子也毫无征兆地喷射出腥热的液体，它顺着嘴巴里的孔洞不停地向肺中涌去，呛得我难以呼吸。我急忙伸出双手紧紧掐住我的咽喉，却无法抓住从眼眶中被憋出的眼球。我感受到两只温热、光滑、油腻的眼珠从胳膊上顽皮地滚落，那是蛞蝓走过的证明。它们轻轻地敲在地面，弹起了两厘米的十二分之一。我又松开脖子去够眼珠，但我的耳膜却亢奋地轰隆作响，赠予我世界上最为尖厉蚀骨的低语。我又去压耳朵，但我似乎还是听到了肚子撕裂的声音，就比女人剖宫产时用手术刀剖开腹部的声音大那么一点点，就大那么一点点。

在爆裂前一秒，我最后听到的是距我三栋远的五号楼第七层东户厨房中一对父女即将实施的谋杀。

"嘭！"

"爸爸你真不会切西瓜,溅了我一脸！"

"哈哈,对不起宝贝,西瓜可甜了,快来吃！"

"好！"

新年快乐
○艾嘉辰

"五,四,三,二……"

当巨大的全息时钟的时针与分针重合在"12"上时,一束束烟花在夜空中绽放,照亮了街道上每一个喜悦的脸庞。一幢幢大楼外侧上 VR 显示屏中的人则不停地重复说着"新年快乐、新年快乐"。虚拟播报员的着装和往年一样,声音和语调也和往年一样,似乎一切都没有改变。

"爸爸,你看天上那朵烟花好大好亮!"人群中的一个小女孩拉扯她身边中年男人的袖口,边说边用手指向天空。那朵"烟花"在夜空中逐渐放大,把漆黑的夜照亮如白昼,吵闹的人群也渐渐安静了下来,人们都感受到了头顶的亮光,慢慢抬起头。

男人望着夜空中这个越来越大、越来越亮的光球,沉默不语。

一滴泪从他的脸庞滑过,他蹲下身子在小女孩的额头上轻轻一吻。小女孩呆呆地站在原地,时间仿佛在这一刻静止,她最后只看到男人在人群中逆行渐远的背影。

公元二一二二年,一月一日,零点零分,新年第一天。

计时开始。

"欢迎收看《新闻早八点》。根据我台最新消息,今日零时国际人类未来发展中心航空站因不明原因脱离预定绕地轨道,在空中发生爆炸,基站剩余部分坠落并与南极冰川相撞,目前航空站内人员伤亡情况不明,脱轨原因不明,各国专家已第一时间赶往南极进行实地调查。据悉,国际人类未来发展中心为世界各国共同参与的、在面对或致人类及地球毁灭的重大灾害时保有人类基因和物种多样性、预测人类未来发展方向并及时规避错误的国际组织。国际人类未来发展中心航空站为该机构的唯一办公地点，中心一切行动均在航空站上开展，有'人类最后的挪亚方舟'之称。该站自建设完成升空以来，已平稳运行二十年……"

新年第一天，上午九时，南极，中国长城站。

此时从南极冰层上迎面吹来的风丝毫没让人感觉寒冷，反倒是非常舒适，甚至有一些燥热。

"乙总师，我们还有多少时间？"一位身着军装的男人弯腰去问他身旁的这名趴在冰层上的男人。

"不足二十四小时。下令吧。"

"真的没有其他办法了吗？不能阻止它的爆炸吗？"

"抱歉，我没有办法。"

"立刻通知世界各国的南极科考站人员以第一时间撤离！"他对着悬浮在天空中的电子屏幕下令。电子屏幕中数以千计的人像在一瞬间都凝固了。

"ISAID0100101！"

纵使他们再难以置信，当听到这一串不明所以的数字时，他们还是选择了执行。

"并启动'开天计划'！"

乙元从冰层上抓了一把雪，然后又洒向天空，好像是对着那位军官说的，又好像是在喃喃自语：

"多么美，又多么脆弱……"

"报告首长，我们还没有检查坠落的空间站，万一……"正当乙元和那个军官准备踏上战机飞往下一个目的地时，一名年轻士兵急匆匆地跑来。

"不用再检查了，在我还没有来时已经用卫星探测了那里面的生命信号，显示为零。更何况我们现在需要立刻前往研究所启动'开天计划'。没时间，也没必要了。如果里面有我们的同胞，希望你们未来记得他就好，他是人类的英雄。"乙元摆了摆手。

"可万一如果有幸存者呢！"年轻士兵却不依不饶。

"我说了！没有！"一向以理性冷静著称的乙元突然大发雷霆，冲着士兵吼

446

道。

那个一直在乙元身边的军官见此也吃了一惊,他拍拍乙元的肩膀:"乙总师,你没事吧?"

"啊,啊,不好意思,失态了。我没事。卫星上的生命探测不会出错的,我们还是立刻前往研究所吧。"

"好!所有人立刻登上飞机,前往研究所!"军官命令道。

"是!"

乙元站在"雷霆"战机的舷梯上,久久注视着这片纯净无瑕的大地和冒着滚滚浓烟的空间站残骸。也许是年轻士兵的话给他造成了压力,但他相信自己的判断从来不会出错。乙元深吸了一口不再凛冽但仍清新洁净的南极空气,头也不回地进入了战机。

机窗外,空间站庞大的残骸在他的眼中一点一点地变得渺小,几秒钟后就变成了白茫茫大地上的一个比一粒沙还要小的黑点,到最后,这片白色也从乙元的眼中消失了,取而代之的是战机内所有人沉默不语的紧张气氛和战机外依旧耀眼的蓝。

"雷霆"号正平稳超高速地飞向研究所,但乙元的心情却无比复杂。他对自己刚刚失态的事耿耿于怀。回想当时的情景和他的所言所语,他实在想不明白自己为什么会那样说和那样做。现在想想,他的心中当时有一种强烈的情感逼迫他做出那样的举动,但这股强烈情感的来源乙元却怎么也想不清楚。他更想不明白,明明生命探测仪已经显示空间站残骸中没有任何生命迹象,但他仍觉得那里有什么东西。可能是生命,但似乎又是某种超越生命的存在,在安静而又持续地吸引着他。如果非要给出一个理由,他也只能用"直觉"或"第六感"来解释。但身为一名科学家,他比谁都更依赖冰冷的数据和信息,而非是什么直觉。

"难道,我这次错了吗?"

还没等他想清楚,战机已经平稳着落,到达了他们此行最终的目的地,位于"距离永恒最近的地方"——喜马拉雅山上的国际全人类可持续发展中心研究所。

新年第一天,上午十一时,地点:喜马拉雅山某山峰。坐标:N32°14′,E88°

35´, ASL: 7580m。

"即将进入研究所,请各位系好安全带,准备进入!"

在白雪皑皑的群峰中,一座高耸入云的雪山半山腰处突然出现了一个黑点,那黑点越来越大,竟是一个通向山体内部的入口。入口四周嵌入山峰的醒目红灯在几公里外不停地闪烁着,向战机示意。过了十几分钟,战机在山体内部通过起降机下降到了位于山体基部中的"人类最后的避难所"——国际全人类可持续发展中心研究所。

"我们到了,乙总师。剩下的一切,就看你了!"军官拍拍乙元的肩膀。

还没等机舱门完全打开,乙元就已经透过缝隙看到了一群人正围着战机,焦急地踱步。他整了整衣服,在门完全打开后的一瞬间,第一个走了出去。

"上面已经来了吗?"

"是的乙所长,他们都在一号会议室等您。"

"好的,随时向我报告南极的情况,并启动'开天计划'!"

听到这四个字,如竞走般紧跟着大踏步的乙元的研究员震了下身子,停在原地。

"乙所长?"

"你没听错,启动,'开天计划'。"乙元故意把"启动"和"开天计划"这两个词的重音拉得特别长。

"好,好的,我现在就去通知全所人员……"说罢便急匆匆地从乙元身边离开了。

"乙所长!怎么来得这么晚!"在距一号会议室大门的几步之外,一个魁梧黝黑的军官叫住了乙元。

"哦,张将军,您也来了吗?"乙元停住脚步,侧过身看向这名军人。

"什么情况?"

"毁灭级。"乙元只吐出了这三个字。

"什么?!"

"嘭!"会议室大门被重重关上。

乙元进去一看,里面已经坐满了人,所有人都面色凝重。一进门,一名高大俊朗的金发男子便微笑着向乙元打招呼。

"乙老师,您终于来了!"

"嗯,都准备好了吗?"乙元的回应却不那么"热情"。

"当然老师!"这名金发男子似乎对他的"平淡"已经习以为常了,他随即便向在座的人员和空中飘浮的一面面电子投屏介绍道。

"尊敬的各国首脑、领导人,研究所的各位同事,大家好!这位便是乙元,国际人类未来发展中心的创始科学家之一、国中航空站的设计兼建设总工程师、国际全人类可持续发展中心研究所所长、'开天计划'首席科学家顾问!"

金发男子说完,乙元只是微微点了下头,之后便开始汇报现在对航空站坠落原因的调查情况。

"我首先必须向各国说明,这应该是我们人类自诞生以来面临的最大危机。而且这次……恐怕我们撑不过去了。"

"怎么会这样?!"

"乙所长,究竟发生了什么?!"

乙元话音刚落,偌大的一号会议室中便发出阵阵躁动,甚至差点震下几个悬浮的电子显示屏。

"咳咳!"乙元重重地咳嗽两声,凑近话筒继续道。

"你们都已经知道,由世界所有主权国家共同出资建设的国际人类未来发展中心航空站在今日凌晨时分突然坠毁了,坠毁地点在南极洲。我们一行人刚刚从那里赶来。目前坠毁原因尚不明确,但可能我们也永远不会得知了,因为维持航空站的核心能源正在以不可逆转的形式向外界放射着。"

"航空站的核心能源是什么?"一位国家元首在电子屏幕中突然发问。

"航空站的核心能源主要源于氢元素的同位素——氘氚核聚变反应后所产生的能量。通俗来说,即'人造太阳'。"

"那……它已经爆炸了吗?"一位女领导人紧张地捂住了嘴。

"不,万幸它没有立即爆炸。如果航空站坠毁时它也一同爆炸,那它的爆炸威力相当于半个木星撞击地球,那么我们所有人现在都不可能出现在这里。"

"那立刻去制止这一放射过程不就可以了吗?"乙元左前方一个坐着的人说道。

"很遗憾,我们现在无法做到而且也来不及了。"他侧过头看向那人并解释道。

"在最初建造航空站时,针对核心能源的选择问题我和其他几位科学家产生了巨大分歧。我偏向保守,不主张使用'人造太阳'作为航空站的核心能源。因为它的能量过于强大且不可控制。一旦能源启动,就无法中途终止。这将会是飘浮在地球上空的一个硕大无朋的、时刻都有爆炸可能的'氢气球',而地球与之相比则像是一朵路边的蒲公英。很不幸,我的意见最终没有被采纳……"说到此处,后排坐着的几个人微微动了下,不知嘀咕了些什么。而一直站在乙元身旁的外国男子则瞥了他们一眼,那几人见状便立刻噤声,一动不动了。

"现在,'人造太阳'能量的释放已成定局,南极将会是世界上第一个消失的冰川!其次,全球温度将会急速上升,导致陆地上所有的冰山和积雪消融,最后会引发人类有史以来从未出现过的巨大海啸,将一切吞没……"

"乙所长,我们还剩多少时间?"

"保守估计,我们……"

正当乙元准备开口回答时,他的手表突然发出了"嘀嘀嘀"的警报声。他看向手表,顿时呆住了。

"航空站残骸已沉入深海,百分之九十的南极冰川也都融化了……"

"什么?!"

"怎么这么快?!"

此时会议室中吵成一片,而乙元仍在不死心地反复确认,他也不曾料想冰川融化的速度会如此之快。

"看来,我们只剩下不到十个小时了……"乙元说道。

就在这时,E国、F国、D国、R国、H国、T国等沿海国家的领导人和代表都被告知本国发生了不同程度的洪水和海啸。

更糟糕的是,有研究员向乙元报告地球的自转速度不知什么原因突然加快了。但他已然顾不上这个了,现在他唯一要做的就是启动那个计划!只有如此,人类才可能有一线生机!

"好了!各位,我们现在唯一能做的只有启动那个计划了!"

乙元说完,会议室慢慢安静下来,所有人的目光都聚焦在他一个人身上。

"按照预定计划,转移重要物资,安抚、疏散民众,尽可能保证最多人的生命安全。任务国际通用唯一编号:0100101! 根据国际签署文件规定,'开天计划'启动表决现在开始!"

乙元说完,整个会议室内鸦雀无声,时间仿佛在此刻凝滞。所有人都不愿意相信这一刻真的来临了,包括乙元自己。

"嘀!"一面悬浮着的显示屏的背景变成了绿色。

之后,越来越多的"嘀嘀"声在会议室内发出。最终,一面面电子屏的背景都变成了绿色,只有极少数的几个国家不同意或是弃权。而会议室内坐着的众人举手同意的占了绝大多数。乙元点了点头,随即一面面电子屏幕暗淡下来,人们全部迅速起身走出门外。人类历史上最后一场最为正式和盛大的会议结束了,一项名为"开天"的计划启动了,人类的浩劫降临了!

乙元没有注意到,在最后的举手表决阶段,那个站在他一旁的金发男子、他最得意的学生,没有举手同意……

新年第一天,下午一时,国际全人类可持续发展中心研究所,"开天计划"启动。

"乙所长,我还是需要提醒您,目前我们的时空跳跃技术还很不成熟,最多只能回溯到三十六小时之前,您必须在一个穿梭时内赶回来,且之前都是理论推演,从来没有真人实践过,成功率不能保证……"

一位研究员在乙元身边向他反复确认道。

"难道现在我们还有别的选择吗?"乙元在电子投屏上眼花缭乱地操作各种应用,头也不回地答着。

"至多三次吗?"乙元问道。

"理论上是这样,乙所长。"研究员回答。

"好,剩下的一切就交给命运吧!"

正当乙元准备走进时空穿梭舱时,一个清脆的女声从他身后传来:"乙老师,等等我!"

乙元不解地回头,发现一名梳着高马尾辫、身穿研究所特制运动衣的女生正急匆匆地向他跑来。

"灵芙? 你怎么来了?"

女孩气喘吁吁地回答:"乙老师,是亚当让我来的。他自己要留在研究所不能和您一起去,他不放心您,所以就让我来和您一起去。"

"什么？这是胡闹！赶快回去！"乙元严厉地制止了她。

"乙老师,我已经做好了一切思想准备！我一直都想参与实践'开天计划',而且我一直以来在您这里研究的课题就是'时空湍流导致的不稳定现象出现后的解决方法',我想我还是能够帮得上您的！"灵芙则是一脸自信地回答道。

"这……灵芙,你真的想好了吗？"乙元还是有些迟疑。

"放心吧老师！我真的想好啦！"灵芙向乙元灿烂地微笑着。

"好吧,我们……"

"倒计时！十,九,八……"没等乙元说完,他们二人一旁的时空穿梭设备已经启动了。乙元和灵芙赶紧佩戴好相应设备进入时空穿梭舱。

"五,四,三,二,一！启动！"

"计时开始！"

研究所内所有的灯光同时闪烁了一下,但不过片刻,一切又都恢复了正常。

"您好,您……"那位之前和乙元反复确认穿梭事宜的研究员此时发现有一名戴着口罩的人不知何时走到了穿梭舱前。

"哦,没什么。"那个男人听到有人叫住他,便也没再上前,而是看了一眼手表,随后转身离开了。

"奇怪,这个人……怎么觉得好像在哪里见过……"研究员挠了挠头,不过他很快便又继续自己的工作——确保乙元和灵芙的穿梭任务顺利完成。

在现在每个人都忙成一片的研究所中,这个戴着口罩的"神秘人"显得格格不入。他又看了一眼穿梭舱,之后便消失在黑暗的角落中。

"乙老师,我们现在在哪里？"不知过了多久,灵芙睁开眼睛,发现眼前只是白茫茫的一片,那是比南极冰川还要广袤无垠的白。她想找到乙元,却发现四周空无一物。好像只有她一人在这片除了白色什么也没有的地方。

"灵芙,我们现在位于两个时间流的交汇之处。我称之为'静止之地'。"乙元的声音突然响起。

"啊,乙老师你在哪里？我怎么看不到你？"

乙元苦笑道:"你当然看不到我,因为你连自己都无法看见！"

"啊?！什么?！"灵芙惊叫了一声！

之后她便寻找自己的身躯，却发现自己真的消失了，自己的眼睛、嘴巴、手臂，自己作为一个物质的人的一切一切都不存在了。

正当她疑惑不解时，乙元又开口了："灵芙，不知你知不知道这两句古文：'无眼耳鼻舌身意，无色声香味触法'？"

"嗯……好像在哪里听过……是《心经》吗？"

"没错！这两句就是《心经》中的经文。"

"啊？可是乙老师，这两句又和我们现在的处境有什么关系呢？"

"哈哈，灵芙，你还是没有明白啊。我们现在所处的境界就是这两句古文所描述的境界，你我现在之所以还能交流完全是凭借我们的意识！"

"什么？用意识交流？"

"更准确一点说我们是凭借我们自己的'第八识'——'阿赖耶识'进行交流的。"

"什么？！难道说古人说的这些……"

"千真万确！"

灵芙此时此刻被彻底震撼了。她惊叹于古代先贤们的智慧与神奇，更惊叹于这项名为"开天"的计划的恢宏与壮阔。这项穷尽人类古今中外的知识与技术，代表着人类的过去、现在和未来的计划，究竟是什么？

"那……乙老师，'开天计划'究竟是什么？"

灵芙问毕，乙元停顿了几秒钟后，严肃而低沉地说道。

"'开天计划'是全人类的最高机密项目，其实它从我们人类诞生之初就一直在被执行和研究着，而它的最终目的只有一个——揭开我们人类起源的真相！

"古往今来世界上的所有杰出的、伟大的天才，和那些古老而神秘的组织都参与了这项计划！随着一代又一代人不懈的努力，我们这几百年来终于触及了那扇遥不可及的大门。大门背后就隐藏着'我们从哪里来'的真相。只要我们成功打开了这扇大门，找到了这个真相，我们便能真正地掌握自身的所有秘密，就能实现那个横亘万年、全体人类的终极梦想——成为神！

"不过，除了这唯一的终极项目，'开天计划'的子项目则更贴近我们的真实生活。计划的子项目数量众多，但所有子项目的重要和保密级别都与终极项目同级，都是究极！而它其中的一个子项目便是研究如何在面对不可承受的毁灭性灾难时，为人类和地球寻找新的出路。"

"所以，我们现在就是利用时空穿梭去……"灵芙试探性地说。

"逆转未来！"

"老师，我终于明白了！因为时间线性流逝的根本属性不会改变，所以看似我们是在穿梭到过去，但对于我们之前所处的那个时空而言，我们其实是随着时间的线性流逝而到达了我们曾经所处的第一时空的未来！而与真正随时间线性流逝的宇宙法则出现的未来不同的是，我们的这个创造出的未来是我们已经经历过的，是可知的！我们是在用穿梭到过去的方式来创造新的未来！"灵芙激动地说道。

"完全正确！但灵芙，我们现在的技术还并不成熟，只能穿梭到过去地球时的三十六小时内，且目前这一行为对我们自身，以及对正常的时间发展有什么负面影响还不得而知。而且这本来就是一项有违宇宙正常规律的行为，宇宙法则肯定会自我纠正与修复，而宇宙究竟会以何种方式纠正并产生何种影响，这一切的一切都是未知……"

"放心吧乙老师！在出发前我早已把这些想好了！即使我们最后失败了，人类灭绝了，但总会有新的生命出现，总会有新的物种诞生。就当我们是为他们的到来做出贡献吧！"

"哈哈！灵芙，在学校时你就是最乐天派的那个，参与工作这几年你还是一点没变啊！"乙元笑着说。

"啊！老师！我、我们眼前……"

突然，灵芙"看"到眼前这片白色荒漠正在迅速暗淡、扭曲。本已不辨的"天地"也相互缠绕在一起，像是海面波浪的中心，又像是中国传统的太极图案。她顿时感觉天旋地转，一阵阵难以遏制的恶心感从她渐渐"回归"的肉体中涌来。

"灵芙，做好准备！我们要到了！"

没过多久，眼前的白色慢慢被庞杂的五颜六色所取代，飞速转动的漩涡图案渐渐归于静态，身体的一切感官也都恢复了，灵芙强忍剧烈的不适感，睁开了眼睛。

呲！

转换舱的舱门打开,眼前的景象安静、光亮、舒适。

新年前一天,上午八时,太空,国际人类未来发展中心航空站。

乙元率先走出了转换舱,他所做的第一件事便是校对时间。而这是灵芙第一次来到空间站,她好奇地四处张望着。通过舷窗,蔚蓝的地球在航空站下方缓慢运动着,像一个永远长不大的婴儿被宇宙子宫温柔包裹,缓慢而灿烂地生长、衰老。灵芙心中一种亲切和安全的感觉油然而生,这也许是自人类诞生那天起就刻在每个人的基因中的,对唯一的生存天堂和埋骨之所产生的依恋与爱。站内各种不知名的仪器在不停闪烁着,她看到指挥室的全站地图中显示有工作区、用餐区、娱乐区、健身区,甚至还有模拟地球环境的森林、花园、小溪等物景,灵芙被这一切深深吸引了。

"嘀!穿梭时已校对,倒计时开始!"

"乙老师,这是什么意思?"

"这是提醒我们回去的倒计时,我们只能在这里停留一个穿梭时。"

"什么是穿梭时?"

"你戴手表了吗?"

"啊,我戴了,老师。怎么了?"灵芙边说话边看向自己的手表。

"是八点一刻啊。"

"你再看看我们现在在空间站内是几点。"

灵芙抬头看向头顶悬挂着的电子时钟,不由得睁大了眼睛。

"怎么,怎么才是八点零五?为什么两个时间不一样呢?"

"因为你的手表是普通手表,显示的是地球的北京时间。而空间站的时间是根据格林尼治时间所校对的最精确时间,正常情况下它们二者显示的时间应该是一致的。"

"但现在……"

"是的,那么就只有一个可能性……"

"地球的自转速度变快了!"灵芙大声说道。

"是的。我本以为这是因为空间站撞击地球后导致地球自转速度变快了,可没想到地球自转速度在此之前就已经变化了,我们的麻烦可真不少啊……"

"那老师您之前说的'穿梭时'和'地球时'又有什么不同呢?"

"哦,是这样。穿梭时不同于地球时,它是因为时空穿梭而产生并单独存在的一个时间,它是我们在这边'静止之地'的唯一准绳。"

灵芙没有应答,她好像还是没有完全听懂。

"我们在穿梭的时空中不能依据过去的地球时执行任务,因为时空穿梭的本质其实是'时空割裂',我们人为强制地用能量将川流不息的时间割裂开,这个割裂开的时空我们称之为第二时空,也就是我们现在所处的这一时空。而第二时空的基础时空必须是以往存在过的时空,我们称之为第一时空。不过第二时空在宏观恒常的时间线上是第一时空发生后的未来,因此我和你之前说我们虽然穿梭到了过去,但实际上是在创造新的未来。这也是第一、第二时空命名的依据。"

"老师,那穿梭时之于第二时空就相当于地球时之于第一时空吧?"

"可以这么理解,但不够准确。因为第一、第二时空是相对而言的,同样,时间也是相对的。我们不能用对第一时空中地球时的理解去套用在第二时空中的穿梭时。其实于现在的我们而言,时间是不存在的。如果用向量 $\overrightarrow{AC}$ 来表示正常流逝的时间,那么我们现在所处的时空时间则是向量 $\overrightarrow{AB}$,它独立于正常流逝的时间存在,此时我们所处的时空相对平行于第一时空,但归根结底它还是第一时空的一部分。最终 $\overrightarrow{AB}$ 会归于 $\overrightarrow{AC}$,第一时空和第二时空便会重新连接,我们需要在两个时空重新对接前完成我们的任务。而穿梭时就是距两个时空重新对接还剩下多少时间的倒计时。"

说罢,乙元看了看自己的手表,上面的数字在一点一点地变化着。他忽然听到了流沙的声音,那是时间之沙在空间沙漏中流逝的声音。他们现在就在这片巨大广袤的沙海中探索。不过这是一片暂时静止的"沙漠"。但如果他们没有在沙海重新流动前回到原来的时空,那么等待他们的唯一结局就是被它所吞噬。

"灵芙,我们现在去驾驶控制台!"

"好的,老师!"

两个人奔跑的脚步声在这个偌大的空间站内久久回荡。

跑着跑着,灵芙开口道:"老师,这里是不是有些不对劲?"

"嗯?"乙元闻言停下了脚步。

"哪里不对劲了？"

"老师，航空站应该是全年二十四小时无休止运行的吧，就算会有工作人员休假返回地球，但不至于空间站中一个人都没有吧？"

听到这里，乙元的身体震了一下。是啊，为什么空间站里一个人都没有？难道……

乙元来不及多想，他立刻跑上前打开了航空站最核心地方——驾驶控制室的大门。在这一刻，他已经做好了见到一些令人尖叫景象的准备。

"咔！"门开了。

而里面竟然什么都没有！没有人，也没有乙元想象中最不希望见到的场面。

所有的仪器设备都在正常运行，驾驶室内没有任何打斗和破坏的痕迹，除了本应在此的驾驶员消失了，其他一切正常。

"哦！这里有一个笔记本！"

细心的灵芙在控制台旁边的凳子底下发现了一个小小的黑色笔记本，她翻开发现笔记本的扉页被人故意撕掉了，而第一页上只有一行潦草的字体——我能够说我对得起我的同胞，甚至是全人类，但我唯独对不起你。女儿，希望你可以原谅爸爸。如果有机会，希望你还可以做爸爸的女儿。爸爸永远爱你……

灵芙皱起了眉头。这应该是驾驶航空站的驾驶员的笔记本，这番话也应该是对他的女儿说的，可它为什么现在在这里？而且，这番话究竟是什么意思？看样子他迫不得已牺牲了自己的女儿，这又为了什么？

灵芙又往后翻了几页笔记本，但后面都是空白。

"看样子，除了这番话，最重要的就是那被撕掉的一页了。"灵芙喃喃自语。

但那被撕掉的一页又在哪里呢？

与此同时，乙元解除了控制台权限，开始检查航空站的一切运行情况，他要知道究竟是哪里出了问题。

但令他费解的是一切似乎都没有问题。能源供给正常、动力系统正常、螺旋引擎运行正常、坐标轨道行驶正常……但明明在不足十五个小时后这艘庞然大物就会撞击地球啊！

"啊！"乙元愤怒地握紧了双手朝着控制面板打去。

叮！

不知是不是因为击打的缘故，主控页面上突然亮起了一个红色的小圆点。清脆的提示音在只有两个人呼吸声和心跳声的控制室内显得格外突出与刺耳。

乙元伸出抖动的食指，向那个不停闪烁着的小红点点去。

"'开天计划'子项目——重置任务！启动！倒计时：十四时二十八分三十六秒……"

点开红点的一刹那，冰冷的播报音从航空站内的每一个角落响起。而乙元则感受到了一股前所未有的寒意和恐惧，从恒温舒适的控制室内的面板上传来，顷刻间就钻入他身体的每一个毛孔。他呆在那里，一动不动。

"老师，您、您没事吧？"灵芙看着呆愣在控制面板前的乙元，关切地问道。

"老师，您知道这个'重置任务'是什么吗？"灵芙又问向乙元。

乙元都没有回答。

"老、老师？"

此时乙元的表情变得狰狞，随着面板上越来越多的机密文件被他看到，他感到深深的痛苦与绝望。

"疯了！他们都疯了！"乙元突然仰起头对着天花板咆哮道。

"老师，您没事吧？！"灵芙被乙元此举吓了一跳。

这时乙元才想起这里还有一个人，灵芙还在自己的后面。他急忙转身道："啊，抱歉，灵芙！我又失态了！我没事，刚才没有吓着你吧……"

乙元话音未落，他的手表突然又响了起来。

"穿梭时倒计时十分钟！十分钟后时空将会重新对接！请提前做好准备！"

"什么？这么快！灵芙，快！你现在赶快回转换舱那里！"

"老师，那你呢？"

"我最后再试试！你别管我了，你先过去，我马上就到！"

"可是……"

"灵芙！服从命令！你先走！"

"唉！老师您一定要快啊！"说罢，灵芙又依依不舍地看了乙元一眼，之后以最快的速度向转换舱跑去。

转换舱需要的能量巨大，所以在靠近航空站核心能源的位置，而核心能源在整个航空站的最下方。但是驾驶总控室和驾驶总控台都在航空站中心靠近前方的位置,这两个地点之间有相当的一段距离。

嘀嗒……嘀嗒……时间一分一秒地流逝着,但已经进入转换舱内的灵芙迟迟不见乙元的身影。

"穿梭时倒计时一分钟,一分钟后启动时空穿梭,请做好准备!"

灵芙实在按捺不住离开了转换舱,而当她正要尝试终止穿梭转换时,一阵脚步声从她的耳边响起。

"灵芙!你在干什么?!快进去!"乙元气喘吁吁地边跑边说道。

"倒计时五秒,五、四、三、二、一!时空穿梭启动!"

乙元终于赶在最后一秒进入了转换舱,随即一阵刺眼的白光从舱内发出,顷刻间又归于暗淡。

"乙老师,您没事吧?"

"我、我没事。"

一回生二回熟,"看"着眼前白茫茫的一片,灵芙知道他们现在又进入了"意识世界"。

"那、那您成功了吗?"

"我……没能……"

"啊?!那人类岂不是……"

…………

"老师,这到底是为什么啊?还有那个什么'重置任务',这是什么啊?为什么航空站一切正常,但却在今天凌晨撞向地球了啊?"

"因为它的坐标被人为设定好了要于公元二一二二年一月一日零点零分这天撞向地球!"

"什么?!那老师不能改变坐标吗?"

"不能!因为这是来自二十年前的出厂设置,我没有权限更改……可恶!我竟一直没有发现……"

"二十年前,那、那不就是……"

"没错,这是在国际人类未来发展中心航空站最初建造完成之时就已经设定好的撞击坐标!"

虽然在意识的世界，但灵芙还是觉察到自己的身体不由自主地抖动了一下，一阵阵寒意也开始从四面八方侵袭这个洁白无垢的意识净土。

"可是，谁会这么干？这又是为了什么？"

灵芙不敢相信是人类要自己毁灭自己！

"开、天、计、划。"乙元一字一顿地说道。

"又是它?!"

"唉，本以为我对它已经足够了解了，没想到……"

这时，二人眼前的白色开始扭曲，呈现出穿梭将成功时的景象。

"不对啊，这次回去怎么这么快?!"乙元疑惑道。

"老师！老师！"灵芙也发现了此时的蹊跷，在提供能量没有发生变化时，前后的穿梭用时应该是差不多的，即使有变化，也不可能会相差这么多。除非是穿梭目的地提供的能量发生了变化，而且是增强了！只有这样才会缩短穿梭过程所用的时间！

新年第一天，晚上九时，国际全人类可持续发展中心研究所，最高级警戒状态。

乙元刚走出舱门，就看到研究所内一片混乱，所有研究员都像疯了般乱窜，还有的人坐在地上大哭大笑。这时，当初负责乙元时空穿梭安全的研究员跑向了乙元。

"乙所长，您终于回来了！"

"这是怎么了？研究所发生了什么？"

"我、我们……人类，要完了啊！"

"什么?!"

"报告！E国、F国、D国等欧洲大部分国家已经消失了，其余幸存人员已联系科斯莫方面在乌拉尔山脉搭建防洪工事，但可能也没有多少时间了。"一位青年军人急匆匆地向乙元身旁的一位军官汇报道。

"那我们现在要立刻联系亚洲方面的国家，看我们……"

"不用了。"一位看着电子屏幕的研究员插话，"R国、H国、T国应该已经永远成为人类的历史了。"

怎么会这样?!乙元抬头看了下时钟，发现已经是晚上九时了。

没想到两次穿梭用了这么长的时间！乙元心想。

"灵芙！你赶紧和其他人员一起撤离！"

"那老师你呢？"

"我、我再回去试试吧！我想这次直接去修改轨道……"

"但是乙所长，所里的能源现在只够进行一次时空穿梭的啊！您要是再进行一次的话，就、就回不来了啊！"研究员听完乙元的话焦急地大喊。

"你们走吧。"乙元只是淡淡地说了一句。

"可是老师！"

"乙所长！"

"带他们走！"乙元向一旁的士兵命令道。随即，他自己又跑回了时空转换舱。

"这样是没有用的。"一个男人的声音从乙元的脑海中传来。

"我需要你留在这里，我替你去。"那个声音接着说道。

"什么？你是谁？你在哪里？"乙元停下了脚步，不停地向四周寻找着。

乙元还不知道，他马上就要感受到人类自诞生以来从未有过的惊喜和恐惧。

"你好乙元，自我介绍下，我是乙元。具体而言，我是二十年后的你。"

"什么？！"

乙元转过身，发现一名和他长得一模一样的男子正面无表情地盯着他。

"你、你是二十年后的我？！这不可能！"

乙元看到这名自称是二十年后的他的男人甚至比现在的自己还要年轻，更何况这件事本身就超出了人类的认知。

"我没时间和你解释了。我现在需要你配合我启动研究所的所有能量，让我回到二十年前，终止这一切！"

乙元怔住了，这一关键的信息目前只有他和灵芙知晓，他怎么会知道？莫非他真的……但就算他是从未来而来，现在也依然无济于事。

"不行的，我们现在最多只能回到三十六个地球时之前，就算耗尽全部能量也无法……"

"现在不可以，二十年后就可以了。你不行，我行。"

…………

"你还是不肯完全相信我吗？"男子苦笑道，"你要相信我。我知道你现在是要调整航空站的轨道，但即使这次你回去了也依然无法改变它最终撞击地球的事实，人类依然会毁灭。你去过就应该明白，要想彻底改变这一切，就必须回到二十年前，回到航空站最初建造完成之时，也是它设定将于二十年后的今日撞击地球的坐标之时！"

"可你为什么，如此……"

"如此年轻吗？"

乙元看着这个来自二十年后却依然是青年模样的自己，还是难以置信。

"难道，二十年后人类就已经可以永生了吗？"乙元颤抖着问道。

"并没有，人类还远没有达到长生不老。我只是，暂时脱离了时间。"男人答道。

"什么？"

"简单来说，我现在是没有年龄的，你可以把我看作任何年龄。"

乙元仿佛经历了晴天霹雳般，他小心翼翼地问。"难道这和时空穿梭有关？"

"是的。时空穿梭的本质是拉开正常流逝的时间，将时间流割裂，从中创造出一个新的时间段。在这一过程中，割裂出的时空中的时间是静止的，或者说是不存在的。而世间万物的唯一尺度就是时间，我现在变了一个小魔术，把时间欺骗了，所以那些伴随时间而产生的标准也就消失了。"

"可是……"这和乙元他们现在对时空穿梭的认知有很大不同。

"别忘了，我来自未来，二十年后你就可以穿梭到更遥远的过去了。"

"穿梭极限时间是多少？"

"二十年！"

"什么！?"听到此处，乙元似乎明白了什么。但一阵寒意猛地从他的头顶袭来。

"那现在的你……不就是'神'吗？"

"你可以这么理解。"男人波澜不惊。

"但这很短暂。"他又随即补充道。

"好了好了，我们没时间了。我需要你提供全部的能量进行一次时空跳跃，回到一切的缘起——二一〇二年。"

"可是你无法再回来啊！"

"没事,不用你操心。"男人淡淡地说,"你只需要留在这里,做好你该做的事情。至于别的,我替你解决！"

因为这本就是我一手造成的灾难！这句话,男人最终还是没有说出口。

乙元看着男人远去的身影,呆呆地站在原地。

"能量已达最大峰值！时空穿梭倒计时十秒！十,九,八……"

"哦,对了,给你这个。"

男人说完向乙元抛来一个精致小巧的棍状物体,但这个不知名的物体的一端有一根至少十厘米长的针管,针管一端连接着各种芯片。乙元不知道这是做什么用的。

"要想知道一切,就把它从后脑插入自己的脊柱。"

"难道是……脑机技术?！"乙元震惊地问道。

"尽管,会非常疼。"

"倒计时！五,四,三……"

"那个东西,你拿回来了吧?"

"什么东西?"

"时空穿梭启动！"

男人没有来得及回答。

"喂！什么东西啊?"乙元大喊道。

研究所内停止的时间在男人穿梭后重新转动起来,乙元看了看手中闪烁着寒光的针头,慢慢地将它移向了后脑……

"啊！"

时间:未知;地点:未知,错误原因:时空湍流。

睁开眼时,乙元发现自己被反手绑在凳子上动弹不得,这里于他而言再熟悉不过,他竟又回到了航空站！令他惊讶的是灵芙竟然也在这里,并且和他一样被绑了起来！

"乙老师,我们怎么会在这里?"

"出来吧！亚当！我知道是你做的！你必须给我解释清楚！"乙元没有理会

灵芙,而是阴沉着脸看向空无一人的前方。

啪啪啪!一阵掌声响起,一个高挑英俊的男子从二人面前的机器门中走出来。

"国际联合委员会委员、国际人类未来发展中心主席、'重置计划'首席执行科学家,你这个没有祖国的禽兽!"

"把嘴巴放干净一点!我只是没有国籍而已,这也是为了工作需要。你知道我的体内流淌着什么血液?"说完,他高傲地昂起了头。

灵芙很难将她昔日的同学、乙元最出色的学生——亚当,与乙元口中具有这一系列头衔的人联系起来。

"我想和你单独谈谈。"乙元说。

亚当摆了摆手,让警卫们下去。他们两人此时被捆在椅子上,谅他们也不会有什么举动。

"乙老师,他、他真的是亚当?!"灵芙还是有些难以置信。

"是的,因为是我一手把他提拔上来的!"

"没错!我可是乙元老师最得意的门生!"

"曾经是。"乙元咬牙切齿地挤出这三个字。

灵芙惊呆了,一时不知该说些什么。

"老师,我知道你很厉害,你甚至差一点就成功了,但不要忘了,我可是你最得意的门生啊!我们已经知道了你的计划,我现在就是来阻止你的!你会计算推演,难道我就不会吗?而且老师,你不会成功的,时间就是一条环形蛇,你永远无法将其'斩断'!"

"老师,他在说什么?"

乙元低着头不发一言。

"老师,看样子你没有告诉灵芙,那我就替你来说明一下,揭露这一切背后的真相——'开天计划'的真相!"

亚当继续道:"在我和乙元所在的未来,人类已经在火星上成功移民,并且通过技术实现了'人造行星'来转移人口压力。但纵使这样依然无法满足激增的人口对土地和生存空间的需求。二十二世纪的最大问题不是战争,而是土地和生存。所以世界各国早就制定了这个'开天计划'的子项目,但不同于其他子项目以代号区分,它是唯一一个拥有独立名称的子项目——'重置计划'!"

"乙老师,您是建设航空站的首席科学家,您应该知道中心在最初建造航空站时的意图和初衷有两个:危险时,延续旧的人类的生存可能;必要时,为新的人类的诞生创造条件。而绝大部分人都只知道前一个,却忘记了第二个。"亚当不以为然地摆了摆手。

"你愚蠢!你这是屠杀全人类!你这是在屠杀我们自己!"乙元终于按捺不住朝亚当吼道。

"不,那只是过去的'我们',而且那些人中没有你我,这一点我想你相当清楚。"亚当冷冰冰地说着。

"而且老师,你知道的一阴一阳之谓道,阴阳不测之谓神。"

"啊!"乙元朝亚当怒吼,但绳子牢牢地把他绑在了凳子上。

"况且老师,你一个人的意见不值一提。这是联合国公投后的决定。换句话说,这是全体人类自己的决定。"

灵芙在一旁尽量克制自己,不动声色地听着,可听亚当说到这里,她还是忍不住打了一个寒战。

亚当突然大吼道:"什么火星,什么人造行星,我们唯一的家园只有地球!过去的我们把它糟践成那个样子,那是我们没办法,我们也知道错了,但已经晚了!无论科技怎么发展都已经无法挽回了!但未来的我们还有希望!我们未来一定会好好善待她的!因为我们知道,整个宇宙中只有她才会收留我们这些极度弱小但又可比肩神明的伟大物种!但前提是,我们必须把它尽可能恢复到她原本的美丽样子。"

"那、那就没有别的办法吗?"灵芙看向亚当。

"自然有。但毁灭永远要比创造更激动人心!毁灭远比创造省时省力!"亚当狞笑道。

语罢,他缓缓走近乙元。

"放弃吧,老师。你为什么就不能认可我的观点呢?未来的人类会把我们奉为全人类的英雄,是我们不择手段才为他们创造出了一个新的地球。我们将是人类新纪元的普罗米修斯和哥伦布!"

亚当慢慢凑近乙元的脸,对他耳语道:"老师,一切都会改变。但有一样东西,自我们诞生之初千百万年都未曾改变分毫,那就是我们每个人身上都具有的贪婪自私的人性!"

"亚当,你错了!"

乙元抓住机会,将自己猛一用力向后倒去,随即顺势将自己的腿抬起,给了亚当最脆弱的部位重重一击。

"啊!"亚当痛苦地倒地,他腰间的匕首也飞出滑到乙元的身边,乙元用嘴咬住刀柄割开了灵芙的绳子,随后二人径直离开。这时地上的亚当狞笑道:"你纵使去了也没有用!你什么都改变不了!除非你能杀死你自己!哈哈哈哈!"

乙元停了一下,但很快便又迈开了脚步。

你说得没错,但我如果能将"环形蛇"的头尾同时斩断呢?乙元心里想道。

他来到航空站的能源室,在输入视网膜、指纹、声纹、血液 DNA 四重密码后,乙元进入了只有他一人知道的地方——航空站能源室的核心能源区。

"老师,他说的是真的吗?您、您真的会死吗?"一直在路上沉默不语的灵芙此刻终于爆发,她红着眼问乙元。

"不会的,灵芙。相信我,我会回来的。"说罢,乙元向灵芙微笑,之后便进入时空穿梭舱。

"时空穿梭,启动!"

二一〇二年×月×日×时,中国罗布泊,地下未知深度处。

"你不用惊慌,你先听我说……"

"明白了吗?"

一个只有二十岁出头的年轻科学家点了点头。而此刻,他的头上早已渗出了密密的细汗。

最后,年轻科学家疏散了国际人类未来发展中心航空站建设基地内的所有人员,他自己也离开了。乙元微笑着摩挲着那些早已过时和废弃的仪器,缓缓进入了眼前这个空旷场地中唯一的庞然大物,他要用六十年的时间去赌一秒钟。

铿!铿!铿……乙元踏在金属舷梯上的脚步声在场地内久久回荡,声音逐渐变小、变低,最后消失不见,就像是这片土地上曾经辉煌过的文明,就像是他自己,最终都会湮灭于浩瀚的宇宙。但在此之前,总要做点什么,总要做点什么吧。

乙元终于将坐标更改完毕,他坐在控制室的椅子上长舒一口气。

"希望美洲可以兑现他们的承诺,不然这又将是一场浩劫——一场只针对他们的浩劫。"

嘀嗒嘀嗒嘀嗒……他的手表在不停地响动,乙元看了一眼:

"二十三,五十九,五十五……"

"倒计时!五,四,三,二,一!"

"终于可以歇一会儿了……"

罗布泊上的风一如千年前不辨悲喜地从茫茫戈壁上刮过，风中携带的几粒沙轻轻地敲打在二十岁的乙元的脸上,他看着天边渐渐沉睡的夕阳,突然生起一种莫名的满足与幸福。

"在荒原尽头,手指可以触天。"——威廉·布莱克。

"五十六,五十七,五十八,五十九,叮!"

二十年后。

公元二一二一年,十二月三十一日,二十三点,灵芙家中。

"好快啊,又是一年。"灵芙站在落地窗前,看着大街上渐渐聚集的人群慵懒地说道。

"是啊。对了老婆,我刚才收拾书桌,从你的工作资料中发现了一个笔记本,但上面的署名不是你,你看看是你的吗?"

"啊,我看看。"

灵芙翻开笔记本,第一页的右下角只有两个字:"乙元"。

"他是谁?"灵芙一头雾水,这个名字她似乎很熟悉,但又是如此陌生。

她继续往后翻。

"灵芙,如果你能看到我写的如下话语,至少证明我为你们又重新争取到了一次机会。其实你们已经'死'过一次了,而至于这一次能否成功,全看天意吧……"

"什么?!这个乙元是写给我看的?他怎么会知道……"

"亚当是对的。回到过去的时空并不会对未来的时空产生影响,我们可以倒流、可以折叠时空,却无法改变时间这一线性流逝的本质属性。穿梭到达的过去会变成新的未来,而折叠只是能够小范围地纠正一些错误。但这样对我而言就已经足够了。所以,一个人完全可以通过时间倒流和时空折叠来与不同时空内的'自己'相遇,从某种意义上说,只要在可到达的时空中存在一个人,那么这个人在他可到达的时空中就是不死的。也正是这一理论基础让亚当有了想毁灭过去人类的恐怖计划。但理论永远是苍白和冰冷的,纵使我们在未来可以享有由更未来的我们的前辈所创造的地球环境,但于之前的那个时空中的人而言,那就是他们鲜活的一生。每个人的生命都应当被尊重,而不是为了虚无缥缈的过去或未来的'自己'而牺牲现在的自己。把握当下,才是生命存在的真谛。"

"亚当又是谁?难道是我的那名同学?可是他后来没有和我一样进入科研所,而是当了一名大学老师啊。是他吗?"

"……而唯一可能终止这个事件的方法就是由事件的直接参与者——我,在时空穿梭的最大限度内同时抵达事件开始和结束发生的时空,并一起终止!在我六十岁的世界中,由于技术的进步,穿梭过去的时间限制扩大为二十年。于是我经历两次穿梭,一直在观察着你和过去的我的一举一动。我是乙元在南极洲检查时的一名士兵,也是他回到研究所时的一名助理。我最后回到二一〇二年修正航空站撞击地球的坐标,把南极洲改为美洲大陆。因为美洲大陆的地壳厚度要远远大于其他大洲的厚度,理论上可以承受航空站的撞击和爆炸。我也提前联系疏散美洲大陆上的所有人员,让他们来到欧洲、非洲和亚洲。但愿他们依照我说的去做了。至于我为什么不直接取消撞击坐标,知道'蝴蝶效应'吗?每一次时空穿梭都会对未来产生或多或少的影响,除了必要时,我必须减少和过去一切的接触,自然也包括你和过去的我。而且如果我取消撞击坐标,执行这项计划的其他科学家一定会在检查中发现,尤其是我最好的学生——亚当。而他在知道后一定会重新设定撞击坐标,接替我不惜一切代价完成这项计划,那我做的一切就都白费了。'撞击事件'是'重置计划'的核心任务,也是航空站建造的终极任务,它不可避免。但我能够选择最后让它撞向哪里,不至于让全体人类灭绝。放心,我会用生命确保。我在二一四二年就把穿梭后的影响因素包括亚当的拦截也计算入内了,但我唯一没有想到因为时空湍流的影响你会和我一起出现,但万幸的是一切最终都按计划完成了。这当然会导致时间流发生严重错乱,而宇宙法则会自我修正,代价则是会让穿梭时间的人也就是我只有二十四个小时的宇宙生命,这也是一个时空重叠间隔期,间隔期决定了我的生命还有二十四小时。这表示在这二十四小时内第一时空和第二时空不会连接,而二十四小时一过,在时间线性流逝的本质属性下,第一时空和第二时空便又会重新重叠。如果我不在二十四小时之内完成这一系列行为,那亚当可以随时穿越到过去,找到未来的我继续这一计划。所以从我在二一四二年决定开始进行这一任务时,我的生命就只剩下二十四小时了……"

灵芙虽然不认识这个人,甚至都不知道他在说些什么,但她读着读着眼睛莫名其妙地热了起来。

"多么讽刺。新年第一天竟是我们人类的'最后一天'。但这不应是全体人类在地球上的最后一天。如果我用尽一切办法都无法改变时间,那么就让时间只改变我一个人吧。我替你们去迎接这'最后一天'……"

"啪!"笔记本掉落在地,灵芙趴在桌上泣不成声。

她后来了解到,时空完全重叠后宇宙法则自然生效,那么决定穿梭的人在穿梭起止时间段内都会消失。所以这会抹去与这个人有直接关系的一切人的关系,而其中最重要的关系便是血缘关系……

"……女儿,希望你可以原谅爸爸。如果有机会,希望你还可以做爸爸的女儿。爸爸永远爱你……"

公元二一二二年,一月一日,零点零分,新年第一天。

当巨大的全息时钟的时针与分针重合在"12"上时,一束束烟花在夜空中绽放,照亮了街道上每一张喜悦的脸庞。一幢幢大楼外侧上的 VR 显示屏中的人则不停地重复说着"新年快乐、新年快乐"。虚拟播报员的着装和往年一样,声音和语调也和往年一样,似乎一切都没有改变。

他现在似乎听到了为迎接新年而敲响的钟声。他现在仿佛就站在大街上,是那些喜悦人潮中的一员。

航空站正急速坠落,坚硬而广袤的模样在他的眼前逐渐凸显,一切都变得越来越亮。乙元孤独地坐在驾驶位上,手里紧紧握着一张被泪水浸湿的照片,照片中的自己本应抱着一个小女孩,而那个小女孩本应灿烂地笑着。

"二十岁的我,会再一次经历我现在所经历的一切吗?"

一滴泪水从破碎的窗外逸出在太空中飘浮，伴随着阳光的照耀折射出生命的光彩。脆弱、渺小、短暂，但又坚毅、伟大、璀璨！一如这颗蔚蓝色的星球，一如这颗蓝色星球上的所有生命。他们自诞生之初便历经无数坎坷艰辛但依然生生不息！

乙元微笑着，缓缓闭上双眼……

"五，四，三，二，一！"

"新年快乐。"

【作者简介】艾嘉辰，男，2000 年生于内蒙古包头市，中国科普作家协会会员、内蒙古作家协会会员、内蒙古文艺评论家协会会员。现任教于准格尔旗职业高级中学。作品见于《草原》《文艺报》《山西文学》《艺术研究》《中国社会科学报》等刊，并入选《内蒙古青年作家作品精选·小说卷》《内蒙古优秀文学评论集》等选本。

清冷之人

○晓角

小城总是在下雨,小雨下得无边无际,大雨也下得无边无际。小城很小。

那个纵身一跃跳进钢水的人,最后在想什么?晚饭碗底的米有没有吃掉?脱在老家门口的旧鞋是草鞋还是布鞋,还会不会有人穿?十五岁的一个早上为什么突然出现几根白发,有没有觉得伤心?当时喜欢的女孩后来生了几个孩子还是已经消失?入钢水者没有说出这些,这些东西没有用,没有记得的意义,甚至没有必要真的存在过,它们和他消失得那么利落,几秒钟化为蒸气,再也回不来。

一

他说:"我活不下去了。"

每天都会流眼泪,好像一堆泡了几天的抹布,放一放就能哭。

人生中没念过大学,饥饿时没有工作,常常心碎却没有爱情。

我们都一样。

他看着我动了动嘴,像又要说自己活不下去了,却没有说出来。他抬头望望屋顶,开始讲他现在每天坐九路公交车去一个地方再坐回来,在车上有时站着有时坐着有时犯困有时头疼,从车窗里能看见幼儿园看见公园看见市政府,每天都能路过学校又路过殡仪馆。树叶常常划过车窗玻璃,他感觉自己在车里像鱼一样哆哆嗦嗦。

我该怎么安慰他?没必要安慰他,我自己也糟透了。懦弱、胆小、自负又自卑,所以这么多年格外可悲,每一天都非常糟糕。

半夜起来在屋子里走,走一个小时喝一次水,走两个小时上一次厕所,天明时睡着,天天这样。

我们根本不是什么智识动物,我们和那些叫不出名的草完全一样,无声长出来,无声活着,花都不开,怎么也发不出声音,终于有一天一生的大雨、暴晒结束了,无声死去却又难免被称作"成熟"。

多可笑。

二

他还老是哭,在我面前哭。四十多岁了他还是讲自己想上大学,特别特别想,想大学的图书馆、大学的操场、大学的跑道、大学的路、大学的树丛、大学的路上走过的每一双鞋,以及大学的水洼和水洼里的泥,他都想。

他说他小时候很聪明,五岁就会读对联上的字,但没有任何老师教过他识字,没有人管,常年被锁在家,接受父母的打骂,目睹畸形的家庭。他五岁就知道不要在白天哭,因为越哭越难受,七岁开始封闭自己,十几岁没有办法,就天天伤春悲秋。

前段时间他生了场病,病得不轻,在床上躺了一个月,缓过来后他更爱想这些了,也更爱和我说这些,说久了就要哭。

我知道一些他以前的事,他没有去过学校,因为有个患精神病的妈妈,她比儿子大四十岁,要求儿子必须留在自己身边,不让儿子上学也不让儿子出门玩,稍有反抗就打骂哭号,可儿子识的字都是她教的,干家务洗衣做饭也是她教的,他做什么都是她教的,连性格都是。

她给了他思考的机会却让他失去自由失去快乐,这让他十分困惑,于是年复一年长成了不同于人类的另一种生物,厌恶群居,厌恶和人接触,孤独懦弱,但喜欢幻想,什么都胡思乱想,成日心中纷纷然,一点不安分。

他说,十五岁时他自杀过一次。

对于过去他讲到这里就停了,中间的三十年被删掉,再问不提。

又好像三十年根本就没存在过,他一直都是十五岁的阴郁少年。

三

我好奇他恋爱过吗？该读书时没有读书,该工作时没有工作,该恋爱时他应不应该恋爱?

活不下去了,怎么都活不下去,谁都活不下去,每天都活不下去,但人生总是难免恋爱,恋爱可以让人活下去,可以让人活着活着就又活不下去,活不下去时总会出现一点感觉再活下去,为什么不活下去呢?想一点什么就可以继续活下去,盯着一点幻想也可以再活下去。

我们每天在路对面看一眼对方,然后走向不同的地方,晚上再回来,我们都很绝望。

某一天,他鬼鬼祟祟地从外面进来,怀抱一个长方形小纸包,双眼发亮,一层层剥牛皮纸,手渐渐一阵阵地抖,像小男生第一次碰喜欢的女孩的脸,又像是剥牲口皮,剥着剥着满身血污。

终于纸包只剩最后一层了。

他抬头看了看我,脸色发红。

纸包里是几本年代久远的刊物,页数不全,纸张生满黄点,阳光下像字生锈了一样,但纸张坚硬,好像印刷出来后就被束之高阁,灰尘进不去,主人每天都亲自来视察拂拭。

薄薄的刊物上,每本都有他年轻时的作品,诗歌、小说,写苦难,写家庭,关于母亲,思考自己,还有一些赠言。但不知道为什么这些书都还在他自己手上。文章写着写着出现了对某个人想说的话,对未来的向往,甚至对生活的批判,他写得并不好,没有受过语言训练,用词简单,但读了有种心痛感。

又简单又沉重。

我看过荒草于是我是冬天我路过村庄所以我只能成为飞鸟
土豆城是圆的,里头不应该住人

这些都是他写的,他不写很多年了,现在不会有这种文笔,感慨良多。

他也许曾有一个短暂的出名的时刻，那个时代人们相信诗人，一个没有上过学的男孩痛苦到活不下去于是想到写诗，人们喜欢这样的故事，起初他写不好，一首很差，十首更差，于是愤怒、伤心，就这么一点点希望都做不好，觉得活不下去，不应该活下去，然后又继续写，他一点都不快乐，只是想写，诗歌是深渊里向他伸出来的一双手，他太小了，又经历坎坷，没有这双手他受不住。

诗歌不会像生活那样放弃废物，它会让废物进入一个新的世界，让他醒过来，欢欣继而痛苦，环顾四周，四周空无一人。

所以我读他当年的诗备感新奇，一个这样的人也有过发光时刻，尽管非常短。他想哭的时候什么都说，但从不提自己的诗火了多久、不火了以后经历了什么。我想也不会有多久，顶多三五年，参加几次会议，吃几顿饭，在那种不会再来的纯诗歌风里卷一卷，然后回归生活，他这种人成不了大师，大师需要格局需要耐心需要坚强，能反复忍受苦难并转化成才华，他不能。

他自负又自卑，生来懦弱，他说起小时候人们是怎么说男孩子不能老哭，没出息，但这么多年他就是秉性难改。

四

我们这些人都不开心，住在阴雨连绵的小城里。

我楼下住着一个七十多岁的老太太，她每天都化妆，画眉，甚至搽口红，每天都要洗澡，出门去公园看风景，她有一个新婚的八十多岁的丈夫，两个人不发出声音地生活，邻居们从不和她说话，她也从不和人们说话，我也从不和她说话。

有一天老太太死了，她的丈夫被儿女接走，房子空了。

他刚来这个小城时每天都在找住的地方，风尘仆仆一脸仓皇，他住过出租房，屋顶薄如蝉翼，住过平房的南房，漏水、断电、隔壁小孩哭，整天整夜不安宁。

在垃圾场附近生活时他的邻居是一个被拐卖来的女人，女人先被卖给弟弟，给弟弟生下孩子又被弟弟卖给城里的哥哥，却再没生下孩子。

那个女人活得很仔细，衣着整洁，扎着少女般的高马尾，心地善良，特别喜欢猫,喜欢帮助别人,逛菜市场遇到流浪猫就上去喂,遇到残疾乞丐就蹲下,双手给钱。有一年她附近来了一个被儿子逐出门的八十岁老人,老人上不了街,她就每天做好饭给老人送去,看着老人吃完再把碗刷了带回来,老人病重,一天比一天吃得少,但她送去的饭却永远一样多。

直到老人死去,都没有任何人答谢过她。

她明明那么可悲却总是悲悯别人,哪怕常常能力有限,只能在心里悲悯,好似常年站在悬崖上,善良和尊严就是脚下的尺数之地,让她可以尽管站在悬崖边却怡然自得。

他在县城生活时故意把日子过得很小心,每一天轻拿轻放,收拾情感,不让意外的破碎发生。

早晨固定五点起床,自己给自己做饭吃,然后出去找工作,深居简出,但不知是不是受了那个苦命女人的影响,他装束也异常整洁,整洁到战战兢兢,头发每天都洗,每天刮胡子、戴眼镜,找到的往往只是理货员或快递员的工作,甚至有时去当护工当服务员,忍受很多东西,比如辱骂和最怕的呵斥。他身体并不好,常常头痛到整天昏睡,没人理解他为什么要那么讲究,人们问起来他家里的事他很少回答,于是大家开始远离他,又议论他,试图把他的过去虚构出来,但每一个虚构的故事都会被他每天的沉默和讲究逼回去,于是更显得诡异,好像是一个人在成天武装自己。

这一切是为什么?没必要知道。

有一个下午,街上下雨,我去取一个快递时,在代收点小卖铺的小屋里第一次遇见了他。

一张平凡的脸,挑不出一点好处甚至丑陋,丑陋并不是说有伤痕,是平凡的同时又沉重,年龄不大却有一种未老先衰的感觉,好像他一直只是个小男生,但经历的东西太多,所以看着像四十多岁。

那天他来取的好像是一个箱子,可能是书,我后来知道他极其喜欢书,屋里人不多,他向售货员大声说出手机尾号,声音嘶哑,一大箱东西扔上来,他双手抱起,抱好,转身,走到门口定了定神,门外在下雨,我看到他站了片刻,走进雨中。

三个星期后,他拖着一个包,成了我的邻居,我的生活就开始有意思了。

他第一次走进我家,看到我斗室里书多得惊人,从"三言二拍"到《读者》《意林》,甚至是余秀华的诗都有,几个旧书架,连鞋柜里都是书,堆到房顶落满灰尘。

小城多雨,那天窗口天光清白,他的眼神有种瓦解之感,逐渐,缓慢,想到很多事的那种眼神。

五

我一定要知道他不再写作后经历了什么,或者为什么不再写作。

我把一杯茶摆到他面前,把一顿晚饭留到他深夜回来,把他的衣服留下来洗,把大堆的书借给他或送给他看,我写的东西也请他来看,听他一个中年人一边哭一边说悲观幼稚的话,但他依旧不说我想要知道的。

问急了,或者回避,或者顾左右而言他,或者直接生气。

一个出身苦难的少年文人会经历什么呢?顶多会经历什么呢?没有文凭,找不到工作,盛名桃花一样消失,春天很短,人也草木一样老去。

我又为何这么好奇。

十八岁会变成二十八岁,二十八岁会变成三十八岁,三十八岁会变成四十八岁,四十八岁会走向更可怕的五十八岁。时代也在变,诗潮流入浪潮,农耕变成进城,朽在地里也变成朽在城里,少女变成老妇,希望变成绝望变成习惯,一九九〇、二〇〇〇、二〇一〇……

文章何以能比桃花长久。

所以他在回避什么呢,他活得再痛苦又有什么用,谁活得再痛苦又有什么用,他源于苦难的那一点才华和他这个人一样,是社会的一种幻觉。

所以他爱哭很理所应当,曾经的诗人可以爱哭。

六

我想带他去一个地方,我过去生活的地方。

那是一个洞,七尺宽,一丈高,在一个村子里,村子里布满桃树,不结桃子,洞就在桃花深处,很深,我少年时常想走进去,走到洞尽头,山洞寒冷,森森然,极端安静,洞外面是桃花,里面是枯骨般的黑暗。

第一次进去时我还很小,那天不知道因为什么被人打了,想找个地方躲躲,哭一哭,就进了那个洞,真冷啊,可以想象这里边死过人,饿死的人,冻死的人。我往里走,越走越难受,想让自己也死在里面,我走啊走啊,一边走一边难受,最后又退出来了。

后来我进去过好几次,那洞越走越大,越走越黑,怎么都走不完,终于有一天我发现这个洞其实是通往另一个世间的,那个世间静极了,那是真正的静,没有一丁点声音,在那种静面前任何的声音都是污秽。

我怀疑桃花源不过也只是一片这样巨大的静而已,只是陶渊明写不出这种静,他搜索一生的经历也描写不出这种静。这静吓到了他,于是他想给自己一个台阶下,想象出了一个桃花源,一群快乐怡然的人。

桃花源开头是一片静,结尾也是一片静。

七

他生病了,头痛,整夜痛,发烧,全身衣服湿透。第二天早上终于轻松一点,他撑着上楼来找我,轻轻地坐在床上,我坐到他身边,让他靠着我,我搂了搂他的肩膀感觉体温很低,如过重刑。

我们一句话都没有说,只是有点想流泪。

来吧,诗人。

我带你去一个地方。

淡绿色的马

○晓角

一

我从来没拥有过一匹马,也不曾学会奔跑,学会站立,可是我那匹淡绿色的马,常常出现于我生命中。

阿冬,此信提笔时,我正在夜晚静守我的乡村。

微冷月光里,我正如当年你去南河边救回来的小鱼,在玻璃罐中缓缓游动,伤感生平。有几年,烈日炎炎的七月,村庄大旱,干旱停住了所有的流水。盛夏,河流枯竭,河道淤泥龟裂,我们最爱的、小小的南河只剩一渠死猫、亡狗、空螺。但那些幸运小鱼是那么可爱,条条聪明地躲进泥巴里呼吸,等一个矮矮的小姑娘手捧清水,一一寻找它们。南河小鱼生于秋镇水库,破卵,呼吸,混混沌沌,直到某天被排放到贫寒乡村,开始湿冷的一生,疼痛的一生,正如我一般。

你也有家,那爿小小的危房,里外三间,房顶下坠,玻璃碎裂,木头朽烂,土坯做的院墙极旧极矮,什么都拦不住,你和我说,你生命里第一个记住的景象是一场深夜大雨,闪电一条条杀开天空,你当时坐在炕上哭,哭得呕吐、发抖,但没人管你,雷虽大屋里还亮着灯,雨水哭一般浇在土墙上,又流进家里,突然"砰"的一声,在地上抽烟的父亲抢起烧火棍,把灯泡一棍子打灭了,灯灭了,黑暗里只剩下雨了。

可就是如此的家,你也是个非常快乐的孩子,一双小手用一下午的时间从墙角翻出一个个清亮的玻璃瓶,墙角里是你童年收集的塑料瓶、玻璃瓶、废纸箱,以及无数玻璃,你父亲让你收集它们卖钱,这些瓶子曾装过冰糖、装过橘子、装过泥巴,被丢弃后,幸运地遇见你的小手,它们被洗干净,恢复透明。装上水,装上小花、青草,养南河我们的小鱼。那时整个夏天,我的女孩阿冬都在给我捕鱼,捕蟋蟀、蝴蝶,一罐又一罐,一瓶又一瓶,玻璃罐们在村子浓重的阳光里如一个个剔透灯笼,发散小小自然之光,摆满我的家,我不能自己走出的家。

你总是笑着,瘦小单薄如一片冬叶,小脸脏污,眼角结厚厚的泪痂,一年四季穿着仿佛流浪的衣服,青春来临之前,几乎没人留心过你是个女孩子,但你永远是我心里第一个女孩子,我小小的花朵。

阿冬,你经常需受各种皮肉之苦,摔伤、撞伤、病痛、劳累,他们,你父亲或许还有我叫不上来的大人,我永远不会也永远难以站起身平视的大人,对你下手那么狠,把你一只手提起来,像提一只猫那样,然后再摔到地上,又看你还会不会哭,或者用裤带绑住你手脚,绑出一条打滚的小泥鳅,怎么抽打都不会碎,不会死,只要一沾水便还能游走。

阿冬,我们是最好的朋友,童年里你我没有性别之分,站着和坐着时也没有距离,你常在我面前脱掉小小的衣服,给我看新的、旧的伤口,父亲在什么时候打了你,你又怎么不小心让自己受伤了。这些直让我心如刀绞,泪流满面。见不到你时,我每刻都渴望着从土炕上站起来。有一天,我在恍惚中感觉你正在受苦,我站起来去找你,拥抱你,把你扶起来,把脸贴在你沾了血污的小小肩膀上哭,然后喊来我的马,我病体中生来牵着的马,淡绿色的马俯身让健康的我们骑上它,飞奔到遥远的草原上。这种渴望几乎让我疯魔,以至于在你面前时忍不住落泪。

我永远记得那年,一个淡绿色的春天傍晚,河已经开了,鱼又浮现水中,一冬结束时我窗台上什么都没有,我们的一年在春天正准备开始,无数鱼,无数野花、蚂蚱,无数你的笑容正在来的路上。可那个傍晚,第一次,你在我门外挨打,惨叫痛哭,夹杂几声村人的劝说,你父亲醉酒说的脏话,听得我的心痛苦崩溃,阿冬这次真在我门外受苦,可是我身有残疾。那一天成了我至今的梦魇,常出现在我梦里,痛不欲生。"别打了,她快死了,真的快死了,"我在炕上惨叫,大哭,腿痛剧烈,骨头发热,已经残疾的经络在跳,是,我一定可以让腿站起来,跑出去,去救你,骨头在动,在痛,快了快了,这双腿要好了,猛然我看见自己站了起来,站在地上,我来救你了,我已经走出屋门了,地上砖头是踩在脚下的,嗒嗒响:"谁都不许伤害她。"阿冬,你好像也在门外听见了,我的腿在往出长,长出触角,新骨新肉,我真的在跑了,猛然,我摔倒于地。

淡绿色的马也摔倒了,在心底悲鸣。

我没有长出好腿,有的只是两大条可怖的肌瘤,你就在我门外受苦,可我救不了你。

迄今为止的多年中,我无数次试着站起来,无数次失败。

于是我再也没有站起身过,那个春天之后,你在我门口哭号之后,马就在我身体里病倒了,那淡绿色的马,夜夜悲嘶,让我在噩梦中热泪滚滚,那天之后我常感觉身体里某根骨头真的断了,关在门外的是你,永远走不出门的是我,每个梦都如此。

现在,我们都长大了,你不再挨打,甚至一度带着我离开了乡村,我还是常常在你面前悲叹,有时只要一看到你的背影,便悲伤难当。

阿冬,我今天想起秋秋了,她在天国应该又长高了一点,长漂亮了一点,聪明了一点,曾经我在那座小小的小学门口等她,从铁栅栏中间望她,多可爱的小学啊,有很多可爱的孩子,我们的秋秋是住在积木里……我还记得你第一次领我和第一天上学的秋秋来这所学校,那段日子特别开心。阿冬,我们的孩子终于能上学了,但你给我换上新衣服,推着我走出家门那一刻,我说算了吧,秋秋是站着的孩子,会跑会跳的孩子,不要让那么多人看见这可爱的小女孩有个站不起来的爸爸,你在我上方愣了一下,一时神伤,但转而又像小孩一样笑了:"没事,秋秋虽然有个又穷又普通的妈妈,但秋秋有个不一样的爸爸,她会是快乐的人,她是独一无二的人。"你说完这句话强颜欢笑,把我一路推到学校门口,秋秋那时六岁,身体还未发觉异常,她似懂非懂,在身前领着我们。

阿冬,人生至此,我还是想说,哪怕无耻地说,秋秋于那个春天离开我们时,我是个勇敢的爸爸。

二

我有一所小屋子,它常常下雨,有几年屋里下的雨比门外更多,墙壁泅湿,如秋秋小时候大片大片的尿渍,连续阴天时屋顶也会漏雨,一滴一滴,地上放脸盆,放碗,整夜打鼓,整夜心悸难眠。玻璃窗常灌进四季的风,从每个缝隙进入,在我家,常能感觉到小小的风。后来有一天,你从工作的厂子带回来好多旧报纸新报纸,要把窗子贴一遍。我坐着烧水熬面糊,往这些没有人阅读的信息上刷浆,你从我手里接过,把玻璃缝全用报纸糊住,不仅窗户,墙角也糊满报纸,永远不会有人看的报纸,成了我们家的一道皮肤。

有一天,母亲挑水时摔了一跤,我透过窗户看见她像蚂蚁一样挑着扁担,从院门走进来,一阶一阶上石阶,忽然猛地栽倒在地,站不起来直把自己滚成泥人,但她始终没发出一声喊叫,只是变成泥人后在地上呆坐着,一动不动,邻居听到我的喊声才把她扶起来。那段时间我开始学习编织,母亲步行十里山路,去那个当时因偏僻迟迟未改名成小卖部的"供销社"购买毛线,红毛线,绿毛线,柔软的粗毛线云朵般温柔,她把这些东西给我看,又找出几根铁签子,把着我的手教我编织,我有十根不干重活的纤细手指,母亲常说,这样的手天生便该编织东西。我起先不会织,织着织着就错了,我和母亲说放弃吧,干不成的,母亲沉默,然后猛然在我身上拧一下,我一动不动,经常是她失望地哭了,我又独自织起来。大概两个季节后我的编织技巧才熟练,我一个结一个结地织围巾,织发带,织手套,又熟练地织花瓣、绿叶、波纹、花边,织得顾不上吃饭,忘了睡觉,母亲过一段时间整理一下我的作品,叠好包好,坐火车拿去秋城的大街上卖,被城管赶得散落一地,她捡回来又送给周围山村的老人,在我少年时期穿手织衣物的人其实已经不多了,但每次母亲整理时都满怀希望称我手艺好,要永远织下去。

我织了一天又一天,把整个少年时光都织了进去,并不求回报,只图一点还活着的感觉。其实我和母亲心里都知道,在我们寂静村庄外面这些织物没人会买。

阿冬,多年后,你带我离开村庄,又离开秋城,住进异乡的清贫小屋里,这些织物又给我的人生带来一点新跳动。

那是一个灰青的初冬,我们第一天来到新城市,第一次见到当时已经是老房子的小屋,前屋主是个温实人,慷慨地以三分之一的价格把屋子租给一个残疾人和他的妻子,收拾东西时他还热情地帮我们打扫卫生。小屋的每一个地方都落了重灰,墙角,桌面,你在冷水里拧手巾,踩在椅子上用一天的时间才把玻璃擦亮,我坐在床上像弟弟般看你劳累,你自幼习惯劳苦,好似在我有记忆前你就这样陪伴过我,比照顾自己的孩子更辛苦地照顾我,后来我生出记忆,你便整整衣冠,和我重新认识一次,同我做好朋友。

阿冬,你永远都是好的,不会哭,不会生气,也永远接受所有伤害,所有挫折。现在想想,我认识的女人里只有两个可谓是故地村庄的精灵,一个是母亲,一个是永远爱我的阿冬。在你们的坚忍中,我永远自怜自己的疲弱残躯。

那天我努力想为新家多干点什么,但只拭完桌子你便让我休息了,我看着屋子发愣,异乡阳光就洒在窗台,这里冬天似乎比故乡更温暖。我想,终于离开村庄了,也许不会回去了,童年记忆已经淡得像水,痛苦都过去了吧,以后会越来越好,一定会越来越好,我是个正常人,我和你要有孩子,甚至我有可能站起来。想了会儿好事,又想到自己现在并不能行走,未来也许只是从一间屋子逃到另一间屋子。

我们在小屋里开始新生活。早上六点,我认真听着你在我身边悄悄起床,下地,打水擦一把脸,找出家里的食物做一点每个村妇都会做的早饭,你吃完了,找个碗小心扣起来,然后出门,我听见那声尽可能轻的合门,睁开眼睛望着屋顶。你又去受苦了,在每人每天足足要工作十二个小时的工厂。无数个阿冬被钉在流水线上,一天一天,一年一年被碾碎、分拣、融化、检验、打包送走,送进无尽的城市尽头。我一个人在家里想着这一切,感觉溺水般无助,我的淡绿色的马在我心里悲鸣。

晚间你回来,我告诉你我想重新拾起来编织,当年我织的衣物是各个村庄都称赞的,不能站的人双手都堪用,权当试试,说不定真的会换来钱呢。你劳累的脸泛起光来,几天后你在周日用你的积蓄为我买回一大堆各色毛线,还买了粗细不同的竹签铁签,我兴奋地织起来。这里不是乡村,没人穿毛裤,我织的大多是装饰品、手套。每天早上你出门时,我便起来织,你在夜里告诉了我好多城里人的喜好,他们穿惯最新潮的衣服,就忘了土布的可爱花纹,适应机器做所有东西,自然好奇人手能做出来什么新花样。我明白该织什么了,我织一张小方毯,把前一个周末和你在公园看见的一围石竹花织进去,花瓣紫色,花心蓝色,叶子白色,每朵都是立体的,方毯除了花朵的部分都是墨绿色。我织一块杯垫,放在人家桌子上要素雅,就织几个灵秀可爱的小天使,人见了肯定没有不夸的。三天织完一条围巾,用驼粗毛线,厚重温暖,围巾上织满了镂空枫叶,枫叶并不相同,从春的叶苞织到初冬的枯枝。我还织了好多手套,给女孩子戴的在每个指尖上织了小爱心,给男孩子戴的手心上织了小风筝。

一个周末,你把这些织物用纸箱装好,带出了门,你先去找你的工友,先把自己丈夫聊成一个纯良、细腻、命苦但天生懂体贴的人,又把自己残疾丈夫的编织手艺夸耀得神乎其神,那些女工睁大好奇的眼睛时,你再拿出我一件偏好的作品,女工们一个接一个拿去观赏,其实这可能就是她们母亲的手艺或她们自己的手艺,但还是在你面前表露赞叹:"织得真好啊,一个男人织得比女人好多了。"你眼神发亮,终于有人称赞你丈夫了,我在家都能看见你激动地摆弄手指:"那,王姐、李姐,你们家有孩子,能便宜买双他织的手套吗?看着给,给多少算多少,就这双有小点地梅的,多适合小孩戴,手织的又耐用,经洗,我们家的穷样子你也知道,真希望多有一点办法。"你声音越说越小,脸越说越红,女工们看着你,感觉如果拒绝这个任劳任怨的妹妹是种罪过,于是王姐欣然收下,掏出十块钱递到这苦命妹妹手里。你于是开心得一整天不知如何是好。

下班回到家,你进门就用拥抱布娃娃的大力拥抱我,眼泪汪汪感叹为什么先前在秋城没有人赏识我的编织手艺,还是城里人识货,王姐人也好,有眼光,现在好了,有第一个十块钱就有第二个、第三个、第四个,咱们日子就好过了。

那段日子真是幸福啊,你受了王姐的激励,在周末跑遍你在这座城市知道的大小摊铺,你并不善于交际,那种笨拙、羞怯和悲切的神情,在你哀求别人时表现得淋漓尽致。于是几个周末后,你带回了好消息,离我们几站远的一个小店想要一点手织的桌垫和小饰品,越新奇越好,还有一个菜市场也想要试试手织的沙发垫子会不会有人买,不过要厚一点的……

我们的日子突然被阳光充满,你拿出你十四岁开始打工积攒下的一点钱给我买更好的毛线、金线、缀珠、彩绢,你甚至催着我学会绣花,好做出更美的东西被人家喜欢,我是那么让你骄傲。早上你出门,留下整个白天给我不停编织。直到天黑,门轻轻一响,你回来拥抱我,在夜晚,你会给我讲更多的新花样和美好的一切。一件一件织品卖出去了,小老板们和你谈起有小孩戴了我的手套喜欢得活蹦乱跳,某个穿着富贵的女人一次订了一整套手织沙发垫子,出的钱甚至比专卖店还高一点，你说有一天你拿着一片织了星星月亮的小垫子路过艺术学院，有个学生直赞是艺术品，居然问可不可以见见织它的人。那段日子常有惊喜，我仿佛不是个没上过几年学的残疾人，而是一个深居在珠宝盒中的艺术家。那阳光充沛的日子里连开门关门都是喜悦的。

　　那个金子一样的冬天过去了，春天一天天浓起来，空气轻柔泛绿，我望着小屋窗外，在村庄，冬天特别长，立夏树木才长叶子，这里的孩子们受冻少，再有一个礼拜他们就扔掉毛衣、围巾、手套，去晒太阳了。我自作多情地想，也许在我窗外出现过的孩子都买过我织的衣服，下个冬天来了，父母还会给他们买我新织的东西。一天上午，你突然打电话说今天不上班了，要带个新交的朋友来家里，你从来不请假，我不知发生了什么，想你这朋友见了我会不会被吓到，忙起身安排午饭，心莫名咚咚直跳。中午，果然有个穿着奢华的女人和你一起回来了，她看着有些年纪了，盘着头，化了妆，气质很冷，女人进门细细扫了一眼小屋，又把我打量一番，开玩笑似的对你说："看来这挑毛线还真累人，他都憔悴成纸人啦。"你自嘲说："没事，他从小就那样。""我见过好多不健全的人呢，可有保养得好的。"女人说完这话我看着她不冷了，是泼辣了。

　　餐桌上三个人分开坐，女人瞅了眼我的饭菜，一筷不动，你向我介绍这是颜姐，做高级服装的，她在小摊上看见了我的织品，想问问以后能不能把织品只供给她，她说织什么就织什么，可以织衣服配饰，也可以给衣服设计有织物的部分，我的织物已经不是配毛衣那么简单了，是艺术品，应该用在更高级的地方。

　　女人笑着说，我和你会开始新生活。那顿饭，那个女人现在想来其实不可信任的地方太多，但当时，富贵女人在餐桌上与我们越谈越热，临走时她拉着我的手说"你的东西像是拿心织的"，我为这句话激动了好久。

　　于是，我所有的织物都被你送去给她了，过了一段时间，我们一冬来积攒下的一点钱财也拿去给了她，太久了，我记不清富贵女人讲的话了，是因为什么……夺走了我们仅有的一点东西。

　　我只记得日子里的阳光自此消散，只余周身寒冷。整个春天，我看着小屋窗棂上日日滋生青苔，一点一点吃时间的心。有一天，我用一只碗在窗边种了一碗小麦，用的是你离家时珍藏的麦种，青绿生长时，我淡绿色的马在碗中熟睡,窗外落豪雨。

异乡,是深夜听到的场场豪雨。

我的阿冬不相信我注定贫寒,兴冲冲把四处搜集来的奇迹故事讲给我听,某女幼时受重伤,双腿皆断,从小乞讨生活,在师傅鞭下学艺学杂耍,转缸,顶碗,吞剑。十年后此女果成杂耍大师,名遍天下。

广东某地,一男孩小时喜光,见电网火花灿烂伸手触摸,双手皆无,十五岁时立志自学识字,每日从一二三开始至天地人终,三年后已能用嘴叼笔自写文章,每篇文章不过几百字,但情物都具灵气,后经人引荐至大刊,发表后引起轰动,无手人一夜间成名作家,作协开大会,点名叫他……

你给我看这些故事,想用这些生命并不贫寒的人的传奇打动我,好让我不再多病忧郁,能和你一起扛住生活的重担,可是我永远只能是我,指间沙粒不握自失,注定最后一无所有。

三

阿冬,我要给你写一封乡间的信。以后无尽岁月里,这封乡间来信会永远停在去你手中的路上。笔尖沙沙行走,村庄虫鸣细弱,我的马静卧在我身边,眨着淡绿色的眼睛。

此时正是秋月如霜,中秋后圆月挂在天上,又亮又净,为人世落下无尽月光雪。深雪里,庄稼沉默不语,它们会在一月之内完成收割,离开田野。藏进我记忆中的牛车依旧悠悠,玉米黄叶洒落一地。胡麻的手一捆捆放上车,土豆的心一筐筐落下窖,玉米的骨头放上房顶,农人也回家,把牛车和墙靠在一起,静守第一个冬日来临。

阿冬,我多么想在我的村庄再认出一个朋友。可在秋天,我只找到了我自己。

近来回忆你我小时候,竟从没觉得秋天孤独过,只记得那时的秋是薄的,永远如孩子眼中一缕阳光般薄,如土屋窗缝的风般轻微,天下没有事物会惧怕这缕阳光,这轻风,那时的秋还没长大,威胁不到人。那时的秋,是秋天的小时候,它长大像你我长大那样需要很多年。

其实对现在的我来说,站立的日子并没多么难忘,甚至变成残疾时的痛苦也在漫长岁月中淡化,如今我明白人各有命,兜兜转转最终回到起点。我天生是个无用的孩子,一个更适合坐着的人,曾经我为这些话愤怒,现在只觉伤感。念及以往,只有你和母亲让我为自己的缺陷感到羞辱难堪,不可能给你们一点实质报答,永远只是你们的累赘耻辱,尤其是你阿冬,我记得你第一次和人说出自己有个残疾丈夫时的样子,而那次正是我们结婚。那是个春天,树叶刚刚生出一层绿雾,你推着旧轮椅把我推进小小的民政局,我的淡绿色的马也一路跟来。你穿一身红色衣服,头发高高盘起,打远处望,你整个人像一颗枣,我们一路说笑,民政局里的人忍不住对我们投来好奇的目光。到了登记处,年轻的女工作人员朝我们抬了抬眼:"他,腿咋了?"她摆弄我们的身份证,和你闲聊,你愣了一下,平静地回"他腿不好",便再无话。就在这时,我忽然发现你眼里的喜悦没有了。

呆滞的工作人员给我们登了记,在你伤感的目光里,我们终于成了大人,成了夫妻。

我们当年很年轻,幻想什么都完美一点,结婚后的几个月内我多次问你为什么要在大喜之日面露伤感,你说你也不知道,真的不知道,回家时伤感就结束了,想不起为什么伤感。

今夜,我又审视自己的双腿,作为腿它们不会站立,作为死物而又永不会脱落,可它们从童年某天起伴随我至今,同我一起呼吸,一起痛苦漂泊,日后也自会陪我入土为安,与我同时腐烂。

阿冬,我要告诉你,如今我不再记恨我的腿,因为在村庄的某一个澄澈黄昏,我独坐田间,淡绿色的马在我四周奔跑,月光般的马泪从它淡绿的双眸中唰唰落下,属于双腿的那孔心窍在心里隐约闪一下,我明白了,它们其实和你一样,早早出现在我生命里,也是我的另一本体。

还记得秋秋走的那一年,你和我生了一场重病,小屋也病了,日光灰暗,春风孤苦,整整一年,从我窗外走过的一切都是纸人纸马,竟没有一秒不在煎熬。你彻底被打垮了,一生积起的所有苦痛在那一年日夜煎熬着你,你连着几天不吃饭,不喝水,不睡觉,所有的时间用来枯坐,打架,痛骂我,痛骂你父亲,痛骂村庄、工厂、世间疾病,也用脏话痛骂自己。一个下午,你出了门,在没有腿的人去不了的地方你哭到咯出血来,然后回家。整整一年就这么过去,第二年,我们终于没有一句话可说,你还是满身是疤去工作,我还是天天织毛衣,我心下明白,一切都结束了,我和我的阿冬结束了。

我的秋秋一岁时,我找朋友弄来一棵小杏树,和你一起栽在小屋窗下,我每天给小树浇水,每天都抱着秋秋来看纤弱的杏枝。春天来了,小小杏树竟奇迹般开出一树蝶翅般的小花来,按说杏花得长几年才开,你说一定是小杏树喜欢咱们秋秋,就早点开花让秋秋高兴。是啊,真是奇迹,如今想来,秋秋虽那么早便脱了苦海,倒也饱看了几回杏花。小屋萧瑟,满树花儿通透粉白,在春风中美得像要飞走,我把秋秋放到树前,她穿着我织的小粉线裙,梳着小辫子,可爱得令人心碎,杏花被风吹落,落在她头发上,牙牙学语的小嘴边,花瓣变成小蝴蝶,小蝴蝶围着我的秋秋,她踮起脚来抚摸它们,那些伟大的春天,我在门口看着秋秋,直看得无端泪涌。

回到村庄后,秋秋又频频飞来我梦里,三年前,杏花又开,她八岁了,瘦得像只小猫,病苦,药品,刀,针,让我的秋秋永远长不到小杏树高了,永远停在春天一朵杏花上。她每天都哭,躺在病床上喊爸爸,让爸爸带她回家,每时每刻我心如刀绞,秋秋在医院时我的马离开了我,我眼睁睁看着它淡绿色的影子远去,于是你、我在咱们的秋秋人生的最后一个春天把她从医院"救"了出来,我再也没同意你把她送回去,秋秋去世后,世上没有一家医院不是让我心慌的地狱。

我整天整夜陪着秋秋,守着秋秋,在她枕边饮泣,回忆她生命里每个春天,窗外杏花又开了,朵朵如天使欲飞,有十几天我不让任何人靠近秋秋一步,也不让你靠近,你大哭,骂我,跪下来求我,都没有用,杏花片片入泥,秋秋紧紧依偎着我,我再不会错过她一刻。

整个春天,我的腿都在发痛。

如今回忆,秋秋屋前的杏花是有灵性的,花见秋秋,秋秋见花,秋秋走了后那棵已能结杏的小树我本想砍掉,但它自己悄悄枯萎了,秋秋是杏花精灵,她于春天结束时飞向天空,我也不再喜爱任何花朵。

她留下的每一个片段被我哭够了,想够了,剩下的感情只有看着长空发呆。

所以,当我意识到结束已然来临,多年相伴的记忆反而让我莫名释然,既然什么都有尽头,什么都会结束,那倒不如让我带着秋秋赐予的一点记忆回到生命最初吧,村庄清寂,南河无水,我又听见黄昏的低语,秋秋在新月里拥抱我,我淡绿色的马永远卧在我身边。

四

天空下起小雪,枝上有鸟入睡。

初冬已至,大地龟裂,阿冬,你还记得过去村庄的雪吗?那雪下成画了还在下,下成灾了还在下,每片雪都如南河的鱼一样从天空游来,一夜不停,房顶上堆了厚雪,有时忽然"咔嗒"一声,那房子就塌了,一个女人睡梦里被埋进去,人们吃完早饭才发现她。树林里堆了雪,满树柔白,枯木美得像开了杏花,冻僵的鸟石头般掉下来,野狗在林子里徘徊,天太冷了,牛羊出圈,冷得打喷嚏流眼泪,像小孩一样。整个冬天都在下雪,农人每家院子都倒插着扫帚,似乎真的能扫出晴天……

雪化时整个村庄化成一摊泥水,每家每户的死物、破衣服、猪粪、狗粪都流到街上,所有的肮脏都被雪带出家门,只等一点点消失于时间之中。屋檐流脏水,鸟粪冲下来结成冰锥,不懂事的小孩拿来打仗,打输了哭着回家找妈妈,有个女孩从小就不哭,她出生在雪天傍晚,时值大雪纷飞,也正夕阳隐现,在她的哭声中每一片雪花都是游在天空的彩色大鱼。

于是人给她起了个名字——阿冬。

我的阿冬从小就坚强,她从不生病,从不哭,五岁踩着凳子做饭,把手烫了,不敢告诉她的酒鬼父亲,悄悄往手上抹酱油,伤口溃烂一年才好,她从小就善良,南河太小,天气无常,河水干涸,无数游鱼困在河底,她用清水和玻璃瓶救了鱼,鱼有灵,便永远护佑她。有一天,她认识了一个一辈子只能坐着的小男孩,她陪了他大半辈子,像守着一场雪,终于有一天,别离来临,漫天清雪化成了无数光阴,淡绿色的往昔光阴。

于是阿冬,此刻下在我村庄的雪已不再悲伤。

粗盐般的雪洒下来,我像从前坐在小屋里那样,静看窗外清雪越下越大,渐成飞絮,如有人在每朵雪花背后呼气般轻轻飞舞,飞起,下降,雪花有生命,在空中追逐,又片片落在我童年时和你一起居住的古旧屋顶上,那么多年过去了,就像下了一夜雪一样。

　　有雪粒穿过窗缝落向信纸,这封永不会寄出的乡间之信也即将写完,权当是我薄薄生命的记录,真的感觉欣慰,此刻,我淡绿色的马用它温暖的嘴蹭我的手,秋秋还会在冬夜的梦中来看我,此时此刻,我终于拥有了安宁。

　　【作者简介】晓角,本名李华,女,2003 年生于内蒙古乌兰察布市,内蒙古作家协会会员。作品见于《人民文学》《诗刊》《草原》《中国校园文学》等刊,并入选《2020 年中国诗歌精选》《中国女诗人诗选·2020 年卷》《中国当代诗歌年鉴》等选本,出版有诗集《三天过完十六岁》。曾获《中国校园文学》年度优秀奖、"重庆地质杯"全国大学生自然写作二等奖,入围丰子恺散文奖等。